歓喜の仔

天童荒太

幻冬舎文庫

歓喜の仔

歓喜の仔《かんきのこ》 目次

この子たちは、何者だろう。

子どもたちだけで、暮らしているのだろうか。

子ども三人しかいないようだけれど、親はどうしているのか。

親戚や、頼れる知人は、いないのか。周囲の大人たちは誰も、彼らのことを気にかけないのだろうか。学校や幼稚園には、通っていないのだろうか。

暮らしのお金は、どうしているんだろう。年長の一人が働いているようだけど、彼だってまだ子どもだ、どれほども稼げないだろうに。

そもそも彼らは、きょうだいなのか、家族なのか。それとも、ただの知り合いか。あるいはまったく知らない者同士かもしれない。なにしろ少しも仲がよさそうに見えない。

三人とも、つねに怒っているような顔をして、とげとげしい雰囲気で、互いに話すことはほとんどなく、笑い合うことも、優しい言葉をかけ合うこともなく、まるでそれぞれが科せられた厳しい罰に、黙々と服しているかのように暮らしている。

どうして、この子たちはここにいるのだろう。何がしたいのだろうか。

何か、目的があるのだろうか。何かしら、願い事のようなものがあるのか。

わからない。この子たちを支えているものは、いったい何なのだろう。

色のない水彩画

空など、青く澄んでいようが、夕日で赤く染まっていようが、どうでもいい。

周囲の家やビルや通り過ぎる車が何色だろうと、人がどんな色の服を着ていようと、意味なんかない。

信号は大体の感じでわかるし、買物も値段さえわかればいい。白組と赤組の区別くらい色の濃淡で見分けられるし、給食で出る食事が何色だろうと、食べれば同じことだ。

だからいまのような状態になっても、困ることはほとんどなかった。

ただ、絵は別だ。小学校最後の夏休みが明け、宿題の絵を提出すると、担任と副担任はそろってため息をついた。

卒業アルバムに残す絵だぞ、一人一人が、過ごした町を描《か》いた絵を持って、写真に撮って、その下に将来の夢をひと言載《の》せるんだ、ちゃんと描くように言ったろ。そうよ、町にも学校にも色が溢《あふ》れてるでしょ、あなたの絵だと何もかもほこりっぽい雪をかぶっているみたい、本当にこんなふうに見えてるわけじゃないでしょ？
見えていた。吉丘正二《よしおかしょうじ》には、太陽は燃え尽きて炭となり、空は暗く閉ざされて、学校も周囲の町も、そして人でさえ、厚い灰でおおわれているように見える。

いま暮らしている東京北部の、三つの区が重なり合った地域の風景を、見たまま写生したのだが、反抗的にわざと色を塗らない絵を提出したように思われたらしい。

だって吉丘君、五年生の春は、校門前の桜と、花壇のタンポポやパンジーを、ほかの子たちよりもずっとたくさんの色を使って、きれいに描いてたじゃない、と副担任が言う。

去年の春……。遠い昔に、正二は感じた。

確かにその頃は、目に映る風景には色がついていた。けれど、約二ヶ月後、父が家を出たあとの梅雨《つゆ》のある日、借金取りに追いつめられた母が、ついに神経が擦《す》り切れたのか、窓から外へ倒れ込むように落ちて大怪我を負ったとき、気がつくと、目に映る人も町も色を失っていた。

目をこすったり水で洗ったりしたが、色は戻らない。なのに、さほど慌てることなく、誰かに相談することもなかったのは、そんなふうに見える状態が、自分の気持ちにぴったりくるように感じたからだ。

これまで色鮮やかに見えていた世界のほうが嘘で、灰をかぶったように見える姿こそが、真実の世界、本当の人間の顔だという気がした。

母が入院したことによって学校をたびたび休まざるをえなくなったし、正二が色を失ったことについては、教師やクラスメートたちに気づかれる前に、夏休みとなった。

夏休みが明けても、母の状態はよくならず、家事や、妹の幼稚園への送り迎えなど、何かと忙しく動き回るうちに、いつしか色を失った生活にも慣れていた。

母の意識が回復しないまま、病院側が治療を打ち切り、退院を求められたため、アパートの部屋で、正二が介護をすることになった。

高校をやめて働きはじめていた兄の誠《まこと》は、かさむ一方の借金を返済する必要から、新たに秘密の仕事を始めた。

これからは誰も家に呼ぶなよ、と誠は厳しい口調で言った。学校にはちゃんと通って、教師が家に来るようなことも、おれが学校から呼ばれるようなことも絶対にすんな。

正二は、友だちとのサッカーも、カードの見せ合いもやめ、授業が終わるとすぐに下校し、香《かおり》を幼稚園に迎えにいき、部屋に戻って母の介護をして、夜は誠の仕事を手伝った。

友だちに、何があったのか、しつこく尋ねられたが、正二は答えられなかった。一年前、転校してきたおりに引越しの理由を答えられなかったことまで蒸し返されて、やっぱりおまえはよそ者だ、と捨《す》て台詞《ぜりふ》を吐かれた。

時間とともに、友だちは皆、離れていった。

六年に進級してクラス替えとなり、クラス全員による〈無視〉が始まった。逆に好都合だと思った。誰とも話す気はないし、話さなくとも寂しさなど感じない。学校側の連絡事項が伝えられず、たとえば体育の授業の場所が校庭から体育館に変わったと知らされなくても、その時間、介護で疲れたからだを教室で休められるから、有り難いくらいだった。

連中は〈無視〉だけでは甲斐《かい》がないと思ったのか、正二の机に『死ね』と書くようになった。机はすぐに落書きで埋め尽くされ、やがて黒板にも書かれた。担任がそれを見つけ、怒るかと思ったが、「うちのクラスにいじめはない、先生はそう信じている」と落書きを消し、授業を進めた。

黒板への落書きはつづいたが、そのつど、四十代の痩せてハリガネと陰で呼ばれている担任か、二十代後半のメタボというあだ名の副担任が消して、「うちにいじめはない、そう信じる、そう信じるからね」と、黒板に向かって話しかけた。

やがて正二は、くさいと言われるようになった。たまんねえよ、先生、くさくて授業が頭に入りません。

事実、くさかった。アパートの隣は、かつて工業製品の再生工場があり、洗浄や研磨や塗装に用いた薬剤が、工場がつぶれて建物がなくなったあとも地面深くしみ入っているらしく、絶えず異臭が漂っていた。アパートのなかも、異国の多様な香辛料が薫っている。

汗ばむ季節に入っても、経済的な都合で、正二が銭湯に行くのは週に一度だったし、洗濯は家族のものをまとめてコインランドリーで洗うが、母や仕事をしている兄のものが優先され、妹もにおいにうるさいから、結果的に正二のものは後回しになる。寝たきりとなった母の発する様ざまなにおいも、服や髪に移っていたかもしれない。

ある日、ハリガネに職員室に呼ばれ、洗濯や風呂はどうしてると問われた。家のことで余裕がなくて、と答えた。だがな吉丘、洗濯や入浴は健康を保つのに必要だし、周囲への思いやりという面でも……と彼が話しはじめたので、親指に穴があいたまま三日替えていなかった靴下をその場で脱ぎ、やんなきゃいけないことがいろいろあるんで、洗濯お願いできますか、と頼んでみた。ハリガネは黙って、手も出さなかった。そばにいたメタボのほうに差し出すと、いやっ、と相手は後ずさった。

においのことでは、クラスメートの親からも学校側へ文句がいったらしい。正二は、メタボから、親戚や友人の古着だけどと、下着や靴下、シャツやズボンなどをもらった。本当はアフガニスタンの子どもたちに送るつもりで溜《た》めていたものらしいから、その子たちにも感謝して、大事に着なさいね。

袋ごと渡されたなかには、妹や兄が着られるものもあった。だからいま正二たちが身に着けているものの多くは、本来なら、正二がどこにあるかも知らない場所に暮らしている子どもたちが着るはずのものだった。

においの件がいくらか落ち着いた頃、正二がトイレから教室に戻ると、机のなかの教科書がすべて窓の外に捨てられていた。せいせいしたくらいで放っておいた。

授業が始まり、ハリガネに教科書を読むように言われ、正二は隣の席の男子の教科書を勝手に取り、相手がびっくりしているあいだに何行か読んだ。相手が取り返そうとして、ページが破れ、相手は大きく尻もちをついた。ハリガネが、またおまえかと正二を睨《にら》んだ。一人が和を乱せば、全員が迷惑するんだ。

すると、クラス委員の少女がおずおずと立ち上がり、吉丘君だけが悪いんじゃありません、教科書は窓の外です、わたし、こんなのもういや……と顔を両手で押さえて泣きはじめた。メタボが窓の外に教科書を見つけ、取りに走った。ハリガネは気まずい顔で、いじめなんて言葉があるから、神経質になってエスカレートするんだ、みんな、頭からいじめなんて言葉は消せ、クラスにいじめはない、と語った。

翌日から、クラス委員の少女が〈無視〉の標的になった。クラスメートに話しかけようとしては、背中を向けられたり、聞こえないふりをされたりして、彼女が立ち尽くしているのを、正二は何度となく見た。

少女は一度、救いを求めるような目を彼に向けた。正二は目をそらさずに見つめ返した。少女は何も言わず、先に視線をそらした。

一週間後、少女は学校へ来なくなった。休みはじめて三日目、ハリガネが彼女の席を見て、学校へ行きたくないと言ってるそうなんだが、誰か理由を知らないか、と尋ねた。

少女と最も親しくしていた一人で、彼女が話しかけたとき背中を向けて教室から出ていった女子が、あいつのせいよ、と正二を指差した。すぐに、少女と親しかったほかの女子たちも、あいつが全部悪いんだ、あいつさえいなきゃよかったのに、と正二に向かって吐き捨てた。

おまえのせい、おまえのせい、と男子たちが囃《はや》し立て、手拍子が起こり、出てけ、出てけ、とハリガネとメタボが止めるのも聞かず、全員が声を上げた。

正二は椅子に掛けたまま、母のことを考えていた。今日はドラッグストアで歯みがき用の綿棒を買って帰らなきゃいけないし、紙おむつはあと幾つ残ってたろうか、と頭のなかで指を折った。

突然背中を蹴られ、床に転げた。男子のリーダー的存在の少年が、正二の椅子を窓から捨て、周囲の喝采《かっさい》を浴びた。

あまりの騒がしさに、隣の教室から生徒指導を担当している強面《こわもて》のベテラン教師が駆けつけ、くらあと怒声を上げ、黒板を叩いた。全員が一斉に黙り込んだ。おまえら六年だろ、世の中じゃ同い年で働いている子もいるんだぞ、いつまで赤ん坊のつもりだ、と腰に手を当て、前列にいる子どもたちの顔をのぞき込んだ。いったいこの騒ぎの原因は何ですか、と問う彼に、ハリガネとメタボはばつが悪そうに首をひねりながらも、ハリガネが一瞬、陰気な目を正二のほうに走らせた。

限界だと感じた。このままだと兄が学校に呼び出されるか、教師の誰かがアパートに来かねない。

その夜の九時過ぎ、妹が寝たあと、アパートを出て、正二の椅子を捨てた少年の家を訪ねた。下校する道筋にあるので、場所は知っていた。広い庭がある一軒家のインターホンを押し、母親らしい女性の声がしたので、少年がいるか尋ね、自分は同級生だと名乗った。

いいかい、坊や、と男たちに言われたことを思い出していた。何度も部屋を訪ねてきては、借金を返すように求めてきた男たちの口ぶりだ。

お父さんが逃げたんなら、家族みんなで返してもらえないかな、おじさんたちは何もしやしない、ただお願いするだけさ、おじさんたちも困ってる、だから毎晩だってお願いにくるよ、そう、何度だってね、ところでこのアパート、木造かい？

家のドアが開き、少年と母親らしい女性が顔を出した。少年はびっくりして、何だよと、かすれた声を出した。放っといてよ、と彼に言った。〈無視〉でいいんだ、放っといてもらえれば、とつづけて言う。母親らしい女性は不審そうに、お友だちなの？　と少年に訊いた。ほかの奴らにも言っといて、誰かかまってきたら、明日また頼みにくるよ。

うぜえよおまえ、頭マジおかしいだろ、死ね、と少年が声を荒らげた。何なの、どうしたの、と女性が驚いて困惑の声を上げる。

みんなが放っておいてくれるまで、毎日頼みにくるから、おばさん、このおうち、素敵ですね。そう言い置いて、正二は立ち去った。

翌朝、教室に入って、真っ先に少年を見た。相手は憎々しげにこちらを見たあと、目をそらし、みんな、また〈無視〉に戻そうぜ、うざいのはこの世から消えたことにしよう、くさいのは空気だ、あそこに座ってるのは屁《へ》だよ、と空笑《からわら》いをした。合わせて笑った男子の誰かが、へたれ虫、と正二に消しゴムのかすを投げた。正二はその相手ではなく、少年のほうを見つめた。少年はすかさず、やめろ、と消しゴムのかすを投げた男子に言った。そこには誰もいないんだから、ルールを守れよ、〈完全無視〉だぞ、いいな。

以後クラスメートは徹底して正二を不在とする態度をとり、ハリガネとメタボは教室の落ち着いた様子に満足して、ようやくクラスがまとまってきたね、とほほえんだ。

夏休みが明けて登校しても、〈完全無視〉の状態はつづいていた。中学受験を控えた者も多く、他人を相手にするどころではなくなったのかもしれない。

　卒業アルバム用の写真撮影の際も、正二がどんな絵を描いていようと、クラスの誰も気にしなかった。写真撮影をしている理科教室の外に並び、順番が来たので指示された場所で、絵を胸の前で持つ。なんだか淋しい絵だね、と学校の近所で写真館を開いている初老の男が笑い、助手なのか彼の息子らしい男も笑った。

　正二は、気づかれないよう、楕円《だえん》ににじんだ黒い太陽の部分に、後ろから親指を突き立て、穴をあけた。

　撮影後、夢を書いて、とメタボに言われた。カメラの脇の机に用紙が置かれ、クラス全員の名前の横に一行、将来の夢を書く欄があった。

　すでに全員が書いている。タレント、医者、クリエイター、デザイナー、大リーガー、W杯優勝、パティシエ、モデル、そして、世界平和に貢献するとか、困っている人を助ける仕事とか、書いている者も何人かいた。

　正二は、自分とは別に一行、空欄を見つけた。クラス委員だった少女。

　この子は……と思わずつぶやく。

　メタボが吐息をつき、写真をお宅に撮りにうかがって、そのときに夢も聞いてくるつもり、と答えた。

正二は、自分も空欄のままでよいと思ったが、少女の名前の横につづく空白を見つめているうち、ふと頭に浮かんだ言葉を書きつけた。


足を蹴られる。二度。

目を開く。自分と天井のあいだに兄の顔があった。

もうそんな時間か……。ため息をつき、枕元の時計を見た。十一時五分。一時間半しか寝ていない。

兄の誠が、正二の隣で寝ている母の愛子《あいこ》の体位を、からだの左側を下にした横向きから、仰向《あおむ》けへと換えた。母は自分では寝返りを打てない。

正二は四《よ》つん這《ば》いになって、誠に訊いた。

「お母さん、起きてる？」

「いや……」

と、誠が短く答える。声に疲れがにじんでいる。

正二は、六畳の部屋の、母が寝ているのとは反対側を見た。できるだけ母から距離を置こうとするかのように、妹の香が押入の襖《ふすま》にからだを押しつけて寝ている。

「香、香」

呼びかけて、六歳の妹の薄い背中を押す。香はぐずるように身をふるわせた。

「起きて、おしっこしろ。おねしょ、しちゃうぞ。香。じゃあ、先にするからな」

正二は、二畳ほどの板間に出て、狭い流しで水を飲んでいる誠の後ろを通り、つねに下水のにおいが逆流してきているようなトイレに入った。ブリーフを下ろし、用を足そうとしたところで、ノックもなくトイレのドアが開いた。

香が外に立っている。

「もれるよぉ、もれちゃうよぉ」

「だから言ったのに。いつもそうなんだからな……」

正二は出かかっていたものを力をこめて止め、妹を先に入らせた。妹が出たあと、自分も済ませ、居間に戻る。誠が押入から、身の丈五十センチほどのパンダのぬいぐるみを持ち出すところだった。立って待っていた香が、ぬいぐるみの腹を拳《こぶし》でぽんっと叩く。

香っ、と誠が注意する。香は布団のなかに逃げ込み、誠は板間のほうへ戻っていった。

正二は、母の枕元へ進み、顔をのぞいた。

母はいつのまにか目を開けていた。表情はなく、目に何かを見ているような光もなく、ただぼんやり天井のほうへ向けている。

「お母さん、おむつを替えるよ。やり残しがないように、ちゃんとしといてよね」

返事は期待していない。黙って作業すると、人形を相手にしているようで、自分がわびしい気持ちになる。

布団をはぎ、母に着せたパジャマのズボンの、前の部分を留めているマジックテープを外す。母が寝たきりになって一年二ヶ月余り。元から痩せてはいたが、さらに脚が細くなり、からだも軽くなった。左手を彼女の腰に回して、少し持ち上げ、骨の浮いた尻から右手でおむつを脱がせることは、コツさえつかめば力はいらない。

「くさいよぉ、くさいよぉ」

部屋の端で、布団にくるまった香が訴える。

「うるさい。おしっこだけなんだから、そんなににおうもんか」

正二が答えたとたん、母の股間から水が漏れてきた。

枕元に置いてあるトイレットペーパーを取り、素早く手に巻き取って、母の股間に当てる。もう流れてしまったあとで、パジャマが濡れた。思わず母の脚をぶちそうになり、奥歯を嚙んで、我慢する。

「だからぁ、ちゃんとしといてって、言ったでしょ……」

「意思なんてないんだ。おむつを取って、肉がゆるんだから、自然と出ただけだろ」

板間から、誠が億劫《おっくう》そうに言う。

「んなことわかってるよ……。パジャマの替えを取ってよ」

「おまえの仕事だろ。おまえが、全部自分でやるって言ったんだ」

「んだよ……使えねえな」

「ああ？　もっぺん言ってみろ。ぶっ飛ばすぞ」

誠の声には力がない。板間に座卓を出し、その上に突っ伏していた。朝は市場で、夜は中華食堂で働いている。腕のあたりが、一年前に比べて倍くらいに太くなった。

正二は、香を押しのけて押入を開け、なかから新しい介護用のパジャマを出した。

「くさいよぉ、くさいよぉ」

布団から尻だけ出して、香が訴える。その尻をぶち、正二は母のもとに戻って、濡れたパジャマを脱がせ、赤ん坊用のウェットティッシュで彼女の股間を拭いた。

そのあとに、かぶれを防ぐクリームを母に塗る。体温でクリームが溶け、柔らかな匂いが立ちのぼる。おしっこくささが消え、息をつく。布団は濡れていないのを確かめて、新しいおむつとパジャマをはかせた。

「今度替えるときは、ちゃんとしておいてよね。じゃあ、おやすみ」

と、母に言う。母は口を半開きのまま、変わらず天井のほうを見上げていた。

板間に出て、居間との仕切り戸を閉め、古いおむつをゴミ袋に入れ、濡れたパジャマは流しで軽く水洗いをしてから絞《しぼ》り、洗濯物を入れておくビニール袋に突っ込む。

「手をちゃんと洗っとけよ。香も、もう寝ろ」

誠の言葉で、仕切り戸の向こうでまだ、くさいよぉ、と訴えていた香の声がやんだ。

正二は、手だけでなく、目を覚ますために顔も洗った。冷蔵庫の上の、買い置きのあんパンを口に入れ、水道の水で胃に流し込む。

流しの上の窓から、向かいの部屋の髪の白い男女が唱えるお経がいつものように聞こえてきた。カレーや中華料理などの香辛料が混ざり合った独特の匂いも流れ込んでくる。

アパートは一階と二階に五部屋ずつ、人種も年齢も様ざまな人間が暮らしており、深夜から活発に動きだす住人も少なくない。

正二たちの部屋は、一階の一番北の奥に位置し、風が流れず、下水のくささや、隣の工場跡地からの異臭、アパート内のにおいがこもる。気休め程度に開け放していた流しの上の窓を、仕事のために閉め切り、誠の向かい側に腰を下ろした。

正二は、寝ていたときのランニングシャツとブリーフのまま、誠は、上は半袖のTシャツ、下はジーンズと靴下を脱いで、トランクスだけの格好になっていた。

「じゃあ、始めるぞ。マスクと手袋をしろ」

誠がマスクを着け、ポリエチレン製の薄い手袋を両手にはめる。

長方形の座卓の上には、四十ワットの電気スタンド、大きい黒の模造紙、期限切れの他人名義のクレジットカード、電子秤《でんしばかり》、耳掻《みみか》きに似た金属製の計量スプーンが、すでに用意されていた。

正二は、座卓の上から自分用のマスクを取って耳に掛け、手袋をはめた。

誠が、パンダのぬいぐるみを膝に置き、背中の中央を走る縫い目に合わせて巧みに隠されたホックを丁寧に外し、切れ込みを開いた。ぬいぐるみの内側に手を入れ、奥から黒いポリ袋を取り出す。ぬいぐるみを下ろし、黒い袋のなかから、氷砂糖状の白い粉の入った透明の袋を出す。元は百グラム入りだが、使って、六十グラムほどになったものの口を輪ゴムで留めてある。次に、茶色い薬瓶を出し、先の粉の袋とともに座卓の上に置く。

彼は輪ゴムを解いて、氷砂糖状の粉を黒い模造紙の上にあけた。電気スタンドの光を受け、香のおもちゃのビーズのように粉が光った。

ガラス玉の破片か、氷のかけら、ポケットのなかで砕けたキャンディーのくず……どれにも似て、どれとも微妙に違う。この結晶状の粉からは、正二自身、錯覚だと思うし、誠からも気のせいだと冷たくあしらわれるが、ドロップのような甘い匂いが鼻先に漂ってくる気がする。

使い捨ての薄い手袋をした二人が、粉の山を広げてゆく。細かい粉状のもののあいだに、ときおり親指の爪ほどの結晶体が現れる。クレジットカードを上に置き、力をこめる。ぴしっ、と結晶が割れる音が快く耳に届く。

結晶のかたまりを、すべて粉状にしたところで、誠が右手に一杯〇・二グラムの小さい計量スプーンを持った。左手には三角定規を用意している。計量スプーンで粉をすくい、盛り上がった部分を三角定規で擦り切り、〇・二グラムになった粉を、四センチ四方のポリ袋のなかに流し込む。

二度それをつづけたあと、〇・〇五グラムの、さらに先端が極小の計量スプーンに持ち替え、粉を一杯、袋に加える。そして、座卓の中央に置いたデジタルの電子秤のステンレス製の皿に、その袋をのせる。

皿とポリ袋の重さは、事前に引いてある。秤が示した数字は〇・四八グラム。誠は、袋のなかにスプーンを入れ、粉をすくって〇・四五グラムになるように調整した。

つづいて正二が、光を通さない薬瓶のなかに、〇・〇五グラムの計量スプーンを入れる。薬瓶の表にはラベルが貼られ、マジックで『アンナカ』と書いてあった。安息香酸《あんそくこうさん》ナトリウムカフェインの略だと、以前に誠から聞いていた。見た目は、模造紙の上にあけた粉とあまり変わらないが、値打ちは比較にならないほど低いという。

正二は、アンナカをスプーンですくい、秤にのせられたポリ袋のなかに慎重に落とし、秤の表示が〇・五〇グラムになったところで手を止めた。わずかに指先がふるえ、スプーンに少しだけ残っていた粉が落ち、表示が〇・五一グラムに変わる。

「仕方ねえな、そんでいいよ」

誠が不機嫌そうに言う。

誤差の許容範囲は、プラス〇・〇二グラムまで。マイナスは、神経質な客がわざわざ計って、購入後に文句を言ってくることがあるため許されない。多過ぎると、計算通りの個数が作れなくなり、その分は自分たちの借金に加算される。

正二は〇・五一グラムの粉が入った袋を両手で持ち、誠がシーラーと呼ばれるホッチキスに似た小型の電熱器で袋の口をはさんだ。発熱したニクロム線がポリエチレンを溶かし、袋の口を閉じる。かすかに煙が立ちのぼり、正二の鼻先につんと刺激臭が漂う。

時間が長過ぎると袋が焼き切れるため、頃合を見て、誠がシーラーを離した。正二は、袋の口に接着し残しがないかどうか確かめて、袋を軽く振り、なかの粉を混ぜ合わせる。

これで、約〇・五グラムの覚醒剤の包み、通称「一万円包《パケ》」の完成だった。

正二たちの仕事は「アジツケ」と呼ばれている。模造紙の上の粉が、海外から入ってくるおりの値段がいくらか、正二は知らない。だがアジツケを経たあとの、これっぽっちの袋で一万円という話に当初は驚き、粉を扱うのもダイヤモンドにふれるかのように恐る恐るだった。いまでは麻痺して、作業中こそ間違いがないように神経を集中させるが、できあがった包みには少しも関心をもてず、自分の背後の床に無造作に置いた。

一つ一つ慎重に完成させた「一万円包」が、床に十包余り並んだところで、正二はマスクを顎まで下ろした。今日は日中に三十二度を記録して、夜になってもあまり気温が下がらない。部屋にエアコンはなく、粉を扱うために扇風機は使えない。人に見られないよう窓も閉め切っているため、下着姿でも、全身から汗が吹き出す。

いきなり膝のあたりを蹴られた。誠がこちらに足を伸ばしていた。痛みよりも、いやな記憶がよみがえりそうになって、兄を睨み上げる。誠はもう一度蹴ってきて、

「マスクを戻せ。おまえの息で粉が飛ぶだろ。いくらすると思ってんだ」

「せえな……暑くて、たまらないんだよ。少し休もうよ」

「ナマ言ってんな。まだ半分も進んでないだろう」

一日のノルマは、五十包。正確さを求められるため、一包に三分はかかる。いま、夜の十一時五十八分。大体いつも十一時半頃に始めて、終わるのは午前二時前後だった。

「ぐずぐずしてたら朝になんだろうが。おれは五時に起きなきゃいけねえんだぞ」

誠がまた足を蹴ってくる。

「やめろよ、蹴んな。ひっくり返すぞ」

正二は座卓に手を掛けた。誠の目がいっそう険しくなる。

「やれるもんならやってみろ、ぶっ殺してやる」

正二の鬱屈《うっくつ》が沸騰《ふっとう》しかける。自分だって七時には起き、母のおむつを替えて食事をさせ、香を幼稚園へ送ってから、灰をかぶったような顔をした連中の待つ学校へ行かなきゃならない。捨てばちな感情がこみ上げる。もう何もかもだめにしてしまいたい……。

そのとき、仕切り戸の向こうから、かあへえ、かあへえ、と、錆《さ》びたパイプのなかを抜けてくる風のような、母の寝息が聞こえた。つめていた息を吐き、マスクを口に戻す。

「足は蹴んなよ。言ってんだろ。黙って足を蹴られるのは、いやなんだ」

去年の梅雨どき、母が寝たきりになる前の、冷たい雨が降っていた日のことだ。いつも訪ねてくる男二人が、失礼するよ、と土足のまま上がってきた。毎度のことで、注意してもそのつど、あんまりくさいからドブかと思ってさ、と鼻をつまんで笑う。部屋には、父がいなくなってショックを受けている様子の母と、正二だけがいた。誠は高校、香は幼稚園、正二は小学校の行事で午前で授業が終わりだった。

お父さんはどこ、と男たちは訊いた。少し前に女の人と出ていったきり戻ってこない、と何度話しても、彼らは信じない。いや、とっくに信じているのに信じないふりで、こちらを追い込んでいるようだった。一家の主《あるじ》が返せないなら、家族で返してくれないかな、仲のいい家族だったんだろう？

借金はすべて、父の周囲の者が借りたものだった。借りた張本人が逃げ、保証人だった父も仕方なく家族を連れて夜逃げをしたものの、ほどなく居場所を突き止められた。

お父さんが隠れていないか開けてよ、と男たちは言って、押入の前にいた正二の足を、たまたまといった感じを装って両側から蹴った。

蹴られた側は、肉体より精神的な痛みをより強く感じる蹴り方だった。怒りをこめて押入の襖を開けてみせたが、布団や段ボール箱でいっぱいのなかを何度も見ている彼らはのぞきもせず、いないなぁ、と正二にまた足をぶつけてきた。

いい加減にしてよ、と正二は一人の足にしがみついた。お、ゴキブリだ、と足を振られ、仰向けに転んだ。そのとき、我慢を重ねてきた神経がついに切れたのか……母が絶望的な響きの悲鳴を上げ、薄いガラス窓に頭を思い切りぶつけて、そのまま倒れ込むかっこうで外へ落ちた。

部屋は一階だったが、隣にあった工場の残していった鉄材が、窓の下に無造作に、あるものは鋭い切っ先を上に向けて転がっていた。正二が駆け寄り、割れた窓のあいだから見た母の、頭から流れる血は、その瞬間から色彩を失って、黒かった。

「正二……おまえ、今日が何の日か、知ってるか」

仕事を再開してしばらくしてから、誠が独り言のような口調で訊いた。

正二は座卓の下に置いてある時計を見た。零時を回っている。誠が言うのは、すでに昨日となった日のことか、新しく迎えたばかりの日のことか、考えているうち、

「いい……何でもない」

誠は首を横に振って、粉をすくうスプーンの先端に目を凝《こ》らした。

二人がノルマを達成したのは、午前二時十五分。模造紙の上に残った粉を、誠が慎重に袋に戻して、輪ゴムで口を留め、アンナカの小瓶とともに、黒いポリ袋に入れた。パンダのぬいぐるみに、背中の切れ込みから黒い袋を押し込み、丁寧にホックを留める。ぬいぐるみは詰め物を減らして、百グラムの粉が入った袋をさらに三袋隠してあった。

正二は、完成した五十包を二重のポリ袋に入れて口を縛り、母の未使用の紙おむつのあいだにはさんで、十枚ほど残る紙おむつのストックの真ん中辺りに押し込んだ。

計量スプーンを洗い、手袋とマスクとカードを菓子箱に入れ、表面をよく拭いた模造紙や電子秤とともに、流しの下に隠す。時計と電気スタンドは冷蔵庫の上に置き、座卓はたたんで、冷蔵庫の横に立てかけた。

誠は、パンダのぬいぐるみを、押入の下の段のおもちゃを詰め込んだ段ボール箱のなかに戻した。押入の上段から、敷き布団と毛布を取り、板間に出てくる。彼は板間に布団を

敷いて寝ていた。朝早くに仕事へ出るため、そのほうが都合がいいという。

母がひどい怪我を負ったとき、手術代も入院費用も用意できなかった。助けてくれる人など一人もいないなか、取立てにきていた男たちの、いわゆる上司にあたる人物が、誠に新たに金を貸してもよいと話したらしい。母が退院してアパートに戻ったのち、しばらくして、兄は男たちに呼び出され、数日間どこかに泊まり込んで、アジツケの仕事を習ってきた。一年前のことだ。

正二は、母の体位を、からだの右側を下に寝るように換えてから、母と香のあいだに横になった。誠が仕切り戸を閉め、おやすみも言わず、板間の電灯を消す。

光の残像が薄れるなか、正二は不意に思い出した。

新しく迎えた今日、九月二日は、誠の誕生日だ。兄はついさっき十七歳になった。

おめでとう、くらいは言ったほうがいいかもしれない。だが素直に言葉が出ない。素直、ということに、最近とくに反発を感じる。

「新学期、どうだった」

仕切り戸の向こうから、誠の声がした。おめでとうの言葉が、喉もとまで出かかる。

「学校サボんなよ。目をつけられるからな。弱みとか見せて、相手の気を引いたりすんな。福祉とか、下手をすりゃ警察の少年係とか、妙なのが来るかもしれないんだから」

「……わかってるよ。あと半年で卒業だし、なんとかやってるよ。今日は、卒業アルバムを作っててさ、将来の夢ってのを、ひと言書かなきゃいけなかったんだ。何て書く？」

「え、おれか……自由になって、ここを出ていく、かな。何て書いたんだ」

「……ナシ、って」

誠の苦笑が響いた。

「ばか、ホラを吹いときゃいいんだ。大金持ちでも、大統領でも……。もう寝るぞ」

三分と経《た》たずに、誠のいびきが聞こえてきた。

正二は、天井の辺りの黒と灰色の濃淡を眺めた。将来の夢の欄には、別のことを書いた。ハリガネたちは、彼の書いた夢に眉をひそめ、具体的な仕事を書くようにと求めた。正二は、だめならナシでいい、と答えた。

いまも不登校をつづけている少女と、一度目が合ったとき、本当はこう伝えたかった。ぼくは見たよ、きみが何をして、何をされたか、ぼくは見ていたから……。

将来の夢……『目撃者』

目を閉じると、黒と灰色の濃淡も消え、視界は闇のひと色に落ち着いた。

がれきの町の少年

名前

　ある国の占領下に置かれた都市の周辺部に、抵抗運動を潰滅《かいめつ》に追い込むための爆撃が断続的に繰り返され、地響きのように床が震える。

　がれきと化した町の表通りを、装甲車が隊列を作って通り過ぎてゆく。コンクリートの壁が半分近く失われたアパートの、屋上に横たわる少年の耳もとに、犬の唸《うな》りに似たエンジン音が響いてくる。今日は、少年の十七歳の誕生日だった。

　プレゼントをくれとは言わないから、せめてあと五分、静かに寝かせてほしいと願う。目覚ましのタイマーが作動し、首からさげた携帯電話が振動した。音の出るタイマーは、過激派のゲリラを掃討する占領軍に察知されるために使えない。午前五時。擦り切れた寝袋に入って、二時間半しか経っていない。今日もまた占領下の都市を縦断し、荷物や伝言を届ける運び屋の仕事にかからねばならない。仕方ない、さあ起きろ。少年は叱りつけるように自分の名を呼んだ。少年の名前は、名前は……。

ああ、まだ決めてなかったっけ……。

吉丘誠の、まだ半分眠っている脳みそが、ため息をつき、築三十年以上経つ木造アパートの一室の板間を、自分の居場所だと確認した。枕元では中古の冷蔵庫のモーターが獣《けもの》のように唸り、床が微妙に震えつづけている。

いつ、とは覚えていないが、仕事でひどく疲れた日の夜、がれきの町を走る少年のイメージが夢に現れた。

仕事場のテレビで、大国の理不尽な爆撃を受けた都市のニュースを見た影響かもしれない。圧倒的な暴力にさらされながら、屈することなく、砂塵《さじん》のあいだをくぐり抜けてゆく姿が、いまの自分の気持ちにしっくりきて、また夢に見ることを願った。

強く意識したせいか、夢に少年が現れることが増え、起きてからも彼についてあれこれ考えて、自分のなかで少しずつ育ててきた。

たとえば少年の仕事は、占領下の都市で、依頼されれば薬でも武器でも運んで届ける、運び屋と決め、父親は家族を捨てて外国へ逃亡し、母は爆弾の破片が頭に入って寝たきりとなり、爆風で視力を失った弟と、爆撃のショックで口をきけなくなった妹との暮らしを、少年が背負っているということにした。友人も恋人もなく、寝るときには家族と離れ、屋上で星のまたたきを見上げながら横になる。

だが、少年の顔はまだしっかりとは思い描けず、名前もつけていなかった。

十七歳初めての朝が、ともかく明けたってわけだ……。ったく、何も変わりゃしない。

誠は、肉から骨を引きはがす感覚で身を起こした。腕を伸ばせば、そこがもう流し台だ。水道の蛇口を開き、水を手に受け、目に当てる。いっそ眼球をくりぬいて、水に浸《ひた》したい。手垢《てあか》で黒ずむタオルをフックから取って顔を拭き、蛇口から直接水を飲む。錆《さび》くさい。吐き出し、もう一度口に含む。さっきよりくさみを感じない。

水がきれいになった？　なわきゃない。この辺の水道管は長く交換されていないという話だった。三つの区が少しずつ重なる地域のため、どの区も責任を押しつけ合い、開発から取り残された場所だ。たぶん神経が覚めて、町の汚れた水や空気に適応できるよう、あえて麻痺したってことだろう。

トイレは下水が逆流しているのか、泡が弾《はじ》けるような音がして、ひどくにおう。トランクスを下ろすと、尿意はあるのに、いまいましいくらいに硬く、下腹にくっついていた。

十七歳になって初めての朝立ちか……。ったく、無用の長物だ。

舌打ちをして、今日一日の仕事について考える。みるみるしぼんで、用を足せた。

電灯をつけ、着ていたシャツを洗濯物袋に叩き込み、新しいTシャツを着て、昨日脱いだ靴下とジーンズをまたはく。冷蔵庫の上の、四個百円で買ったあんパンの、残り三つのうち一つを食う。あとは弟と妹の分だ。

十七歳初めての食事が、あんパン一個かよ……。

建て付けの悪い仕切り戸を開ける。母は、弟の正二が体位を換えたときと同じ、からだの右側を下にして寝ていた。月に一度往診に来る医者から、床擦《とこず》れだけは注意するように言われている。血の流れが滞ると、すぐに内側から腐りだし、骨まで見えてくるという。

寝息をたてている母を起こさぬよう、慎重に体位を仰向けに換えた。おむつは替えない。母の状態を、心の一部はまだ受け入れておらず、母の恥部を見るのが耐えがたかった。

正二によると、取立ての連中に押しかけられていたとき、母はいきなり悲鳴を上げて窓に頭をぶつけ、ガラスを割って下に倒れ落ち、たまたまその場に放置されていた鉄材が頭部に突き刺さるかたちになったらしい。

二度の手術後も彼女の意識は戻らず、もう治療することはないので、と病院側から退院を求められた。幾つか病院を探したが、未成年の子ども三人以外に面倒をみる者のない病人を、引き受けてくれる病院や施設はなく、正二がアパートの部屋に帰ろうと言った。

「おむつ替えも、食べさせるのも、ぼくがやる。お母さんもきっと戻りたがってるよ」

実際ほかに道はないように思えた。父親が連帯保証人となった借金を、誠たちがすべて背負うなら、溜まっていた病院への払いも貸すという取立ての連中に、往診の医師だけでも見つけたいと話したところ、いまの医者を紹介された。患者へのわいせつ行為で逮捕されたことがあるらしい中老の男で、不法滞在の外国人など、訳ありの人間が以前からよく診てもらっているという。

母の介護は、正二が口にした言葉を幸いに、面倒なことはみな彼に押しつけていた。妹の香は、かつては母にべったり甘えていたくせに、いまでは、くさいくさいと、母にふれるのも嫌う。母の状態を見れば、わからなくはない。むしろ正二のことを、よく介護してくれているので有り難く思う反面、少し感受性が鈍いのだろうかと疑った。

いま目の前でいびきをかいている弟は、両親どちらにも似ていない。瞼《まぶた》が腫《は》れぼったく、目の上半分が隠れて陰険な印象となり、鼻もひしゃげて、殴られたばかりで暗い怒りを内に抱えている、といった感じの顔だ。両親が二人とも整った顔立ちのため、誠は五つ下の彼を、うちの子じゃないんだ、とよくからかった。

あながち外れではなかったかもしれない。正二に接する母の態度には愛情が感じられたが、ふだんは誰に対しても優しい父が、正二の言動には苛立《いらだ》ちを隠せない様子で、よく厳しく叱っていた。ただし誠も、父に大事にされている感覚はあったものの、十一歳離れた妹を可愛がる際の、軟弱と言ってもいい父の態度を見ると、長男として尊重されていただけかもしれないという気がした。

部屋の隅でいま毛布にくるまっている香は、父と同じ生まれ月で、顔もよく似ていた。額が狭く、眉は太く、鼻は高くて、顎が細い。ことに相手の心まで見透かしそうな大きい目が印象的で、彼女にじっと見つめられると、思わずたじろぐことがある。この町に越してからはほとんど口にしないが、かつては、誰もいないはずの場所に、青い顔の男の人が座ってる、赤ん坊を抱いた女の人が立ってる、などと言うことがあった。父親はそうした場合も香の言葉を否定せず、そうか、見えるのか、とまじめに答えていた。

誠には、そんな霊感めいたものはかけらもない。顔は母親似で、額が広く、鼻は丸く、目尻が下がっていることと黒目がちであることを合わせ、全体的に柔らかい印象を人に与えるらしい。幼い頃には女の子みたいと言われたこの顔が、誠には劣等感のもとだった。わざと悪ぶった話し方をしたり、動作を荒くしたりして、結果的に外見と言動のギャップが受けたのか、幼稚園からバレンタインデーにはきまって複数のチョコをもらえた。それもあって中学時代の悪友たちには、キスもHも誠が一番早いだろうと羨《うらや》まれていた。

だが、不意討ちに似たある出来事で、一家は思いもかけず夜逃げをする羽目となり、さらに父が女と逃げて、もうキスやHどころではなくなった。

午前五時二十三分。誠は、取立ての連中から、持ってろ、と渡された携帯電話で時間を確かめ、スニーカーをはき、部屋を出た。

粗くコンクリートが打たれた廊下に充満する、様ざまなにおいが鼻を刺す。壁際に止めた自転車と、窓の鉄枠とをつないだチェーンロックを外す。夕方から働いている中華食堂で借りている、ギアチェンジもできない出前用のチャリだ。

アパートの玄関戸を開き、外へ出る。隣の工場跡地から漂う異臭に眉をひそめ、古い民家や崩れかけたアパートなど、密集した建物のあいだを通る路地へ滑り出す。すえた汗、アルコール混じりの嘔吐物、そして雨の匂いがする。夜明け前に降ったのかもしれない。

三つの区を別々に管轄する各警察署も、役所同様、責任を押しつけ合っているのか、この一帯は取締りがゆるく、犯罪者やそのおそれのある者、不法滞在の外国人や食いつめ者らが集まり、貧乏や老いや病気で長くここから抜け出せずにいる者たちと混在していた。

蛇のようにくねった路地の途中で、薄茶色の野良犬が寝ていた。以前、窓のすぐ下に野良犬がよく糞《ふん》を残し、それでなくともくさいのに、蠅《はえ》もたかり、大変な想いをした。起こして、シッと追い払う。野良犬はこちらを恨めしそうに見て、どこかへ去った。

路地から、やや広い裏通りに出る。遠くにまだ街灯が灯り、濡れたアスファルトが光っている。人の姿はなく、風で街路樹の葉がこすれ、見えないところでカラスが鳴く。

息を強く吐き、道の中央に飛び出した。薄い皮膜状に溜まった水を、車輪が後方へはね飛ばす。さらに広い表通りに出て、交差点を何度か曲がり、都心を縦に貫く道路へ入った。片側三車線で、頭上を高速道路が走っている。

向かう方角に車の姿はなく、歩道から車道へ降りる。三車線すべてを占領するかたちでジグザグに走る。街の支配者になった気分だ。ほどなく道がのぼり坂になる。絶対に足をつかないと決めている。歯を食いしばって、のぼり切る。

坂の下を線路が走り、電車が走り過ぎていくところだった。坂の頂上に達したところで止まり、期待をこめて振り返る。高速道路を支える橋脚のあいだから、夜が明けて間もない薄紫色の空を背景に、富士の山影が望めた。

舌打ちをして、顔を戻す。富士を一日を占うサインにしていた。見えなきゃ、吉。日本を象徴している山だからこそ、堂々とそこに存在しているなら、自分には凶だ。

道路はアーチ状になっており、坂を下ると山手線の内側、いわゆる都心に入る。ここから先、東京の中心部を貫くかたちで南下して、東京湾に面した広大な卸売《おろしうり》市場へ向かう。がれきの町の少年が頭に浮かんだ。ここが境界、越えれば敵の完全な支配地域に入る。

少年は、爆撃で吹っ飛んだピザ屋が使っていた配達用のバイクに乗っていた。国連や国際NGOから占領下での実際の活動を依頼されている、現地NGOに借りたものだ。

人道支援活動を設立趣旨とする現地NGOは、いわゆる裏の顔をもち、正規の支援活動の一方で、占領国への抵抗運動を支持する個人や団体からの依頼も受けていた。

少年は、占領国の認可を受けた物資を運ぶ仕事を隠れ蓑《みの》に、各所で検問にあたる占領軍に見つかれば逮捕されるだろう物資や手紙も運んでいる。

少年がこの仕事を志願したのは、生活費のためと、仲間を裏切って外国へ逃げた父親をもつ家族の、汚名をそそぐためだった。

三、二、一。身を低くして、ペダルに力をこめる。建築物が雑多に並ぶ無秩序な景観が、眼前に迫ってくる。はね上がる水煙が、舞い上がる砂塵に代わり、都市の景観が消えて、爆撃で破壊されたビルや家々の姿が砂煙の向こうで揺れた。

不意に、赤い光が見えた。目をしばたく。坂の下に交差点がある。信号は赤。両側に車の姿はなく、そのまま突っ込んだ。右手に車の影が現れた。占いは凶。かまわず、ペダルを踏み込む。スロットルをいっぱいに開いた感覚。金属を砥石《といし》で研《と》ぐような音が、後輪から上がる。交差点をすり抜けた瞬間、激しいクラクションを背後に聞いた。

ホームレスたちがテントを十基ほど張った公園の脇を通る。周辺の歩道に、テントにも入れない男たちが二、三人寝ていた。彼らとぶつかることを避け、車道を走りつづける。

重々しいクラクションを背中に受けた。大型の保冷トラック。誠は車道の端に寄った。

だがトラックはスピードを上げずに幅寄せし、ふたたび後ろから嘲笑的なクラクションを鳴らしてくる。こんなことは初めてじゃない。たまたま所有しているモノや優位な立場をかさにきて、からかってくる連中はどこにでもいる。

このトラックは敵の戦車だ、と思い込む。サドルから尻を上げ、運転席に向けて叩いてみせる。自転車を道路中央に戻し、トラックの前をふさぐかたちで走る。相手がスピードを上げる。周囲には車も人の姿もない。車体に証拠の残らない軽い接触でも、自転車なら楽に吹っ飛ぶだろう。しばらく左右にかわして走り、エンジン音が迫るのを耳にして、ハンドルを切り、中央分離帯を飛び越えた。すいている反対車線の道をトラックと並走し、左手の中指を突き上げる。トラックは悔しげにクラクションを鳴らして走り去った。

その後もブレーキはほとんど使わず、信号はできるだけ無視して走りつづける。前方に交番が見えたところで、敵の検問だ、と思い、道沿いの大きな霊園へ入った。

墓碑のあいだに通っている石だたみの小路《こみち》を、スピードを落とさずに走る。いわば死者に隠れて、検問の目をかわすかたちだ。

霊園が尽きたところで、幹線道路に戻る。清潔な印象の教会が現れた。細い塔が天へ向かって伸びている。次には神社、寺も三つ四つ建っている。宗教施設が集まった区域で、どこもかしこもお高くとまってやがると思う。

やがて私立の中学や高校、大学など、教育施設が集まった文教地区へ入った。大学の壁に、合唱コンサートのポスターが貼られている。高校時代の先輩のことを思い出す。彼もいま頃は、この辺りの大学に入ろうと机にかじりついているのかもしれない。

夜逃げをしたあと、転入した中学で、担任に誘われ、彼が顧問をしている合唱部に入れられた。三年の終わりの転入では居場所もないだろうと、担任なりに気をつかったらしい。合唱なんてガラじゃなかったが、可愛い女子もいるぞ、という殺し文句に乗せられて、そこで初めてクラシック音楽にふれた。

かつて母から、ベートーベンを聴いてみるように勧められたこともあったが、クラシックなんて暗いし重苦しい、と単純に食わず嫌いで遠ざけていた。

実際に耳にしたクラシックは、音の振れ幅が予想以上に大きく、重なり合う音の厚みも、ふだん聴いているポップロックより豊かで、確かにノリが悪くて退屈な曲もあるが、実験的な音作りなど挑戦的な姿勢は、日本でいまヒットしている音楽よりよほどロックしてると思い、嫌いじゃないと感じた。

声が低かったため、テノールとバスの中間のバリトンをやるように担任に言われ、ときには独唱も任されて、家でのごたごたを避けるように、のめり込んだ。

高校に進むと、またすぐ合唱部に誘われた。中学の担任から話が渡っていたらしい。見学のおり、一学年上の男子から、よお、と声をかけられた。中学の合唱部にOBとして顔を出していた先輩で、吉丘は音感がいいよ、とほめられ、よい印象が残っていた。

　入部後早々練習の始まったベートーベンの第九も、彼に一から教わり、先輩風を吹かすことなく親切に教えてくれる彼の特訓もあって、独唱のパートを歌っていた上級生と歌い比べをし、未熟にしろ、今後の伸びしろは誠にあると多くの者に認められた。年末のブラバン部との合同演奏会では、彼が一年ながら独唱を任される予定が組まれた。

だが、期待に応えようと練習をつづけていた頃、父が女と逃げ、ほどなく母が大怪我を負った。高校をやめざるをえなくなり、世話になった先輩に挨拶に行くと、待ってるから練習はつづけてろよ、と相手は目に涙を浮かべて誠の手を握った。なのに、高校をやめて以来、誠は一度も歌っていない。それどころか、音楽の調べさえ、もう聴こえない。

　二ヶ月前の、仕事場に向かう夕方、先輩に会った。彼は、『メサイア』の公演を聴きにいく途中で、家族との待ち合わせに時間があるからと、人けのない駐車場に誠を誘った。久しぶりに聴かせろよ、と彼が先に、第九の独唱のパートを歌いはじめ、《ああ友よ、そんな調子じゃなくて……》という、歌い出しにつづけて歌うよう促された。誠の耳の内側には、日々の生活費やら、「一万円包《パケ》」を作るときの計量など、数字が充満しており、音階がバラバラに崩れた感覚で、一音も口から発することができなかった。

がれきの町の少年も、かつては歌っていただろうか……。

占領される以前、少年の故郷の都市は、交易の要衝《ようしょう》として古くから栄え、住民たちは独自の歌や踊りや物語を継承して、文化の水準が高かった。

一方で、大きな戦争を経て、この地域がどの国に属するか、少数の大国間で勝手に決められたことで、不安定な要素を抱えつづけていた。

少年が十五歳の誕生日を迎えた日、石造りの小さな広場には、色鮮やかな民族衣装を着た住民が集まり、祝ってくれた。母の手料理、父のふるまう酒、住民たちの演奏する音楽。人々は手拍子を打って主役の少年に歌うよう求め、彼ははにかみながらも前へ出て、故郷をたたえる歌を歌った。陽気にはしゃぐ弟と妹、少年が淡い恋心を抱く少女が、彼の歌に合わせて踊りだす。少年の声は……そう、誠とは反対にやや高いだろう。彼の土地の歌は、裏声に近い声で歌われる。彼の口からボーイソプラノの歌声が響く。だが……この数日後、少年の故郷は、ある国に蹂躙《じゅうりん》され、戦火に見舞われる。父は家族を捨て、母は倒れ、弟は視力を失い、妹は言葉をなくした。少年は、歌うことができなくなった。

自転車がオフィス街に入ってゆく。いま前を通った信用金庫では、現金輸送車が強盗に襲われ、職員が二人殺された。いま通り過ぎたビルは以前は証券会社で、経営に失敗し、多くの自殺者が出た。前方のビルも有名な百貨店だったが倒産した。そしていま走っている道路の真下では、毒ガスがまかれ、多くの死者が出た。この辺りが東京の中心部だ。

がれきの町の少年も、多くの死者が出たビルや、破壊された市場の前を走ってゆく。ファッション街から裏通りに飛び込み、飲食店の出したゴミ袋を破っているカラスたちの脇を走る。すぐそばを通ってもカラスたちは逃げない。病院施設の横を抜け、大通りに出た。車の往来が頻繁《ひんぱん》になる。トラックにトレーラー、ワンボックスカーなど、運搬に適した車が行き交う隙間を縫って進む。通りを渡ったところが、海に面した巨大市場だ。

市場は、水産物を扱う部門と、青果を扱う部門に分かれ、誠は青果市場側へ曲がった。市場内を走る電動運搬車の修理場の前を通り、市場関係者専用の駐輪場に自転車を止める。大きな体育館が連なったような市場内へ、小走りで入ってゆく。広い空間に届いたばかりの青果が積み上げられ、柑橘《かんきつ》類の酸味と果実の甘い匂い、野菜のえぐみや葉物の苦みのある匂いが彼を迎える。

すでに売り買いの荒々しい声を響かせている市場関係者や仲買人《なかがい》たちのあいだを進み、狭い路地をはさんで仲買の店が並んだ一画に出る。洋菓子の食材に強い店、輸入モノに力を入れている店など、それぞれ専門分野に分かれており、誠は、路地内の一つの角に位置する柑橘類専門の店に、契約した就業時間三分前に到着した。

店の主人は、開店の準備をほぼ終えており、誠に不機嫌そうな表情を向けた。

「もう五分早く来い。競売《セリ》が始まっちまうから、あと頼むぞ。商品を前に出しとけよ」

細面に目がぎょろりと前に突き出した印象の店主が出かけてゆき、誠は二階の狭い事務室兼更衣室で、Tシャツの上に作業着をはおった。軍手を持って下に戻り、店の奥に積んであった柑橘類の箱を、表へ運ぶ。十箱ずつ積み上げ、客の目につくように陳列する。

オレンジの箱の一つから、かすかにカビのにおいがした。

留め金を外して箱を開き、オレンジを一個ずつ出し、底で腐っている一個を見つけた。

淡い緑色のカビが、つやのあるオレンジ色を侵食している。この青カビの質感のほうが、オレンジよりも美しく見える。

少年が歌声を響かせた広場は、いまはがれきと化したが、その元広場から望める砂漠の彼方《かなた》に、陽射しの強い日には海が見えることがある。蜃気楼《しんきろう》だ。

このときの幻の水が、単純な青でなく、このカビのような、したたかな生命力を感じさせる色をしている……と想いをはせる。

高校時代、第九の合唱の練習の際に、基礎的なドイツ語の単語も耳にした。愛はリーベ。夢はトラウム。空はヒンメル。海はメーア。そして、歌はリート。

がれきの町の少年の名前は、リートに決めた。

市場が忙しいのは午前中の早い時間で、十一時には暇になる。午後二時までが契約の時間だが、早めの昼食をとって正午過ぎには片づけを始め、一時には帰ることが許された。

「吉丘君、あと十分早く来てくれると、弟も助かるんだけど」

店の二階で着替えていた誠に、事務作業をしている店主の双子の姉が言った。

「あなた一人に負担がかかってるのもわかるんだけど、いまは人も増やせなくて」

誠の仕事は、店主が競売で買った品物を、倉庫から引き取ることと、客が買った品物を、駐車場に止めてある客の車まで運んで、積み込むだけの単純なものだ。それでも数が多いので、肉体的にはきつくなる。

この仕事は、取立ての連中とは関係ない。彼らに命じられた仕事は、夜の中華食堂での働きも含め、すべて借金返済に充《あ》てられる。生活費は別に稼ぐ必要があった。

高校中退の誠が、試しに、と雇われたのは、先に勤めていた三十代の男が辞めたばかりだったからだ。以後も、もう一人雇おうとしては、相手が長つづきせず、誠一人でもなんとか回るようになったせいか、新しいバイトは募集していなかった。

失礼します、と誠は口のなかでつぶやくように言って、店を出た。

早く帰れば二時間以上眠れる。急ぎ足で、人も荷物も減った市場内を抜け、駐輪場への道を曲がったところで、足を止めた。

十七歳になって初めてツキに恵まれた。大きい仲買の店で働いている娘だ。事務でもとっているのか、朝の八時頃に出勤してくるため、誠が客の車に蜜柑《みかん》や林檎《りんご》の箱を運んでゆく途中、三日に一度の割合で見かけた。

誠より五歳くらい上だろう。栗色の髪を肩の上でカットし、洗濯ばさみでずっとはさんでいたかと思うほど鼻が高い。今日は白いブラウスに紺のパンツという涼しげな格好で、背が高く、痩せていて胸はやや薄いものの、脚が長く見え、手を伸ばして両側からぐっと締めてみたくなるほど腰が細い。彼女が通ると、男たちは皆あからさまに見つめた。

恋人はいるのか……誠はいつも思った。あの店の誰かとやってるんだろうか……。

わざとゆっくり歩き、店のほうへ戻ってゆく彼女とすれ違う。顔を見るのも、一瞬、何げなくだ。すれ違ったあと、五、六歩進んでから、忘れ物をしたふりで振り返る。首から肩にかけての頼りなげな線、腰の柔らかいくびれ、パンツの上からもはっきり形のうかがえる小さく締まった尻。自分でも戸惑うほど欲望が突き上げてくる。どこかのゲスがやってるんだろうか。あの肩に歯を立て、柔らかく締まった尻をつかみ、後ろから強く……。

ったく。名前も訊けないくせに、ばかみてえだ……。顔を戻し、駐輪場へ走った。

街には人も車も溢れ、もう早朝のように駆け抜けることはできない。警官を見かければ、おとなしく通り過ぎるしかない。この朝、リートと名付けた少年のことを想う。

占領下の都市は、ときおり爆撃があるにしろ、生活のために人々は商売をし、工場や家を再建するために奔走し、つかの間の平穏な時間のあいだに学んだり遊んだりして、喧噪《けんそう》をきわめている。ひと仕事終えたリートは、人や車をかわし、ガソリン節約のためにバイクを押して、NGOの事務所へ戻っていく。見回りの占領軍兵士に呼び止められ、銃弾で穴のあいたガソリンタンクにコルク栓を詰めているのを笑われる。リートは、おまえらに遊び半分で撃たれたせいだ、などと言い返したりはせず、言葉がわからないふりをして、肩をすくめる。そして相手が、行ってもいい、と背中を向けたところで、舌を出す。

目鼻だちはまだ想像できないのに、明るい柘榴《ざくろ》色をした舌がはっきり見える気がした。

誠がアパートに戻り、玄関前で自転車を降りたとき、昼下がりの熱気をかき乱す轟音《ごうおん》が、上から圧《お》さえつけてきた。路地が入り組んだ町の、見上げてもわずかしか望めない空を、少し離れた場所にある自衛隊駐屯地から飛び立ったらしい戦闘機が横切ってゆく。

目で追ううち、アパートの二階の窓に人影を認めた。廊下にある明かり取りの窓だ。やはり戦闘機を見ていたのか、誠に気づいて窓から離れた相手の髪が、一瞬金色に光った。

アパートは造りが古く、玄関を入って屋内に廊下と階段がある。一階と二階で全十室、いまは二階の一部屋が空き部屋だから、誠たちを含めて九世帯が入居していた。

誠たちの向かいの部屋には、六十歳前後の男女が暮らしている。そろって表情が暗く、早朝と夜にはお経を読む声がドア越しに聞こえ、こっちの気持ちまで沈ませる。

隣室に暮らすのは、四十歳くらいの、髪型も服装も野暮ったい女だ。被害妄想気味で、顔を合わすと、部屋をのぞかないで、いやらしい、などと言いがかりをつけてくる。

斜め向かいには、二十代後半から三十代と思われる東アジア系の男たちが、三人から四人ほどで暮らしている。ときおり聞こえる早口の言葉は、たぶん中国語だろう。

玄関寄りの部屋には、目の見えない話し好きの老人と、不機嫌そうな顔つきの老女が暮らし、アパートの管理を任されているらしく、老女がよく廊下やアパートの周囲をほうきで掃いている。だが、水が出ない、廊下の電灯が切れた、という住人の要望には、階段下の掲示板に書かれた管理会社の名前を指差すだけだ。当の会社に連絡しても、いつも留守番電話なのに、家賃の払いが遅れると、すぐにチンピラ風の男が取立てに現れる。

二階の、誠たちの真上となる部屋には、四十代前半だろう厚化粧の女と、同年代ののっぺりした顔の男が暮らしている。女はよく深夜に帰宅し、男は早朝に背広姿で出ていく。

その向かいには、インド系らしい三十歳前後の男と、二十代前半だろう太った日本人の女が暮らしており、二人には去年、赤ん坊が生まれた。

この家族の隣に、近所の食肉加工センターに勤める五十代後半の男が暮らし、夜中に赤ん坊の声がうるさいと、下まで聞こえる声で怒鳴る。ふだんはおとなしいのに、酒が入ると人が変わり、ドアを蹴るなどして、赤ん坊の父親とよくつかみ合いになる。

二人の喧嘩《けんか》の仲裁に入るのが、酒癖の悪い男の向かいに暮らす四十代半ばの、髪の薄い白人の牧師だった。英語を教えながら、布教活動をするのが目的らしく、誠の部屋も訪れ、オランダ出身だと自己紹介した。背は低いが、胸板は厚くて姿勢がよく、顎が割れたごつい顔立ちで、宗教家というよりは、軍人のほうが似合っている気がした。

そして階段を上がってすぐ正面にある部屋が、現在は空いている。

去年の冬、男子大学生が自殺する気で部屋に火をつけ、怖くなって慌てて逃げた。オランダ人が中心になってボヤ程度で消し止め、騒ぎを路地の外まで広げずにすんだものの、部屋はあちこち焼けて、手を入れなければ住めない状態となった。大学生の実家から賠償金が出たと聞くが、大家は出費を惜しんだのか、何も手をつけず、だから本来は入居者がいないはずなのに……春先から、オランダ人がその部屋に人をかくまいはじめた。アフリカ系の男女、また、アラブ系らしい男を数人見かけたこともある。不法滞在の外国人をしばらく過ごさせ、またどこかへ移すようだ。

住人の何人かは知っているだろうが、オランダ人が日頃から、菓子や果物などを各部屋に配っていたから、迷惑を直接こうむらない限り、告げ口する気は起こさないのだろう。いま誠が二階の窓に見かけた金髪も、新たにかくまわれた不法滞在者かもしれない。

誠は、部屋の前に自転車を止め、鍵を開けて部屋に入った。郵便受けに白いものが見える。何かの支払いの督促状《とくそくじょう》だろうか。放っておきたいが、仕方なく手に取った。

切手はなく、表に黒いペンで『正二へ』と書かれていた。父親の字だ。

驚いて、裏を見る。何も書かれていない。封もされていない。

かっとからだが熱くなる。開けて、一枚きりの便箋を出した。やはり父の字で、お母さんを大事にするように、誠の言うことをよくきくように、香をしっかり守るように、といった、ありきたりのことが書かれている。

困惑と怒りと、かすかに喜びを感じたことへの苦々しさがこみ上げてくる。

外へ飛び出し、父親を捜した。路地のあちこちをのぞきながら小走りに裏通りまで出る。左右を見て、少し駆けだし、また反対側へ戻ってみたが、父親の姿はなかった。

舌打ちをして、アパートへ戻る。郵便受けをあらためて確認する。ほかには何も入っていない。頭がまだ混乱している状態で、部屋に上がった。誰もいないのに、居間で扇風機が回っている。母のほうへ向けていながら、風が直接当たらないように配慮されている。扇風機の土台と畳のあいだに、正二が書いたメモがはさまっていた。

『お昼に、お母さんが寝苦しそうなので、つけました。いいところで切ってください』

　正二は小学校の昼休みにアパートに戻り、母のおむつを替え、体位も換えたのだろう。そのとき母が寝苦しくないよう扇風機もつけていったようだ。誠は母の顔をのぞいた。焦点の定まらない目を、天井のほうに向けている。ひとまず苦しそうな表情は見られない。

　母との思い出は数え切れない。たとえば……二人で人形による音楽劇を見にいったことがある。正二や香はまだいなかったから、誠が四歳か五歳になったばかりの頃だろう。

　かつて暮らしていた地方都市の公民館での公演だった。母が連れていってくれる約束で、楽しみにしていたが、一週間前に誠が風邪をひき、看病してくれた母が、誠が治るのと交替で、当日に熱を出した。父は、その日は鍼灸《しんきゅう》の仕事の出張依頼があり、母に寝ているように言って、誠にはあきらめさせた。だが父が仕事に出たあと、誠、行きたい？　と母が起きて、公民館に連れていってくれた。時間ぎりぎりに着いたので席がなく、立ち見で見るしかなかった。母は座席と座席のあいだの通路に座って、誠を膝の上にのせてくれた。

　内容はよく覚えていないが、ロバやニワトリなど動物たちが泥棒を追い払ったあとに、誇らしげに歌った曲がなんとなく愉快だったことと、母の膝の温かさがいつまでも心に残った。家に戻ったあと、お父さんには内緒よ、と母は咳《せき》をしながら笑い、誠、あの愉快な曲を覚えてる？　と口ずさんだのは……ああ、そうか、いま思い出した。日本語の歌詞で、

「おれたちゃ楽しい音楽隊さ」と歌っていたが、あれはベートーベンの第九の節回しだ。

母との思い出が、いまはもう歌えなくなった曲と重なり、悲哀がいっそう増す。

父からの手紙を母の枕元に置き、母のからだを起こし、背中にクッションを当てて安定させる。冷蔵庫に入れてあった中華食堂で作ってもらったおかゆを、鍋で温め直す。スプーンで少しずつ口に運べば、母は習慣のように口を動かし、飲み込むことができた。

お母さん、親父、戻ってきたみたいだよ、どうする……許す？　許さない？

だが、そこだけがいま別の生き物のように動く母の口から、答えを聞くことはできない。あの愉快な曲を覚えてる？　と言って、歌ってくれることも、たぶん二度とない。

おかゆを食べ切ったので、虫歯や歯周病にならぬよう、母の口のなかを長い綿棒で掃除する。脱水症状も怖いため、殺菌効果が期待できる茶をいれ、むせないよう、トロミの出るパウダーを入れてかき混ぜ、ひと口ずつ飲ませる。そのあとクッションを外し、先とはまた別の体位で寝かせた。

誠は板間に出て、流しでタオルを濡らし、汗をかいたからだを拭いた。いまの仕事を始めてから、胸板はみるみる厚くなり、腹筋もついてきた。自分の筋肉に指先でふれてゆくうち、気持ちが妙に高ぶって、トイレに入った。下水が逆流しているような悪臭がするが、気持ちは抑えられず、市場ですれ違った女の後ろ姿を思い出す。

廊下から、隣室の被害妄想気味の女の、あんたたちがのぞいてんでしょ、とヒステリックに叫ぶ声が聞こえた。中国語らしい外国語がそれに言い返す。二階の赤ん坊の泣き声も聞こえてきた。それに対するウルサイという意思表示なのか、アパートの壁を叩く音が、誠のいるトイレまで響く。十七歳になって初めてのマスターベーションは、美しい音楽などとはかけ離れた、雑多な声や音に囲まれたなかで終わった。

急にもの寂しい気持ちに襲われる。こんなむなしいことをしているのは、おれだけだろうか。そうさ、こんないまいましい環境でしているのは、きっとおれだけだろう。

いや……リートはどうだ？　あいつだって健康な十七歳だ。やりたい気持ちになることはあるだろう？　そしたらあいつは、爆撃の音を聞きながらするのかな。早く済ませないと吹っ飛ばされるかもしれないと思いながら、がれきの陰でしちまうことがあるだろうか。寝たきりの母親を気づかわなきゃいけない、弟や妹の心配もある。自分自身の命の危機だって感じる。なのに、どうしてもやりたくなって、占領下の町ですれ違った娘を想像して、やっちまい、終わったあと、何やってんだおれ……って、むなしくなるだろうか。

不意に、涙がこみ上げてきた。朝から晩まで働いている疲れが……借金を押しつけてきた連中への憎しみが……逃げておいて、勝手に戻ってきたらしい父に対する渦巻く感情が……母への愛情と、変わり果てた彼女に対する自分の態度への自己嫌悪が……弟と妹への責任感と、可愛げがない彼らへの苛立ちが……十七歳なら当然もっていてもおかしくないものを失っていることへの悲しみが……自分のなかから消えてしまった歌を惜しむ想いが……そして、この先どうなるのか、将来への不安が、一気にのしかかってくる。

ったく、ったく。だめだ、絶対泣くな。

リートががれきの石を握るのを、瞼の裏に見る。彼は石を歯で嚙み、弱気を抑え込む。泣いたって、何の助けにもならない。むしろ笑え。どんな環境に置かれていても、やりたくなる想いまでは抑えつけられないんだと。肉体が熱くなり、力がみなぎることまでは支配できないんだと、笑ってみせてやれ。

アパートの壁を叩く音がまた繰り返される。誠は、背後の壁を拳で強く叩き返した。

うるせえ、うるせえ、うるせえ。

その勢いに恐れをなしたのか、壁を叩く音も、被害妄想の女の声も、言い返す外国語も、赤ん坊の声も、下水の音さえ、一瞬消えた。

音の消えた真空の世界で、誠はリートの牡《おす》の肉体を認めた。

がれきの底から爆撃機が飛び交う空に向けて、彼が熱く猛《たけ》った自分自身を握りしめ、ふてぶてしく笑っている姿を、誇らしく見つめた。

感情

リートが仕事をもらっているNGOの事務所は、都市の中心部からやや北東にのぼった旧文教地区にあった。

大学も高校も美術館も爆撃で失われたが、残ったビルや民家を見つけて人々が移り住み、ここがターゲットになることはもうないだろうと、商店も次第に集まってマーケットが広がり、以前とは違った猥雑《わいざつ》な活気を呈する地区になっていた。

マーケットから二ブロック奥まったところの、細長い五階建てビルの二階にNGO事務所は入っていた。一階は駐車場、三階から上は、家や家族を失った人々が暮らしている。

リートは、日当の受け取りと、明日の予定を聞くため、開け放された玄関からなかへ入った。

いつものように内階段にまで人が溢れている。何でもいいから仕事が欲しい男たちと、ちょっとした手伝いでオヤツ程度の食料を得たい子どもたち、生活上の苦情や爆撃の被害の補償をどこに訴えればいいかわからず、ひとまずここに来た女たち、また並べばとにかく何かおこぼれがもらえるだろうと期待している者たちが、この行列を構成している。

NGOのメンバーたちは、本来の人道支援活動をおこなう前に、集まった人々に向けて、声を張りつづけていなければならない。悪いがあなたの仕事はない、子どもは帰って、それはうちではわからない、ほら備品を勝手に持ち出さない……。リートは、その声を頼りに、人をかき分け、ようやく小太りで、髭面《ひげづら》の、左手に義手をつけている男の前に出た。

事務所長である男は、リートを見て、なぜ学校へ行かない、仕事よりも勉強しろ、とプリントを二枚押しつけてくる。数学と地理の問題が書いてある。

学校なんて一番に吹っ飛ばされたよ、とリートは言い返して部屋を出る。階段の途中で、列に並んだ顔色の悪い男が、彼の手からプリントをひったくり、鋭く目を走らせた。紙まで食う気か、とリートは突っかかる。男は黙ってプリントを返した。

人々の列には占領軍のスパイが潜んでいる、と言われていた。

占領軍の認可した物資の運送には、正式な運送指示書が出され、管理倉庫に持っていけば、荷物と運送場所のメモが渡される。だが抵抗活動を支援する物資の輸送には、暗号が用いられた。

渡されたプリントの、数学の問題は、荷物を受け取る時間と届ける時間、地理の問題は、荷物を受け取る場所と届ける場所がわかるようになっていた。

さらにプリントの隅には、事務所の小さなサインが入っている。これを破って、事務所指定の商店へ持っていけば、食料品や雑貨と換えてくれる。店のほうは、サイン入りの紙片と引換えに、事務所からあとで金を受け取る仕組だった。リートは、数学のプリントの紙片でパンとうもろこしの粉を、地理の紙片で牛乳と粉末スープを手に入れた。

占領下で物資が不足し、物価が高騰して、以前は同じ仕事で肉や魚も手に入ったというのに。ぎりぎりの暮らしをつづけて、今後どうなるか、先はまったく見えない。

「はい、お待ちどおっす」

誠は、客の前に注文された中華丼を置き、別の客の食べ終えた食器を片づけた。

駅からも幹線道路からも離れた、小さな商店街の外れに、八人掛けのカウンターがあるだけの中華料理専門の食堂『ふくけん』はあった。主人の福原健一郎《ふくはらけんいちろう》は、五十代半ばで、サイの固い皮膚を思い出させるごつごつした四角い顔に、剃刀《かみそり》ですっと切ったような目が付いており、背中に大きな瘤《こぶ》があった。それが生まれつきのものか、怪我とか病気の後遺症のようなものなのかは、福健《ふくけん》が自分のことは一切しゃべらないので、わからない。

アジツケの仕事を始める際、取立ての連中に、夜はここで働けと案内され、それまでつづけていた牛丼店のバイトを辞めた。当初は誠が挨拶しても、福健は顔も上げなかった。仕事場に入ってからも彼の指示は「下げろ」「流し」と、ごく短いものでしかなく、こちらで察して、客の食べ終えた食器を下げたり、流し台で食器を洗ったりした。初めのうちは戸惑ったが、牛丼店での経験があるので大体の手順はわかり、いらっしゃいませ、ありがとうございました、と客にも抵抗なく口にできた。

驚いたのは、客のほうらしい。これまでは、福健一人で営業し、店主は客の注文した料理を黙って出し、代金を受け取るときも無言だったようだ。

それでも客が切れなかったのは、とにかく味がよいせいだろう。誠もここで夕食を食べさせてもらうようになり、正直、金を払ってでも食べたいと思った。常連客から聞いた噂話だが、有名店やホテルから誘いの声がかかったことも何度かあるという。

店は夕方から開き、誠が入ってから、少数のお得意に限って出前も受けるようになった。すべては取立ての連中の指示で、福健も急所を握られているということだろう。彼は店の二階で一人で寝起きしている。かつては妻と娘がいたが、ギャンブルにのめり込み、持っていた店も人間関係もすべて失ったという話は、取立ての連中の一人から聞いた。だからか、彼にはどことなく人生を降りたような、投げやりな雰囲気が漂う。弟や妹の食事、母のおかゆまで作ってくれて有り難いのだが、一方で、こうはなりたくないと思った。

七時半過ぎ、店の戸が開いて、香が現れた。怒ったような顔で、左足を引きずりながら入ってくる。カウンターのなかから見る限り、怪我はしていない。

つづいてランドセルを背負った正二が現れた。こちらに目配せだけして、福健に挨拶もせず、二人してトイレの脇の階段を二階へ上がってゆく。二人の食事には、客が使うカウンターではなく、福健がふだん生活している場所を使わせてもらっていた。

福健はすでに二人分のチャーハンを用意しており、軽く温め直したものを、誠が上に運んだ。正二がランドセルから教科書を出し、底に隠してあったビニール袋を出すところだった。袋のなかには、三日間かけて作った「一万円包」が百五十包入っている。

「香の左足はどうした。どっかで転んだのか」

誠は、ちゃぶ台の上に二人のチャーハンとスープを置きながら、正二に尋ねた。

弟は、部屋の隅に置いてある出前料理を運ぶためのオカモチの前に進み、

「いつものやつだよ。昨日は右手を使わなかったし、その前は左目をずっと閉じてた」

妹はときどきからだが不自由な真似をする。理由はいくら尋ねても答えない。

彼女はいまテレビの前に足を伸ばして座り、動物もののドキュメンタリーを見ている。

「じゃあ、ビニール袋が外にはみ出さないよう、ちゃんと入れとけよ」

誠は、正二に言って、下へ戻ろうとした。すると正二が、畳の上を滑らせて、こちらへ何やら放って寄越した。手のなかにちょうど収まる程度の小ぶりな長方形の箱が、子どもが使うような赤い色紙《いろがみ》で無造作に包んである。

誠は拾い上げ、何だよ、と目で問いかけた。

「包んでる紙は、香のだよ。今日で十七歳だ、って言ったら、その色紙を差し出した」

正二が、オカモチの前面の蓋《ふた》を取りながら、ぶっきらぼうな口調で言う。

誠はすぐに言葉を返せなかった。自分の誕生日を弟が覚えているとは思わなかったし、妹と一緒にプレゼントまでくれるとは……嬉しさより、気恥ずかしさが先に立つ。

「……こんなもの買う金が、どこにあったんだ」

中身も見ぬまま、つい問いつめる調子で口にした。正二は一瞬こちらを険しく見て、

「買うもんか。鯨屋《いさや》で万引きしたに決まってんだろ」

と答え、オカモチのなかの仕切り板を引き出す。

鯨《くじら》の古い呼び名を店名にしたらしい鯨屋は、家庭の不用品をタダ同然で引き取ったり、粗大ゴミを拾ってきたりして、店内に乱雑に並べている近所のリサイクルショップだ。盗品を売っているという噂もある。

捕まったら面倒だから万引きなんかすんな、と注意すればよいのか、素直に礼を言えばいいのか、誠は迷って、結局黙ったまま包みをジーパンの後ろのポケットに突っ込んだ。

「香……めし、できてるからな。冷める前に食べろよ」

いくらか声をやわらげて妹に言い、階段に向かう。

香はテレビから目を離さずに、

「動物になりたいよぉ。ケダモノになりたいよぉ」

と口にした。画面には、虎と、太い牙の下でもがく仔牛《こうし》の姿が映し出されていた。

誠は、取立ての連中に電話を掛け、届け物が来たことを伝えた。相手からは、五人分の料理の注文を聞く。三十分後、福健の作った料理をオカモチに入れ、自転車で五、六分、大通りからひと筋奥に入ったところの、十六階建てのマンションの玄関先に着いた。

玄関はオートロックになっており、外で部屋番号を押して待つ。ほどなく、イエース、と発音の怪しい英語で、女の声がした。カメラに顔を向け、ふくけんです、と名乗る。

「あらぁ、やっと男前が来てくれた。早く上がってきてえ」

女のはしゃぎ気味の声が返ってきて、玄関ドアが開く。目的の部屋は十三階にあった。

エレベーターで上がり、『Ｊｏｈｎ』と表札の出ている部屋の前に立つ。取締りにあたる人間が少しでも気おくれすることを狙って、外人名の表札にしているという。

玄関の斜め上に備えられた防犯カメラを意識しつつ、チャイムを鳴らす。ドアがわずかに開き、整えられた眉の下で笑みと媚《こび》を含んで光る瞳が、背後に誰かいないか尋ねる。

誠は大丈夫とうなずいた。フックが外され、いらっしゃーいと、ヒロミが両手を広げた。

真っ赤なミニワンピース姿で、ちょっとした動きで下着が見えそうなほど丈が短い。

最初に会ったとき、アイドルグループの元メンバーだと紹介された。実際の年齢は二十四と言っていたが、顔も目も鼻も丸い童顔で、表情によっては十八、九に見える。ぷっくりふくらんだ唇の下の、金色に彩色したほくろが目立ち、窮屈な服で押さえているせいで豊かな胸が外へこぼれ落ちそうだ。島崎《しまざき》の女でなければ、彼女を夢想のなかでの相手にし、市場の娘は二番目にしたろう。しかし島崎とやってると思うだけで反吐《へど》が出た。

「待たせちゃって、悪い子ねえ」

ヒロミがわざと舌足らずの声で言い、誠の首に手を掛ける。からだを引こうとすると、逆に豊かな胸を押しつけて、唇がふれそうな近さで吐息を吹きかけてきた。

「約束守ってる？　誠ちゃんの最初は、あたしのものだから。破ったら、切っちゃうよ」

誠の鼻に唇をチュッとつけると、彼女は誠を解放し、リビングのほうへ腰を大きく振って戻っていく。誠はうんざりしながら鼻の頭を袖でぬぐい、靴を脱いで彼女につづいた。

どうぞぉ、とヒロミがドアを開く。大音量が彼を包み、立ちこめる煙草の煙が風で割れ、ビートルズの姿が眼前に迫った。正面に超大型のテレビが置かれ、ビデオ映像が流れている。だが聞こえてくる歌は、音程のとれない誠にはノイズとしか感じられない。

部屋の中央には豪華な麻雀テーブルが置かれ、四人の男が囲んでいた。

「おお、誠。よく来てくれたな、ご苦労さん」

島崎美津男《みつお》が、牌《パイ》を捨てながら誠を見る。今年四十二歳の厄年だと言っていた。彼に会うたび、通販の紳士服のモデルを思い出す。端整な顔だが、何かが足りない。大学出で、経済新聞を読み、ビートルズのファンだった。広域暴力団と一般に呼ばれる組織の、上から三番目の団体で、ある地域を任されているらしい。彼自身は、上納金の厳しいフランチャイズのコンビニの店長みたいなもんさ、と自嘲気味に笑っていた。

一緒に麻雀卓を囲んでいるのは、斉木《さいき》と高平《たかひら》と荻野《おぎの》で、たいていこのメンバーだ。

誠は、ダイニングテーブルの下にオカモチを置き、料理を出してから、中の仕切り板を引き出し、背板の右隅のネジを引いた。背板が外れ、奥に本物の背板が現れる。いわゆる二重底の仕掛けで、本物の背板と偽物とのあいだに約六センチの隙間があった。

「誠ちゃん、コーヒーでも飲む？　あたしが眠れなくしてあげよっか」

ヒロミが、誠が運んできた餃子《ギョーザ》をレンジに入れ、唇を丸めて、前に突き出して見せる。

「いえ、すぐ帰りますから」

誠は目を伏せ、オカモチの奥から百五十包の「一万円包」を取り出した。

「ヒロミ、代われ」

島崎が、レノンの曲らしい一節を口ずさみながら立ってくる。ヒロミとすれ違う瞬間、彼女の股間に手を伸ばした。彼女が嬌声《きょうせい》を上げ、すけべ、と彼の手を振り払う。

ゲス野郎……。誠は口のなかで吐き捨て、「一万円包」が入ったビニール袋を島崎に差し出した。彼は、満足そうに袋を手の平の上で何度か弾ませてから、テーブルに置き、「前も言ったが、誠のアジツケは出来がいいから、客にも評判だよ。だいぶ借金も減ってるぞ。あと、そうだな、十年もいまの調子でがんばれば、全部払い終わるんじゃないか」

あと十年……。誠は二十七になっている。とてもじゃないが、想像できなかった。

「福健の親父の冷やし中華は、毎日だっていいよ。この、ごまダレの味が抜群なんだ」

島崎が冷やし中華の皿にかけたラップを外し、箸《はし》でぐちゃぐちゃとかき混ぜる。彼は冬でも特別に注文して、冷やし中華を食う。「やっぱ日本人はごまだな」というのが口癖だ。ったく、日本人ならうどんかそばを食いやがれ、中華麵を食って、日本人もねえもんだ。

「おまえたちも、ちんたら打たずに、早いところヒロミに振り込んで、さっさと食えよ」

島崎が声をかけたとたん、ロンと高平が甲高い声を発し、島崎は舌打ちをした。

高平は、安目ですから、と頭を低くして笑う。彼は島崎より四、五歳上で、人を下から見上げる癖があり、つまらない嘘をよくつく。振り込んだのは荻野で、裏ドラついて満貫《マンガン》じゃないっすか、とぼやいている。島崎より四、五歳下だろう。痩せて、頬骨の目立つ男で、つねに愚痴や不平を口にしている。彼ら二人が誠のアパートに取立てにきていた。

なかでは斉木が一番まともだった。誠が彼らの仕事を始めるとき、二十五歳と若い彼が誠の世話係となり、仕事の手順も彼に教わった。子ども時代の怪我がもとで腰の左右の高さが異なるらしく、歩くおり、かすかにからだが傾《かし》ぐ。往診の医者を紹介してくれたのは彼だ。家族を介護した経験があり、寝たきりの者に水分をとらせるとき、むせないようにトロミをつけるといいということも教えてくれた。

こんな世界にいなければ友だちになれたかもしれない。だが誠には、いま友だちと呼べる人間はいない。この国にはいない。

「誠には、いま三日で百五十包、アジツケしてもらってるんだよな。どうだ、つらいか」

島崎が、くっちゃくっちゃ音を立てて冷やし中華を食いながら訊く。

「はい……まあ、少し」

耳障りな音に気を取られ、答えて、すぐに後悔した。謙虚、ということが奴らには通用しない。少しと言えば、少しと思う。自分の都合のいいようにしか聞かない連中だ。

「少しか……ものは相談だが、三日で二百作れないか。いまどんどん需要が増えてるが、あいつらみたいなバカは、塩なんか混ぜて、すぐに自分の懐《ふところ》をあっためようとする」

「んな、ありゃもう三年も前だし……本当に、売り子が勝手にやったんですよぉ」

荻野が力なく抗議した。島崎はそれを無視して、

「ネットで情報が回るから、八時に売《バイ》したシャブが、味が悪いと、九時にはもうその売り場に客がつかない。逆に、いいブツだと客はどこからでも来る。しかもいまはネット販売

が伸びてる。アドレスは毎回変えるが、掲示板には商品と一緒に、うちのマークを入れてある。いわば誠ブランドさ。それが売れてる。モノがいいって、口コミで伸びてんだ」

「誠ブランドは、とくに女に人気があるんだぜ」

高平が口をはさんだ。彼は末端の売り子の見回りや、新しい客の開拓を担当している。

「シャブとアンナカのアジツケ具合に、上品さと深みがあって、あっちにぐっと効くらしい。天使みてえな子どもたちが作ってるからだって、おれは宣伝してんだよ」

そう言って彼はぐふぐふ喉を鳴らして笑った。

アンナカ、つまり安息香酸ナトリウムカフェインは覚醒剤の量を浮かせるだけでなく、興奮作用もあるという。多くは注射器で腕や太ももに射《う》つか、火であぶって煙を吸引するのが流行らしいが、女たちの一部は、水に溶かして性器に塗り込むという話だった。

「どうだ、誠、人気職人さんよ。三日で二百、やってもらえないか。その分は高めの額で返済に繰り込んでやる。そうすりゃ十年もかからない。五年、いや三年で完済できるかもしれないぞ。ボーナスも何回か出してやる。弟や妹に、何か買ってやれよ」

このアメは効いた。三年なら、ちょうど二十歳だ。二十歳のときに自由になっている。正二や香にも負担をかけるが、あいつらだって早く自由な生活に戻りたいはずだ。

「……わかりました、やってみます」

「そうか。やっぱり誠は、うちの連中とは性根が違うな。話がわかるよ」

島崎は、財布から一万円札を三枚抜き取り、最初のボーナスだ、と誠に渡した。

「じゃあ、もう帰りな。出前が長居して、怪しむ奴がいるとまずいから」

誠が部屋を出ようとしたところで、隅のほうで麻婆丼を食べていた斉木が立った。

「そこまで一緒に出てきます。外に誰か張っていないか、確かめておきたいんで」

島崎はうなずき、誠にはもう関心を失った様子でテレビを見ながら、誰もが平和に暮らしてるところを想像してごらんだとさ、いいこと歌うよ、とヒロミたちに語っていた。

誠は先に出て、エレベーターホールまで進み、ボタンを押して、斉木を待った。

「おまえ……本当にいいのか」

背後から斉木に言われた。怒っているような口ぶりで、何かと思って振り返る。

「三日で二百も作れるのか……いまだって精一杯だろう。からだがもちゃしねえぞ」

意外だった。この連中が自分のことを心配してくれるなど思いもよらなかった。確かに斉木は、島崎や高平たちとは違っていたが、それにしても真意がつかめない。

「三日後、いつもの百五十と、あと十包くらい持ってきて、すみませんって頭を下げろ。人気があるのは本当なんだ、ひどい目にはあわないさ。おれもなんか口添えしてやる」

「でも、多くこなせば借金も早く返せるんでしょ。だったら、なんとかがんばって……」

エレベーターが来た。斉木が無言で乗り込む。

誠はエレベーターの外からつづけた。

「五年か、もしかしたら三年で完済できるかもしれないって、島崎さんが……」

「乗れよ」

斉木が言う。声が乾いていた。

一階に着くまでの数秒の沈黙が、誠にはいたたまれなかった。確かにそうだ。奴らが三年と言って、本当に三年のわけがない。いまより無理しても五、六年。いや、十年。いつまでも手放そうとしないことだってありうる。

「降りないのか」

斉木の声がした。すでにドアが開き、彼が外で待っていた。

先に彼が玄関まで歩く。からだの中心のずれからくる身の傾きのせいか、綱渡りをしているような繊細な緊張感が後ろ姿から伝わってくる。

外の通りを、彼が注意深く見てゆく。厚生労働省の麻薬取締官、通称「麻取《まと》り」や、警察の捜査員らが張り込みそうなポイントを確かめているらしい。

「さっきもらった金も、パケを渡すときに一緒に返して、謝りゃいい」

斉木が背中越しに言う。

二十歳には……と高揚した気分が一気に冷えていた。外へ出て、自転車の前まで進んだところで、おい、と声をかけられた。斉木が玄関前から見ている。

「おまえ、女とまだだろ。今度、連れてってやるよ」

「……どこへですか」

「ばか野郎」

斉木が薄く笑って、扉の向こうに消えた。

誠は、自転車の鍵を外し、ペダルに全体重をかけた。一秒でも早く、この場から去りたかった。女なんてどうでもいい。大事なのは、いつ自由になれるかだ。

島崎は口先では、借金が着実に減っていると言う。しかしそんな証拠は何もなく、すべて返済したからといって、自由になれる保証もない。

「ったく……」

誠は、リートのことを想った。

あいつも煮えたぎる感情をもてあますことがあるだろうか。いつ占領が終わるのか、見通しは少しも立たず、といって町から出ていけるだけの金も手段ももっていない。NGO事務所に雇われたのは、同情よりはむしろ、家族を背負っていれば裏切らないと思われたからだろう。周囲には、家族をなくしたり、家族が大怪我を負って困っている住民が溢れている。扱いを別にしてもらえるほど、特殊な境遇じゃない。

　ともかく今夜、寝たきりの母と、腹をすかせて待つ弟と妹に持ち帰れるのは、人数分のパンと、団子用のとうもろこしの粉、牛乳と粉末スープだけだ。なのに、通りかかった占領軍の兵士が、爆弾を隠しているだろう、とパンを取り上げて、がれきのなかへ放り、軍用ライフルで撃って粉々にした。見ていたほかの兵士たちがヒステリックに笑う。一瞬も気の休まらない状況がいつ終わるのか、にきび面の兵士たちにもわかっていないのだ。

　自転車をこいでいて、ふと、硬いものが尻に当たるのに気がついた。

　ズボンのポケットに、弟からもらった誕生日プレゼントをしまってあった。包み紙に使われていた妹の色紙を開く。出てきたのは、手の平におさまるハーモニカだった。

　自転車を止め、傷ついた小鳥を包むようにハーモニカを両手に持ち、口に当てる。

　船の汽笛のような音が鳴った。旅立ちの汽笛。だが、自分はどこへも行けない。

　もう一度、思いの丈をぶつけるように息を吹き込む。

　彼方に見える砂漠に、蜃気楼が浮かぶ。青カビと同じ色をした幻の海の上に、自由の地へと渡る船の影が揺らいだ。

匂わない花

晩夏の朝の陽射しに、亀裂の入ったアスファルトが、巨大な水棲動物の背中のように黒く照り輝いている。

吉丘香は、朝の八時過ぎにアパートを出て、くたびれた色合いの民家やアパートが並ぶ住宅地を歩いていた。

女子学生専用のアパートの前に立つ電信柱のそばに来たとき、彼女は足を止めた。通勤や通学の人の列が途切れ、周囲には、前を行く緑色のTシャツを着た兄の姿しかない。

「きのう、ひだりあし。だから、きょうは、みぎあし、おいていくね」

香はつぶやき、立ったまま右足を前に出し、かかとを地面につけた。

電信柱の陰に座り込んでいたポニーテールの女が、するすると這《は》い出してきて、香の出した右の足首のあたりにふれた。

女は香を見上げ、いいのね、と訊く。香はうなずいた。女は両手で香の右足を抱き、青白い頬を細い膝に押し当てる。香は、女に預けた足から骨だけを引き抜くようにゆっくりと重心を移し、そのまま右足を引きずって歩きはじめた。

「香、何をやってんだ。遅れるぞ」

正二が寝不足の顔で振り返る。妹が右足を引いているのを見て、ため息をつき、

「またか。なんでいつもこの辺で、おかしな真似を始めるんだよ」

香は黙って後ろを見た。

絵を勉強する学校の学生だったと語ったポニーテールの女が、水色地に薔薇《ばら》の花柄のワンピース姿で、電信柱にもたれ、香の残した右足を撫でている。

「あの辺にまた、おばけがいるのか」

正二がうんざりした口調で言った。

香は首を横に振る。女が顔を上げて険しい目でこちらを見る気配を感じ、足を速めた。

靴が窮屈で、早く歩くと足が痛む。

「バラ子さんだって、おしえたでしょ」

声をひそめて兄に注意した。

バラ子さんが生きていたときの名前を、香は知らない。相手は話したのだが、覚えなかった。死んでいながら、この世にとどまっている者の、生きていたときの名前を覚えるの

が、なんとなくいいやだった。バラ子さんてよんでいい？　と香が名付けたとき、相手は花の薔薇と思ったらしい。わたし、薔薇の匂いがする？　と笑顔で尋ねた。車か何かの音に気を取られたふりをして、答えずにいた。花の匂いなどしなかった。死んだ者はどんな匂いもしない。それに、香は本来、匂いには敏感なほうだったが、母が倒れてからは、どんな匂いも、くさいとしか感じられなくなっている。

「バラ子さんの前を通ったあと、なんで足を引いたり、片目を閉じたりするんだ」

正二が並んで歩きながら訊く。

香は窮屈な靴を少し脱いで、かかとを踏んで歩いた。

「まえ、はなしたよ」

「いいから、何回でもわかるまで説明しろよ。毎朝毎朝、何だと思うだろ」

「だからぁ……かみさまへの、おそなえもの。ああいうのとおんなじ。おそなえしたら、そのひは、バラ子さんのものだから、つかえないの」

「なんで使えないんだ。第一、なんでバラ子さんに、おそなえものなんかするんだ？」

「しなかったら、バラ子さん、ひどいめにあったこと、ずっとはなして、とおしてくれない……あと、わたしが、みえるって、ほかのみんなに、はなす」

「……ほかのみんなって、誰のことだ」

だからぁ、と香が話しながら角を曲がったとき、ぼろ切れ同然の服を身にまとった老人が道端に座り込み、欲深い鬼の面を張りつけたような表情で、人が通るたび、物欲しそうな目で話しかけていた。なのに誰も彼を見返さず、正二も気づかない。この町に越して以来、ずっと同じ場所に座っている老人の前を、香もまた何も見えないふりで通り過ぎた。

正二はそのあと二度、誰のことだと訊いたが、香は口を開かなかった。

倉庫と生産緑地が交互に並ぶ裏通りを歩き、高圧線の鉄塔の角を曲がったところで、えんじ色の屋根が目立つ古い幼稚園が見えた。

園の門前には、女性教員が複数立っている。皆、キリスト教のシスターか信者だった。彼女たちが正装するのはミサのときだけで、いまは裾《すそ》の長い地味な色の服に純白のエプロンを着けている。彼女たちは、保護者に付き添われて登園する園児たちを迎え、そのつど「ボケルトーヴ」と笑いかける。

園には現在、外国籍の子ども、日本国籍だが外国にルーツをもつ子どもが、全体の三分の一ほど通っている。園の方針で、国籍やルーツが違う子どもたちが互いを理解するきっかけとなるよう、朝の挨拶は、世界の国々や地域の言葉を教員たちが日替わりで口にすることになっていた。

今日はイスラエルの公用語ヘブライ語で挨拶する日であり、園内に備えられたスピーカーからは、同じ国のピアニストによる軽快な音楽が流れている。

「おばけの夢を見た話なんか、人にするなよ。家庭訪問とかされたら、困るんだから」

正二が香の耳もとで注意し、教員に頭を下げて、小学校のほうへ駆け去った。

香が園に近づいていくと、教員たちは、またなの、と苦笑に近い表情を浮かべ、

「ボケルトーヴ、香ちゃん。今日は右足が怪我かしら？　痛くはないんですか」

香は、軽く手を上げて応え、古い木の門を、右足を引きずったままくぐった。

この園は、五十年ほど前、キリスト教の信者だった日本人夫婦が、通っていた教会の隣にあった自宅を壊し、跡地に建てたものだった。

夫婦は戦争の反省から、子どもへの慈愛と献身を象徴する聖母信仰を中心に据えた幼児教育の必要性を感じ、非営利の運営方針を掲げ、経済的に恵まれていない家の子どもたちを積極的に受け入れた。趣旨に賛同した教員資格をもつシスターや信者が集まり、同じ敷地内に職員用の寮も造った。こまごまとした増改築はあるものの、基本的には当時のものをいまも使っている。

木造建築の細長い一階建てで、玄関から奥へ廊下がまっすぐ伸び、年少、年中、年長クラス、職員室、と各部屋が並び、突き当たりに手洗い場とトイレがある。園庭《えんてい》は広めで、砂場以外の遊具はないが、サクラ、ケヤキ、イチョウの大樹が心地よい日陰を作り、在園

生・卒園生の有志家族が花壇を整備して、四季を通じて豊かな花の彩りも見られる。

経済的に恵まれない家の子を受け入れる方針は、現在の園長に代わってさらに積極的になり、生活保護を受けている家の子どもや、外国籍の子ども、難民認定を受けたり認定申請をしている家の子どもは、ほぼ無条件で入園できた。

通園費用は一般的な幼稚園の三分の一程度で、場合によっては免除のこともある。薄給でも子どもたちに尽くしたいと願う教職員と、園の運営に賛同する人々の寄付、おやつや給食の食材や調理の労力を提供するボランティアの人々の活動によって、可能となる運営だった。

それもあってか、近所だけでなく、離れた地域に暮らす子どもも多く通い、現在各クラス三十人前後の子どもが在園している。

香の場合、元気だった頃の母が、何より通園料が安いことで選び、面談の際には夜逃げしてきたことを正直に打ち明けて、入園許可を得た。

香は、狭い廊下を走り回る園児たちをかわして、泣き声ばかり聞こえてくる年少クラス、おもちゃを取った取られたで喧嘩の絶えない年中クラスの前を通り、園児それぞれが自分の遊びに没頭して、比較的落ち着いている年長クラスの教室に入った。

年長クラスは二十九人、すでに半数以上の園児が来て、半円形に置かれた椅子ではなく、床に直接座り、気が合う者同士で遊んでいた。香は、教室の隅にいる二人に近づいた。日系四世のブラジル人の男の子ボイが、香の右足を見て、肩をすくめ、人形でのサッカーごっこに顔を戻す。カンボジア人の女の子セダーがほほえみ、口のなかでおはようと言う。香がセダーとお手玉で遊んでいるうち、頭にスカーフを巻いたタジキスタン人の女の子ゴルが、年少クラスの妹と手をつないで、香の横に座った。

ほどなく、長身で小学二年生くらいに見える南アフリカ出身の女の子リヤが、褐色の肌が引き立つ銀色のシャツにピンクの短パンツ、イヤリングまでつけた格好で現れ、香たちの背後に座った。

やがて担当の教員二人が教室に入り、子どもたちに椅子に座るように言った。

タジキスタンの女の子ゴルが、妹を年少クラスに連れていって戻り、一人ひとりが自分の国の言葉で「おはよう」を言って回る途中、アメリカ軍兵士の父と、沖縄出身の母とのあいだに生まれたノチェが、迷彩色のTシャツを着て、奇声を発しながら飛び込み、子どもたちをダダダダと銃で撃つ真似をした。

悲鳴を上げる子、うるさいと殴りかかる子もいて、教室が乱れた。教員が手を打って騒ぎを静め、ノチェに注意する。彼は不満そうに、「うったのは、テロロストだけだよ」と答え、香の隣の椅子に腰を落とした。

全員で軽い体操をしたあと、教員のオルガンに合わせて童謡を歌う。子どもたちは思い切り声を出すように導かれ、ふだん狭い部屋で暮らしている子どもが多いこともあって、歌とは言えない叫び声が飛び交い、手足を振り回して声を出す子もいる。

エネルギーを発散したことで子どもたちは落ち着き、ハンカチ回しなどの静かなゲームをしてから、トイレを済ませ、ボランティアの人々が作ったクッキーや団子をおやつに食べる。それから昼まで絵を描いたり、粘土をこねたり、庭遊びをしたりする。

この日は粘土で「なりたいもの」を作った。ボイはサッカー選手と答えてボールを、セダーはお嫁さんと答えてブーケ、リヤはモデルと答えて棒のような人形を、ノチェは兵士と答えて戦車を、ゴルはパン屋さんと答えてパンを幾つも作った。

香は七色の粘土を混ぜ、生き物を作った。猫なの、馬かしら、と教員に訊かれ、「ケダモノ」と答えた。

突然、園内にサイレンが響いた。香は隣にいたセダーの肩を抱いた。リヤも寄ってくる。ゴルは妹のクラスに走り、ボイとノチェはほかの園児たちに早く集まれ、と指示を出す。

園では、園長の方針で、避難訓練が毎日おこなわれる。サイレンが鳴れば、子どもたちは、教室にいる場合は園庭までそろって出る。園庭にいるときは樹の下に集まる。

避難訓練など年に一度で十分、と言う保護者もいるが、万が一の事態はいつ来るかわからない、と園長は譲らない。子どもたちはゲーム感覚で楽しんでおり、香も、子どもたちが身を寄せ合って行動することが、「どうぶつみたい、ケダモノみたい」とわくわくして、この訓練があるから、バラ子さんが途中で待っていても幼稚園に通っている。

全員の園庭への避難が終わり、訓練終了、という固い声が園内のスピーカーから聞こえた。園児たちは教員の指示で、教室に戻ったり、庭遊びを再開したりした。

園長はフランス国籍の女性で、幼い頃に敵の軍隊の侵攻を体験し、成人後に起きた東南アジアでの戦争時には、現地の赤十字で看護師として働いた。難民支援活動の一環で、日本に渡り、この幼稚園を作った夫妻の息子と結婚した。夫妻の死後、医者だった夫が園長となり、彼が十年前に病死ののち、彼女が園を継いだ。現在は、離婚して実家に戻った娘に表立った仕事を任せ、気の向いたときにだけ人前に出る。

彼女の経歴を聞いた者は、戦う聖女のような毅然《きぜん》とした美人を想像しがちだが、実際は、顔も喉も皺《しわ》だらけで、分厚い眼鏡の奥の目を見開いて相手を見つめ、酸っぱいものを口にしたように唇をとがらせており、口の悪い者は「怒った七面鳥」と陰口をたたいた。

昼になると、ボランティアの人々の手による給食が園児に出され、食後に祈りの時間となる。祈り方は、信仰する宗教それぞれのやり方でよいが、信仰をとくにもたない場合は、シスターの唱える言葉を復唱する。

香は、聖母への愛と信頼の言葉が教室に響くたび、母のおむつが開けられたときのにおいを思い出して、目も口も固く閉じた。

昼食後ほどなくして、一般の園児は、迎えにきた保護者と帰宅する。様ざまな事情で早い時間のお迎えが難しい家の子どもは、夕方まで、年少クラスの教室で待つ。香はいつも、小学校の授業を終えてから迎えにくる正二を、年少クラスで待った。

教員の一人が、次に呼ぶ子は年長クラスへ集まって、と言った。

日系四世のボイ、カンボジア人のセダー、タジキスタン人のゴル、南アフリカ人のリヤ、アメラジアンのノチェ、そして香は、奥の教室に移動した。

教室の前方に、園長と小柄な女の子が立っていた。

園長はふだんと変わらず、首から足のかかとまである黒い服を着て、厳しい目つきで子どもたちを見つめている。隣の女の子は、白いシャツに紺のスカートをはき、色の白い顔をうつむけて、目を足もとに向けていた。香は一瞬、生きていないかも……と思った。

「明日から、この子も年長クラスに来ます。あなたたちの仲間に入れてあげてください」

園長が流暢《りゅうちょう》な日本語で言う。園児の出入りはよくあるが、園長みずからが紹介し、一つのグループに仲間として迎えるように頼むのを、香は初めて見た。

身じろぎもしない女の子の背中に、園長が手を当てる。二人は庭へ出て、裏の職員寮のほうへ歩き去った。

　年少クラスから教員を呼ぶ声がした。香たちを残して、彼女は先に教室を出た。

「あのこ、かも」

　リヤが言った。背の高い彼女の声は、香には頭の上から落ちてくるように聞こえる。

「パパが、ふくえんちょうせんせいから、きいた」

　リヤの父は、南アフリカの鉱物資源を日本に輸出する会社に勤め、一家は都心の高級マンションで暮らしている。本来この園とは相容れない経済状況だが、リヤは以前通っていた幼稚園でいじめを受け、彼女の母も異国の母親たちになじめずに神経を病み、この園を人に紹介された。園長は多額の寄付を入園の条件に出し、リヤの父は、副園長つまり園長の娘から、園内における愛娘《まなむすめ》の情報を詳しく受け取る約束で、条件を受け入れた。

「じぶんのママに、ころされたこどもが、ここ、くるって」

　子どもたちがそろってリヤを見た。

「ころされたって……いきてるよ」

　ボイが言い返す。リヤはうまく話せないことがじれったそうに、自分の胸を軽く叩き、

「ころされ、そうに、なった……いま、おばあちゃんのところ、いるって」

「……うそ。ママは、こどもにそんなこと、しないよ」

セダーが気弱いながら、断固とした口調で言う。ゴルもうなずく。

「ばーか。こどもにひどいことする、おとななんて、いっぱいいるよ」

ノチェが、教室の壁に飛び蹴りをしたあと、ホーフクと叫んで、周囲に向けてマシンガンを撃った。ボイが、ホーフクのホーフク、と叫んで、撃ち返す。

「……どうして、ママに、ころされそうになったの」

香は、リヤを見上げて訊いた。リヤは首を横に振った。

窓のすぐ下の花壇には、オレンジ色の百合が咲いている。風で匂いが運ばれ、あ、いいにおい、とセダーが言った。香は顔をしかめて、くさい、とつぶやいた。


日がまだ高い位置にある午後三時半、小学校の授業を終えた正二が、香を迎えにきた。香は靴箱の前に座り、元は鮮明な赤だった茶褐色の運動靴をはいた。元気だった母が、去年の春に買ってくれたものだ。もう窮屈になり、はくのにも苦労する。

香と仲のよい園児のなかでは、セダーが、三時に祖母が迎えにきて先に帰った。

セダーの祖母は、カンボジアの古典舞踊の踊り子で、内戦時にセダーの父の手を引いて、国を出た。フィリピンの難民収容所を経て、日本に定住ののち、成人したセダーの父が、同様の生い立ちのセダーの母と知り合い、結婚した。いまは両親が深夜から明け方にかけてビルの清掃をしながら、区内のアパートで、家族四人で暮らしている。

おれも、かおりとかえる。ノチェが教室を飛び出した。

ノチェの住まいは、香たちが帰る途中に通る、駅の裏手の、スナックの二階だった。

彼の母は、スナックの雇われママとして働いている。両親は結婚せず、ノチェは父親から認知してもらっていない。父親は、ノチェがものごころつく前に母国へ帰り、イラクに派遣されたという話までは届いている。だがここ二年は音信不通だった。

三ヶ月前、ノチェの母は女の子を出産した。相手は店の客だった日本人で、会社をリストラされ、スナックの二階に同棲している。家事のほか、ノチェの送迎も受け持っているが、ノチェは彼を避けていた。

ママからメール、いま、えきだって。

リヤが、教員に携帯電話を見せた。かおりのおにいちゃんに、おくってもらう、と彼女がピンクのサンダルをはく。慢性的な人手不足で困っている教員は、お願いできる？　と正二に訊き、何度も経験のある正二はうなずいた。

リヤの父は仕事で忙しく、送り迎えは母の担当だが、彼女はマンションの外へも出られなくなることがある。人を雇おうとした夫に、彼女は自分でできると断り、リヤも母の味方をした。結果的に、リヤはほとんど一人で電車に乗って行き帰りをし、父にはママがしてくれてると言い、母には友だちのおにいちゃんが一緒だから心配ない、と話していた。サンパウロから両親と兄とともに来日したボイは、菓子製造工場に勤める母が幼稚園に送り、防災機器の組み立て工の父が五時過ぎに迎えにくる。九歳上の兄は、日本の学校を、言葉がわからないために中退し、同じ境遇の仲間と車上荒らしをして、少年院にいた。

ゴルは、タジキスタン内戦のおりに両親がアフガニスタンに逃れ、同国でも内戦が生じて、ボランティアの助けで日本に渡ってきた。

両親は不法入国者として施設に収容され、施設内でゴルが生まれた。弁護士グループの働きかけで施設からは出られたが、いまだに難民の認定が下りず、両親は外出を怖がっている。そのため、金銭の援助もしている支援団体のメンバーが日替わりで、ゴルと二歳下の妹を送り迎えしていた。

香と正二とノチェとリヤは、一緒に園を出て、表通りから二筋奥まった道を、正二と香は黙々と、リヤは携帯を見つつ、ノチェは一人で戦争ごっこをしながら歩いた。

駅に着いたところで、リヤが、じゃあと手を振った。駅にいるという母親からのメールは、リヤが用意したものだと、香たちは知っている。

リヤは、周囲に危なっかしく見られまいと、胸を張って改札を抜けていった。

三人は、彼女を見送ってから歩きだし、

「おれも、ひとりで、アメリカいく。ダディをたすけて、わるいやつ、やっつける」

ノチェが、ダンダンとライフルを撃つ真似をした。ノチェ君、と呼ぶ声が聞こえた。駅前のパチンコ店の前から、赤ん坊を背負ったずんぐりとした体形の男がこちらを見ている。赤ん坊をよしよしとあやし、いま迎えにいくとこだったんだ、ここで会ったことはママに内緒にしてよ、と愛想笑いを浮かべ、ジャージーのポケットをまさぐり、百円玉をノチェに向けて振った。ノチェは駅裏へ駆けだし、正二と香は駅前を離れた。

アパートに帰り着く前に、二人はいったん別れ、正二だけがスーパーに買物に寄った。パンと牛乳、ジュース程度だが、賞味期限が近づいて割引されているものを選ぶ。

そのあと隣のドラッグストアで、母のおむつと、お茶にトロミをつけるパウダーを買う。トイレットペーパーと石鹼は、必要になれば小学校の備品を勝手に持ち帰っていた。

香はそのあいだ、商店街の外れのリサイクルショップ鯨屋で待った。

鯨屋は、玄関周りの壁に白鯨《はくげい》が口を開けた絵を描いており、客はまるで鯨の口のなかに入っていくように見える仕掛けになっている。

店内は、電化製品や家具、おもちゃ、レコードに本、ハーモニカやギターなどの楽器類、古着に古布、鍋やフライパンなどの調理器具、皿などの食器、ゴミ同然の缶やビン等々、まさに鯨が何もかも吞み込んだ様相で、床から天井まで雑多に商品が積まれていた。

なかで香が最も気に入っているのが、店の奥のガラスケース内に並べられている動物の骨だ。鼠、猫、犬、狐、狸の頭蓋骨や、手足の骨など、解剖学の大学教授が自宅に収集していた遺品だった。

骨は、どれもシンプルなのに精巧な造りをしており、香はことに歯と顎に目を奪われる。顎の骨には小さな穴が並び、歯や牙がぴったり納まっている。同じ形、同じ大きさのものはないのに、どの歯も牙もきれいに合わされ、嚙むことに正確に働くようにできている。香は自分の歯にふれた。自分のなかにも、こんな完璧な形があると思うと、自分が自分ではないような気がする。

誰がこんなものを造ったのか……不思議でならない。

「ハーモニカは、死んだエクアドルの革命家のものさ。お守りにするといいよ」

しわがれた声が聞こえた。

ガラスケースの脇から奥へ、コの字形にカウンターが設けられ、三歳児くらいの男の子の人形を膝に抱えた老婆が、向こう側に座っていた。

イサヤのオババ、と近所の子どもたちは呼んでいる。皺のなかに目鼻が隠れ、つねに笑っているような、穏やかな顔をしていた。

男の子の人形は、見るたびに服が違い、いまは浴衣《ゆかた》姿だ。眠り人形らしく、目は閉じているが、肌の感じが生々しく、遠目だとまつ毛がふるえているように見える。

オババは、可愛がっている孫のおもりでもしている様子で、人形の頭を撫でながら、おっとりとした口調で言った。

「命が思い上がらないように、死んだ人の持ち物を、いつも身に着けておいで」

「香」

店の玄関先から、正二の声がした。香はオババの前を離れ、店を出た。

「オババと、何を話してたんだ。ハーモニカのこと、ばれてなかったか」

正二の問いに、香は首を横に振って、右足を引いて歩きはじめた。

部屋では、誠がいつものように板間で仮眠をとっていた。

香は踏み台を使って、流しの横に置いたプラスチックのコップで水を飲んだ。正二が、ただいま、と母に帰ったことを報告し、彼女の体位を換える。コップを戻すとき、香は手が滑り、流しにコップを落とした。その音で誠が目を覚まし、ったく、とからだを起こす。

香は黙ってコップを拾った。

「早いとこ、こんなところは出ていきてぇな」

と、誠がため息をつき、首の骨を鳴らす。

「お母さんが治らないと、どこへも行けないよ。お母さん、おむつを替えるね」

正二が言い、母のからだに掛かったタオルケットを取った。

香は玄関に向かった。誠も慌ててジーンズをはき、待て待て、と早口で言って、香につづいて廊下に出る。

この時間の母のおむつ替えは、大きいほうが出ていることが多く、においもきつい。香と誠は、部屋のドアの前にしゃがんで待った。誠があくびを嚙み殺しながら、

「今日は右足が痛いのか？　怪我してんなら、消毒しないと、うんじゃうぞ」

と、香の右膝を指でつついた。かかとのつぶれた靴の下で、かすかに砂が鳴る。

「……ケダモノは、けがしたとき、どうするの」と、香は尋ねた。

「ケダモノ？　ライオンとか熊じゃなくて、ただのケダモノか……。まあ、たぶん、巣のなかでじっとして、怪我がしぜんと治るのを待つんじゃないか」

誠はポケットから鈍い青色に光るハーモニカを出し、彼女にほほえみかけた。

「これ、ありがとな……。ケダモノはさ、こんな声で鳴くかもよ」

と、ハーモニカの端のほうに息を吹き込む。動物が低く唸るような音がした。

ドアの向こうから、終わったよ、と正二の声がする。誠は伸びをして、さあてまた仕事かぁ、と部屋に戻った。香は、まだ母のにおいが残っていると思い、廊下に残った。

二階から人が下りてくる。聖職者風の黒服を着たオランダ人だ。

彼は香に気づいて、こんにちは、と日本語で語りかけてきた。どうしたの、と歩み寄り、甲にびっしり毛の生えた手をこちらに伸ばす。

香は、生きている人とそうでない人の区別がつかない。バラ子さんの場合は、電信柱の陰から伸ばされた手をかわして、見えるのっ、と相手に気づかれた。だから、町で見知らぬ相手とぶつかりそうになったり、手を伸ばされたりすると、かわすことが怖い。

オランダ人は香の頭を撫でて、どんなときにもきっと神様が助けてくれますよと言い、外へ出ていった。香は、膝のあいだから廊下に唾《つば》を垂らした。

誠がふたたび出てきて、自転車の鍵を外す。香の頭を中指で二度ノックし、

「晩めし、何がいい。福健さんに頼んどいてやるぞ」

「フカヒレ」

それがどんなものか、香は知らない。飛び切り高価だということだけは、前に正二から聞いて、頭に残っていた。

ばか野郎、と誠は笑って、自転車を押して出ていった。

香は部屋に戻り、手を洗う正二の後ろを通って、居間の母を見た。母はからだの右側を下にして、壁のほうを向いている。そばに立ち、母の薄くなった背中を見つめた。

「黙ってないで、お母さんに何か話しかけてあげろよ」

正二が流しのところから言う。

香は、顔をそむけて母のそばを離れ、居間の隅でごろりと横になった。母に背中を向けてじっとしているうち、いつのまにか眠っていた。


目を覚ましたとき、部屋はもう暗かった。窓の外を見てみる。かつて工場があった跡地は、一面、草の原だが、部屋の前にだけプレハブ小屋がある。倒産した工場の建物や、なかの機械類を、解体し、運搬する際の事務所として使われていた小屋だ。工場が土台だけを残して処理されたあと、小屋のことまでは気が回らなかったのか、ぽつんと跡地に残され、いまは金属性の壁が淡いあかね色の光を照り返している。

香は母に目をやった。体位をまた換えられたらしく、まっすぐこちらに視線を向けている。息をつめ、母を見つめ返す。母の表情は変わらない。

香はからだを少し横にずらした。母の目は追ってこない。そっとつめていた息を吐いた。

板間では、正二が座卓の上に突っ伏して寝ていた。座卓の上に、学校の宿題らしいプリントが出ている。香はトイレを済ませ、冷蔵庫のドアに磁石で留めてあるカレンダーを確かめた。約束の日だ。毎月この日に会うと、相手と取り決めてある。

香は、正二を起こさないよう注意して部屋を出た。靴のかかとを踏んで、倒産した工場を囲っていたブロック塀のところへ進む。工場の正門は反対側の道に面し、固く閉ざされている。だが、裏手のブロック塀は一部が崩れ、子どもでも簡単に入れる場所があった。

伸び放題の雑草を踏み、自分たちの部屋のすぐ前に建つプレハブ小屋まで歩いてゆく。

子どもたちがこの辺りで遊んだのは、工場がつぶれた当初だけで、香たちが引越した当時、もう遊ぶ者はなく、元気だった母から、空き地に入ってはいけないと注意された。

両親が管理人から聞いた話では、かつて工場では、様ざまなエンジンやモーター類を分解、洗浄、再生していた。その際に出る汚水や、化学薬品を用いたあとの廃液が、排水施設の不備もあって、地面に大量に垂れ流された。工場がなくなって三年が経ついまも、異臭が跡地に立ちこめている。ずっと空き地のままなのも、残留物質に発がん性があるとか、上空を飛ぶ小鳥が落ちて何百羽も死んでいたとか、怪しい噂が絶えないためらしい。

香は、鍵の掛かっていない小屋の玄関戸を開いた。錆だらけの事務机やロッカーが残され、窓際に、表の布が破れたソファがあった。

ソファの前に、灰色のシャツに茶のスラックス姿の男が、こちらに背中を向けて立っている。香に気づいて、振り返った。

父の信道《のぶみち》が、嬉しそうに表情を崩し、両手を広げる。彼女が歩み寄り、父は娘を抱きしめた。

「元気にしてたかい。少し痩せたんじゃないか、ちゃんと食べてるのか。誠や正二は元気なんだろ。お母さんの具合はどう……相変わらずよくないのかい、意識は戻らない？」

香はうなずいた。信道は、彼女を離して、ソファに誘った。

二人は並んで座り、ひと月ぶりの香の健康、幼稚園での出来事、また家の状態や、母の最近の病状、誠の仕事、正二の学校生活などについて、信道が質問をつづけ、香はそれぞれに対して短い答えを返した。

「そうか……。本当にごめんね。香やみんなに、つらい想いばかりさせてしまって」

信道がいったん後ろに倒した首を、膝のあいだに落とし、深く息をついた。

「よそに出て働くことにしたのは、間違いだった。借金を早く返済できるという話だったんだ。もちろん、いまもがんばってるよ。ただ、いまの仕事は家族にも秘密にしなきゃいけないし、途中でやめられない。月に一度、短い時間抜けてくるのでも精一杯なんだ」

「まえも、きいた」

香は居心地の悪い想いがして、ソファの上で座り直した。スプリングの軋《きし》む音がする。

「うん……お母さんも、あんなふうになってしまって、いまさら何を言っても遅いな」

「たのしいはなし、してよ。たのしかったころのはなし」

父はうなずき、香の母と初めて会った頃から、結婚前までの話をした。

日が完全に落ちたあと、香と信道は手をつないで小屋を出た。アパートの各部屋に灯った明かりを頼りに、敷地の外へ出る。アパートへ戻ろうとする香を、信道が呼び止めた。

「香……頼みがある。今日はそれも言いたかったんだ。一緒に来てくれないか。お父さん、いま一人だ。勝手なのは承知だが、やっぱり寂しい。誠と正二は、黙って出てったお父さんを許さないだろう。こうなった事情をきちんと知らせたいけど、話しちゃいけないことになってってね。だから、おまえだけでも、ここを出て、お父さんと来てくれないか」

香はどう答えればよいかわからなかった。

信道が固かった表情をゆるめ、一つうなずいて、手をバイバイと振った。

「考えといておくれ。来月また抜けてくるからね。それまでからだに気をつけるんだよ」

香は、父に手を振り返し、アパートに戻った。

部屋に入ると、寝起きでいつも以上に腫れぼったい目をした正二が、香を叱った。

「どこへ行ってたんだ。心配するだろ」

父と月に一度会うようになって一年以上になるが、香は誰にも話したことはない。

七時に、二人は『ふくけん』に出かけた。店内に入り、香は福健の背中の上のほうにある瘤を見つめた。赤ん坊の頭ほど盛り上がっているなかに、何が入っているのだろう。見るたびに考える。ラクダのように、砂漠を横断できるくらいの栄養だろうか……。

福健がいきなり振り向いた。香は目をそらし、右足を引いて二階に上がった。

誠が置いていったラーメンには、チャーシューが三日月の形に切られて入っていた。

「ほら、フカヒレだ」

福健の作ったものはおいしい、と誠も正二も言う。だが香は、ほかのものよりくさいのがましなくらいで、自分はケダモノだと言い聞かせ、空腹を満たすためだけに食事する。

アパートに戻ったあと、正二が母を起こし、福健に作ってもらったおかゆを食べさせた。

母のおむつ替えのとき、香はさすがに眠くて、もう廊下まで出る気になれなかった。

カーテンを引き、窓を開ける。母が排泄《はいせつ》したもののにおいより、工場の残した異臭のほうが、冷たくて、機械的な感じで、まだ我慢ができる。

向かいに建つプレハブ小屋のなかに、明かりが見えた。ろうそくらしく、ほの暗い光が不安定に揺れている。

目を凝らして見守るうち、小屋のなかで人影が動き、窓の向こうに、正二より少し年上らしい少年が顔をのぞかせた。金色の髪は波を打って後ろに流れ、頬がすっと削《そ》げて、高い鼻を頂点に、鋭い三角形を作っている印象だ。瞳の色が、ろうそくの炎の加減なのか微妙に変化し、白目の部分が鮮明に浮き立って見える。その目が香をとらえて、ほほえんだ。

香は相手から目を離すことができない。

あっ、と驚きの息づかいが耳もとでした。正二がいつのまにか隣に来ている。金髪の少年の目も、正二に向けられた。

小屋の入口のほうで土を踏む音がする。金髪の少年がシッと唇に指を当て、音がしたほうを見た。香たちも視線を移す。闇のなかで小さな光が揺れ、アパートの各部屋の明かりで、懐中電灯を持つ太った男の影が浮かんだ。

金髪の少年がこちらに顔を戻す。険しい表情に変わっていた。彼は、手の動きで、窓のカーテンを閉めるように求めた。

正二が素直に窓を閉め、カーテンを引く。カーテンが閉め切られる前に、少年がバイバイと手を振り、窓から離れて、姿を消した。

香と正二は、いま見た少年のことについて、互いに黙ったままでいた。

正二が布団を敷き、香はピンクのパジャマに着替えた。正二がトイレに入った隙に、香は布団の上を這い、母に近づいた。母の目がまた香のほうに向けられている。

父が突然いなくなった日、香は高熱を出した。母は、父を捜しにゆくつもりだったのをやめて、香の看病をしたと、兄たちに聞いた。数日つづいた熱が引き、久しぶりに幼稚園に登園する際、いつものように母が送ってくれて、園の前で別れるとき、強く抱きしめてもくれた。そのときの柔らかい感触はいまも覚えている。なのに、母の首に顔を押しつけたときに感じたはずの甘い匂いは、もう忘れてしまった。

それからさらに数日経った日の午後、母は園に迎えにこなかった。病院に運ばれたのだと、あとになって聞いた。以来ずっといまの状態だ。

母が寝たきりになった頃、香は盛んに話しかけ、母のからだをしつこく揺さぶり、誠から叱られた。それがだんだんと母の顔を見なくなり、話しかけることもしなくなった。

布団から母の左手が出ている。その手にふれようとした。口を開き、呼びかけてみようとする。

トイレの水を流す音がした。母のそばを離れ、自分の布団にもぐり込んだ。

「香、寝る前に、お母さんに、おやすみって言えよ。お母さん、きっと喜ぶぞ」

正二の声が、布団の奥まで追いかけてくる。

父の言葉がよみがえってきた。

ここを出て、お父さんと来てくれないか……。

香は、布団の端を握りしめ、

「くさいよぉ、くさいよぉ」

目の前の闇に言葉をぶつけ、巣のなかで傷をいやす獣を想って、身を丸くした。

閉ざされた二人

これは夢だ。

夢ということでしか、わたしの身に起こっていることを説明できない。

ただ、だとしたら、同じ悪い夢を果てしなく見つづけていることになる。

それに、目の前に現れては消える子どもたちは、気がつくと、背が少し伸びていたり、顔立ちが微妙に変わっていたりする。

夢で、そんなことおかしいから、錯覚かもしれない。

ともかくわたしは、重い病気か、怪我をしているらしく、からだを起こすことも、手足を動かすことも、言葉を発することもできない。ときおり、食事や水分らしいものが口に運ばれる。すると自分の意思とは関係なく、神経のどこかが反応するのか、いつのまにかそれを飲み込んでいる。

尿意も便意も感じない。なのに、やはり意思とは関係なく排泄をしている様子で、自分では見えないが、子どもの一人が下の世話をしてくれているようだ。

もしかしたら、脳を損傷して、このような状態にあるのか。

でも、こうして物事は考えられる。子どもたちの話す言葉も聞き取れる。眼球の動きが思うようにならず、視線は振れないが、目の前のものなら見える。

一方で、考えは長つづきしない。記憶も不確かで、さっき起きたことを思い出せなくなる。また、何かを思い出そうとすると眠くなる。眠って、起きて……その間にどのくらい時間が流れたのか、時間の感覚もはっきりしない。

夢だと思う根拠は、ここがアパートか、民家の一室らしいということだ。本当に病気や怪我をしているなら、病室でなければおかしい。

わたしの世話を、医者や看護師でなく、見ず知らずの子どもが担当しているのも現実的ではない。

いや……ずっと前に初老の医者が来た気はする。診察して、子どもたちに、床擦れには今後も注意するようにと話していた……でも、わたしの知らない子どもたちに、医者がそんなことを言うはずもない。

夢だとしても、あの三人の子どもは何者だろう。なぜわたしの夢に出てくるの。

何一つ理解できない。彼はどこかしら……信道さんは、どこ?

わたしはじき二十四歳の誕生日を迎え、信道さんが祝ってくれることになっている。

いえ、待って。

確かそれって……今日だった気がする。信道さんは大事な話があると言っていた。プロポーズしてくれるのかもしれない。

わたしの夢は、彼と幸せな家庭を築くことだ。素直で優しい子どもを三人くらいもって、いつまでも家族仲よく暮らすことだ。

でももし、これが現実だとしたらどうなるの？

たとえば……わたしは車にはねられて、犯人の家に監禁されていて、犯人の子どもたちの世話を受けているとか……。

よそう。ばかなことを考えずに、信道さんに会いにいく用意をしなきゃ。

さあ、起きよう。悪い夢は、早く覚めて。

目の前の子どもたち、さっさと消えてちょうだい。

愛子 Ⅰ

両親の結婚披露宴の際、地震があったという。

会場のシャンデリアが明滅しながら揺れ、人々は身動きがとれずに、運命の刃《やいば》がどこに落ちるか、じっと見守っているようだったと、愛子は十三歳のとき、嫁《とつ》ぎ先のフランクフルトから帰国していた叔母に聞いた。

幼い頃から外出が苦手で、本を読むことが好きだった愛子は、中学に進んで図書委員になった。五月下旬のある日、人見知りの彼女も学校に慣れ、放課後、図書室の受付をともに担当した一学年先輩の女子と話すうち、同じ外国人作家が好きだと知った。

自分より読書量が多い先輩は、愛子が読みたいと願いながら、近くの公立図書館にも置いていない本を持っていた。二人でその作家の魅力を話しながら下校する途中、家に寄っていかない、本を貸してあげる、と誘われた。

家の門限が四時半と厳しく、まっすぐ帰ってもぎりぎりの時間だったが、せっかくの誘いは断りにくく、気を悪くされて本を貸してもらえなくなることも恐れた。門限を決めた父が会社から帰宅するのは大体六時過ぎで、短い時間なら大丈夫だろうと誘いを受けた。

先輩の母親から紅茶とクッキーを出されて、つい長居をし、本を借りたあと走って家に帰り着いたのが、六時五分過ぎだった。

玄関先に父が立っていた。言い訳をする間もなく、頰を平手で打たれた。どうしても読みたかった本を図書委員の先輩に借りていたことを話すと、さらに強く打たれた。

「おまえは自分の卑しい欲望のために、約束を破って、人に心配をかけたのか」

父の声を聞いて家のなかから叔母が顔を出し、みたび父が愛子の頰を打つのを見て、女の子の顔をぶたないの、と止めてくれた。

愛子自身は、幼い頃からぶたれることには慣れていたので、ドイツにいるはずの叔母が、栃木《とちぎ》の実家に戻っていることのほうに驚いた。

「遅くまで若い娘を引き留める家の生徒と付き合うのは禁止だ。図書委員もやめろ」

父が愛子を叱るとき、理不尽でも、というより理不尽な場合がほとんどだったが、母はかばわない。父の怒りに油を注ぐだけで、母もぶたれ、愛子への叱責もかえって尾を引くため、いつしか母は何も言わないほうがよいと、母娘《おやこ》は暗黙のうちに了解していた。

横暴よ、と言い返したのは、父の四つ下となる叔母だった。父は、家のことに口出しをするなら出ていけと怒鳴ったが、叔母は、ここは生まれた家だから、今日一日はいさせてもらうと言い、愛子の手を取って、元は彼女が使っていた愛子の部屋に入った。

叔母は、外語大を卒業して出版社に勤め、本の見本市で訪れたフランクフルトで知り合ったドイツ人男性と結婚した。彼女の母、つまり愛子の祖母が元気な頃は、年に二度は帰国していたが、愛子が九歳のとき祖母が亡くなってからは、二年前に帰省したきりだった。今回は、夫婦でチェコ国境の田舎町に越し、知人の牧場を手伝って暮らすことに決めたので、両親の墓参と家族への挨拶のために一時戻ってきたという。

「わたしは前から、あの人とは合わないけど、こんなひどい奴になってるなんてね」

父のことをあの人、と叔母が呼ぶのに戸惑いながら、愛子は今日のことは自分が悪いのだと答えた。小さい頃から、自己責任が大切で、自分で責任を取れないなら保護者の言いつけは絶対に守らねばならない、と言われてきた。門限はその一つだった。

叔母は顔をしかめ、ほかにどんな言いつけがあるのか尋ねた。

運動部への入部が禁じられていた。練習で帰宅が遅くなることや、対外試合で他校に行く場合があり、身の危険が増す、と父は言った。下品な先輩から、ませた話を聞かされる可能性もある。

「ばかみたい。だったら、まさか男の子と話すことまで禁止じゃないでしょうね」

叔母は冗談のつもりだったらしいが、まさに禁じられていた。

父は、男はむしろ子どものほうが怖いと、愛子が小学校に上がる前から繰り返し注意した。小中学生の男子が同級生の女の子を刺したり切ったりしたという新聞記事を、何度か見せられたこともある。

どんなときにも、あらゆる可能性を考えて、最悪のことが起きた場合に責任が取れそうにないなら、家でおとなしくしてろ、というのが彼の口癖だった。

「だったら外も歩けないじゃない。第一あの男が自己責任なんて、よく言えたもんよ」

叔母はそう言うと、思い当たることがあるのか、少し言い迷ったあと、

「正直、たぶんもう日本には帰らないと思うし、この際話しとくね。でもこれは、あの人を貶《おとし》めるためじゃなく、愛子がつまらない言いつけに縛られてほしくないからよ」

愛子の祖父は、第二次大戦中、海軍通信学校を出て研究所に配属され、上官だった人物と、戦後に無線機器を扱う会社を起こした。会社は、飛行機や船舶、電気製品の内部に使われる部品の開発も手がけて発展し、祖父は役員として経営に携わった。ただ子どもの誕生は遅く、愛子の父は、やっと生まれた長男として甘やかされて育った。

父は、将来は親の会社に縁故入社すると決まっていたせいか、学生時代から遊び回り、会社に入ってからも女性社員に手を出しては捨て、妊娠した女性社員に訴えられそうになって、愛子の祖父が金で解決したこともあったという。そんな彼も、両親に強くさとされて、同じ会社の部長の娘との結婚が決まった。

「わたしも、彼の日頃の言動や噂から、薄々事情は知っていたけど、肉親を信じたい想いも一方であったのね。でも結婚式のときに、現実をはっきり見聞きしたのよ」

　神前での式を終え、会社関係者など大勢が集まる披露宴会場へと、新郎新婦と両家の親族が移る途中、式場前のロビーで、いきなり現れた若い女が手に持った瓶《びん》を振った。なかの液体が、新郎新婦の顔や婚礼衣装にかかり、硫酸よっ、と女が叫んだ。

　皆がうろたえ、新婦、つまり愛子の母は顔を押さえて悲鳴を上げた。父は、両手を前に突き出し、待ってくれと哀願した。すると女は、水よ、と笑い、あなたの子どもがわたしと同じ目にあうよう祈っておくから、と彼だけでなく、愛子の祖父も睨んで、歩き去った。警備員が女を取り押さえようとしたが、祖父が止めた。表沙汰《おもてざた》を嫌ったのだろう。

　その場を取り繕い、一同は披露宴に臨んだ。退屈な祝辞やスピーチがつづく宴が進み、タキシードとドレスに着替えた新郎新婦が、各テーブルのキャンドルに火をつけて回りはじめたとき、地震が起きた。

　係員が慌てて点灯したシャンデリアが、大きく揺れ、配線の具合が悪くなるのか、光が明滅した。やがて揺れはおさまり、キャンドルトーチを持ったまましゃがんでいた新郎新婦が立ち上がった。

　そのときどこからか、バチが当たったんじゃねえの？　と笑いを含んだ声がした。親しいあいだで交わした冗談だったのか、声は大きくなかったが、誰もがほっとした瞬間だけに、会場内に響き、くすくす笑う声が複数の場所から聞こえた。

披露宴のあと、新郎新婦と若者たちだけの二次会のパーティーが開かれた。スピーチに立った友人の一人が、芸能人でもよくある話だけど、遊んだ男の娘は遊ばれる、因果応報だから気をつけろ、と愛子の父を指差した。

ふだんは冗談と受け流せても、二度の騒ぎがあったあとだけに、父は逆上して、友人に殴りかかった。周りが取りなしたものの、ついには母が泣きだして、主役の二人は先に帰ることになった。

「あの人は、ずっと男の子を欲しがってた。むろん跡継ぎだからだけど、因果応報って話への恐れもあったと思う。生まれたのが、女の子だったから、箱入りの上にも箱に入れて、自己責任なんてあやふやな言葉まで持ち出して、行動を縛ってきたんじゃないの」

叔母は、自分のやりたいことは親の反対を押し切ってもやるべきだと、愛子に勧めた。

「どんどん外へ出て、いろんな人間を見なきゃ、男を見る目だって育たないじゃないの」

でも、と愛子は反論しかけ、口を閉ざした。自分のなかに生じた奇妙な感動を、うまく説明できそうにない。

愛子の心をふるわせたのは、父ではなく、母の存在だった。

若い頃、女性に不誠実だったという父と、いまの厳格な彼とを、具体的なイメージで結ぶことは難しい。なのに、そうした不誠実な男と結婚することになった母の心情については、叔母からほとんど説明がなかったことで、かえって痛いほど胸に迫った。

母の結婚相手は、親が勤める会社の役員の息子で、初めから平等な恋愛関係ではなかった気がする。晴れの結婚式当日、思いもかけない恐怖と恥辱を経験しても、ただ我慢するしかなかったのではないだろうか。因果応報とか、バチが当たるという言葉は、母の心にも杭《くい》を打ち込んだろう。

古い写真の母は、下ぶくれのお嬢さんらしい苦労知らずの顔なのに、いまは痩せて、眉《み》間《けん》には深い皺が刻まれ、笑っていても瞳に翳《かげ》りがうかがえる。主婦としての仕事を完璧にこなしながら、内面には、女の子一人しか産まなかった負い目や、娘の将来に対する恐れを抱えていたのだろう。理不尽な父のしつけを、愛子に守らせてきたのも、母も父と同様の不安に縛られていたせいかもしれない。

翌朝、自分の意志を貫くことこそ自己責任よ、と言い残し、叔母はドイツへ発った。

愛子は、先輩に本を返し、図書委員をやめた。父の命令に従ったわけではなく、母の、口には出さない希望を尊重しようと思ったのだ。やりたいことを自由にしてきた叔母が、母のことを内心で軽んじていると感じられたことも、母への心の傾きを強くした。

四年後、愛子が女子高の二年のとき、叔母の死亡通知がドイツから届いた。

大型トラクターを一人で運転中、古い布が車軸にからまり、エンジンをかけたまま取り除いていて、誤ってトラクターの下敷きになったらしい。処置が早ければ助かった可能性もあるが、田舎のために病院までの搬送に時間がかかり、出血多量で亡くなったという。連絡を受けたとき、現地での葬儀はもう終わっており、父が一人でドイツへ飛んだ。

三日後帰宅した彼は、迎えた愛子と母に、無責任な女だよ、と苦り切った顔で言った。

「外人との結婚も、田舎へ越すことも、散々反対したのに。結局こっちがどれだけ迷惑したか。自分の責任でやりたいようにやるなんて連中は、見えてる責任の範囲が狭いんだ」

愛子が答えに窮していると、本当にそうね、と母が賛意をこめた声で答えた。

それを聞いた瞬間、愛子は動悸《どうき》をおぼえた。

結婚式の日に、恐怖と恥辱を受けながら、母が結婚生活をつづけたのは、自分の父親の会社での立場など、周囲に及ぶ責任を感じたからだろう。同時に、すべてを我慢することで、かつて女性に不誠実だった夫に無言の圧力をかけて、娘一人しか産まなくとも、離縁を口に出させなかったのかもしれない。

父が、おまえはどう思うんだと問うように、愛子に厳しい視線を向けた。

愛子は、父の鞄《かばん》を受け取る母の、表情のない横顔を見つめ、ええ、本当ね、と答えた。

信道　Ⅰ

多くのサーファーが退屈そうに漂っている穏やかな海の上を渡ってきた風から、手に握ったろうそくの火を守るため、信道はもう一方の手をかざした。

弟に腰にしがみつかれても、手がふるえないよう気をつけて、墓の前に置かれた金属製の燭台《しょくだい》にろうそくを立てる。胸の底から息をつき、危ないだろ、と三つ年下の五歳になる弟の柔らかい髪をくしゃくしゃとかき回した。

母方の祖父母をはじめ、母の家の先祖が眠っているという墓は、湘南《しょうなん》の海が見える丘の上にある。信道を可愛がってくれた藤沢の祖母が、二年前に亡くなり、その命日と、秋の彼岸が重なったため、家族四人で東京から墓参りに訪れた。

ろうそくの火を、母が線香に移し、家族が順に香炉《こうろ》に立て、墓に向かって手を合わせる。弟が途中で飽きて、足もとの蟻《あり》を踏みつけはじめた。

やめて、神様に怒られちゃう、と母が止める。神様ってどんな人、と弟が訊く。すべての生き物を造って、見守ってる人さ、と父が半分笑いながら答えた。

神様って本当にいるの、と弟が信道を見る。いるよ、と答えた。見たことあるの、と弟。

信道は困り、両親を見た。母がほほえみ、家族そろって幸せに暮らせてるでしょ、と言った。そうだよ、家族が仲よくこうして一緒にいられることが、神様が守ってくれてる証拠さ、と信道は、弟の頭を押さえつけるようにした。

吹いてきた潮風《しおかぜ》の心地よさに、気持ちいいなぁと、父は高い空に向かって伸びをした。

おれが死んだら本当はこの墓に入りたいよ、と言う。

信道は不思議に思い……このお墓に入りたければ、入ればいいじゃない、と言った。

両親は苦笑を浮かべ、父が答えた。

日本のお墓は、基本的に家のもので、先祖代々の墓に入れるのは、たとえば長男夫婦と、それにつづく跡継ぎの者たちだ。このお墓は、藤沢の叔父さん夫婦が入る墓で、うちにお嫁に来たお母さんは入れない。お父さんも次男だから先祖の墓じゃなく、新しい墓を作る必要がある。その墓に入れるのは、信道と信道のお嫁さんで、誠二《せいじ》は入れない。

信道はどんなお墓がいい？　あなたと、あなたの家族が入ることになるんだから、希望を聞いておいたほうがいいよね。母に訊かれ、かっこいいのがいい、と信道は答えた。

両親は、イタリア人のデザイナーが作るアパレル商品を製造販売する会社に勤めていた。父は制作部、母は宣伝部、その二人が身に着けるファッションは、同じ小学校に通う同級生の親たちより、かっこいいと思ったし、実際に友だちから、おまえのお父さん決まってるよ、信道くんのお母さんセンスいいね、と言われたことがある。

家族がいま暮らしているのは東京の代官山で、イギリス人のデザイナーが設計したマンションも、両親が選んで買ったノルウェーの家具も、かっこいいと感じていた。

両親にそれを話すと、どれもヨーロッパ系のものだから、日本のお墓でそれを望むのは難しいね、と二人は笑った。

弟が、自分も一緒にお墓に入りたい、と言いだし、お兄ちゃんに頼め、と父が言った。一緒に入れてよぉ、と弟が腰に抱きついてくるので、入れてやるよ、と信道は答えた。

半年後、手のろうそくの火が、山から吹く雪まじりの風を受けて、消えた。

もう一方の手で守らないとだめだよ。三つ年上の従兄《いとこ》に注意された。

従兄がふたたびろうそくに火をつけ、手袋をした手で風をさえぎって、ほら、と促す。信道は、苔《こけ》むした墓の前に足を運び、小さな灯籠《とうろう》型の燭台にろうそくを立てた。

暦《こよみ》ではもう春だが、周囲の山々にはまだ雪が残っている。信道の前の墓には、父方の祖父をはじめ、父の家の先祖が眠っている。栃木の伯父夫婦が継ぐ墓だから、次男である父は入れないと話していたのに、今日、父と母と弟の遺骨を、そろって納めた。

伯父が線香に火を移し、伯母と従兄と信道が、順に香炉に線香を立て、皆が手を合わせるのを待って、伯父がお経を上げた。

信道はついに耐えられなくなって、つぶやいた。

「ここじゃない……お父さんは、海のそばのお墓に入りたいって、言ってたんだ」

伯父がお経を中断した。伯母と一緒に、首だけをこちらに振り向け、

「蒸し返すんじゃない。入《い》り婿《むこ》でもないのに、女房の家の墓に入れるわけがないだろう」

「ここだって、自分たちのお墓がないから仕方なしに、なかの皆さんに詰めていただいて、場所を空けたのよ。皆さんに失礼になることを言わないの」

伯母が厳しく言うのを聞いて、従兄が信道をかばうように笑った。

「皆さんって、死んだ人のことでしょ。失礼も何も、わかるわけないじゃない」

「わかるに決まってるでしょ。霊ってものがあって、生きてる者を見守ってるんだから」

「信道は、お父さんの希望を口にしただけだよ。おれだってこんな墓、入りたくねえし」

「何をばかなこと言ってんだ。おまえがずっとみていく墓だろうがっ」

伯父が従兄の頭を拳でごつんと叩き、従兄が痛ってぇとうずくまった。始めるぞ、と伯父夫婦はふたたびお経を上げはじめ、信道は涙がこぼれそうになるのをこらえ、合わせた手に力をこめた。

両親と弟の冥福は祈らなかった。伯母が言うように、死者に霊というものがあって、生きている者を見守っているなら、この墓でよいか、我慢できるか、三人に答えてほしかっ

た。そして、これから自分はどうすればいいのか、聞かせてほしかった。

両親と弟は、日曜の昼下がり、渋谷駅近くの商店街で買物中、歩行者天国の道を暴走してきたトラックにはねられた。信道は友だちと遊ぶ約束をしていて、たまたま一緒にいなかった。

目撃者の話では、エンジンの音と人々の悲鳴でパニックとなった通行人に、弟が巻き込まれて転び、両親が助け起こそうとしたところへ、トラックが走ってきたらしい。

街灯に激突して止まったトラックから転がり出てきた四十代の男は、運送会社をクビになり、誰かを巻き添えにして死んでやろうと、会社の車を盗み、幸せそうな人々が集まっている場所へ向かった、と供述した。男は身寄りがなく、賠償金はどこからも出そうになかった。

両親は、マンションのローン保険には入っていたが、生命保険は未加入で、子どもたちのためにそろそろ考えようと準備をしていたところだった。

伯父たちが読経《どきよう》を終える頃、菩提寺《ぼだいじ》の住職が、遅れたことを詫《わ》びながら現れた。雪が吹き込むので遺骨は先に納め、墓は閉めたが、開けたほうがよいかと、伯父が問うのに、そのままで結構、と住職は答え、お経を読みはじめた。

途中で、彼は信道を振り返り、

「つらいとは思うけれど、生と死は一つ、つながっているものだから、死者は先に進んだだけで、遺《のこ》された者も同じ道を歩むと考えて、しっかり生きていくことが大事だよ」

と思いやりのある声で言った。

信道は彼を見つめ返し、せっぱつまった想いで尋ねた。

「霊って、本当にいるんですか。死んだ人は、近くで、ぼくを見てくれてますか」

五十歳前後の、顔の色つやがよい住職は、柔和にほほえみ、首を横に振った。

「わたしが念入りにお経を読むので、ご家族の霊は、迷うことなく成仏するよ」

住職がまたお経を読みはじめたため、信道は後先を考えず、彼の背中を突き飛ばした。

住職はつんのめり、墓石の土台に頭をぶつけた。燭台が倒れ、火が消える。伯父夫婦がびっくりして住職を助け起こし、信道を怒鳴りつけた。

信道は唇を固く結び、ろうそくから上がる煙を見つめていた。両親と弟の霊が成仏して、消えてしまうことが怖かった。

「こいつ、きっとまだ混乱してんだよ。おれが先に、家に連れて帰ってるから」

従兄が、信道の肩に手を回し、納骨式の場から連れ出してくれた。

両親と弟の死後、藤沢の叔父夫婦が社宅暮らしだったこともあり、信道は伯父の家に引き取られた。伯父は自衛隊の宇都宮駐屯地に勤め、伯母は元中学校教師で、同居している伯父の母親の介護をしていた。子どもは従兄のほか、高校のバスケ部の試合で納骨式を欠席した、従兄より六つ年上の従姉《いとこ》がいる。家は裏庭もあって広く、部屋はあまっていた。

「誰があんな古くさい墓、継ぐもんか。信道、かたき討ちをしたくないか」

家に帰り着いて、従兄が言った。彼は台所で空缶を見つけ、灯油を注いだ。次に裁縫箱を開け、太めの糸を裁縫針に通しておけと、信道に言いつけた。二人で裏庭に回り、車庫と隣家との塀のあいだに入って、しゃがみ込む。

従兄が、針と糸に灯油をしみ込ませ、大きい蟻の巣穴を見つけて、針を先にして穴の奥へ突き通した。近くにあった棒切れの先端を使い、針を奥へ押し込む。そして缶のなかの灯油を、穴の奥に少しずつ垂らす。信道は、従兄の指示に従って新聞紙を千切《ちぎ》り、こより状に伸ばして、穴の隙間に数本差し込んだ。驚いたのか、数匹の蟻が巣穴から灯油にまみれて這い出てきた。

「こいつら、暖かいうちに餌《えさ》を貯めて、ぬくぬく過ごしてんだ。信道、おまえがやれ」

従兄が、簡易ライターを差し出す。すぐにはどうすべきかわからなかった。

「かたき討ちさ。犯人はここにいないから、アリが身代わりだ。腹が立ってんだろ」

両親と弟の死後、腹が立つとか憎むとか、激しい感情が湧いてこないことに、信道は戸惑っていた。だが、何も感じていないと思われるのもいやで、うなずき返した。

「それとも、やめるか……身代わりにしては、アリはちっぽけ過ぎるしな」

雪が強まるなか、信道の視線の先で、千切った新聞の残りが風に煽《あお》られ、『100万人が死亡』という文字が読めた。日本のことか世界のことか、一度のことか積み重ねた数か、ほかが読めずにわからない。ただ百万人も死んでいる事実が、「何かが間違ってる、絶対におかしい」と、家族の死後ずっと感じている疑いを強くした。

そして思いついた。仕返しは蟻にではなく、神様にする。神様は両親と弟を守ってくれなかった。だから今度は、神様が造った生き物の命を自分が奪おう。それによって神様は、大勢が死ぬのを放っておいたことも含めて、過ちに気づくかもしれない。

従兄からライターを受け取り、糸の先に火をつけた。火がゆっくり移動して、穴の入口に差した紙に燃え移り、勢いが増す。

「いま頃、巣のなかは地獄みたいなことになってるぜ」

従兄がおかしそうに言った。

理科の授業で、蟻の巣の断面を見た。巣穴は思ったよりも深く、卵は横に分かれた枝道の奥の部屋で大事に守られている。炎も直接は届かないかもしれない。

でも、熱せられた針や、焼けた土から発する熱で、卵が蒸し焼きにされるところを想像する。鼻の奥に焦《こ》げくささを感じた。

従兄にいきなり肩を突かれた。

「ばか、顔を火に近づけ過ぎだよ。髪の毛が焦げてるじゃないか」

髪にふれると、先端が縮れていた。きしきしと砂がこすれるような音が、巣穴から聞こえてくる。空耳だろうか。炎に気をつけ、耳を近づける。確かに聞こえた。蟻の悲鳴か。いや、違う。焦げた髪の先にふれながら思った。

これは、神様の悲鳴だ。

愛子　II

白亜の教会で挙げる結婚式、ありきたりでもそれが愛子の夢だった。

ステンドグラスを通して柔らかな光が降り注ぐ聖域を、シンプルな天の衣を意識したウエディングドレスを身に着け、子どもたちの澄んだ賛美歌を聴きつつ、バージンロードを清い心と体で歩む。やはり飾りけのない礼服を着た夫となる人の、やや緊張した笑顔に迎えられる。厳しい顔立ちの司祭が、新郎新婦の初々《ういうい》しさに顔がほころぶのをこらえ、威厳ある声で夫婦の誓いを求める。

二人は互いの瞳に真実を見いだし、出会ったことを、奇跡ではなく必然と信じて、聖なる存在に身命を賭《と》した誓いを立てる。参列した家族や友人たちは、本来の結婚式がもつ、死のにおいさえ秘めた潔白さが表現されている式に打たれ、涙を浮かべる……。

そんなイメージだけは、少女時代からずっと温めつづけてきた。

だから、いま目の前で展開されている光景は、お笑い番組のコントにしか見えない。ホテルの敷地内に建てられた安普請《やすぶしん》のチャペルには、ステンドグラスもパイプオルガンもない。かかっている音楽は流行のラブソング、司祭はホテルの従業員が臨時に務めているような薄っぺらさで、誓いを求める口調は、料理のオーダーを訊くかのようだ。

新郎新婦の衣装は造花やアクセサリーで過剰に飾り立てられ、二人とも参列者に向かって手を振ったり、おどけたり。友人たちは式の最高潮のとき、手拍子を打って新郎新婦にキスを求め、キスのあと新郎はVサインを参列者に送った。

そして新婦の腹は目立って大きく、式の途中何度か、来てる来てる、と新郎や司祭の肩、さらには祭壇にまで手を掛けて、つわりをこらえた。

新婦は、愛子と同じ女子大の四年生で、ともに家政学科で学び、二ヶ月後に卒業を控えていた。つねに複数のボーイフレンドとつきあっていることが自慢の彼女と、異性とのつきあいを避けてきた愛子は、本来価値観が合わないはずなのに、相手のほうが積極的に友だち付き合いを求めてきた。

愛子みたいな子が発する清純な空気をときどき吸わないと、すれちゃいそうなの、と彼女は笑う。男性の部屋に泊まったり、男性と旅行したりするたび、友だちに口裏を合わすよう彼女が頼むのを見聞きして、ばかなことはよしたほうがいいと、愛子は注意した。ばかって何よと相手が訊くので、子どもができたら責任もてるのと言い返すと、責任なんて考えて恋はできない、ここがうずくの、と胸をさわられた。

二十二歳の誕生日に、愛子は彼女から本を贈られた。家で開けてと言われ、渡された紙袋を部屋で開いた。黒い表紙の本が入っており、何の気なしに最初のページをめくった。見開きの写真で、裸の白人女性の桃色の肉のあいだに、黒人男性の股間から伸びるサイの角のような棒が埋まっているのが見えた。慌てて本を閉じ、ベッドの下に放り込んだ。心臓が破けそうで、でもいま死んだら両親に本が見つかると思い、不安なまま室内を右往左往した。時間が経つうち、まさかあんな写真を修整もなく本にできるのか、友人がからかおうとしたトリックではないかと思いはじめ、本当に〈あのようなこと〉をするのか疑う気持ちもあり、両親が寝静まった頃、あらためて本を開いた。

きっと嘘だ、こんなことは人間にはできないと、かえって真剣に、男女が様ざまに変わった形で交接する写真を見つめた。性愛を描いた小説を幾つか読んだ経験はある。だが現実として〈このようなこと〉とは想像を超えていたし、こんなことならしなくてもいいと恐怖すら感じた。

　翌朝、一睡もできぬまま本をバッグの底に入れて登校し、友人に文句を言った。相手は余裕の表情で、見たのね、と笑った。顔が赤らむのがわかったが、険しい表情を装い、子どもっぽいいたずらはよして、と本を返した。だが友人は、「確かめずに持って帰ったんだから、それこそ愛子のお得意な自己責任ってやつでしょ」と、受け取らなかった。

　大学の家族問題を研究するゼミでは、友人をはじめ、ほとんどの学生が担当教授の導きもあって、家庭内暴力や離婚および教育格差などの家族問題は、社会に原因があるとする考えに傾いていた。対して愛子は、あくまで家族個々の責任と主張した。

　もし社会が悪いなら、全家族に影響が出るはずで、実際は少数の家族に問題が出ているに過ぎないことを、意見の根拠とした。

　社会問題がいわば弱い部分に出ているのだとする反論にも、だからといって虐待をおこなったり、浮気をして離婚したりすることまで、社会に責任を押しつけるのはおかしいし、確かに貧困は社会的な背景があるにせよ、個々の親の生き方自体にも問題があると思われ、基本的には自己責任だと譲らなかった。

　担当教授は、そうした考え方では各家族は孤立し、困ったときに助け合えない、病気や怪我で努力をできない家族もあるのだから、とさとす口調で話した。

それ以上は意固地になっていると思われそうで反論を控えたが、内心では、困っている家族があっても誰も助けないのが現実だし、教授もゼミの同級生も、世界中で多くの家族が苦しんでいる現状を知りながら、多少の寄付をすることはあっても、実際に手を差しのべて助けなどしないではないか、と答えたい想いをこらえていた。

結局は、自分たちでなんとかするしかないし、少なくとも自分は、夫となる人が病気や怪我で倒れても、自分や子どもが踏ん張り、決して崩れない家庭を築くつもりでいた。

写真集は裁断して捨てることにして、持ち帰った。家族をもつには〈こんなこと〉が必要なのかと、もう一度だけ確かめた。いやらしさより、女性はこれを我慢できるのか、我慢できるなら、特別な感情を相手に見いだしていない限りありえないと思った。

そのときの相手は、自分のすべてを託すのだから、いわば神も同じで、相手がもしこちらを裏切れば、それは神の裏切りを意味する気がした。家族をもつには、大げさでなく、命を懸けた選択が必要だと信じた。

友人の結婚式が厳粛さを欠いたまま終わったあと、愛子は披露宴には出席せず、同級生二人と、二次会の会場であるイタリアン・レストランに移動した。三人が会の受付の担当だった。友人二人は、最近までつきあっていた相手と新郎が違うので驚いた、と話した。

おなかの子の血液型が問題ね、血液型を訊いてからつきあってんじゃない、でも結婚のために内定してた就職先を断ったんでしょ、歯医者さんの息子だから困らないでしょうけど、ところで愛子は就職どうすんの、まさかこのまま家事手伝い？

卒業を間近に控えたいまも、愛子は進路に迷っていた。

父親は就職に難色を示し、家にいればよいと言う。だが大学を出てまで親に小遣いをもらって服を買うなど、さすがにつらい。自分の自由に使えるお金を得る、それもまた自己責任ではないかと父に言うと、年を取ってさすがに弱くなった父は、「うちの会社になら」と許した。だが、父親の目が光っている会社など、家事手伝いと変わらない気がして、結論を出せずにいた。

貸し切りのプレートが出ているレストランの玄関を入ってすぐの場所に、受付のテーブルが用意され、地味なグレーの背広を着た二十四、五歳の男性が座っていた。額が狭く、大きい目とやや高い鼻が中央に集まり、顎がほっそりして、全体的に締まった印象の顔だった。

彼は控え目な態度で、新郎側の受付を担当する者であることを名乗った。やがて客が来はじめても、彼は物静かに、相手に記帳を求め、新郎新婦へ贈る金品を受け取り、かさばる手荷物を預かることを事務的に申し出た。こうした仕事には慣れていない様子で、愛想こそなかったものの、実直な受け答えで、動作は丁寧だった。

立食形式のパーティーが始まり、新婦側の受付は交替でおこない、愛子たちは適当に食事をとった。新郎側の受付に、交替の人物は現れなかった。

若者だけのパーティーは盛り上がり、新婦はソファに横になって女王様気取りで祝福を受け、愛子を呼び寄せ、周囲の男たちに向けて、天然のバージンよぉ、早い者勝ちよぉと紹介した。愛子は次々と話しかけてくる相手の目に好奇と欲望の色を感じて胸苦しく、受付にいた友人に二度目の交替を申し出た。

隣の男性はにぎやかな席に関心を示さず、テーブルの下で本を開いている。社会的な生活を誠実に送る一方で、自分個人の価値観を大切にしている人物に思え、言葉を交わしたかったが、自分から男性に話しかけるなど思いもよらない。そのとき、隣で仔猫が鳴くのに似た音がした。男性が気まずそうに身じろぎをする。おなかの虫だと気がついた。

「あの、わたし、ここで荷物を見ていますから、何か食べてきてください」

愛子はしぜんと口にしていた。相手は恥ずかしそうに目をしばたき、大丈夫ですと答える。愛子は椅子から立ち、会場のサンドイッチなどを皿に取り、受付に運んだ。

「わたしが応対しますし、パーティーですから、誰も苦情は言わないと思います」

男性は戸惑いの表情を浮かべながらも、皿を受け取り、

「ありがとうございます。じゃあ、お言葉に甘えて、いただきます」

と、これまでとは違う、感情のこもった声で答えた。

冷淡に見えた相手の感情が動くところを目撃できたことに喜びをおぼえ、自分がそれを導いたと思うと、わずかに気持ちが高揚した。

相手は食べ終えると、愛子の手を抑えて食器を片づけに立ち、ついでに手洗いに行く許可も彼女に求めた。帰ってきた彼に、新郎や友人と話してきてはどうかと勧めたところ、彼は困った顔で、誰も知ってる人はいないのだと、意外な答えを返した。

「実は、従兄が新郎の飲み友だちで、今回の受付を、酒の席で引き受け、ぼくに手伝いを頼んだんです。なのに肝心の従兄が来なくて……まあ、そういう男ではあるんですけど」

愛子は、彼が席を立ったときに椅子に置いていった本を、そっと見ていた。小説かと思ったが、難しい通信工学の専門書らしい。静かな雰囲気から研究者かもしれないと好奇心に駆られ、失礼ですけれどと断り、ふだんは何をしている人なのか尋ねた。

「無線機器のメーカーに勤めてます。技術職なので、こういう受付とかは慣れなくて」

この近くで無線機器を扱う会社など限られている。さりげなく職場の名前を問うてみる。まさに愛子の父が役員を務めている会社だった。

彼女は、はしたなく思われないか恐れながらも、彼の名前を知りたくて、自己紹介をした。吉丘という姓が、勤める会社の役員と同姓と気づかれるかと思ったが、相手はそんな様子もなく、「仲西《なかにし》信道」と名乗った。

帰宅後、愛子は父の前に正座をして、春から会社に勤めさせてほしいと頼んだ。


二年二ヶ月後、愛子は信道と結婚式を挙げた。

ステンドグラスのある由緒ある白亜の教会で、互いに簡素と言っていいウェディングドレスと白い礼服を身に着け、厳しい顔立ちの司祭のもと、おごそかに夫婦の誓いを立てた。

ほぼ愛子の長年の願い通りだった。だがただ一つ、思い描いていたことと違い、四ヶ月の子どもを身に宿していた。

信道　II

二度つづけてくしゃみをし、三度目は手でさえぎって音を殺した。

受付のすぐ横の会場では、僧侶の読経が始まったばかりだ。昨夜《ゆうべ》の通夜からの雨は今日になっても上がらず、屋内でも湿った空気が足もとを漂い、気づかぬうちにからだの芯まで冷え込んでいる。

「大丈夫ですか。昨日のお通夜もずっと受付をされてたから、風邪をひかれたんじゃ？」

隣から愛子が心配そうにハンカチを差し出す。

信道は大丈夫と目で答え、純白のハンカチを受け取った。遅れてきた会葬者が、肩にかかった雨滴を払いつつ歩いてくる。愛子が信道に代わって、即座に応対した。

亡くなったのは、同じ社の技術部に勤める四年先輩の三十歳の男性で、自殺だった。去年からうつ病で精神科に通っていたらしい。妻と三歳の男の子が会場の最前列に腰掛けている。

入社後ずっと仕事の面で教わることが多かった先輩だけに、信道は通夜も葬儀も受付の担当を申し出た。隣の愛子は、昨年会社の総務部に入社してきた。通夜は家の門限があって早くに帰ったが、今日の葬儀は二時間も前から来て、手伝ってくれている。

昨春、新入社員歓迎会のあと、愛子から挨拶を受けた。三ヶ月前に、結婚式で同じ受付を担当したことを言われて、思い出した。それから会えば挨拶は交わすものの、部も違うので親しくは話さなかったが、五月半ば、彼が食堂で落とした社員証を、彼女が届けてくれた。お礼をしたいと言うと、社の休憩所での缶コーヒーでよいと答える。コーヒーを飲みつつ、好きな外国人作家の小説が映画になったと彼女が語るのを聞き、その映画のチケットを贈ることにした。あくまでチケットを渡すだけのつもりで、一枚というのもケチくさく、二枚持っていったところ、彼女は喜び、いつ行きます、と尋ねた。

映画を観たあと食事をごちそうし、そのお礼に本を贈られ、感想を話すために喫茶店で会い、本のお返しに、彼女が好きだというベートーベンのCDを渡し、またそのお礼にと、堅苦しい返礼を繰り返すうち、秋以降の週末はだいたい二人で会うようになっていた。

彼女が会社の役員の一人娘と知ったのは、冬の始まりの頃だった。休日に技術部の上司に喫茶店に呼ばれ、二人の仲を問われた。まだ手も握っておらず、門限が八時の彼女と会うのはつねに昼間だったから、結婚を考えているのかと問われて驚いた。彼女が役員の娘であることも初めて知らされた。本気なら挨拶に行かねばならんし、身上調査も受けざるをえない、きみのご家族の不幸もお耳に入るだろうが、いいのかい。

彼女への恋愛感情を意識したのは、そのときからだ。

他人に口出しされたことで、想いが強まり、両親と弟のことまで持ち出されて、何が悪いと開き直った。好意を口にしたこともなかったのに、娘を守ろうとする相手方の過剰な手回しで、かえって二人は近づいた。

しかし、彼女とデートを重ね、家庭をもつ現実性が増すに従い、信道の気はふさいでいった。両親と弟を失ったショックは、それをおおう心の殻が厚くなっても、消えたわけではない。家族をまたなくすのではないかと恐ろしく、自分に家族は守れないという不安にさいなまれた。

兄と慕い、唯一の友人でもある従兄に相談すると、きれい事だと笑われた。

「家族を背負《しょ》うのは誰だって不安さ。要は、それ以上に相手とやりたいかどうかだろ」

愛子を好きだとは思った。丸顔の優しい顔立ちは好みに合ったし、細い手や胸もとからのぞく白い肌には、性的な感覚よりも、むしろ芸術的な衝動で、ふれてみたいと思った。

「相手の子はどう思ってんだ。おまえに抱かれたくないのか。一度会わせてみろ」

いつかは彼に紹介しようと思っていたから、機会を得て、三人で昼食をとった。

二人きりだと、互いに口下手で、黙り込むことも多いのに、話術に長《た》けた従兄が入ることで、席には笑いが絶えなかった。ときおりまじるセックスに関する冗談も、健康なおおらかさとして響き、愛子も顔を赤くしながら笑っていた。

信道は、従兄が彼の秘密を、たとえば一緒に風俗の店に行き、なじみの女がいたことまで話しはしないかとびくびくしたが、従兄はそれほど野暮ではなく、その後も何度か三人で会い、すごくいい子だと結婚を勧めてくれた。

年が明けて、信道は愛子の両親に挨拶に行き、本気のつきあいであることを申し出た。

「一人娘だから、婿を取るわけだろ。家族のないおまえの立場は、都合いいじゃないか」

早くプロポーズするよう従兄に急《せ》かされて、きみの二十四歳の誕生日に大事な話があると、信道は愛子に話していた。だが正直、いまも踏ん切りがつかない。

突然、もの想いを破る勢いで、子どもの泣き声が耳を打った。葬儀がおこなわれている部屋の扉の向こうから、パパー、パパーという幼い声が悲痛に響く。扉が開いて、三歳の男の子を祖母らしい女性が抱きかかえて退出し、控室のほうへ駆け去った。

愛子がそっと吐息をつき、

「あんな小さな子どもさんがいらっしゃるのに、どうして自殺なんて……」

と、死者を責めるような言葉を洩らした。

信道は、たしなめる想いも含めて、

「技術部は、納期が迫ると本当に大変なんだ。彼はとくに責任感の強い人だったから」

と低い声で答えた。

すると愛子は、潤《うる》みを帯びた真剣な目をこちらに向けて言った。

「気をつけて、くださいね」

信道は喉が締めつけられるような窮屈さをおぼえた。

葬儀を無事に終え、愛子を家に送ったあと、会社の独身寮に戻ったところで、従兄から連絡があった。何をしているのかと問われ、同僚の葬儀から帰ったばかりだと伝えた。

「じゃあ、いまも喪服を着てるのか……。ちょうどいい、そのまま出てこいよ」

指定の駅で、従兄はブルゾンにジーンズという普段着で、女物の傘を差して待っていた。

彼のあとについて初めて訪れる下町を歩き、路地が入り組んだ住宅地を進んだ。やがて、焼け焦げた古い二階建てのアパートの前に出た。建物の半分以上が焼け落ち、火事が起きて間もない様子で、煙こそ上がっていないが、すすけたにおいが辺りに満ちている。

「彼女とつきあってた雀友《ジャンゆう》に、今朝聞いた……二日前の深夜、火事でベラが死んだ」

ベラは店での源氏名で、シャガールが好きだからと話していた。

彼女と初めて会ったのは、伯母の葬儀のあとだった。

就職した年の夏、伯母は進行性の乳がんで、入院して三週間で亡くなった。突然のことに皆呆然とし、自衛隊を退官したばかりの伯父は、通夜でも葬儀でも人目をはばからずに泣いた。従兄は頰まで打って、しっかりするよう求めたが、伯父は精神の一部が壊れてしまったかのように泣きやまなかった。

伯母の遺骨を持って自宅に帰ったあと、従兄が信道を外へ誘った。風俗の店が集まっている一郭へ車を走らせ、信道がまだ足を踏み入れたこともないソープの店に入ってゆく。

「厄落《やくお》としさ。お袋じゃない、厄は親父だ。家族を恋しがって泣くガキの頃のおまえを、めそめそ泣くな、早く独り立ちしろと、よく叱ってたろ。なのに、あのザマは何だ」

伯父だけでなく、伯母からも厳しい言葉で、信道は早い自立を求められた。実の子じゃないんだし孝行しろとは言わないから、せめて早く家を出て、楽をさせてちょうだいよ。

信道は、高校入学を機に伯父の家を出て、新聞販売店に住み込み、配達のアルバイトをしながら高校を出た。奨学金を借りて工業大学に進み、無線機器メーカーの技術職に就職した。できるだけ人に頼らないよう努め、結果として責任感が強いと思われ、会社でもその点を評価されている。しぜんと孤独に陥り、女性との交際も深く踏み込めずにきた。

「経験ないんだろ。こんな日だからこそ、もう独り立ちしてるって証明してみせろよ」

案内された個室で待っていたのは、三十代前半の、胸の薄い女性だった。いろいろ世話を受けても、からだは反応せず、相手はいたわってくれたが、情けない想いで店を出て、従兄を待った。だがいくら待っても彼が出てこない。

先の女性に声をかけられた。買物に出て、信道を見かけたようだ。従兄のことを店で訊いてくれた。することもせず、急に泣きだして、早くに帰ったらしい。何があったのか問われ、伯母の葬儀のことを話した。くしゃみを二度して、三度目を手で押し殺した。

もう一度温まっていけば？　入浴料だけでいいから、と彼女に誘われ、店に戻った。伯母の死について語る勢いで、両親と弟を失ったときのことも話した。

彼女は驚き、彼女自身も幼い頃に両親と姉を事故で失ったことを話した。互いのつらい思い出を語るうち、よくわからないまま導かれて、経験していた。

そのあと月に二度、彼女のもとへ通った。店でしか会わなかったが、飼っていた小鳥が死んだと言い、新聞紙に包んで持ってきていた小鳥を、一緒に近くの川べりに埋めた。

　彼女の父親が鍼灸師だったらしく、自分もいつか資格を取ると話していた。やがて従兄に知られ、いつも同じ相手なのをからかわれて、別の女を勧められたり、別の店に誘われたりしたが、彼女でないとだめだった。愛子と知り合ったあとも、彼女のもとには通った。だがある日突然、彼女は店をやめた。店側は理由も行き先も教えてくれなかった。

　愛子の親に挨拶へ行ったのは、そのあとのことだ。彼女のもとにまだ通っていたら、挨拶できたかどうかわからない。そんな彼女の居場所を、そして死を、従兄は知っていた。

「手を合わせてやれよ。おまえが祈ってくれたら彼女も喜ぶと思って、連れてきたんだ」

　ふと、彼女が店をやめたことについて、従兄が関係している疑いがきざし、尋ねた。

「たまたま店で会ったとき、おまえが役員の娘とデートしてるってことは話したよ」

　信道はかっとして、従兄の胸倉《むなぐら》をつかみ、なぜ話したのか問いただした。従兄につっかかったのは初めてだったから自分でも驚き、その虚をつかれて、頰を張られた。

「じゃあ彼女と一緒になる気だったたか。だったらなんで愛子ちゃんと会ってた」

　頰より胸の痛みで言葉がつかえ、むしろ自分への嫌悪で奥歯を嚙みしめた。

「彼女が気をきかしたと思うんなら、想いをくんで、愛子ちゃんと幸せになれ。誰かに持ってかれちまう前に、さっさと抱けよ。誕生日にはきっと抱いて、そのまま一緒になれ」

信道は、焼け落ちたアパートを眺めながら、もう別のことを考えていた。もしかしたら、これは蟻たちの仕返しだろうか……彼女が死んだとき、神様は悲鳴を上げたろうか。

愛子の誕生日、信道は愛子を抱いた。抱かれたと言うべきか。愛子が積極的にからだを投げ出し、昏も彼女から先に合わせ、押し倒されるようなかたちでベッドの上に崩れた。

結婚式当日、スピーチをする予定だった従兄は連絡もなく欠席した。

五ヶ月後に男児が生まれ、二年後、信道はうつ病となり、のちに退社した。病気の原因は仕事に根をつめ過ぎたせい、と周囲には思われていた。だが実際は、死んだ弟から一字もらって誠と名づけた長男が、自分の子どもではないかもしれないという疑いに、彼の心は裂けた。

透明少年

母の髪はリスの毛の色を思わせた。

染めてないの、若い頃はもっと黒みがかってたけど、みんなを産むたびに薄くなったのよ、栄養を取られちゃったかな、と母は笑った。

いま正二の目に、母の髪は濃い灰色にしか見えない。代わりに、焦点が定まらない瞳の黒さと、元もとの肌の白さが、乱雑な部屋のなかで鮮明に映《は》える。

白髪まじりの髪を後ろに撫でつけ、細長い顔に遠近両用の眼鏡を掛けた男が、シミの浮いた手で、母のその白い肌にふれてゆく。

患者だった複数の少女のからだをさわって逮捕された過去があると、誠から聞いていた。母にも妙なことをしないか、正二は注意して見つめた。

少し尻の右側が赤くなりかけてるな、注意しないと内側から腐りだすぞ。医者が、薄い墨をぽつんと付けたようにしか見えない母のからだの一部を、指先で押す。

正二は、脱がせていた介護用のパジャマを戻すかたちで、医者の手を母から離させた。

医者は気にする様子もなく、ほかには変わりはないが、このまま変わらないことが問題でな、と言う。坊主がいくら懸命に介護しても、お母さんには何も伝わらないんだから。

医者が流しに立つ。正二は布団を掛け直し、本当に伝わっていないのか、母の目をのぞいた。

彼女の瞳が、正二の顔に焦点を結んだ。驚いて、手を洗っている医者を呼ぶ。

「お母さんが、ぼくを見たよ。お母さん……正二だよ、わかる？」

母の目は不思議そうに彼を見つめ、何やら問いかけてくるように感じる。

「何なの、お母さん。何が言いたいの。正二だよ。ショウジ、言えない？　ショウジ」

医者が手を拭きながら戻ってきて、正二の肩に手を置き、後ろに引いた。母の視線の先から外れる。目は追ってこなかった。

本当に見えてるわけじゃないんだよ、と医者は言う。おれが坊主なら、とっくに投げ出すか、家出でもしてるところだな。

医者が帰ったあと、母のからだをタオルで拭いた。黒目がちで優しげな顔は、やつれはしても、きれいだと思う。誠が母のその顔を受け継いだ。髪の色は、香が継いでいる。香の顔は、父にそっくりだ。正二だけが両親どちらにも似ていない。

小学二年のとき、思い切って母に訊いた。ぼく、本当にウチの子？　母は黙って抱きしめてくれた。そのときと同じ潤んだ瞳が、目の前にある。

なのにいまその瞳は、正二が見えていないという。

母の脚を曲げたとき、ガスが漏れた。一週間便秘がつづいている。指で掻き出さなきゃいけなくなるぞ、と医者に脅されていた。母のからだを横向きにして、坐薬を入れる。薬が出てこないよう指で押さえる。五分ほど待って、母が何もわからない状態だということに、ほっとするのは、こういうときだ。ぼくのせいで、母におむつを当て、パジャマを戻した。

「ごめんね……お母さん。ぼくのせいで、こんなことになっちゃって……」

母は何も答えない。

流しに立って、タオルを強く絞る。水滴が一気に落ちる。

悲鳴が上がった。流しの上の窓から聞こえる。

廊下に出た。夕方の六時を回ったばかりなのに、アパートの玄関先から差す光は薄い。ひと月前の夏休み明けは、蟬《せみ》の声も盛んで、じっとしていても汗ばんだ。いまはもう身にからみつくような熱気は去った。

二階の廊下が目に入るまで、階段をのぼる。インド系らしい痩せた男に髪をつかまれた太った女が、離せぇぇと暴れ、服が乱れて黒い下着がのぞけた。

男が外国語で何か言う。うるさぁぁいと女が首を振る。うちの親の出した金を、なんで全部おまえの怠け者の家族に送るんだぁぁ。部屋から赤ん坊の泣く声も聞こえ、男が女を強引に部屋に引き入れた。

彼らにいつも苦情を言う隣室の男は、まだ帰ってきていない。オランダ人も外出中らしい。無愛想な男と厚化粧の女が暮らす部屋も静かなままだ。

正二は、階段をのぼってすぐ正面にある部屋のドアを見つめた。

ボヤ騒ぎのあと入居者のない部屋には、外国人がかくまわれているようだと、誠が言った。夜中にアパートの周囲や廊下に出て、外の空気を吸っているアフリカ系、あるいはアラブ系らしい外国人の姿を、正二も何度か見かけた。

いまは、金髪の少年か、少女が、かくまわれているみたいだと、誠は言う。

ひと月前、つぶれた工場の跡地に残るプレハブ小屋にいた少年のことが、正二は忘れられずにいる。少年の髪は、正二には白っぽく、しかし特別なまばゆさをもって映った。

あのあと何度か、プレハブ小屋の窓にろうそくの灯《ひ》が揺れているのを目にした。小屋を出入りする人の足音も聞いた。だが肝心の少年の姿は、確認できずにいる。

正二が階段を下りたところで、外から香が戻ってきた。

香は幼稚園から帰ってすぐに昼寝をし、正二もそのとき一緒に仮眠をとった。医者の訪問で彼が目を覚ましたとき、妹の姿は部屋になかった。

「こんな時間に、どこへ行ってたんだ。心配するだろ」

正二の問いに、香は答えず部屋に入っていく。今日は朝から右手を後ろに回していた。

正二は無視されたことに腹を立て、居間の手前で追いつき、香の左手をつかまえた。

「どこで何をしてたか訊いてんだろ。もしかして、誰かと、一緒だったのか」

妹がこっそり誰かと会っているのではないかという疑いは、ずっともっていた。

香は左手を強く引き、無言で身をよじる。

「誰と、会ってたんだよ」

次の瞬間、香は使えないはずの右手を振り、正二の手の甲を爪で引っかいた。痛みに手を離した隙に、香は居間に駆け込み、押入の前で倒れるように身を横たえた。

「香っ」

怒鳴りつけても、妹はこちらに背中を向けて動かず、

「みんな、だいっきらい」

と叫んだ。彼女に引っかかれた右手の甲には、黒い筋が四本走っていた。

翌々日から、正二は学校を二度抜けることにした。

これまでは給食の時間にアパートに帰り、母の体位を換えていたが、床擦れ予防のため、

二時間目の授業後にも帰ることにしたからだ。誠が学校側に電話で事情を説明し、往診の医師からもらい受けた、床擦れのことを大げさに書いた診断書を、正二が提出した。

児童の家のことに関わりたがらない担任のハリガネは、卒業まで半年もないこともあってか、仕方ないね、と承知した。

運動会を五日後に控えた日、正二が三時間目の途中で学校に戻ったとき、児童全員が校庭に集まり、行進の練習の真っ最中だった。勇ましいマーチに合わせ、左右、左右、と足をそろえて行進する。教師に急かされて加わった正二は、左右、と頭のなかで繰り返すうちに混乱し、かかとを踏まれ、背中を突かれ、ついには六年生の列の最後尾に回された。

放課後、正二はすぐには香を迎えにいかず、遠回りの道を歩きながら、周囲の一軒家や集合住宅の窓に目を向けた。窓が開いていれば、近づき、なかをのぞく。

掃除をする人、テレビを見る人、寝転び、食べ、電話し、パソコンに向かい、鼻をほじる……。年齢も性別も違うのに、距離を置いてのぞくと、皆どこかしら似て見えてくるのが不思議だった。

開いている門や裏口から、敷地内に入ることもある。男と女が裸で抱き合い、アザラシのような声を上げているところも、二度目撃した。

立派な洋館風の家では、高校生くらいの少女が、いつ見てもパジャマ姿で厚い本を読んでいる。以前、ナイフを手首に当て、吐息をつき、結局何もせずに読書に戻る姿を見た。

いまはもう営業していない工務店の裏の倉庫では、白髪を長く伸ばした老人が、この辺りは全部沈むんだ、この国はおしまいさ、とつぶやきながら、木の船を造っている。

最近、回り道を一つ増やした。

正二をかばってクラス全員に無視され、不登校になった元クラス委員の家だ。少女の部屋は二階なのか、窓にはいつもカーテンが掛かっている。

三十分以上寄り道して幼稚園に着いても、玄関には向かわず、裏口に回る。

幼稚園の裏手に職員用の寮がある。教職員のほか、園長と副園長も暮らしている。園長の娘である副園長は、スペインで結婚し、離婚して戻ってきたらしい。離婚の原因を、誠がどこからか聞いてきた。息子がテロによる電車の爆発事故で死んだことにより、夫婦仲が悪くなったという。

寮一階の調理室では、園児のおやつや給食が作られる。もう片づけも終わり、ボランティアの姿はない。調理室の隣に風呂場がある。換気のためか窓が開いている。

のぞかずにいられない。のぞきをしているときだけは、母の介護も、アジツケの仕事も、学校での面倒も、すべて忘れていられた。なんとなくだが、崩れた積木の城が、元のように戻っていないか、と期待するような心持ちで、窓枠に手を掛けてからだを持ち上げる。

オレンジの甘酸っぱい匂いが浴室内に満ちていた。

背後で砂を踏む音がした。足先まで隠す黒い服を着た園長が、眼鏡越しに正二を見つめている。慌てて下り、言い訳を考える。園長が背中を向けて歩きだした。その後ろ姿に、強力な磁石で引っ張られるような力を感じ、黙ってついていく。

彼女のあとから園庭に出る。花壇の前に、香がいた。彼女に引っかかれた手の傷は、痕《あと》が残っている。日々の仕事をこなすのに精一杯で、怒りを保つ力はあまっていない。

香は今日は左目を閉じていた。

彼女とふだん一緒にいるタジキスタン人の女の子、カンボジア人の女の子、日系ブラジル人の男の子、南アフリカ人の女の子、アメリカの海兵隊員と沖縄女性のあいだに生まれた男の子の姿がある。家族の迎えが来るまで、花壇の花に水をやっているらしい。

ただし香は、水やりより、別のものに気を取られていた。

彼女の視線の先を追う。幹の大きい樹の影のなかに、陽射しを受けると消えてしまいそうな、ひ弱な印象の女の子がいた。

ひと月前に入園してきた彼女は、細い棒を手に、どうでもよさそうに地面を引っかいている。パートで働いているらしい祖母が、三時か四時に彼女を迎えにくるので、正二も何度か正面から見る機会があった。だが、小柄で、手足が細いというほかは、女の子はいつも顔を伏せているので、目鼻立ちまでは確かめられずにいた。

香と帰るとき、リヤという南アフリカ人の女の子をよく一緒に駅まで送る。リヤは、父親から聞いた話を、たどたどしい言葉で正二に伝え、彼は大体の感じを勘で補った。

例の女の子の母親は、若い頃に彼女を出産し、離婚して、夜の仕事をしながら子育てをしていた。女の子はよく施設にも預けられた。今年の初め、母親は、つきあっていた男に、あの子を天国へ返してやろう、保険金で新しい家族を作ろう、と言われた。母親は、女の子と春の海で一日遊び、疲れて寝た彼女の手足を縛って、布製の大きいバッグに入れ、水が入るだけの口を開き、岩場の陰で海に沈めた。だが女の子が暴れだし、バッグも勢いでやや浮いた。釣りを終えて帰る途中の男二人が、波音を聞きつけ、岩陰をのぞいたとき、母親は膝まで海に入り、バッグの口から伸びる手を海中へ押し戻そうとしていた。

リヤの父親がそこまで詳しく娘に話したかどうかはわからない。リヤがテレビなどで見た場面を付け足したのかもしれない。正二自身が聞くそばから想像を加えた可能性もある。それでも、波間から天に伸ばされる白い手のイメージは、目の裏に焼き付いた。

「あの子のこと……気をつけてあげて」

園長のしわがれた声が、頭の上から落ちてきた。

彼女はそれ以上は説明せず、ふだんと同じ「怒った七面鳥」と呼ばれる表情で、正二を残し、職員室へ入っていった。

海兵隊員を父に持つノチェが、かおりのにいちゃん、と指差し、香たちが振り返った。

だが例の女の子は反応しない。棒をけだるそうに左右に振る手が、波間から伸ばされた白い手と重なる。その手に引き寄せられるように、正二は彼女の前に進んだ。

この手を握って引き揚げることなんて自分にはできない、と思う。自分はただの『目撃者』なのだから。

「……見たこと、あるんだ」

思いがけない言葉が口から洩れた。ただ、この言葉なら相手に届きそうな気もした。

「いのちが、終わるところ」

白い手の動きが止まった。

「そのいのちは、手を、上に伸ばしてた。何かを、つかもうとしているようだったし……頼み事をしてるようでもあった……本当のことは、わかんないけど」

重い扉が軋みながら開く、そんな印象で、女の子が顔を起こした。前髪が長短ばらばらで揃っておらず、鼻は小さくて目立たない。薄い眉のあたりが前に突き出し、そのぶん奥にくぼんでいる目が、疑いの光を宿して、正二に向けられる。

「……だれ」

女の子がかすれた声を発した。

正二は迷った。名前ではなく、もっと根っこの、皮膚や肉を剝《は》いだあとに残る自分を、答えなければいけないように感じたからだ。

女の子の視線が正二の横にそれた。香がすぐ隣に立っている。

「この子の、香の、兄貴だよ」

正二は女の子に告げた。問いへの正しい答えになるかどうか自信はなかったが、ひとまず間違ってもいない気がした。

香は黙って女の子を見つめ、女の子も香を見つめ返している。

「香はね、死んだ人間が見えるらしいんだ」

正二がつづけて言う。女の子は香を見つめたまま、深いまばたきを二度繰り返した。

香が女の子のほうに一歩踏み出した。

「いっしょに、かえろう」と誘う。

女の子はもう一度深いまばたきをして、浅くうなずいた。

母の世話を終え、香が寝入ったあと、正二は部屋を出て、アパートの二階に上がった。

正二たちの部屋の、ちょうど上に暮らしているのは、毎朝背広姿で出かける無愛想な男と、夜に派手な格好で出ていく厚化粧の女、ということになっている。

だが以前ドアが薄目に開いているところを、正二がのぞいたとき、男が、女物のかつらをかぶっている姿を目撃した。いまはちょうど女（になった男）が外出している時間帯で、ドアに耳をつけても何も聞こえない。

インド系らしい男と太った女が暮らす部屋は、ドアが薄目に開いていた。

ほとんどの部屋がエアコンをもたず、隣の工場跡地から漂ってくる異臭を嫌って、窓を開けるよりは、廊下側のドアを開けることが多い。カレーの匂いがする部屋の奥から、赤ん坊の笑い声と、男女の笑い声が聞こえた。どうやら先日の喧嘩はおさまったらしい。

隣の、酒癖の悪い男が暮らす部屋のドアも、風を通すために少し開いていた。廊下まで悲鳴に近い女の声が聞こえる。声は毎日のようにする。誠にそれとなく話したところ、赤ん坊の泣き声にやり返すつもりで、ＡＶを音を大きくして観てんだろ、と答えた。

向かいのオランダ人の部屋もドアが少し開いている。風を通すだけでなく、喧嘩が始まればすぐ仲裁に入る用意かもしれない。詩を朗読するような抑揚のない外国語が聞こえた。

階段を上がってすぐ正面の部屋を、ボヤの直後にのぞいたことがある。あちこち焼け焦げ、窓も割れ、とても人が暮らせる状態ではなかった。いまもドアは閉まっている。

正二はドアに耳をつけてみた。しばらく待つうち、咳が聞こえた。年のいった人のものに思えた。

階段を下り、外へ出る。つぶれた工場と反対側の隣は、別のアパートと接して、塀で仕切られていた。

自分たちのアパートと、塀のあいだに身を入れる。こちら側の部屋は、異臭よりも暑さが耐えられないのか、窓が開いていた。中国人らしい男たちが暮らす部屋の窓にはカーテンがなく、食卓で三人の男が身を寄せ合うようにして、甘辛い匂いのする食事をとっている。壁には、山間《やまあい》の家と、家の前に集まった大勢の人の写真が貼ってあった。

朝晩にお経が聞こえてくる部屋では、くたびれた感じの男女が、仏壇の前で手を合わせている姿が、網戸越しにのぞけた。

仏壇には二つの写真が飾られている。一つは眼鏡を掛けた若い男の笑顔の写真で、どことなく二人に似ている。もう一つは写りの悪い、新聞に掲載された写真を引き伸ばしたようなもので、若い女がピースサインをして笑っていた。

反対側に回り、盲目の老人と無口な老婆が暮らす部屋の、窓の前に立つ。アパートの管理を任されているせいか、この部屋だけエアコンがついている。窓はいつも閉まっているが、ガラスが薄いので、ぴしりと竹で肉を打つような音が聞こえた。

うちの人もこんなふうに打ったのか、と老婆の声がする。命令に従っただけなんです、と老人が泣く。毎夜つづく似たようなやりとりに、正二は興味を失い、中年の女が暮らす部屋へ移った。

女はいつも誰かがのぞいていると騒ぐくせに、異臭も気にならないのか、夜は窓をよく開けており、カーテンにも隙間があった。いま彼女は似合わないネグリジェ姿でベッドにもたれ、卓上スタンドの灯のもと、男の裸が表紙を飾る雑誌を読んでいた。

正二は靴で地面を擦り、わざと音を立ててみた。女がネグリジェをはだけ、暑いわぁと手もとのタオルで腋《わき》の下から胸のあたりを拭きはじめる。そのまま見ていれば、どんどん手を下ろしていくはずだ。

だが、背後の工場の跡地のほうで足音がしたため、正二は彼女の部屋の前を離れた。

プレハブ小屋へ入っていく人影が二つ見える。異臭を我慢し、じっと待つうち、小屋の窓にろうそくの炎らしい明かりが揺れた。

小屋の周囲には砂利が多く、音が立ちやすい。時間をかけて慎重に進み、小屋の窓の下に着いた。降る雪を思わせる、しんしんと繰り返す調子の音楽が聞こえる。関節が鳴る音にも気をつけて、からだを伸ばした。

小山のように太った男が、裸で、横向きに立っている姿が見えた。男の下腹あたりで、繊細な印象の長い髪が揺れている。男が苦しそうに唸り、揺れる髪をつかんで引き離した。

机の上に置かれたろうそくの灯に、会いたかった少年の顔が浮かんだ。炎を映した瞳が、髪と同じく、特別な印象で輝く。正二のいる窓の下に置かれた古いソファに、男が少年を突き放した。少年は、いつのまにか手にしていた小さな袋を男に向かって振り、

「ツケテ。ツケナイト、ダメ」

と、発音の怪しい日本語を、細いけれど芯のある声で言った。その声が、正二のからだのなかで冷たくこだまし、心臓をいつもとは違うリズムでふるわせる。

男は鼻で笑い、おまえが口でつけろ、と裸の腰を突き出す。男の前に、少年がひざまずいた。

正二はびっくりした。暗いけれど、男に対して少年が何をしたのか、はっきり見えたからだ。そんなことをして、どちらも病気にならないのかと怪しむ。最近ときどき硬くなることのある自分の下腹のところがむずむずする。

男が少年の肩を押した。少年はソファの上に四つん這いになり、男が後ろからのしかかる。何かがうまく運ばないのか、男が舌打ちしたりうめいたりする。

少年が自分の後ろに手を回した。ほどなく男は満足した様子のため息をついた。どうだ、サムライの味は、と男が腰を少年にぶつけながら訊く。

少年の目は開いていた。瞳は前方に向けられ、宙空の闇というより、闇に潜んでいる敵

を、感情を抑えて睨みつけているかのようだ。

少年の目をもっとはっきり見たくて、移動しかけ、足もとで石が鳴った。ソファが軋む音で聞こえなかったのか、男は変わらず動きつづけている。

だが、少年が静かに首を振り向け、正二と目を合わせた。何も言わず正二を見つめる。

突然少年がからだに力を入れるのが、その筋肉のふくらみでわかった。とたんに男が息をつまらせたような声を発し、少年の背中の上に倒れ込んだ。

少年が、正二を見つめたまま手をそっと上げ、ゆっくり下ろしてゆく。

その動きに操られたように、正二は窓から顔を下ろした。

流れていた音楽が消え、ろうそくの灯も消える。大きい足音が遠ざかり、もっと軽い足音も遠くなる。正二はなお百数えて、立ち上がった。小屋のなかは何も見えず、人の気配もしない。ついさっき目撃したものが、すべて自分の妄想であった気がした。


次の土曜日、運動会がおこなわれることを、正二は兄に告げなかった。市場の仕事があるし、たとえ見にきてもらっても、彼が出場する競技はない。

母の介護でアパートに帰り、また学校に戻る。六年生の男子が参加する組体操が始まる時間だった。

正二は最後尾から校庭中央に入場し、集団の輪の外でしゃがんだ。ほかの児童は、手をつないで扇の形を作ったり、二人一組で肩車をして手を伸ばしたりする。正二には、誰もが彼とふれ合うのを避けるため、ハリガネが演技補助という見学の役を当てた。

最後に、男子児童が十五人一組で人間ピラミッドを作る態勢をとった。ピラミッドが次々完成し、正二のクラスの男子も完成間際までいったが、土台の子が支え切れずに崩れた。正二は助けに走るタイミングがわからず、動けなかった。退場したのち、ハリガネは、ピラミッドの土台の児童たちをよくやったと慰め、正二のことは見向きもしなかった。

夜、部屋の窓が鳴った。夢だと思った。しばらくしてまたコッコッと窓が鳴る。時計は十時を過ぎていた。母は目を閉じ、香はこちらに背中を向け、誠は帰ってきていない。

まさかと思いながら、カーテンを開く。繊細な髪が額に垂れかかった少年がいた。

慌てて窓を開ける。少年は優しい笑みを浮かべた。遠目だと誠と同い年くらいに見えたが、笑みには幼さも感じられ、正二とさほど違わないのかもしれない。

彼が急に表情を曇らせ、切迫した調子で何やら訴える。英語とは違う、初めて聞く外国語だった。次には、

「キテ」

と発音し、ドアのほうから部屋の外へ出るように手振りで示した。

正二は窓を閉め、玄関から廊下に出た。ほどなく外から彼が現れ、二階へ上がる。

少年は上がってすぐ正面の部屋のドアを開け、先になかに入った。つづいて正二が入ると、ドアが閉められ、室内は闇に落ちた。

尿のにおいが鼻をつく。ライターの火が灯る。少年の高い鼻が白く輝いた。火がろうそくに移される。足もとに蓋をしたバケツがある。尿のにおいはここからした。

少年が居間へ案内する。汗くさいにおいがこもっている。焼けた畳の上に寝袋が敷かれ、年老いた女性が苦しげな息づかいで寝ていた。

正二は、ふだん母にするのと同じ感覚で、女性の額に手を当てた。熱い。

「ママ？」と尋ねる。

少年は首を横に振り、ママと言って、自分の顔の前に手を置き、さらに手を頭の上にやり、ママと言い、目の前の女性を指差す。ママのママ、つまり祖母か。

「オランダ人は？　彼に話して、病院に連れてってもらったほうがいいんじゃない？」

少年は眉を寄せ、言葉を理解しようと努める。

正二は隣の部屋を指差し、オランダ人、病院、と繰り返した。

少年は首を横に振った。隣の部屋を指で示し、

「イナイ……イマ、イナイ」

　正二は、母が風邪をひいたときのことを思い出し、待つように身振りで示して、自分の部屋に戻った。冷蔵庫の製氷皿から氷を洗面器にあけ、水を入れてタオルを浸す。薬箱をもう片方の手にさげ、二階に戻った。

　ドアを軽く蹴る。すぐに開いた。少年に洗面器を渡し、薬箱を見せる。咳の真似をして風邪薬を、頭が痛い真似をして頭痛薬を渡す。

　少年の祖母のもとから、かぎ慣れたにおいが漂ってきた。正二は許しも得ずに、寝袋を開けた。便が漏れているのがわかる。

　正二は、自分の部屋に来るように、少年を誘った。

　押入から母の寝間着とおむつを出し、自分の毛布を脇にはさむ。少年は居間と板間の境に立ち、正二の母を見つめていた。母はいつのまにか目を開け、天井を見上げている。

「だれ……」

　香が起きて、こちらを見ていた。少年が人なつっこい笑みを浮かべ、香に手を振る。

　正二は、妹のことはひとまず放って、少年におむつと寝間着と毛布を渡して送り出した。

　古いタオルと水を汲んだバケツを持ち、二階に上がる。少年の祖母の着ているワンピース状の服を脱がせ、古タオルで汚れを拭く。二人で祖母を毛布の上に移し、おむつをはかせ、寝間着を着せる。額に冷たいタオルを置くと、彼女もやや落ち着いた様子に見えた。

「じゃあ、これは洗っておくから。また何かあったら呼んでよ」

正二は、汚れた服と寝袋、さらにバケツと古タオルを持って、少年の返事も待たずに自分の部屋に戻った。香が板間にしゃがんで待っていた。

「さっきの、こないだ会った人？」

ああ、と答え、バケツに新しい水を汲み、服と寝袋とタオルの汚れを落とす。汚水はトイレに流し、服と寝袋はコインランドリーでもう一度洗うため洗濯用の袋に突っ込んだ。部屋の外で、自転車を止める音がした。誠が疲れた足取りで入ってくる。二人を見て、

「なんだ、起きてたのか」

正二はもちろん、香も、二階の少年のことは話さずにいた。

いつものようにアジツケの仕事をし、香はそのあいだに布団に戻り、午前二時過ぎ、誠につづいて正二も寝た。

翌朝、誠が仕事に出たあと、正二は眠気も感じずに身を起こし、母のためのおかゆを半分に分けて、鍋で温めた。香がまだ寝ているのを確かめて、二階に上がり、少年の部屋のドアをノックする。二度のノックのあと、内側に人の気配を感じたので、

「ぼく」

と告げた。

ドアが開き、室内に滑り込む。居間の窓に打ち付けられたベニヤ板が少し剝がされ、隙間から差す光が、室内を淡く浮かび上がらせ、少年の影が浮かんだ。

正二は、おかゆを入れた茶碗とスプーンを少年の祖母の枕元に置き、彼女の様子を見た。昨日より呼吸が落ち着いている。ふだんの日課と同じで、相手のおむつを脱がせ、ポケットに入れてきたウェットティッシュでからだを拭き、新しいおむつをはかせる。水のぬるんだ洗面器と古いおむつを持って部屋を出ようとしたとき、後ろから肘《ひじ》にふれられた。

「ルスラン、ルスラン」

少年が自分の胸を指差し、ささやきかける声音《こわね》で繰り返す。名前だと気づき、

「あ、ぼく、正二。吉丘正二」

ルスランは、正二の持つ洗面器に当たらないよう横から身を寄せ、正二の肩を抱いた。彼の体温が、指先を通してからだの奥にしみ入る。さらに強く抱き寄せられた。

「ショウジ……アリガトウ」

ルスランが首を傾け、額を正二の額につけた。繊細な髪が、正二の頰をくすぐる。

「ショウジ、イル……ココニ、イル……アリガトウ」

母が倒れて以来、胸の内で硬く凍らせていた氷が、溶けそうになるのを感じる。

違う、聞き違いだと自分に言い聞かせる。誰もぼくの存在なんて気にしない、ぼくが見

えないんだ。

「イル、ココニ、キミ、イテ、クレル……ホントウニ、アリガトウ」

足先から力が抜け、洗面器を床に置いてしゃがみ込む。泣かずにきたのに、お母さんが倒れても泣かずにいたのに。無視でよかった自分が、確かに存在していることを認められ、存在していることに感謝をされて、熱い蜜をかけられたように氷が溶け、胸から溢れ出る。

声を上げそうになった。だめだ、ここで声を出しちゃだめだ。でもこらえ切れない。

正二の半分開いた口もとに、ルスランが曲げた腕を差し出した。逆光で顔は見えないが、彼がうなずき、そっと正二の歯に腕を押し当てる。

彼の心づかいが伝わり、甘えて、腕に嚙みついた。嚙んで、声を殺して、思うがままに泣いた。

きっと痛いはずなのに、腕は少しも動かず、正二に預けたままでいてくれる。歯の下にある柔らかい感触が、なぜだろう懐かしくって温かい。こみ上げてくるものをすべて彼の腕にぶつけて泣きながら、生まれて初めて死を想った。

いいや。いまなら……死んでもいいいや。

燃え立つ壁

仲間

がれきの町では、占領軍兵士による家宅捜索が、ときに深夜不意をついておこなわれる。どこそこの家の者が抵抗運動をしている、あるいは運動を助けているという情報がもたらされると、占領軍は情報の真偽を確認する手間を省き、当の家を急襲する。潔白かどうかなど、いちいち調べはしない。神経がささくれ立っている兵士たちには、無実を訴えて振り回す手も、黙って彼らを凝視する目も、危険な凶器と映るらしい。その家の者は、最も幸運な場合には拘束・連行される。だが、そうした運に恵まれることは珍しかった。

リートの前任の運び屋も、この家宅捜索の被害にあった。結果、運び屋に一人欠員が出て、リートが雇われたと、同じ運び屋の先輩に教えられた。前任者を密告したのは、彼に恋人を取られた男で、嫉妬から占領軍に売ったという。

おまえも密告には気をつけろよ、と先輩は言った。

そうだ……この先輩の名前も考えなきゃな。アジツケの仕事をしながら、誠は思った。リートは、この先輩が嫌いではない。瞼の薄い鋭利な目をして、周囲へ配る視線に隙がないが、瞳はどこか悲しげで、面長の骨格に、自分や周囲の者とは違う武骨さを感じる。幼い頃に地雷の被害で腰骨の左右の高さがずれ、歩くとき微妙にからだが揺れる。それを平衡《へいこう》に保とうとするせいか、綱渡りをする人のような繊細な緊張感が後ろ姿から伝わった。

運び屋のノウハウを教えてくれたのも彼だ、と誠は夢想をつづける。

町では突然検問がおこなわれる。住民とのコミュニケーションを日頃からとっておけ、と先輩には言われた。検問の場所を教えてくれるからだ。

兵士たちの目をかわすため、あらゆる道を知っておく必要もある。横道、裏路地、通り抜けられる家。

それでも検問に出くわしたら、急な反転は厳禁だ。堂々と兵士の前へ進み、正式な運送許可の書類を出し、後ろのボックスに積んだ国連や国際NGOの援助物資を見せる。

抵抗運動に関する物資は、ボックスの奥に細工してある二重底の隠し所に入れておけばいい。まだ怪しむ兵士がいたら、表の品物をどれでも適当に取って、文句をまくしたてながら袋を破って中身をぶちまけろ。

たとえ物《ブツ》が見つかってもシラを切れ、ただ運ぶように頼まれただけだと言い通せ。通用しなくても、最後まで口を割らなければ、きっとおまえの家族の面倒はみてやる。

誠も、斉木から仕事を始める際にそう言われた。アジツケの仕事を誠に課した取立て屋、暴力団の組員だ。

ほかにも多くの組員がいるが、斉木が誠のいわゆる世話係だった。

「できたよ、ちょうどこれで三十包《パケ》」

シーラーで口を接着し終えたポリ袋を、正二が板間の床の上に放った。

市場が休みの日曜、誠は朝から正二に手伝わせ、覚醒剤に安息香酸ナトリウムカフェインを混ぜて小さな包みを作る、アジツケの仕事にかかった。

昼までに三十包、急に必要になったと、斉木から連絡を受けたからだ。

二人は板間で仕事をし、香は居間で古い人形を押入から出して遊んでいる。母がぼんやりとした目を、その香に向けていた。

誠は、斉木の指示通り、コンビニで買ったポテトチップスの筒形をした容器の蓋をはぎ、ポテトチップスを外へ出して、筒の底に三十包を入れた。ポテトチップスを減らして戻し、接着剤で蓋を糊《のり》づけする。あまったポテトチップスは正二と香のおやつだった。

夜にも別の軽い仕事がある、と斉木には言われており、福健の店が月イチの定休日のため、正二に千円を渡した。

「香を風呂に連れてってから、何か食え。お釣りが出たら、ちゃんと返せよ」

「うん、わかった」と、正二が目を上げずに答える。

少し前なら、こんだけじゃ銭湯代引いたらロクなもん食えないよ、と文句を言っていたくせに、最近の弟は妙に素直だ。遠い目で窓の外を眺め、にやついていることもある。

「どうした、何かあったのか」

誠の問いに、正二が目を上げて、え、と訊き返す。ったく、聞いちゃいねえよ。

誠は香に目をやった。服が破れたり手足が取れかけたりしている人形で遊んでいる。人形を介して、誰かと話しているようにも見える。

妹の様子も違ってきた。くさいよぉと、怒りをこめて口にすることが減り、考え事をしているような顔をよく見かける。

ともかく二人に反抗されるよりは楽だと思い、後片づけを正二に言いつけ、外へ出た。

レジ袋にポテトチップスの筒を入れ、電車に乗って、繁華な駅で斉木と落ち合う。斉木は山手線のホームに上がり、下りてきたときにはもうレジ袋を持っていなかった。

「ご苦労さん。これからちょっと引越しを手伝ってほしいんだ」

駅裏の駐車場で、レンタルのワンボックスカーに乗せられた。

大きな川沿いに北上してゆく。東京を出て隣県に入り、山に向かって進み、急に幹線道路を外れて、古い木造民家が密集した地区へ入った。

誠たちが暮らす地区より、もっと貧しく、もっと密《ひそ》かで、ほかの場所とは違った空気が流れているように感じる。中学の教科書で見た、古い炭鉱町の風景を思い出す。

両側の家の軒《のき》にぶつかりそうな狭い道を、斉木はスピードをゆるめずに走る。うまいですね、とお世辞でなく口にする。住んでたからな、と彼は笑みなく答えた。

車が止まったのは、板壁が反り返り、柱も傾いた平屋の前で、青い乗用車が前方に駐車していた。周囲は似た印象の古い家ばかりで、人が住んでいる気配はあまりしない。

車の音を聞いたのか、目の前の家の引き戸が開き、頑強そうな体格をした男が現れた。髪を短く刈り、一重瞼の目がまっすぐこちらを見据える。斉木とは年齢だけでなく、業種も同じに見えた。彼が軽く手を上げる。斉木はハンドルに置いた指を上げて応えた。

家のなかは雑然として、新しいものや、いまでも使えそうなものは見当たらなかった。

金本《かねもと》と名乗った男は、あけすけな性格らしく、ばあさんがおっ死《ち》んで誰も住む者もねえし、長く放っといたんだが、そろそろ始末をつけなきゃと思ってな、と笑顔で誠に説明した。

ヒョング。斉木のことを、金本はそう呼んだ。

「おれも仕事があるから半日で片づけたい。人手がいる。だがいまの職場で、ここが故郷《ふるさと》だと明かせる奴はいないのさ。ヒョングしか思いつかない。ヒョングも力仕事は得意じゃないから、誰か手伝いはいないかと訊くと、一人だけ、信用できるのがいると言ってな」

誠は斉木を見た。彼は台所をのぞき、こんなに狭かったか、とつぶやいている。

段ボール箱は、金本が用意していた。彼が必要な物と不要な物を分け、斉木がそれを箱に突っ込み、誠が必要な箱は金本の車に、不要な箱はレンタカーの荷台に運んだ。

日暮れ前には仕事も片づき、金本が玄関戸に鍵を掛けた。その鍵を川端へ投げ捨て、

「ここもじき公園だ、全部消えちまう。残った年寄りは、施設行きらしい」

「都会や田舎ならとっくにつぶされてた。中途半端な場所だから、いままでもったんだ」

斉木は表情なく答え、車のエンジンをかけた。

金本が、助手席に座った誠のほうに回り、

「おにいちゃんも、ありがとな。助かったよ。これからもヒョングを助けてやってくれ」

と、財布から一万円札を三枚抜き、誠に差し出した。

取っとけよ、と斉木が言う。受け取り、彼にそのまま渡そうとした。斉木はこの場所に来て初めて笑った。

「ばか。これは組とは関係ない仕事だ。全部取っとけ。妙な癖をつけちまったな」

「ヒョングはどうなんだ。ずっと日本人の下にいたら、それこそ妙な癖がついちまうぞ」

「おまえに言われたかない」と、斉木がつぶやく。

「おれはもう十八年も前から日本人だ。ドジんなよ、ムショ飯《めし》にソロンタンは出ねえぞ」

金本と別れて、斉木は車を南に走らせ、日暮れてから、解体中の団地の裏手で止めた。すでに下見をしていたらしく、二人で低いフェンス越しに段ボール箱を投げ入れた。

東京でレンタカーを返し、路地裏の韓国料理店で夕食をごちそうになった。ソロンタンとは、牛骨を長時間煮て作るスープだと知った。

斉木はいつもより表情が柔らかく、

「おふくろさんの調子はどうだ。医者は来てるか。変態だが、腕は悪くないそうだ」

彼には、祖母の介護経験があると以前に聞いた。医者の手配をしてくれたし、寝たきりの者に与える水分にはトロミをつけるなど、いろいろとアドバイスをくれた。さっき訪ねた金本の家を思い出し、斉木もああした粗末な家で祖母を介護したのかと想像する。

リートの、運び屋の先輩の名前は、ソロンにした。

異民族の血が流れているらしいが、リートは訊かない。そんなことが気になるのかと、相手を失望させる気がしたからだ。

「誠、友人《ダチ》は。休日に会う相手はいないのか。合唱、やってたんだろ。何を歌ってた？」

誠は顔を伏せ、第九を少し、と答えた。

店を出たあと、斉木はもう少し付き合えよと、誠のアパートからも遠くない繁華街へタクシーを走らせ、大きい公園の手前で降りた。

「おまえ、ハッパの経験あるか？　大麻だよ。先に金を払ってくる。ここで待ってろ」

斉木が、公園を見下ろす位置に建つマンションへ入った。やがて彼から電話があり、「ブランコの辺りに売り子がいる。近づいて、お得意の第九をハミングしろ。それが合図だ。相手がハッパを差し出したら、相手の手ごと握れ。握って離すなよ、いいな」

大麻など興味はないが、言われた通り公園に入った。ブランコのそばに細い影がある。身長は誠よりやや低く、黒いブルゾンにグレーのシャツ、黒いジーンズ、黒いキャップを目深《まぶか》にかぶり、夜に同化しようとしているかのようだ。

誠は緊張を隠し、売り子に近づいた。キャップの庇《ひさし》で表情はうかがえないものの、相手もこちらを注視しているのが伝わる。

合図を送らなきゃ。でもなんで第九だよ。ともかくハミングしようとして……音がつかめない。かつては独唱も任されたことがあるのに、音がかたちにならず、口にできない。

誠の様子を不審に思ってか、相手が顔を上げた。外灯を受け、俊敏な印象の目が光る。

「斉木さんのところの？」

売り子が訊いた。風邪でもひいているのか声がかすれている。

誠はうなずいた。相手が右手を後ろに回し、拳を握って前に出す。近づくと、拳を開く。チャック付きの小さなポリ袋のなかに、乾燥した海草のような、黒みがかった緑色の草が入っていた。

誠は素早くその袋を取り、同時に斉木の指示に従って、相手の手を握った。相手が驚いた様子で手を引く。どういうことかわからないながら、離さずにいた。

すると相手が左手を背後に回し、風が吹き抜けるような音と同時に、ナイフが誠の顔の前に突き出されていた。

「待て、待て、待て。ヤンズ、そいつは仲間だ。誠、手を離せ」

とっさに手を離す。相手が後ろに飛んだ。誠の手が、相手のキャップの庇に当たり、地面にキャップが落ちた。後方から斉木の笑い声と、足音が聞こえる。

「おれの冗談だ。ナイフをしまえ。こいつは誠、ずっと一緒に仕事をしている」

目の前の相手が、警戒の表情を浮かべたままナイフをしまい、吐息をついて胸を反らした。瞬間、ブルゾンの奥の、シャツの胸もとが柔らかくふくらんでいるのに気がついた。

「こいつはヤンズ。二人は確か同い年だ。ま、今後も縁がありゃ、仲よくしな」

背後から斉木の手が肩に置かれる。誠は振り返らず、目の前の相手を見つめつづけた。

ヤンズと呼ばれた、たぶん少女は、髪を少年のように短くしている。頰から顎にかけて滑らかにとがり、顎に比べて大きい口を固く結んで、溢れる怒りをそこで塞《せ》き止めている印象だ。上唇は薄く、下唇はふっくらして、鼻は先端が高い。野生の獣が森で会った同じ種類の獣を、敵か味方か推しはかるような目で、こちらを見ている。

誠は足もとのキャップを拾い、彼女に放った。

ヤンズは払うように受け取り、すぐにかぶって顔を隠した。

「どうだ、売れ行きは。日曜の夜はいまいちだろ。ハッパはまだしも……」

斉木は、ブランコの後ろの植え込みのところに進み、ツツジの陰に置かれていた黒いリュックサックを軽く蹴った。なかで瓶がぶつかり合う音がする。

「いまどきシンナーなんて、金のねえガキか、耳からミソが垂れてるジャンキーくらいだ。犬コロの見回りが増えてる。ヤンズ、商品は、おまえの責任で守れよ。誠、行くぞ」

斉木につづいて公園を出ていく直前、誠は後ろを振り返った。

ヤンズは外灯の裏に回ったのか、闇に溶けて姿が見えない。彼女の手の感触を思い出そうとした。瞬時のことで記憶はあいまいだ。それより頰がむずがゆい。ふれると、ちりっと痛み、指先が赤く濡れていた。

地下鉄の駅から遠くない住宅街にある、こぢんまりした二階建ての集合住宅は、古くて地味な外観だが、正面にプランターの花が飾られ、大学か専門学校の女子寮を思わせる。誠は、斉木のあとについて一階の最も手前の部屋に入り、斉木と同じ年頃の女に迎えられた。瞼の薄い冷めた目をしているが、顔立ちは整い、髪をアップにまとめて、外資系の会社でてきぱき仕事をこなしているのが似合いそうな彼女は、斉木と短く唇を交わし、

「日曜は相変わらずね。昼はいいけど、夜はどうしても。まず女の子が出てこないから」

部屋は、玄関につづいてダイニングキッチン、次が居間の1DKで、二人のあとから入った居間には、壁に沿って十台の小型モニターが並び、うち五台にスイッチが入っていた。中学のとき友人宅で観た、盗撮モノのAVでも流しているのかと思った。顔までは見えないが、女はみな若そうで、男のほうは肉がだぶついていたり、髪が薄かったりする。冷静に見ると、それぞれ笑ってしまうようなおかしげな恰好で、からまり、のけぞり、ねじり、崩れて、這いつくばっている。

斉木が誠の視線に気づいて、商品を守る必要があるからな、と説明した。

「話したろ、こいつ。静かで、世話好きな子がいいと思うんだけど、心当たりないかな」

斉木の言葉に、女がそうねぇと振り向き、きれいに手入れしてある細い眉をひそめた。

「どうしたの、その頬……」

誠は頬を手でおおった。大した傷ではないが、血はまだ止まっていないようだ。

「ああ、ヤンズだ。おれの冗談で、誠にナイフを突き出した。はずみで切れたんだな」

ダイニングで傷の手当てを受けた。女は京子《きょうこ》と名乗り、絆創膏《ばんそうこう》を頬に貼ってくれながら、妹のこと悪く思わないでね、と、これまでより柔らかい口調で言った。

「ちょっと待ってて。いま、きみに合いそうな子に連絡してみるから」

京子が携帯電話を開くのを見て、斉木が以前の約束を果たそうとしているのだと理解し、

「おれ、いいです。そんなつもりで、来たわけじゃないから」

と、椅子から立った。

斉木が笑って、誠を押し戻し、

「相手は女子大生だ。ここのウリだが、街で出会ったフツーの女の子と、ホテルでなく彼女の部屋で、恋人気分を楽しんで、ってことさ。初めての相手としちゃ悪くないだろ」

「来るって。あと三十分かな。それまで、わたしとヤンズの部屋ででも待ってる？」

誠は、靴脱ぎに下りようとしていた足を止めた。京子を振り返り、斉木に目を移す。

「ヤンズって……あの子も、こういう……」

空気が胸に入ってこない。京子が声を出して笑った。斉木は苦笑し、

「やるわけねえだろ。頬じゃなく、アッチを切られるぞ。気に入ったんなら残念だがな」

斉木が二階の奥の部屋に案内してくれながら、この仕事は島崎の指示でなく、自分のシノギだと話した。

広域暴力団の三次団体に属する島崎が、上納金を納めねばならないように、斉木たちも島崎に毎月金を納めねばならず、ほかの子分も皆、シノギと呼ばれる個々の仕事をもっている。しかも金を多く納めた者が、地位が上がるため、二次団体に上がりたい島崎だけでなく、斉木たちもシノギには苦心している。

ヤンズの売る大麻とシンナーも、斉木のシノギだった。常連客か、彼らの紹介で連絡先を教わった客が携帯で売り子に連絡し、ある場所で金を払うと、ヤンズの居場所が伝えられ、彼女から物《ブツ》が渡される。第九の件はもちろん斉木のいたずらだった。

「大麻やシンナーは組織の卸《おろ》しだから、そっちのシノギはほかの者も知ってる。だが京子にやらせてるこのシノギは秘密だ。知られりゃ横取りされるからな。おまえも黙ってろ、ヤンズのためだぜ」

京子とヤンズは、親がやはり闇金から多額の金を借りたという。ソープに落としても、気の強い彼女たちは逃げかねないし、ヤンズは当時十三歳で、警察に逃げ込まれたら、島崎たちの身が危ういため、斉木が預かることになったらしい。

それが正解だったと、斉木は言う。二人は、警察をはなから信用しておらず、身を売らずにすむならと、仕事に積極的な姿勢を見せた。

大麻の顧客である不動産屋から、倒産した会社の寮を安く借り、遊ぶ金欲しさの学生やOLに客を取らせることを考えたのは、斉木だ。だが実際に動いたのは京子で、彼女が街で女をスカウトし、さびれた寮の外観や内装を、ヤンズに手伝わせて大学の女子寮風に仕立てた。斉木の上納金が増えたことで、島崎は京子たちの扱いに口を出さないものの、このシノギを横取りされれば、京子もヤンズも、違う仕事を強要される可能性がなくはない。

「相手が来たら、京子が呼びにくる。モニターは切っといてやるよ、思う存分楽しみな」

斉木が去り、部屋に入る。台所は清潔に保たれ、食器棚には女物の茶碗やカップが二つずつきちんと並んでいる。居間には二段ベッドが置かれ、反対側の壁際に机と椅子が一脚ずつ、机の上には小型ミシンと、織物や民族衣装などに関する本が数冊積まれていた。

誠は、その上の壁を見て、息をつめた。彼と同じ年頃の少年が、右手を三角巾で吊り、左手にライフルを握り、大きい岩に背中を預け、戦うというより死なずにいるために、周囲を焼き尽くす高温の熱を放っているような目で、前方を見据えている。

雑誌か何かのグラビアを切り抜いた写真らしい。その隣に貼られた写真では、砂をかぶったスカーフを頭に巻いた少女が、憎しみに近い目でこちらを睨みつけている。

両足とも膝から下のない、正二と同年代の坊主頭の男の子は、瞳に不信の色を浮かべ、銃痕が無数にある壁を見つめている。

香に似たおかっぱ頭の女の子は、目を涙で潤ませ、唇をへの字に曲げて、板切れで作られた墓の前に立っている。

ほかにも数枚貼られているが、すべて少年や少女の、言葉にできない激しい感情や願望に燃え立つ顔をとらえたものだった。

リートは、先輩のソロンにアパートに招かれたとき、同じ階の別の部屋に迷い込んだ。彼はその部屋で、壁一面に赤と黒の顔料《がんりょう》で描かれた、幾つもの顔を見た。

顔はどれも怒りを内にたたえ、けれど決して叫んだり嘆いたりせず、深い場所で命の炎を燃やし、聖なるものの迎えを待っているかのように見えた。

彼の背後にソロンが立ち、この部屋で暮らす少女が描いたのだと教えてくれた。彼女は両親も祖父母も爆撃で失い、姉と二人で暮らしているという。

会いたい、とリートは思った。この絵を描いた魂の持ち主に会いたい。

「ここで何してんの」

かすれた声が、とがめる調子で響く。

玄関に、ヤンズが立っていた。走ってきたのか息が弾み、帽子やブルゾン、肩からさげた黒いリュックの上に、水滴がついている。

言い訳をしようとする言葉が、喉のあたりで恥辱の炎に焼かれてゆく。そのとき、

「あら、帰ってたの。濡れてるじゃない、雨？　なかだと、全然わかんない」

ヤンズの後ろから入ってきた京子が言い、誠を見て、こっちに来て、と手招いた。

「まだだけど、先に女の子の部屋に入って、シャワーを浴びてたらどうかと思って」

誠は、ヤンズの脇を通り、京子もかわして、スニーカーを半ばきのまま飛び出した。

京子の説明で、部屋にいたことの誤解が解けるのはよかったが、女を抱きにきたと思われるのは心外だ。それを自分で説明するのは情けなく、恥の上塗りの気がする。

だが、いい。ヤンズとはきっとわかり合える。壁の写真が、それを信じさせてくれる。

斉木や京子の仲立ちなどいらない。あいだに誰かが入るほうがいやだった。

湧き立つ想いを抑えかねて口に出し、冷たい雨が落ちてくる夜のなかを跳ねるように駆け抜けた。

「見つけた……やっと見つけた……」

仕事

占領下の都市にも雨が降る。春から夏にかけては乾燥して、雨が一滴も降らない日がつ

づくが、秋から冬にかけては、ときおりまとまった量の降水がある。

運び屋の仕事は、雨でも休みはない。むしろ雨のほうが検問が減り、稼ぎ時と言えた。国際NGO支給の薄い合羽《カッパ》を着て、前屈《まえかが》みで悪路を飛ばす。水溜りでタイヤが滑り、石にハンドルを取られて、転倒の危険があるし、合羽で視界が限られ、横から飛び出してくる車や通行人に気づくのが遅れるのも怖い。

だが受取人は、自宅でのんびりプレゼントを待っているわけじゃない。破壊されたビルの陰で雨をかわしながら、あるいは、雨の下でがれきの底から日用品を探すふりをしながら、運び屋を待っている。

配達が約束より一時間以上遅れた場合は、事故、あるいは占領軍の介入を想定して、受取人はそれ以上待たずに帰る決まりだった。再配達は、先約のあとに回されるため時間がかかる。誰もが、一分一秒経つごとに寒さと不安がつのるらしく、結果、少しの遅れでもリートは文句を言われた。

「あと一分でも、三十秒でもいいから、早く出てこいよ。競売《セリ》が始まっちまうだろ」

市場で柑橘類専門の仲買店を開く主人が、毎日のようにぼやく。

誠は、客である小売業者の注文した品物を、倉庫や冷蔵庫から引き取り、彼らの車へ運んでいく。すべての場所に屋根があるわけではない。ときには雨に打たれながら、倉庫と駐車場を行き来する。

「さっさと運べよ、開店時間に遅れっだろ。ほら、商品を雨に濡らすんじゃねえよ」

不景気な上に、品物の値上がりで苛立つ客は、荷の積み方一つにも文句をつける。

世界的な気候変動の影響か、世界各地で作物の出来が悪く、紅葉の時季に入る前後から、葉物野菜や柑橘系の果実が倍近く値上がりしていた。円安まで、誠のせいのように言われることがある。

なんで世界のどこかで起きてることがいちいちおれに関係してくんだ。仕事を終えて、ぶつくさ愚痴を垂れつつ駐輪場に向かう途中、別の店で働いている娘を見かけた。

彼女は街路樹の黄葉と同じ色の傘を差し、スカートと短いレインブーツのあいだに、形よく流れるふくらはぎの線がのぞけた。以前なら、あとでトイレで思い返すために、じっと見つめつづけたろう。だが、もうそんな気は起きない。悪いな、お別れだ、誰かと幸せになんなよ……。頬のかさぶたにふれ、雨のなかへ飛び出していく。

ヤンズと会った日の翌日、福健の料理を島崎の愛人のマンションへ運ぶと、斉木も待っていた。以前のように彼も玄関先まで誠と一緒に出て、話を交わした。

女を買う場所にいた件では、誠は何も知らなかったと、斉木はヤンズに説明してくれていた。ヤンズは何も答えなかったという。

彼女は、自分の部屋のダイニングで、大麻の小分けをし、風呂場でシンナーの瓶詰《びんづ》めをして、居間のミシンで趣味の服を縫っていると、斉木は教えてくれた。遊牧民や山岳民族が身に着けている衣装や織物などに、興味をもっているらしい。

会いたい。会って、直接話したい。女に関する斉木の再度の誘いを受ける気はないものの、自分一人で彼女の寮を訪ねる勇気もなかった。

日曜日には、あの公園にいるだろうか。公園までなら行けるかもしれない……そう考えていた土曜日の夜、島崎の組の、斉木の兄貴格に当たる、高平という洋ナシ体型の男から呼び出しを受けた。

午後十一時、雨のなか、高平がアパートの近くに、車体に派手な魚の絵を描いた保冷トラックで迎えにきた。助手席の窓を下ろし、リムジンでお迎えだぜ、と喉を鳴らして笑う。

彼が面倒をみている若い衆だろう、たまに見かける角刈りの男が運転し、後ろのスペースには、長髪で目が隠れた若い男がいた。初対面の彼に場所を空けてもらい、腰を下ろす。

「福健のところの仕事を上がったばかりなのに、悪いな。疲れてるか」

まあとか、少しとか、謙遜《けんそん》の言葉はこの連中には通じない、と何度も経験してきた。

「へとへとです」と答える。

高平は、顎をおおい隠すほどふくらんだ喉を、蛙《かえる》のようにぐふぐふ鳴らして笑った。

「満点の答えだ。近頃、斉木とつるんでんだろ。まぁ、たまにはおれとも付き合えよ」

トラックは東に向かった。

長くかかるから寝てろ、と高平は言いながら、缶ビールを手に、牛蛙の鳴く声に似たげっぷを繰り返しては、誠に話しかけてくる。

「斉木はどんな秘密のシノギをもってんだ。知ってんだろ、ちょいと教えてくれや」

知らない、と二度、三度答えても彼は納得しない。社長におまえのことを話して、仕事を回してやってほしいと口をきいたのはおれだぞ、と言う。

社長、とは島崎のことで、本人がそう呼ぶように命じていた。

アパートに取立てにきていたのは高平と、もう一人荻野という男だ。彼らの取立ての執《しつ》拗《よう》さに、母は神経が参り、窓に頭をぶつけて外へ落ちたのかもしれない。なのに高平は悪く思っている気色《けしき》もなく、恩着せがましい物言いをする。

「おまえたちがあの場所で生きてくために、おれは何かと骨を折ってやってるんだぜ」

やがて、こっちもなかなかシノギがきつくてなぁ、と泣き落とすような口調が加わり、

「今日も別の組の兄貴分からの頼まれ仕事さ。物《ブツ》を運ぶ船が、手違いで着く港が変わったらしい。しかもこっちへ来る道が、土砂崩れで通行不能だとよ。ギャラの半分を渡すと言われたが、こっちも若い衆は産廃に回したり、風俗の店をやらせたりで、急には集められ

ねえ。荻野や斉木に手伝わせりゃ、四分《しぶ》は持ってく。で、こないだ預かった新入りの長髪と、誠、おまえに来てもらったわけだ。海に浮かんでる物を拾うだけの楽なバイトさ」

以後も、シノギの愚痴や、最近の若い衆は叱るとすぐに組をやめる、などとぼやきがつづき、誠は高平の話から逃げるために、とにかく目を閉じた。

リートが暮らす都市の住民は、大国の占領に対し、抵抗の旗印のもとに皆が一致団結している、というわけではない。

実際に抵抗運動に加わる者は少なく、多くの者がやがて平和に暮らせる日が来ると信じて現状を耐え忍んでいる。だが、いつ訪れるかわからない日を無力なままに待つより、占領軍と手を組み、ときには手先として働き、楽に暮らそうとする者もいた。

名前は、ガマガエルのガマでいいか……。

ガマは、リートのアパートの近所で雑貨店を開く独身の中年男だった。

店の品揃えはいい加減で、裏で扱うポルノ雑誌が一番の儲《もう》けという噂だ。かたくなな抵抗運動は占領を長引かすだけだと批判し、占領国との共存の方向を探るほうが賢い選択だと、日頃から皆に説いている。

リートの家は、父親が町にいた頃から、彼の店でツケで買うなど付き合いがあった。いまもまだツケは残り、おまえたちのいまがあるのは誰のおかげかな、などと恩着せがましいことを言う。

彼は、リートが町なかで目撃した話を知りたがった。誰が何をして、どんなことを口にしたか。人の出入りが増えた場所はないか。リートが誰に何を運んだかも聞きたがる。占領軍にもいい奴はいる、面白い話を聞かせてやりゃあ、いろいろとお目こぼしがあるぜ。運び屋の先輩のソロンのことも、ガマは知っていた。リートがソロンと歩いているところを見かけたと言い、気をつけろよ、あいつは本当は食えない奴だぞ、と注意する。

「聞いてんのか、誠。おまえにアジツケをさせようと社長に勧めたのは、斉木だぜ。おれはもっと楽な仕事のほうがいいと言ったんだ。だが斉木が、子どものほうがばれにくいし、ばれても、寝たきりの親や小さい弟と妹がいるから、口を割らないだろうと言ってな」

道路や建物だけでなく、長い時間をかけて築かれた文化や慣習やコミュニティなど、すべてを破壊する意図で貶められた都市に、いま心から信用できる人間はいない。

いや……壁に赤と黒の顔料で、人々の顔を描いている少女はどうだろう。

命の炎を内奥《ないおう》で燃え立たせ、聖なるものの迎えを、怒りを鎮めて待っている顔の連なりを、リートが圧倒されて見つめていたとき、ここで何をしているのと、とがめる調子の声を聞いた。頭に紫色のスカーフを巻いた少女が、背後に立っていた。

男っぽい太い眉がこめかみまで伸び、二重瞼のラインの幅が広く、そのぶん目が大きく感じられる。瞳の色はスカーフの端からのぞく髪と同様、純粋に黒い。湖面に映る月のように、瞳が微細にふるえていて、癒《い》えることのない悲しみの水底から見つめられている気がした。

そのときは、何も言えずに、彼女をただ見つめ返した。こいつ部屋を間違えたんだ、とソロンが代わって答え、リートを引っ張っていこうとした。彼女にどんな印象も残さずに消えてしまうことが、狂おしいほどつらくなり、少女の前に戻って伝えた。

おれ、この絵、好きだよ。

「起きろ、誠。着いたぞ。のん気にいびきまでかきやがって、ほら、仕事だ」

荒く揺さぶられて目を開き、知らぬ間に寝ていたことに気づいた。

高平から合羽を押しつけられて、外へ出る。雨が強まっていた。

トラックはヘッドライトも車内灯も消し、高平が手にした懐中電灯のほか、周囲に明りはなく、自分の二メートル先に何があるかも見えない。

はるか前方に照明灯がまたたき、雨の幕の向こうに数隻《せき》の船舶が幻のように浮かんでいる。港の埠頭《ふとう》に近い場所にいるらしい。雨の音の合間に、波音が聞こえてくる。目が慣れて、七、八メートル先が海だとわかった。だが潮《しお》の匂いより、油くささのほうが鼻をつく。

背後はフェンスに囲まれた広い敷地で、積み上げられたコンテナが延々と並んでいる。トラックは、コンテナ置場と海のあいだの広く取られた道の上に止められていた。コンテナ置場は前後に長くつづいており、トラックが走ってきたと思われる道のずっと後方には、工場群がある様子で、幾つもの灯が雨にけぶっていた。

さぶいさぶい、と高平が足踏みをし、長髪は背中を丸めてため息ばかりついている。ガセネタじゃねえのかと、高平は懐中電灯を誠に渡し、トラックの助手席に戻った。しばらくして、姿が見えなかった角刈りが、照明灯がまたたく方向から戻ってきた。あの船に間違いありません、と走ってきた道の後方を指差す。

船舶の影は遠く、暗い壁が幾層も重なり合ったように見えるだけで、彼が示した船がどれか、誠にはわからない。

「合図を送ったか？　こっちの合図次第で、物《ブツ》は海に投げ入れるって話だったぞ」

「送りました。何の返事もないし、何かが海に落とされたような音もしませんでした」

「約束から二時間も遅れちまったしな……。あきらめたか、それともやっぱりガセか」

高平が確認のためだろう、電話を手にした。角刈りも長髪も生気のない顔で、風が吹いてくる海側を避け、トラックの陰に入る。

誠は、彼らと一緒にいるのが気づまりで、懐中電灯で足もとを照らし、海のほうへ進んだ。たぶん防波堤によって外海の勢いが消されてだろう、海は荒れておらず、しぶきをかぶることもない。黒々とした波はほとんど寄せ返すことなく、不穏にたゆたっているだけだ。それでも間近で見ているうち、誘い込まれるような力を感じ、身ぶるいが起きる。

不意に、異質な音が耳に届いた。

車の音や船の汽笛ではない。鳥の声に近い。けれど海から聞こえる。耳に神経を集める。雨や波の音に消されながらも切れ切れに、やはり聞こえた。

単音でなく、不快でさえある音の連なり。その不快さは、ここ最近の、音楽を聞いたときの感じ方に似ている。第九をハミングできなかったときの妙な苛立ちを思い出す。感覚ではなく、理屈で、音階だとさとった。これは歌だ。

「歌ってます。海で、誰かが歌ってます」

トラックに戻り、高平に報告した。すぐに全員が懐中電灯を持ち、道の端から護岸に沿って海に光を向けてゆく。角刈りが、いたぁ、いましたぁ、と声を上げた。

護岸の海側には、漂流物から岸を守るためだろうか、実際の用途は不明だが、一定の間隔で鉄の杭が垂直に打ち込まれている。その杭に、人間がつかまっていた。

光のなかに四つの顔が浮かぶ。隣の杭にも四つ。それぞれライフジャケットを着け、かろうじて首から上は浮いているが、ほかは全身海につかり、杭を中心に輪になって、離れないよう互いの腕やライフジャケットの紐《ひも》を握っている。

杭の表面は滑らかそうで、上端が道路まで届いていないため、登ることを断念し、歌を歌って励まし合いながら、迎えが来るのを待っていたらしい。

高平の言う「物《ブツ》」とは、彼らだった。

角刈りが、先端にプラスチック製の浮き袋を付けたロープをトラックから運び、彼らに向けて投げた。引き揚げろ、と高平が、自分はロープを握らずに命じる。だが、下の者たちは焦って浮き袋に二人が同時につかまり、三人の力では揚がらない。高平が盛んに下に向けて、一人ずつ、ワンだよ、ワンオンリー、アローン、と叫ぶが通じない。

トラックを使いましょうと角刈りが言い、ロープの端をトラックのバンパーに結びつけ、ゆっくりバックしてゆく。誠と長髪が、引き揚げられてきた人間を、両側から支えて道路へ導く役を担い、四回で八人をどうにか引き揚げた。

八人は道路に身を投げ出したまま、力尽きた姿で、咳《せ》き込み、歯をがちがちと鳴らす。トラックの荷台の扉を開き、高平が乗れと命じるが、男か女か、若いのか老齢《とし》なのか、海水だけでなく油にまみれて見分けのつかない彼らは、誰も動けそうにない。

誠と長髪が、彼らの腋の下に手を入れて支え、下から押し上げると同時に、角刈りが荷台の上から引っ張り、なんとか全員を乗せた。

誠と長髪は、そのまま彼らと乗っていくように言われた。

「奴らの面倒をみろ。毛布と食い物が、なかにある。検問や規制に引っかかりそうなときは壁を叩くから、音を立てるな。少しでも音がしたら、冷蔵のスイッチを入れるぞ」

高平も、寒さと疲れに参ってだろう真顔で言い、扉を荒く閉めた。

懐中電灯二つを灯し、荷台の隅に積まれていた毛布を、誠が奥で固まっている八人に渡す。長髪は壁にもたれてしゃがみ込み、動こうともしない。

毛布と同じ場所にレジ袋があり、コンビニのおにぎりが二十個近く、ペットボトルのお茶が十本ほど入っていた。だが、ったく、気がきかねえ……お茶は冷たかった。仕方なくそのまま彼らに渡す。なかの一人が、わずかにうなずくように頭を下げた。顔が汚れたまで、どの辺りの国の人間か見当もつかない。

ようやく彼らは動きだし、ライフジャケットと濡れた衣服をすべて脱いだ様子で、毛布を身に巻きつけ、おにぎりとお茶を口に運んだ。彼らの脱いだものは一つ所に山のように積まれ、潮の匂いが強く漂う。海に棲《す》む巨大な生き物の死体でも運んでいる気がする。

誠は、寒さと疲れから膝を抱き、顔を膝頭に押しつけて、リートは……と夢想した。

彼は、死者を運んでいた。

運び屋の仕事ではない。ガマに頼まれ、幌《ほろ》つきの軽トラックの助手席に乗っている。

町は夜間の外出禁止令が解けたばかりで、朝霧が周囲のがれきを隠し、夢幻の世界でも走っているように感じる。荷台には、間に合わせの板で作られた棺桶《かんおけ》を二つ積んであった。

前日の夜、リートはガマの訪問を受けた。苦労して手に入れたんだ、お袋さんに飲ませてやれ、と彼は小皿分の蜂蜜をくれた。目の見えない弟には風車《かざぐるま》、妹にも布製の人形を持ってきた。リートが金を渡そうとすると、友人が助け合うのは当然だ、とガマは怒り、しかしもし重荷に感じるなら少し手伝ってくれるか、と言った。

軽トラックは人里を離れ、町の共同墓地へ向かった。人家は絶え、軍事的な要衝にもならない禿《は》げ山の中腹にある墓所周辺には、占領軍もよほどでなければ出動しない。悪路にたびたびタイヤを取られ、棺桶の蓋がかたかたと鳴る。突然リートは人の声を聞いた。

水……水……。

ガマがそばの水筒をつかみ、後ろの連中にやってくれ、と言う。

短い釘二本で留められた棺桶の蓋は、力をこめれば簡単に開いた。黒ずんだ布に包まれた遺体が現れる。夜間の家宅捜索で、両手を上げていたのに撃たれた男だ。いきなり遺体の下から手が伸び、リートの腕をつかんだ。

遺体を脇に寄せ、底板を数枚外す。二重底の造りで、中年の女が現れた。喉を鳴らして水を飲んだあと、子どもたちにもあげて、と頼む。

隣の棺桶には、同じ家宅捜索で命を落とした老人が眠っていた。遺体の下から、女の子二人と男の子一人が現れる。姉らしい女の子が、一番幼い男の子から水筒を回した。

墓所で、家族四人は棺桶を出た。いまから山を越え、暗くなってから隣国へ入るという。子どもの足で十時間以上かかるだろう。それでもここにはいたくない、と女は泣いた。

ガマが渡された金を数え、約束と違う、と結婚指輪も要求する。国を出ても無一文では生きていけない、と女は手を合わせる。こっちも命懸けの仕事をしたんだ、とガマは譲らない。リートは、自分の弟や妹と同じ年頃の子どもが、父と祖父の棺桶のかたわらに、涙も流さずに立っているのを見て、なけなしの金をガマに渡した。

足りない分は、おれのツケだ。ガマは軽蔑の眼差しでリートを見やり、払ってくれりゃ誰でもいいさ、と答えた。

母親と子どもたちが山を登っていくのを見送り、リートは墓の穴を掘った。子どもたちが途中で振り返る。礼など言わず、手も振らず、固い表情でリートを見る。

それでいい、と思う。おまえたちは誰にも頭を下げる必要なんかないんだ。

すると、丈の高い草で鼻をくすぐられたのか、男の子がくしゃみをした。すぐにしまったという顔をして、両手で口を押さえる。その仕草が愛らしく、姉二人がくすりと笑った。リートもつい頬をゆるめ……。

誠は顔を起こした。

くしゃみがつづけて聞こえる。歯が鳴る音もやまない。ったく、ふざけやがって……。

車内をバランスをとって進み、運転席とのあいだの壁を叩いた。しつこく叩くうち車は止まり、後部の扉が開いた。何だ、と高平が不機嫌な顔をのぞかせる。

「この時間でも開いてる店……服とか、カイロとかを売ってる店に、寄ってください」

高平は意味がわからないらしく、顔をしかめている。誠は荷台の八人を指し、

「からだが冷え切ってます。このままだと病気になっちゃいますよ」

「知ったことか。こっちは物《ブツ》を受け取って、引き渡すことだけを頼まれたんだ」

アジツケの仕事を始めるとき、島崎や斉木に、くどいほど言われた。おまえに預けるものは、おまえの手にあるうちは全部おまえのものだからな、命懸けで守れよ。

「高平さん、兄貴分の人に頼まれた、代理の仕事ですよね。肺炎とかおこした人間を相手に渡したら、兄貴分の人が悪く言われないですか。高平さん、それで顔が立ちますか」

「……何も知らねえガキが、偉そうなこと言ってんじゃねえ。毛布もメシも用意したろ」

でも、と言う前に扉が閉まった。すぐに車が動きだす。

八人にこちらの言葉がわかったとは思えないが、誠は合わせる顔がない気がして、扉のほうを向いたまま膝を抱えた。

二十分ほどして懐中電灯が一つ消えかけたとき、車が止まった。扉が開き、誠と長髪を、角刈りが呼ぶ。広い駐車場の隅にいた。少し離れた場所に、二十四時間営業の大型雑貨店の看板が見える。

角刈りが誠に五千円を渡し、これ以上は出せねえぞ、と高平の言葉を伝えた。

誠は長髪と店に向かった。だが長髪は、店の前を素通りし、そのまま走り去っていく。

誠は一人で店に入り、五枚千円のシャツとパンツを二袋ずつ、十足千円の靴下を買った。これで五千円。引越しの手伝いでもらった金で、五百円セールのスウェット上下を八着、携帯カイロ、懐中電灯用の電池、温かい飲物も買い、トラックに戻った。

高平は助手席でそっぽを向いている。角刈りに長髪のことを訊かれ、ずらかったみたいです、と答えた。

荷台に上がり、八人の前に買ったものを置く。携帯カイロは、彼らの目の前で何度か振ってみせたものを一人に渡してから、離れた場所で腰を下ろした。衣擦《きぬず》れの音がして、カイロを振る音が盛んに聞こえる。やがて歯が鳴る音は消え、くしゃみもやんだ。

その後、空気の入れ替えとトイレのためにトラックは二度止まり、次に扉が開けられたとき、外はうっすら明るく、雨はやんでいた。

全員出ろ、と角刈りが声を出し、手を振る。大きい霊園の駐車場にいることが、目の前の山の斜面に掲げられた案内板でわかった。

トラックのそばに大型バンが止まり、男が二人立っている。八人が出てくると、男たちはバンのスライドドアを開け、乗れと手で示した。高平は、バンの近くの乗用車のなかで、貫禄ある男に卑屈な笑みを見せている。

全員が同じスウェットの上下という八人が、次々とバンに乗り込んでゆく。

これでバイトは終わりらしい。誠は思わず吐息をついた。

瞬間、後ろから手を握られた。最後の一人は、毛布で顔を拭いたのか、二十五、六歳の男とわかった。彼は、誠を正面から見つめ、無言でもう一度誠の手を強く握りしめて、バンのなかへ消えた。

誠は、見知らぬ市場の駐車場でトラックの掃除を手伝ったあと、角刈りに教わったＪＲの駅まで一人で歩き、各駅停車の電車に座席を見つけ、すぐに眠りに落ちた。

顔

なぜおれだ。なぜあいつだ。

なぜおれはここにいて、あいつがあそこにいるんだ。

島崎が顔を寄せて訊く。高級なオーデコロンらしいが、つけ過ぎだ。胸が悪くなる。

「おれの夢はミュージシャンだった。中学からバンドを組んで、ダコタハウスって、おれの神様が死んだ聖地に三度詣《もう》でた。才能はなかったが、地方銀行に勤めて、休日にはアマバンドの活動をつづけてた。だが勤め先の上司の金づかいが荒くて、競馬でスッても平気な顔、立派な家も買った。怪しむ奴はほかにもいたが見て見ぬふりさ。上司のことだから、確証もなく妙なことは言えない。だからおれは丹念に調べて、横領を突き止め、上司と仲のいい支店長でなく、その上に報告した。上司は逮捕され、支店長も飛ばされた。そして被害の拡大を防いだおれは……行内の秘密情報を不正入手したかどで、免職さ。呆然としたぜ。なんだこの世界はってな。免職の撤回を求めて裁判を起こす気にもなれなかった。だが不正で免職になったかたちのおれに、世間は冷たかった。どうにか雇ってくれたのが、いまの組織が末端でやらせてたサラ金さ。見て見ぬふりの同僚は、去年支店長に昇進したらしい。おまえ、風俗にまだ行ったことがないんだろ。行って、話を聞いてこい。お嫁さんになりたい、ケーキ屋さんがいいと、小学校の頃にありきたりの夢を語ってた女の子が、いまは体を張ってる。なんでほかのOLじゃなく、彼女たちがあの場所にいる？　うちの若い連中もそうさ。違った家や違った場所に生まれていても、うちに来たと思うか？」

福健の料理と百八十個の一万円包《パケ》を、島崎の愛人のマンションに運び、テーブルの上に出したあと、リビングの麻雀卓の前に座れと言われた。脇の大型テレビでは、島崎の神様が、誠には聴き分けられない愛の歌を歌っている様子だ。周囲には、愛人のヒロミと、斉木、荻野、荻野のところの若い衆らしい男が二人いる。高平の姿はない。

「誠、おまえも、どうしてここにいる？　おれをまっすぐ見て答えろ。夢は何だった」

おまえらみたいなクソに捕まらず、自由に生きていくことさ、と答えたい。

「……べつに、ありません」

「まぶしい目だな。おまえの価値は、その目と一緒で、汚れてないことさ。サツにも麻取りにもマークされてない。その価値を汚す奴は大馬鹿だ。高平のシノギを、助けたな？」

あ、はい、手伝いました。そう答えれば簡単だった。

高平には仕事のあと、社長には黙ってろよと言われたが、奴の勝手な言い分を守り、こっちの身を危うくする義理はない。

「……いいえ」

なのに、なぜか否定していた。素直にうなずくことに抗《あらが》うものが胸の底に渦巻いている。

島崎が、端整だが二枚目と呼ぶには何かが足りない顔を、わざとらしくゆがめた。

「正直に言えよ。借金から百万、引いてやるぞ。嘘なら逆だ。高平を手伝ったな？」

百万減れば、自由が近づき、増えれば一気に遠ざかる。嘘だとしても飛びつきたい。

ってくれ。

「いえ、知りません」

なんでだよ……自分がこんなに頭が悪いとは思いもしなかった。リート、何か言ってや

だが、瞼の裏に彼が現れる余裕もなく、島崎のハッと笑う息が鼻先に当たった。

「聞いたか。マスしか掻けねえ十七のガキが、根性見せてくれるぜ。斉木、開けろ」

斉木が、リビングと和室を仕切る洋風の襖を開けた。

和室の中央に、下着一つを身に着けただけの高平と角刈りが正座している。二人とも顔が異様に腫れ、全身いたるところあざだらけだ。

「おまえら盃《さかずき》をもらってる身で、少し撫でたくらいでピーピーうたいやがって。誠を見習え。なあ、高平。誠は百万かぶっても、おまえをかばってくれたぞ。礼を言え、礼を」

島崎が、荻野から竹刀《しない》を受け取り、高平の頬をぴたぴたと打つ。高平が口のなかで何か言うのを、聞こえない、と島崎が竹刀の先で高平の鼻を押す。すまない、と高平が言う。誰が謝れと言った、礼だろ。ありがとう。礼儀がなってない。ありがとうございます。

島崎が高平の顔を足の裏で蹴った。高平が背中をこちらに向けて倒れる。色のない輪郭《りんかく》だけの不動明王が背中に彫られていた。その明王の顔を、島崎が竹刀で激しく打った。

「おまえの半端な根性は、この刺青《いれずみ》にあらわれてるよ。おれが炎の色をさしてやる」

島崎が竹刀を振るい、高平が悲鳴を上げた。背中が紅潮していく。

「誠がパクられたり、サツや麻取りに目をつけられたら、どれだけの損害と思ってんだ」

高平がよだれを垂らし、畳が汚れるよぉとヒロミがつぶやく。島崎が竹刀を下ろした。

「誠、おまえ、高平のシノギでもいい働きをしたんだって？　そこの長髪に聞いたぜ」

部屋の隅に、見覚えのある長髪の若者が、膝を抱えて座っているのに初めて気づいた。服は着て、髪のあいだからのぞく表情にはおびえが見えるが、傷などはない様子だ。

「長髪が荻野のとこへ行ったからよかったが、サツに駆け込んでたらと思うと、ゾッとするぜ。長髪、これからは荻野の下で根性をつけろ。いじめた連中にもすぐ礼をできるさ」

肩をすぼめるようにして、長髪がうなずく。島崎は、竹刀の先で誠の額を軽く突いた。

「誠、おれに嘘をついた落とし前はどうつける。百万、耳をそろえて持ってくるか」

「あら、男ぶりを見せたのに、かわいそうよ。パケを少し増やすくらいでいいでしょ？」

ヒロミが、背後からかぶさるように誠の首に手を回してくる。危うく倒れそうになり、誠は床に手をついて支えた。

「確かに男は上げたが、嘘は嘘だ。じゃあ、一日のノルマをプラス二十、でどうだ」

「すみません。誠はこの前、プラ十にしたばかりなんで、今回も十で勘弁願えませんか」

斉木がとりなすように口をはさんだ。

島崎が彼を振り向く。その隙に、ヒロミが誠の耳もとで、誠の根性を見てたら濡れちゃったぁ、とささやいた。島崎がこちらに顔を戻し、

「じゃあ日に七十、で、いいな。手を抜くなよ。いつものアジツケで、客を満足させろ」

一度にいろいろ言われて頭が働かない。

荻野の若い衆に支えられて立った高平の姿が、目に入る。痛みと屈辱に強張《こわば》る顔が、誠を見て、一瞬鼻で笑ったようにゆるんだ。

「そろそろ誠は帰さないと、遅くなるんで。おい、誠、ちょっと顔を洗ってから帰れ」

トイレを借り、鏡に顔を映す。額に血が付いていた。耳には口紅の痕もある。ヤンズに切られた傷は、桃色の線が残るだけだった。水で洗うと血も汚れも落ち、桃色の線は消えずに、水をはね返して光った。

誠はエレベーターに乗り、斉木が乗り込むのを待って、一階のボタンを押した。

「おい、あれからヤンズに会ってないんだろ。遠慮せずに、遊びにいってみろ」

斉木が目にからかうような笑みをたたえて言う。

胸の内を見透かされている気がして、目をそらす。咳払いをして、話を変えた。

「あの、高平さんは、このあとどうなるんですか」

「あ？　まあ、ひどいことにはならないさ。あの人も下積みには慣れてるだろうし」

高平はこれまで島崎の子分のなかでは、一番格上だった気がする。さっきの部屋の雰囲気では、荻野が彼に代わったらしく、斉木も順繰りで上がるということだろうか。

「じゃあ、ノルマが増えて大変だとは思うが、よろしく頼むぞ」

ったく……リート、またばかげた理由で仕事が増えちまったぜ、どう思うよ？

国連や国際NGOの委嘱《いしょく》を受けて活動する現地NGOの現場責任者ダコタから、リートは事務所から五百メートル離れたところにあるアパートの、地下倉庫に呼び出された。

NGO事務所の正規の管理倉庫は、表通りの元公立図書館が使われ、海外からの援助物資のほとんどはそこに納められる。占領軍の抜き打ち検査が頻繁におこなわれるため、彼らに違法と見なされるような物資は、まず置かれない。抵抗運動を支える物資や、支える可能性のある物資は、民家の地下倉庫などに分散して隠してあった。

リートは、裸電球の下、小机をはさんでダコタと向かい合わせに座った。周囲の棚には、各国の軍隊で使われている迷彩服や軍用ブーツ、コート、缶詰、非常食などが、整理されて置かれている。リートの斜め後ろにソロンが立ち、二人の会話を聞いていた。

小太りで、髭面、左手に義手をつけているダコタは、義手の先で顎鬚《あごひげ》を掻き、きみはなぜここにいる、とリートに訊いた。

どうしてここで危ない目にあっていて、占領国側の子どもではないのか。あるいは、なぜ極東の平和な島国でのんびりと日々を送る少年に生まれてこなかったのか……そうすれば、あらゆることが違っていたのに。

わかりません、と答えるしかない。極東の島国にいる自分など想像できない。どんな生活だろう。家族は、恋人は。どんな夢をもっているだろう。なんて名前だろうか。

ともかくきみはここにいて、我々の仕事をしている。ここのルールを守ってもらいたい、雑貨屋の仕事を手伝ったね、と訊かれた。

何のことだかわかりません、と答える。

ダコタは、鼻先の蠅をうるさく払うように義手を振った。いいかね、朝早く雑貨屋の車にきみが乗っているのを見た者がいるし、雑貨屋がときどき棺桶を運ぶ仕事をしていることも、我々は知っている。棺桶に寝ているのが、死体だけじゃないってこともね。

捕まったらどうするつもりだ、とソロンが口をはさんだ。

隠しても意味はないと悟り、リートは肩の力を抜き、たとえ捕まっても口は割りません、と答えた。

そのとき、頭の上で、靴のかかとで床を打つ音がした。階上に住む老婆の、人が来たという合図だ。三人は息をひそめ、音を立てないよう身を固くする。天井からのほこりが暗い光のなかを舞い、リートは危うく咳をしそうになって口を押さえた。

しばらくして、また靴音がした。人が去ったらしい。

むろんきみが秘密を守ることは信じている、とダコタは言う。家族の運命もかかっていることは、念を押す必要はないだろう。問題は、きみが捕まればスケジュールに穴があき、大勢の人間に支障が出ることだ、今後はアルバイトみたいな真似は一切やめてほしい。

リートは、わかりましたと答え、頭こそ下げないが、目を伏せた。

じゃあ本題だが、きみの担当地域を広げたい。都市《まち》の中心部にとどまらず、さらに先の町や村、山岳地帯へ行くことがあるかもしれない。寝袋持参で一泊してくることもあるだろう、きみの運転技術や地理感覚を高く買っているソロンの推薦だ。

リートはソロンを振り返る。こいつならできます、と彼がダコタに答える。危険は増すが、給料は上がる、とダコタに言われた。

いまさら後戻りする気などなく、やりますと答えた。義手とは反対側の手が差し出される。握って、雑貨屋はどうなりますかと訊いてみた。

べつに何も、とダコタは答えた。占領軍と通じていると噂がある男だ、妙な手出しは危ない。彼は吐息をつき、この都市《まち》は変わった、と言う。誰もが深い自覚のないまま、平気で人を押しのけたり傷つけたりしている。占領軍より怖いくらいだ、きみも気をつけろ。

地下から上がって、ソロンと裏路地を歩きながら、例の少女に会ったか、と問われた。

誰のこと、とシラを切る。彼は笑って、ある場所を口にした。

部屋に帰り着く。母も弟も妹も寝ていた。逃げたら父親と同じ……その想いが、この場所に彼を縛りつけている。自分たちを捨てた父親が、皮肉にも支えのようになっている。

今日は仕事をする気になれない。

誠は服を着たまま、板間に横になった。

高平の、鼻で笑ったような表情を思い返す。彼が痛めつけられる現場を見た驚きの虚をつくように、嘘をついた落とし前だと、島崎が無茶を言い、ヒロミがなだめる口調でパケの話を持ち出し、斉木が現実的な数字に落ち着かせて、結果ノルマが増やされた。

高平によれば、誠たちにアジツケをさせるように島崎に進言したのは、斉木だという。何もかも筋書き通りに思えてくる。はまった誠を、高平は屈辱の底で笑っていたのか。

こんな世界で誰かを信じるつもりなど、初めからない。

だが、人を信じずに生きることと、誰も信じられないという、すくむような想いを抱えて生きることは、微妙に違う。

リート、おまえはいま砲撃で半壊したアパートの屋上で、星を見ながら横になっているのか。疲れているのに、自然現象のように硬くなる肉を握るのか。だが、誰を想う？

いままでの女はもう問題にならない。壁に顔の絵を描いていた少女のことは、想えるほど会っていないし、親しくなれば、そんな真似ができなくなる相手だとも思う。リート。おまえの顔がまだ思い浮かばないよ。名前も呼べる、肉体も見える、感情も手に取るようにわかる。おまえを利用しようとする連中や、心をひかれた人物も思い描ける。なのに、おまえの顔が確かな像を結ばない。どうすればおまえの顔は現れるんだろう。


日曜の夜、公園に出かけた。

園内は樹木が多く、中央付近に登ったり下りたりして遊べるコンクリート製の小山があり、ブランコ、滑り台、鉄棒、砂場などがある。周囲は集合住宅に囲まれ、日中は近所の子が遊ぶだろうが、幹線道路から離れ、近くに商店もないため、デートはおろか、ホームレスが住んだり、不良が溜まったりする場所にも適さない。

園内は人の気配がなく、ブランコ周辺にも人影はなかった。売り子の場所は、用心のため頻繁に移動するのだろう。わかっていたのに、気が抜けて、ブランコに腰を落とした。

地面を蹴り放す。鎖の軋む音が寂しげに響く。上昇しては墜《お》ち、上昇しては墜ちる。

毎日これに似た感覚を経験している気がする。いや、上昇なんてあるのか。したり顔の重力に押さえつけられ、にやついた引力に引っ張られ、墜ちつづけているだけじゃないか。

リートは、ソロンに教わった場所へバイクを走らせた。

この都市は交易の要地として栄えるより先に、農業を中心とした暮らしで発展した。海に面した地区は日当たりがよく、オレンジなどの柑橘類や花が作られ、山裾に広がる平野部は地下水に恵まれた肥沃《ひよく》な土地で、穀物を中心に、多くの野菜も育てられていた。

ところがもう見る影もない。都市の中心部を外れればすぐに畑が広がっていたのに、いまは延々と荒れた土地に雑草が生い茂っているだけだ。雑草のない場所には巨大な穴があいている。木々はほとんどが黒く焼け、立ち枯れている。ときおり横倒しになったままのトラクターやコンバイン、ビニールハウスなどの残骸も見られる。

農作物が抵抗運動を支援する食料となり、農場がテロリストの隠れ場所になっている……そんな噂話程度の情報で、執拗な空爆にあったからだ。

自給自足の途《みち》を断たれ、市民の暮らしは援助なしには成り立たなくなった。

リートも昨日、国連の食料配給の列に並んだ。運び屋の収入だけでは母の薬代までは出ない。雑貨屋へのツケもある。

だが、援助という言葉はきれいでも、結局はほどこしとしか感じられず、リートはそれを受けるとき、屈辱を忍ぶ心持ちになる。本来は自分たちで食料を作れるし、正当に交換できる商品だって作れるんだと叫びたくなる。叫んでも、誰にも届かないとわかっているから、いっそうむしゃくしゃして、バイクでも走らさずにはいられない。

山裾の、かつての豊かな穀倉地帯まで来た。ソロンの告げた場所はこの辺りだ。山の中腹の岩鼻が、鷲《わし》の横顔に似て見える場所から道を外れ、バイクを押して、荒れた土地の内側に入った。

一本の立ち枯れた木の陰に、自転車が止めてあるのに気づいた。離れた木陰にも一台ある。車体は黒く塗られ、上空や道路から見ても気づかれないだろう。丈の高い雑草が茂る手前に、どくろのマークを描いた看板が立ち、占領国の言葉で『不発弾、立入禁止』とある。同様の看板が間隔を置いて立ち、地雷の絵を描いた看板もあった。

あんた、リートって子？　横手から声がし、こめかみに銃を突きつけられた想いで顔を向けた。

立入禁止の場所に、えんじ色のスカーフを頭に巻いた、リートよりやや年上らしい女が立ち、瞼の薄い冷めた目を彼に向けている。

尾行されてない？　と重ねて訊かれた。

運び屋を始めてから用心する癖がついている。リートは首を横に振った。

来て、と女が雑草の奥へ入っていく。不発弾がどこにあるかわかっているのか、地雷の場所は……それを訊く前に、彼女の背中がどんどん草のなかへ消えてゆく。

見失う前にリートは追いかけ、だがあくまで慎重に女の歩いたあとをたどり、横には踏み出さないよう注意した。

視界が開けた。耕された土地に畝《うね》が整えられ、青々とした草が列をなしている。丈はリートの腰のあたりまであり、細い葉が日光を求めて広がっている。

大麻よ、と女が答えた。あっちでケシを育ててる、と奥の一方を指差す。ここじゃ小麦だけでなく野菜もよく作られてた、でも繰り返し爆撃を受けて、人々は土地を捨てるしかなかった。たとえ作物ができても、運び出す車も、収穫した物を貯めておく倉庫もない、料理をする火の燃料さえ事欠くありさまよ。だったらどうすればいい？　ほどこしだけで生きるなんてまっぴら。

彼女が奥のほうに顔を向け、ちょっとぉ、と声をかけた。ソロンが話してたでしょ、壁の絵を見てた男の子が、今日か明日あたり来るだろって、本当に来たよー。

陽射しを受けて光る葉の合間から、紫色のスカーフを頭に巻いた少女が顔を出した。

「ハッパ、また買いにきたの？」

誠は顔を上げた。

目の前に黒い影が立っている。キャップの庇に隠れた目が、ブランコの揺れに合わせて見える。先日は険しくとがっていた目が、心なしか笑みを含んでいる。

慌てて飛び降り、バランスが崩れ、彼女の前でよろけた。とっさに彼女に支えられる。

「ごめん、驚かせた？」

ったく……笑われるほうがましだ。バカっ面から火が出そうで、彼女から離れ、

「……サンキュ」

ジーパンの裾を払う真似をして、顔を伏せた。

彼女はやはりキャップからジャケット、ズボン、スニーカーまで夜と同化するような格好で、肩には夜の雲を千切ってきたかと思うリュックをさげていた。会いたいと願っていた。なのに実際に会うと言葉が出ない。

「……売り子の場所、もう変わったのかと思った」

どうにか、つぶやくように口にする。

「変わるけど、ちょくちょくでもない。長くいても怪しまれない場所なんて、そう多くないから。今日はわりと売れて、品薄になったんで、物《ブツ》を一度補給しに戻っただけ」

彼女の声は低くかすれ、知らなければ、服装とその声によって少年と錯覚しそうだ。

「いつも、一人でやってるの、売り子？」

間抜けた質問だと思ったが、同い年の女の子と話す機会なんてずっとなかった。

「当たり前。いっぱいいたら目立つよ。なんで？」

「え、危なくないかなって……麻薬《ヤク》を買いにくる連中が相手のわけだし、きみは……」

女の子だから、と言うのは彼女への侮辱になると思い、口をつぐんだ。

するると彼女は、左手を背後に回し、風が吹き抜けるような音と同時に、小さな三日月を、自分のからだの前に突き出した。少しだけ三日月の先端が振られ、光が誠の目の前をよぎる。笑う息づかいが耳に響いた。

「けど、これまで使う必要はなかった。実際に使ったのは、こないだが初めて……」

三日月が陰り、夜と同化しそうな影の後ろに姿を隠す。彼女がわずかに目を伏せた。

「頬のところが、切れてたんだって？」

声の底に、申し訳なさがにじむのが伝わる。彼女に謝ってなどほしくなかった。

「ちょうど蚊に刺されて、かゆかった場所さ」

薄く桃色の線が残るあたりを荒くこする。いまのこの調子なら話せるかと思い、

「あのとき、勝手に部屋に上がってて、悪かったけど……あれは」

「ああ……いい、おねえちゃんに聞いた」

斉木も説明してくれたという話だったが、やはり自分の言葉で伝えたい。

「うん……でも、あそこにいたのは、おれ、そういうのじゃなくて……」

不意に、彼女が誠の前を離れた。彼が乗っていたブランコの、隣のブランコに足をのせ、地面を蹴る。彼女のからだが誠に近づき、離れていく。次に近づいたとき、

「……壁の写真」

と口にし、離れていった。

沈黙の間に、壁に貼られていた少年や少女たちの激しい感情や願望に燃え立つようだった顔が思い出される。そしてまた彼女が近づいてきて、

「見てたね、じっと」

と言った。切ないほどの願いに燃え立つ目は、いま、自分の前にあると感じる。

誠は、彼女の隣のブランコに、彼女と逆向きに乗り、地面を蹴った。彼女が前へ進むとき、誠も前方へと離れ、後方へ引かれるとき、一瞬だけ中央で重なり、互いの顔を見つめ合いながら離れていく。いったん空中で静止した状態になり、前へ進んでいくあいだに、

「見られてた……おれが、見られてたんだ」

と答えた。彼女の顔をすぐそばで見つめ、また離れていく。背中越しに、

「いまも、見られてる」

と告げた。

また彼女の顔が見られるだろうかと不安になる。だが、きっと、と信じて背中から墜ちてゆく感覚に身をゆだねる。

名も知らぬ野の花に鼻を近づけた幼い頃、人肌のぬくもりを感じさせる甘い薫りに包ま

れ、ふわりとからだが浮かぶような気がした。同じ薫りを、背後からの風に感じる。

次の瞬間、彼女の目が現れる。彼女の唇が開く。

「誰から、見られてたの」

ヤンズ。おまえさ。そう答えたい。だが軽薄に響きそうで奥歯を嚙みしめる。胸の想いと同じだけの重さを、口から発する言葉に与えられない自分のいまの存在が腹立たしい。

「壁のなかの子どもたち」「あの子たちに、おれ」「見られてると感じる」

ヤンズとすれ違うたびに伝えた。そして何度目か、ヤンズの顔が最も近づいたとき、

「……似た目、してるよ」

と、彼女に言われた。

全身が熱くなる。似てるのはヤンズ、おまえだ。島崎たちの言いなりに仕事をしているおれじゃない。でも……リートなら。

彼はきっと周囲を焼き尽くす高温の熱を放つような目をしているだろう。頰から顎にかけて滑らかにとがり、顎に比べて大きい口は、溢れる怒りをそこで塞き止めているように見えるだろう。眉は太く、鼻は高くないが、負けん気が強そうに鼻翼《びよく》が上がっている。髪は自分で切るので短く、そのせいか耳がやや外に突き出して見える。額や頰や顎には、バイクで転んだり、はね上がった石が当たったり、占領軍の兵士に小突かれたりしてできた、

かすり傷が無数にある。

ヤンズにリートのことを話そう。そう思って、現れたのは……無人のブランコだった。

えっ、と振り返る。地面に立ったヤンズに懐中電灯の光が向けられていた。もう一つの光が誠に向けられる。彼らから離れた側で飛び降り、光の先を見通す。

外灯に制服警官の影が二つ浮かんでいた。こんな時間に何してるんだね、と一人がいがらっぽい声で言う。声からして四十過ぎだろう。ヤンズに光を当てたまま、またきみか、と言う。前にも夜中にうろついてたね、待つように言ったのに逃げちゃったろ、今日は話を聞かせてもらおうか。

もう一人はもっと若い感じで、ほら、二人ともこっちに来なさい、と命令口調で言う。

ヤンズがわずかに首をこちらに振った。外灯の光を返す瞳に、彼女の意図を感じ取り、誠は彼女が首を振ったのと反対側へ走りだした。彼女は首を振ったほうへと走る。

警官たちは戸惑い、一人ずつ分かれて追ってくる頃には、かなりの距離を離していた。

だが、誠を追ってきた若い警官が、応援を求める声に応えて、ヤンズを追う側に加わる。

誠はすぐにからだを反転させた。公園の隅に、ヤンズが挟み撃ちのかたちで追い込まれている。背後は金網のフェンスで、低いが、越えている最中に捕まる可能性が高い。

リート、どう戦う？　左の奴を殴り、右の奴を蹴って……。

戦うな、と耳の奥で聞こえた。連中は銃を持ち、訓練を受けてる、無線で応援も呼べる。まともに戦うのは相手を喜ばせるだけだ。奴らが嫌うのは、逃げ隠れする賢さだ、卑怯《ひきよう》と奴らが呼ぶ、したたかさだ。

誠は、公園の入口付近に、警官が乗ってきたらしい自転車が二台止めてあるのを見つけた。駆け寄り、一台を蹴り飛ばす。けたたましい音がして自転車が倒れ、警官たちが振り返る。

誠は両手を頭上に上げ、アンコールを求めるように拍手をする。一度、二度、三度、手を打ったところで、ほらよ、もう一台を蹴り飛ばした。貴様ーっ、と警官がこちらに向かってくる。一人が気づいてヤンズを振り向いたが、彼女はもうフェンスを越えていた。

誠は公園の出口へ走った。警官との距離には余裕がある。足を止めず、彼らに右手の中指を突き上げる。

フェンスを越えた先の、土手状に高くなった道路の上に影がある。影は手を上げ、親指を立てたサインを寄越す。誠も同じサインを返し、暗い路地へ飛び込んだ。

ヤンズ、また会おう。リート、あんなもんでどうだ。

前方の闇に、誠を先導して走っていく少年の影が浮かぶ。口笛を吹き、こっちだと手招く少年は、かすり傷だらけの顔を振り向け、やったな、と白い歯をのぞかせた。

ささやかな群れ

掃き集められた落ち葉の山に、小さな足の群れが飛び込んでゆく。はち切れそうなほど寒風を抱えていそうな雲におおわれた晩秋の空の下で、甲高い笑い声がはじけ合う。落ち葉が足をくるむ感触や、踏んだときの乾いた音を楽しんでいた子どもたちの一人が、落ち葉を抱えて頭上に放り、降ってくる落ち葉の雨を身に受けて、身をくねらせて笑った。

周りの十人前後の子どもたちも興奮し、そろって落ち葉の雨を降らせはじめる。皆がさかんに落ち葉を拾っては放り上げることを繰り返すため、その一角に黄色い竜巻が起こり、内側にいる子どもたちは両手を大きく振って、助けを求めているように見えた。

香は、新しい靴からかかとを浮かせ、離れた場所で彼らを眺めた。妹の靴が小さくなったと正二に知らされた誠が、サイズだけ聞いて買ってきた靴は、指一本分の隙間がある。

「なに、あれ。こどもね」

ため息まじりの声を聞き、香は隣を振り仰いだ。

香よりずっと身長の高い、南アフリカ出身のリヤが、香と並んで、落ち葉で遊ぶ年中組、年少組の園児を冷ややかに見ている。

香の通う幼稚園では週一度、近くの公園へ園児全員で散歩に出る。ベンチとトイレがあるだけの原っぱで、クヌギ、コナラ、イチョウなどの樹が周囲に柵代わりに植えられている。リヤは年下の園児たちから目を離し、カメラ機能に設定した携帯電話を香に渡した。

「どくしゃモデル、オーディション、おくる」

リヤは、襟《えり》にふさふさと毛の付いたジャケット、ショートパンツ、ブーツという園児とは思えない格好で、黄色い葉が散るイチョウの前で腰に手を当て、ニッと白い歯を見せる。

「モデル、なる。ママ、よろこぶ。びょうき、きっと、よくなる」

香は、彼女の求めるままシャッターを押した。

ブラジルから来た日系四世のボイが、おれもとってー、と走り寄り、リヤを真似て腰に手を当てた。どいて、とリヤがボイを押す。

アメリカの海兵隊員と沖縄女性のあいだに生まれたノチェが、枯れ枝を構えて近づき、

「テロロスト、はっけん。テロロスト、はっけん。ダダダダダ」

と、銃を撃つ真似をした。

ボイは香の前まで逃げ、松ぼっくりを彼女に渡した。

「にいちゃんが、かえってくる。このばくだん、わたして」

「うそつけ。おまえのにいちゃん、けーむしょだろ、くるま、ぬすんでさ」

ノチェが冷やかす調子で言う。

ちがうねー、とボイはせせら笑うように顎を突き出す。

「ぬすんだのは、てきのせんしゃだ。でも、でんわあった。でてくるって」

彼がアカンベーと舌を出す。

とたんに、ノチェは険しい表情に変わって、

「ダディが、アフガンで、くんしょーもらって、かえってくる。えいゆうだよ」

「そっちこそ、うそだねー。とっくにテロロストに、ころされてるよ」

「ばか、ダディがしぬもんか」

ノチェが傷ついた目で、また銃を連射しながら追いかける。ボイは応戦しながら、

「まてよ、まてって。ほら、ボール。サッカーにつかおう」

彼が指差す先で、黄色いスカーフを頭に巻いたタジキスタン人の女の子ゴルが、妹と一緒にエノコログサ、通称ネコジャラシを摘み、穂の部分を球状に束ねていた。

駆け寄ってくる男の子たちを見て、ゴルはふさふさした穂の球を背中に隠した。

「これ、ねがいごと、するの。ねがいごととして、かざるの」

「ゴル、なにを、おねがいするの？」

近くで見ていた香が訊いた。

「……にほんに、いられますように。なんみん、なれますように」

ゴルは答えて、穂の球を妹に渡した。妹がその球を頬に当てて、嬉しそうに笑う。

「ねがいごと、かなうよ。なんみん、なれるよ」

ゴルのそばで、自国の踊りを練習していたカンボジア人のセダーが言った。

「セダー、おどり、どこでみせる？」と、ゴルが訊く。

セダーは、ゆっくりと手を頭上に上げ、首を左右にずらすように動かしながら、

「まちの、コミュニティセンター。インドシナなんみんの、おまつりがあるの」

「おまつり、ミスコンある？　わたし、でるよ」

リヤが言って、ほかの子たちよりも高い位置にある腰をくいっとひねった。

そのとき、香の背後から白い手がすうっと伸び、前方の色づいたモミジを指差した。

「……かわいい」

消え入りそうな声がする。

モミジの、紅《あか》い葉の色が織りなす迷路のような彩りの奥に、キジ色の羽をたたんだ小鳩が二羽、寄り添って、寒さをしのいでいる様子が見えた。

香の背後から伸びる白い手の持ち主を、ノチェがのぞいて、

「なぁんだ、カデナ、そこにいたのか。だまってると、かおりの、かげみたいだ」

香の後ろに隠れるように立つ女の子の名前は、彼女が香と一緒に帰るようになった頃、彼女のリュックに漢字とかなで書かれているのを、ノチェが見つけ、漢字のほうを「カデナのカだ」と皆に教えた。彼の両親が出会った場所が、同名の基地のため、「嘉」の字になじみがあった。

本当の名前は「嘉美《よしみ》」と教員が説明したが、ノチェは「カデナ」と呼びつづけ、女の子もいやがらなかったため、香たちのあいだで通り名となった。

公園の出入り口付近にいる教員たちが、園児たちに集まるよう呼びかける。

香の仲間たちも含めて園児たちは、えー、と不満の声を上げ、しぶしぶ集合場所へ向かいはじめた。

「かおり……あのベンチの、おとこのひと、どう？」

歩きだそうとした香の背後で、カデナが言う。

香は、彼女が伸ばした人差指の先を目でたどる。厚いコートを着た中年の男が、ベンチで本を読んでいた。

「……ちがう、とおもう。ひとに、はなしかけてないから」

園児たちの集合場所から、ノチェとボイが大声で香とカデナを呼ぶ。ベンチの男が何事かと振り返った。香とカデナは驚いて顔を寄せ、くすくす笑いながら駆けだした。

カデナは、海で母と遊んで疲れて眠り、目を覚ますと、白い部屋のベッドの上にいたと、以前に香に話した。枕元にいた祖母に病院だと教えられた。母は遠くへ行っているというばかりで、誰も詳しく話してくれなかった。

ほどなく、見たことのない大人が何人も白い部屋に現れ、カデナに母のことを尋ねた。お母さんはどんな人、ぶたれたことある？　一緒に暮らしていた男はどんな人？　一緒に暮らしていた男は嫌いだったが、暴力をふるわれたことはない。だが彼が母をぶつところは何度も見たため、ぶたれた、蹴られた、痛かった、と答えた。

母については、たびたびぶたれていたものの、いつも優しいお母さん、と答えた。

カデナは退院間近になって、病院で見かける人間の何人かが、祖母やほかの人には見えていないことに気づいた。

隣の病室の隅、一階の裏口付近、駐車場などにうずくまり、誰彼なく話を聞いてほしいと訴える人たち。祖母の暮らす団地に引越してからも、町なかの交差点で、道行く人に話しかけては無視される男の人を見た。入院前にそうした人たちを見た記憶はなく、何者かわからずにいたが、香から、死んだ人たちだよ、と教わった。

集合した園児たちは二列になり、幼稚園への帰路についた。途中、来た道が工事によって通れなかったため、教員の指示で、一同は別の道に入った。

とある古い家の前に来たところで、カデナが香にささやきかけた。

「あのおうちの、げんかんにすわってる、おじいさん……みんなを、みてるよ」

香は顔を向けず、唇もできるだけ動かさないようにして答えた。

「あのおじいさんは、しってる。みちゃだめ、しんでるから」

幼稚園が休みの祝日、香はカデナと待ち合わせ、町のなかを歩いて死者を探した。

あの人はどう、あそこに立っている人は違う？　本当は死んでるんじゃない？

人だけでなく、死んだ動物も、自分たちには見えるのだろうかと、塀の上で丸まった黒い野良猫に手を伸ばし、猫がうるさそうに去ってゆくのを、二人は笑って見送った。

死者が見えることが遊びになるなど、二人は出会うまで、思ってもみなかった。

香は、毎朝自分のからだの一部を備え物として置いていく、バラ子さんが見える角に、カデナを案内した。

バラ子さんはいつもと同じ薔薇の柄のワンピースを着て、電信柱にもたれ、道行く人がいれば、話を聞いてくださいと声をかけ、誰も通らないあいだは、ぼんやりしている。

「おそなえ、しなくていいの？」と、カデナが訊く。

香はうなずいた。日曜と祝日は幼稚園が休みだから行けないと、彼女には話してある。

「どうして、バラ子さん、しんだの？」

「ころされたって、おまわりさんに」

バラ子さんは、香が見えるとわかると、わたし殺されたの、と話した。

彼女のアパートの部屋を、制服警官が訪ね、あなたの絵が見たくて、と言った。一週間前、窓の外に干した下着を盗まれ、彼ともう一人の警官が対応してくれた。そのとき彼女が美大に通っていると知った警官は、自分はモネが好きです、と話し、彼女は好印象をもった。なので、グループ展から戻ってきた絵を見せようとして、背中を向けた瞬間、突然襲われ、のちに首を絞められた。

警官はいったん部屋に鍵を掛けて立ち去り、深夜に私服姿で戻り、大きい布製バッグに彼女の遺体を押し込んだ。家出に見せかけるため、財布や衣類も持ち出し、彼女を山奥でバラバラにしてから、ほかのものと一緒に埋めた。その行為を、彼女は遺体のやや上から見ていたという。彼女はいまも行方不明扱いで、家族は彼女の死を知らない。

しかし、こうした話の多くを香は理解できず、バラバラという言葉だけが頭に残った。

「だから、バラ子さんなの」

いきなりバラ子さんが、香たちのほうに目を向けた。

二人は慌てて身を隠し、互いの首や脇腹をくすぐり、てをおいていけー、あしをおいていけー、とふざけ合いながら駆け去った。

さびれた商店街の外れにあるリサイクルショップに、香はカデナを誘った。正面に描かれた絵の仕掛けで、鯨の口のなかに入っていくように見える玄関から、暗い店内へ進む。

奥のガラスケースに並ぶ動物たちの美しい歯や骨を見せ、カウンターの内側に座っている「イサヤのオババ」と、子どもたちから呼ばれる店の主人のことを、香は教えた。

オババは眠っていた。いつもと同じように、三歳児くらいの男の子の人形を膝に抱え、今日は純白のセーターを着ている人形も、眠り人形らしく、目を閉じている。

「カデナ、あれ、ほんとに、にんぎょうかな？　しんだこどもじゃない？」

香の問いに、カデナは驚き、よく見てみようと、そろってカウンターに近づいた。

待ち構えていたように、オババが目を開き、二人は動けなくなった。

「何かご用かしら」

オババが優しい声で尋ねる。カデナがおどおどしながらも、初対面の気軽さから、

「それ……ほんとに、おにんぎょう？」

と訊いた。オババは、皺と見間違えそうな目をさらに細めて、

「あら大変だ。人形でなかったら、あなたたち、死んだ者が見えていることになる」

二人は顔を見合わせ、オババのほうに目を戻した。

「オババも……おばけが、みえるの？」

香は訊いた。オババは、肩をすくめたか、首を横に振ったかして、

「おばけ、と呼ぶのはかわいそうよ。死んだことを、愛する人に認めてもらっていない人たちね。自分が認めたくない人もいる。でも、現実には何もできないし、死んだ場所から離れられないみたいだから、せめてつらさをわかってほしいと、見える人に訴えるの」

「どうして、ずっとおなじばしょにいるの」

と、香は重ねて訊いた。

「そこが想いの残る場所だから、かしらね。見えるの、怖い？」

二人はうなずきかけて、首を傾げ、互いを見て、笑みを交わした。

「もう少し大きくなれば、見えなくなるでしょ。まあ、それも、人によるみたいだけど」

「……オババは、いつみえなくなった？」

と、カデナが尋ねる。

「さあて、いつだったか……まだ、見えているかもね」

オババが答えたとたん、男の子の人形が目を開き、香たちをぎょろりと見た。

二人はびっくりして店を飛び出し、明るい外に出てから、急におかしくなり、げらげら笑った。

カデナの祖母がパートの仕事から戻る時間が近づき、二人は、団地の棟と棟のあいだに作られた、ジャングルジムと滑り台とブランコが一つあるだけの小さな公園で遊んだ。

ジャングルジムの鉄棒に、赤黒く錆が浮いた部分があり、香は指でこすってみた。ざらざらと粉が落ちる。指に付いた赤黒い汚れを、鼻でかぎ、興味が湧いて、なめてみた。

「……どんな、あじ？」と、カデナが訊く。

「……くさい」

香の答えに、カデナは細い首を仰向けて笑った。

「かおりは、なんだって、くさいだ」

香は自分の指を見た。錆が唾に溶けて、血のようににじんでいる。その様子を見ていたカデナが、香の指を取り、舌先ですくい取るようになめた。

「あ……ち、だ。これ、ちとおなじあじがする。かおり、けがしてない？」

香は、人差指と親指をこすり合わせて錆を広げ、傷のないことを確かめたが、

「けがしてる……。いーっぱい、けがしてる。きずだらけーっ」

と、やけっぱちの調子で答え、ジャングルジムを登った。カデナがあとを追ってくる。

西と東に六棟ずつ並ぶ団地は、築四十年を過ぎ、建て替えが決まっている。住民は転居を求められながらも、独居老人など行き場のない者が全体の三分の一近く残っていた。

カデナの祖母はまだ四十代半ばだが、肝臓を患い、水商売時代の知り合いのツテで、この団地に移ってきた。漬け物工場でのパート収入だけでやりくりしており、簡単には部屋を明け渡せない状態にある。

「もうすぐ、ここ、なくなる。わたし、どこへいくんだろう……」

カデナが、団地の棟と棟のあいだの狭い空を見上げる。

「ねえ、かおり……わたし、しんでない？」

不意に爆音が轟《とどろ》いた。香も狭い空を見上げる。戦闘機の影がよぎり、震える飛行機雲と爆音を残して消えた。狭い空間に凝集された空のまぶしさに、香の目に涙がにじむ。

光から目を下ろす。途方に暮れたようなカデナの顔が、涙を透かして揺らいでいた。

「てをつないで、したまで、おりられたら……いきてる、ってことにしよう」

香は言って、手を伸ばし、カデナの白い手を握った。

互いに手をつないだままジャングルジムを降りてゆき、途中でカデナが足を滑らせたが、香は手に力をこめて離さず、あと二段というところで、せーの、と同時に飛んで、地面に降り立った。

「いきてーる、いきてるよー」
二人はつないだ手を空に向けて上げ、口を大きく開けて笑った。

香がアパートに戻ったとき、日は傾き、部屋の前に誠の自転車はなかった。首から紐でさげた鍵を使って部屋に入り、仕切り戸を開く。母は壁のほうを向き、顔が見えなかった。ほっと息をついて、居間に身を滑り込ませる。

正二は、座卓を居間に出して宿題をしていたのか、教科書とノートを座卓の上に広げたまま、畳の上で身を丸くして寝ていた。

香は押入から毛布を出し、正二の顔が隠れるように掛けた。母のそばに寄り、背中を向けた母の髪にふれてみる。以前の、ふれるだけで弾む髪ではなかった。枯れた植物の根を思わせる、ぽきぽき折れそうな髪だ。人差指で、母の白い首にふれる。相手が痛がるであろうくらい押してみる。母は動かず、うめきもしない。急に怖くなり、母の前に回った。

母は目を開けていた。正面に顔を寄せた香に瞳の焦点が合って、睨み返してくるようだ。慌ててからだを引き、壁にぶつかった。しぜんと窓のほうに目が向く。

父の信道が、いまにも泣きだしそうな表情で、こちらを見ていた。窓に飛びつき、
「正二にいちゃんに、みつかっちゃうよ」

と、窓を開いて、注意した。信道は、涙を溜めた目を正二のほうに向け、

「まさか父親がのこのこ戻ってきてるなんて、思いもしないだろう。大丈夫さ。昔から、いったん寝つくと、大きい地震があっても起きない子だったから」

香は、玄関から買ってもらったばかりの靴を取ってきて、窓枠に座ってはいた。信道が手を貸そうとするのをさえぎり、苦労して地面に降りる。彼女は父を睨みつけ、

「どうして、こやで、まってなかったの？」

信道は、香をいとおしげに抱きしめたあと、両手で顔を洗うのに似た仕草で涙を拭き、

「ずいぶん待ったよ。香が来ないんで、寝てるんじゃないかと思ったんだ」

香は先に立って、プレハブ小屋へ入った。古いソファにどんと腰を落とす。バネが鈍く軋んだ。信道は、ソファの後ろの窓からアパートのほうに目をやって、

「お母さん、相変わらずだな……。正二も、お母さんの世話に、誠の手伝い、学校もあって、そりゃ疲れて寝るだろう。おれに似て、器用にあれこれこなせるほうじゃない」

香は目をしばたいた。正二を思いやる父の言葉なんて、初めて聞いた気がする。

「……正二にいちゃん、おとうさんに、にてるの？」

「ああ。何事につけ要領が悪くて、損な役回りばかりするところは、そっくりだ」

「正二にいちゃんのことばかり、しかってたから、すきじゃないのかと、おもってた」

「ええ？　正二ばかりを叱ってた……？」

香がうなずく。

信道は、記憶を探るようにこめかみを押し、つらそうな表情を浮かべた。

「……自分のだめなところを、正二を通して見る想いが、していたのかな」

「誠にいちゃんは、うちのこじゃないからって、いってた」

誠が……とつぶやき、信道は寂しそうな苦笑を浮かべた。すぐに空咳《からせき》をして、

「香……このひと月、待ち遠しかったよ。決心してくれたかい、一緒に来てくれること」

香は答えず、ソファの表の布が破けた場所に指を入れ、なかの錆びたバネをこすった。

「……このまま、ときどきあうのじゃ、だめなの？」

「前も話したけど、お父さん、車で三時間くらい離れた町の、秘密の場所で、秘密の仕事をしてる。残念だけど、ほめられた仕事じゃない。みんなにも会っちゃいけなくて、月に一度、遠くから見るだけの約束だった。里心というのがついて、仕事を途中でやめたり、家族に秘密を話すことを、連中は心配してるんだ。お父さん、我慢できずに香に話しかけちゃったけど、本当はこれも許されてない。その代わり、借金を十年で返済できる話だったから引き受けたんだ。けど、お母さんがあんなふうになって、借金はまた増えた。誠もがんばってくれてるが、簡単には減らないだろう。お父さん、このままずっと一人は寂し

いし、何より香が心配なんだ。ここにいると、もっといやな目にあうかもしれない」

「おとうさんが、たすけて」

「そのつもりさ。そのつもりだよ」

信道が身を寄せて、香の頭に頬ずりをした。

香はソファの穴から指を抜いた。人差指に、ぽつんと赤い点が見える。

なめてみる。かすかに痛みを感じた。バネで刺したらしい。

五時を知らせる町のチャイムが、小屋の外で響く。香は血の浮いた指を拳に握り込み、

「正二にいちゃんが、もうおきる」

と、信道の腕からすり抜け、薄暮の外へ駆けだした。

「またひと月後に来るからね。からだに気をつけるんだよ、お母さんも大事にして」

後ろから追ってきた父の言葉に、香は手だけを振った。

正二はまだ毛布をかぶったままでいた。香は窓際で自分の人差指を確かめた。血は止まっている。

こっ、こっ、と窓が鳴る。父が何か言い忘れたことでもあるのか、と目を上げる。

窓の外で、金髪の少年が手を振っていた。名前はルスラン、と正二に教わっていた。

「ハイ、カオリ。ゲンキデスカ。ショウジ、イマスカ？」

正二とよく話しているせいか、彼の日本語は日に日に上達している。香は、毛布に包まれたかたまりを指差した。

ルスランは、起こさなくてもいいと手で合図し、空《から》のどんぶりを香に渡した。正二が福健におかゆを多めに作ってもらい、ルスランに分けているのだ。

「コンド、リョウリ、ゴチソウ、スルネ」

ルスランは、フライパンを振る仕草を見せた。彼の髪が、細い肩の上で柔らかく跳ねる。香は思わず手を伸ばし、薄れゆく光を受けて麦わらのように輝く彼の髪にふれた。

「ルスラン……ずっと、ここにいる？」

香は尋ねた。以前正二がそんなふうにつぶやくのを、耳にしたためだ。

ルスランの顔から笑みが消える。彼は首を横に振った。そして、毛布で包まれた正二を優しい目で見つめ、唇に人差指を当てた。正二には内緒という意味だと、香なりに理解した。

ルスランが去り、香は部屋の電灯をつけた。正二が目を覚まし、毛布を払いのける。

「ルスラン、きてたよ」

香が伝えた。

ふだん寝起きの悪い正二が跳ね起き、窓辺に飛びついた。どんぶりだけを置いて帰ったことを告げる。なんで起こさないんだよぉ、と正二は鼻の穴をふくらませた。ルスランが起こさないように言ったと、香はつづけて説明した。

「へえ、そうなんだ……。まあ、同じアパートだから、いつだって会えるけどね」

正二は、気持ちを切り替えたらしく、ルスランの国の民謡だという、雪がしんしんと降りつのる調子の音楽を鼻歌で歌いながら、母のおむつを替えた。

福健の店の二階で食事をするとき、香はつねにテレビの前に座る。自分たちのテレビは、借金を取立てに来ていた男たちが持ち去った。

正二は色がよくわからないと言い、チャンネルの選択権は香に譲られている。動物が出てくるドキュメンタリーが好きだった。好みの番組がないときは、ニュースなどを適当に流す。今日は幸い、サバンナの動物を撮《うつ》した番組があった。

「なんでまたおかゆの量を増やすんだ？　こないだ増やしたばっかりだろ」

香たちに夕食を運んできた誠が、料理をちゃぶ台に置きながら、不審そうに弟を見る。

「だからさ、お母さん、最近よく食べるし、もっと欲しがってる感じなんだよ。あと、おかゆ以外のものも、食べさせてみたいんだ。チャーハンとか、こういう焼きそばとか」

正二が作り笑顔で言い、ちゃぶ台に置かれたあんかけ焼きそばの皿を軽く持ち上げた。

「嘘つけ。おまえが夜、食いたいだけだろ。香、できたぞ。テレビは食べてからにしろ」

テレビでは、鹿に似たインパラの群れが、獲物を狙って身を低くするチーターと向き合っていた。チーターはすぐに襲おうとせず、インパラたちも慌てて逃げることはしない。

「誠にいちゃん、チーターが、なんですぐおそわないか、しってる？」

テレビに目を向けたまま、香は訊いた。誠が、え、と訊き返す。

「むれだよ。みんなあつまってるから、おそわない。ゾウも、むれでこどもをまもるよ」

いきなりチーターが走りだし、インパラたちが逃げた。群れは左右に方向を変え、チーターも俊敏に方向を変えて追う。やがて一頭のインパラの仔《こ》が群れから遅れて孤立した。

「なんでぇ」

と、香は悲鳴を上げた。

「仔どもだから群れから遅れるんだ。チーターもそれを狙ってる。自然の掟《おきて》ってやつさ」

「ちがうよ、バラバラににげるからだよ。なんで、みんなずっといっしょにいないの」

香は画面に背を向け、誠に言い返した。

「香、やられちゃったぞ」

正二が焼きそばを口に運びながら教える。

香は振り返らず、誠への抗議をつづけた。

「むれでまもってるのに、いちばんだいじなとき、バラバラになっちゃだめだよ」

「まあ、そこが動物の浅知恵ってことだろ……。仕事に戻るから、あとは正二に言え」

誠はそそくさと階段を下りていった。

正二は喉を鳴らしてコップの水を飲み干し、

「怖いとこ、終わりー。あれ……なんか、空に真っ黒い穴があいてるみたいだ」

香が振り返ると、画面には、サバンナを赤々と照らす巨大な夕日が映っていた。

彼女がのろのろと焼きそばに箸をつけ、ようやく食べ終えた頃、テレビの画面はニュースに変わっていた。誠がふたたび二階に上がってきた。彼は、福健に作ってもらった持ち帰り用の料理だろう、プラスチック容器を二つ、正二の前に置いて、

「こっちがおかゆ。かなり多めだぞ。こっちはチャーハン。少し柔らかくしてもらった」

「わ、ありがとう」と、正二が素直に礼を言う。

「下で福健さんにお礼を言ってから、帰れよ。香、うまかったか？」

香はテレビの画面に見入っていた。ふだんニュースなど見ることはなく、ただ流しているだけなのに、ネコジャラシの穂で作られたふさふさの球が、画面の隅に映ったためだ。

その球を胸に抱えた女の子と、彼女と手をつないだ小さい女の子は、顔の部分はぼかされていたが、全体の印象で、ゴルとその妹に間違いないと思った。ゴルの両親らしい大人

の男女は、周囲を取り囲む人々に対して、絶望的な表情で首を横に振っている。

「誠にいちゃん……これ、なんのニュース、なんていってるの？」

「え？　ニュースなんて見てんのか……。あー、何組かの難民申請が、全員却下だってさ。だめってこと、認められなかったんだ。おまえ、なんでこんなニュース見てんの」

「じゃあ、このひとたち、にほんに、いられない？」

「……いや、在留資格がどうとか言ってるから、まだ少しはいられるんじゃないか」


翌朝、香は登園したあと、迎えに出ていた教員たちに、ゴルはもう来ているか、尋ねた。まだ、という返事を聞き、そのまま玄関の内側にとどまった。

教員たちは、子どもたちに、サラーム、と挨拶する。ダリー語よと、教員の一人が香の右側から教えた。

右耳は、来る途中バラ子さんにおそなえしたため、香は左耳を教員のほうに向け、どこの国の言葉か訊き返した。タジクの人たちが使っている言葉で、タジキスタンやアフガニスタンやパキスタンのほか、幾つかの国で使われている、と教員は答えた。

「ゴルのこと、テレビでみた。だから、ダリーご、はなすの？」

香は訊いた。教員が吐息をつき、ゴルちゃんたちが来たら優しくしてあげてね、と言った。テレビに映っていたのはやはりゴルだった。

やがて道の先に、カデナが見えた。彼女も香を認め、送ってきた祖母を置いて走りだす。

「わたしを、まってたの？」

息を弾ませるカデナに、香はあいまいにうなずいた。カデナは嬉しそうに香の手を引き、年長組の教室に入っていった。

教室では、カンボジア人のセダーが、ゆったりした動きの踊りを練習している。

廊下の壁をばんばん叩く音がして、ブラジル生まれのボイの声が響いてきた。

「にいちゃん、かえってきたよー。にいちゃんが、かえってきたよー」

言葉の最後のところで、彼は教室に躍り込んできた。入口のほうを振り向き、

「でも、ノチェのえいゆうは、まだだよー。えいゆうは、かえってこないー」

と、歌うように口にする。

ノチェが、足を重たく引きずるようにして入ってきて、

「うるさい。いまにかえってくるよ」

と、力のない声で答える。

彼のすぐ後ろから、リヤが派手な色合いの服装で現れ、

「みてみて。ブログ、しゃしん、のせた。いーっぱい、メール、かえってきた」

と、携帯電話を皆に見せようと手を伸ばす。その手が、ノチェの頭に当たった。

「いてっ……なにすんだ、ブス」

ノチェが怒りのくすぶる声で言う。

リヤは上向きの鼻をさらにつんと上げ、

「ブスじゃない。カメラマン、リヤ、とりたい、メールくれた」

「うそメールさ。へんだもん、リヤのかっこ。みんないってる、リヤはヘンタイだって」

リヤは殴りかかったが、ノチェは素早く逃げ、彼女は英語で汚い言葉を吐き、教室の壁を蹴った。踊りの練習をしていたセダーが、リヤを待っていた顔で、そばに近づき、

「リヤ。ミスコン、なかった。でも、おどり、コンテストあるから、わたし、がんばる」

「……むり。セダーのおどり、きもちわるい」

リヤが突き放す調子で答えた。セダーは顔をゆがめ、黙って教室の隅に戻った。

ゴルと、彼女の妹が、園長と手をつないで教室の入口に現れた。園長はいつもの険しい顔で、香たちのほうへ、ゴルと妹をそっと押しやり、職員室へ去ってゆく。

香は、カデナのそばを離れて、ゴルたちのもとへ歩み寄った。

「ゴル、おはよう。サラーム」

ゴルは薄くほほえみ、サラームと小声で答え、妹を年少組の教室へ連れていった。

香はそのまま廊下で待った。すると、後ろからカデナが香の手を取り、

「かおり、こっちにきて」

と誘う。香はうなずくだけで、廊下にとどまった。

ほどなくゴルが戻ってきた。香が話しかけようとする。カデナが苛立たしそうに香を呼び、強く手を引く。

「カデナ、いたいよ」

香が訴えても、カデナは聞かず、強引に香を教室へ引っ張ってゆく。その勢いで、カデナは別の子どもたちが遊んでいた積木を蹴り崩した。

ばか、もどせよ、と男の子たちが彼女に詰め寄る。カデナは、小柄なからだをさらに縮めるようにして立ちすくんだ。

香が積木を集め、ゴルがごめんねと代わって謝った。だが男の子たちは許さず、

「おまえ、ママに、じどーぎゃくたい、されたんだろ?」

男の子の一人が、いじわるそうに笑って言った。カデナがからだをふるわせた。

「パパとママがいってた。じどーぎゃくたいだって。ママは、たいほされたって」

えー、まじー、と、ほかの子どもたちが好奇心に溢れた目でカデナを見つめる。

やめて、と香は言ったが、男の子たちはきかず、ぎゃーくたい、たーいほ、と手を打っ

て囃《はや》した。カデナは両手で耳をふさいだ。虐待の件を口にした男の子が、彼女の手を取り、耳から外そうとする。カデナは悲鳴を発し、相手を突き飛ばした。

教室前方のスピーカーからサイレンが鳴った。避難訓練を知らせるサイレンは、どんな状況にも対応できる力をつけるため、という園長の方針で、昼食時に鳴ることもあれば、登園直後の朝に鳴ることもある。

園児たちは皆、我に返ったように顔を上げ、庭へ出る戸口へ急いだ。突き飛ばされて尻もちをついた子も、しゃくり上げながら歩きだす。

香は、うずくまったカデナのそばを離れなかった。いつもの仲間たちは、今朝の互いのやりとりにわだかまりを感じている様子で、別々に庭へ出ていこうとする。

香は気づいて、ボイ、セダー、リヤ、ノチェ、と呼び、自分の後ろにいるゴルも呼んだ。

「ここにきて。バラバラにならないで。いっしょにいないと、たべられちゃうっ」

ボイが驚いた顔で、香のもとへ歩み寄る。こわごわとセダーも来る。だれにたべられるの、とリヤとノチェも来た。ゴルはいったん教室を出て、妹を連れて香の隣に座った。

「いっしょにいたら、だいじょうぶ。むれで、あつまってたら、やられない」

カデナを囲んで皆が床に座った。香がカデナの背中を撫でる。仲間たちも、香を真似て、ふれれば心が一つになる魔法の岩でも前にしているように、心をこめてカデナの背中を撫でた。カデナのふるえが止まる。代わって、切れぎれに声を洩らして泣いた。

「あいたい……おかあさんに、あいたいよぉ……」

香は、彼女の髪にふれた。ぼさぼさの髪を、ほぐすように指ですき、

「いこう……みんなで、あいにいこう……むれだもん。いっしょにいよう」

香の言葉が、穏やかな波のように周りに伝わってゆき、仲間たちも泣きはじめた。

にいちゃん、もどってきたのに、もう、いえをでてくっていうんだ……と、ボイが泣く。

おどりたくない、むずかしい、やめたい……と、セダーが泣く。

パパがママをしかる、しかったら、またびょうき、わるくなる……と、リヤが泣く。

ダディは、しんだんだ、だから、かえってこないんだ……と、ノチェが泣く。

ゴルは何も言わずに泣き、彼女の妹もゴルにしがみついて泣いた。

香は、声には出せなかったが、みんないっしょにいなきゃだめだったんだよ……と胸の内でつぶやき、両隣にいる子の手を握った。仲間たちもそれぞれ両隣の子の手を握る。

あつまろ、もっとあつまろ。

香のささやきに、八人は輪を小さくして固まり、涙に濡れる頬をくっつけて、互いの熱い息で紅潮した鼻を湿らせ、深く眠るように目を閉じた。

縛られた愛

わたしの夢は、白い壁が朝日に映える洋風の家で、家族とずっと仲よく暮らすことだ。庭には青々と芝生が伸び、花壇に四季おりおりの花が咲く。

門から玄関までの通路脇に、春の華やぎをいっそう引き立てる紫やピンクのツツジを植え、庭の一角ではエニシダの金色の花が初夏の風に揺らぎ、梅雨どきにはアジサイが雨をはじき返す。

夏の頃に白や青い花を楽しめるフヨウかムクゲといった、さほど手入れに困らない低木を育てれば、ホオジロなどの小鳥がときどき愛らしい声を聴かせてくれるだろう。

生け垣にキンモクセイと冬椿を用いれば、秋には甘い匂いが家を包み、冬でも赤や白の彩りが、目をなごませてくれる。

そうだ、せっかく庭があるのだから犬も飼おうか……。

実家には広い庭がある。だが父が獣くさいのは我慢ならないと、ペットを飼うことを嫌った。わたしは柴犬が好きだけど、何を飼うかは信道さんと相談してにしよう。

いえ……犬と友だちになるのは子どもだ。将来生まれてくる子どもたちに決めさせるほうがいい。

一人っ子はかわいそうと言われるから、たとえば男の子と女の子を一人ずつ……。

でも、男の子は夢を追いかけて外の世界へ出ていく可能性がある。女の子はいずれ嫁ぐだろう。もう一人、男の子がいれば、兄弟どちらかが残り、可愛いお嫁さんに家《うち》に来てもらうこともできるだろうか。

そうだ、男の子二人と女の子一人が理想的かもしれない。

とにかく、こうした将来のいろいろなことを、信道さんとちゃんと話したい。

なのに、どうしてまだ悪い夢から覚めないのかしら。

寝たきりの状態で、見知らぬ三人の子どもの世話を受けるなんて、この夢にはどんな深層心理的な意味があるのだろう。

わたしを主に世話しているのは、小学校高学年くらいの男の子だ。世話をする手つきや表情は優しいが、いちいちわたしに「お母さん」と呼びかけてくるので気味が悪い。

比べて十七、八歳の少年は、つねに怒っているような怖い表情で、わたしに話しかけてくることは一切ない。彼の場合はもう少し愛想よくしてもよいのに、と思うほどだ。

あきれるのは、五歳か六歳の女の子の非礼さだ。わたしに「くさい」と叫んだり、突然からだを押したり、つねったりする。夢のなかでのことだから、こらえていればいいようなものだけれど、彼女が顔をのぞき込んでくるときは、強く睨み返すことにしている。

ああ、そうね……偶然だけど、この子たちも、男の子二人と女の子一人だ。

でも、わたしが将来もちたいと願っている子どもは、この子たちよりもずっと明るくて、素直で、無垢《むく》なあどけなさを感じさせてくれる、それこそ天使みたいな子たちだ。

信道さんとのあいだの子どもだもの、もちろん天使よ、天使に決まってる。

愛子　III

閉め切られたカーテンに隙間があったことに、愛子はいままで気がつかなかった。からだとつなげられた機器の小さなランプが、部屋をほのかに浮かび上がらせるだけの時間が長くつづき、目の裏全体にぼうっと霞《かすみ》がかかっているような状態の彼女には、闇はこのまま果てしなく垂れ込め、二度と自分の前では明けないのではないかと思われた。だが、切り裂く強さはないものの、淡い藍色の光線が闇の幕をそっと押し開き、愛子の目の前の壁に、ラファエロの天使がずっと同じ場所でほほえんでいたことを知らせる。

これから生まれてくる子を、よくたとえられる通り、天使と感じられるだろうか。

産院に指定日に入院し、陣痛促進剤によって陣痛が強まったいまも、本当に出産できるのか心もとない。痛みは遠のいているが、陣痛がやんだのではなく、薬のせいだった。

愛子は、自然分娩《ぶんべん》でなく、薬によって痛みを和《やわ》らげて出産する方法を選んだ。

夫の信道は、薬が胎児に影響を与えないか不安を口にしたが、麻酔医の丁寧な説明を受け、納得した。愛子の母は、自然なほうがよいのに、と何度か愚痴っぽい忠告をし、信道の伯父と従姉も同様のことを信道を通じて伝えてきたが、愛子の決心は変わらなかった。

家族のなかで最も強い発言力をもつ愛子の父は、娘の婚前の妊娠に対するショックと怒りが尾を引いてだろう、出産の方法にはほとんど関心を示さなかった。

愛子が信道と並んで畳に手をつき、結婚の許しを願い出たとき、父は即座にまだ早いと言った。

一人娘だから婿として籍に入ってもらうことになる、だから結婚は家の問題、親族一同の先ざきに関わる重大事だと、父は威厳をこめて話した。きみがだめだと言ってるんじゃない、交際は認めてきた、だが結婚となればさらに努力して、家名にふさわしい人間にならないとね。上司らしい鷹揚《おうよう》な態度も見せてさとす父は、言外に、両親を早く亡くし、資産も有力な縁故もない信道は、この家に入るには力不足と匂わせていた。

愛子がそのとき憤りを感じたのは、父に対してか、そんな言い方をしなくてもいいのにと柔らかい苦笑を浮かべながらも、夫の言葉に反対しない母にか。黙ってうなだれていた信道にか。それとも、その場にいない、いるべきでもないある男へだったか……。

あるいは憤りは、このまま引き下がってしまいそうな自分に対してだったかもしれない。生まれて初めてと言ってよい強い抵抗を声音にこめ、待てません、と父に言い返した。

両親が子どもっぽい驚きを表情にあらわした。愛子は、黙ると二度と話せなくなりそうで、赤ん坊がおなかにいます、結婚を許してもらえなければ、子どもを抱えて独りで暮らします、と言い切った。

両親の表情は年寄りじみたものに転じ、父は口を半開きにして、ほうけて見えた。その顔に、申し訳なさを感じるより、もっと自分の内側によどむ泥をさらけ出し、相手をとことん失望させたい衝動に駆られた。

いま二ヶ月で、希望の教会は見つけてあるので、ここ数ヶ月のあいだに式を挙げられれば、お父さんやお母さんに恥ずかしい想いもさせずにすみます、と顔を起こして話した。父は、表情も言葉も一定のかたちを取ろうとしては崩れ、ついには唇を痙攣《けいれん》させて、逃げるように奥へ引っ込んだ。

信道は、愛子の父に殴られることを覚悟していると話していたが、その後も父はまともに愛子たちと向き合おうとせず、一度酔って帰ったおりに、なんであんな三流を選ぶんだよぉ、と愛子の前で子どものように泣きはしたが、信道に手を上げることはなかった。

式と披露宴は二ヶ月後、桜が咲き初《そ》めた頃におこなわれた。新郎の祖母が病の床にあり、孫の晴姿を見せるため急に決まったことと、周囲には説明された。

信道と愛子の父が勤める会社の社史には、愛子の祖父が創業者の隣に名を連ねている。そうした人物の孫娘の結婚にもかかわらず、病人への披露を理由に、式も披露宴も控え目に抑えられた。ちなみに信道の祖母は、すでに他界しており、当日は病状悪化により欠席と発表された。

娘の妊娠を、親族にすら知られまいとする両親の配慮が、愛子には鬱陶《うっとう》しく感じられ、つわりの苦しさも重なり、いっそ壇上から告白しようかと開き直る心があった。

そのくせ信道から、披露宴でのスピーチを従兄に頼んだと知らされ、しかも相手が引き受けたと聞いて、不安にふるえてもいた。だから、披露宴が始まっても彼が現れず、最後まで用意されていた席が空いていたのを見て、安堵《あんど》のあまり控室で倒れた。

いま、あのときのことを思い出すと、陣痛とは別の痛みで、胸の内側がしぼられる。

愛子はベッドの上をまさぐり、縄跳びのグリップに似たものを握って、先端のボタンに親指を当てた。押せば、痛みをブロックする薬が、腰の後ろに刺した針を通して体内に入るはずだ。薬で止められる痛みではないとわかっていても、押さずにはいられない。

彼女の二十四歳の誕生日は、日曜日だったため、午後早くに信道と会い、夜も一緒に食事する予定だった。だが当日の朝、信道から急に仕事が入ったと電話があった。口調から、お互いに時期が来ていると感じる結婚話を、信道がまだ迷っているせいだと察した。

両親と弟を一度に失い、伯父夫婦からは家庭的なぬくもりを与えられるより、早い独立を促されて育った信道が、家族をもつことに不安を抱くのは理解できる。

だからこそ一緒にがんばりましょうと伝えるべきなのに、黙り込んでしまう自分の臆病さを愛子は憎んだ。また人生の不安や恐ればかりを教えて、よいと信じるなら先行きが不透明でも一歩踏み出して生きる強さを、自分のなかに育《はぐく》んでくれなかった両親を恨んだ。

信道の電話のあと、彼の従兄から電話があり、信道に話を聞いた、ちょっと会おうよ、と言われて受け入れたのも、そんな精神的な葛藤を抱えていたからこそだった。

従兄は、約束の場所に洒落《しゃれ》たスポーツカーで現れた。これまで男性の誘いをずっと避けてきた愛子は、そんな車に乗るのは初めてだった。周囲に人がいるなかで、従兄が車を降りて助手席側のドアを開け、うやうやしく勧めてくれるのを、恥ずかしく思いながら、革張りのシートに身を沈めたときは、誇らしいような高ぶりも感じた。

信道とのことで話があると、電話での従兄はまじめな口調だったが、車中では堅苦しい話はせず、自分の近況や、知り合いのエピソードを面白おかしく語った。

愛子は次第に緊張を解き、海でも見にいこうか、という誘いに、鬱屈する心を解放したい想いがしぜんと湧いて、うなずいた。

太平洋を望む隣県の海浜公園に着き、初冬の海水浴場を二人で歩いた。

小春日和のゆるやかな潮風に髪が乱れるのを、愛子は初めのうち気にしていたが、寄せては引く波音に、反復音楽を聴くような軽い陶酔をおぼえ、髪の乱れくらいはどうでもよくなり、ローヒールの靴も脱いだ。

そんな彼女を、従兄が見つめているのを意識しながら、いやとは思わず、むしろ相手の視線に、自分の存在や行動が肯定されている心地よさを感じた。

きれいだよな、愛子ちゃん。従兄は感に堪《た》えない声で言った。え、と振り向くと、従兄は照れを隠した固い表情で、信道はバカだ、と言った。悪い奴じゃないから見捨てないでよって言いにきたけど、やっぱバカだ、どうしてこんないい子を放っておくかなぁ……。

ほめられた嬉しさと、信道の言葉ではない悲しさに、顔を伏せた。

信道は何を考えてる、仕事してる場合か、と従兄の声に真剣さが増した。やめて、と愛子はつぶやいたが、彼女の切なさを代弁してくれているような信道への非難を、もう少し耳にしたくもあった。

風が出たのか、波音が高まり、従兄がこちらへ踏み出す砂の音が胸をふるわせた。愛子はとっさにしゃがみ込んだ。

信道さん、人にこんな想いをさせて、どういうつもり……。

溢れそうな涙を指で押さえ、唇を結んで息を整える。かすかな心の揺れはあったにしろ、従兄に心を寄せた感覚はなく、このまま帰宅して、いつもの日常が戻るはずだった。

従兄もある時点までは、信道と三人で会っているときと同じ、お調子者だが思いやりのある、恋人の兄同然の人物だった。

それがいつ、彼の心によこしまな火がついたのか。はっきりはしないが、しばらくして肩に手を置かれ、帰ろうか、と言った彼の声には抑揚がなく、内に突き上げてきた衝動を隠す企みが、すでに働いていたようにも思われる。

愛子の自宅へ向けて車を走らせていた途中、従兄は突然左胸が痛いと言った。不整脈の持病があるのは前に聞いていたし、顔色も確かに悪く見えた。彼は車を路肩に止め、上着のポケットから薬を出して、缶コーヒーで服用し、ハンドルに頭を預ける。

愛子は前方にホテルの看板を見つけ、休むことを提案した。従兄は反対した。きみをあんな場所に連れていけない。愛子は大丈夫と答えた。じゃあきみは車で待ってるんだぜ。従兄はつらそうに言って、徐行運転でホテルの駐車場に車を入れた。

なかなか動けない彼を、愛子が先に降りて、支えるようにして外へ出し、相手が見えないフロントで鍵を受け取り、部屋に入った。ドラマのセットのような装飾に戸惑いつつ、彼をベッドに寝かせ、水を運んだ。

十五分ほどして、愛子が持参していたハイネの詩集を洗面所のスツールに腰掛けて読んでいたとき、従兄の声がした。

目を閉じている彼に、どうしました、と尋ね、かぶさるように顔をのぞき込んだ。従兄が目を開け、ありがとう、と手を伸ばして愛子の頬にふれ、本当にきれいだ、これまで会った女性で一番だ、と弱々しい声で言った。やめてください、と愛子は身を起こそうとした。とたんに抱きすくめられ、好きだ、と口早に言われた。いい匂いだ、もう少しこのままでいてほしい。倒れてゆく彼に引っ張られ、愛子もベッドに倒れ込んだ。

首を起こした瞬間、キスをされた。何も感じなかったのに、こんな素敵なキスは初めてだ、と言われ、困惑のなかで身が固まった。つづけてキスされ、天使に口づけてるみたいだとささやかれ、ばかげた台詞《せりふ》だと思うのに、そんな言葉は生まれて初めて身に受けたため、立ちくらみに似た揺れを感じて、押しのける腕に力が入らない。

首すじに唇を感じて、抗う。相手のほめ言葉が抵抗を押さえ込む。萎《な》えそうな勇気を振りしぼり、離してくれるよう頼むが、彼は涙声で、たすけてほしい、おれを救ってほしいと訴え、力をこめる。

そして、女の扱いに慣れた彼がどのようにしたのか、愛子はいまも想像がつかないが、突然からだの内側に異物が入ってきたのを感じて声を失った。

痛みに頭がしびれ、自分のからだに異物を押し返してほしいと願うのに、相手の力がまさって内側の堰《せき》が崩れ、手足の関節がばらばらに外れてゆくような無力感に陥る。

そのときまた声がした。最高だ、すごくいいよ……。

これまでの理性的な響きとは違い、獣の唸りに似た声で、鼻先にかかる吐息には肉の腐臭がした。それまで身に受けていた言葉もすべて、泥状の汚物に変化した気がして、自分の内側の異物に吐き気をおぼえた。

押さえつけられたまま身をよじり、吐こうとした。だめだ、とかすれた声が耳もとでした。いま動いちゃだめだ……。だが吐き気はこらえがたく、相手を全身で押しのけようとしたとき、ああ、と情けないため息が彼女の頰にかかり、相手のからだがふるえた。

愛子は首だけでも横に向け、こみ上げたものを吐こうとした。何も出ず、からえずきがつづいた。

大丈夫かい、と苦笑まじりの声がして背中を撫でられた。嫌悪を感じ、払いのける。さすがに吐かれるのは初めてだよ、と従兄は言い、衣擦れの音が耳に届いた。まいったな、外で出すつもりだったのに急に動くからだぜ、と彼が言う。

何のことか、そのときはわからなかった。彼がトイレに立ったあいだに、自分のからだを確かめた。服は身に着けていたが、スカートの下は何もなく、ベッドの下に落ちていたストッキングと下着を見つけ、慌ててかき寄せ、シャワールームに駆け込み、鍵を掛けた。今度は本当に少し吐いた。裸になって水を浴び、涙をこぼしながら奥歯を嚙みしめて、全身を何度も洗った。

どのくらいシャワールームに座り込んでいただろう、しきりにノックされ、夜になるよ、門限があるんだろと言われ、ようやく身を起こした。

帰りの車では後部席に座った。タクシーで帰りたかったが、話がある、と従兄が言った。いつになく真剣な口調だった。

おれはきみに何もしてない、何もなかった、そう信じるんだ、と従兄は繰り返した。言い返そうとすると、涙が出る。どうにか、ふざけないで、と吐き捨てた。

従兄は吐息をつき、大げさに考えちゃだめだ、と笑みを含んだ声で言った。からだの一部がふれただけで握手と同じさ、きみはきれいだ、きれいなまま信道と一緒になるんだ。

窓の外はもう暗く、対向車のライトと街灯ばかりが淋しくよぎる。嗚咽《おえつ》がこみ上げてくるのを手で押さえた。会えない、もう信道さんには会えない、と声が洩れた。そしてつづいて洩れ出た言葉に、自分でも驚いた。

責任、とってよ……。

従兄は長く黙っていた。不意に首を傾けて骨を鳴らし、あんた、本気で言ってるのか、と言った。すさんだ暮らしに身を置く者の、地の底に相手を引きずり込む膂力《りょりょく》を感じさせる響きがあった。ついてくる気があるのか……。

愛子は答えられなかった。従兄は一転、からりと明るい笑い声を立て、全部きみの暗い夢さ、と言った。心の底に眠ってた願望の一つがほんの少しかたちになって驚いてるんだろ、目を覚まして、正しい相手と望みをかなえればいいだけさ。

車が、愛子の家の前に止まった。彼女が降りてドアを閉める直前、従兄の声が追いかけてきた。おれと信道、血液型は一緒だから……。

めまいをおぼえて、門に手を掛けた。目の前に母がいた。門限をとうに過ぎてるから心配してたの、お父さんはお付き合いで遅くなるって、と母は言い、いまの信道さんじゃないみたいね、と車を見送った。愛子が答えずにいると、母はあいまいな笑みを浮かべ、お誕生日だからって羽目を外さないでね、ゴタゴタはいやよ、と言い、先に家に入った。

愛子は無性に腹が立った。母がよく浮かべるあいまいな笑みは、いわば擬態《ぎたい》だと、このとき気づいた。ものわかりよく納得したり、黙って辛抱したりして、母はつねに人とぶつかることを避けてきた。

信念や理想のためではなく、安全で苦痛の少ない生活を送りたかったからだと、いまはわかる。危機に際して身を丸める虫のように、自分を安穏な場所に置きたいだけだ。

今夜だって、父は女のところに違いなく、母もそれは知っている。愛子を縛ってきたのは、父の強権より、こうした母の生き方だったのではないか。生命が本来跳躍すべきときに、身を丸めてやり過ごしつづけて、結果がこの状態ではないのか……。

頭が痛いからもう寝る、と母に告げ、部屋に入って着替え、密かに家を抜けた。信道に電話し、公園で待った。彼はすぐに現れ、ごめんね今日は、と言い訳を始めた。

わしづかむように彼と腕を組み、あてもなく歩き回って、ホテルのネオンが見えたところで、衝動的に彼を引っ張った。うろたえる彼に何も答えず、部屋に入るとからだをぶつけ、ベッドに倒れ込んで、唇を重ねた。抱きしめて、と全身で訴えた。

追い出して。あなたの熱で、わたしのなかに入ったものを焼き尽くして。あなたの愛で、内側を全部埋めて。あなた以外の何かが息づかないように、全部埋め尽くして……。

光の球が目の前で揺れた。まぶしさと恐れを感じ、顔の前に手を上げる。

「あ、ごめんなさい。起こしちゃいましたか」

若い女の声がした。瞬間に、ここがどこで、自分がどんな状態にあるのか、霞のかかった頭に思い出された。楽にしているように言われ、からだの内側に何かが冷たくふれる。ほどなく不快な感触は離れ、看護師が懐中電灯の明かりで書類に何やら書き入れつつ、

「赤ちゃん、だいぶ下りてきてますよ。朝食前には、って感じですかね」

「あの……夫は、いま、どこに……」

「ああ、さっき病棟の食堂におられましたよ。眠れないのか、食堂に置いてある子どもの名前の本を、読まれてたみたいです。お子さんの名前、これからですか」

「ええ……ちゃんと、生まれてからと思って……顔を、見てからって」

看護師が去り、天使の絵に目を移す。

また胸の奥が痛んできたため、薬を注入するボタンを押す。いくら押しても必要量以上は注入されないと説明を受けていた。だが、救いを求めるように押す。

麻酔を使った出産を希望したのは、どれほど激しい痛みであっても、それに耐えて産む、という自信がなかったからだ。なぜこんな想いまでして……と、いやな感情を子どもに抱くことを恐れたためだ。

壁に掛かった絵の天使たちは、ほほえんでいるとばかり思っていたが、わが子を抱いた聖母を見上げて、不思議そうな表情を浮かべているのだと、はっきり見えるほど明るくなったとき、周囲が騒がしくなった。

いきむ力にあわせて吸引する、という話が耳に入る。がんばって、と助産師の促す声を受け、力を入れる。大丈夫かい？　もうすぐだよ、という別の声が聞こえる。

マスクとキャップを着けた信道がベッド脇にいた。愛子は思わず手を伸ばした。彼が気づいて、その手を握る。ここにいるのが、ほかの誰でもなく、信道であることに、安堵感がこみ上げる。直後に、自分の下半身を埋め尽くしていたものが、あっけないほど一気に外へ出ていくのを感じた。

弟に似ている気がすると、愛子の胸の上で安らぐ赤ん坊を見て、信道が言った。

そうよ、当たり前よ、あなたの子なんだもの……。

ねえ、と愛子は夫に語りかけた。

「名前、弟さんからいただこうか。誠二君だったでしょ。一字いただいて、誠……」

「ああ、いいね。おーい、赤ちゃん、誠でいいか？　お、いま笑ったみたいに見えた」

誠、誠……わたしがママ、この人がパパよ。いつまでも、わたしたちに笑いかけてね。

信道　Ⅲ

人が生涯に引越しをする回数は、平均どのくらいだろうか。信道の場合、たぶん平均より多いだろう。しかもまだこれから増えてゆく可能性が高い。

幼い頃は、両親の経済上の事情か、覚えているもので四度引越し、四度目のマンションが、末永く自分の帰る場所になると信じていた。

だが両親と弟を亡くしてマンションを出て、伯父夫婦の家、新聞販売店、大学の寮、トイレも台所も共同のアパートに移ったあと、遊びにきた従兄が酔って大暴れをし、いづらくなって別のアパートへ移った翌年、就職して会社の独身寮に入った。

四年、この寮で暮らしたが、その間も寮内の先輩や同僚の求めに応じ、年に一度は部屋を替えた。愛子と結婚して、同じ社の家族寮へ移り、誠も生まれて、落ち着けるかと思った矢先、義父が脳梗塞《のうこうそく》で倒れ、愛子が介護を手伝う必要が生じて、彼女の実家へ引越した。なのに半年と経たずに、ここも出なければならなくなった。

愛子の実家の庭にある古い柿の木は、晩秋を迎えて葉がすべて落ち、熟した赤い実だけが残る枝に、頬の白さが目立つ小鳥がとまり、せわしく実をついばんでいる。

陶器の砕け散る音が響き、小鳥の群れが一斉に飛び立った。

折れ枝を使って花壇の土を掘り返して遊んでいた二歳になって間もない誠が、手を止め、不審そうに信道の顔を振り仰ぐ。信道は誠を抱き上げ、母屋の、開いた掃き出し窓から室内をのぞいた。

襖やドアが開け放されて、奥まで見通せる台所に、義母と愛子がいた。愛子が何やら説得する様子で話しかけているが、義母は憤懣《ふんまん》やるかたないといった表情で、流しの上に置かれた、処分する予定の古い皿を取り、床に投げつけた。

桐の箪笥《たんす》や立派なソファセットなどの家具調度類がすべて失せた室内に、陶器の砕ける音がうつろに響く。ママー、と愛子を呼ぶ誠を抱いたまま、信道は花がすべて枯れてしまった花壇の前に戻った。

義父の父親が建てた家は、明日、人手に渡ることになっている。義父母は安い賃貸マンションを借り、信道たちも三日前にふたたび会社の家族寮に移っていた。

「パパ……。ねえ、パパって」

信道が振り返るより先に、誠が、ママーと呼んだ。後ろから歩み寄っていた愛子が、

「お母さん、タクシーを呼んで先に帰しちゃうね。最後まで見てられないと思うから」

と言い、誠を抱き上げた。この家の家財は、値打ちのあるものはすでに業者の言い値で引き取ってもらい、古い食器類や生活用品など買い手のつかないものは、今日の午後、こちらから金を支払って始末してもらうことになっている。

信道は、ズボンの裾の土ぼこりを払って立ち、気落ちしている義母を一人で帰しても大丈夫なのかと尋ねた。

「平気よ。現実を認めたくなくて、子どもみたいにダダをこねてるようなものだから」

愛子が冷めた口調で答えた。誠を産んで妻は変わった、と信道は思う。どんなことにも物怖《ものお》じしていた娘時代の影は消え、腹が据わった感がある。

「これ、お父さんの物入れの奥から出てきたの。壊れてるし、価値なんてないでしょ？」

高さ三十センチほどのブリキのロボットを、彼女が差し出した。ところどころ錆び、首が取れかけ、左足もない。

捨てるね、と愛子が言うのを聞き、信道は急に胸騒ぎがした。

「ちょっと待って……あとで、お義父《とう》さんのところへ持っていってみよう」

　地元の古い病院の六人部屋のベッドに、義父は力なく横たわっていた。脳梗塞の手術が成功し、麻痺の残った手足のリハビリも進んでいたのに、家を土地ごと手放さねばならなくなったと知らされ、調子を崩して入院した。

　愛子が、家の始末をつけてきたことを報告しても、義父は力ない目で天井を見上げているだけだった。愛子は、誠を抱き上げて、

「誠、ほら、ジージ、って声をかけてあげて。ジージ、喜ぶから」

　誠が生まれたとき、いわゆる直系の跡継ぎができたためか、愛子の妊娠の話が出て以降ずっと不快感をあらわにしていた義父が、意外なほどに喜んだ。彼は誠を盛んに膝の上に抱き、いっそおれの子にできないかなぁ、と冗談ともとれない口調でたびたび口にした。

「誠は愛子そっくりだ。三流の子どもとして育つより、おれの養子にしたほうが幸せだ」

　義父は、信道を名前ではなく、ただ三流と呼んだ。そのような言葉で、いわゆる箱入り娘を取られた悔しさを晴らしているのだろうと思い、信道は黙ってこらえた。

　父親の縁故で入社した義父は、同じ理由で役員になった。仕事に関しては無能という陰の評価は、たぶん彼の耳にも入っていただろう。コンプレックスの裏返しか、日頃から自社を世界一の無線機器メーカーに育てると大言を吐き、目の上のこぶだった父親の死後、

世界進出の一歩としてアジア各地に工場を造ることを提案し、実際に着手した。だが、工場用地まで入手していた相手国で政変が起き、渡した賄賂《わいろ》もろとも計画は水泡に帰した。

義父は失敗を取り返そうと、独断で無理な取引をして失敗を繰り返し、穴埋めに自己資産を担保に金を借りた。ちょうど信道と愛子の交際が始まった頃だ。

二人の結婚後、会社の株価は低迷し、技術力が評価されていたメーカーだったことから、銀行の仲介で買収話が進み、義父を含めて経営陣が追われ、社名が変わった。信道は技術部の優秀な社員として新会社に残れたが、義父は脳梗塞で倒れ、借金返済も滞った。

「お義父さん、これ、片づけていて、出てきたんですけど……」

信道は、ブリキのロボットを義父の前に差し出した。義父の目が鈍く動き、ロボットに焦点が合った。表情こそ変わらなかったが、二度深くまばたきをした。

幼少期から将来の進路を約束された義父の人生は、一方で個人的な夢を追うことには圧力のかかる環境だったろう。彼の父親は得意な道で成功したが、得意かどうか関係なく同じ道に進んだ彼が、父親に及ばないことはむしろ当然と言えた。彼の若い頃の放蕩《ほうとう》や、長じての傲慢《ごうまん》は、生来《せいらい》のものだったかどうか……。

義父が壊れたロボットを取っておいたことが、信道の心のひだにふれる。伯父夫婦に引き取られる際、信道は必要なものだけを持ってくるように言われ、おもちゃなどは捨てるしかなかった。従兄のおもちゃはどれも使い古され、やるよ、と渡されたロボットや人形にはたいてい手か足がなかった。

信道たちが家族寮に戻り、愛子が誠にうどんを与えていたとき、電話が鳴り、信道が出た。義母だった。ろれつが回っていない印象で、悪い薬でも服用したのかと疑われた。

義母たちが越したマンションまでタクシーで約十五分、誠も連れ、三人で駆けつけた。義母は、リビングの床に直接べったりと尻をつけて座り、実家から運んだ場違いに大きい座卓にもたれて、琥珀《こはく》色の液体の入ったグラスを握っていた。最高級ブランデーの、すでに半分以上が減っている。彼女が酒を飲むのを、信道は初めて見た。

「いつか飲んでやろうって、貰《もら》いものを隠しといたのよ。でも、全然おいしくない」

酔いの回った義母は、座卓に突っ伏し、わたしの人生は何だったの、と訴える。

「好きな人はいたのよ。気がある顔をするのは、はしたないって母親やおばあちゃんに言われて、すました顔をしてたら、さっさと別の女とくっついちゃった。相手は誰とでも寝る女だって、友だちに慰められたけど、結局は寝たほうが幸せになれたってことでしょ。生きてくの面倒くさいって思ってたとき、縁談が持ち込まれたの。父親の勤めてる会社の上司の息子。将来は安定、顔も悪くない。女癖の悪いのが問題だけど、若い頃に遊んだ男はまじめになるなんて聞かされて、なるようになれってときだったし、承知したら……いきなり結婚式で昔の女に硫酸をかけられそうになった。頭を下げるのが大嫌いなあの人でさえ謝った。でもわたしはあれで、本気で結婚を決意したの。幸せになって、見返してやるって。子どももすぐにできた。男の子とわかって、周囲も喜んだ。なのに、大事なときにあの人が女遊びで騒ぎを起こして、暴力団まがいの男が家まで来て、わたしはストレスで流産した。どれだけ悔しかったか……。そのあと長く子どもができず、ようやく愛子ができたの。この家で女の子一人しか産まなくても離縁されなかったのは、そういうわけよ。愛子にいいお婿さんをもらおうって、あの人もわたしも腹を決めていたのに、来たのは、まじめだけが取り柄のお婿さん……。愛子、もう少し高望みしてもよかったんじゃない？だいたい子どもができただなんて、そんな子じゃなかったでしょ」

やめないと怒るよ、と愛子が散らかった部屋を片づけながらたしなめる。一方で信道は、眠った誠を腕に抱いたまま、義母の本音をこの際すべて聞いておきたい気がした。

「お婿さんだって、そんなことしそうにない、まじめな子だと思って、信じてたのに……。ねえ、ずっと思ってたんだけど……本当に、お婿さんの子なの？」

片づけをしていた愛子の手が止まった。信道の腕のなかで誠がむずかる。

「誕生日のときだったか、門限過ぎて、男の人に車で送ってもらったことがあったでしょ。洒落たスポーツカーでさぁ。お婿さんに似てると思ったけど、よく見たら別人だった」

愛子がいきなり母親の頰をぶった。高い音が響き、誠が泣きはじめた。

「いい加減なこと言わないで。夢でも見てんの、この酔っ払い。ほら、立って」

愛子がどやしつけるように言って、母親の腋の下に手を入れて立たせようとする。

「パパ、誠を連れて、先に帰ってて。酔っ払いを寝かせて、帰るから」

愛子が信道を見ずに言う。顔が紅潮し、怒りよりも、恐怖に強張っているように見えた。

彼女の二十四歳の誕生日のときのことは、忘れようもない。あの日、信道は彼女と会う約束をしながら、会えば結婚の話が出そうで尻込みし、上司に頼まれた休日出勤に応じた。直後に従兄から電話があり、今夜は愛子ちゃんを抱けと言われ、会えなくなったことを話した。バカ、いまに誰かに取られるぞ、と怒鳴る従兄に、そうなったらそうなったで仕方ないよ、と答えた。従兄はため息をつき、おれがなんとかとりなしてやる、と言った。そして、その夜、信道は愛子に呼び出され、彼女の似つかわしくない大胆な行動によって、二人は結ばれた。

従兄は確かあの当時、友人に借りたスポーツカーを乗り回していたはずだ。

従兄とはそのあとずっと会えず、留守番電話に伝言を残しても、掛かってこなかった。伯父に結婚の報告をした直後、やっと従兄から電話があり、弾んだ声で、おめでとう、と言われた。妊娠を打ち明けた。相手は祝福の声を上げ、色男、いつ仕込んだと訊かれた。

彼女の誕生日だと告げ、披露宴でのスピーチを頼んだ。おう、どっかんどっかん笑わせてやるよ、と彼は承諾したが……当日は式場に現れず、以後も連絡がとれなかった。

昨年、伯父に誠を見せにいった。伯父が、信道の子どもに一度会いたいと言ったためだ。従兄のほうは二年以上実家に帰っていないと聞いたが、伯父を訪ねた当日、ひょっこり彼が帰ってきた。誰もが驚き、従兄も、こういうのってあるんだな、と頭を掻いた。

その日は皆で夕食をとる予定だったが、愛子が気分がすぐれない、と先に部屋に下がろうとした。信道の膝の上にいた誠が、母親を追いかけようと立ち上がって転びそうになり、従兄がとっさに抱き止めた。伯父がからかい半分、そうしてると父親に見えるな、と笑ったとたん、やめてください、と愛子が険しい口調で言って、誠を抱き取り、自分たちにあてがわれていた部屋へ下がっていった。伯父は呆気にとられ、従兄はぎこちない苦笑を浮かべただけだった。

こうした、従兄と愛子の言動の幾つかが、義母の言葉と、それに過敏に反応した愛子の態度によって、信道の頭のなかに一つの答えを浮かび上がらせる。

彼は、家族寮に戻り、眠った誠をベッドに横たえた。生まれたときは弟に似ていると思った。長じるに従い、目鼻立ちは愛子に似てきた。だが輪郭や口もとの造りは従兄に似ている。血縁者だから、つまりは信道の輪郭や口もとと通じているものなのに、いやこれは従兄の顎だ、従兄の口もとだと、声がどこからか聞こえてくる。

胸がむかつき、台所へ逃げた。引越したばかりで、整理のついていない段ボール箱が山と積まれている。気を紛《まぎ》らすため、箱の中身を外に出してゆく。

紙で包んだ皿や茶碗、ミルクパンや鍋のあと、三人家族には大き過ぎるフライパンが箱の底から現れた。愛子が結婚後間もなく、五人家族用に、と買ったものだ。子どもを三人もちたい、理想は男の子二人と女の子一人、全員の目玉焼きを一度に作る夢が、これを持っていればかなえられそうな気がするの、と彼女は言った。

あと二人、子どもをもつのか。いや、三人でないと、自分の子どもが三人とはならないのではないか……。フライパンの柄を無意識に握りしめたとき、チャイムが鳴り、ただいまぁ、と愛子の声がした。

この日以来、信道は、会社の屋上から飛び降りる自分の姿を想像したり、交差点で飛び出そうとしている自分に驚いたりする回数が増えた。

日を追うごとに、不眠が重なり、残業を申し出て、疲れて眠らざるをえない状態に自分を追い込もうとした。心配する愛子には、新しい会社になったから、人よりもがんばらないと、首が危ないんだと答えた。

不眠はさらにひどくなり、仕事中に浅い眠りに落ち、夢も見た。たいてい同じ夢で、子どもが蟻の巣に火のついた紐を垂らし、焼かれる蟻が、両親となり、弟となり、なじみだった風俗の女になった。

そして自分自身も焼かれる蟻となった夢を見たあと、仕事で簡単なミスをした。落ち込む彼を、愛子がお願いだから診てもらってと、心療内科のクリニックへ連れてゆき、うつ病と診断された。

薬の服用と休職によって病状は快方へ向かった。信道は、亡くなった風俗嬢が、鍼灸師だった父親と同じ資格を取るのが夢と話していたことを思い出し、一人でもできる仕事として、勉強を始めた。

会社勤めと並行して夜間の専門学校に通い、地道に自習や研究も重ねるうち、実習先の鍼灸院から、卒業したら来ないかと誘われた。

資格取得後に会社を辞める考えを愛子に話したところ、新会社を快く思っていない彼女も賛成し、早々に退職後の引越し先まで探しはじめた。

二間程度で家賃が安く、と条件を挙げる信道に対し、子どもが多くいるアパートを、と愛子は望んだ。なぜ、と問う彼に、彼女ははにかんで答えた。

「赤ちゃんが、できたみたい」

愛子　Ⅳ

「新入園生の入場です。在園生は、新しい弟と妹たちを、拍手で迎えましょう」

アナウンスの声に従い、椅子に行儀よく座った年中、年長の園児が拍手をした。

厳しいしつけと、英語や算数や音楽などの早期教育を取り入れていることで有名な私立幼稚園は、費用も高いことから裕福な家庭の子どもが多く入園し、寄付金も多く集まるのだろう、立派な造りの園舎の隣に、小さいながら体育館があった。

その体育館の前方の入口から、新入園児がおそろいの紺色の制服を着て、教師の号令に合わせて入場してくる。

会場後方の保護者席に立った親たちが、一斉にカメラや携帯電話を突き出した。愛子の隣に立つ信道も、買ったばかりのビデオカメラの録画ボタンを押す。

やがて四十名の新入園児の列のなかごろに、手の指をまっすぐ伸ばして歩く香の姿を、愛子は見いだした。

「あ、香だ」

中学校の制服を着た誠が指差し、よそ行きのズボンと上着を着た正二が背伸びをする。

二人とも新学期が始まるのは二日後の月曜のため、今日は家族で朝早く登園し、保護者席の最前列に陣取った。だがカメラを構えた親たちに、信道以外は後方へ押しやられる。

新入園児は皆よくしつけられ、整然と行進して、席に着く。香一人が、椅子に掛けたあと、助けを求めるように保護者席の愛子を振り返り、そばにいた教師の注意を受けた。

この園は、親の仕事や収入も入園の際の審査対象となる。誠と正二のときは、自分たちの経済力に見合った公立の幼稚園に通わせ、香の場合もそれでよいと愛子は考えていたが、信道が、香は特別に繊細だから、幼い頃から友だちを選ぶことが大事だと言い張り、たまたま鍼灸院の顧客《こきゃく》だった園の理事に推薦状をもらって、入園許可を得た。

「香が生まれたときのことを思い出しちゃうね。あんなに小さな赤ん坊だったのに」

正二が興奮を隠せない声で言う。愛子の眼裏《まなうら》に、助産院での情景がよみがえってくる。

息をつめないで、呼吸で痛みを逃して……。助産師の指示に従い、愛子は下腹部から突き上げてくる痛みを息にのせ、食いしばった歯のあいだから外へ逃がした。下腹部の重圧感が去ることはないが、聴覚と、外界との接触に対するからだの感覚が戻り、

「お母さん、大丈夫？　お母さん、がんばって」

と、じき十一歳になる誠の声が耳に届いた。背中をさすってくれる感触も伝わる。

さらに彼の手だけでなく、小さい手によって腰の周辺も撫でられているのを感じた。

「正二、黙ってさするんじゃなくてさ、お母さんに声をかけながらやれ」

と、誠が五歳の弟に教える声が、愛子の痛みを逃す呼吸の合間に聞こえる。

「声をかけられたら、誰がやってるか、わかるだろ。お母さんも、安心するんだ」

「……お母さん、正二だよ、お母さん、がんばって」

正二の細い声が背後から届き、愛子はほほえましく、痛みがしばしやわらぐ気がした。

正二のときは、病院で自然分娩だった。実家の母は当時寝たきりだった父の看病があり、五歳の誠は立ち会いが許されず、信道と家で待っていた。医師や看護師に囲まれてはいたが、愛子は精神的には一人で正二を産んだ。

三人目の子どもができたとき、自分の安心のため、何より家族の固い結びつきのために、家族の立ち会いを許可してくれる場所で産みたいと願い、あちこち遠くまで探しにゆき、ようやく家庭的なこの助産院を見つけた。

「はーい、生まれましたよぉ。みんなが願っていた通りの女の子だよぉ」

ベテランの助産師の声が分娩室に響きわたり、愛子は目を開けた。

誠と正二がなかば呆然として、助産師の腕のなかの赤ん坊を見つめている。

助産師が赤ん坊をタオルでくるみ、愛子の胸にのせてくれた。赤ん坊は懸命に這って、愛子の首に鼻を押しつけてきた。

「さてさて、へその緒は誰が切るのかな？　やっぱりお父さんかしら？」

助産師の言葉に、誠と正二の肩に手を置いていた信道が、前へ進み出ようとした。

「ぼく、やってもいい？」

正二が言った。ふだんの彼は引っ込み思案で、信道からその点をよく注意されていた。

信道は、誠のことは可愛がるというより、距離をもって尊重している印象で、叱るときにも節度がある。だが、正二に対しては距離をうまくとれない感じで、何事につけ機敏な誠に比べ、言動の鈍さが目立つ正二を、苛立ちをあらわに叱り、正二が萎縮《いしゅく》して黙り込むと、じれったい様子で、まごまごしてると人に取られるぞ、などと責めた。

だからこそ正二の申し出は意外で、家族は皆驚いた。だが、一番に反対するだろうと思われた信道が、

「そうか……正二、やってみるか。あの、子どもでも、大丈夫ですか？」

と、助産師に許可を求めた。

彼女は、あらいいじゃない、と笑い、お兄ちゃんが妹のために勇気を出してがんばってみようか、と応じ、赤ん坊を愛子の胸の上で仰向けにし、へその緒をクリップではさんだ。

正二が恐る恐る愛子のそばに進み出る。自分もやりたかったのに言い出せずにいたらしい誠に、正二を助けてやれ、と信道が言って、背中を押した。誠が嬉しそうに正二と並ぶ。

助産師の指導のもと、正二がはさみを持ち、誠が手を添えた。

「お母さん、ぼくだよ、にいちゃんと切るよ。お母さん、いい？」

と、正二が訊く。誠に教えられた通り、いちいち声をかけることにしたようだ。

「いいよ。お願い」

と、愛子が答える。

二人がせーの、と力を入れた。ばちん、と音がして、あっと兄弟二人はそろって驚きの声を発し、それ以上に大きく、赤ん坊の泣き声が室内に響いた。

赤ん坊の名前は、正二がつけた。その正二の名前は、誠がつけたものだ。きょうだいで名前をつけ合えば、絆が深まるだろうと愛子は思って、信道に相談し、彼も承知した。

誠は三日考えて、画用紙にクレヨンで、『正二』と書いた。弟だから二をつけるのは決めていたと言う。正しいという字は、習字教室で最初に覚えた漢字で、意味がヒーローの第一条件と教わって気に入ったらしく、彼は生まれたばかりの弟に呼びかけた。

「ヒーローになれ。正二、ヒーローになれよ」

正二は、妹に香と名づけた。その理由を、赤ちゃんが生まれてすぐにお母さんに鼻を押しつけて、お母さんのいい香りを一生懸命かいでいるように見えたから、と答えた。

香が生まれた年、信道は五年勤めた鍼灸院から独立し、アパートの一室で開業した。

技術者肌の彼には、こつこつ一人で研鑽《けんさん》する仕事が合っていたのか、通常の凝りや張りのほか、西洋医学では治らなかったしびれや麻痺などの症状も好転させて評判が立ち、二年で、借家ながら一軒家で院を開けるようになった。

ホテル経営者の、脳卒中後の半身麻痺を快復させたことで、社会的に地位の高い人々にも紹介の輪が広がり、二ヶ月前に、パチンコ店を数軒もつ会社の社長夫人の仲介で、庭のある借家に引越したばかりだった。

転居先では、一階を診察室に、二階を家族の居住空間に分け、誠と正二には二人で一室ながら子供部屋を与えられた。

今年、中三に進級する誠はロックに夢中で、愛子がクラシックを勧めても、暗いよと鼻で笑い、試しに第九のCDを渡したが聴いた様子はない。

今度四年生になる正二は、絵を描くことを好み、親の欲目かもしれないが、色彩に対する感覚が繊細で、山や海の風景なども、型にはまらない豊かな色合いで表現する。

そして香は、匂いに敏感で、花の名前など、匂いだけで言い当てられた。さらに彼女は、本当かどうか信じがたいが、普通とは違った景色も見える様子だった。

形式張った入園式が終わり、園児たちは教室に一度戻るため、家族は園庭で待つようにと説明を受けた。園庭は広く、公園並みの多様な遊具のほかにプールも備えられ、誠も正二も羨ましそうに見回していた。

ほどなく解放された新入園児たちが園庭に現れた。どの子も疲れているのが一目でわかる。香もゆらゆらと左右にからだを揺らしながら歩いてくるので、心配した信道が抱き上げ、どこか痛いのか、と訊いた。香は顔をしかめ、

「ここ、いや」

と答えた。家族は戸惑い、ことに信道は困った顔で、

「どうして。いろんな設備が整った有名な幼稚園だぞ。ほら、大きいプールもある」

「香……もしかして、ここでも、変な人が見えるのか」

正二が、妹を気づかうように尋ねた。

すかさず信道が、正二を睨みつけ、

「こら。つまらないことを口にするんじゃない」

香は言葉を話せるようになった頃から、誰もいない場所に人が見えると言いだし、やがて、誰も話していないのに、うるさい、と耳を押さえるなどの行為が度重なった。愛子たちは何度も小児科医に相談した。まだ現実と空想の区別がつかないだけで、成長とともに消失するだろう、と言われていた。そんな香を、信道は不憫《ふびん》がり、いっそう溺愛した。

「初めは窮屈だろうが、じきに慣れるさ。さ、バーバに幼稚園の制服を見せにいこう」

ファミリーレストランで食事をしてから、家族はバスに乗り、愛子の母が入所している

施設を訪ねた。

愛子の母は、二年前に夫を亡くしたのち、将来を不安がり、自分から施設に入所した。半年前に定期検査で脳の萎縮が見つかって以降、記憶はどんどん不確かになり、処方された薬も飲まずに捨てているようだと、職員から聞いていた。

「お母さん、こんにちは。具合はどう。今日は香の幼稚園の入園式だったのよ」

愛子が、制服姿の香を前に立たせて話しても、母は反応しなかった。お母さん、どうかした、お母さん、と愛子が繰り返し呼びかけて、ようやく彼女は信道を手招き、

「あの女、誰なの。わたしのことを、お母さん、なんて呼んで……気味の悪い」

とささやいた。そして、信道のことを自分の夫と思っているらしく、表情をゆるめ、

「赤ちゃん、男の子だといいですね、跡継ぎだもの」

と、便秘のつづいているという腹部を撫でた。愛子の前に生まれるはずだった男の子を宿した二十三歳の頃に、彼女の心は戻っているのかもしれない。

職員に挨拶して施設をあとにし、信道と子ども三人は家の近所のペットショップへ犬を見にいった。しつけられた中型犬程度なら飼ってもよい、と家主の許可が出たためだ。

夕食の準備もあって、一人で先に帰宅した愛子は、玄関のインターホンをしつこく押している人影を認めた。

あの、と声をかける。相手がゆっくり振り返った。

「ああ、なんだ、愛子ちゃんか……久しぶりだね、元気だった？」

信道の従兄だった。誠が一歳のときに、彼の実家で会って以来になる。信道より三歳上なだけなのに、白髪が目立ち、痩せて顔の肉に張りがなく、老けて見えた。それでも彼が、信道と三人で会っていた頃を思い起こさせる親しげな笑みを浮かべた瞬間、愛子の喉に突き上げてきたのは悲鳴であり、帰って、という言葉だった。なのに実際に出た言葉は、

「こんにちは……お久しぶりです」

と礼儀に沿い、会釈までしていた。大人の対応というより、防衛反応に近いものだった。

従兄は背広姿でネクタイを締め、かえってそれが不穏な印象に映った。

「ここの住所、親父のところへ連絡くれただろ？　で、近くへ来たもんだからさ」

信道の伯父に転居通知は出したが、従兄は用もなく訪ねてくる人物ではない。

「子どもは三人だっけ？　おれには子どもがいないから、何がいいかわかんなくて」

と、手にさげた有名玩具店の紙袋を持ち上げてみせたのも、門前払いを避けるための計算に思える。

愛子は、鍼灸院の待合室のソファを従兄に勧め、自分は立ったまま応対した。彼は相変わらず饒舌《じょうぜつ》に話し、愛子が適当に相槌《あいづち》を打つうち、不意に深く吐息をつき、

「よかった、幸せそうだね……本当、よかったよ」

と、真情のこもる声で言った。目もそれまでと違う光り方をしたように見え、愛子は相手を罵倒《ばとう》し、すぐにも追い出したかった。

けれど……自分でもわけがわからないが、違う違うと首を横に振り、ここから連れ出してほしい、と言いたいような欲求がこみ上げてきて、憎んでいる相手になぜそんなことを思ったのか、当惑で身が裂かれそうに感じた。

自分で自分が怖くなり、コーヒーをいれてくると告げ、その場から逃げた。

台所でコーヒーを用意しながら、あらためて心をのぞく。かつて従兄に、全部きみの暗い夢さと言われたことが、胸の底に黒い染みを残している。おぞましい出来事も、直後の信道とのことも、もとは、愛子の内にたぎる愛や肉欲への願望のあらわれだったのか。

広い庭のある洋風の家で家族仲よく暮らすという夢は、環境や文化や親の押しつけやらで、定番を口にしていたに過ぎず、いまと違う自分、いまと違った場所にいる自分へ、つかの間でも逃避したい真の願望が、従兄の急な出現により、藪《やぶ》をつつかれたように頭をもたげたのだろうか……。

とすれば、従兄の前で感じたものは、自死の衝動に近いと思った。

「愛子ちゃん、どうぞおかまいなく。信道に、つまんない頼み事があるだけなんで」

従兄が台所に顔をのぞかせた。身を固くし、流しの下にしまってある包丁までの距離を目で測る。従兄は屈託のない表情で、子ども用の食器を笑いながら眺めたあと、

「あれ、何それ。ずいぶん大きいフライパンだねぇ。店で使うやつみたいじゃない」

と、ガスコンロにのったフライパンに目をとめた。

朝食どき、五人分の目玉焼きを同時に作り、入園式に急ぐため、洗わず、コンロの上に置き放してあった。愛子は両手でフライパンを流しに移した。片手では数秒で手がしびれそうになる。この重みが家族の重みだと感じる。フライパンが船の錨《いかり》のように、自分をこの場につなぎとめてくれる。

ただいまー。帰ったよー。ママー。

玄関から子どもたちの声が聞こえた。お、帰ってきたな、と従兄が玄関のほうへ向かう。従兄の姿を見た信道は、どんな表情を浮かべるだろう。愛子はあえて台所にとどまった。

誠と正二と香が、もつれ合うようにして台所へ駆け込んでくる。見知らぬ来客のことは口にせず、可愛い犬がいたよ、お母さんの好きな柴犬、ワンワンほしい、と声を上げる。

そのとき電話が鳴り、三人を静めて受話器を取った。母の入所する施設からだった。

全員で施設に駆けつけた。信道の従兄も、何かできるかもしれないから、とついてきた。数時間前、愛子たちが施設を出たあと、母は「生まれる、生まれる」とうわ言を口にし

て、眠りに落ちた。しばらくして職員が見にゆくと、すでに息を引き取っていたという。施設嘱託《しょくたく》の医師から、死因は心不全との説明を受けた。皆が泣きはじめたのをよそに、

「どうしたの……みんな、なんでないてるの。おばあちゃん、そこにいるよ」

と、香が部屋の隅を指差した。

放心した愛子と、俗事の苦手な信道に代わり、従兄が必要な手続きを取ってくれた。葬儀を無事終え、火葬場で遺骨を待つあいだ、なお虚脱状態がつづく愛子は、近くのソファの上でトランプを並べて遊ぶ正二と香の話を、聞くともなく聞いていた。

「香……おばあちゃん、いまもそばにいるのか？」

トランプを裏返して正二が訊いた。

香はトランプに目をやったまま、首を横に振った。

「みんなが、ないてるのをみて……うれしそうにわらって、きえちゃった」

信道　Ⅳ

窓に氷状の粒を残して流れ去る雪が、東京に近づくにつれ硬い音を響かせはじめた。初霰《はつあられ》か……。信道は口のなかでつぶやいた。

霰は次第に強まり、ついには古いワンボックスカーに打ちつける激しい音が、車内を暴力的におびやかした。

だが珍しい自然現象のことを口にする者は、車内にいない。もう寝たのかと、信道は後ろのシートを振り返った。誠は誰からも顔をそむけるように横向きに座り、窓に額を押しつけている。正二は顎が胸につくほどうつむき、暗くてほとんど読めないはずのコミック本を開いている。一番後ろのシートでは、眠ってしまった香を、愛子が膝に抱いていた。

愛子は彼を見つめ返すものの、無常を漂わせる能面に似た表情で、瞳は何も訴えてこない。深い眠りから起こされたばかりで、いまも夢と現《うつつ》の区別がつかないといった様子だ。

信道は首を戻し、運転席の従兄の横顔に目を向けた。対向車のライトに浮かんだ相手の面差しに、息を呑む。暗いせいかもしれないが、自分自身が隣に座っているように見えた。

人を救う話だと、十数年ぶりに会った従兄は言った。

彼が定職につかず、借金ばかりを重ねているというのは、伯父からのおりおりの便りや電話で伝えられていた。だが従兄は、現在の境遇は何も話さず、父親ががんだと告げた。伯父が最近体調を崩して入院したというのは、伯父の家の近所に暮らす従姉からの便りで知っていた。

がんに有効なワクチンがあるが、高額な費用を出してやれずに悔しい、と従兄は目を潤ませた。だが不運つづきだった自分にもついにチャンスが回ってきた。高校時代の友人だった証券マンが、近々合併する会社の内部情報を得た。同社の株をいま買えば確実に儲かる。友人は、顧客の金をギャンブルに流用しており、秘密をわかち合える人間が従兄しかおらず、この話をもちかけてきたという。ただし、大きく儲けるには資金が必要で、従兄にはそれがない。

自分にもないよ、と信道は答えた。アテにしちゃいない、と従兄は苦笑した。

信道は、転居通知を伯父に出したあと、折り返しの電話で様子を尋ねられ、子ども時代を知る伯父に、自分の現在を自慢したい気持ちが生じ、仕事は順調で、有力者の顧客が増え、おかげで香を有名幼稚園に入れられたし、よい家も紹介してもらえたと話した。それが従兄に伝わったらしく、要は、出資してくれそうな人物を紹介してほしいという話だった。

出資者には迷惑がかからないよう配慮するし、話の勘所《かんどころ》がわかる相手ならきっと乗ってくる、信道も感謝されるさ、と従兄は言う。そして、おまえも親父には世話になったろ、とつづけた。

伯父に恩返しめいたことは、まだ何もしていない。話の途中で、愛子の母の急逝《きゅうせい》の知らせが入り、信道や愛子に代わって、従兄が面倒な手続きを取ってくれたことも、負い目となった。さらには、誠の実の父親に関する疑いも、信道を気弱にした。

パチンコ店を数軒もつ会社の社長夫人に従兄を紹介したのは、義母の初七日のあとだった。投資が趣味の彼女は、診療中もよく株の話をし、おいしい話は大手投資家にだけ流れ、一般投資家はおこぼれにしかあずかれない、と嘆いていたのを聞いていたせいもある。従兄は、社長夫人を口説き落とした。彼のことだから、特別な関係に至った可能性も否定できない。

ともかく彼女の紹介で、やはり鍼灸院に通っていた客数人も話に乗り、彼女たちにはさほど大金と言えなくとも、合わせれば庶民には十年かかっても稼げるかどうかという金が、「先生のご親戚ですもの」と、信道の信用をたてに従兄に渡された。

二ヶ月後、株価は急な値上がりをし、従兄の言葉通り、信道は社長夫人たちから感謝された。

それでやめればよかった。だが従兄たちは欲をかいて別の投資先を探し、社長夫人たちも従兄をせっついて、結果、儲けをすべて吐き出すかたちとなった。

もう一度勝負するには、社長夫人たちに失敗を隠し、さらに出資を求める必要がある。そのための見せ金を、証券マンが金融業者から調達し、従兄の頼みで、信道が連帯保証人の欄に印を押した。自分の顧客が関わっているだけに、信道としても、従兄に成功してもらわねばならなかった。

しかし証券マンは、資金を投機に回さず、一人で持ち逃げした。

事実を知った社長夫人たちは、「先生を信用したのに」と信道をなじった。警察に詐欺の被害届が出され、従兄はもちろん、信道も事情聴取を受けた。悪い噂が流れ、鍼灸院の客足は途絶えた。

そして間もなく、多額の負債を記した証書を持つ金融業者が、鍼灸院を訪れた。

信道は自己破産を考えた。相手が悪い、と従兄が止めた。申請が認められるまでの取立ては苛烈《かれつ》を極め、認められても嫌がらせはつづくだろう。子どもたちまで精神的に追いつめられることを考えれば、ひとまず逃げたほうがいい、おれも逃げる、と従兄は言った。

金融業者の度重なる訪問の相手をしていた愛子は、疲れ切った表情で、夜逃げの話に、仕方なさそうにうなずいた。誠と正二は転校をいやがった。だが希望を聞いてやる余裕も、時間的猶予もなかった。香一人が、この場所から離れられることを喜んだ。

「ここだと、わたしがみえること、みんな、しってる。だから、うるさいの」

引越し先では、知られないように注意する、というようなことを、彼女は話した。

人が隠れるにはやはり東京が一番だと、従兄が若い頃に暮らした場所の近くにアパートを見つけてきた。信道たちは、当座の生活に最低限必要な物だけを持ち、従兄の借りたワンボックスカーに乗り込んだ。家族全員の人生を、従兄に託したかたちになったことを、車が走りだしてから信道は後悔した。

やがて、霰が車体を打つ音がひときわ強まったとき、

「着いたよ」

従兄が車を止めた。

前方には、闇を斜めに裂く霰とその残像が目に映るばかりだった。

「この先の路地を入って、一番奥のアパートだ。隠れるにはもってこいさ」

従兄が車を動かし、ゆっくり路地に入る。道が悪く、車体が小刻みに揺れた。暗い街灯や両側の家の明かりに、古い民家や狭苦しいアパートが建て込んでいるのが浮かぶ。

ほどなく車が止まった。路地はまだ奥につづくが、狭くて車は入れそうにない。

「ここからは降りて、歩いてくれ。不便だが、だからこそ隠れるのには都合がいい」

従兄が先に降りた。

信道は、待っているように家族に言って、傘代わりに手で頭をおおい、従兄につづいて小走りに路地を奥へ進んだ。どんづまりの場所に、火をつければ五分で焼け落ちそうな薄っぺらい二階建てのアパートがあった。

アパートの先はブロック塀が横に延びて、路地を終わらせている。塀の向こうは底の知

れない闇が広がっていた。

エンジンやモーターなどの工業製品を再加工する工場の跡地だと、従兄は説明した。汚水や薬品混じりの廃液が、排水設備の不備で垂れ流され、いまなお異臭が残り、ことに雨のあとは地下の液体がしみ出すのか、においが強まるという。

「だから家賃は驚くほど安い。窓を閉めてりゃいい。においなんてすぐに慣れるさ」

アパートの玄関を開け、暗い廊下を進む。様ざまな国の料理の匂いが混ざり合って立ちこめ、嗅覚が混乱する。工場跡地からの異臭を押し返そうと、過剰に香辛料を振りまいた印象で、目や頭まで痛くなりそうだ。

従兄が事前に預かっていたらしい鍵で、一階の最も奥の部屋のドアを開ける。室内の電灯をつけ、そろって板間に上がり、左手のトイレ、奥の流しを確認して、向かって右手の仕切り戸を開いた。五人家族がぎゅうぎゅうづめで寝られる程度の居間と、押入があるきりだ。

信道のこれまでの引越し先には、もっと条件の悪い部屋もあった。だが、自分たちの家をもつ夢に手が届きそうだった身では、どん底に落ちた気がして胸がふさぐ。ことに子どもたちのことを考えると、ため息が洩れた。

「くっせえ……こんなところで暮らすの、絶対やだぜ、おれ」

玄関先で誠の声がした。

子ども三人が、狭い靴脱ぎの場所に立っている。つづいて愛子が、ボストンバッグと、フライパンの柄《え》が外へ出ている紙袋をさげて、子どもたちの後ろから姿を見せた。

彼女は長年の夢とはかけ離れた部屋を見回して、倒れ込むように玄関の上がり口に腰を落とした。

お母さん、大丈夫、と正二が声をかける。香は何も言わずに、母親にからだを寄せ、匂いを求めるように肩のあたりに顔を押しつけた。

「みんな、そんなところじゃ風邪をひく。なかに入って。信道、荷物を取ってこよう」

従兄が咳払いをして言い、先に立って車から部屋まで荷物を運んだ。

男の子二人もしぶしぶながら手伝い、持ち出せたものが多くないこともあって、仕事はすぐに片づいた。

「じゃあ、おれはもう行くよ。どんなところも住めば都さ。みんな、元気でな」

アパートの玄関先で、従兄が手を上げた。霰はいつか雪に変わっていた。擦り切れた蛇革のジャンパーを頭まで引き上げ、水溜りをぽんぽんかわしてゆく従兄の身の軽さが、自分たちを馬鹿にした軽みに感じられ、信道は泣きだしたいような怒りで、彼を追った。

「待てよ。ちょっと待てってて」

車を止めてある場所の手前で、従兄を呼び止めた。

「おまえは……何だ。人をこんな目にあわせて。いったい何様だよ」

振り返った相手を見て、動揺した。

雪に濡れて蛇革がぬらぬら光るジャンパーによって、顔が闇に沈んでいる。

人間というより、もっと抽象的な存在が立っているように感じた。

「おれか……何様でもないさ。かまってくれる人間がいなきゃ、手も足も出ない存在だ」

寒風がこすれ合う虚空《こくう》から降るような、温かみを感じさせない声に、信道は戸惑い、

「何を無責任なことを言ってんだ。全部、おまえのせいだろ。おまえさえいなきゃ……」

夜逃げに至った騒動だけではない。父親としての信道は、子どもとの接し方にバランスを欠いてきた。誠に関しては、従兄がいつか連れにくるのでは、という恐れから、距離を置いて育ててきた気がする。正二は、外見は別として、機転のきかない点や自己主張の弱いところは信道そっくりで、苛立ちを言葉でぶつけることもあった。そして、そのぶんも香を溺愛してきた。

いびつな子育てに自分を追いやったのも、従兄ではないのか。彼がいなければ、愛子とも出会っていないかもしれない。人生は別のものになっていたはずだ。

「よせよ。全部おまえたちが選んだんだろ。愛されたい、認められたい、夢をかなえたい

……おまえたちの心根にある願いを、おれはかなえてやろうとしたんだ。両親と弟のことで、おまえは誰かに復讐したがってた。だからおれはアリの巣を焼いた。おれに愛子ちゃんを紹介したのは、おれが彼女のことをベラに告げて、ベラには自分から身を引いてほしかったからだろ？　気の弱いおまえたちは、二人だけじゃ結婚に踏み切れないと薄々気づいてた。だからおれを引き込んで、無理にでも尻を押してもらおうと望んだ。今回も、将来のために金持ちの顧客にいい顔をしたくて、おれの話に乗った。なのに、つまずくと全部こっちのせいか。善人ほど、欲にくらんだ道選びながら、失敗すると責任を誰かに押しつける」

闇に隠れた従兄の顔のあたりから、かすかに苦笑の息づかいが聞こえた。

「信道。おれは本当にいるのかな……おまえたちの、暗い願望の分身じゃないのかい」

お父さん、と背後から呼ぶ声がした。

誠と正二が雪の降るなかに立っている。

「おまえたち……おまえたちには、あのおじさんが見えてるよな……」

信道の問いに、誠と正二は顔をしかめた。親をからかうな、ほら……と顔を戻したとき、従兄の姿はワンボックスカーとともに消え、あとには淡く雪が積もっていた。

新しい町で、信道はまた鍼灸院に勤めた。愛子もホテルのベッドメイクのパートに出た。

誠と正二の学校、香の幼稚園を移る手続きで、逃げてきた町に一度だけ戻った。後日送ってもらう必要のある書類もあり、その際に現在の住所を書いた。

それがどこから洩れたということなのか……生活に慣れれば、いずれもう少しましな部屋に引越せるだろうと、信道が考えられるようになった頃、見たことのない男二人が、信道が連帯保証人の印鑑を押した証書を持って現れた。

信道と愛子がショックのあまり何も言えずにいると、二人のうち太った男のほうが、両親の後ろから顔をのぞかせた三人の子どもを見つめ、なんならきみたちが返してくれてもいいよ、と、ぐふぐふ喉を鳴らして笑った。

信道の頭のなかで哄笑《こうしょう》が響き、直感的に答えがひらめいた。

奴こそ、人間の弱さを突き、おためごかしにそそのかして、破滅に導く、邪悪な蛇と呼ばれる存在だ。従兄にかりそめの姿をとった、人間の生き死にを嘲笑する、悪魔とか邪鬼とか呼ばれる存在だ。

やらなきゃだめだ。子どもたちを守るために、人間を滅ぼさせないために、奴を先に滅ぼすんだ。

裏切りの祈り

幾つも顔が並んでいる。どの顔もぼうっと目に力がなく、悪者としての迫力がない。こんな奴ら、ぶっ飛ばし、宇宙の果てまで蹴散らしてやる。いまの自分なら簡単だ、と正二は思う。

胸のうちに燃え上がる炎のかたまりがある。かたまりの中心に、長い髪をした涼やかな戦士の顔がある。戦士は、こちらに腕を突き出し、つらくなったら噛んで泣くといい、とほほえみかけてくる。

正二の歯にいまも残る、彼の腕の感触に励まされ、自分にはもう怖いものなどない、無敵だと信じられる。

「よお、ぼく。そいつらみんな、裏切り者なんだぞ。どれかに見覚えないかい」

制服警官が交番を出て、たまたま足を止めて掲示板を見ていた正二に話しかけてきた。

「平和に仲よく暮らそうって、人間同士の元からある約束を裏切った連中だよ」

警官は腕を組み、まるで絵を鑑賞するような姿勢で手配写真の前に立った。

「けどピンとこないなぁ。どれも凶悪犯って呼ぶには迫力がないよな、ゴッホとかゴヤの肖像画のほうがよほど怖いぞ。向こうの絵描《か》きの名前なんて知らないか……ああ、この女は凶悪犯ってほどじゃないか……介護してた夫の両親をナニして逃げてるわけだから」

介護している親を……という言葉が、正二の心に引っかかる。写真の女を見つめる。

「信頼を裏切った点じゃ、やっぱり同じか。どの顔でも、見かけたら教えてよ、ね」

なれなれしく笑いかけてくる相手から離れ、正二は交番の脇から商店街に入った。

黒い服のサンタクロースに黒いツリー。街灯の先から吊られた、くすんだ天使の飾り物。去年の駅前商店街のクリスマスセールは、正二の目にモノクロに映り、沈んだ心で過ごした。今年のセールも色は失われたままだが、去年と違って気持ちは弾み、ジングルベルの響く通りを、スキップするように歩いていく。

小学校の授業が終わり、香を迎えにいく途中だった。ここ最近、のぞきはやめている。洋館風の家で引きこもっていた少女はどうしているか。老人が倉庫で造っていた船は完成したろうか。クラス全員の無視にあい、不登校になった女の子は、部屋のカーテンくらいは開けられるようになっただろうか……。

気にならないわけではないが、それ以上にある人物が正二の心を占めている。彼はいま頃、閉ざされた部屋で外国語の勉強だろうか。食事は足りているか、トイレは大丈夫か、彼の祖母は体調を崩していないだろうか。

早く香を迎えて、彼の待つアパートに帰りたい。けれど、今日は少しだけ寄り道をして、店のショーウインドウを眺めて回った。

あの服は、お母さんが好きなピンク色だろうか。あのペンダントは金色かな銀色かな。薔薇の花の胸飾りは、鮮やかな赤だろうか。

お母さん、おめでとう。そう言って、プレゼントを手渡せば、母の意識が戻り、正二のことを思い出すかもしれない。

いや、実は意識はもう戻っていて、からだを動かせないだけだったのが、手足が動いて口もきけるようになり、正二がこれまでしてくれてたことはみんなわかってたのよ、いろいろありがとう、と抱きしめてくれるかもしれない。

そんな希望も、異国の戦士との胸弾む出会いから、心にいだけるようになっていた。

いきなり見覚えのある人影が目の前をよぎった。こちらに気づかず、駅のほうへ走っていく。正二はあとを追った。

人影は駅の改札口へ走り、人を捜す様子で構内をのぞき、吐息をついて、焦りとも怒りともとれる険しい表情で、正二の立つ道路まで戻ってくる。

「どうしたの」と、正二は声をかけた。

空は冬の厚い雲におおわれているのに、誠はまぶしそうに目をしばたいた。

「なんだ、おまえか……こんなとこで何やってんだよ」

「香を迎えにいくとこだよ。にいちゃんこそ、何やってんの」

え、と誠は聞こえているはずなのに訊き返し、しばらく言いよどんでいたが、

「アパートに戻る前に、スーパーでパンを買ってたら、窓の外を、あいつが歩いてった。つまり……親父がさ。だから追いかけてきたんだ」

本当にっ、と正二は駅を見やり、周囲を見渡した。それらしい人物は見当たらない。

「前に親父、おまえに手紙を置いてったろ。やっぱりちょこちょこ帰ってきてんだ。どこに隠れてんだか……。おまえが最後に見たときは、駅で女と一緒だったんだよな？」

「うん。学校からの帰りに、お父さんが旅行鞄みたいなのを持って歩いてるのを見てさ。追いかけたら、駅の改札んとこで、女の人が待ってて、一緒に行っちゃったんだ」

「鍼灸院で何度か見た女だって、言っただろ？　あれ、本当に間違いないのか」

「間違いないよ。夜逃げする前に暮らしてた家を、紹介してくれた、お金持ちの女の人」

「ったく。なんであんなババアと逃げんだ……。何かほかに思い出したことないのか」

正二は少し考えてから、首を横に振った。

「フライパンのことは話したよね。お母さんが大事にしてたやつ」

「ああ。あんなでかいフライパンを、わざわざ持っていくなんて、どういうつもりだ」

「握りのところが鞄から出ててさ、何だと思ったんだけど。どっかで料理してるのかな」

「知るかよ。ったく……見つけたら、絶対ぶっ殺してやる」

誠が吐き捨てるように言い、来た道のほうへ戻ろうとする。正二は呼び止め、

「待ってよ、ねえ……プレゼントをあげたいんだけど、いくらかお金、ない？」

「プレゼント？　あ、十二月一日か……四十二歳だな。けど、何を渡しても同じさ」

「じゃあ食べるものは？　お母さん、よく食べるでしょ。ケーキとか、どうかな」

「つまんないこと考えんな。何をしてもわかりゃしないんだ。さっさと香を迎えにいけ」

誠は突き放す口調で言い、足早に去った。

正二は歩いてきた商店街のほうを振り返り、

「わかるかも、しれないよ。わかってるのかも、しれないじゃん……」

つぶやいた瞬間、雲間から光が漏れ、街灯の先から下げられた天使の飾り物が、輝いて見えた。びっくりすると同時に、まばゆさに目を閉じる。

次に目を開いたときには、天使はもう薄汚れた灰色に沈み、風に力なく揺れていた。

小走りで幼稚園まで行き、いつものように職員寮のある裏手から入っていく。

三階建てのアパートに似た寮の隣に、こぢんまりした教会が建っている。のぞくのは、寮の風呂場や一階の部屋ばかりで、暗い雰囲気の教会など扉を開けたこともない。なのに、ふだんは固く閉ざされた教会の扉が、閉め忘れたような状態でほんの少し開いており、内からささやき声が聞こえたため、妙に気になり、扉の隙間に目を当てた。

高い位置にある窓のステンドグラスを通した光が、正面の十字架にかけられた痩せた男を照らしている。微妙な光線の揺れ具合によって、苦しい状態にあるはずの男が、ほほえんでいるように見えた。その不思議さに打たれ、なかへ踏み込んだ。

「神をまた責めました。夫に暴力をふるわれ、感謝も休みもなく、介護を強制されつづけた、その境遇を呪い、夫の両親のことを忘れて、自分を憐《あわれ》みました」

苦しげに訴える女の声が聞こえ、すすり泣く声がつづいた。それに対して、

「祈りなさい。神にいだかれていると感じられるまで祈りなさい」

低くしわがれた声が答えた。聞き覚えのある声だった。

十字架のある祭壇に向かって右側の壁際に備わる、工事現場などで見かける簡易トイレに似た黒い箱形の部屋の扉が開き、作業着姿の中年女性が現れた。目を布でぬぐい、その布を頭に巻いて、壁に立てかけていたモップを手に、床を拭きはじめる。園内や庭の掃除を任されている女性だった。いつも人目を避けて行動し、布や帽子で顔を隠している。

正二の気配に気づいてだろう、彼女が顔を上げた。正二は初めてまともに女を見た。あっ、と正二と女がほぼ同時に声を発し、女は慌てて教会の奥の扉から出ていった。

黒い箱形の部屋の後ろから、園長が現れた。正二を見ても表情を変えず、

「何を、見たのですか」

と、しわがれた声で尋ねた。

また見てしまった。また見てはいけないものを目撃してしまった……。置かれた立場に戸惑いながら、正二は警官の言葉を思い出し、

「……裏切り者」

と答えた。園長の深い眉間の皺が、さらに濃い影を作った。

「交番の横に、写真が出てた……」

警官が、凶悪犯ってほどじゃない、と口にした写真の女は、三十歳くらいだった。いま顔を合わせた女は老けて、五十歳くらいに見えた。なのに写真の女に間違いないと思うのは、見たばかりのせいもあるが、正二の目が色を認識しないせいかもしれない。髪や肌の色、服や周囲の色彩など、外面の彩りが正二の目のなかでは沈み、当人の真実とでも呼べるような姿だけが浮き上がって、時空を超え、写真と現実とを結びつけたらしい。

「ここは、何を話しても、秘密が守られるという、約束の場所です。あなたも、見聞きし

たことを話してはいけません。神様を裏切ることになります」

園長が、分厚い眼鏡越しにこちらを見つめて言う。彼女には似つかわしくない、脅しを含んだ焦りのにじむ言葉は、女をかばう言い訳にしか聞こえなかった。

園長はあの女の正体を知ってて、ここに置いている、だから同じ裏切り者だ、と正二は思った。

教会を飛び出し、園庭に向かう。笑い声が聞こえた。見覚えのある若い教員が、子どもたちに囲まれ、涙を浮かべた笑顔で話している。子どもたちは、冬服で着ぶくれし、もこもこと羊の仔の群れのようだ。ブラジル人のボイと、父親が海兵隊員のノチェが、正二に気づいて駆け寄り、先生がやめるんだ、フランスへ行くんだよ、と教えた。

香の仲間たちも冬服を着ているが、つねにお洒落な格好をしている南アフリカ出身のリヤ以外は、さほど暖かそうではない。

ボイのジャンパーはゴミ袋で作ったように薄いし、ノチェのセーターはあちこちほつれている。タジキスタン人のゴルは、からだに巻く布が夏場よりやや多くなっただけの印象だ。両親がカンボジアから渡ってきたセダーは、男子用の古びたブレザーを着ている。

カデナは新しいフリースのジャンパーを着ているものの、買った人間がサイズを間違えてか、袖から手が出ていない。

香は逆に、寸足らずのセーターを着ている。正二がいま身に着けている、肘の部分が破れたスタジアムジャンパーと同じ、クラスの副担任からもらった、本来は別の国の子どもたちが着るはずだったものだ。

子どもたちの輪の中心にいる教員は、園長先生のおかげで先生の故郷フランスへ行き、いろいろ学んで、帰ってきます、と挨拶をつづけた。

おれたちもでかける、とノチェがとっておきの秘密を明かす口調で、正二にささやく。ボイも自慢げに、おれたちだけでだよ、と言う。

ゴルが、わたしいけない、とつぶやき、セダーが、わたしも、と言う。リヤが腰に手をやり、いろいろおしえてあげるのに、と鼻で笑った。カデナはどことなく嬉しげで、香は、バラ子さんへ供えたらしい左手の指を内側に握ったまま、何も言わずにいた。

「お母さん、誕生日おめでとう。はい、あーん」

正二は、ガラス製のカップに入った中国料理の菓子をスプーンですくい、座椅子にもたれさせた母の愛子の口に運んだ。二時間ほど前、夕食を食べに『ふくけん』を訪れ、その帰り際、誠が杏仁豆腐《あんにんどうふ》の入ったカップを四つ、袋に入れて、正二に渡した。誠が店に出勤後、今日は母の誕生日だと何げなく話したら、福健が黙って作ってくれたのだという。

店を出るとき、正二はあまりに嬉しかったので、福健に向かって、ありがとうございました、と大声で礼を言った。ふだん見向きもしない福健の一重瞼の目がこちらに動き、ほんの少しうなずいた。声はなかったのに、ああ、という彼の返事が聞こえた気がした。

「お母さん、ほら、甘いお菓子だよ。誕生日だから、特別に作ってもらったんだ」

開いた母の口のなかに、杏仁豆腐を入れる。舌の上でふわっと溶けるのが見えるようだ。母が夢から覚めたように正気を取り戻し、ありがとう、と頬ずりしてくれるのを期待する。だが、母の目は虚空にとどまったままだ。正二は、吐息と一緒に失望を呑み込んで、

「香、おまえも食べていいぞ」

居間に置いた座卓の上に、杏仁豆腐の入ったカップとスプーンを二組出している。部屋の隅で寝転んでいた香が、座卓の前にけだるそうに座った。

左手は拳を握ったまま、右手だけを使って、妹が黙って杏仁豆腐を口に運ぶのを見て、正二は気持ちがわずかに波立った。

「おい、黙って食うな。お母さんに、お誕生日おめでとう、って言ってからにしろ」

「……いっても、わからない」

香が杏仁豆腐を口に入れた。おいしそうな顔もしない。

正二の気持ちの波は高くなり、

「だったら食べんな。それは、お母さんの誕生日だから、作ってもらったんだ」

「おかあさん、いない……ここには、いない」

香がつぶやくように言う。

正二は、ガラス製のカップとスプーンを盆の上に置いた。

「何を言ってんだ。お母さん、聞いてるかもしれないだろ。悲しむぞ」

それでも杏仁豆腐を食べつづける妹に、やめろっ、と正二は声を荒らげた。

「香、お母さんに、おめでとうって言え。言わないと……ひどい目にあわすぞ」

妹なのに。香って名前をつけたのは、自分なのに……。正二は胸のあたりが苦しくなり、立っていって座卓をひっくり返し、そのまま外へ飛び出していきたくなった。

「……フクシマ」

香が突然口にした。大事なことを思い出したように、目をくるっと回して、

「フクシマに、おかあさん、いるの……だから、フクシマ、いきたい」

うわ言のような声に、妹の精神状態が心配になる。

「香……どうしたんだ。寝ぼけてんのか」

そのとき窓がノックされた。答える前に窓が開き、風と繊細な髪が躍り込んでくる。

「ショウジ、カオリ、ゲンキ？」

アーミー風のジャンパーにジーンズ姿のルスランが、室内にCDカセットプレーヤーを置いて、窓枠に飛び上がり、靴を下に脱ぎ捨て、部屋に入ってきた。香の頭を撫でて、

「コンバンハ。オカアサン、ハッピー、バースデイ」

と、母に語りかける。彼女の表情に変化はないが、ルスランは気にする様子はない。

以前彼は、片言《かたこと》の日本語と身振りで、自分の国には、正二の母のような状態の人間が大勢いたと伝えた。

彼は、銃を撃つ真似や、爆弾が破裂する様子を手振りと音で表わし、弾に当たって倒れる様子を演じた。戦争？　と正二は訊いた。ルスランはうなずき、次に首を横に振った。

彼は、オランダ人の牧師からもらった自国の言葉を英語に直せる辞書で、二つの言葉を指差した。正二がメモして、図書館へ行き、誠に教わった辞書で調べると、一つの言葉は『民族』とあり、もう一つは『清掃する、浄化』と書かれてあった。

「ルスラン、それ、食べてよ。お母さんの誕生日で、作ってもらったんだ」

正二は、座卓の上の杏仁豆腐を勧めた。

ルスランは、高い鼻をカップに近づけて匂いをかぎ、恐る恐る口に運んだ。すぐに感嘆の声を上げ、手をぐるぐると回す。数口つづけて食べ、ふと名残惜しそうにスプーンを置いた。二階で待つ祖母に食べさせたいのだろうと察し、正二は、冷蔵庫から誠の分だった

杏仁豆腐を出し、彼の前に置いた。

「これを、上に持っていけばいいからさ。ルスラン、それ、全部食べなよ」

ルスランは目を輝かせ、一気に杏仁豆腐を平らげた。そして、愛子の前に這い寄り、ジャンパーのポケットからCDを出した。バースデイプレゼント、と言う。

CDのジャケットを見て、正二は驚いた。三年ほど前、当時ロックに夢中だった誠に、母がクラシックも聴いたらどう、と勧めたものだ。誠が聴かなかったため、正二が代わりに母に聴かせてもらった。大勢が一斉に歌うところが大好き、元気が出るの、と母は話した。長々我慢して、母の語るクライマックスを聴いたが、大勢の声が波のように押し寄せ、正二はむしろ怖く感じた。

ルスランが、CDカセットプレーヤーに、正二の母にプレゼントしたCDをセットする。プレーヤーは、日本に来て、捨てられていたものを拾ったと言い、故郷の町から持ち出した音楽テープをいつも聴いている。

ルスランは早送りのボタンを押し、自分の胸を指差した。気に入りの部分ということだろうか。母が大好きと語った合唱のところが、スピーカーから流れてきた。《歓喜の歌》と呼ばれてるのと、母は前に話していた。

だが、このCDも拾ってきたのかもしれない、音がひどく割れる。それでもルスランは満足げな表情で、鼻歌でメロディを奏でながら、指揮者のように手を振った。

ルスランが帰り、いつもより一時間遅く布団に入った正二は、足を蹴られて起きた。

「おい、おれの分の杏仁豆腐はどうしたんだ」

「あ……えっと……食べちゃったん、だよね」

正二はまだ寝ぼけながらも、誠の険しく寄る眉の動きを見て、

「お母さんが、だよ。おいしかったのか、口を開けたままにしてるから、口に入れたら、どんどん食べて、おかわりしてさ……お母さんの誕生日のものだから、いいでしょ」

「嘘つけ。おまえが食ったんだろ。ったくよ……楽しみにしてたのに」

誠が舌打ちをして板間に出ていく。

正二は布団から出て、板間をのぞいた。流しの脇にわかるように置いておいたルスランの持ってきたCDを、兄が手にしている。

「あ、それ、ルスランがさ、お母さんに、誕生日プレゼントだって、くれたんだよ。にいちゃんも、おめでとうって、お母さんに言ってあげなよ」

「わかりもしない相手に言って、どうなるよ……。さ、仕事するぞ」

誠がCDを流しの脇に放り出す。アジツケの仕事のための道具を出しながら、

「お母さんのこと、そろそろ考えなきゃな……。来年は、おまえも中学だし、適当な施設

を紹介してもらって、預けたほうが、おまえにも、お母さんにもいいんじゃないか」

「だめだよ、施設なんか。お母さんのことは、ぼくがちゃんとやる。学校には行かない」

いいから座れ、と誠が顎を振る。

正二はもっと言い返したかったが、兄がパンダのぬいぐるみを取ってきて、口にマスクも着けたため、仕方なく座卓の前に座り、マスクを口に当てた。

アジツケの仕事にかかり、しばらくして休憩をとったとき、正二は母のおむつを替えに立ち、彼女の耳もとに口を寄せ、トイレに入った誠には聞こえない声で伝えた。

「お母さん、ずっとぼくがここで介護するから、安心してよ。ぼくの責任だからね」


窓の外で、砂利を踏む音が聞こえる。

太っているらしい重くて鈍い足音。年を取っているのか引きずるような足音。力を見せつけんばかりの勢い込んだ足音。人目を気にするらしい足音。期待に弾むような足音。

足音が消えた頃を見計らい、窓をほんの少しだけ開け、物音一つ聞き逃さないよう、神経をとがらせる。その時間、香は眠っている。誠は仕事から戻っていない。母は眠っているか、目を開けていても、天井や壁にぼんやり視線を投げているだけだ。

窓の外から、かすかにルスランの故郷の音楽が聞こえる。ほかの部屋のテレビの音にまぎれて、たまに男のうめく声がする。言葉は聞き取れないが、いがらっぽい声が届くこともある。

ルスランから、窓を開けることは禁じられていた。だから彼に気づかれないよう注意して、工場跡地の異臭が混じった外の風を部屋に通した。ルスランの悲鳴や助けを呼ぶ声が聞こえたら、飛び出していくために……。

いや、そんなのは言い訳だと自分でわかっている。ルスランが悲鳴を上げるはずがない。助けを求めることもない。本当は聞きたくないのだ。ルスランの、嬉しげな声とか、相手に心を許したかのような吐息とかを、決して聞きたくないと思っているから、耳を澄ます。窓の隙間に耳を押しつけている。

もうやめてほしい。ルスランにあんな仕事はしてほしくない。でも、そんなことを気にするのかと、軽蔑されそうで、口に出して言えない。

やがて、砂利を踏んで遠ざかる足音が聞こえてくる。正二は窓を閉め、中断していた母の世話などに戻りながら、窓がノックされるのを待つ。ノックにつづいて窓が開けられ、ショウジ、とルスランが笑顔を見せてくれるのを待つ。

ノド、カワイタ。彼の言葉を受け、急いで台所へ走り、コップに水をつぎ、彼のもとへ戻る。彼が水を飲むときの、白くて細い喉に目がゆく。繊細な髪が汗で頬に張りついているのを見つめる。手を伸ばして、ふれたくなる。唇の端から水のしずくが垂れ、彼が腕を口もとに上げ、荒く拭く。自分の股間をぎゅうと握りしめたくなる。

ルスランは、部屋に上がっていくこともある。香と母が寝ているので、板間に出て、彼はたいてい故郷の話をした。ヤマ、ヤマ、ヤマ、デモ、キレイ。簡単な言葉だったが、表情豊かに、手振り身振りも入れて話すので、山に囲まれた小さい国ながら、澄んだ空気と清い水に恵まれ、誰もが平等に、笑顔で暮らしている様子が伝わってきた。

彼は話の途中で、よく踊ってみせた。大らかな喜び、ささやかな悲しみを感じさせる歌を口ずさみ、メロディに合った緩急のステップを踏む。床が薄いので体重はかけられず、狭いので大きく手足を振ることもできないが、鳥の動きを真似た踊りもあれば、山猫のような敏捷《びんしょう》な獣の動きを取り入れた踊りもある。

ときには正二を立たせ、その周りをゆるやかに回り、息がかかるほど顔を近づけたり、急なスピードで回って、腰のあたりを抱き寄せたかと思うと突き放したり……といったことを繰り返した。正二は心臓の鼓動が速まり、立っていられないほど苦しく、それでいて彼との時間が永遠につづいてほしいと泣きたくなるような、せつなくて貴い時間を過ごした。

次第にわかってきたことだが、ルスランは小屋でとりわけいやなことがあったらしいあとに、激しく踊った。

ルスランにつらい想いをしてほしくない。なのに、彼がたまに機嫌よく、ジャアネ、と窓の外で手を振るだけで去ってしまうときなどには、悔しさに似た感情が胸を乱し、ルスランがもっともっと傷つき、傷つき果て、正二のからだにもたれて泣き、正二が腕を差し出して、彼がその腕を噛んで泣く、という場面をたびたび想像した。

今年は暖冬だったが、クリスマスの日はひどく冷え込んだ。

夜更けに、プレハブ小屋から言い争う声が聞こえた。一瞬でやみ、つづいて荒々しく砂利を蹴り飛ばして去る足音が響いた。ルスランがなかなか窓の外に現れないので心配になり、正二はジャンパーに袖を通し、母と香が寝ているのを確認して、外へ出た。

小屋の周囲に人の気配はなかった。窓の内側にほのかな光が灯っている。ろうそくの火ではなさそうだ。月明かりは乏しく、窓の明かりを頼りに小屋まで進んだ。

「ルスラン……ルスラン……正二だよ……いるの、ルスラン？」

開いている戸口から、なかをのぞく。灯油のにおいが鼻を刺した。

ストーブの炎が奥のほうで揺れている。いつ持ち込んだのか知らなかったが、小屋が冷え込むからだろう、おかげで暖かい。

なぜここで仕事をするの、寒いし、におうし、大変でしょ、と正二は尋ねたことがある。

街へ出たら捕まる可能性が高くなるし、ホテルの密室はいろいろなリスクがある、とルスランは答えた。それに、こういう場所のほうが好きな連中も多いらしい。

「ショウジ……」

ルスランの声がした。ストーブの前の床に、彼が身を丸くして横たわっている。

正二は駆け寄り、彼の首と肩の下に手を入れ、抱え上げた。彼が正二の膝に頭をのせてくる。薄いシャツと下着しか着けていない。ジャンパーを脱いで彼に掛け、ジャンパーの下に手を入れて、シャツ越しに背中を撫でた。

ルスランの背中は痩せていた。サーティーン、つまり十三歳、と話していた。正二より一つ年上なだけなのに、ふだんは兄の誠より大人びて見える。けれどいま正二にとっては弟のようで、浮き出たあばら骨を優しく撫でた。

「ルスラン、怒らないでよ……もう、こんなこと、やめたら？」

ルスランの背中がわずかに固くなった。嫌われるかと後悔した。ほどなく背中がゆるみ、

「タタカウ、ドウグ、オカネ、ヒツヨウ」

「戦う道具って、武器のこと？　買うの？　どこで買って、どこで使うの？」

ルスランが、正二の膝の上で不意に仰向けになった。まっすぐこちらを見上げ、

「……イッショニ、イク？」

驚き、彼を見つめ返した。

ストーブの揺れる炎によって、ルスランの瞳と髪は燃え上がっているように映る。

「……イッショニ、タタカウ?」

正二は激しくからだを揺さぶられている気がした。行きたい。きみと行きたいよ……。

砂利を踏む足音が近づき、戸口に影が現れた。

ストーブの明かりに、オランダ人の牧師の顔が浮かんだ。手に灯油缶をさげている。

ストーブを用意したのは彼らしい。表情は怒りをたたえていたが、正二を認めて戸惑い、言葉が出ない様子だった。

ルスランが立って、抗議の口調でオランダ人に何やら言う。相手は、正二を気にしつつも、叱りつける口調でルスランに言い返す。ユーとかホワイとか聞き取れ、二人が話しているのは英語のようだと察した。雰囲気から、オランダ人が、ルスランに何かを厳しく注意しにきて、先手を打ってルスランが苦情を訴え、言い合いになった様子だ。

「キミハ、ヘヤニ、カエリナサイ」

オランダ人が急に正二に顔を向けて言った。

ルスランがこちらを見て、うなずく。心残りだったが、ルスランが笑顔で軽く手を上げたため、正二は部屋に引き上げた。

ルスランから前に聞いたことだが、小屋での仕事に関して、客を紹介しているのは、オランダ人の牧師だった。ひどい奴だ、と正二は言った。ルスランは、自分が無理に頼んだのだと答えた。

牧師はかつて兵士だったという。ルスランの言葉を想像で補った部分が多いので、誤っているかもしれないが……戦争の起きている地域に派遣された彼は、平和を維持する役目だったのに、武器を使うことが許されておらず、目の前で大勢の人が殺されるのを黙って見ているしかなかった。罪の意識から、彼は国を出て、不法滞在や不法就労で苦しんでいる外国人を助けるようになった、ということだ。

ルスランに客を紹介するのも、彼は初めのうち断ったが、ルスランが金が必要で、ほかに稼ぐ方法がなく、日本へ逃げてくるまで散々使った方法だから、と強く求めたので、風俗店などを経営している複数の知り合いの外国人に、協力してもらっているらしい。

翌日、ルスランが昨夜の一件を話してくれた。客があまりに無理な注文をしたので、ルスランが拒んだところ、客は直接の紹介者である風俗店の店長に文句を言い、オランダ人に苦情が下りて、彼が事情を聞きにきたらしい。

けれどルスランのほうは、いつになったら日本を出られるのか、逆にオランダ人に食ってかかり、それが夜通しつづいたという。

「で……いつ、出ていけるか、わかったの」

正二の問いに、ルスランは息を荒くつき、首を横に振った。

「……残念だね」と、正二は答えた。


十二月三十一日は、十二歳の誕生日だ。

どんづまりの日と、毎年、誠にからかわれてきた。家族そろっていた頃は、当日は大掃除などで忙しく、年が明けてから、正月祝いとあわせて彼の誕生日も祝われた。プレゼントもお年玉と一緒にされ、誕生祝いをちゃんとしてもらえる誠や香に比べ、いつも損をしてる気がした。だが、今年はルスランがいる。

故郷の料理をプレゼントする、とルスランが言った。誠に話すと、大丈夫かよ、と心配そうながらも、お年玉も込みだぞ、と三千円をくれた。

午後遅く、誠が『ふくけん』の大掃除で不在のあいだに、ルスランが吉丘家の台所に立った。正二は買物を任された。ルスランは羊の肉を求めたが、近所のどの店にもなく、だったら鶏肉でもよいと彼は答えた。

料理に必要だという鍋やボウルは、母が使っていたものが流しの下にある。ルスランは、ボウルに小麦粉を入れ、水と塩を加えて手でこね、楕円形の団子をたくさん作った。団子作りは、正二と香も手伝った。つづいて鍋に湯を沸かし、塩を入れて、ぶつ切りにした鶏肉を落とす。肉がゆで上がると、皿に出し、だしが出た湯で、団子をゆでた。団子を皿に盛り、同じ湯にパプリカを切って加え、椀にスープとして取り分ける。

肉は、にんにくを磨《す》りおろしたものにつけて食べるのが本当だが、きみたちは子どもだから、とルスランは、トマトを刻んで皿に入れ、これにつけて食べるようにと勧めた。

ルスランに言われて、正二が味見した。ゆでた鶏はおいしかった。料理と言えるほどではないのかもしれないが、塩加減がよかったし、ルスランが作ったということが、おいしくさせたのかもしれない。スープや団子は、福健の店で食べるものに比べればコクのようなものがなく、味気ない。それでもやはりルスランが作ったからおいしかった。

香が次に味見した。くさくない、と彼女は答えた。香にしては、ずいぶんのほめ言葉だと思い、正二が説明した。ルスランは、メルシー、マドモワゼル、と香にお辞儀した。

正二は母を起こし、スープを飲ませ、鶏肉を指でむしって刻んだトマトにつけ、口に運んだ。母は習慣的に口を動かし、飲み下した。視線が、首の傾き加減で、ちょうどルスランのほうを向いていたため、彼が作ってくれた料理だと伝えた。

ルスランが、母にほほえみかけ、

「アナタノ、タカラモノ、ノ、バースデイ」

と、正二のことを指差した。

正二は面映《おもは》ゆく、団子を食べやすいようにスプーンでつぶしながら、母の横顔を見つめた。母がこちらを見て、正二、わたしの宝物、と甘い声を発するところを想像する。

だが実際の母は、次を要求するように、ぽかんと口を開く。

「オカアサン、キット、ワカッテル。ショウジノコト、ワカッテル」

ルスランが言う。だといいけど、と正二は弱々しい笑みを返した。

「ルスラン、初もうで行く？　帽子で顔を隠せば、大みそかだし、まず大丈夫だよ」

正二は思いついて、誘ってみた。

ルスランは首をひねり、それは何かと訊く。

「年の初めに、願い事をかなえてくださいって、神様にお祈りに行くんだよ」

ルスランは口のなかで、カミサマ、イノリ、とつぶやき、首を横に振った。

「カミサマ、シンジナイ。ウラギル。カミサマ、イツモ、ウラギル」

ルスランが二階へ去ったあと、正二は香を寝かせ、自分も横になった。

やがて、遠くから除夜の鐘の音が聞こえた。お母さんがよくなりますように、ルスランとずっと仲よくいられますように……と、布団のなかで祈る。

板間のほうで物音がした。電灯がついている。起きていくと、誠が床に直接座り、暗い顔で鶏肉をかじっていた。

「お帰り……。それさ、ルスランが作ったんだよ。おいしいでしょ？」

誠は、床の一方に視線を投げたまま、骨を皿に戻し、新しく鶏肉を手にして、

「まいったよ……ここに取立てにきてた男、デブじゃない、痩せてるほうだ。荻野ってんだけど、サウナを出たところで職質《しょくしつ》受けて、シャブの所持で捕まった」

「団子もあるよ。スープをあっためる？　ルスランのおかげで最高の誕生日だったよ」

「密告《たれこみ》って話だ。裏切るとしたら、そりゃ高平だろう。デブのほうさ。ぼこぼこにされて、荻野にナンバー2の席を取られて、島崎を恨んでる。となりゃ、確かにうちも危ない」

「誕生日だし、お正月だし、アジツケ、今日は休みにならない、だめかな？」

正二は冷蔵庫から団子を運びながら言った。

誠が顔を起こして、目をしばたいた。

「……何を聞いてんだ。だから休みなんだよ。しばらく、おとなしくしてろって話さ」

「え、なんで……どうして、しばらく休みなの。あの太った人のおかげ？」

「香の幼稚園に教会があるだろ。十字架にかかった人がいるよ。信じてた人間に裏切られて、あの人は捕まったんだ。おれたちも用心しないと、売られちまうぞ」

十字架上の男が、光のなかでほほえんでいるように見えたことを思い出す。誰かが裏切

りを働いたことで、仕事を休める。裏切りは、幸いをもたらすこともあるのか……。

正二はよく理解できず、明けましておめでとう、とだけ誠に言って、布団に戻った。

自由になる日が遠ざかろうと、アジツケが休みで、正二は嬉しかった。夜はゆっくり寝られて、母の世話にも余裕をもってあたれる。

誠も、アジツケの仕事がないことに苛立ってはいたが、からだは楽そうで、なまっちまう、と板間で腹筋と腕立て伏せを始めた。

香は、兄たちの仕事の有無には無関心だった。正二の小学校の地図帳を見せてほしいと頼み、フクシマの場所を尋ねるので教えたところ、飽きることなく見つづけていた。

ルスランは日増しにとげとげしくなっていった。年明けからまた夜中に砂利を踏む足音が聞こえたが、そのあと部屋を訪ねてくるルスランは、よく髪をかきむしり、ため息をつき、拳を一方の手の平に何度もぶつけて、じりじりと何かを待つ表情を浮かべた。

三週間後、小屋のそばの、伐採されずに残った梅の木に花が咲いた。メジロがとまり、愛らしい声で鳴いた日、今夜からアジツケ再開だ、と誠が告げた。荻野という男が逮捕されて以降、ほかに誰かが逮捕されることはなく、手入れなども一切なかったためらしい。

「高平の奴、仕返しが怖くなってか、荻野の件以外は密告《たれこ》まずに逃げたみたいだな」

正二にはそんな事情はどうでもよく、また深夜に起こされるのかと憂鬱になった。

二月に入り、ノルマが上がった。休みのあいだの分も取り返すためらしい。だが誠は、いつものように暗い顔をしていなかった。それ以上に返済額がアップするからだという。

「斉木って、一番まともな人間が、荻野がいなくなって、仕切りの一番上になったんだ」

さらに数日後、引越しを考えるか、と誠が言った。

「斉木さんが、もっと広くて、エアコンのついてる部屋に越してもいいってよ」

母をいまは動かせないことと、父親が帰ってくる可能性を挙げて、正二は反対した。

「親父なんかどうでもいいよ。けどお母さんは、エアコンがあれば過ごしやすいだろ」

「急にそんなの使うと風邪ひくよ。いまの状態で病気になったら、もっと大変だから」

代わりに、というわけではないだろうが、オランダ人の牧師がアパートを出た。

その日、夕方近くに、正二はルスランの声を聞き、部屋を飛び出した。オランダ人の牧師が、二階から大きい鞄をさげて下りてくるところだった。

ルスランが階段の上で、訴えかけるように何か言う。オランダ人がなだめる調子で答え、部屋に戻るように身振りで示した。管理人の盲目の老人が顔を出し、どうしたねと尋ねた。ルスランは口を閉ざし、オランダ人は手を振って立ち去った。

隣県に、オランダ人の牧師が属する派の教会があり、主任牧師が帰国することになって、彼が後任に指名されたという。不法滞在などで困っている外国人を第三国へ逃がす活動はつづけると約束したが、ルスランは見捨てられたように感じていた。

「ねえ。このまま二人だけじゃ大変だと思うんだよ。仲間を一人、入れたらどうかな」

数日後の深夜、二人ともアジツケの仕事に疲れ、斉木からもらったという缶ジュースを、誠が取りに立ったとき、正二はずっと考えていたことを切り出した。

「ルスランのことだよ。彼なら秘密をきっと守るし、三人ならもっと多く作れるよ」

誠が、寝ぼけてんのかと言いたげな顔つきで、正二に缶ジュースを投げて寄越した。

「あいつは、そのうちここを出てくんだ。出ていく奴を、仕事に引き入れられるか」

「出ていかなかったら？　ていうか、仕事があれば、出ていかないかもしれない」

「出ていかなきゃ、それも危ない。ここにいるだけで罪なんだ。あいつは出ていく。自分の国で、自分の場所を取り返しにいくはずさ。牧師だって、最後まで面倒みるだろ」

「だったら……だったらさ、たとえば、牧師がいなくなったら？　病気になるとか、事故にあうとかして、ルスランの面倒をみられなくなったら？　そしたら、どうなるの？」

誠が苦笑を浮かべた。からかうような目で正二を見る。

「おまえ、そんなにルスランが好きか……まるきり、愛しちゃってる感じじゃないか」

正二は、胸から顔にかけて燃えるように熱くなり、息もうまくつけなくなった。

「違うよ……友だちだから、心配なだけで、そんな、愛とか、変なもんじゃないよ」

「べつに愛は変じゃねえだろ。ま、牧師がいなくなりゃ、仕方ない、あいつが日本を出る手伝いをしてくれる人間が見つかるまでは、手伝わせるかな。さ、仕事だ。早く飲めよ」

正二はジュースを口に含んだとたん、喉がつまるような気がして、流しに戻した。

翌日の午後、香を迎えにいく途中、正二は交番の前に立った。書類を書いていた警官が気づき、何か用かと目で尋ねる。

正二は交番に入っていきながら、昨夜から考えつづけていた言葉を、口のなかで繰り返した。売りたい……ある人を、売りたいんだけど。


からだの揺れを感じ、地震かと跳ね起きる。誠が上からのぞいていた。

「おい……例の、オランダ人の牧師、おまえの言ったみたいになったぞ」

彼が言い置いて、板間に出る。

眠気の残る目を強くこすり、正二は兄を追った。

「店のテレビでニュースをやっててさ、顔写真が出たんだ。あ、例の牧師だって」

正二が交番で警官と向き合ってから、一週間余りが経っていた。

「どういうこと……なんでニュースに、あの人の写真が出てたの……」

「逮捕されたんだ。入国管理法がどうたらって、やっぱ外国人の問題だろ。教会の映像も流れてたから、教会で捕まったのかな。人の出入りが多いと、秘密が洩れやすいから」

「……って、誰かが、秘密を話した、ってこと？」

「ああいうので捕まるのは、百%《ひゃくパー》、密告《たれこみ》さ。ルスランも早く逃げたほうがいいかもな」

「え、なんで……あの牧師が、ルスランのことを、話しちゃうから？」

「んなヤワじゃないだろう。けど、どこから情報が洩れたかわかんないから、用心でさ」

「でも……ルスランは、どこにも行けないよ。だから、ここに隠れてるんだ」

そして、あの牧師がいなくなれば永遠にどこへも行けず、自分と一緒にいてくれる……。

そう思って交番へ行った。牧師を売るつもりだった。だが警官に、百円玉でも拾ったのかい、と軽薄な笑みで言われ、嫌悪のあまり、背中を向けて帰ってきた。

「ねえ、ルスランが帰れなくなったら、仕事を手伝わせてもいいって、話したよね？」

「無理だ。まずあいつが耐えられない。ここから出たいんだ。どうしたって出ていくさ」

誠が座卓を出し、アジツケの仕事の準備にかかった。

正二はその様子をぼんやり見ながら、

「なんでなの……なんでさ、なんでみんな、出ていこうとするの」

「あ？　みんな、って、ルスランのほかに、誰のことを言ってんだ」

「お父さんだよ……出てっちゃだめだったのに。みんなと一緒にいるべきだったのに……。お父さんが出てかなきゃ、お母さんは、あんなふうになってなかった」

苛立ちのためか、正二の口を閉ざすためか、誠が座卓の脚をどんと床に叩きつけた。

「ルスランは家族じゃない。一緒にするな。あいつは、いざとなりゃ強制送還になってでも帰るさ。ただ問題は、送り帰されたあとに、殺されたりしないかってことだ」

「殺される？　ルスランが？　なんで？」

「勝手に国外へ出た人間は、国によっちゃあ、テロリスト扱いされる場合があるからな。人権に理解のある国へ渡るのが一番だけど、オランダ人が捕まったから、どうするかな」

翌朝、まだ暗いうちに誠が市場へ出かけてすぐ、正二は布団を出た。

ルスランに牧師のことを伝え、自分たちの仕事をしばらく手伝うように説得したかった。ルスランは早朝、バケツに溜まった排泄物を隣の空き地へ捨てにいくので、もう起きているはずだ。

二階の彼の部屋を、小さくノックし、正二だと告げる。

薄くドアが開き、濁った目が見えた。彼女が外に出ることはほとんどない。正二も、病気の彼女の世話をしたあと、お礼を言われたときなど数度会ったきりだ。ルスランの祖母は、正二を認め、外を指差した。

薄暗いなかを空き地に進み、霜《しも》を踏んで、小屋に近づく。小屋の反対側から音がした。梅の木を目標に、裏へ回っていく。朝もやをかき乱すようにして、人影が動いている。

「ルスラン……？　何をしてんの」

長い髪を後ろでゴムで留めた少年は、工場が残していった鉄材から、自分の背丈ほどの鉄パイプを選び、梅の木のそばの地面に突き立て、土を掘っていた。

「テキ、クル……タタカウ」

「敵って、誰。警察のこと？　こんなところに穴を掘って戦うって……穴に入る気？」

「マコト、ハナシタ……ヨハン、ツカマッタ……ルスラン、ツカマラナイ」

ヨハンというのは、オランダ人の牧師の名前だ。小屋の脇に、バケツが置いてある。たぶん、なかのものを捨てに出たとき、ちょうど誠と会って、話を聞いたのだろう。

「戦うなんて無理だよ。うちの部屋に隠れればいいよ。うちの仕事、手伝ってよ」

ルスランは鉄パイプをがむしゃらに地面に突き刺し、硬い石にでも当たったのか、高い音が響いて、鉄パイプを落とした。しびれた手を見つめ、その場にしゃがみ込み、自分の国の言葉で、何やら吐き捨てる調子で繰り返す。声が泣いている。言葉はわからないのに、もういやだ、もう我慢できない、と言っているように伝わった。

「ルスラン……帰っちゃだめだよ。死んじゃうかもしれないんだ。行かないでよ」

彼のふるえている肩にふれた。ルスランが振り払う。顔を上げ、険しい目で正二を睨み上げた。これまでそんな目を正二に向けたことはない。怒りよりも、憎しみに似た感情がこもっているように見える。

ルスランが、唇をゆがめて、ののしる口調で何か言う。おまえに何がわかる、と言っているのが伝わる。ここでくさった連中の相手をしてきたおれの気持ちがわかるか、戦いたい、こんなところじゃなく、自分の国で死にたいんだ。

ルスランの熱くたぎったような目から涙がこぼれた。声を殺して泣きはじめた異国の少年に向け、ルスラン、これを嚙んで、嚙んで泣きなよ、と正二は腕を差し出した。

しかし、ルスランは自分の腕を嚙み、アパートに駆け戻った。

正二は、宙に浮いた自分の腕を見つめ、静かに下ろした。その足で幼稚園を訪ねた。

周囲はほのかに白んできたが、園の正門も裏門もまだ閉まっている。裏門の脇の塀に飛びつき、敷地内に入った。寮は扉が固く閉ざされ、電灯もついていない。どの部屋に誰がいるかもわからない。隣の教会のほうで音がした。扉の把手《とって》を握り、力をこめて引く。

正面の壇上に飾られた十字架を、園内の掃除を任されている女性が脚立《きゃたつ》にのぼって、白い布で拭いていた。丹念に清めて、十字架にかけられた男を見つめ、つま先に口づける。

「おい、人殺し」

口をついて出た言葉は、自分でも意外なほど横柄《おうへい》な調子だった。

女がびっくりした様子で、こちらを見つめ返す。恐る恐る脚立から下りてくる。

「園長を呼べよ」

大人びた乱暴な口調でなければ、立っていることもできないような、恐怖にも似た不安定な感情が、からだのなかで暴れている。恐怖を抑えつけるため、女を睨みつける。

「園長を呼んでこい。でないと……神様を、裏切る。おまえを、売る」

女は身じろぎもしなかった。正二は、端々が擦り切れた泥だらけの運動靴のなかで、足の指をぎゅっと曲げ、いまにも崩れ落ちそうになるのをこらえて叫んだ。

「おまえが捕まったら、幼稚園にも迷惑がかかるぞ。早く呼んでこいっ」

女が、正面でなく、奥の扉から出ていった。逃げたのかもしれない。追いかけようとして足がもつれ、椅子のあいだをふらふら進んで、祭壇の前で膝をついた。

「裏切る……きっと、裏切る……」

やがて、正二が入ってきた正面の扉の辺りで床を擦る足音がした。後ろにいることを教える音だと感じた。

十字架のほうへ顔を起こす。背後から、しわがれた声が聞こえた。

「あの女性のことを、警察に訴え出るの？」

窓から差す光はまだほのかで、十字架にかけられた男の顔は闇に沈んでいる。

「そうさ、裏切るよ」

「神様を?」と声が訊く。

「違う。ぼくは……ぼくを、裏切る」

涙が喉にからみつき、声がうまく出ない。こらえろ。ちゃんと言わないと届かない。

「たすけろよ。ルスランを、外国に行かせろ。お願い……お願いします……」

声を上げそうになり、腕を口もとに上げた。使われなかった腕。使ってほしい相手に、無視された腕。歯ではなく、爪を立てた。痛みで、悲しみを麻痺させる。

神様、もう彼を裏切らないで。彼の望みをかなえてあげて。本当はここにいてほしい、故郷には帰らないでほしい。だって、死んじゃうかもしれないんだ。いつまでもここに、ぼくのそばにいてほしい。けど、彼は、ここにいたら幸せじゃないみたいだから。つらそうな彼を見るのは、つらいから。どうか、彼の望むようにしてあげてください。

代わりに、ぼくが自分の願いをあきらめる。自分を裏切る。自分の願い、自分の夢を裏切る。彼を好きだという気持ちを……いいえ、愛を、自分の愛を裏切ります。

だから、お願い、彼をお救いください。そしてどうか、彼のいのちをお守りください。

迷路の星

目標

どんな複雑な迷路でも、壁から手を離さずに進んでいけば、きっと抜けられる。

唐突に耳にした言葉で思い浮かんだのは、石壁や板塀のあいだを走る路地の迷路だった。顔のあちこちにかすり傷のある少年が、占領された都市を解放に導くための物資を抱え、路地の迷路を抜けてゆく。彼は迷うことがあるだろうか……ない、と思った瞬間、

「誰だって迷うと思う。何重にも入り組んだ、複雑な迷路の真ん中に突然立たされたら」

ヤンズが言った。

彼女と誠は、都心にある広い敷地の公園にいた。電力不足が懸念される事故が起きて以降、節電が常態となり、園内で灯っている外灯は減り、夜は人けが絶える。ことにベンチもない杉木立のなかは森閑《しんかん》として、濃厚な緑の薫りが外界を遠ざけた。

今夜は晴れて月が明るく、木立や葉叢《はむら》にさえぎられた縞《しま》模様の光が地上を照らし、隣を歩くヤンズの顔を、青白く照らしたかと思うと、また闇に隠す。

ここは、彼女が一人になりたいときに訪れていた森だった。誠のアパートから自転車で、飛ばせば三十分とわかり、去年の暮れから週に一度、二人が落ち合う場所になった。

誠は毎日でもヤンズに会いたい。だが彼女は、ラブホテル代わりに使われている女子寮風のマンションの各部屋を、一人で掃除しなければならないし、大麻の小分けや、シンナーの瓶詰めもある。彼も、市場が休みの日でさえパケの急な注文が入るため、二人が比較的時間がとれるのが、日曜の夜だった。

ヤンズは大麻とシンナーの立ち売《バイ》を終えたあと、誠は福健の店での仕事を終え、アジツケの仕事に入るまでの限られた時間、公園前で待ち合わせ、森を抜けるまでのほんの一時間、何げない話をして別れる。それでも誠には、十七年間で初めて、かけがえがない、と思える時間だった。

互いの表情が闇に隠れる辺りは、日中も陽が差さないためか、一週間前の雪がまだ残り、二人の押す自転車のタイヤに踏まれて、きしっきしっと低く鳴る。滑らないよう自分たちも雪を踏みつけて歩くため、ときおり枯れ枝を踏み折り、ぴしりと空気が裂けた。

でも、と誠は言い返した。

「迷路は急いで抜けなきゃいけない場所だから、壁に手を当てて進む余裕はないだろ？」

彼女がうなずきかけ、別の考えからか、首を傾げる影がうかがえた。

「七歳のとき、大人の背より高いヒマワリの迷路に、父に連れてってもらい、姉とは別々に入り、わたしはすぐに迷って、姉もここはどこぉって声を上げてた。姉も迷ってるあいだは落ち着いていられた。でも、抜けたよぉって声を聞いて、急に焦った。あちこち闇雲《やみくも》に走って、声を上げて泣きはじめ、やっと父が迎えにきて、連れ出してくれると思ったら、背中を押された。壁から手を離さずに進んでいけば、必ず抜けられるって……。父の教え通り、壁に手を当てて進んでいくうち、スタート地点に戻った。びっくりして、回れ右をして、壁に手を当てて進んだ。時間はかかったけど、ゴールに到着した。それ以来、迷路なんて本当はないと思うようになった。自分のペースで歩めばゴールに着くのに、競わされて、焦《じ》らされて、道に迷う……。だから、いまでも何かに迷ったら、現実に壁はなくても、壁に手を当ててるつもりで進んでいけば、きっと抜けられると信じてる」

杉木立の間合いが広がり、月明かりの空間がつづく手前の闇で、ヤンズは足を止めた。

「なのに、抜け方を教えてくれた父自身が、現実の迷路で自分を見失った……」

彼女の父は、地方都市で借金を残し、自殺した。

こまかい事情を、彼女は語らなかった。ともかく、気が弱くて、夫に依存的だったヤンズの母は、返済に窮して、無謀な借金を重ねた。それを知ったヤンズの姉が、ひとまず借金を引き受けたところ、彼女たちの母は逃げるように故郷《さと》に帰り、早々に再婚した。

母の行動に驚いて、ヤンズたち姉妹が訪ねていくと、わたしはもう他人だから、お父さんと血のつながってる二人で借金は返してね、と泣いたという。

「迷路で立ちすくんだ父の、手を当てて進む壁になれなかったことが、とても悔しかった。母のことも一時は憎んだけど、彼女を支えられなかった自分にも甘えがあったと思った。あれからあと、姉がわたしの、わたしは姉の、導きの壁になるようにと、がんばってきた。でもいま、二人ともそれぞれ別の目標ができて、姉の壁は、斉木さんになってる感じだし、わたしも、もう姉から卒業しなきゃと感じて、子どもたちの写真を壁に貼ったの」

岩陰でライフルを握った少年は、戦うというより、死なずにいるために、高温の熱を放つような目で前方を見据えていた。スカーフを頭に巻いた少女は、無関心な世界を告発するようにカメラを睨んでいた。両足を失った男の子、板作りの墓の前に立つ女の子……。

彼や彼女らを貼った壁は、ヤンズが迷路から抜け出すおりの導きの壁でもある。

「目標って何……いまの、きみの」

誠は尋ねた。

ヤンズが、月明かりに照る青白い空間に足を踏み出す。誠は追いかけ、

「部屋を訪ねたとき、ミシンと、その横に、織物の本とかが並んでたけど……」

振り向いた彼女の顔には、無邪気な印象の笑みが浮かんでいた。

「気がついた？　イランの遊牧民の織るギャベって絨毯《じゆうたん》の、色づかいやデザインが好きなの。でも、あれは趣味。目標は……自分でも具体的にどうすべきか、まだ見えてない」

ヤンズは腕時計に目を落とし、あっ、と声を上げた。

「つまんない話で時間をとらせちゃって、ごめん。もう行かないとね」

まだいいよ……。発しかけた言葉が、喉もとで干からびる。このところ正二の手の動きが鈍い。いくら注意しても、ノルマをこなすのに、以前より三十分以上多くかかる。ルスランとのあいだに、何かあったらしい。だが弟は話さないし、こちらからも訊かない。

ヤンズが森を抜けてゆく。甘やかな薫りが逃げる。

誠の目標は、早く自由になること。もう一つは、森にいるあいだにヤンズを抱きしめること……せめて手だけでも握ることだ。

追いかけようとしたとき、森の反対側から犬の吠えたてる声が聞こえた。背後には、杉木立が迷路のように錯綜《さくそう》し、彼方は闇に沈んで見えない。

占領下の都市の地図はつねに変化していた。

占領軍への抵抗運動を図った者の家が、爆撃で廃墟となったあと、新たな路地ができ、テロを支援する者たちの小屋が生まれる。

また、抵抗運動側からスパイの烙印《らくいん》を押された者の家が破壊されたあとに、抵抗運動に違和感を抱く者たちが暮らすようになる。

いまいる場所が、どんな政策を支持し、誰を助け、誰に背中を向ける土地柄か、住み慣れた者でも迷う。

リートは、どの場所にどんな人間がいるか、できるだけ把握するよう努め、以前にも増して非合法な物資の運搬を任されるようになった。路地ならば、複数の者に追われても捕まらない自信がある。

なのに今日は、急な爆撃で昨日まで通れたはずの場所がふさがっており、立ちすくんだ。後方から軍用犬の吠える声が迫る。行く手に迷った彼の耳の内側に、壁に手を当てて進め、と聞こえた。

父親の言葉。彼の父ではなく、部屋の壁に亡くなった人々の顔を赤と黒の顔料で描いている少女が、幼い頃、路地で迷ったときに父親に言われた言葉だ。

占領軍に堂々と抵抗していた彼女の父は、拷問によって獄死した。けれど父親の言葉は、少女のなかに生きつづけ、彼女が亡くなった人々の顔を描くとき、生命の炎の残影《ざんえい》が、生き残った者たちをきっと光ある場所へ導いてくれるように、想いをこめるという。

誠を待っていた。

外灯の明かりを背後から受け、うっすらと全身が光に縁取られた少女のシルエットが、

森の出口に、顔を戻す。

どうした、と声が届いた。

ここだ、ここだ。上品なグレーの背広を着た島崎が手を振る。

誠は、日曜で混んでいるファミリーレストランの店内を進み、彼のいる席の前に立った。島崎の向かいに座った小学校五年生と二年生と聞いていた女の子二人が、好奇心溢れる目でこちらを見つめている。二人とも奥二重《おくぶたえ》で、島崎は完全な二重瞼だから、母親似なのかもしれない。

「日曜でアルバイトが休みなのに、わざわざありがとうね。吉丘君、ここに座って」

島崎が、座っていた場所を空け、そろいのピンクのニットを着た姉妹に詰めるように言って、彼女たちの隣に腰を下ろした。誠は三人の向かいに座って、安物のダウンジャケットをたたみ、ジーンズの膝の上に置く。

島崎が娘たちを紹介した。二人はクリームが外にこぼれそうなパフェを前にしている。何でも頼むように言われた誠は、島崎の前にはコーヒーだけが置かれているのを見て、セ

ルフサービスのドリンクを選んだ。

「昨日話した通り、吉丘君は、パパのお仕事でお付き合いのある人の息子さんで、いま高校の合唱部に所属してる。第九の独唱も担当してるらしいから、何でも訊いてごらん」

島崎が声を明るく張って、五年生の娘に言った。彼女は誠を見て、恥ずかしそうに顔を伏せる。見かねて島崎が、楽譜を見てもらったらどう、と勧めた。

事前に、島崎に聞いていた話では、彼女はコーラス部に属し、歌は好きだが、担当の女教師が嫌いだという。原因はえこひいきで、彼女のミスをあげつらう一方、美人の同級生のミスは指摘せず、独唱パートも、音程をよく外すその同級生に振り当てた。

次の課題曲で、彼女に任されたパートはとても歌いにくい箇所がある。うまく歌って見返したい。だが島崎をはじめ周囲にクラシックに詳しい者はなく、困っていたとき、相談を受けた斉木が、誠のことを話した。

だが、誠はいま音楽がわからない。歌を、歌として聴き取れない。島崎から愛人のマンションで話を聞いたおり、即座に無理ですと断った。なのに、いやで断ったと思われたらしく、おれが頼んでんだぞ、と凄まれた。その目がいまはゆるんで、目尻も下がり、

「さあ、このお兄ちゃんに話してごらん。どの部分が難しいの？」

誠が手にした楽譜の、ある部分を、女の子が指差す。

以前は楽譜に徹して音をとらえることが好きだった。紙上の記号から音が聞こえる不思議に、時を忘れた。けれどいま、頭のなかで音は鳴らず、数学の問題を前にした気分になる。仕方なく、方程式を解くつもりで見つめた。

女の子が指差した辺りは繰り返しがつづいている。だが一箇所、作曲家の企みだろう、完全なリフレインから半音ずらした部分がある。半音のずれは規則的に現れ、やがてそのずれが大きな変化への導きとなり、歌えば、聴衆にはそれまでの違和感が心地よさに反転するだろう。

女の子に、これに気づいていたか尋ねた。女の子は首を横に振った。ずれに気づかないまま歌うから、急な変化に戸惑い、楽曲の流れに乗れないんだよ、と説明した。

女の子は楽譜を見て、しばらく音をたどり、納得した様子でほほえんだ。

しかし、こんな難曲を小学生に歌わせるなど、確かにえこひいきは存在するのかもしれない。どんな場所でも、幼い者たちは何かしら生きづらい目にあわされる。腹立たしいより心が翳《かげ》る。

ずっと無視されていた妹のほうが、怒ったように「トイレっ」と言い、姉が連れていったあいだに、誠は島崎に、音楽教師に苦情を言ったほうがよいと思う、と告げた。

店の前で、島崎が娘たちをタクシーに乗せ、自宅にちゃんと届けてくれるよう運転手に頼んだ。姉のほうが、ありがとうございました、と誠に丁寧に頭を下げる。妹のほうは、ぶすっとしたままだが、誠が手を振ると、表情を変えずに、手を振り返した。

島崎が誠に財布を渡し、ビール、おまえも適当に買えと言い、裏手の公園を指差した。妹の香が、幼稚園で週に一度散歩に行く公園だった。園内には高い樹木が多いが、葉の残っている樹はほとんどなく、冬の乾いた空が、枝越しに広々と望める。

島崎はベンチに力なくもたれ、生活に疲れた中年が途方に暮れている様子に見えた。

「裏の世界で生きてるとな、何かにつけ疑心暗鬼になる。子どものことで教師に苦情を言えば、一般の父親と違う気配を気取《けど》られて、連絡を受けた警察が調べにこないか、子どもに不利な噂が立たないか、ってな。小さな金融会社の支店長だと、娘も学校も思ってる」

座れ、と促され、彼の隣に腰掛けた。どこかで落ち葉を焼いているにおいがする。

「おまえが音楽に詳しい話は、半信半疑だった。高校生と知り合いってことで、娘たちに、パパは普通の会社勤めだと、信じさせられりゃいいと思った程度さ……。助かったよ」

いいえ、と声にならない返事を返す。相手はコートの襟を立ててビールをあおり、

「嫁とは銀行時代からのつきあいで、免職のときに支えてもらい、サラ金時代に籍を入れた。組織内の金の出入りやら税金やら、面倒な仕事をこなすうちに信用されて、前任が死んだ地域を任された。実入りはよくなったが、態度や言葉づかいが変わり、たまに訪ねて

くる部下も、明らかにただ者じゃない。ずっと不審そうだった嫁に、本当のことを話そうとしたら、耳をふさいだ。上の子が生まれたばかりのときでな。だましててくれと言われた。だまされてた、ということにしないと、子どもを守れなくなるから、ってな……」

島崎が胸底から白い息を吐く。色はすぐに薄れ、焦《こ》げくさい風にさらわれてゆく。

「新しい暴排条例は、おれたちから下のほうにばかり風当たりが強い。安全な上からは、上納金でせっつかれ、下は寝首を掻こうとする連中ばかりだ。どうすりゃいい」

答えられず、裸の樹を見ていた。身を反らし気味にした島崎の視線を、横顔に感じる。

「おまえ、大した目標もないだろ。ずっとおれのところにいろよ、暮らしは立つぞ」

彼は、財布から一万円を抜き、誠のダウンジャケットのポケットにねじ込んだ。

「信用できるのは、もうおまえだけって気がする。なあ誠、おまえだけは裏切るなよ」

思考

きみの望みは何だい。自由？　いいだろう。だが自由になって何をする。

自由になれば何でもできる、と答えた。

相手は笑った。じゃあ空も飛べるのかい。占領軍が引き揚げれば薔薇色の楽園が広がると思っているなら、きみを待つのは失望だ。

運び屋の仕事を管理している髭面《ひげづら》のダコタに言われ、リートは奥歯を噛んだ。

自由を切実に求めながら、すぐにはかないそうになく、かなったとしても遠い先のことのように感じていたから、自由になったあとのことまでは、正直考えていなかった。

「占領が終わったり、独裁者が排除されたりしたとき、起こるのは次の権力争いと、外国企業もからんだ利権争いによる混乱さ。自由を得たら具体的に何をするか考えていないと、声の大きい奴や態度のでかい誰かに引っ張られ、精神的には占領されたままで終わるぞ」

ダコタは説教代わりにそんな話をして、運び屋の賃金の前借り分をリートに渡した。

部屋に戻れば、母は冷たい床の上で身じろぎもしない。目の見えない弟は、木切れで音楽らしきものを奏で、口をきけない妹は小石を積木代わりにして遊んでいる。

国際社会が占領下の都市に同情していると、話には聞く。占領や独裁という形態が変われば、世界はほっとするだろう。だがその場所で暮らす者には、がれきが転がるなかでの、やるせない日常がつづく。

リートの暮らす町は、いまは確かに混迷のなかにある。しかし、町の外はどこもみな、秩序ある美しい新世界だろうか。

高層ビルの建ち並ぶ最先端の都市の底を、暗い怒りを胸に抱えて走り抜けていく少年の姿が、リートの頭のなかに浮かんだ……。

シンクに溜めた皿洗い用の水がはねる。

味見用の小皿が汚れた水底に沈んでゆく。

振り向くと、調理場の福健が険しい顔で顎を振った。店の電話が鳴っている。三人いる客も、誠のほうを気にしていた。

受話器を取りにゆこうとしたとき、電話は切れた。すみません、と福健へ、また客のほうへともとれる感じで謝った。

流しの前にいったん戻ったが、手を濡らさずに待つ。案の定、すぐにまた電話が鳴る。

「もしもし？　誠ちゃん？　さんざん鳴らしてんのに何よ。お店、混んでんの？」

島崎の愛人のヒロミだった。二人分の出前を注文する。パケを持っていく日ではない。島崎が来たのか。先日の父親ぶりを見たばかりのため、失望に似た感情で胃が重くなる。

味噌ラーメン二つと餃子を持って、ヒロミの部屋に上がった。オレンジ色のミニのワンピースを着た彼女が、いらっしゃーいと赤い唇を突き出す。案内されて、暖房がきき過ぎに感じられる居間に進む。彼女の濃い香水で麻痺していた頭が、さらに混乱した。

「よお、誠。久しぶりだな、元気でやってたか」

島崎のガウンをはおって、ガラス製の座卓の前に洋ナシ型のからだを落ち着けているのは、高平だった。大型テレビにはビートルズではなく、ロリータ系のＡＶが流れている。

「誠ちゃん、コーヒーを飲んでってね。料理は、そこの座卓に出してくれる？」

ヒロミがふだんと変わりない口調で言う。

高平は、こずるそうにヒロミのほうを見やり、

「女ってのは誰でも、クリスマスや正月を一人で過ごすのはいやなもんさ。座れよ」

ヒロミの柔らかいからだの動きが視界をよぎる。よりにもよってなんで……と、目をそらし、座卓の上に料理を並べた。

高平が割箸《わりばし》を取り、こんちくしょ、と荒く二つに割る。

「荻野が捕まった件、おれが密告《たれこ》んだことにされてるが、島崎の仕掛けさ。おれに罪をかぶせやがった。組の金も持ち逃げしたとか言って、上納金をまけてもらう腹だろう」

「子どもにいい服を着せたり、習い事をさせたりで、いろいろ使ってるみたいだもの」

ヒロミが突き放した口調で言いながら、コーヒーを運んできた。

「離婚するって、だまされてきたこいつも、目が覚めたのさ。誠も目を開きな」

高平が味噌ラーメンをすすり、やっぱ日本人は味噌だな、と誰かの真似のように言う。

「おれが命懸けで姿をさらすのは、おまえや、おまえの家族のためなんだぜ」

彼が餃子を次々と飲むように平らげる。にんにくと汗のにおいが鼻をつく。

「島崎に目をかけてる男と、おれを買ってくれてる上の人が、元は兄弟分なのに、いま犬猿《けんえん》でな。上部団体で、どっちが上席に着くか争ってる。島崎がおれをはめたのは、いわば代理戦争さ。おれが密告屋《たれこみ》ってことになれば、買ってくれてた人の言動に影響する。だが……もし島崎が下手を打って逮捕されりゃ、形勢逆転だ。おれが奴にはめられたって話も、信用されて、縄張りもきっと任される。おれが上に立てば、誠、借金はチャラだ」

誠の隣に、ヒロミがからだを寄せて座った。誠の太ももに、彼女が肉付きのいい手を置き、上下に滑らせる。

「あたしね、お店をもちたいの。愛人なんて、若いのに乗り換えられたら、それっきりでしょ。故郷《いなか》には障がいのある弟がいるし、父親は脳梗塞だから。確かなものが欲しいの」

「おまえの役割は簡単だ。パケをここに運ぶ直前、一本、電話を掛けるだけでいい」

電話の相手は麻薬取締官だった。高平に目をかけている男が、日頃から鼻薬をきかせている人物らしい。相手は、上司を説得してチームで手入れをするからには、確実にシャブがあるときを狙いたい、それを保証してくれと言い、高平は、誠の名前も運び方も出さなかったが、間違いなく島崎のもとへシャブを運ぶ人間が直接電話をするから、と話した。

誠がパケを置いて、島崎の部屋を出たあと、ドアに鍵を掛けるのは、ヒロミの役割だ。彼女はわざと掛け忘れたふりをする。そこへ麻薬取締官たちが踏み込む手はずだった。誰も、誠の裏切りには気がつかないはずだと言う。

「あたしはわざと捕まるの。手引きがばれたら、まずいから」

「麻取《まと》りは、島崎を挙げれば満足だ。何も知らないパーな愛人で通せば、起訴猶予さ」

高平は、誠に考える間を与えるように食事をつづけ、いやな音のげっぷを響かせた。

「誠、ここまで聞いたらもう後ろにも横にも道はないぞ。おれたちを売れば、おまえもグルだったと言うし……従わないなら、家族がどうなるか。損得をようく計算しろ」

混乱するばかりの頭に疑問も湧く。そんな大変なことが、電話一本で進むのだろうか。

「玄関のオートロックとか、監視カメラとかは、どうするんですか」

高平がふくらんだ喉をぐふぐふ鳴らして笑った。よく気がついたな、と言う。

「その辺は手配済みさ。詳しいことは、おまえの身のため、まだ知らないほうがいい」

帰り際、靴をはいたところで、ヒロミが身を寄せ、誠の鼻の頭に唇でふれた。

「裏切りはあたしも嫌い。でも奥さんにしてくれない、お店ももたせてくれない、じゃあ、どうしたらいい？　弟とお父ちゃんのことがあるの、誠ちゃんならわかってくれるよね」

ったく、ったく、ったく……。

町には裏切りが横行していた。

拷問や、脅しや、保身など、様ざまな理由で占領軍のイヌとなった者が、抵抗運動に関する情報を流し、仲間を売る。

もちろん抵抗運動側も、裏切り行為は厳しく処罰をする。裏切り者の処罰は、修理と言い、実際に行動する者は、修理工場の工員と呼ばれた。

リートは、運び屋の先輩ソロンに、工員になる気はあるかと誘われた。ぜひやりたいと答えた。裏切りは許せない。自分の父が、一人で異国へ逃げるという裏切りを働いたから、なおさら想いは強かった。

工場側の身辺調査ののち、面接がおこなわれ、正式ではなく、見習いとされた。理由は若さと言われたが、ソロンはいまのリートの年齢《とし》で工員になっている。父親のことが影響していると感じた。実績で示すしかない、とソロンは言った。

修理工場から現在スパイではないかと疑われている筆頭が、リートのアパートの近所で雑貨店を営むガマだった。何でも屋の彼は、金次第で墓掘りもやれば、人間を密かに運ぶ仕事もする。

リートは以前彼に頼まれ、母親と子ども三人を国外へ逃がす手伝いをした。いけすかない奴だが、悪人にはなり切れない臆病者と、リートは思っていた。しかし修理工場の立場からは、金次第で同胞を売りかねない危険人物と映ったらしい。

ガマがはっきりと占領軍に情報を流している証拠をつかめ。リートに与えられた初任務だった。外出禁止令が出ている夜間に、ガマが界隈《かいわい》を歩く姿を、何人もが見ている。占領軍から特別な許可証をもらっているという噂だった。

しばらく見張るうち、彼が夜間に外出するのは週に一度、日曜日の九時前後とわかった。尾行の指示が、工場から出た。

春はまだ遠い凍《い》てつく夜、家族を寝かせたあと、リートは黒の上着、黒のセーター、黒のズボン、黒い帽子、そしてがれきの道は歩きづらいため、工員が尾行に用いるタビと呼ばれる厚手の靴下をはいた。国際NGOを通じて送られてきた、日本からの支援物資だ。

やがてガマの洋ナシ型の影が現れ、リートはあとを追った。問題が生じれば、すぐに路地に飛び込めるよう、道沿いの壁に手を当てて進む。ガマが肩にさげた大きな袋のなかから、瓶や缶のぶつかる音が聞こえる。彼はある家の裏口に回り、高い塀の向こうに小石を投げた。

リートはその家に見覚えがあった。木戸が開き、ガマがなかに滑り込む。占領軍関係者の家ならば、この時点で裏切りの証拠を得たと報告できた。しかし、ここは正反対の場所だ。事態を把握するため、高い塀に飛びつき、敷地内に飛び降りた。

家宅捜索と称した打ち壊しで、半壊状態となった家の一階の部屋の窓に、ろうそくの灯が揺れている。窓にカーテンはなく、新聞が貼られている。隙間からガマが見えた。テーブルの上に缶詰、ジュース、パンなどを置き、そばに立つ女に自慢げに笑いかける。

女は三十代前半で、粗末な服は着ているが、引き締まった顔立ちをし、かつて町の男たちの誰もを魅了したと、リートは聞いたことがある。多くの求婚者から彼女が選んだのは、国軍の勇敢な中尉だった。中尉は占領軍への抵抗運動も指揮した。二年前、山中で捕られ、裁判なしの銃殺刑となったが、いまも英雄として人々に慕われている。

未亡人となった彼女は、八歳と四歳の子どもを抱えながら、亡き英雄の妻として、気位高く暮らしている……はずだった。なのに、ガマが彼女の腰を抱き、首すじに舌を這わせてゆく。彼女は払いのけずに、音を立てないようにと、仕草で彼に注意した。

リートは、全身に汚水をかぶったようなみじめさを引きずって帰宅し、翌朝、ソロンに連れていかれた修理工場で、目にしたことを淡々と報告した。

工員たちのあいだから驚きと失望の吐息が交互に洩れ、誰かが拳で壁を殴り、よりにもよって……と吐き捨てた。

「きみ、おい、どうした。ボーッとして。お釣りでも落としたのか」

オカモチを手に、福健の店の前にたたずんでいた誠の背後に、制服警官が立っていた。

以前ヤンズと一緒にいた公園で、警官たちの自転車を蹴り飛ばした。あれがばれたのか。それともパケの件か。外国人の不法入国を手伝ったこともある。

どれが発覚したのか、不安で身が強張る。

リート、おまえなら突然の検問にあったとき、何て答える。

「いらっしゃい……何にしましょう」

誠は表情を変えずに言った。びびったら、そのぶん奴らは怪しむ。

「今日は客じゃないよ。格好を見ればわかるだろ」

警官が苦笑を浮かべた。駅前商店街の入口脇にある交番で、ときおり見かける警官だと気がついた。店にも私服で何度か食べにきたことがある。

「金本巡査部長、ここがおっしゃっていた『ふくけん』です。味は、自分も保証します」

警官が後ろを振り返る。がっちりした体格を地味な背広で包んだ男が、鋭い一重瞼の目をさらに細め、誠に向かって白い歯を見せた。見覚えのある笑顔だ。

「この店の中華は絶品だと、トモダチに聞いてな。近くへ来たんで、案内してもらった」

トモダチと言うとき、男は意味ありげに眉を動かした。

斉木に頼まれて古い家の引越しを手伝ったとき、幼なじみらしい親しさで、斉木をヒョングと呼んだ男を思い出した。

警官に、ご苦労さんとうなずき、金本は誠が開いた戸口から店に入った。店内をさっと見回し、こんちはー、と福健に愛想よく挨拶する。お勧めを訊かれて、誠は適当に答え、彼はそのまま注文した。ものの五分で食べ終えて、確かに絶品だ、必ずまた来るよ、と言い置いて彼は帰った。

閉店後、福健はカウンターの隅で一服し、調理場を掃除する誠に、さっきのは誰だ、と訊いた。刑事みたいです、と答えた。斉木の友人であることは、なんとなく話しそびれた。

福健は苦いものを口にしたように顔をゆがめた。

「いやな感じの野郎だ……」

彼に高平の件を相談しようかと思った。口は固い。機会をうかがううち、電話が鳴った。

「もしもし……そちら、福原健一郎《ふくはらけんいちろう》さんが、おられるところ、ですかね」

年配の男の声だった。いやいやながら話しているような、ためらいのにじむ口調だ。

福健に代わることを告げる。相手は、いや、いい、話したくない、と断った。

「伝えてくれりゃいい。みんなは反対したが、やっぱり福原さんに黙っとくのは、後味が悪い気がしてね。奥さんが……別れた奥さんが、亡くなった。薬の飲み過ぎ。自殺でなく、事故らしい。通夜は明日。葬儀は明後日《あさって》。来ないほうがいいとは思うよ。そんだけ」

不審そうに、福健がこちらを見ている。受話器を戻し、内容を伝えた。

福健は顔をそらし、煙草の火で指を少し焼いたあと、苦しげに息をつき、二階へ駆け上がった。

次の日曜の夜、リートとソロンは目出し帽で顔を隠し、ガマを尾行した。

ベテラン工員二人が、路地で待ち伏せし、ガマが現れた瞬間、腕を捕えて路地に引きずり込む。後ろからソロンが布でガマの口をふさぎ、リートは太った尻を肩で押した。

爆撃で廃屋となった家の中庭にガマを突き放し、ベテラン工員が修理をする。事態をまだ呑み込めない様子のガマは、手を合わせて許しを請いながら、なぜ、なぜ、なぜ、と訴えた。

「おまえの行為は、抵抗運動の士気を落とす。修理が必要と、工場は決定した」

ベテラン工員の一人が、わざと嗄《か》れた声で伝えた。何のことです、とガマが泣きそうな声を発する。もう一人の工員が、中尉の妻の名前を出した。ガマは急に黙り込んだ。

「修理後の遵守《じゅんしゅ》事項は、次の通り。今後も彼女への物資に限った支援はつづけろ。裏口越しに渡し、二度と敷地内に入らないこと。破った場合、修理品の存在は保証されない」

ガマはうつむいて首を横に振り、そういうことか、とつぶやいた。

「英雄の女房が大事なら、なぜ放っといた。支えてきたおれを憎むのか。抵抗運動なんてペテンだ。占領軍が去りゃ、仲間内で町を支配して、従わない奴を吊るし上げるんだろ」

ガマが血の混じった唾《つば》を吐き捨てる。

すぐにベテラン工員が新たな修理をほどこした。ソロンも加わる。

悪かった、約束は守る、とガマが訴える。だが工員たちは、修理の手をゆるめず、彼の股間を狙った。ソロンも足を使った。

先輩二人が、リートを見る。やれ、と仕草で促す。正式な工員になるための、試験のようなものかもしれなかった。だが、ガマは約束は守ると言っている。さらに股間を蹴るなど、私情にしか思えなかった。

口笛が聞こえた。見張りの発する警戒音。占領軍の見回りが来たらしい。ベテラン工員とソロンが中庭を出ていく。リートもつづいた。

だがリートは塀を越える手前で、うずくまっているガマを振り返った。そのままでは彼は見回りに発見され、連行されかねない。迷う間も惜しく、戻って、彼の腋の下に手を入れ、占領軍の兵士がのぞいても見えないだろう物陰に運んだ。

「リート、だな」

ガマが絶え絶えの息の下で言う。否定したくとも声を出せず、黙っているしかない。

「おまえに教えといてやる。スパイは……運び屋の元締めの髭面だ。占領軍の将校同士の話を小耳にはさんだ。小物は泳がせ、ダイナマイトなんぞの大物が運ばれるとき、髭面が情報を流す。おまえも大仕事を任されたときは、腹でもこわして、休むことだな」

口笛がもう一度鳴る。苛立ちを含んだ音に聞こえた。

斉木がこちらを見ている。

助手席で跳ね起き、すみません、と前方に目を凝らした。

斉木の運転するレンタカーで、東京から西へ高速道路を四時間走り、湖に近いインターチェンジで一般道路に降りるところだった。

湖を背にして、なお山側に一時間ほどのぼり、内陸部の町に入る。やがて、ネットで調べた葬祭ホールの看板が見えてきた。

「着いたよ、福健さん。誠、間違いないか見てこい、何々家とか看板が出てるだろ」

誠は、後部席に座った喪服姿の福健を短く振り返り、駐車場に止めた車の外へ出た。

東京を出る際にコンビニで買った傘を差す。ホールの案内板に、福健の元妻の姓が書かれていた。

車に戻り、斉木の視線で、車の反対側に回る。福健が側溝に吐いていた。すでに二度吐いている。昨日深酒をしたと話していたが、精神的なものが原因の気がした。

名古屋で休憩した際、トイレからなかなか戻らない福健を待つあいだ、斉木が彼の話を聞かせてくれた。

腕のいい料理人が、パチスロに狂い、借金を重ね、店まで人手に渡して、離婚となった。十四歳の娘の親権は母親に渡った。それでもパチスロをやめられず、福健は困窮のあまり、別れた妻の祖母の家に押しかけた。祖母は痴呆が進み、福健をまだ孫娘の夫と思い込み、年金を担保の借用書に印鑑を押した。元妻がそれを知り、包丁を手に福健をなじった。自責の念と恥辱で我を失った福健は、元妻を激しく殴った。止めにきた娘の声に、福健が振り向き、元妻が包丁を構えて飛び込んだ。とっさに、娘が両親のあいだに入った。

元妻は半年余りを拘置所で過ごし、裁判で執行猶予となった。あらゆる感情を失った状態の彼女は、実兄に引き取られ、精神科の病院に通いながら、畑作を手伝って暮らした。

福健はようやくギャンブルを断ち、彼の料理の腕を買っていた島崎が、借金を一本にまとめた。あとは島崎の言うがまま、やはり借金のカタだった現在の店に入り、月に一度の定休日以外はほとんど休みなく働き、元妻の実兄の家に少額ながら金を送っている。

元妻の死を知り、福健は島崎に休みを願い出た。葬儀に出たい、手を合わせたい、と言う。

島崎は、斉木と誠に福健を送るように命じた。自殺や失踪を危ぶんだのだろう。パケを運ぶ中継地として、福健の店は都合がよく、料理の味も手放したくなかったらしい。

「誠、福原さんを、会場まで送ってこい」

斉木が運転席から言う。

福健は、いやいい、と立ち上がり、誠の差しかけた傘を払うようにして、ホールへ向かった。玄関を入っていく彼の姿を確認して、誠は助手席に戻った。

「娘さんのコーラスの件、うまく解決したって？　やっぱりおまえ、歌えるんだろ」

斉木が言う。島崎の娘のことらしい。偶然でした、と答える。

「それはそうと、妙な噂があるんだ。高平を東京で見た奴がいる。何か知らないか」

斉木に話すかどうか、ずっと迷ってきた。だがヒロミも関わっているから、事は複雑だ。

いえ、と口のなかで答える。斉木の目がこちらに向けられている。息苦しさがつのり、

「あの、幼なじみの、金本という人が、店に来ました」

と話を変えた。斉木の表情がゆるみ、

「行ったのか。あの辺でうまいもんを食わす所がないかと訊かれて、つい教えちまった」

「警察の人、だったんですね」

「わざわざそんなことまで話したのか」

地元の警官に案内されてきたことを話した。斉木は窓の外に視線を移し、

「ガキのときに帰化したんで、いまの仕事に就けたが、内部じゃそれでもいろいろ苦労があるらしい。昔なじみがヤクザじゃ、ますます立場が悪くなる。胸にしまっといてくれ」

葬祭ホールのほうから声が上がった。

福健が、三人の男によって押し出されてくる。無抵抗のまま玄関から外へ追われ、雨に

打たれながら、なお彼は会場のほうへ向かって手を合わそうとした。

いい加減にしろ、と一人の男が叫んで駆け寄り、二人ともおまえが殺したんだよっ、と彼を突き倒した。

福健はぬかるんだ地面に転げ、すぐには立ち上がらない。誠は助けにいこうとして、斉木に止められた。福健は一人で立ち、足を引いて車に戻ってきた。

「墓へ、行ってほしいんだが……」

福健の指示する方向へ、斉木は無言で運転した。坂を幾つかのぼるうち、古い寺が現れ、門の脇から奥へ通じる道を進んだ。黒い林に囲まれた、人けのない墓所に出た。

雨に濡れる墓石が、行き場を失って立ちすくんだ人々の列のように、誠の目に映る。

「父親のこと……憎んでるか……いまも、恨んでるのか」

福健がつぶやく。振り向かずとも、誠に向けての問いかけだと理解できた。

フロントガラスにぶつかる雪まじりの雨が、ワイパーで払われてゆく。

家族で東京へ逃げてきた夜を連想する。

なんでこんなことになったのか、父は路地で途方に暮れ、あの墓石みたいに立ちすくんでいた。部屋に戻ろうよ、と誠が父に駆け寄ったとき、陰干しした古いセーターに顔を押し当てたような懐かしい匂いがした。同じ匂いが、鼻先をかすめる。

「……少なくとも、ゆるす気はないです」

「父親が悔やんで、たとえば、自殺を、してもか」

「それで、向こうは気が晴れても、おれたちには、何にもならないですから」

「どうすりゃいい……おれは、どうすりゃいいんだ……」

急に腹が立った。父親がうなだれた姿に似ている墓石の一つを睨みつける。

「考えていいんですか。どうするか、そんな大事なこと、おれが考えて、いいんですか」

斉木が煙草に火をつけ、窓を開けた。墓を打つ雨の音が、冷たい風とともに車内に流れ込んでくる。

後ろのドアが開く音がした。福健が、墓が並んでいるほうへ歩いていった。

東京に戻り着いたときには、日付が変わっていた。板間で、正二が泣いていた。

「ルスランが行く日が、決まったんだ……ひと月後、フランスに渡る船に乗るって」

感触

明日。

聞いたときから、心臓の音が耳の内側から離れなくなった。

「麻取りの連中が、重い腰を上げることが決まったみたい。番号、メモして」

ヒロミの電話は、福健の店で開店前の掃除中に掛かってきた。

誠が、彼女の部屋にパケを運ぶ直前に電話をすれば、麻薬取締官たちが家宅捜索に出動する手はずだという。

その際に誰が部屋にいるのか。下ごしらえをしている福健には聞こえない声で尋ねた。

「いつもと同じよ。いつも通りが一番なの。誠ちゃんも違ったことはしないようにね」

では、斉木も部屋にいる。彼は誠によくしてくれた。ヤンズの姉の恋人でもある。

「考えちゃダメ、誠ちゃん。ときには考えないほうがうまくいくの。いい、思考停止」

店を開けてしばらくして、隣の奴が危ないのさ、と聞こえた。よく見かける会社員風の客同士の会話だ。外交とか貿易は、隣国への恐れと牽制《けんせい》が基本だろ、怖いのは、人も世界も隣の奴なんだ。常連客のありふれた会話が、心臓の鼓動に合わせて耳に刻まれる。

やがて正二と香が現れた。

福健の作った中華丼を持って二階へ上がる。正二は下のトイレに入り、香は動物ものののドキュメンタリーを見ていた。草食獣の仔どもがライオンに食われ、その間に草食獣の群れは逃げていく。妹が悲しんでいるだろうと察して、

「その仔のおかげなんだぞ。誰かが犠牲になることで、群れのほかの連中が助かるんだ」

と教えた。自分の言葉ながら、いまの状況と重なって聞こえ、胃のあたりがもたれる。

「おかね、ちょうだい」

ためらいのないしっかりした声が届いた。

誠は料理をちゃぶ台に置きつつ、声がしたほうへ目を上げた。

「おかねがいるの。ちょうだい」

香が感情の読めない顔で言う。年が離れているせいか、誠と香はふだんあまり言葉を交わさない。彼女が誠に直接何かが欲しいなどと口にすることは、めったになかった。

「お金って、何の。幼稚園で必要なのか。先生が持ってこいって？」

「わたしがつかうの」

説明を拒む意志を感じさせる、押しつけるような口調だった。

「だから、何に使うんだ。買いたいものがあるのか」

妹の口調に困惑し、少しむきになって訊き返す。

香の顔に苛立ちに似た表情が浮かんだ。幼い子のそんな表情はいやな感じがする。文房具かおもちゃが欲しいだけかもしれない。

「いったいいくら、いるんだ」と、訊いてみる。

香は、指を折る代わりのように、まばたきを繰り返し、急に瞼の動きを止めて、

「十万円」

え、と訊き返す前に、下のトイレのドアが開く音がした。

正二には聞かれたくないのか、香は逃げるように階段を駆け下り、正二と入れ代わりにトイレに入った。

「おい、香に最近、何か変わったことはないか」

上がってきた正二に問う。

だが、変わっているのは弟のほうだ。二度声をかけて、ようやく目をこちらに向ける。心がここにない。アジツケの仕事のおりも、機械的に手を動かしているだけで、ときおり覚醒剤を袋の外にこぼしそうになって危なっかしい。

原因はルスランとわかっていた。

ルスランは、香が通う幼稚園の園長のはからいで、彼女の古い友人が船長を務める貨物船に乗せてもらえることになった。船はいま航海中で、じき日本に入り、二週間ほど停泊ののち、フランスに向けて航海に出る。停泊中に、園長が、ルスランと彼の祖母を車で送る手はずだった。

よくそんな厄介事《やっかいごと》を園長が引き受けてくれたと思うが、何があって、そうした成行きになったのか、正二は語ろうとしない。

「香が十万円くれってよ。価値がわかって言ってるのか怪しいけど、何か知らないか」

　正二は短く考えて、ああ、あれかな……と、うんざりした調子の吐息をついた。

「香といつも一緒にいる男の子二人が、こないだ秘密だよって言って、福島に行くって話したんだ。カデナの母親がいるみたい……母親に殺されかけた女の子の話、したよね」

　園の職員が、転入してくる女の子の精神状態について理解を求めようと、保護者たちに説明した話が、子どもに洩れ、園児たちの多くに広まった経緯は、誠も聞いていた。

「福島に、女の人が入る刑務所があるんだって。そこにいるらしいよ、カデナの母親」

「刑務所にいる母親に、女の子が会いにいくのに、なんで香が金を欲しがる？」

「一緒に行く気かな……群れは、一緒にいないとダメとか、前に言ってたから」

「ばか言ってんじゃねえよ。子どもだけで行けるわけねえだろ」

　ごちそうさまー、と下から客の呼ぶ声がする。勘定は誠の仕事だ。ありがとやしたー、と声をかけ、階段へ急ぐ。

　正二が思いついたように階段の上まで追ってきて、

「センベツかもしんない。ぼくも、ルスランに、センベツを渡したいんだ」

と早口で言う。階段の途中だったが、話のついでに、いくら、と訊いた。

「百万円」

店を終え、自転車にまたがってからも、耳の奥に断続的に響く心臓の音がうるさく、思いあまって、ヤンズと毎週会っている森へ走った。

携帯の番号は教わっている。呼べば、きっと来てくれると信じられる。けど……彼女は表通りでハンバーガーを売ってるわけじゃない。気を抜けば、警察《サツ》に捕まるか、客とのトラブルに巻き込まれる可能性だってある。くだらない話に付き合わせて、彼女を危険にさらしたくはない。息を強く吐き、ハンドルを戻した。

アパートに帰り着く。正二は掛け布団をはいで大の字で、香は毛布を抱えて丸くなって、寝ていた。母親は壁のほうを向き、身じろぎもしない。

仕切り戸を戻し、流しの水道から錆くさい水を飲む。どこからか男とも女ともつかない言い争いの声が聞こえてくる。

どいつもこいつも……。

蛇口を荒く閉める。あれしろ、これくれ、と人に求めてばかりだ。幼稚園児が十万円？小六が百万円？ ああ、欲しけりゃ好きなだけ持ってけよ。

冷蔵庫のドアに、茶色い封筒が二通、磁石で留めてあるのに気がついた。宛名は父親。差出人はどちらも役所。誠にわかるよう、正二が留めたのだろう。

封を切る。一通は、正二を今年四月から中学校に通わせるのに必要な入学相談の通告で、都合のつく日時に印をつけて至急返送するよう求めている。前にも二度見て、無視していた。小学校からも以前似た書類を正二が持ち帰ったが、正二が「引越すかもしれない」と教師に答えたらしく、それきりになっていた。

今回の書類は色付きで、重要という字が目立ち、返事をしなければ、誰かが訪ねてきそうな印象だ。公立なら住所で学区が定まり、どこそこ中学校、とご丁寧に記してある。引越す場合も、いったんこの区で手続きをするよう求めていた。

もう一通の手紙も前に見た。香を小学校に通わせるのに必要な入学相談に来るよう促した、最後通告のような書類で、正二の通う小学校を紹介してある。

東京に出てすぐの小学校や幼稚園の手続きは、母がした。今回は、誠がやるしかない。だが何もかも疲れた。弟は中学なんて行かないと言ってるし、妹も学校生活にはなじめそうにない。勉強なんかしても、こんな世界じゃ途中で叩きつぶされ、存在を無視される。

急な眠気に襲われた。

頭の上で赤ん坊が泣く。誰かが壁を蹴る。アパートが揺れる。

空を力まかせに引き裂く音が、頭上を走り抜けてゆく。

バイクを路上に倒し、両手で頭を抱えて身を投げ出した。

直後に、爆発音が轟《とどろ》き、地面が上下に揺れる。頬に当たる空気が震えた。近くはない。近ければ、揺れは地の底が抜けたかと思うほどで、伏せていてもからだが浮き、建物のあいだを走る爆風によって、人もがれきも一緒くたに吹き飛ばされる。

いま、からだは地に伏せたままだ。

つづけざまに空が裂かれ、大地への衝撃が全身に伝わる。

だが爆風は届かない。からだを起こす。青空を背景に、廃墟同然の家々の向こうに白煙が見えた。また空を裂く音が走り、砲弾と建物の破片が煙となって舞い上がる。

リート同様、伏せたり物陰に身を寄せたりしていた人々が動きだす。瞬間に凍結した血が、溶けて、全身を巡る時間が必要な印象で、土ぼこりを億劫そうに払い、投げ出した荷物を年寄りのような動きで拾い上げる。

報復だな。リートの近くにいた老人がつぶやく。

二日前、占領軍の宿営地にロケット弾が一発撃ち込まれた。過激派が撃ったとみられたが、ロケット弾は大した被害も与えられない、どこかの国が倉庫から横流しした安物らしかった。この国には兵器工場はない。占領軍の武装の大半も、どこかの平和な国の工場から買ったものだ。

報復？　やらせじゃないのか？　老人の隣にいた中年男が吐き捨てた。

二日前の一発は、自分たちは屈しないとの意思表示と言われるが、過激派は関与していないと発表した。大体いまさらそんな意思表示が何になる。無意味な一発への返答は、都市の一角を破壊するに足る爆撃。爆弾の補充のために平和な国が潤《うるお》い、占領国側は自国民に戦費拡大のための増税を求めることができるし、占領地の住民の心が過激派から離れる効果も期待できる。一石三鳥。だったらイヌに撃たせるか……いや、占領軍みずから自陣に一発、やられたぁと騒ぐのは、どこの国でも、大昔から使われてきた常套《じょうとう》手段だ。

空を裂く音が絶えた。国際機関の援助でわずかに機能している病院から出動したらしい救急車のサイレンが聞こえてくる。

周囲の人々は、三分の一が爆心の方向へ走りだし、三分の一が疲れ切った様子でこの場にとどまり、残りの人たちは危険な場所からさらに遠ざかっていようと足を速める。

爆心とは反対方向へ配達の途中だったリートは、バイクにまたがり、あらためて白煙を振り返った。確か弟が通っていた学校のあった方角だ。

学校の建物はとっくに爆破されたが、校庭のがれきを子どもたちが片づけ、追いかけっこや砂遊びができる程度の広場を作った。弟と妹もときどき遊びにいっている。

彼はハンドルを切って方向を換え、白煙の中心へ向かった。

サイレン音と人のざわめきが大きくなり、粉塵《ふんじん》で髪の白くなった人々とすれ違う。煙が地上を這って視界をさえぎる。仕方なくバイクを止め、小走りで学校を目指した。

濁った水底から浮かんでくるように、人々の救助に働く姿が現れる。運べ運べ、毛布、何でもいいから布、ぼーっと立ってるな。押され、突き飛ばされ、前へ前へと進み、校庭はどうだ、と誰彼なく尋ねる。子どもたちは、と訊く。校庭はやられた、と答えがある。子どももやられた。

シャツを真っ赤に染めた男が担がれてゆく。意識のない青年が運ばれる。男の腕のなかで泣く幼女の髪は赤く濡れている。救急車が発車する。救急車の代用のトラックが着く。怪我人が担ぎ上げられる。子どもが先だ、と声が響いた。

運ばれる子どもたちに目を凝らし、弟と妹の名前を呼ぶ。トラックにすがって人々が祈っている。若い女が、ぐったりした男の子を荷台にいる白衣の男にゆだねた。彼女も上がろうとして、止められる。怪我人だけ、あとで病院へ来い。

死ぬな。弟と妹の名前を呼びながら願う。他人の勝手な都合の爆撃で、誰も死ぬな。出ていきたい、と聞こえた。涙声。声のしたほうを見る。かつての同級生だ。肩をつかみ、弟と妹を知らないか、と尋ねる。相手が目をしばたく。泣くな、弟と妹が校庭に来てたかもしれないんだ。元同級生は涙を止め、周囲に弟たちのことを訊いてくれる。

一人の少年が、訳知りふうに目を細め、もしかしたら、とリートの耳に口を寄せた。

教えられた場所は、五百メートルほど離れた先のアパートで、八階建てだが、もう二階までしかなく、半地下に部屋があった。

コンクリートの破片を踏み越え、鉄製の扉を拳の側面で叩く。人の気配に、名乗った。ドアが開く。壁に人々の顔を描いていた少女が立っていた。

室内には、子どもたちが二十人ほど床に座っており、弟と妹の姿もあった。話せない妹が、弟の背中をつつく。目の見えない弟が、にいちゃん、と呼んだ。勉強してたんだ、国語と、いま算数。彼らの正面の壁に紙が貼られ、足し算や掛け算の式が書かれている。

わたしたちが教えてるの、と少女が言った。わたしたちもあとで先輩から教わる、みんな将来やりたいことがやれるように、準備しておく必要があるでしょ。お金の計算ができないとだまされちゃうからね、と弟が言う。子どもたちが笑った。お金の計算でだまされて、みんな、殺したり殺されたりしてるんだから。

そして弟は立ち、ルスラン、と叫んだ。

「ルスラン、ルスラン、行かないで……」

誠はいつのまにか座卓に伏して寝ていた。

立って、仕切り戸を開く。大の字だった正二が、布団を抱きしめて寝息をたてている。

戸を開いたまま板間に戻り、送られてきた書類の、都合のつく日に印をつけ、保護者欄に腹立ちをこらえて父親の名前を記した。実際の入学相談には、適当な嘘を並べて、誠が行く。

で、いいよね。気休めで、母を見る。体位を換える時間だった。

母の布団をはぎ、仰向けにする。母は起きていて、目が合った。板間の電灯の光を受けた瞳に、何もかも理解しているよ、と訴えるような理性の色がうかがえる。

「おかあさ……」

思わず呼びかけそうになり、自分の声で我に返る。

母の前から顔を離す。彼女の視線は動かず、理性の色もうかがえない。安堵の奥から、失望が湧いてくる。

母の敷き布団の上に座った。冷たさに、ぞくりとする。布団乾燥機を買いたいと、正二が言ったことがある。お母さんが気持ちいいと思うんだ。一万円もしなかったが、借金を少しでも減らさないと利息にはね返るため、どうせわかりゃしない、と買わなかった。

母に布団乾燥機さえ買ってやれない暮らしがいやになる。正二に中学生になってもアジツケをやらせるのか。香に、兄のお古のランドセルを背負わせるのか。

ランドセルの連想から、島崎の娘たちを思い出した。誠に丁寧に礼を言った少女や、バイバイと手を振った妹の怒ったような顔。高平の指示に従えば、二人からしばらく父親を奪うことにもなる。

　正二を起こす時間だったが、今日は寝かせてやりたくなった。一人でアジツケをし、ノルマに達したときは、市場に出る時間が近づいていた。

　眠らないまま部屋を出て、自転車を押し、アパートの玄関先で空を見上げる。まだ暗い。突風に横っ面を張られ、眠気が吹き飛ぶ。

「マコトサン……」

　隣の空き地から、ルスランが声をかけてきた。溜まった汚物を捨てに出たのだろう。自転車を押して歩み寄る。薄着の彼は寒そうながら、格闘技の構えをしてみせる。

「マコトサン。カラテ、ジュードー、オシエテ」

　エイッ、と拳を突き、トーッ、と足を上げ、カンフー映画のような真似をする。

「できねえよ。スペイン人がみんなサッカーがうまいか？　んなもの覚えてどうする」

「タタカウ。ブキ、ナイ。デモ、タタカウ」

　牧師が捕まる前後に比べ、彼の表情は格段に明るかった。願い通り、ここを出られるからだろう。

　出られる、なのに戦乱の地に戻る、と言う。自由を得られる、なのに戦う、と言う。

「ルスラン、国には帰るな。フランスに渡ったら、どこか平和な町で暮らせ」

彼が不思議そうに誠を見返す。純粋なその目に、怒りに似た感情が湧いてくる。

「命からがら逃げてきて、またみんなの世話で出ていけるんだろ。死んじまうかもしれないような場所に戻ったら、みんなの苦労が水の泡だ。正二だって、かわいそうだろ」

「ショウジ……」

ルスランの表情が曇った。目を悲しげに伏せる。彼にずっと尋ねたかった。

「正二は、おまえのために何をした。あいつ、全然話さないけど、知ってんだろ？」

「……ショウジ……ウラギッタ」

「うらぎった？　あいつが誰かを裏切ったってことか……」

「シラナイ。ショウジ、ソレダケ」

弟も、大事な者のために、人を裏切る行為をしたということなのか……。

「ゴメンナサイ。デモ、カエリマス」

ルスランは誠をかわすように塀を越え、空のバケツをさげ、アパートへ入っていった。

自転車を走らせ、途中、坂の上で振り返った。

今日の運命を、日本のシンボルとなる山で占いたくなる。高速道路の橋脚のあいだから西を見る。純白の富士が鮮明に望めた。

市場では、勤め先の仲買《なかがい》店の店主や、客から、怒鳴られ通しだった。

ばか、どこ行く、しっかり働け。ほかの仲買人にも肩を突かれて、客の車のある駐車場へ荷を運んでいく。客に何やら話しかけられ、あいまいに答えて、車に荷を積む。顔色悪いぞ、シコシコし過ぎか、鏡を見てみろ。客に、車のサイドミラーを向けられる。事故を起こしたのか鏡はひび割れ、自分の顔がばらばらに崩れていた。これがおれの顔……。

怖いわけではないのに足が出ない。誰かのためにすることが、別の誰かを窮地に追いやる。その選択の深みに足を取られ、迷路のなかで立ちすくむ。

このままだと、仕事中に事故を起こす気がした。気分が悪くて……と、店主に早退《はやび》けを願い出て、自転車に飛び乗る。

ただ会いたい、その想いだけでペダルをこいだ。

長距離を全速で走りつづけ、息が切れ、脚の筋肉に乳酸が溜まって思うように動かなくなった頃、目的の場所に着いた。脚がつりかけ、建物の手前で自転車を降りる。電信柱に背中を預け、地面に腰を落とした。

相手がいるかどうか関係なく、来ずにはいられなかったから、来た。

だが、会うのが急に怖くなる。自分の醜悪な問題で、相手をわずらわせたくなかった。立ち去ろうにも力が入らない。もう少し、このままここにいさせてくれ。それまで外に出てくんな。

「どうした？」

背後から聞こえた。耳のうちに聞こえつづけていた心臓の音がいきなり消えた。

会いたい、でも、出てくんな、と願った顔が目の前にある。手に買物袋をさげていた。

言葉が出ない。電信柱を頼りにして、這いずるように立ち上がる。

「どうした……」

さっきの明るく驚いた調子に代わり、心配そうな声が耳に響く。適当な言い訳をして取りつくろおうと思っても、唇が乾き切って開かない。気づかわれていることが恥ずかしい。

何でもないから行ってくれ。仕草で伝えようとして、手を伸ばし、こちらを見つめる相手のまばゆ過ぎる目に引き込まれ、つい手を止める。

その目を避けたかったのか、自分の胸の奥底にしまい込みたかったのか、自身でもわからず、相手を引き寄せていた。

顎の下に、小さな頭がある。自分の行為に戸惑った。突き放されないことに、さらに戸惑う。花が薫る。胸の奥まで薫りが届く。この薫りを失うことを恐れる切なさで、からだが内から締めつけられる。つらさのあまり、すがるように腕をたたむ。感触はあっけない。細くて柔らかいことにまた戸惑う。大きく感じていた存在が、腕のなかに入ってしまう。

「……どうした」

ささやく声。

いやがってはいない、恥ずかしがってもいない。あくまで、こちらを気づかう微温を保った声を受け、ああ、これだった、と感じた。欲しかったのは、これ。打算も利害もなく、ただこちらを心配し、どうした、と尋ねてくれる声。目をのぞき込んで、どうした。腕のなかでそっと、どうした……。それが壁、迷路から抜け出す導きの壁。

枝分かれした道が、一本の道だけを残して消えた。相手から離れ、目を見つめる。

「大丈夫」

と答え、自転車に乗る。足に力が入る。振り向かない。相手も声をかけてこない。

なのに、なぜだろう、わかり合えていると信じられる。

意志

「島崎さんに会えますか。話があるんです」

走りながら考えをまとめ、繁華街の交差点で止まり、斉木に電話した。

「どうした。話なら、今夜、パケを持ってきたときにすればいいだろ」

斉木の苦笑まじりの声が返ってくる。信号が変わり、歩行者が道を渡ってゆく。車も走りだす。

いま爆弾が落ちたら、と考えたとたん、高層ビルが真っ二つに折れていた。人々は頭から粉塵をかぶり逃げ惑う。車内から人が飛び出し、直後に爆弾が車列を吹き飛ばす。割れたガラスや鉄片やコンクリート片が頭上から降り注ぐ。同じいま、同じ地平で、それが起きている場所がある。赤ん坊を乗せたベビーカーを、若い父親が押して走る。幼な子が母親の手を求めて泣いている。そこへ平和な国で作られた爆弾が、ドーン……。

「どうした誠、何を黙ってるんだ」

深くまばたきをする。

ベビーカーの赤ん坊が笑いながら、誠の前を通り過ぎる。幼い子どもは母親と手をつなぎ、青信号なのに止まったままの誠を不思議そうに見つめている。

「すみません。外で聞き取りにくくて。夜じゃなくて、その前に、話しておきたいことがあるんです。何の話かは電話では言えません。会って直接話します。お願いします」

「……ちょっと待ってろ」

誠の勢いに根負けした様子で、斉木がそばにいるらしい島崎に話を通す気配がした。

目を上げる。ビルが崩れ、車が横倒しとなり、がれきが辺りをおおっていた。

誠、と聞こえた。フィルムをすっと差し込んだように、街が元に戻る。ビルが建つ。

「福健の店で一時間後。福健にはこっちから電話しておく。いいな」

返事をして電話を切る。

ビルは高さと形を、道路は直線と広さを、車は動きを失い、周囲の人々の表情からはゆるみや幼さが消え、慢性的な緊張や思慮深さが乾いた皮膚に張りついて映った。

自分はバイクに乗っている。

アクセルを開く。砂礫《されき》にタイヤが少し滑ったあと、荒れた道を走りだす。

あれこれ迷うより、相手と話をつけたほうがいい。

NGO事務所は、相変わらず仕事を求める人々でごった返していた。事務所の奥で書類をはさんだ義手を振り回すダコタのもとへ、人をかき分けて進み、話がある、と言う。

「何してんだおまえは。早く学校へ行かんか。ついでだ、学校にノートを百冊届けろ」

運送に必要な書類を、ダコタが押しつけてくる。その前に聞いておきたいことがある。

「大事な話です。どうしても確かめておきたいんだけど、ここでは話せない……」

ダコタが何を察したのか小さくうなずき、あらためて書類を押しつけてきた。

「わかった。くだらん話だろうが、あとで聞く。ともかくいまは学校へ行け」

彼はもう別の連中とのやりとりに移り、リートは仕方なく事務所の管理倉庫に回った。

受付の男から書類と引換えに、支援物資のノート百冊と、届け先の学校名を記したメモを受け取る。そして、学校へ届ける前に、ノートを一冊、学校へ行けない子どもに届けろという指示だ、と住所を書いたメモを見せられた。住所は暗記するように言われた。

かつてピザ屋で使われていたバイクの、本来はピザを運ぶ後ろのボックスに依頼された荷物を入れて、走りだす。

十五分後、暗記した住所に着いた。寝たきりの爺さんがいた。ノートを見せる。隣だと言う。隣家には、右足の膝から下をなくした十歳くらいの男の子がいた。

現れた彼の母親にノートを渡す。最後のページの隅に、事務所のスタンプがあった。仕事の代価となるスタンプで、事務所と関係のある商店に持っていけば、食料品や雑貨と換えてくれる。スタンプの色で代価が変わるが、彼女が受け取ったスタンプは、最上級の品を受け取れる色だった。

彼女がスタンプを千切り、ノートを男の子に渡す。男の子は、擦り切れた絵本を、もう読まないから誰かにあげて、とこちらに渡した。母親がお茶を出してくれた際に、路地にバイクを回して、荷台のボックスを開けておいて、とささやいた。

こうしたことは初めてではない。路地にバイクを止め、ボックスからノートを出し、二重底になっている奥の底板も外す。ノートと底板を座席に置き、絵本を最初からめくる。ページごとに書き込みがあり、字をつなぐと、一つの住所が読み取れた。

反対側の家の裏口が開き、寝たきりのはずの爺さんが歩み寄ってきた。新聞の束くらいの四角い包みを二つ、ボックス内に入れ、こちらから絵本を奪って、家に戻った。

包みは大き過ぎて二重底の奥に収まらない。手前に積むしかなく、包みを入れ直す。手にずしりと重く、湿気を避けるためか油紙で包んでいた。大きさがダイナマイトにぴったりだ。手がふるえる。車に積んでビルにでも突っ込めば、かなりの破壊が望めるだろう。

ダコタこそスパイだ、とガマは言った。

ホラかもしれない。だが、運び屋が帰ってこなくなるのは、ダイナマイトやプラスチック爆弾などの「大物」を運んでいたときだという、リートがこれまで耳にした話と重なる。今回、自分も危ないのだろうか。

ガマは言った。

「おまえも大仕事を任されたときは、腹でもこわして、休むことだな」

バイクに乗り、ひとまず人通りのある道に出る。

周りは誰もこちらを見ない。そんな少年など来なかったと、どの顔も答えそうだ。絵本から読み取った住所に向けて走りだす。

ダコタは、父の学校時代の後輩だった。かつて抵抗運動に尽力していた父を、尊敬していたとも話した。その彼が、自分を売る？　まさか……。だが彼には妻と二人の娘がいる。

家族や組織を守るためなら、ときには誰かを売らざるをえない、そんな追いつめられた環境で自分たちは生きている。

摘発の待ち伏せをされるならどこか、走りながら、頭のなかの地図を点検する。

困ったことがあれば相談に来い。ガマを修理した帰り、ソロンが言った。彼はいまどこだろう。昨夜、何かのついでに彼が訪ねてきて、明日はいつもの店にいる、と言い残した。アパートの地下の部屋にテーブルと椅子を並べ、お茶を飲みながら話すだけの場所だ。

腹を決め、ハンドルを反対方向へ切る。多少の遅れは許してもらうしかない。

向かった先は、しかしソロンの溜まり場ではなかった。

先日爆撃を受けた一角にほど近い場所にある、八階建てなのに二階建てに変わってしまったビルの、半地下の部屋。

ドアが開き、少女が現れた。こちらを見て、怪訝《けげん》そうに、どうした、と訊く。

彼女の背後に弟と妹の姿もある。妹が、弟の背中に指で何やら書く。顔色が悪いって、と弟が言う。

目の前の少女が手を伸ばし、こちらの額にふれた。彼女を見つめたまま、じっとしている。熱はない、というように彼女は首を傾げ、どうした、ともう一度尋ねた。

部屋の壁に貼られた紙には、大きい円が描かれている。あれは何、と尋ねた。チキュウ、と子どもたちが先に答えた。地球だよ、社会を教わってるんだ、と弟が言った。

この星には、たくさんの国や地域があって、わたしたちよりつらい想いをしている子どもたちも大勢いるから、手をつなぐ方法がないか、みんなで話し合ってたの。

彼女が説明する。そんなこと無理に決まってる……と答えかけ、滑稽なほど真剣な彼女の顔と、後ろの子どもたちの、好奇心と無垢《むく》な意欲に輝く表情を見て、口を閉ざす。

わたしにできることある？　と彼女が言う。

ぼくたちにできることある？　と、弟が真似をし、周囲の子どもたちが笑った。

人をからかって笑うことが、この子たちにもあっていいと思い、腹は立たない。

少女もほほえんでいる。彼女の瞳と子どもたちの瞳が、壁に描かれている円と重なる。

地球。ベートーベンの歌で、何て歌われていたろう……。

確か、エルデンルント。

エルデ……。彼女の名前は、エルデ。

約束の時間に十分遅れで福健の店に着いた。

近くの路上に、黒塗りの車が止まっている。運転席の窓が下り、見覚えのある男が誠を見て、店のほうへ顎を振り、携帯電話を耳に当てた。

福健は調理場にいた。二階へ視線を投げ、おい、と呼ぶ。季節外れの冷やし中華が四皿できていた。なかの一つはチャーシューが大盛だ。盆に皿をのせ、階段を上がる。

連合会なんて全然だめだ、と島崎のぼやきが聞こえた。上がってすぐの場所に若い男が二人いる。一人は以前高平のところにいて、誠と一緒に不法入国の外国人を運んだ角刈りだ。もう一人はスキンヘッドで、見覚えがある気がするが、確かめるゆとりはない。

「各団体が自分たちの利益ばかり要求して、暴排条例に対抗する案がまとまりゃしない」

ちゃぶ台の向こうで島崎が愚痴を言い、斉木が隣で神妙に聞いている。島崎をサポートし、ボディガードも兼ねるその位置には、以前は高平がいて、次には荻野がいた。

「どうもすみませんでした。わざわざこっちが来てもらったのに、遅れてしまって」

誠はいったん盆を畳の上に置き、正座をして、深く頭を下げた。

島崎がこちらに視線を投げ、

「まあ、誠には、こないだの歌の借りがあるしな。さ、食うか。久しぶりの冷やし中華だ。いまの時期に食えるのは、ここしかないし、福健のじゃなきゃ食いたくもないしな」

誠がちゃぶ台に料理の皿を置く。

島崎が、階段の脇に控えているスキンヘッドのほうへ顎を振り、

「挨拶もなしか。苦労を分かち合った友だちだろ。髪型は違ってるがな」

背後の相手を見て、気がついた。やはり一緒に不法入国の外国人を運んだ、長髪と呼ばれていた男だ。荻野のところにいたが、角刈り同様、いまは斉木の下に移ったらしい。

「連合会なんてエゴの集まりさ。疑心暗鬼で誰の仲介も認めない。いまに総自滅だぜ」

島崎が割箸を取り、斉木に話のつづきをする。

誠は正座に戻り、声を張り気味にして、

「お話し中、すみません。いまの、おれの借金の、正確な額を、教えてもらえますか」

一語一語正確に口にする。話しだす前の高ぶりが、ゆっくり腹の底に沈んでゆく。

「アジツケの、仕事に対する賃金も、作ったパケの量で、はっきり額を示してください」

島崎が箸を止め、こちらを見た。目がとがっている。誠はいっそう落ち着いてくる。

「話というのは、それです。金利も、まっとうな計算で出して、どれだけで完済できるか、書類で見せてください。確かな目標を立てて、生活したいので、よろしくお願いします」

高平の話には乗らない、と決めた。借金はチャラにならなくとも、話し合いで自分の権利を得る。誰も売らない。一瞬で自由になれるかもしれない危うい魔法は失うが、地道に歩めば迷路を出られる確かな道を求めたい。

正二と香にはなお不自由な想いをさせる。代わりに、いついつまで、と期限を彼らにも示すつもりだ。我慢の埋め合わせは、布団乾燥機とランドセル。高平は家族のことで脅したが、奴にそんな肝っ玉はない。ヒロミも、自分で嫌いと言った、裏切りのかたちではなく、別の方法で得たいものを得るべきだ。

「しっかし福健も、腕が落ちたなぁ。こんなまずい冷やし中華は食ったことがないぜ」

島崎が箸を投げた。あーあ、とわざとらしいため息をつく。

「誠よぉ、どこのどいつに、そんなくだらない入れ知恵をされた？」

「自分で、考えたことです。大事なことなんで、自分で考えて、いま話してます」

島崎が笑った。緊張はゆるむどころか、空気が搾《しぼ》り上げられるように緊《し》まっていく。

「誠、おれは金の計算のプロだったんだ。ちゃんと計算してるよ。心配せずに仕事しろ」

「ですから、仕事を、きちんとするために、正確な数字を、示してほしいんです」

島崎の笑みが、固い表情の奥に消えてゆく。彼の不快な感情を察してだろう、何を生意気な口をきいてんだ、と背後で角刈りの声がした。肩を強くつかまれる。長髪を切って印象の変わった男が、眉間《みけん》に精一杯の皺を寄せて、斜め後ろからこちらを睨みつけていた。

「誠、どうした。金で困ってんのか。だったら補助金を出してやるよ。おい、財布」

角刈りが、鴨居《かもい》に掛けてある島崎の背広を取りに立つ。誠の肩をつかんだ手は離れない。

「金には困ってます。けど必要なのは、すぐに消える金じゃなく、先々の見通しの立った金です。それから、借金を完済できたら、もう島崎さんの世話になる気はありません」

角刈りが、島崎の背広を手に、てめえ黙って聞いてりゃ、と凄む。それを合図のように、スキンヘッドが誠を立たせ、自分のほうに向かせて胸倉をつかんだ。血走った目の奥に、本来の気弱さが揺れており、無理に感情をかき立てようと焦っている色が見えた。

背後から人が立ってくる気配がする。斉木だろう。いいんだ、斉木さん、殴られるくらいは覚悟してた、それにこいつ程度なら……。

次の瞬間、後ろに引き倒され、脇腹に強い打撃を受けた。痛みのなかで顔を起こす。斉木が左足を振子のように、誠の首に向けて振るのが見えた。暗闇で光が爆《は》ぜる。髪をつかまれ、首を起こされるのを感じた。左の頬骨のあたりに鈍い痛みがねじ込まれ、鼻の裏側に血のにおいが広がる。もう一度顔に打撃を受けた。

なぜか視界が鮮明になり、拳を上げる斉木が見えた。表情には怒りも苛立ちもなく、虫を叩きつぶすときにもこうだろうと思わせる、輝きを失った瞳で誠を殴った。

もういい、と声がする。だが斉木はやめず、拳を誠の鼻頭にぶつけた。しびれをともなう鋭い波が脳天に突き上げる。波は砕け、しぶきが散り、ある考えをひらめかせた。

高平が言った。誠が、電話したくらいで手入れがうまくいくのか、マンション全体のオートロックや、監視カメラはどうするのか、と尋ねたときだ。彼は喉を鳴らして笑い、ほかに協力者がいることをほのめかした。

それが誰か、理屈でなく、頭を揺さぶる波のしぶきが知らせる。協力者は……。いや、高平があんな計画を考えられるタマか。高平こそが、協力者だったんじゃないのか。そう……荻野を密告《たれこ》んだのも島崎じゃない。だから、彼がいま島崎の隣にいるのだ。そして島崎がいなくなれば、彼がその場所に座るのだろう。

激しい爆撃によって住民の消えた、かつては多くの店でにぎわった市街地を抜けてゆく。ダイナマイトらしい荷物を届ける先は、市街地を抜けてしばらく先の、旧工業地帯だ。建物はどれも原形をとどめないが、道路だけは、連絡網を保つために人々が総出で整備をし、占領軍も進攻の際に都合がよいせいか、道路の復興は黙認した。

住民はいま日常的にこの道路を利用し、物資を運ぶトラックや乗り合いバスが、頻繁《ひんぱん》と言えるほど運ぶものもガソリンも充実しておらず、スピードも上がらないが、行き来している。

いまリートが運転するバイクの後ろからも、乗り合いバスが走ってくる。この先の町や村で、家財や手作りの品物を売ったり、野菜や肉を仕入れたり、家族に会いにいったり、会った帰りだったりと、かなりの数の住民が乗り合わせている。

バイクも燃料不足でスピードを上げられないため、バス側から見れば、前を走るリートを地雷除《よ》けにでも使っているかたちだった。

じき市街地を抜けようというとき、前方の崩れた建物の陰から人影が現れ、合図を寄越した。人影は、バスの乗客に見られるのを嫌ってか、建物の陰に身を引いた。

リートが道端に寄せて止めたバイクの横を、バスが黒煙を吐き散らしながら通り過ぎてゆく。占領軍が検問を構えるなら、地理的にこの市街地になる。今日はどうやら支障なく先へ進めそうだった。

「どうしたの、こんなところで」

エンジンをかけたまま、リートが尋ねる。建物の陰からソロンが現れ、

「おまえこそ、なんでおれに相談に来なかった。ずっと待ってたんだぜ」

と、手を伸ばしてバイクのエンジンを切った。彼の表情は兄のように柔らかい。

「いつもの店にいると、昨日言っといたろ。なのに、子どもたちの自習教室のほうへ行ったと、見張りから報告を聞いて、混乱したよ。だから先回りして、ここで待ってたんだ。まあいい。後ろの荷物を出してくれ。おれが、本来の渡すべき相手に渡すから」

「……そんな指示は受けてない。ダコタ自身が書いた書類か何か、見せてもらえる？」

「よせよ。奴を信用するのか。あいつこそが裏切り者だと、聞いたんじゃなかったのか」

「なんで、そのことを……」

「ガマには、何度か同じ台詞を、将来有望な奴に言わせてきたからな」

「まさか、ガマと組んでたの……。でも、仲間なら、なんで奴に修理を？」

「工場の見張りがついたと注意したのに、女を抱きたいあまりに、タカをくくって、おまえにばれたのさ。どんな修理にあうかは、伝えておいた。腹と股ぐらにはガードを入れてたはずだ。修理がエスカレートしそうなら、おれが止める。そういう約束はできてた」

ソロンが、バイクの後ろのボックスを指の背で叩く。自嘲的な笑みで片頬をゆがめ、

「物資管理の責任者は友人《ダチ》だし、倉庫の受付係には酒を渡して、何が倉庫に入り、何が外に運ばれるかは事前にわかる仕掛けさ。おまえを遠距離運送のドライバーに推薦したのはおれだし、次に大物が入れば、おまえが運ぶことになると見込んでた。あとはおまえが、ダコタにはめられるのを恐れて、おれを頼ってくれれば、荷物はすんなり手に落ちた……はずなのに、何をしてんだ」

「じゃあ、ときどき運び屋が荷物ごと連れ去られるのも、占領軍の摘発じゃなくて……」

そのとき、砂礫を踏みつぶす重そうな足音がして、マシンガンを肩からさげた、いかつい顔の男が廃墟の陰から現れた。

ソロンが顔をしかめ、相手に戻っているように手振りで示す。

「引っ込んでてくれ。こいつは話せばわかる奴なんだ。邪魔をしないでくれ」

「そうはいかない。約束の時間にだいぶ遅れてる。さっさと渡してもらおう」

男は、面長で顎が張り、瞼の薄い鋭い目をしている。国境を隔てた隣国出身の者に多く見受けられる顔だった。

同じ印象の顔が、すぐ目の前にもある。ソロンは、動くなよ、とリートに注意し、ボックスを開けた。なかを見て、表情が固まる。いかつい顔の男ものぞき見て、

「何だこりゃ。坊主、ブツはどうした。でっかい包み二つだ。受け取らなかったのか」

ボックスには、このあと学校へ運ぶノート百冊があるだけで、ほかは何も入っていない。

「いま運んでる途中だよ。おたくたちも見たろ。じきに約束の相手に渡るはずだ」

男は意味がわからないのか、間の抜けた顔をしている。ソロンが突然道の先を見やり、

「さっきの……あのバス、誰が乗ってたんだ」

バスはもう姿が見えず、走り抜けたあとの砂塵と黒煙が薄いもやのように揺れている。

「弟と妹さ。二人は、茶碗や皿の包みに使う古新聞の束を二つ、運んでると思ってる」

「確か障がいがあったろ。危険なブツを運ばせて、怖くないのか」

「妹は見えるし、弟は話せる。町で寝起きしてること自体、爆弾のすぐ隣にいるようなもんだし、おれが捕まりゃ、あいつらは食えなくなる。生きてなきゃ、怖がれもしない」

隣国出身らしい男が、憤怒の顔で迫り、待て、とソロンが止めたが、銃床をリートの腹

部にぶつけた。膝をつき、昼に食べたものを少し戻す。ソロンが相手を押し返し、

「こいつなりに頭を働かせたんだ。使える証拠だろ。また機会はある。あとは任せろ」

男は唾を吐いて廃墟の向こうに去り、ソロンは大きなコンクリート片に腰を下ろした。

「おれの生まれが、おまえたちと違うのは察してるな。隣国の難民キャンプが故郷《ふるさと》さ。父親は、キャンプの治安担当の警官だ。おふくろも仕方なしだったのかもしれない。キャンプもこの国も、隣国の支援なしにはやってこられなかった時期がある。いや、いまも隣国の存在が、おれたちの自由を奪う占領国への圧力になってる。この国に独力で占領を終わらせる力はない。世界はもっとあてにならない。占領国も、奴らなりに自分の権利を得ようと死に物狂いなんだ。エゴの集まりに落ちた国連の仲介を認めるわけがない。独立には、隣国との共闘が必要だ。だが反対者も多い。代表格がダコタだ。奴は、隣国が新たな占領者になるのを恐れてる。その恐れがゼロとは言わない。だが宗教は同じだし、文化も似てる。隣国を排除しても、いまの占領がつづくなら何になる。なのにダコタは譲らない。彼は国際機関とパイプがあり、国連にも一目置かれてる。一方で、民族独立の原理主義者とも思想的につながってる。だからいま弟と妹が運んだブツは、過激派に渡り、自爆用に使われるかもしれない。なのに知らないふりで運ばせる奴に、真の理想があると思うか。おれと同じ考えの者は少なくない。早く占領を終わらせたい現実的な若い連中さ。ガマ

も現実派の商売人として協力してる。狙いはこうだ。隣国と協力体制を敷いた拠点を、この国のなかに数か所作る。隣国も、周辺各国に根回しをしてる。時期が来れば、内と外が同時に立って、占領軍を挟み撃ちにする。むろん長引けば犠牲が増えるし、奴らが最悪の兵器を使わないとも限らない。だから効果的なダメージを与えたところで、周辺各国の協力のもと、奴らに早期に和平交渉のテーブルに着かせて、撤退を促す……。

おれは現地責任者の一人で、さっきの野郎は隣国のアドバイザーだ。過激派に入る予定のブツを途中でいただき、同時に、志の高い奴をリクルートしてる。占領軍に連行されたと思われてる連中は、いま隣国で軍事訓練を受けてるよ。軍隊の別働隊として、地位が保障され、給料も出る。落ち着けば家族に仕送りもできる。悪い話じゃないだろ。次に大物が運ばれるときには、おまえもブツごと仲間に入れ。家族の面倒はこっちでみる」

「……ダコタが裏切り者だって、ガマに聞いた話を、おれが修理工場で話すことは考えなかったの？　そうしたら内部は疑心暗鬼でごたついて、ブツを運ぶどころじゃなくなったかもしれない」

「口の固いおまえが？　これまでの連中にもそうだが、何か問題があれば、おれに相談に来るように手を打っておいた。それに修理工場へ話しても、実害はない。工場側は元もとダコタを監視してるし、確証もなく、噂話程度で動くことはない」

この地が占領されたとき、また抵抗運動が武力で押さえ込まれたとき、人々はみな心を一つにして、以前のような活気と、独自の文化に溢れた故郷を取り戻そうと誓った。なのに、それぞれの不安や希望の度合い、失ったものの程度や、所有しているものの価値、仕事や住んでいる場所の違いなどによって、人々は幾つもの道に分かれ、自分と同じ道をとらない者を責める。迷路のなかで、あっちだこっちだと、言い争っている状況だ。

ともかくいまから弟と妹を迎えにいって、帰りのバスに乗せなきゃいけない。

リートは、痛むか、と尋ねるソロンに返事をせずに立ち上がり、バイクにまたがり、アクセルを開いた。

痛い？　板間で仰向けになった誠をのぞき、弟が尋ねる。

答えたくても、声が出ない。

さっきの人たちとケンカ？　と正二が重ねて訊く。少し前、角刈りとスキンヘッドの手で、アパートの部屋に投げ込まれたことを言っているのだろう。こんなやられ放題のケンカがあるかよ。だが、やはり声が出ない。

香が、正二にタオルを持ってきた。首を起こして確かめる。よせ、それはお母さんのおむつを替えたあとを清めるタオルじゃねえか。目で懸命に訴える。正二はそのタオルを水に濡らして絞り、誠の顔にペタリと置いた。

モグリではないが、人に言えない犯罪歴があるらしい医者が訪ねてきた。誰が寄越したかは想像できる。医者は、誠の顔や胸や腹を、押したり、こね回したりして、冷やしとけ、と診察を終えた。彼は母も診て、床擦《とこず》れになりかけていた箇所は改善していると告げた。

口が少し開くようになり、正二と香に、福健の店で食事してくるように勧めた。店の様子を知りたい。閉まっていたら、コンビニで何か買え、と金を渡した。

一時間余りのち、二人が戻ってきた。丼を二つ、母と誠の食事、どちらも嚙まずにすむおかゆを持ち帰ってきた。店は閉まっていたが、明かりが見え、戸を叩くと、福健が開けて、ごはんを食べさせてくれた、と正二が報告した。

逆らうな、だってさ。福健の、誠に向けた伝言だった。

福健の様子からして、島崎への手入れはなかったようだ。

島崎を売る計画が流れ、高平はどうしたろう。誠に悪態をつき、トンズラしたか。ヒロミは嘆いているか、ほっとしているか。

麻取りの連中もさっさと撤収しただろうか……いや、元もとチンピラの情報だ、まっとうな組織なら、今日のところは監視者を二人か三人、島崎のマンション前に置くだけで、実際に取引の様子があったようなら、次に手入れの準備を進める、というあたりが現実的だろう。今日の空振りで、高平は信用を失い、次回もなくなった、というところか。

斉木には、なぜか腹が立たない。悲しみやわびしさに似た感情が胸の底をたゆたう。拳をぶつけてきた虚《うつ》ろな顔にも、恐怖より、彼の心根の真の姿を垣間《かいま》見たような痛々しさを感じる。何をむきになって手に入れようとしてんの、それ、そんなに価値あんの。

ドアがノックされた。

角刈りやスキンヘッドがこんな優しいノックはしない。アパートの騒がしい住人もそうだ。ルスランは窓から入るし。まさか……父親。以前、近所をうろついている姿を見た。のこのこ戻ってきやがったか。殴りつけたいが、いまは力が出ない。

「こんばんは」

声を聞いたとたん、動けなかったはずが、自分でも不思議に跳ね起きていた。

痛みを忘れ、骨の何本かが折れてもかまわない勢いで、どけ正二、香もどいて、と二人を押しのけ、ドアを開けた。

相手がこっちの顔を見て、びっくりした様子で、目を見開く。何か言いかけ、唇を結んで、抑えた息を洩らした。

「入ってもいい？」

こちらのうなずきを受け、ヤンズがスニーカーを脱ぐ。

彼女が正二と香を見て、こんばんは、とほほえみかける。正二は口のなかでもごもご返し、香は黙って彼女を見つめ返した。

ヤンズは、冷湿布と絆創膏、パンやジュースなど簡単な食料を買ってきてくれていた。具合を尋ねられ、医者に診てもらったことを告げる。彼女は安心したようにうなずき、

「何か、ほかに欲しいものある？」

きみ、と思わず答えそうになる。喉もとでとどまった言葉を呑み下し、首を横に振った。浮かれちまってやがる、と思う。痛む頬にふれ、へマんなよ自分、と言い聞かす。

ヤンズは、香へのおみやげに折り紙を渡し、幼稚園のことを訊いた。香はうなずくか、首を横に振るだけで、話すことはなかったが、彼女の前から去ることもなかった。

彼女は、正二には手荒れ用のハンドクリームを渡した。母のおむつを替えているのが主に弟だと話したせいだろう。使い方も丁寧に伝え、正二はなぜか正座して説明を聞いた。

母には、空気を入れてふくらませるクッション。ホームセンターで介護用に売ってるのを見つけて、買ってみたけど、とヤンズが言う。正二に渡す。彼は空気を入れて、ぽんぽんと両手ではさみ、寝返りのときや座らせたときに便利だよ、と嬉しそうに答えた。

ヤンズがいたのは三十分程度だった。眠そうな香を見て、夜中に突然ごめんね、と香と正二に謝り、ひとまず安心した、と誠に言って、スニーカーをはいた。ここへは自転車で

来たという。たぶん彼女の姉の口を通すかたちで、斉木が教えたのだろう。

送らなくていい、と言うのをきかず、アパートの玄関先まで一緒に出る。

自転車の鍵を外した彼女は、言いにくそうな表情で、気を悪くしないで、と前置きし、

「あなたたち三人、なんだか、本当のきょうだいじゃないみたい。なんだろう、別々の場所で生まれたのに、ここで一つに集まって、しっかりくっついてる、そんな感じ……」

どう答えていいかわからない。本当かどうかなんて、考えたこともない。あいつらがいなきゃ、きっと楽だし、もっと自由なのに、と思うばかりだった。

彼女がポケットから携帯電話を出し、撮ってもいい？　と、こちらにレンズを向ける。傷の記録でも、残すつもりか。彼女は撮ったばかりの写真を確認し、こちらに向けた。

瞼も頬も鼻も異様に腫れ、青黒いあざだらけ、腫れた瞼のあいだから薄くのぞく目は、妙にふてぶてしい輝きを放ち、反抗の意志のかたまりのような顔が写っている。

「プリントして、うちの部屋の壁に貼る」

恥ずかしいような誇らしいような、妙に落ち着かない気持ちを、春の気配の生暖かな風とともに、車輪でふわっと巻き上げて、彼女の自転車が路地を駆け去った。

風に吹きさらされて砂やコンクリートのかけらでざらつく屋上の床で、身を起こした。

「笑ってたよ。起きてるのかと思った。夢を見てたの？　また、あの男の子の夢？」

いつのまにか下の部屋から上がってきた弟が、視力を失った目をこちらに向けている。

夜なのに周囲はほの明るい。どんな武器で脅しても月までは従わせられないってことだ。

「どうした、眠れないのか」と、弟に訊く。

「胸がまだ、どきどきしちゃって。運んだもの、本当は爆弾だったんでしょ」

階段の辺りで、砂のこすれる音がした。妹がこちらをうかがっている。手招きしたが、階段を上がりきったところに腰を下ろし、月明かりの下までは出てこない。

「お母さん、平気か、寝てたか？」と、妹に訊く。

妹はかすかにうなずいた。彼女も、まだ冷たい興奮というようなものが胸のうちをおびやかして、眠れずにいるようだった。

「すごい仕事をした感じだよ。また、ああいうの、ある？」

弟が声を弾ませて訊く。きっと無意識だろうが、動悸をともなう理由の解けないおびえを、明るい口調で話すことで、消し去ってしまいたい想いがあるのだろう。

「ないほうがいいんだ。ここに生まれてなきゃ、おまえらも、のんびり遊んでいられた」

「あの子は違うんじゃない？　ここでは暮らしてないけど、のんびり遊んでいないでしょ。爆弾の落ちてこない街でも、危ない仕事をして、怒った顔で走りつづけてるって」

「……夢さ。夢の話だ」

「けど写真に写ってるんでしょ？　ニホンのカメラマンからもらった雑誌に」

去年の夏、日本のカメラマンがこの町を取材に訪れた。外国の記者団の一人だった。占領軍の許可が出ている場所しか撮影できないのに、彼はホテルを抜け出し、一人で下町を歩き、ふだんの人々の暮らしを撮っていた。

ちょうど前を通りかかったリートに、撮っていいかいと、眼鏡を掛けた異国の男は、この国の言葉で語りかけてきた。誰に見せるの、と訊き返し、日本の人たちさ、と相手が答えたことで、日本人だとわかった。

彼は、自分が撮影した写真の載ったカメラの専門雑誌を見せてくれた。ページをめくるうち、なかに一枚、気になる写真があった。

この写真の子は誰。知らない、きみと同じくらいの男の子ってことはわかるけど。あなたが撮ったの。私じゃない、アマチュアの投稿写真だ、撮影者は女性だね。この子、いいよ、この顔、好きだ。へえ、すごい顔だね、殴られたのかな、瞼も頬も鼻も腫れて、あざだらけだ。でも目が生きてるよ、怒ってる、普通の怒りじゃなくて、でっかいものに怒ってる気がする、それか、ずっと深いものに怒ってる、どんな暮らしをしてるのかな、夢は何だろう、おじさん知らない？　いや、それよりきみが言ったことをそっくり質問したい、きみのことを教えて、どんな暮らしをしているの、家族は、まず名前を教えてよ。

ぼくの名前は……。

そのとき銃撃音が響いた。聞き慣れた軍用ライフル。つづいて爆撃音が轟き、地面と周囲の建物が、縦でなく横に震えた。戦車砲に違いない。かなり近い。たぶん角を曲がった表通りの辺り。

住民と占領軍とのあいだで衝突が生じたのか。わずかな行き違いで、ぴりぴりしている相手は発砲し、反発しようものなら、容易に荒っぽい鎮圧行動へ発展する。

住民たちが角を曲がって逃げてくる。カメラマンは逆に表通りへ走ろうとする。だめ、おじさん、こっち、と雑誌を振って叫ぶ。カメラマンが気づいて、何を思ったのか、こちらにカメラを向けた。

戦車の一撃が辺りを揺るがす。カメラマンのいる場所の近くで建物が崩れる。雑誌をシャツの下に入れ、粉塵が舞うなかを呼び戻しに走るこちらの姿を、彼は撮りつづけている。

ともかくカメラマンの腕をつかんで引っ張った。走れ、走れ。銃撃が近づく。路地に飛び込む。けど相手は踏みとどまり、膝をつき、前方にカメラを向けた。

彼の脇からのぞく。人が倒れていた。無防備の市民。そこに完全武装の兵士が銃を構え、にじり寄っていく。カメラマンが撮る。不意に兵士の一人がこちらに顔を上げた。

カメラマンの肩に手を掛け、後ろに跳ぶ。連射音。壁が崩れる。行こう、早く。相手は起きなかった。頭の周辺の地面が赤黒く濡れてゆく。同情の余裕もない。息があるなら、外国人だ、病院へ運んでもらえるだろう。転がっていたカメラを拾った。助かっても取り上げられちまう。あとは祈るしかない。

翌日、外国の取材団が宿泊しているホテルに、清掃員の友人に裏口から入れてもらい、赤ら顔の大柄な外国人を見つけ、カメラを渡した。

相手がこの国の言葉を話せたので、事情を告げた。あの人は助かったか、訊いた。相手はうつむき、苦しげに首を横に振った。

その夜から夢を見はじめた。

高層ビルが建ち並ぶ大都会の底を、暗い怒りを内に抱えて走り抜けていく少年の夢。彼は食うために、法的に許されていない仕事をしている。父は家出をし、寝たきりの母と、少し障がいのある弟と妹がいる。だがうつむいてはいない。殴られても、叩きつぶされても、顔を起こし、目を開いている。走っている。

「夢に出てくる男の子の名前、何だっけ」と、弟が訊く。

外国の記者から、カメラマンの名前を聞いた。

その名前をつけた。マコト。

ケダモノの旅

急行の止まらない古い駅は、駅前に地元の商店街がひらけ、ターミナル駅の池袋まで電車で約十分と近いこともあり、にぎわうとまでは言えなくとも、早朝から深夜まで乗り降りの客が絶えない。

改札は、カードをかざすか切符を挿入する自動のものばかりが六台。端の一台は、車椅子が抜けられる幅があり、駅員の詰め所に面している。

彼岸前の日曜、朝九時、改札を抜けてくる人より、入ってゆく人が多く、勤め人風の姿がほとんど見えない代わりに、家族連れや若者の姿が目立つ。

香とカデナは、駅正面から脇にそれた、改札口は見えるものの、駅員のいる詰め所の見えない、つまりは相手側からも目が届かないだろう、電信柱の陰に立っていた。

香は靴の具合を確かめた。買ってもらった直後はかかとが浮いたが、いまは思い切り走らない限りは脱げそうにない。

二人とも、幼稚園に通うふだんの服装で、暦《こよみ》は春でも、今朝は厚い雲が空をおおっていたこともあり、香は正二のお古の黒いジャンパー、カデナは黄色いダウンベストを着て、園で使っているリュックサックを背負っている。リュックには、それぞれ自宅から持ち出した、あんパンやおにぎりを入れていた。

香の右手側に延びる商店街は、桜の花を模した飾りが街灯に下げられ、実際の桜の開花には、なお二週間は必要と感じさせる冷たい風に揺れている。

左手側の道路の両脇には、砂色に沈んだ家々やアパートが連なり、斜め前方の、踏切を渡った向かい側には、さびれた印象の飲屋《のみや》が数軒、その先はやはり砂が厚く堆積《たいせき》したような住宅がつづいている。

香は視線を巡らし、駅構内の時計の上で止めた。九時をもう十分ほど過ぎている。

……こないね。西風が花飾りを揺らす音よりもささやかに、カデナがつぶやいた。

くるよ、むれだもん……。香は答え、寝癖ではねているカデナの硬い髪を撫でた。

ダーン、ズドーン、ババババババ。

爆発と銃撃をあらわす声が、香とカデナの背後を疾風《はやて》のように走り抜ける。商店街の入口で、二つの小さな影が、機関銃を構える姿勢をとり、目がくりっと大きい、小柄ながら気の強そうな一人が、ドクセーシャはっけん、と香とカデナを指差し、浅黒い肌の、長身で痩せた一人が、タイホせよー、と叫び、女の子たちに駆け寄ってきた。

小柄なノチェは緑、長身のボイは青の、やはりふだんと同じ上着にリュックを背負い、てをあげろ、うつぞ、と架空の銃を突きつける。香とカデナが手を上げる。とたんに、ダーン、ダーン、と彼らは撃ち、ヤッターー、ザマーミソ、と歓声を上げた。

てをあげてる、うったらダメ、と、駅のほうから怒ったような声が届いた。

褐色の肌を際立たせるピンクのウインドブレーカーの上にリュックを背負い、丁寧に編み込んだ髪をアップにまとめたリヤが、改札を抜けてきたばかりの様子で歩み寄ってくる。

いいんだ、ドクセーシャとテロロストはうっていいんだ、と男の子たちが言い返す。

みんな、きてたのー。丸顔に、彫りの深い目鼻立ちをしたセダーが、踏切を渡って駆けてくる。男モノらしい大きめの茶色いスタジャンを着て、リュックは背負っていない。

香とカデナの周りに、皆が集まり、お互いのほっこりとした体温を感じ合って、くすくす笑った。

ぼーけんだー、とノチェがその場で高く跳ねる。シンカンセン、ビュイーン、とボイが手で宙を切る。たのしみね、とリヤが鼻をふくらませる。わたしはイケブクロまで、みんな、がんばって、とセダーが両手を祈りの形に合わせた。

でも、ゴルがまだ……と、香は言った。タジキスタンの女の子の姿が見えない。

にちようは、おうちのようで、むりだって……と、セダーが答える。

幼稚園が休みの日曜に、家族には遠足と言って出てこよう、と皆で決めた。日曜の朝は、どこの大人も寝ているか、仕事から帰ってきていないかして、外出はさほど難しくない。

香の場合は、誠も正二もまだ寝ていたし、母は目を開けていたが、香を見ることはなかった。

けれどゴルは、妹の世話があり、家族全員の服の洗濯も彼女の仕事だと話していた。

むれだから、ここまではきてって……。香は、三つの道の先を、もう一度確かめた。

フクシマゆき、しゅっぽつしまーす。ノチェが敬礼し、トゥルルル、ピー、とボイが列車が発車する際の擬音を発する。のりおくれるよー、いけなくなるよー、という男の子たちの言葉に、カデナがそっと香の袖を引いた。

いこうか……。香は目を伏せて答えた。

池袋から電車で通っているリヤが、カードを手に改札口へ向かう。彼女の母が精神的な問題で外出がままならなくなり、リヤはもうずっと一人で通園している。

いっしょにいい？　セダーがリヤの後ろについた。池袋にあるインドシナ難民を支援するＮＰＯ事務所で、故国の踊りを披露することのあるセダーも、電車に乗り慣れている。

残る四人は、誰でもいいから大人の後ろについて、家族のふりをして改札口を抜ける、と事前に話し合っていた。それぞれ電車には家族と何度か乗っていて、大人の前後を歩けば、問題なく改札を抜けられることは知っている。

リヤがカードを改札機にかざし、セダーと一緒に抜ける。

次に、おまえだ、おまえいけ、と男の子たち二人が、改札口のそばで言い合い、互いの肩を押す。ノチェがとうとう先に動き、六十過ぎだろう、太って、身を反り気味にして歩く女性の後ろについた。

すぐにボイがノチェを追い越して前に出る。よせよ、とノチェが前に出ようとして、女性にからだがふれた。何なの、と女性が振り返る。二人は足を止めた。女性が不審そうに顔を戻し、改札を抜ける。ノチェとボイがもつれ合って、すぐあとから抜け、女性にまたぶつかった。女性は前のめりになって、危ない、と声を発し、男の子たちを睨みつけた。

ノチェとボイは直立の状態で動けなくなった。駅員をはじめ周囲の乗客が注意を向ける。お父さんはどこ、お母さんは、と女性が訊く。二人が黙っているので、ニホンジンでなきゃだめね、と捨て台詞を残して、彼女は歩き去った。

リヤとセダーが、男の子たちに歩み寄り、なにしてる、かおりたち、はいってこられないよ、と責めた。おまえのせいだ、おまえだよ。男の子たちは、ばつの悪さを隠そうとしてか、ダダダダと銃を撃ち合い、ホームのほうへ逃げていく。

駅員が詰め所から外へ出たため、香とカデナは改札の手前で足を止め、進むことも戻ることもできずにいた。

かおりー。商店街の方角から、頭から首にかけて白いスカーフを巻いたゴルが、同じくスカーフを巻いた妹の手を引いて、駆けてくる。

香が笑顔で迎えようとしたとき、ゴルの妹が転んだ。ゴルがなお前へ急ごうとしたため、妹は引きずられるかたちとなり、わっと声を上げて泣いた。骨でも折れたかという声の勢いに、周囲の大人たちも駅員も、ゴルと妹のほうに目を向ける。

かおり……。後ろから呼ばれた。リヤとセダーが手招いている。香は、カデナの手を取って、駅員のいない詰め所前の改札を早足で抜けた。

六人は身を寄せて、改札の向こう側を見た。ゴルが妹を立たせ、すりむいた膝を撫でてやり、涙もぬぐってやってから、顔をこちらに向ける。

香は手を上げ、ありがとう、と口の動きで伝えた。きてくれて、ありがとう……。

ほかの五人も、ゴルと妹に向け、バイバイと手を振る。ゴルも、しゃくり上げている妹を気づかいながら、手を振り返した。

でんしゃだ。ノチェが言う。でんしゃきた、とボイも言い、かおり、とリヤが呼ぶ。いこう、とセダーが誘い、香とカデナは手をつないで、ホームに入ってきた電車へ駆けた。

ガゼルなどの草食動物の群れのように、子どもたちは軽やかに跳ね、開いたドアから車内へ飛び込む。すぐにドアが閉まり、電車が動きだす。

ヤッター。ボイとノチェが歓声を上げ、女の子たちはドアの窓から外を見た。電車がゆっくりとホームを離れてゆく。

ほんとにしゅっぱつしたね……。香は、隣のカデナを見た。おかあさんに、あえるね。

カデナは恥ずかしそうに目を伏せながら、小さくうなずいた。

けいかくひょう、とボイが言い、ノチェがジーパンのポケットからメモを出す。

『イケブクロ↓オオミヤ↓シンカンセン↓フクシマ』

店で出すつまみを台所で作る母に、フクシマはどういくの、とノチェは訊いた。福島なら新幹線ですぐよ、と母は答えた。池袋から電車を乗り換えて、大宮に行けば、新幹線が走ってる、福島まで一時間ちょいでしょ。ノチェは覚えられず、何度も尋ねて、うるさがられ、見かねた母の愛人が紙に書いてくれた。それを幼稚園で皆に見せ、今回の計画が立てられた。

イケブクロ、オオミヤ、シンカンセーン、と男の子二人が声を上げる。彼らが興奮して騒ぐうち、十分ほどで池袋に着いた。

乗り慣れたリヤが、ここ、と教える。男の子二人はリヤより先に降り、しかしどちらへ行くか迷ううち、リヤとセダーに追い越された。

香とカデナは手をつないで、その車両の乗客の一番最後に降りた。

くさをたべるケダモノはね、だれかがつかまってるあいだに、にげるんだよ。

香は、カデナに教えながら、階段を下りた。

先に下りた四人が嬉しそうな顔で待っている。改札口に駅員がいないという。乗客たちは自動改札を次々と抜けてゆき、進路をさえぎる小さな扉も開いたままで、子どもたちにも簡単に抜けられそうだ。

じゃあもどるね。セダーがバイバイと手を振る。ほかの五人も手を振り、リヤがカードで抜け、駅員が見ていないことで安心して、ノチェが大人の後ろから胸を張って抜け、ボイも真似た。香とカデナの番になったとき、がやがやと秩序なく話すしわがれた声が後方から近づき、旅装姿の初老の男女十数人が、香たちを囲むように歩み寄ってきた。

あっちの改札は遠くなるの、この改札を出ればすぐだから、などと男女は話し、改札を出ようとする。誰かが香たちに気づき、この子たちのほうが先よ、と言う。お嬢ちゃんたち、お先にどうぞ。香たちにとって祖父母のような彼らは、にこにこと彼女たちが改札を抜けるのを待った。誰かがセダーのほうも見て、あなたは出ないの、と訊いた。

セダーは、一歩身を引き、わたしはもどるの、と言う。大人たちに見つめられて顔を赤くし、コミセンでおどるの、と答える。別の話をしていた大人までが、彼女を見た。まえにしっぱいしたから、ちゃんとおどらないとだめなの、とセダーは言い、むずかしいの、ては、かぜみたいに、ゆらすの……と、両手をふわりと頭の上に上げた。首をゆうらり左右に振り、花が開くように手を下ろし、腰を落として、両脚を交差させる。

香は、誰も自分たちを見ていないのを確かめ、カデナを促して改札を抜けた。

セダーは急に恥ずかしくなったらしく、動きを止め、手足を戻した。

上手だねえ、かわいいわねえ、と大人たちが拍手を送る。セダーははにかんでほほえみ、香たちを捜した。改札の向こう側で五人が手を振っているのを見つけ、背伸びをして手を振り返した。


つぎはジェイアール。ノチェが皆に教えた。

イケブクロからオオミヤって、どういくの、と母の愛人に訊いたとき、愛人は赤ん坊の世話をしながら、ＪＲに乗り換えさ、と答えた。ノチェ君、福島に行く方法なんて知ってどうすんの……と訊かれ、ノチェは答えられなかった。母の愛人は、まあいいけどね、と肩をすくめて、ノチェ君、おじさんさ、きみのお母さんと結婚するつもりなんだけど、いいかな、と言った。

あった、ＪＲ。英語のわかるリヤが標識を見つけ、改札口の前に立った。

五台の自動改札機のそばに駅員はいない。みんなでバッといこーぜ、とノチェが言う。香はカデナを見た。自信なさそうに目をしばたいている。そばを大人が通り過ぎていく。いまだ。ボイが声をかけ、香がカデナの背中を押し、そろって改札を抜けた。リヤと男の子二人も抜け、それぞれが顔を見合わせて笑い、カデナも表情をゆるませた。

しかし改札の内側は、乗り場につづく階段が幾つもあり、どれが大宮行きかわからない。行き交う人々の多くは怖い顔で先を急ぎ、呼び止める勇気は誰にもなかった。子どもたちだけでどこへ行くのか尋ねられて、この冒険が止められてしまうことも怖かった。

あ。ボイが一方を指差して走りだす。ほかの四人が追いかけ、大人たちにぶつかりそうになりながら、ようやくボイが足を止めたのは、トイレのマークが出ている部屋の入口だった。

もれる。ボイがトイレに駆け込んだ。四人はため息をつき、互いに見合って、おれも、とノチェが入ったのにつづき、女の子たちも女子トイレに入った。

着ているものが込み入っているリヤは、三人のうちで最後に用を済ませ、鏡の前に進み、母に編み上げてもらった髪を直した。隣に、褐色の肌が美しいモデル風の女性が立った。

オフホワイトのスカートに、レザージャケットを合わせた彼女は、マスカラの具合を確かめながら、じっと見つめているリヤに気づき、唇の端をゆるめた。

リヤは、ビューティフルと口にした。相手はサンキューと美しい発音で答え、あなたも、と英語で言った。リュックを背負っているリヤに、どこかへおでかけ、と彼女が訊く。フクシマ、と答えた。相手は目を見開き、ボランティア？　と問う。リヤは少し迷い、みたいなもの、と答えた。

トイレの外から、リヤー、おそいー、と男の子たちの声がする。いい旅を、と女性が出ていくのを追って、リヤも出た。

おそいよ、と男の子たちが怒った顔で言う。うるさいな、とリヤは言い返し、どれにのる、と訊く。男の子たちは困った顔で辺りを見回した。香とカデナも、オオミヤにつながるサインを探している。

先ほどの女性が、通路の中央で電話を掛けているのを認め、リヤは小走りに近づき、声をかけた。電話をちょうど切った相手に、乗り場を尋ねる。オオミヤ？　相手は目を細めて標識を探し、ピンクのマニキュアをした指で、ある階段の上り口を差した。

わたし、あなたのようになりたい。リヤは伝えた。相手は、わたしこそ、と答え、細長い指をバイバイと前後に振って、歩き去った。

四人がリヤのもとへ駆け寄る。ここ、とリヤは教えた。

男の子たちが駆け上がってゆく。香とカデナもつづき、香が、リヤ、と手招いて、歩き去った女性の姿を見送っていた彼女も、ようやく階段に足をかけた。

きてる、きてる、というノチェの声に、でるよ、でるよ、とボイの声がかぶさり、発車を知らせる高音のメロディが二人の声をかき消す。

男の子たちにつづき、香とカデナが乗り、リヤを四人が呼ぶ。

閉まりはじめたドアのあいだから、男の子二人が手を伸ばし、懸命に手招く。二匹の蝶が乱れ舞うように手が上下し、ドアがその蝶をつぶすのを恐れたかのように少し開いた隙に、リヤが飛び込んだ。

全員そろってほっとしたのもつかのま、電車がいきなり動き、車両が大きく揺れた。男の子たちは反対側のドアまでよろけ、ノチェが若い男にぶつかり、ボイはドアの脇に立つ中年の男に支えられた。二人はお礼も謝りも口にできず、やベー、びびったー、と照れ隠しに言いながら、ポールにつかまって踏みとどまった女の子たちのそばに戻った。

座席は満員で座る場所がなく、スピードが上がってきたため、子どもたちはポールを握りしめて足を踏ん張り、ドアの窓から外を眺めた。さっき乗った電車よりも明らかにスピードが速く、景色が目を切って流れてゆく。

はやいはやい、とノチェが興奮気味に言い、シンカンセーン、とボイが声を上げる。香は、カデナがかすかにふるえているのに気づき、どうした、と尋ねた。こわい……。カデナの代わりのように、リヤが答えた。

リヤは両手でポールを強く握り、どこ、ここ、と訊く。オオミヤにいくんだ、とノチェが言い、シンカンセンだよ、とボイが教える。リヤは首を横に振った。のりたくない、はやいの、きらい。男の子たちは、だいすきー、ビューン、と、怖さの裏返しか、いっそう声を高くする。しずかにして、と香が止めた。周りの大人たちがこちらを見ている。

優先席に腰掛けていた七十歳くらいの老婦人が、今日は遠足？　と声をかけてきた。子どもたちは彼女を見て、男の子たちとリヤはすぐに目をそらし、カデナは顔を伏せる。

先生はどこ、大人はどこにいらっしゃる？　と老婦人が訊く。にこやかだが、子どもたちを保護者のもとへ行かせる意図をもって話しかけていることが伝わり、香は、となりにいこうか、と皆を誘った。子どもたちはポールを離し、隣の車両に向かいかけた。

とたんに電車が弾み、男の子たちは互いにつかまり合って、二人そろって尻もちをついた。リヤは後ろ向きに倒れ、ポールで後頭部を打った。香は手を伸ばしてポールをつかみ、カデナをつかまえたものの、勢いに負け、やはりそろって床に尻から落ちた。

老婦人が、あらまあと腰を浮かし、ほかの大人も背もたれから背中を離す。リヤがしぼり出すような泣き声を上げた。大人たちの誰もが手をこまねいているうちに、香がリヤの後頭部に手をやり、カデナが身を寄り添わせる。どうした、打ったの？　と男の子たちが這い寄り、五人が背中を外に向けるかたちで、ひとかたまりに集まった。

老婦人が席を立ち、ここにどうぞ、と子どもらの肩にふれようとして、ふれられず、隣の車両との仕切りのドアを開けて、子どもさんの保護者の方ぁ、と呼びかける。人々が振り返るだけで返事もないため、困ったわねえ、とつぶやき、隣の車両に移っていった。

おりたい。リヤが訴えた。かえりたい……。

電車が駅に着いた。子どもたちは耳を澄まし、アナウンスに聞き入る。ちがう、とノチェが言う。オオミヤじゃない、とボイが首を横に振る。おりないの？　とリヤが不安そうに香を見る。香はリヤの頰を撫でた。リヤ、もうちょっとがまんできる？　リヤはしゃくり上げ、カデナを見て、正面にいる心配そうな男の子たちを見て、肘《ひじ》に顔をうずめた。

乗客たちは、背中を外に向けてじっと座っている子どもたちの、安易な声かけを拒む姿勢に気圧《けお》されてか、誰も何も言えずにいた。

香は、バラ子さんの話をした。今日は日曜だから、バラ子さんのもとへは行かなかった。いつもバラ子さんはなにしてんの、とノチェが訊く。ひとにはなしかけてる、みんなおなじ、じぶんのことをしってほしいの。かおりとカデナはどうしてみえるの、とボイが訊く。

わかんない、と香は答えた。

あいたい、とおもったからかな……と、カデナが細い声で答えた。おばけにぃ、とノチェが目を丸くする。カデナは首を横に振った。おばけじゃない、でもすごくあいたいとおもったから、みえるようになったのかもしれない、かおりも、げんきなおかあさんに、あいたいでしょ。香は顔をそむけて、答えなかった。

電車がスピードをゆるめ、ホームに入ってゆく。子どもたちはアナウンスに聞き入った。オオミヤと聞こえる。誰もが半信半疑で、互いを見た。

ノチェにぶつかられた若者が、子どもたちのもとへ進み、大宮だよ、と告げ、ドアが開くと降りていった。男の子たちは香とカデナの手を取り、香とカデナはリヤを両側から支えて、五人は電車を降りた。

全員で、ここがオオミヤである証拠を求め、頭の上を見回す。時計が、香の目に入る。十時十五分過ぎ。

あった、とノチェが指差す先に、明るい緑色をバックに白い新幹線のイラストが描かれた表示板が出ていた。ホームから上がっていく階段のほうへ、矢印も記されている。

ヤッター、シンカンセーン。男の子たちは雄叫《おたけ》びを上げ、矢印の先へ走りだす。

女の子たちは、二つの幼い背中を無視に近い視線で見送り、香はリヤに向き直った。

ありがとう、リヤ……。リヤはうなずき、カデナを見つめ、フクシマ、いけない、ごめんね、と謝った。カデナは首を横に振り、ありがとう……と、消え入りそうな声で言う。

ばかな夢は見るな、とリヤの父は言った。読者モデルに写真を投稿したことが知られ、叱られた。写真を悪いことに利用されたらどうする、モデルなんか一時期のことだ、ママも結婚前はモデルをしてた、確かにきれいだった、でもいまはああだ、勉強して、見かけより心を鍛えることのほうが大事だ、ママみたいな病人になりたいのか。

かおり……わたし、あの、モデルのひとに、なれる？　とリヤが訊く。

なれるよ、きっと。香は答えた。リヤなら、ぜったい、なれる。

香とカデナは、手を振り、階段のほうへ走った。

リヤの背後で、あの子よ、あの子たち、という声がする。先ほど優先席にいた老婦人が、駅員と並んでリヤを指差していた。

駅員が歩み寄ってくるのを見て、リヤは、リュックのポケットから携帯電話を出した。

パパかママはどこにいるの？　と駅員が尋ねてくる。カメラモードに設定して、携帯を差し出す。え、と戸惑う相手に、オオミヤのなまえ、いれてね、とリヤは彼から少し距離を取って、腰と後頭部に手をやり、長い脚を交差させ、小首を傾げてポーズをとった。

階段の上に、ボイとノチェの姿はなかった。

頭上に、行き先を示すサインが掲げられ、なかに新幹線のマークがあった。構内は食品や服飾の店が並び、人も多い。香とカデナは、サインに従い、パステルカラーに溢れる店々のあいだを進んだ。

不意に開けた場所に出た。右手に向かって広く道がとられ、改札機が八台並び、改札の向こうはさらに広い空間へつづいている。改札機の端に駅員の詰め所があり、ノチェとボイが駅員と話していた。

ここ、ほんとにシンカンセン？　とノチェが訊いている。そうだよ、とまだ若そうな駅員が答える。のりてー、とボイが飛び跳ねる。パパかママと一緒にね、と駅員が言う。

高齢の男性が、彼らのほうへ何やら尋ねに歩み寄った。駅員が応対のためにからだを振り向け、高齢の男性がさらに歩み寄る。

男の子たちは押し出されるかっこうで、小扉が開いたままの改札の向こう側へ出た。

男の子たちは顔を見合わせ、どちらともなく先へ走りだした。気がついた駅員が呼び止めたが、二人は走りつづけ、男性への説明を素早く終えた駅員は、詰め所を出て、男の子たちを追った。高齢の男性が首を傾げながら改札を抜けていく後ろから、香とカデナは新幹線乗り場に入った。

向かって右手側のトイレの前に、なかをのぞいている駅員の姿がある。ボイとノチェは見当たらない。上りのエスカレーターが三か所にあった。だが、どれが福島行きの新幹線に乗るホームにつながるのかわからない。

香は周りを見回していて、みやげもの売り場の店先で、同い年くらいの男の子がこちらを見ているのに気がついた。よそ行きらしいブレザーを着て、半ズボンにハイソックス、短ブーツをはいている。香の視線に気づき、男の子はそっぽを向いた。

おばけじゃないよね……。香はつぶやき、彼に歩み寄って、フクシマいく？　と訊いた。男の子はじっと身を固くし、香がもう一度訊くと、そっぽを向いたまま、ナガノのおばあちゃん、と答えた。

フクシマ、どこでのるかわかる？　と尋ね、男の子が首を横に振ったので、ママかパパにきいてくれる？　と頼んだ。男の子は返事もせずに売店に入り、みやげものを選んでいる母親らしい女性の春物のセーターの裾を引き、ママ、フクシマどっち、と尋ねた。

え、なぁに。フクシマいくの、どこ。行くのは、長野よ。してる、フクシマどっち。セーター伸びるからやめて。フクシマだよぉ。男の子が腹立たしげに言うので、母親らしい女性もうんざり顔で売店から出て、標識を探し、あっちの一番奥、と指差し、元の場所に戻った。

男の子は、香たちを見ずに、母親にならって指差した。ありがとう、と香は言って、手を振る。カデナも手を振る。男の子は視線を香たちのほうへやり、彼女たちの笑顔にどぎまぎした様子で目をそらし、しかし胸もとにほんの少しだけ手を上げた。

エスカレーターに乗った香は、ホームに上がりながら、カデナに教えた。

くさをたべるケダモノはね、むれでなくても、たすけあうんだよ。

ホームに新幹線はまだ入っていない。数人の客が列を作って待っている。男の子たちを捜したが、どこにもいない。チャイムが鳴り、新幹線がじきに入ってくるアナウンスがあった。

あそこ……。カデナが一方を指差した。線路をはさんだ向かいのホームのベンチの陰に、ボイとノチェが身を丸くして隠れている。彼らを捜す駅員の姿も近くにあり、声を出して呼ぶことはできない。香とカデナは、彼らに向けて大きく手を振った。ボイとノチェは身を潜めることに懸命で、気がつかない。香とカデナは交互に左右に動いて手を振り、ようやく二人がこちらを見た瞬間、新幹線が両者のあいだをさえぎった。

香たちの前でドアが開く。降りる人はなく、ほかのドアからは人々が乗り込んでいく。香はエスカレーターの前に戻り、下を見た。男の子たちは上がってこない。発車を知らせるベルが鳴る。

背後に微妙な空気の揺れを感じた。カデナが新幹線に乗り込むところだった。香はびっくりして戻り、車内に飛び込んだ。ベルが鳴りやみ、ドアが閉まった。

フクシマ、いけないいきがして、こわくなったの……。カデナが泣きそうな顔で言う。むれは、かってにうごいたら、だめ。彼女を叱りはしたものの、すでに新幹線は走りだしており、香はカデナの手を取り、席のほうへ進もうとして、足を止めた。

階段が上下に分かれている。

下に進んでみる。自動ドアが開き、ずらりとつづく座席と、それに座った乗客が目に入った。先頭の巨漢の男に睨まれ、香は下がって、カデナを連れ、階段をのぼった。

やはり座席が並び、多くの乗客の姿がある。

どうしたの、と尋ねるカデナを後ろに従え、香は通路を反対方向へ進んだ。また上下に分かれる階段の前に出た。

このシンカンセン、にかいだてだ。香の言葉に、カデナは驚き、たおれないの、と訊いた。

香は階段をのぼった。混雑しているのに、不安になるほど静かな車内を進み、後方に二つ、席が空いているのを見つけ、カデナと腰を下ろした。

一分と経たず、肩をつつかれ、会社員風の男が切符をこちらに見せた。香とカデナは弾《はじ》かれたように立ち、指定席だったらしい階を出て、下の階に下りた。

席は見つかったが、反対方向から乗務員が入ってくる。二人は回れ右をして、後ろの車両に移る。上の階は、車内販売のカートが通路をふさぎ、下の階を小走りに進んだ。乗務員がすぐに来そうで、さらに隣の車両へ移ってゆく。

途中、通路にトイレがあり、細めにドアが開いている前を通る。

あ、と声がした。ドアが大きく開き、ベロベロバー、ポッポコピー、とノチェとボイが通路に飛び出してきた。

わあっ、と香よりも先にカデナが喜びの声を上げた。

かいだんをはしった、とノチェが言う。ぎりぎり、とボイが額の汗をぬぐう真似をする。乗ってすぐに乗務員の姿を見かけて、そのままトイレに隠れていたらしい。

ずっとトイレにかくれてよーか？　ボイが言ってすぐに、自分たちよりも幼い子どもをよちよち歩かせてきた女性が、ごめんね、と彼らをかわして、トイレに入った。

香は、動物もののドキュメンタリーのことを思い出し、三人に伝えた。

おそわれそうになったら、こどもは、おとなのかげにはいって、まもってもらうの。

四人は、彼ら自身は知らなかったが自由席の車両に移り、大人の座っている隣の席を探した。香とカデナは前後に一つずつ空いていた席に座り、ボイとノチェは離れた場所にそれぞれ席を見つけた。

彼らの隣の席の大人たちは、子どもがいきなり来て座ったことに戸惑いながら、遊んでいるとでも思ったのか、何も言わず、自分たちの仕事や読書に戻った。車両に入ってきた乗務員は、香たちを気にすることもなく通り過ぎていった。

四人は、座っていることに飽きたり、おなかがすいたりすると、互いのところに行って車両の外に誘い出し、リュックに入れて持ってきたおやつを食べたり、ジャンケンや尻取りをしたりして過ごし、乗務員や車内販売のカートが見えると、席に戻った。

じゃあ、カデナのナ。ナリタ、さいしょについたとこ。タジキスタン……ゴル、へいきかな。ンがつく。じゃあタイ。イカ。カゲ。ゲンパツ。ツバ。バクハツ。ツナミ。ミライ。イマ。ママ。ママはもういったよ。

ママとあって、どうするのカデナ。……マスク。クニ。ニジ。ジエータイ。イタ。タイホ。ホーシャノウ。ウソ。ソラ。ランドセル。かった？　かえない。うちも。

ルス。スナバ。バンソウコウ。ウシ。ボイって、オスのウシのことだよ。ノチェはよる、まんげつのよる。ゴルは、はなだって。セダーは、およめさん、リヤはおばあちゃんのなまえ。かおりは、においだろ。カデナは？……。ダディがいたキチだよ。つぎキチ？　チ、チキュウ。ウタ。タイク。クモ。モーフ。フクシマ。ママ……。

ママとあって、どうするの。何度か同じことを問われ、カデナはそのつど顔を伏せた。

新幹線が止まり、ウツノミヤ、とアナウンスがあった。次に、コオリヤマと聞こえた。

四人が席に戻っていたとき、まもなくフクシマ、と聞こえた。

ボイの隣の男が降りる準備を始め、棚に上げていた帽子をボイの膝の上に落とした。彼が渡して、ありがとう、と男は礼を言った。つぎ、フクシマ？　とボイは尋ねた。そうだよ、きみも福島？

ボイは、うなずきかけ、窓からの光に目をとられた。雲から出た日の光が、山間《やまあい》にひらかれた畑をまばゆく照らしている。

こんな国に来るんじゃなかった、とボイの母は嘆いた。帰ったって働く場所なんかない、と父は怒った。ここだってないでしょ、ボイはふるさとに帰りたくない？　幸せに暮らせると思うけど、と母は言う。ぼく、ここしかしらないよ、と彼は答えた。ここがふるさとじゃないの？　ここじゃしあわせになれないの？

フクシマだよ。

ボイが顔を起こす。ノチェが隣に座っていた。香とカデナも歩み寄ってくる。

四人はホームに降り、ほかの乗客が歩いてゆく先を見て、同じ方向へ進んだ。下りのエスカレーターに、男の子二人が先に乗り、空いている右側を駆けるように降りていく。

ゆっくり降りる香たちに、ノチェとボイは下から勝ち誇ったような笑いを見せ、人々の先頭に出る勢いで駆けていった。彼らが改札の手前まで進んだとき、きみたち、ちょっと待ちなさい……と、二人の駅員が両側からはさむかたちで彼らの腕を取った。

ノチェとボイは、逃げることも、声を出すこともできず、立ち尽くした。

この子たちの保護者の方いらっしゃいますかー。駅員が周囲に呼びかける。遅れて下に降りた香とカデナは、前方の小さな騒ぎの様子をうかがう大人たちの陰に隠れた。

誰も保護者だと名乗らないのを見て取った駅員は、ノチェとボイに向き直り、大宮から乗ったのかい、と尋ねた。大宮で新幹線乗り場に勝手に入った男の子たちがいると報告が来てる、切符を見せてごらん。

二人は身を強張らせて、何も答えない。名前は？　リュックのなかに連絡先がわかるものが入ってる？　こっちの部屋で見せてくれるかな。

ノチェとボイは、駅員に腕を引かれ、腹の底からこみ上げるようなうめき声を発した。口をへの字に曲げ、低音から高音へ、声量も高くなり、ついには周囲の人々の耳を聾《ろう》する泣き声を響かせた。駅員が連れていこうとしても、二人は崩れるように座り込み、いやいやと上半身を左右に振る。応援の女性職員が駆けつけ、二人の前に座ってなだめた。

いくんだよぉ、いくんだよぉ、と二人は交互に訴える。どこへ行くの、と女性職員が尋ねる。ケームショだよぉ。刑務所、福島刑務所のこと？　彼らを十人前後の乗客が囲んでおり、香とカデナは人々の後ろから二人を見守った。

ノチェとボイが立って、ケームショどっち、と改札口へ歩きだす。男性駅員が立ちはだかり、女性職員が二人の腕を取る。二人はそろって癇癪《かんしゃく》を起こし、ノチェが、いやだ、ダディのところへいく、と言い、ボイが、かえらない、ニッポンにいる、と訴える。

お父さんが刑務所にいるの？　と女性職員がノチェに訊く。

ノチェは、どっちだよぉ、と苛立った声を上げ、困った女性職員が、改札に向かって左側を指し、出て左だけど、バスにも乗らなきゃいけないし、あなたたちだけじゃ行けないの、と言い聞かそうとする。

ノチェが彼女の腕を払い、改札を抜けようとして、駅員に止められた。

その隙にボイが改札を抜け、左側に走っていく。誰か捕まえてっ、と駅員が叫ぶ。ほどなく左に曲がった通路の先から、別の駅員に捕まったボイが連れてこられた。暴れる彼を、さらに別の駅員が手伝って押さえ、二人とも事務室のほうへ連れていかれた。

見物していた乗客たちが吐息をつき、新幹線乗り場の改札を抜けてゆく。香とカデナは、白髪の女性の後ろについて、改札を出たあと、小走りに左へ向かった。

前方にもう一つ、改札がある。ボイを捕えた駅員が詰めていたのだろうか、改札脇の詰め所にいまは駅員の姿がない。香とカデナは、先を歩く大人につづいて改札を抜けた。

改札の外はデパートとつながっており、左右に店が並び、どう進めば屋外へ出られるかわからない。香は経験から頭上を見た。標示板にトイレのマークと左に矢印が出ている。左へ進んだ。下りのエスカレーターが現れ、一階に降りた。

カフェの奥に白々と光る窓を見つけ、光の差す方向へ急ぎ、行き当たったガラス張りのドアを押す。冷たい風に抱き寄せられるようにして外へ出る。バスがずらりと並んだターミナルが広がっていた。

乳白色の雲がおおった空には、ところどころ切れ間があるものの、いま太陽は雲の後ろに隠れ、薄ぼんやりと、真綿で包んだ光る玉のような存在を彼女たちに知らせている。

どのバス。どれ。

二人は、巨大な動物が檻《おり》のなかでたたずんだり、のっそり動いたりするのに似たバスの車体を見ながら、一定の間隔で並ぶバス停を一つ一つ見ていった。だが、刑務所に行くことを伝えてくれるサインは見当たらない。

二人の前でバスが止まった。待っていた乗客が五、六人、最後におばあさんがよっこらしょと乗り込む。バスにのるなら、きっと、おばけじゃない……。

香はカデナを残して、バスに乗った。腰掛けたおばあさんの脇に立ち、これ、ケームショ？　と尋ねる。おばあさんが香を見る。このバスが刑務所に行くかってこと？　と訊き返す。香はうなずいた。さて、行かないと思ったけど、ねえちょっと、とおばあさんは運転手に声をかけ、刑務所へ行くかしら、と尋ねた。行きませんよ、と運転手が答える。どのバス、と彼女は重ねて尋ね、運転手はバス停の番号を伝えた。どの辺。あの端のところです、と運転手が指差す。おばあさんは、黙って香にほほえみかけた。香はバスを降りかけて、ふたたびおばあさんの前に戻り、ありがとう、と告げた。

刑務所へ行くというバスが到着した。

始発のため無人のバスに、中年の女性が乗り、香とカデナがつづく。二人は座席から首を伸ばして、動きだしたバスの前方を睨んだ。

車内に次のバス停の案内が流れ、聞き逃さないように集中する。

客が乗り、降りる。香たちと一緒に乗った女性が降り、途中で乗った何人かも降り、香たちだけとなった。

次のバス停で、後方のドアから客が二人乗ってきた。突然、運転手が運転席を離れ、乗ってきた客に、少しお待ちくださいと断ってから、香たちの前に立った。

お嬢ちゃんたち、どこまで行くの？　パパかママは？　どこかで待ってるのかな。

カデナがとっさに席を立ち、開いたままの後方のドアから外へ出た。

香があとを追う。運転手の声も追ってくる。

カデナは道を曲がり、住宅のあいだの狭い窪《くぼ》みに身を隠した。追いついた香が、一緒に窪みに入り、息をつく。首だけ出し、誰も来ていないのを確かめて、怖かったの、と尋ねた。カデナがおびえた目をして、うなずいた。

香は窪みを出て、恐る恐る道を戻り、バス通りをうかがった。走り去るバスの後ろ姿が見える。どうしよう……と、カデナが申し訳なさそうな声で訊く。

あるこう、と香は答えた。バス、まっすぐいったから。

住宅地を貫く片側一車線のバス通りに沿って狭い歩道があり、前に香、後ろにカデナ、と一列になって歩いた。

乗用車やトラックがすぐ脇を走り抜けてゆくが、東京で車に慣れている二人は、別段恐れも感じずに歩きつづけ、やがて道沿いに建つ神社の前に出た。

奥に広がる境内《けいだい》に、梅の木が数本並び、春告げの白い花が満開で、単調だった町の景色を不意に彩る。いいにおい、とカデナがつぶやく。香は匂いはわからなかったが、確かにほかとは違う濃密な感じの空気が漂っており、刺激を受けてか、腹の虫がくうと鳴った。

無人の神社の、拝殿《はいでん》の階段に二人は腰掛け、リュックから、香はあんパンを、カデナはピンクの弁当箱を出した。弁当箱には、カデナ自身が握ったおにぎりが三つ入っていた。うち一つを、彼女が香に差し出す。ありがとう。香は受け取り、口に入れた。どう、と心配そうにカデナが訊く。おいしい。香は答えた。だが握りがゆるく、ぼろぼろと崩れる。片方の手の平に受け、おにぎりのなかに、なにかはいってるの、と訊いた。カデナは首を横に振った。おかあさん、なにもいれないから。

香はおにぎりを平らげ、カデナ、おかあさんとあったら、どうするの、と尋ねた。

カデナは空を見上げ、首を傾げた。

はやくかえってきて、っていう？　カデナは白梅に目を移し、首を傾げる。

ギューしてもらう？　また首を傾げる。

香はしばらく考え、フクシューする？　と訊いた。カデナはうつむき、手のなかで崩れたおにぎりを口に入れた。

二人は、神社の手水所《ちょうずどころ》で手を洗い、バス通りに戻った。

しばらく歩くうち、バスが彼女たちの横を走り過ぎていった。すぐ先の十字路で、バスは右に曲がってゆく。香とカデナは、十字路まで急ぎ、見えなくなったバスの残像を追いかけるように右に曲がった。

道の両側から建物が消え、川に出る。道路は橋となり、広い川を渡った先に目を凝らす。

アパートや団地風の建物、民家などはあるが、特別大きい施設は見当たらない。

二人は欄干にもたれ、疲れから深々と息をついた。川は、左手に遠く見はるかす山々の麓《ふもと》から流れてくる。水の流れは速いものの、底は浅いのか、川床《かわどこ》の石がのぞけた。

ヒト……。

カデナが指差した。枯れたすすきが風に揺れる川べりで、肩から腰に回した紺色の布のなかに赤ん坊を抱えた男が、流れに半身を向けてうずくまっている。

おばけかな？ カデナが訊く。香は男の様子を見つめ、川べりに下りてゆく道へ進んだ。どうするの、とカデナが訊く。ケームショ、きいてみる、と香は答えた。おばけかもしれないよ。おばけのほうがいい、ケームショへいくの、じゃまされないから。

淡く草の萌えはじめた土手を下り、二人は男に近づいた。男が顔を上げる。顔色が悪く、感情が面《おもて》から読み取れない。

おじさんのこと、みえるよ。香は言ってみた。

男は力のない目を香に向ける。香は歩み寄り、彼の肩から腰に回されたスリングと呼ばれる布のなかにいる赤ん坊をのぞいた。頬は桃色で、唇の端によだれの泡を作り、薄い瞼を閉じている。

ケームショどこ、と香は訊いた。男の表情がかすかに動き、刑務所？ と訊き返す。おしえてくれたら、おいていってもいいよ、と香は左手を上げてみせた。

男は眉をひそめ、どうして刑務所の場所を知りたいの、と訊く。香は斜め後ろに立ったカデナを振り返り、このこのおかあさんに、あいにきたの。

男がカデナに視線を向け、ママが刑務所に入ってるの、と訊く。カデナはうなずいた。どうして入ったの。カデナは答えない。

男は、赤ん坊の重みを確かめるように揺すり上げ、この子のママも入ってる、この子のお兄ちゃんを死なせて……一緒に死のうとしたんだ、おれのせいだ、放っておいたからね……いま会ってきたところだけど、何も言えなくて、二人とも黙ったままだった、この先どうすりゃいいのか、いっそのこと……。男が言葉を切り、絶望したようにうなだれた。

カデナが前に出た。香の隣に並び、いつかえってくるの、と訊く。

え、と男が顔を起こした。あかちゃんのママ、いつかえってくるの？　男が目をしばたく。かえってくるんでしょ、とカデナが問う。男はうなずき、帰ってはくるけど……。

いつ？　と彼女がさらに訊く。たぶん、この子が三輪車を乗り回す頃かな。わたしのおかあさん、わたしが、ごねんせいのころだって……。

男がまぶしそうな目をして、そんなに……と、かすれた声を出す。会いにいくのかい、いまから？　カデナがうなずく。きみはお姉ちゃん、それとも親戚？

男に訊かれ、香は首を横に振った。むれ、と答えた。

男は、香たちが歩いてきた道を戻り、十字路のところで止まって、ここをまっすぐ歩いていけば着くよ、と彼女たちがバスを追って曲がらなければ、そのまま進んだであろう方向を指差した。

塀に沿って歩いて、右側に大きい建物が見えたら、刑務所だよ、ただし男が入る刑務所で、女の人の刑務所はそこを通り過ぎて、一本先の道を右に曲がるんだ。

彼は腕時計を確かめた。三時か、まだ面会時間だけど、子どもたちだけで会わせてくれるかな……と、疑問を含んだ口調で言う。

香とカデナは気にもせず、ありがとう、と香が言い、ありがとうございました、とカデナも頭を下げた。男は、赤ん坊の背中に手を当て、しっかりと抱き直し、もう一方の手を彼女たちに向けて振った。

教わった道の右側に高い塀が現れ、先へ長くつづいている。香が前、カデナが後ろと、これまでと同じに一列で歩いていたが、じきにカデナが香と並び、さらに彼女は足を速めて前に出た。

通常の歩道が、レンガに似た石を敷きつめた道に変わり、特別な場所へつながる通路の雰囲気を、二人に伝える。カデナはついに駆けだし、香は彼女を追った。

　高い塀がいきなり切れた。右手に空間が開け、大人の胸くらいの高さの鉄の門扉《もんぴ》が行く手をさえぎっている。門扉の向こうは敷地が広くとられ、彼方に美術館か学校を思わせる、白くて清潔な印象の建物が建っている。

　前面の窓に用いられたガラスが、西に傾きはじめた太陽の光を照り返すなか、建物から出てきたばかりらしい洋服姿の二人連れの女性を、門扉の右端に建つ警備の詰め所にいた制服の刑務官が迎えた。ベテランらしい男性刑務官は、彼女たちからカードのようなものを受け取り、ご苦労様でした、と柔らかい表情で言い、門扉を開いた。

　次の瞬間、カデナが走った。まって。香は叫んだ。ここはちがうよ、さっきおじさんが……。だがカデナには声が届かなかったのか、女性二人と刑務官のあいだをすり抜け、開いている門扉からなかへ走り込んだ。

　刑務官が驚いて、待ちなさいっ、と追いかける。香もつづいて敷地内へ入った。

　カデナはすぐに刑務官に腕をつかまれた。なお走ろうとしても、力ずくで引き寄せられる。何してるの、入っちゃだめだよ、と叱る刑務官の腰を、香が後ろから押した。刑務官は困惑の表情で、何なの、と香とカデナを交互に見る。

　香は相手を睨みつけ、はなして、わたしのばんだから、わたしがつかまる、と言った。

刑務官は呆れた顔で、鬼ごっこなら外でしなさい、とカデナの腕を捕えたまま、香に手を伸ばした。香はじっとしていた。

かおりっ。刑務官の伸ばした手を、カデナがつかみ、泣きそうな声で呼びかけた。かおりっ、おかあさんに、あってきて、おねがい。

刑務官がカデナの手を振り払おうとする。だがカデナはしがみつき、おかあさんにあってきて、と訴える。

香は、どちらへ走ればいいのか迷い、はやくぅ、とカデナが叫ぶため、ともかく彼女が走っていこうとした方向へ駆けだした。勢いで靴が脱げそうになる。思い切って脱いだ。止まりなさい、と命じる刑務官の声をさえぎり、カデナの声が届く。

おかあさんに、はなしてきて。おこってないよ、って。わたし、おこってないよー。

香は振り返って、うなずいた。脱いだ靴が、小さな獣の死体に見える。前に向き直り、オコッテナイヨ、オコッテナイヨ、と口のなかで繰り返す。カデナの声がまた届く。

あとね、ともだち、できたよーって。わたし、ともだち、いっぱいできたよー。

香はもう振り返らず、トモダチ、デキタヨ、ダイジナ、ナカマ、デキタヨ、とカデナの母だけでなく、寝たきりの人の面影も、目の裏に見つめながら繰り返し、足の裏の痛みに耐え、まばゆく光る白い建物の入口に向かって駆けつづけた。

遠ざかる願い

頭がずきずきする。痛い、痛い……なんとかして。

夢で頭が痛いなんて最悪だ。

我慢できないほどなのに、夢だから本当の痛みではないことになる。

わけがわかんない。誰か、お医者さんを呼んで。夢でもいい、夢のお医者を、夢の救急車を呼んで。

あ、誰か来た。

ねえ、ちょっと……なんだ、いつもの男の子か。え……ああ、からだの向きを換えてくれると、楽になる。そう、ちょうどいい。痛みがおさまってきた。

上の子が「ショウジ」と呼んでいるこの子の世話は丁寧だ。最近はずっと沈んだ表情をしている。

「カオリ」と呼ばれている下の女の子も、悲しみをつねに抱え込んでいるような目をしている。

上の子は「マコトにいちゃん」と呼ばれている。彼はこの頃なんとなく大人の男の顔になってきた気がする……って、わたしは何と比べてそう思うのだろう。

昨日とか以前……つまり過去。わたしには過去の記憶があるということ?

そんな夢ってあるかしら。架空の過去をこしらえ、いまの状態と比べる夢……。

ああ、ややこしい。腹立たしいのは、そうした過去でも、寝たきりということだ。からだを動かせず、話もできず、三人の子どもの世話を受けている。

夢の過去で、わたしは子どもたちに何度か合図を送ろうと試みた。

大人を呼んで、お医者を呼んで、婚約者の信道さんを呼んで……。

子どもたちは皆、何だろうという目でわたしを見る。でも、しばらく見つめたあと、視界から消え、やがて離れてしまう。

子どもたちはからだが少しずつ成長し、表情の陰影が気のせいか深まり、瞳に浮かぶ感情の色が複雑になってきた。そんなこと、夢だとしてもおかしくない?

わたしの目が届かないところで……夢の外ってことだけど、特別な経験でもしているかのようだ。

この子たちの親はどんな人たちだろう。どこで何をしているのか。夢なのだから、考えるのさえ滑稽だけど……きっと楽だろうなって思う。

子どもたちは、泣いてぐずることもなく、わがままを言って暴れることもない。わたしの見える範囲だけど、たいていのことは自分たちでなんとかしている。

でも客観的に見れば、かわいそうな子どもたちとも言える。たまには誰かが、この子たちをほめたり、休ませてあげたりしたらいいのに。

三人はよく見れば、かわいい顔もしている。

マコト君なんて怒ったような顔ばかりだけど、ときには優しい表情を見せることがあるし、ショウジ君も、カオリちゃんも、こちらが胸をつかれるような、あどけなさや純真な美しさを垣間見せてくれることがある。

ああ、誰かが、この子たちを抱きしめてあげたらいいのに。

頭を撫でてあげたらいい、そばにいるだけでもいい、寄り添ってあげたらいいのに。

誰も、いないのかしら。

愛子　V

両手をこすり合わせ、指の曲げ伸ばしを繰り返してから、古いシーツをベッドから外し、専用の籠《かご》に入れる。糊《のり》がきき過ぎの、新しいシーツを指先に力を入れてベッドの上に広げ、隅をマットの下に折り込む。

　バスルームを掃除し、アメニティを補充して、部屋の床に掃除機をかけ、両手をマッサージしながら廊下に出る。

　三十代半ばの副支配人が待っており、腕時計を見て、ため息をついた。彼は、愛子が掃除したばかりのシングルルームを確認して、

「吉丘さん、何度も言いますけど、もう五分早くすませてください」

「あの……クビでしょうか」

　と、愛子はこわごわ尋ねた。

「まさか。効率を上げてほしいだけです。手をよく気にされてますが、何か問題が」

　愛子は手を背後に回し、いえ、と口のなかで答え、気をつけます、と頭を下げた。

　手足が異様に冷たかった。体温は日中でも三十六度を切る。手は氷水につけたあとに似

て、マッサージをしてよく温めてからでないと、からだの一部という気がしない。何かを握っていても感覚が怪しく、よく落としたり、逆に握り過ぎてしまったりする。病院で二度ほど診てもらったが、原因はわからず、ともかく運動でもして体温を上げるようにと言われた。

池袋駅前のビジネスホテルで、客がチェックアウトしたあとの清掃とベッドメイクの仕事は、午前七時半に入り、もう一人の同僚と、使用された全客室、廊下やホール、エレベーターまで休憩なしで掃除し、二時に終わる。控室で家で作ってきた弁当を食べ、支給される電車賃を使わずに四十五分歩いて、香を幼稚園に迎えにいくのが平日の日課だった。

その日、香を迎えにいくと、左手の人差指に、朝はなかった絆創膏が巻かれていた。工作をしていて、ハサミで少し切ったのだと、教員が告げる。血はもう止まっていたが、愛子は不安をおぼえて、尋ねずにはいられなかった。

「破傷風《はしょうふう》は大丈夫でしょうか。病院へ行かなくても、平気なんでしょうか」

教員は困惑した表情で、心配いらないと思いますけどと答え、香も、へいきと言った。だが愛子は、近所の医院へ香を連れてゆき、老年の女性医師に苦笑されながら消毒薬を塗ってもらった。

「お母さん、なんだかずいぶん心配性になっちゃったよね」

アパートに戻ったあと、事情を知った誠が言った。

そんなことないけど、と愛子は言い返したが、あるよあるよ、と正二が言い、あるある、と香も言う。

誠が足を捻挫《ねんざ》して帰宅したとき、一生歩けなくなるとおろおろし、正二が友だちと遊んで帰りが遅くなったときには、誘拐かもしれないと警察へ届けそうになった。香が銭湯で足を滑らせて腰を打ったときには大騒ぎで、結局は店主が救急車を呼ぶ羽目になった。

「確かに大事にはいたらなかったけど、大変なことになった可能性もあるんだから」

愛子はむきになって子どもたちに言った。

だが、物事を大げさに考えるようになったという自覚はある。体温の低下が気になってきたのと同じ頃からで、他人の言動もまっすぐに受け取れず、別の意図が隠れているのではと、気を回して不安になることが増えた。

鍼灸院《しんきゅういん》に勤める信道が帰ってくる七時に間に合うよう、二日に一度、四人で銭湯へ行き、家族そろって夕食をとったあと、香を寝かせ、八時半に愛子は家を出る。歩いて二十分の飲屋街の外れにあるラブホテルで、ベッドメイクと清掃の仕事につくためだ。

客が出た直後は忙しいが、一時を回れば泊まりの客だけとなるので、あとは受付の同僚に託して、アパートに戻る。

その際、消防車のサイレンでも聞こえようものなら、アパートが火事かもしれないと動悸がし、走らずにはいられない。

アパートが無事でもまだ落ち着かず、夫と子どもが部屋いっぱいに広がって寝ているのを見て、ようやく安堵の息をつく。手早く着替え、正二と香のあいだにもぐり込むと、気配を察した二人が両側から身を寄せてくる。二人の体温で温められ、凍てついたからだの芯が、ゆっくりと溶けてゆくように感じる。

この子たちがいるからやっていける……。

毎夜そう思っていた。手をこすって温め、香と正二の頭を撫でる。正二と夫のあいだに寝ている誠にも手を伸ばし、最近色気づいて鏡の前で何度も髪をいじるようになった長男の頭も撫でる。そうしてようやく寝つける。

冬に引越し、春を迎えて、室内の不具合くらいは直そうというゆとりが生まれた。

隙間風の入る窓から手をつけた。細い木枠に薄いガラスをはめただけの古い窓で、強くぶつかれば木枠ごと外へ落ちそうなため、子どもたちには部屋で騒がないように注意していた。

雨風にさらされて、枠がゆがみ、隙間から風が入ってくる。新聞紙や雑巾《ぞうきん》を当てていたが、信道は、ゆがみを削って直線を出し、スポンジのテープを貼ればよいと言った。

だが彼は指示だけで、自分は動かない。取立て屋が現れて以後、彼は怪しい言動が目立つようになった。

あるときは、蛇が子どもたちまで呑み込む、邪悪な蛇に人間が滅ぼされる、などとつぶやき、夜になっても帰ってこなかった。誠と手分けして駅や公園まで捜し、捜索願を朝に届けるつもりで待つうち、明け方、疲れた足取りで戻ってきた。

従兄の実家へ行ったと、のちにわかった。伯父は施設に入り、信道が子どもの頃に過ごした家は、従兄の姉が処分して、更地《さらち》になっていたという。従兄の姉にも会った信道は、従兄が実家処分の金をわけてもらうときだけ戻り、その後は行方知れずだと聞いてきた。さとられた……と信道はつぶやいた。

愛子は彼を精神科の病院へ連れてゆき、かつて処方されたうつ病の薬をもらった。薬を再開して、不安定な言動はおさまったものの、鍼灸院の仕事をするだけで精一杯の様子で、ほかの用事をする余裕はなさそうだった。

愛子は、子どもたちと窓を直し、板間と居間のあいだの仕切り戸が軋むため、ろうそくの蠟《ろう》を塗って滑りをよくした。台所の流しの水漏れをテープで補修し、ゴキブリ捕りの罠を台所に仕掛けた。

ネズミもいるらしく、床下や押入でがさごそと音がする。ラブホテルに粘着性のネズミ捕りがあまっていたため、安く譲ってもらい、台所と押入に置いた。

だがネズミは捕まらない。どこかに巣があるんだ、と誠が調べ、押入の床に引越す前から敷かれていたシートをはがしたところ、留めてある釘のゆるんだ床板が現れた。

誠が板を外し、床下をのぞいた。悪臭に鼻をつまみ、奥に巣みたいなものがあると言う。

だが罠の仕掛けは、信道が止めた。子どもの頃に蟻の巣にひどいことをして、いやな目にあった、と言う。どんな目にあったかは、子どもたちが尋ねても、答えなかった。

押入の布団にネズミの糞《ふん》を見つけた愛子は、夫に内緒で罠を仕掛けることにした。

狭い床下は、上半身を入れるのがやっとで、たまたま早く帰ってきた正二が、ぼくがやる、と足から滑り込むようにして床下に入り、奥に罠を仕掛けた。二人だけの秘密よ、と愛子が言うと、正二は嬉しそうにうなずいた。ほどなくネズミの走り回る音は絶えた。

初夏の過ごしやすい時期から梅雨へ移る合間の、湿気が多く、なのに雨がつづくにはいたらない季節、愛子は、二週間に一度の休みの日、衣類の整理にあたった。

本来は一日も休まずに働き、早く借金を返したい。だが子どもが三人いると、家事は毎日の短い時間では処理し切れず、隔週で家事用の休日をとるのはぎりぎりの選択だった。

じき衣更《ころもが》えなのに、子どもたちの夏服をあまり持ってこなかったことを、いまさらのように悔やんだ。寒い時期の夜逃げだったため、子どもに風邪をひかせないよう厚手のものばかりに目が行き、薄ものが足りない。元の家に残したものは、取立て屋が業者を入れて処分した、と聞いている。

昼下がりまで慌ただしく整理を進め、ひとまず何か食べようと台所に立ったとき、流しの上の窓から中華料理に使われる香辛料の、甘辛い匂いが流れてきた。

斜め向かいの部屋には、東アジア系の顔立ちをした男が三、四人で暮らしている。挨拶すれば気持ちよく返してくれる人たちだが、子どもに何かしやしないかと、根拠のない不安に駆られる。

隣室の女性は、毎朝地味な服装で出勤し、謹厳な事務員に見えるが、子どもの声がうるさいと何度も注意を受けた。

向かいの初老の夫婦は、管理人の話では、息子が交際相手を殺して自殺し、賠償金を求められているらしい。

管理人は盲目の口の軽い老人で、戦争の自慢話をよくする。妻らしい老女は、憎しみを彫りつけた能面に似た顔で、必要最小限のことしか話さない。

二階の会社員風の男性は、女装癖があるらしい。愛子が夜に出勤の際、繁華街で出会った派手な装いの女性が間違いなく彼だった。

二階に暮らすインド系の男性は、妊娠中の日本人の妻から、子育ての相談を受けたおり、バングラデシュ人だと聞いた。インド人であることが、いまいるカレー店の雇用条件のため、国籍を詐称しているらしい。

彼らの隣室の男性は、ふだんはおとなしいのに、酔うと人が変わり、ぶっ殺すという声が下まで響く。もしかしたら、と暗い想像が頭のなかを巡って、落ち着かない。

唯一頼れる相手に思えたのが、オランダ人の牧師で、愛子に子どもが三人いることを気づかい、困ったことがあれば何でも言ってほしい、と申し出てくれた。なのにその彼が、二階の空室に外国人をかくまっていることがわかり、だまされた気がした。

漠としたおびえに胸が苦しくなるたび、出る、ここを出ていく、と目を閉じて唱えた。いまもまた、もう出よう、じき出ていこう、と唱えつつ、焼きそばを作っていたとき、ドアをノックする音が響いた。

おれだよ、元気にしてる？　と覚えのある声が耳を打つ。

玄関先に、にこやかにほほえむ信道の従兄が立っていた。引越し以来初めて姿を見せた彼に、驚き、恐れ、信道が見たら、と心配にもなり、消えてっ、と叫びそうになった。

「こんにちはぁ、お久しぶり。お元気ぃ？」

中年の上品そうな女性が、口もとをハンカチで押さえ、従兄の脇から姿を現した。

「例の、想定外の損害をお与えした件で、あらためて謝罪に顔を出したら、吉丘家の居場所を教えろ、と言われてね。悪い話じゃないみたいだから、お連れしたんだよ」

愛子も当然知る相手として従兄が話す口調で、かつての鍼灸院の大切な顧客であり、信道が従兄に紹介した、パチンコ店を数軒もつ会社の社長夫人だと思い出した。

「何が謝罪よ。自分も被害者の一人だったと証言してほしいだけでしょ、虫のいい」

社長夫人は珍しそうに室内をのぞき、においが気になるのだろう、眉をひそめて、

「被害者に加えるなら、吉丘先生よ。こんなところに夜逃げして……皆さんお元気？」

愛子は、当たり障りのないところを答えた。

相手は、大仰な同情の表情でうなずき、全部あなたのせいよ、と従兄を睨みつけた。そのくせ視線が妙に甘い。従兄も悪びれず、

「みんなの幸せを思って勧めたことでね。信道たちも、自分たちの考えで決めたんだし」

「先生も軽率に引き受けたのは確かね。儲けたい連中が、事が悪く転げた場合のことを隠すのは当たり前だもの。って、わたしもだまされた口だけど。あのときはカッとして先生を責めちゃって、気になってたの。罪滅ぼしじゃないけど、先生、外国に行く気ない？」

話の展開に困惑し、相手を部屋に上げることも忘れて、愛子は虚ろに聞いた。

「外国ったってお隣。業界の関係者が多くて、年に何度も行くのね。友だちはスター目当てで通うし、別宅を買った人もいて、日本人の集まる場所が大きくなってるの。でも皆さ

ん若くはないから、しぜんと健康の話になって。本場の鍼灸《はりきゅう》もあるらしいけど、言葉がわからないと、からだのことは不安でしょ。日本人のいい先生がいればって話になって、吉丘先生の顔が浮かんだの。先生にもいい話よ。知り合いのホテルを紹介するから、契約社員のかたちで手続きして、ホテルで客をとるようにすれば、日本にいるより絶対稼げる。前宣伝したら、皆さん心待ち。出稼ぎのつもりで、どう。これ、わりと親切よ」

どう答えればよいか即座に判断できず、愛子は口ごもった。

従兄が助け船のつもりか、

「まあ、家族が一時的にしろ二つに別れるのは、つらいとは思うけど、その分借金は早く返せるし、ちょくちょく帰ってこられる距離だから。信道とよく話し合ってみてよ」

風の具合か、隣の工場跡から異臭が流れてきた。社長夫人は顔をしかめ、下ろしていたハンカチで口をおおい、じゃあ先生によろしくぅ、と艶《つや》っぽく言って、姿を消した。

従兄が彼女を追ってゆく。愛子は寒けがして、しばらく動く気になれなかった。開いたままのドアを閉めようと、どうにか立ったとき、従兄がにやついた顔で戻ってきた。

「連れてけってうるさくてさ。他人の不幸を見てみたいって、ゲスな好奇心だよ。ただ、出稼ぎ話は本当らしい。きみらも、こんなところは早く出たいだろ。子どもたちのために家族が少しのあいだ別々になる選択は有りだと思うな。また信道のいるときに来るよ」

来ないで。二度と姿を見せないで。

声に出せたのは、従兄が立ち去り、作りかけのまま冷えた焼きそばを、もう一度作ろうとして、いやになり、床に座り込んだときだった。

香を迎えにゆく時間になり、懸命の想いでからだを起こし、幼稚園へ出かけた。

「おかあさん、これかいで。におい、かいでみて」

香が小さなポリ袋を彼女に見せた。なかに色とりどりの花が入っている。

香は袋を見せただけで渡さず、幼稚園の庭へ戻って、咲いている花を摘み、袋のなかに入れた。

マーガレットの黄色、ペチュニアの紫、ワスレナグサの青、ガーベラの白、ニチニチソウの桃色、ベゴニアの赤。そして、鮮やかな花の詰め合わせのようになった袋の口を鼻先に持っていき、匂いをかぐ。蕾《つぼみ》がほころぶように、表情が晴れやかに開いていく。

香の友人たちが集まり、かがせて、と催促する。だが香は、おかあさんがさいしょ、と愛子に袋を差し出した。

愛子は袋の口を開いて匂いを吸った。胸の底まで柔らかく、市販の芳香剤などとはまったく違う、土っぽいながら、酸味のある甘い薫りが広がってゆく。

二人で手をつないでアパートに戻ったとき、ちょうど玄関先で下校してきた正二と会っ

た。正二は香が持った袋を見て、

「何だよそれ。きれいな色の花が、いっぱいつまってるけど」

と、妹から受け取った花の袋を楽しそうに眺め、感心した様子で匂いをかぎ、

「へえ、天然の香水だね。うちのトイレはくさいから、ぶら下げといたら」

と言って、やだよぉ、と香に袋を取り返された。

正二は絵を持ち帰っていた。校内で賞をもらい、廊下に一ヶ月飾られていたものが返されたのだという。

校門前の桜と、花壇のタンポポやパンジーなどを、線ではなく色で描き分け、色と色が溶け合うというのか、境界がにじみ重なり広がって、一つの色が三つの別の色を呼び込むような感覚の、豊かな色彩の世界が展開している。香も見とれて、

「すごくきれい……トイレ、きたないから、かざったら」

と言った。ばか、と正二が絵をしまおうとしたため、愛子が止めて、部屋の壁に貼った。

鼻歌を歌いながら学校から帰ってきた誠は、壁の絵を見て、いいけど誰の絵、と訊いた。香がそれを教え、正二の自慢げな顔を見て、うえー、と疑わしげな声を出した。

「どーせ、誰かの絵を写したんだろぉ」

「ちがうよ、オンチ。自分でちゃんと描いたよぉ」

誠の憎まれ口に、正二が言い返し、香は花の袋の匂いをかぎつつ訊ねた。

「誠にいちゃん、ずっと、なんてうたを、うたってたの」

え、と誠は言い渋り、台所の愛子のほうに視線を投げた。以前はロックばかりで、愛子が勧めたクラシックを、暗いよ、と鼻で笑ったことを覚えているのだろう。

「第九って、うぜー歌だよ。年末の合同演奏会で、独唱やらされるみてーよ」

照れ隠しなのか、誠は面倒くさそうに話し、誰が音痴だとー、と急に正二をつかまえ、腋の下をくすぐった。倒れ込んだ正二が、笑いながら、香ぃ助けろーと叫び、香が誠の背中に飛びつく。暴れ馬だぁ、とからだを揺らす誠に、香は笑いながらしがみついた。

この子たちがいる、この子たちがいる……。愛子は祈りのように胸のうちで繰り返す。子どもの前で従兄と社長夫人のことは話せないと思い、信道と二人きりになる機会を待つうち、無意識に話したくない想いもあってか、タイミングをつかめずに話しそびれた。いっそ引越そう。引越さないと、彼らはまた来る。愛子は、仕事の行き帰りに不動産屋を当たった。家賃は高くなるが、交番も近くて安心できそうなアパートを見つけた。

従兄たちが現れて二週間後、ビジネスホテルの仕事が休みの日、愛子は子どもたちのおやつ用にパンケーキを焼きながら、信道に引越しのことをどう話すか考えていた。

突然、ドアが開いた。信道がただいまも言わず、トイレに入っていく。

このところ彼はトイレが近い。薬の副作用なのか、仕事中は大人用のおむつが必要だとまで言う。水を流す音がした。なのに彼は出てこない。いっそ顔を見ないほうが話しやすいように思え、

「ねえ……子どもたちに、ここはよくないと思うの。また、引越さない？」

と切り出した。

間を置いて、夫が出てきた。強い決心をしたような締まった印象の顔をしている。出会った頃の彼を思い出す。

一瞬、あの頃からすべてやり直せたらと思った。

信道　V

吉丘さん、メシでもどう。

いま勤めている鍼灸院に電話があった。経営者に断って、早めに上がり、指定された焼肉店に時間前に入った。

まだ誰も来ていない隅のテーブル席に案内され、トイレに二度行き、水さえ口にしていないのに三度目に立って、何も排泄せずに戻ると、相手方三人がいた。

洋ナシに似た体型のタカヒラという男と、瘦せて頰骨の目立つオギノと呼ばれる男が、信道の向かいに、歩くときにからだがかすかに傾ぐ若い男が、隣のテーブルに着いた。

吉丘さん、遠慮せずにどんどん食べなよ。タカヒラに勧められたが、信道は箸も取らずにじっとしていた。

おれらのメシはくさくて食えねえらしいや、とオギノに陰湿な声で言われ、ようやく手をつけた。タカヒラが焼けた肉をどんどん信道の前の皿に置く。その半分も食べられず、注文されたビールも少ししか口をつけることができない。

「すみません。腹の具合がずっとおかしくて」と言い訳した。

タカヒラとオギノは競馬と女の話を延々とつづけ、隣のテーブルに着いた若い男は何も食べず、話もしない。

河岸《かし》を変えるか、とタカヒラが立ち、近くのビルの七階だか八階だかに入った。薄暗い店に怪しい雰囲気のライトが灯り、ソファに腰を落としたタカヒラとオギノの両側に女がつく。信道も勧められて、腰が深く沈むソファに座った。ミニドレスの女が身を寄せてきた。若い男は、離れたカウンターのスツールに腰掛けた。

吉丘さん、遠慮せずにさわりなよ。タカヒラが女の太ももや胸を揉《も》みながら勧め、オギノは女の胸の谷間に顔を突っ込み、嬌声《きょうせい》を楽しんでいる。信道が水割りにも口をつけずにいたら、こちらお堅い、と隣の女に言われ、あっちも硬いぞとタカヒラが笑い、さわってみろとオギノにからかわれ、女が手を伸ばしてきたため、すみません、とトイレに立った。

女を三人連れて、近くのカラオケ店の大きい個室に席を移し、タカヒラは男気《おとこぎ》を歌ったフォークに声を張り上げ、オギノは和製ロックで腰を振り、女たちの喝采を受けた。若い男はそこでも黙っていた。吉丘さん、遠慮せずに歌いな。女たちに盛んにマイクを勧められ、信道はまたトイレに立ち、便器を汚すことなく戻った。女たちの姿がなかった。

タカヒラが向かいのスツールを信道に勧める。オギノが店の電話で何か話しており、どういう仕掛けか、カラオケの映像が流れていたモニターに、修整なしのAVが流れはじめた。若い男は、スツールを出入口のドアの脇に移して、見張りのように腰掛ける。

「吉丘さん、いまから大事な話があるんで中座《ちゅうざ》は避けてほしいんだが、腹具合はどう」

タカヒラが、上っ面の心配顔で言う。信道は下腹に手を当てた。彼らと会って十回以上もトイレに立ったが、排泄できたのは三回程度だった。排泄障害とでも呼べばいいのか、尿意や便意をたびたび感じ、しても、すぐまたしたくなる。ほとんど無駄足になるが、ちゃんと出ることもあるので無視もできない。薬の副作用だろうかと、担当医に相談したところ、薬の変更ではなく、カウンセリングを勧められた。だが借金や取立ての話をしても仕方がなく、診察料も倹約したくて、予約はまだ入れずにいる。

信道はもう一度トイレに行かせてもらい、何も出ないまま戻って、席に着いた。

「吉丘さん、うちがおたくの借金を一本にまとめたのは善意だよ」

タカヒラが言う。重そうなからだをソファに預けて、揚げ過ぎのチキンに食らいつき、

「まじめな人がだまされて、子どもが三人、不憫《ふびん》と思ったから、上の者に無理に頼んで、ほかの債権者に金を払った、つまり肩代わりをした。ほかの債権者の利率はひどかったから正解だったよ。まさかうちの善意を踏みにじって、自己破産なんて考えちゃいないよね。奥さんにハンコを押してもらったが、こっちは子どもさんにも押してもらったつもりでいる。うちら仁義で生きてるから、善意を踏みにじられたら、恨みますよ、とことんね」

オギノが口笛を吹いて、信道の注意を引いた。モニターの画面には、違法に違いない幼い少女たちのポルノ映像が流れていた。

よせよ、とタカヒラが苦笑してモニターを切る。

信道は顔を伏せ、腹の底から振りしぼるように切れぎれの声を発した。

「子どもに、手を出したら、殺してやる」

一瞬の沈黙のあと、タカヒラが喉を鳴らして笑った。オギノも膝を打って高い声で笑う。ドアのそばに見張りのように座った若い男のところからは、何も聞こえてこなかった。

「その意気だ、吉丘さん。あんたを見込んだのも、家族へのその強い愛情さ。子どもたち

を助けるために本当に殺しなよ、道徳や法律に縛られてる自分をね。姿、消さないか」

話の成行きに戸惑った。信道は、向かいでチキンを食いつづける太った男を見つめ、

「それは、わたしに、保険金を掛けて……というような、ことですか」

彼自身、家族のためなら、と考えた方法ではあった。タカヒラたちはまた大笑いし、

「確かに一時は流行《はや》ったが、いまはしつこく調べられて、リスクが大き過ぎる。ある場所にこもって、デスクワークに励んでくれればいいのさ。それで借金は減らしていける」

「どんな、仕事、なんですか」

「やるなら話す。金になるのは、仕事が特別だからじゃない。長男は……なんてった」

「誠、です」

と、ドアの脇に腰掛けた若い男がぶっきらぼうに答えた。

「下は」

と、タカヒラがもう一度訊く。

「弟が正二、妹が香です」

「ま、一番下は無理でも、マコト君やショウジ君でもできる仕事だ。あるものを計って、パックに詰めるだけ。道具は貸すよ、普通の家の台所にあるような代物だがね」

信道は、子どもらの名前を告げた男をいやな気持ちで見つめ、タカヒラに顔を戻した。

「そんな簡単な仕事なら……どうして、わざわざ、わたしに……」

「仕事は簡単でも、信頼ってのに大きな問題があってね。オギノにゃ一番ないもんだ」

タカヒラに言われ、オギノは肩をすくめて煙草をくわえ、へらへら卑屈に笑った。

「ごまかそうと思えば、いくらでもごまかせる。結果こっちの信用が落ち、商売にならなくなる。重石《おもし》がない奴は信頼できない。吉丘さんのことは、サイキが調べたが……」

タカヒラが、若い男のほうに首を傾けた。若い男は床のほうに目を落としている。

「両親と弟を早くに亡くしたんだろ。親戚のもとで苦労して、立派な会社に就職した。会社は傾いても我慢して、奥さんの実家の問題も処理したらしい。病気になって退職したが、今度は鍼灸師の資格を取って独立もした。なのに親戚にだまされた。おれたちなら、そのどこかでケツをまくって逃げてる。なのに、あんたはずっと引き受けてきた。だからさ」

「……犯罪、なんですか」

トイレに行きたくなったのを我慢して尋ねた。

タカヒラが、鶏の骨を無造作にテーブルに放る。

「いまの返済状況だと三十五年、もう少しか。上の子は五十歳、真ん中が四十五、六。下の子が四十歳になるのかな。当然家族もちだろう。子どもや孫にまで背負わせるのかい」

いいや、と否定したいが、口のなかで言葉が粘つく。

「造花作りの内職みたいなもんさ。ただ自宅は子どもがいるし、一個の手間賃は安いから、九時五時じゃいくらにもならない。一つ場所にこもって一日中やってもらって、借金もようやく減っていく。十年、ムショに入ったつもりでがんばりゃ、自由の身だ。どうだい」

信道はざっと計算した。十年なら、誠は二十五、六。まだ結婚前だろう。正二は大学に行っていれば、卒業まで間がある。何より香が中学生のときにすべてが終わっている。

「でも……十年、全然、家に帰れないんでしょうか。家族と会えないんでしょうか」

子どもたちの成長を想像し、つい口にした。タカヒラは鼻で笑い、

「そのくらいはあきらめなよ。ムショに入ったら、子どもとなんて会えないだろ」

「ですが、子供の成長は、親として一番の宝で……ことに下の子は、まだ四歳なんです」

タカヒラがおいおいと呆れた声を出し、オギノも大げさなほどため息をつく。

「ただ、月に一度、陰から見る程度なら、逆に励みになるかもしれないですけどね」

いきなり若い男が低い声で言った。

信道は驚いて、彼を振り返った。タカヒラが舌打ちをくれ、

「その辺はまた相談だ。どう、やるの、やらないの？　一つ注意しとくけど、秘密を洩らせば、遠いクニへ旅することになるのは、あんただけじゃない。腹を据えて答えてくれ」

秘密を守れば簡単という仕事は、違法行為なのは間違いない。家族と離れればなれになる

のもつらい。それでも十年で自由になれるという魅力には抗いがたく、信道は承諾した。

数日のち、若い男から連絡があり、休日前の仕事帰りに車に乗せられた。指示通り、家族には出張で一日泊まると告げた。

三時間走るあいだ、男は一言も話さなかった。東京から二つ隣の県に入り、下町の住宅地に止まった。古いアパートの部屋に、布団と日用品のほか、仕事用の座卓と電子秤《でんしばかり》が用意されていた。すぐに男から仕事のやり方を教わった。

練習には小麦粉と塩が使われた。翌朝からずっと練習して、夕暮れどき、男にできた包みのチェックを受けた。男は携帯電話を掛け、サイキです、と名乗り、パケは問題ないと相手に告げたあと、信道に電話を差し出した。

電話の相手は、落ち着いた声の主で、本当にやりますか、と丁寧な口調で問われた。十年で済むなら、と答えた。それから月に一度、子どもの顔を陰からでよいので見せてほしい、下はまだ幼稚園の年中で……と言いかけ、声がつまった。意外にも、わかりますよ、と声が返ってきた。

「よくわかりますよ、吉丘さん。いまが一番目を離したくない時期ですもんね」

表面的ではない感情が言葉にこもっており、相手にも子どもがいるのだろうと察した。

「しかし家族には何と言って出てきます？　十年連絡を絶つわけだから、言い訳をよく考えないと、捜索願なんて出されたら元も子もない。お任せしますが、頼みますよ」

帰りの車内でも、サイキと名乗った男はひと言も話さなかった。アパートの近くで車が止まり、信道が降りて頭を下げたとき、助手席側の窓が下り、彼がこちらを見て言った。

「これからもずっと、小麦粉と塩だと思うことですよ」

彼は何かが違う、少なくともタカヒラたちのような野卑さはなく、比較的信用できる気がした。暴力団の一員に違いない男に、頼むことではないと思いながらも、

「留守中の家で変わったことがあったら、知らせてくれませんか。あと、子どもたちは不安がるだろうし、上の子は思春期なので、何かのときには、よろしくお願いします」

と、深く頭を下げた。

サイキは答えなかったが、拒否的な表情も見せず、車を出した。

仕事場に移るまで五日の猶予が与えられた。鍼灸院の経営者に、精神的な不調を理由に退職を申し入れ、予約客がいたのでなお三日勤めた。

アパートの家賃は、借金に繰り入れるかたちで、タカヒラたちが払う約束ができている。生活費は、愛子のパートでなんとかなるだろう。

小麦粉が本番ではどんな粉に変わるか、薄々理解している。だが十年我慢すれば自由になれるのだし、月に一度は陰ながらでも家族の様子を知れる。見張りがつくかどうかわか

らないが、たとえば香にこっそり話しかけるくらいは許されるかもしれない。

あとは、家族に何と言って出てくるかが問題だった。

言い出しかねて一日過ぎ、二日経ち、鍼灸院の最後の仕事を終えて、七時過ぎに最寄り駅に着いたのち、言い訳を考えあぐねて歩くうち、高速道路下を流れる川沿いに出た。車の騒音にさえぎられてとぎれとぎれに、有名なクラシックの歌が聴こえてくる。大人の声ではなく、子どもの甲高い声とも違う。強さと弱さ、野太さと繊細さが揺れ交じる声を、もっと聴いてみたいと歩みを進め、川沿いの遊歩道に出た。

高速道路の真下に、目を閉じて歌う制服姿の誠を見つけた。

合唱部で、一年なのに第九の独唱を任されるようだと、妻からは聞いていた。アパートでは声を出せないので、ここで練習しているのだろう。

まっすぐ姿勢よく立ち、聴く者のない世界へ向けて一心に歌う息子の姿が、信道にはまぶしく映った。引き込まれるように川端へ下りていく。

誠は歌に集中していたが、歌詞を忘れたのか、急に口をつぐみ、手のメモを見ようとして、五メートルほど離れた場所に立つこちらに気がついた。

「邪魔をしちゃったか……悪かったな」

信道は、誠が鞄を置き放してある彼の背後の古い木のベンチまで進み、腰を下ろした。

誠は、手をポケットに突っ込み、迷っているようだったが、信道の隣に腰を落とした。

「ずっと……聴いてたの」

と、川のほうを見たまま訊く。

「いや、ほんのいまだよ」

沈黙がつづき、車の往来の音が頭の上から降りかかる。

「第九だろ。なかなか、うまいじゃないか」

話の接《つ》ぎ穂のように言う。誠は表情を変えず、わずかに肩をすくめた。

「あれは、ドイツ語だろ？　なんて、歌っているんだ」

誠がポケットから手を抜き、こちらに紙を差し出した。街灯のほうに字を向ける。ドイツ語らしい難しい字が並び、カタカナでルビをふってあった。

「覚えるんでいっぱいいっぱいで、意味はわかんない。調べりゃ、いいんだろうけど」

信道は紙を返した。父子《おやこ》の会話が弾まないのは、この年頃の子どもとなら当たり前なのか、自分が早くに父親を亡くしたため、わからない。誠の生まれに対する疑いが、気にしないようにしても、心に影を落としていることもあるのか……。いやな感情に沈みそうで、頭を横に振る。誠が蟻を踏みつぶそうとしているのが目に入り、よせ、と止めた。

「……自分に、返ってくるぞ。されて、いやなことはするもんじゃない」

誠が、行き場を失った足をゆっくり下ろし、貧乏揺すりのように数回上下させた。

「……本当に、返ってくんのかな」

誠が言う。首をのけぞらせて、宙へ向けて息を吐き、

「返ってくるなら、人間なんてとっくに滅んでんじゃない？　アリや動物にだけじゃない、人間同士でも、踏みつぶすようなことをしたり、金のために大勢が死ぬようなもんを作ったり。されていやなことばかりが溢れてる。なんで人間が滅びないのか、不思議だよ」

確かに、人間がよく滅ばないものだと、信道も思ったことはある。だが、息子のいまの苛立ちは、自分の引き起こした今回の問題に根があるのかもしれないと感じ、

「怒ってるか、引越しのこと。借金の取立てが来ること」

夜逃げを決めて以来、初めて尋ねた。

べつに、と喉がつまっているような声で誠が答える。

「責任もって後始末してくれるなら、べつにいいよ……仕方ないことってあると思うし」

彼はポケットに手を入れたまま、前屈みに、川のほうをじっと見ていた。

そうか、と信道はうなずいた。できたら自分がしばらくいなくなることを告げ、あとを頼みたい想いもあった。だが、やはりいまは言えないと思う。

「みんなが心配するから、そろそろ帰るか。おまえ、まだ練習するのか」

信道はベンチから立った。もうちょっと、と誠が答える。

風邪をひかないよう、いいところで切り上げろ、と伝えて歩きだし、思いついて、座ったままの息子を振り返った。

「歌の意味、わかったほうが覚えが早いかもしれないぞ。聴く人に、意味を伝えたい気持ちが入るし、気持ちが入らないと、うまく歌えても、本当には相手の心に届かないだろ」

誠は、うんでもすんでもなく、同じ姿勢で腰掛けたままでいた。

アパート近くの団地前に、少しだけ畑が残り、麦が黄金《こがね》色の穂をつけ、梅雨入り前のけだるさを誘う風に揺れている。

信道は、言い訳を見つけられないまま約束の日を迎えた。

愛子の仕事が休みの日だった。鍼灸院を辞めたことを告げていないため、信道は同じ時間にアパートを出て、幼稚園の園庭で遊ぶ香をこっそり眺めにいった。正二の通う小学校にも回ったが、姿は見られなかった。

文房具店へ寄ってから、喫茶店に入った。愛子からあれこれ質問を受ければ、答えるうちにボロが出そうだ。彼女の心配性は度が過ぎ、やや病的な感じさえする。十年もいなくなると告げたら、それこそうつ病になりそうだ。

卑怯だとは思ったが、十年という時間は口にせず、別のいい働き口が見つかった、あとで連絡する、とでも言って、ひとまず出てきてしまおうと考え、アパートに戻った。

部屋のドアを開ける手前で、急に便意を感じた。

台所にいた愛子に言葉もかけずに、トイレに駆け込む。何も出ず、水だけ流し、気持ちを整えていたとき、愛子の声がした。

「ねえ……子どもたちに、ここはよくないと思うの。また、引越さない？」

先を越された心持ちがした。しかしかえって切り出しやすくなり、ドアを開けた。

「引越しより、いい考えがあるんだ……しばらく、家族が二つに別れよう」

愛子が幼な子に似た目で彼を見つめる。

ふと、出会いの頃の無垢な彼女を思い出した。

奇跡の訪れ

兄の誠が起きる気配が、仕切り戸越しに伝わってきた。携帯電話のタイマーを、目覚まし代わりに使っているのだろう。

兄がトイレに入る音を聞いたところで、正二は布団から顔を出した。板間に灯った電球の明かりで、目覚まし時計の針を確かめる。

午前二時二十分。目覚ましのベルが鳴るのは十分後。

この日が来なければいいと、どれほど願っただろう。なのに時間は、正二の願いを無視して、冷たく進みつづけ、まだ遠いと思っていた日を、目の前に突きつける。胸の奥でありったけの汚い言葉を吐き、目覚ましのセットを解除して、布団から出た。

窓辺に寄り、カーテンを少し開く。つぶれた工場の跡地は夜に沈み、元もと何もなかったかのように闇がむなしく広がっている。

正面にあるはずのプレハブ小屋に、ろうそくの灯が揺れることは、もうない。かつて母とゆがみを修繕した窓を、外から軽やかに叩き、人なつっこい笑みを浮かべて、繊細な髪を弾ませながら部屋に上がってきた人は、今日ここを出ていく。

何も感じない。感じない、ようにと歯を食いしばる。

「おこってないよ……おこってないよ……」

か細い声が、後ろで聞こえた。香が布団を巻き込むようにして、身を丸めて寝ている。寝言らしく、押入のほうを向いたまま身じろぎもしない。

三日前、香は福島刑務所で保護された。のちに誠から聞いた話では、同じ福島刑務所で保護されたカデナのリュックに、彼女の祖母の携帯電話の番号を書いたカードと、幼稚園から各家庭へ向けたプリントが入っていて、祖母は電話に出なかったものの、幼稚園の副園長が連絡を受けたらしい。

福島駅で保護されたというボイとノチェのリュックにも、自宅と幼稚園の電話番号が記されたカードが入っていて、自宅はやはりすぐにはつながらず、幼稚園のほうからそれぞれの家庭へ連絡がいった。

香の場合は、誠の携帯電話に幼稚園から連絡が入った。ただし福島へ行った家族は、カデナの祖母だけだった。誠も、ボイとノチェの家族も、幼稚園の副園長と教員一人が迎えにいくと聞き、任せることにした。

香とボイとノチェは、いったん幼稚園に戻り、家族が園へ迎えにいった。ボイとノチェは親に叱られ、泣いて謝ったが、香は誠に対して、ひと言も口をきかなかったという。園側の説明で、子どもたちはカデナの母親に会いにいったとわかった。ほかにも途中まで一緒に行動した者がいたが、それぞれ自分で自宅に戻っていた。

園は交通各社から運賃の精算を求められた。幼稚園児は無料のはずだと園側は交渉したが、大人が同伴していない乗車は、園児でも子ども料金がかかる規定らしい。園が立て替えたので、すぐでなくとも支払ってほしいと家族は言われ、ボイとノチェはまた叱られた。誠は、よく子どもたちだけでそんな遠くへまで行けたと驚き、つい叱るのも忘れたという。香は帰宅後すぐに布団にもぐり込み、以後も寝てばかりいて、ここ二日は幼稚園を休んでいた。

おこってないよ、か……こっちの台詞だろ。

正二はつぶやき、壁のほうを向いて寝ている母を、仰向けにする。つらそうにゆがんだ眉が、体位を換えて、ゆるんだように見えた。

玄関のドアが開く音がした。板間に出てみる。誠の姿がない。

正二がトイレで用を済ませ、顔を洗い、タオルで拭いているところへ、寝間着代わりのトレーナーを着た誠が、険しい表情でドアを開けて入ってきた。彼は正二を見て、手に持った紙を荒く振る。

「これ。いま、郵便受けのところに入っているのに気がついた」

いがらっぽいものが喉につかえているような声だ。何それ、と正二は目で訊いた。

「手紙だよ。おまえにも来ただろ」

誠が苛立たしげに、白い長方形の紙を正二の前に突きつける。封筒だった。切手はなく、

『誠へ』とだけ、表に書いてある。父の字だ。

「なか、なんて書いてんの」

「くだらねえことだよ。お母さんと、おまえらのことを頼むって。あと……おまえなら、
第九をきっと歌えるとか……」

誠は口をつぐんだ。いまいましげに顔をしかめ、

「いま路地の先まで、見てきたけど、どこにもいない。ったく、こそこそしやがって……。

おまえ、去年の秋だったか、親父から来た手紙、どこに置いてある」

「ランドセルの、内側のポケットのなか」

「見せてみろ」

誠に言われ、正二はランドセルから父の手紙を出した。誠は、二つの封筒を見比べて、

「こんなもん寄越して、勝手な奴だ……けど、なんで香には来ない。来てないだろ？」

「うん、ぼくは見てない。香はどうかな、何も言ってないけど」

「もしかして、香には直接会ってるとか……可愛がってたからな。香も口が重いし」

誠が、正二に手紙を返した。流しで顔を洗い、大きく息をつく。

「仕方ない。いまはバカ親父より、ルスランのことだ。もう起きてるかな」

「うん。それは、大丈夫だと思う」

彼のことだから、たぶん眠らずに待っているに違いない。

誠と正二は用意を整え、三時ちょうどに誠が部屋を出て、五分後、正二が部屋を出た。

夜間、アパートの一階は玄関の内側に一つ、二階は廊下中央付近の天井に一つ、裸電球が灯される。大家が安い電球を使うので暗い。正二はその暗さに安心しつつ、階段をのぼり、上がってすぐ正面にある部屋のドアを、約束してあるリズムでノックした。

待ちかねたようにドアが開き、帽子で髪を隠したルスランが現れた。

毛布で身をくるんだ彼の祖母がつづき、頼りない足取りの彼女を、ルスランが横から抱くようにして支える。

荷物は？　正二は身振りで尋ねた。ルスランが後ろに首を傾ける。ドアの内側に置かれた大きい布製のバッグを二つ、正二は手にさげた。

ルスランの祖母は足が弱っている様子で、なかなか進めず、正二はいったんバッグを階段の上に置き、先に彼女が階段を下りるのを手伝った。

　階段の下に二人を待たせ、正二がアパートの玄関ドアを押し開く。南では桜が咲いたと聞くが、ここではまだ空から冷たい風が吹きつけてくる。路地の先へ向けて口笛を吹く。何も聞こえない。三十数え、もう一度吹く。正二よりも上手な口笛の音《ね》が返ってきた。

　ルスランが祖母の肩を抱いて歩きだす。正二は戻って、反対側から支えた。前方の闇から誠が現れる。大丈夫か？　とルスランと祖母の様子を見て、目で問う。

　正二は、荷物を階段下に置いてあることを手振りで伝えた。誠が荷物を取りにアパートへ入り、両手にバッグをさげ、三人を追い越し、先導するかたちで路地を進む。

　車の入ってこられない路地を抜け、少しだけ開けた場所に出る。ここでは切り返しができず、入った車はバックするしかないせいか、いまは何も止まっていない。

　ルスランの祖母が早くは歩けないので、先導の誠はしばしば足を止めて待ち、ようやく四人は車の行き来ができる裏通りへ出た。

　道路の端に寄せて、夜に溶け込みそうな藍色の乗用車が止まっている。

　誠が荷物を下に置き、手を上げた。車がバックしてくる。ほどよいところで止まり、誠がトランクを開け、荷物を入れる。

　ルスランと正二が、祖母を車のほうへ歩かせる。運転席のドアが開き、香の通う幼稚園の園長が道路に立った。彼女が後部席のドアを開ける。先にルスランが車内に入って誘導の態勢をとり、誠と正二が祖母をそっと押し入れるようにして車に乗せた。

ルスランが、反対側のドアから外へ出て、誠と正二の前に立つ。

「イロイロ、アリガトウ」

遠い街灯に、彼の笑顔が粒子の粗い写真のように浮かんだ。

正二は言葉が出なかった。

「じゃあな、ルスラン。せっかく出ていける幸せを、むだにするなよ」

誠が険しい顔で言う。ルスランがうなずき、手を差し出す。誠が握った。

「空手や柔道を覚えても、戦車には勝てないんだ。いざってときは、さっさと逃げろ」

「ワカリマシタ。カオリニ、サヨナラ、ツタエテ」

「正二が伝える。おれは仕事で出てるから。とにかく心配してる人間のことも考えろ」

ルスランが正二に顔を向けた。彼から身を寄せてきて、正二をそっと抱きしめる。

抱き返したいのに、正二は手も上げられない。

ルスランが不審そうにからだを離した。正二を見つめ、心境を察したのか、薄くほほえみ、彼の肩のあたりを撫でてから、車に戻った。

「いいのか、何も言わずに」

正二の隣で、誠が言う。

もちろんサヨナラぐらい告げたい。なのに唇が接着されたように開《ひら》かない。車が動く。これでお別れなんだ……そう思っても足が出ない、涙も出ない。

車のブレーキランプが赤く灯った。故障に似た、急な止まり方をする。運転席のドアが開き、園長がこちらに歩み寄ってきた。分厚い眼鏡のレンズが、街灯に冷たく光る。

「乗りなさい」

彼女が正二に言った。

「港まで、乗っていきなさい。あなたには、見届ける、責任がある」

正二は戸惑い、兄を振り返った。

誠は鼻からふんと息を吐き、車のほうへ顎を振った。

「学校には、風邪をひいたと電話しとく。お母さんの面倒は、貸しだからな」

正二は助手席に乗り込んだ。車がふたたび動きだす。

後ろからルスランが手を伸ばして、正二の髪をぐちゃぐちゃと乱した。くすぐったい気持ちで首をすくめ、ちらりと後ろを振り返る。ルスランが、べーと舌を出したあと、窓を開け、誠のほうへ手を振るのが見えた。

まだ別れなくていい。破裂寸前の緊張がゆるみ、正二はシートに身を預けた。

しばらく車内にはルスランの祖母のいびきだけが響いた。フロントガラス越しに目の前を流れてゆく町が、正二には初めて訪れた場所のように感じられる。

園長の判断だろう、信号がなく、車の往来もほとんどない住宅街のなかの道を、ほどよい速度で、波のない湖を滑るように進んでゆく。

正二は少し身を起こし、流れる風景を、記憶のなかの町と重ねた。どの辺りにいるかがわかり、気になっていた家の前を通りかかったとき、

「あ」

つい声が出た。静かな車内では、自分の耳にさえ大きく意味ありげに聞こえた。

ルスランが後ろから問う。園長が、車を道路端に寄せて止めた。

「ワスレモノ？」

「ううん、違う、何でもないって言うか……ちょっと、びっくりして……」

ルスランが身を乗り出し、横から顔をのぞき込む。車が止まったことの責任を、正二が言葉で負わなければいけないような雰囲気が車内に漂い、仕方なく、

「いま通った家……みんなにムシをされて、学校へ来られなくなった女の子の家なんだ。たぶん二階の道路側の部屋が、彼女の部屋で、昼でもカーテンが掛かってる。けどいま、明かりがついてた。夜中には起きてるのかもね。元気では、いるってことかな」

ルスランはよくわからなかったのか、園長に外国の言葉で話しかけた。園長が同じ言葉で答える。ルスランがうなずき、やがてまた何やら話しかけ、園長が正二を見た。

「ルスランが、その女の子も、誘ったら、って。港まで一緒に」

「え、なんで……無理だよ。第一、どうやって誘うの。電話も知らないし」

正二の抗議を聞かずに、ルスランが園長にまた何やら話し、手振りで道を戻ることを求めた。車がバックしはじめ、園長が、正二に目で問いかける。

正二は迷い、困って、彼女の家を教えた。二階の窓に、白地に花柄の女の子らしいカーテンが浮かび上がっている。

「ショウジ。ヘイ、ノボル。ヤネ、ノボル。マド、スグネ」

こぢんまりした二階建ての家は、周りを囲むブロック塀が低く、そこからガレージの屋根に簡単に移れそうだ。月明かりで光っている一階の屋根に渡れば、傾斜はゆるやかで、エアコンの室外機が置かれた窓の下まで障害はない。ルスランと出会うまで、のぞきを常習にしていた正二には、この程度の場所なら確かにのぼるのはさほど難しくなく思えた。

「でも……あの部屋じゃないかもしれない。寝てるかもしれない。起きてても、ドロボーに間違われて、警察呼ばれて、ルスランも出ていけなくなるよ」

「オトナ、ケイサツ、ヨブ。デモ、コドモ、ヨバナイ」

ルスランが、どんな根拠があるのか、確信をこめて言う。

「コドモ、マッテル」

「え……何を待ってるの」

彼はいたずらっぽくほほえみ、後部席の窓をコンコンとノックしてみせた。

「行くだけ、行ってみたら？　三十分くらい、余裕あるから」

園長が言った。彼女は、正二ののぞきの癖を知っている。あきらめて吐息をつき、

「でも、だめだったら……悲鳴を上げられて、家の人が出てきたら」

「オイテイク」

ルスランが笑みを含んだ声で言った。ほほえんでいても、本気だと感じた。

彼が後ろから手を伸ばして、助手席のドアを開ける。肩を叩かれ、正二はしぶしぶ外へ出た。

失敗したらルスランのせいだ……そう思った次に、失敗して、警察が来たら、ルスランは日本に残ることになるかもしれない、と考えた。捕まればキョーセーソーカンになる場合もあるが、逃げ切れたら、またアパートに戻り、一緒に暮らせるかもしれない。

そう思うと踏ん切りもつき、ブロック塀にのぼり、ガレージの屋根、一階の屋根へと移って、四つん這いでエアコンの室外機の枠をつかみ、明かりの灯る窓の下へ身を寄せた。

ノックをする勇気はなかなか出ない。ヘンタイ扱いで捕まるだけだと思う。何もせずに帰れば、ルスランにケーベツされる。ヘンタイとケーベツ。だったらヘンタイがましに思え、窓をノックした。

耳を澄ます。かすかな物音がした。もう一度、ノックをして、

「ドロボーじゃないよ。ヘンタイでもない。吉丘、吉丘正二、小学校の同じクラスの」

と、大きくは響かないよう、けれど窓越しの室内にはなんとか聞こえてほしいと願う声で伝えた。

室内の灯がいきなり消えた。ここでやめたら、警察を呼ばれるだけだと思い、いま口にした言葉を少し声量を上げて繰り返す。物音はしない。明かりもつかない。

「覚えてないかな、吉丘正二。何もしない。ただ話があるんだ」

応答はない。不安がつのり、腰が引けたとき、カーテンがわずかに開き、顔にライトを当てられた。懐中電灯。まぶしさに耐え、懸命に笑ってみせる。すぐにライトは消え、カーテンが閉まった。

やっぱりだめか……。あきらめて、重心を下りる方向に移した。四つん這いで後退してゆく。窓が開く音がした。月明かりに、元クラス委員の女の子の顔がぼんやり浮かんだ。

「なに……」

彼女が固い声で訊く。周囲に注意を払い、何かあればすぐに窓を閉めそうな雰囲気だ。

「あ、えっと……海、なんだけど。海、行かないかな？　ヨコハマ」

暗くてはっきり表情はとらえられない。相手は顔をしかめたようだった。

「友だちの車で、行くとこなんだけど、窓に明かりが見えて。友だちに、きみのこと話したら、誘おうって。一緒に、海、どう？　行かない……か。でも、警察は呼ばないでよ」

手を軽く上げ、ガレージの屋根へ足を伸ばそうとする。

「なんで、海……大体、こんな夜中に、変じゃない」

彼女がとがった声で訊く。

正二は困り、ひとまず同意を示すつもりでうなずいた。

「うん、変だよね……。けど友だち、今朝、海から出てくんだ。それを送りにいく途中なんだよ。友だち、家を出られないきみを心配して、一緒に誘おうって、言ったんだ」

自分で話していてもバカみたいに聞こえ、ガレージに移りかけた。あっと思い出し、

「きみ……中学、行く？」

相手は答えない。もう会えないかもしれないと思い、彼女のほうに少し姿勢を戻した。

「おれ、行かないつもりだったけど、行くことになった。行っとけって、にいちゃんがさ。やりたいことをやるための、準備のつもりで、行っとけって。どうせまた一人なんだけど、

一人で放っておかれるんだけどね……。ま、それはそれでよかったはずなんだけど」

言葉を切って、去ろうと思うのに、なんとなく、もう少し伝えておきたいような心残りがする。

一人でもよかったんだよ……一人でも……と、胸の底から息が洩れてゆく。

「あのあと、友だちができて、一人じゃなくなった。なのに、その友だちが今日、出てくんだ。本当は、行かずに、ここにいてほしい。だってまた一人だよ。彼に会う前の一人と、会ったあとの一人は、違うよ。耐えられるかな……きっと無理だ、耐えられない……」

慌てて腕で顔をぬぐった。恥ずかしさが、自分への腹立ちに変わり、素早くガレージから塀へと渡って、道路に下りた。

このままの顔では車に戻れない。手で何度も拭き、深呼吸を繰り返し、胸を強く押さえて、少し先に止まっている車のほうへ歩きだした。

首を横に振り、助手席に乗り込む。説明などしたくない。とにかく早く出してほしい。肩を後ろから叩かれた。首を横に振る。執拗に叩かれる。なに、と振り返る。ルスランが、車の後ろを親指で示した。

窓から顔を出す。やや距離を置いて、女の子が立っていた。

彼女は、ジーンズにトレーナー、その上にウインドブレーカーをはおり、手にゴルフクラブを握って、緊張した面持ちでこちらを見つめている。

正二は車から降りた。彼女に少し歩み寄る。何と話していいかわからない。

背後でドアの音がした。ルスランが道路に立っている。彼は、ハーイと手を上げ、

「ウミ、イコウ。キモチ、イイヨ。ゴルフ、デキナイケド」

言われて、女の子はゴルフクラブのやり場に困り、からだの後ろに隠した。

ルスランが、自分の頭、目、鼻、耳、舌、そして胸を指差す。

「ゼンブ、ツカウ。アブナイ、スコシ、オモウ……ダメ。ノラナイデ」

女の子は、じっとルスランを見つめ、車を見つめ、正二を見る。ルスランが先に車に戻った。正二も助手席に戻る。車はまだ出ない。園長がミラーで確認している。

ルスランが後部席のドアを開けた。女の子がすぐ外に立ち、こちらを見ている。

「彼がルスラン、さっき話した友だち。ルスランのおばあちゃん。幼稚園の園長先生」

と、正二が紹介する。

ルスランの祖母はまだ寝ていた。運転席の園長は、少し首を後ろに傾け、こんばんは、と言った。ルスランが中央に寄り、座るスペースを作る。

女の子はなお迷っていた。そのとき、ルスランの祖母が、熊が吠えるような異様ないびきをかき、ルスランだけでなく、冷たい顔立ちの園長までがつい吹き出した。それを見て

女の子は、ゴルフクラブを胸の前で持ち、ルスランの隣に腰を下ろした。

「ドア、あなたが閉めてくれる？」

園長に言われて、女の子はクラブを防御的に構えたままドアを閉めた。車が動きだす。

ルスランは彼女に手を差し出し、自己紹介した。女の子は手は出さず、それでも、

「……エミカ」

と、消え入りそうな声で名乗った。

車が住宅地を抜けて、表通りに出る。ルスランはずっとエミカに話しかけた、というより質問攻めにした。

イツモ、ナニスル？　オンガク、スキ？　ダレスキ？　ドンナウタ？　ホカ、ナニスキ？　ソレダレ？　ナニスルヒト？　スゴイ？

車がさらに大通りに出て、スピードが上がってゆく。園長が、後部席の者もシートベルトをするように言う。エミカはクラブを脇にやってベルトを締めたあと、以後はクラブを離したままでいた。

車が高速道路に上がる。夜明け前の道は、トラックなどの輸送車両が目立つほかはすいており、車は順調に走ってゆく。車内では、ほとんどルスランが話し通しだった。

正二は、ルスランに、クラスメートの干渉から自分をどう守ったか尋ねられ、取立て屋

の訪問を参考に、リーダー格の少年の家を訪ねたことを話した。

ルスランは笑った。そいつは自分のゴーストにおびえたんだ、と言う。彼は、エミカ、と呼びかけ、あとの言葉を園長の通訳に託した。

想像力の足りない連中に有効なのは、暴力でも説得でも、まして我慢でも沈黙でもない、相手の眠っている想像力を刺激することだよ……。

やがて彼は、隣でいびきをかいている老女が、実の祖母ではないと語った。

彼の拙《つたな》い日本語では伝え切れない様子で、その多くを園長が通訳したところによれば、ルスランは戦火の国で、敵の軍隊に包囲され、一家全員が民兵と断じられて、両親と祖父母はいずこへか連れ去られ、幼かった彼は、兄とともに収容施設へ入れられたらしい。

収容された少年たちは、おりおり敵の兵士に連れ出され、足もともおぼつかない状態で戻された。何が起きているか、被害を受けた子どもが話せなくとも皆が察し、順番が来ないようにと祈った。脱走しようとして、逃げた全員が射殺されたこともあった。

ルスランの兄にも順番が来た。戻ってきた兄は、泣き通しだった。そしてルスランにも順番が来た。夢だと思って心を殺せ、胸の底に自分を沈めて握っていろ、と兄に言われた。そうした。

子どもたちは皆、夜になると高い窓の外を見つめた。助けを、状況をすべて変えてくれる者が現れるのを期待した。

願っていたのは、たぶん現実の人間というより、妖精的な何者かだった。自分に翼を与え、空へ救い出してくれるような存在。いくら願いつづけても現れない。けれど子どもたちはあきらめず、いっそう焦がれる想いで窓の外を見つめた。

ルスランの兄は十四歳となり、別の施設に送られた。ときおり新しく幼い子どもが送られてきて、ルスランはその世話をした。

ある日の夕暮れ、彼がまた兵士の相手をして宿舎に戻ったところ、不意に窓を叩く者があった。兵士たちの食事を任されている敵国の老女が、梯子《はしご》を使って窓をのぞいていた。

ルスランの故郷は、元は国籍など関係なく、誰もが隣人として暮らしていた。彼女も、突然隣人と敵対せねばならなくなって、ことに子どもたちの処遇に、ずっと心を痛めていたらしい。ルスランがベッドを立てて梯子のように登り、わずかしか開かない窓を開けると、彼女はふかしたじゃが芋を幾つか差し出した。

以来、彼女は数日ごとに何かしらの食料を、窓から渡してくれた。手作りのクッキーのときには、子どもたちは飛び跳ねて喜んだ。

事態が何によって急転したのか、情報がまったくなく、予測もつかなかったが、いきなり爆発音が宿舎の近くで響き、外で男たちの叫び声が飛び交った。

爆発音はつづき、宿舎は小刻みに揺れた。幼い子どもたちはベッドの上で凍りついていた。ルスランと年長の子ども数人が、出入口の扉に走った。鍵が掛かっていた。必死に扉を叩き、助けを呼びつづけた。向こう側から懸命に扉を開けようとする者がいた。呼びかけてくる声で、例の老女と理解できたが、どうしても鍵は開かないらしい。

爆発音が近づいているのが、音と揺れで伝わる。自分たちの味方が、敵の施設を爆撃しているのか。あるいは、敵が自分たちの恥となる証拠や証人を消滅させて去ろうとしていたのか、ルスランはいまもってわからない。

高い場所にある窓のガラスが割れた。老女だった。早く、と呼んでいる。子どもたちは力を合わせてベッドを窓の下に組み上げ、しみだらけのシーツを窓枠に当て、幼い者たちから外へ逃がした。

年長者の一人が、年少の者を押しのけて急ごうとしたため、ルスランは相手を引きずり落とし、殴り合いになった。爆発音とともに、宿舎の隅が吹き飛んだ。殴り合いどころでなく、ルスランは恐怖で動けない幼い子どもたちを励まして、外へ送り、先に出た年長の子どもたちが受け取り、下へ降ろした。

ルスランがついに最後の一人になった。激しい振動で梯子が倒れ、彼は思い切って窓から飛び降りた。老女が下に毛布を敷いてくれていた。彼女の国の言葉で、アリガトウと伝えたとき、閃光《せんこう》と爆風が襲いかかってきた。

ルスランは、泥のなかに突っ伏している自分を意識した。息苦しいのに身を起こせず、息がつまり、死を意識した。

危うく助け起こしてくれたのが、老女だった。彼女自身、頭から血を流しながら、彼の口から泥をかき出し、彼の鼻に口をつけ、泥を吸い出してくれた。

そのあと二人で逃げた。食事は彼女がどこからか調達し、夜は寒さにふるえる彼を、彼女が抱きしめてくれた。坊や、坊や、と彼女は寝言を言った。命の恩人が、精神に障がいを負っていることが次第にわかった。話の断片から、目の前で我が子と孫を殺されたせいだということも理解できた。

ルスランは、以後ずっと彼女と行動を共にしてきた。

国を出るチャンスが何度か訪れ、手引きをする者から、そのつど、年寄りは置いていくようにと言われた。彼女を置いていくなら自分も残ると言い張り、外国のあるNPO団体が、ようやく二人そろって外国へ出してくれた。

この人がいなければ死んでた、血も民族も国も同じじゃない、けど、ぼくの大切な家族なんだ、とルスランは言った。

だからだ……と、正二は胸の内につかえていたものが、ほどけて、すうっとからだの底へと落ちていくのを感じた。

ルスランがプレハブ小屋での仕事を我慢していたのは、日本を出ていくためだけでなく、いまを生き延びるためだけでもない。それ以上に、命の恩人を守るため、老女との生活を守るためだった。捕まれば、血のつながらない二人は、離ればなれにされるかもしれない。子どもも孫も失った彼女が、ルスランまで失えばどうなるか。故郷で行方知れずの家族を捜したり、戦っている友だちや仲間を助けたりもしたいだろうけれど、その前に、彼女と一緒に日本を出て、彼女を住み慣れた地域へ戻し、安全を確かめた上で、彼女の暮らしを落ち着かせることを、ルスランはきっと一番に願っている。

正二もそうだからだ。いまの生活を我慢しているのは、耐えているのは、母のことをできる限り守るためだった。

夜が明けてきた。色では判断できない正二だが、空が遠く彼方へ抜けてゆくおりの、高さや清らかさ、ささやかな星の輝きの点滅の間合いが、街のなかのものとは違う気がしたとき、左手の窓の向こうに、海らしき空間の広がりが望めた。

背後でルスランが身を起こす気配が伝わる。彼も、正二も、園長やエミカも黙っていた。

車は高速道路を降り、両側にコンテナ置場が並んだ広い道路に入った。何台ものトラックやトレーラーとすれ違ったのち、輸送車が行き来する方向からそれ、海を左手に見て橋を渡り、埠頭《ふとう》の先端にある、木々と草におおわれた公園の駐車場で、車は止まった。

周囲はうっすら白みはじめていた。ほかに車や人の姿はない。

正二、エミカ、ルスラン、園長とつづいて駐車場に立った。ルスランが伸びをしながら海に向かって歩いていく。

正二はあとを追った。

草の道を抜け、ルスランが埠頭の先に立つ。正面にさえぎるものはなく、凪《なぎ》の海が、夜明け間近の彼方の空まで一見平坦につづいている。まとわりつく大気に潮《しお》が溶け込んでいるのを感じ、粘つくような海の薫りが胸の奥まで入ってくる。

ルスランが髪を押さえつけていた帽子を取った。柔らかい髪が、静電気を起こしてふわりと宙に舞い上がり、一部はそのまま落ちてこない。

彼が、右膝を高く上げた。次いで左膝を高くする。両腕を真上に伸ばし、円を描くかたちで回しはじめたかと思うと、右腕と左腕の回転をずらしてゆき、彼自身というより命そのものの大きさ、生命のエネルギーが溢れる様子を感じさせて、辺りを歩きだす。

両足を開いて重心を低くし、上空から降る何かを受け止める動きを見せる。全身を穏やかに横に広げて、身を大地に横たえる。かと思うと今度は上へ上へと伸び、一本の樹のように伸び上がる。ついにはジャンプし、両足で地面に下り立つ。

片足ずつ、音を響かせて力強いステップを踏む。空から得られたいのちが、大地に根を張り、高い樹に生長し、森を悠然と歩く獣になったかのようだ。

ルスランは、腕を曲げて背後にぐいぐい引き、曲げた腕から大変そうに手を伸ばし、やがて手は縦横に動く翼となった。翼は大きく旋回し、身は高く跳ぶ。数回の跳躍と着地のあと、翼は手に戻り、両手を打ち合わせながら身を揺らし、猿に似た滑稽な動きを見せる。猿は正二に対して、警戒と好奇心を示す仕草を繰り返し、何かに気づき離れていく。そこにはいつのまにかエミカがいた。ルスランは彼女の周囲もぐるりと回り、身をぐにゃぐにゃとくねらせながら海のほうへ戻っていき、両手を伸ばして飛び上がる。

着地して苦しげに胸を押さえ、身をもがく。焦がれるような表情で跳ぶ。胸を押さえる。跳ぶ。焦がれる。跳ぶ。願う。跳んで、両足ですっくと立つ。

彼は立ったまま、自分の姿を不思議そうに見直す。手を見て、その手で胸から下腹をさすり、足を優しく蹴り上げる。指を宙に舞わせて、髪をかき上げ、目の周囲をなぞり、鼻を押さえ、唇に幾度もふれて、その唇から何かがこぼれ出す仕草をした。それは言葉、言葉の花だ、と正二は思った。

ルスランは、その言葉の花を両手で包み、正二の前へ進んだ。手に抱えたものを広げて、正二を内側に包み込み、正二の目を見つめる。怖いくらい真剣な眼差し。彼の瞳の奥にまで吸い込まれていきそうで、正二はからだが揺れた。

とたんに、音楽など聞こえていないのに、転調して激しいリズムの曲が流れてきたかのように、ルスランが両足を踏み鳴らしながら、身をからませる動きで、しかし少しもふれずに、正二の周囲を回っていく。

唇をなめるかと思えば、首すじから胸へ舌が下ってゆき、繊細な指が正二の足から股間のすぐ近くを撫で上げる。こちらを抱きそうで抱かず、背後に回って首から耳へ息を吹きかけ、振り向く正二をかわして正面にするりと移る。

正二は泣きだしたいほど胸が痛くなり、彼にふれよう、止めようとするが、美しい女性のようであり、勇ましい男のようでもある踊り手は、巧みに逃げ、また近づき、嚙みつきそうにして、離れる。

やめてもう、と目を閉じかけたとき、肩を抱き寄せられた。まつ毛がふれそうな近さにルスランがいる。彼の荒い息が、正二の鼻から口のあたりをおおった。

もどってくる。

そう聞こえた。ルスランの唇は動いていなかった。耳で聞いた音のようでもなかった。

いつか、きっと、もどってくる。

なぜ、と訊き返す。口から発する言葉ではない。なのに通じる気がした。

なぜ、もどってくるの、せっかく、でていけるのに。

おまえがいるから。こころから、あいしてくれるひとが、ここにいるから。

正二はジャンパーの右袖をたくし上げ、肘から先を彼の前に差し出した。

ルスランは、正二を見つめたまま腕に歯を立てた。からだではなく、心にしるしを残していく嚙み方だった。

昇ってきた光が、ルスランの髪を輝かせて正二の目を射る。金色。正二の見るモノクロの世界のなかで、ルスランの髪だけは金色の色彩を戻して輝いた。

クラクションの音が響いた。駐車場に、さっきはなかった中型トラックが止まっている。トラックのナンバープレートにはガムテープが貼ってあった。二人の作業着姿の男……だろう、体格から見て外国人のようだが、強盗のような目出し帽をかぶって顔を隠している彼らは、一切無言で、トラックの荷台の幌を外していた。

荷台には、段ボール箱で梱包された冷蔵庫が十台以上積まれている。二人は荷台に上がり、一つの箱の底部のテープをはがし、上からおおいかぶせる形の箱を引き上げた。なかには何も入っていない。

ルスランの祖母はもう起きていた。地面にぬかずき、昇ったばかりの太陽に祈りを捧げている。作業員の一人が、舌を鳴らして注意を引き、腕時計をこちらに示した。

園長が祖母に語りかけ、彼女を立たせる。ルスランが荷物をトラックの荷台に上げたあと、祖母を支えた。正二も手伝い、彼女を荷台に押し上げる。上で作業員たちが引き上げ、冷蔵庫の箱の下に導き、上から箱をかぶせた。

ルスランが、一人でも乗れるだろうに、正二の肩にわざわざ手を置いて、荷台にのぼる。彼は園長を見て、メルシーボクゥと言い、エミカに笑顔で投げキッスを送り、正二を見つめて、うなずいた。帽子をかぶり、もう一つの空の状態の箱の下に入る。すぐに箱がかぶせられ、底部でテープが留められた。

作業員たちは幌を戻して作業を終え、見送る者の別れを惜しむ気持ちを断ち切る冷たさで、さっさとエンジンをかけて走りだした。

こちらの目が十分には届かない一般道路に出る手前でトラックは止まり、目出し帽を脱いだ様子の作業員が一人降り、ナンバープレートのガムテープをはがした。そしてまたトラックは走りだし、ついに見えなくなった。

きっと泣くと思っていた。別れるとき、わんわん泣いて、ルスランの脚にしがみつき、行かないでと訴えたり、彼が行ってしまったあと、地面に倒れて手足をじたばたさせたりするだろうと想像していた。

けれど涙は一滴も流れない。いまもまだ、ルスランの躍動が胸のうちにある。自分のからだのなかで血が跳ねているかのようだ。

背後にエミカの気配がした。正二はトラックを見送った姿勢のまま尋ねた。

「いまのこと、だれかに話す？」

彼女の深い吐息が聞こえる。首をかすかに横に振る姿が見える気がした。

「……話す相手なんていないし、だれも信じない。わたしも……車に乗ってから、いままでの、見たこと聞いたこと全部。日本でこんなこと、本当なのかどうか、信じられない」

「本当だよ」

正二は園長の車のほうに向き直った。園長はもう運転席に乗って待っている。

「つらいこと、悲しいこと、いやになること、そういうことはみんな本当だよ」

教師たちが否定するいじめを受けて、家に引きこもっていたエミカがうなずく。

「ルスランもいた。そして戻ってくる。戻らなかったら、ぼくが行く。それも本当だよ」

正二は、車に向かって歩きだし、帰ろう、と彼女を誘った。

清濁のらせん

生活

風の逆巻《さかま》く砂漠のなかにいた。

いま全体のどの辺りか、どちらへ向かって歩いているのか、見当もつかない。砂山の形が刻々と変わるように、現れたり消えたりする人の入れ替わりと、底無しに足が沈むのに耐えるように、様ざまな圧力を受けたりかわしたりしつつ、どうにか立っているだけで必死だった。

それでも我慢して、砂漠のなかにいつづければ、簡単に足をとられないコツをおぼえる。嵐をよける知恵もつく。思いがけない道連れとも出会える。

単調な景色の彼方にあるものが、青い水と緑の森に囲まれたオアシスだとは、もう信じられなくなっても、足を止めずにいられる何か……はっきり具体的な言葉にはまだできないけれど、とにかくもう少し、と信頼を託す何かが、胸のうちに芽生えている。

顔の腫れは、一週間経って、ずいぶん目立たなくなった。

斉木に殴られた翌日からもう、前夜のヤンズの訪問が力づけになり、市場には出ていた。仲買店の主人にも、客や、周りの店の人からも、顔の状態を驚かれ、ヤーさんのスケに手を出してボコボコっすよ、と受けを狙って答えた。ウソつけ、地元のガキと喧嘩だろ、と笑われ、休んでもいいぞ、と客にまで言われて、この程度で休めませんよ、と注文の品物の箱を肩に担ぎ上げた。

市場内では、誰もが額に汗し、地道に働いていた。客の求める品が入らない、雨風で作物がやられた、検査数値が限界を超えた……そんなうんざりするようなことばかりつづくのに、目の前の仕事を堅実にこなしている。

おれはいやだ、ならされたくない、と以前はいきがっていた。なのにいま、人々の無器用だが誠実な姿に、ささくれた心が落ち着く。

なじみ客の一人に、下卑《げび》た冗談ばかりを言う、下町で青果店を営むオヤジがいた。殴られた翌日、オヤジは誠の顔を見て、男となんかやり合うな、女の引っかき傷こそ金メダル、いや金玉メダルよ、昨夜《ゆうべ》もキャバ嬢が、おれのタマつねりながら、外で会いたいなんて言うんだぜ、とホラを飛ばした。いつもは聞き流すのに、つい、今度そのキャバ嬢を紹介してくださいよ、と口にした。オヤジはびっくりして、ボコボコにされておかしくなったか、と訊いた。やっぱおかしいっすか。いやや、それでいいんだよ、とオヤジは真顔で言い、けどそのキャバ嬢な、股をさわってくと、チンコついてた。えー、とわざと驚く。バーカ、なわきゃねーだろ、と背中をばしんと叩かれた。

くだらない。でもこうやって人は生きている。だろ、リート、と見えない親友に語りかけたくなった。

三日後、香が福島で保護され、さらに三日後にルスランが去った。その未明には、自分宛ての父親の手紙を受け取った。家族の面倒を頼むとか、おまえなら第九を立派に歌えるだとか、無責任なことばかりつづられ、川沿いの遊歩道で二人で話したときの情景について、『だから人間は滅びないんだと思った』と、よくわからない感想まで書かれていた。

それこそボコボコにしてやりたかったが、捜すあてがない。

気持ちの晴れないまま市場に出て、キャバクラ通いを自慢する例の客が、自殺したと知らされた。農産物の関税自由化問題で、地区の取りまとめ役となり、心労が重なっていたという話は、のちに聞いた。

斉木に殴られて九日目の昼過ぎ、主人がその客の告別式に出席するため、誠は代わりに倉庫の在庫品をチェックし、店頭に並べた柑橘類の箱を店の奥に運んだ。

店をほぼ閉め終えたとき、別の仲買業者三人に、主人はいるかと声をかけられた。葬儀に出かけたと告げたところ、一人がため息をつき、犠牲者が増えるばかりだ、と言った。

「実はデモを計画しててさ。農家だけじゃない、うちらも死活問題だし、食の安全にも関わるから、一般の人にも知ってもらうために、よりよい方法を話し合いたい」

「きみの生活にも影響することだから、ぜひデモには参加してよ」

と、誠は別の一人に言われ、親しげに肩を叩かれた。

彼らが去って、店のシャッターに鍵を掛けていたとき、

「上がりかね」

と、背後から声をかけられた。顔だけは見知っている市場のベテラン職員だった。やはり主人の居場所を問われ、葬儀に出ていることを告げた。相手は白髪の多い頭を掻き、

「彼のことは本当に残念だ……。ところで、デモのこと、何か聞いてるかい」

もめ事を長年さばいてきただろうベテランを前に、誠は否定などせず、あえて何も答えずにいた。相手はしばらくこちらを見つめていたが、あきらめてか、目を伏せ、

「自重《じちょう》するように言ってたと、伝えてくれるかい。真っ向から反対するより、駆け引きして、優遇措置を得たほうが賢い選択だ。きみも数合わせにされないよう気をつけなさい」

誠は軽く会釈だけして、立ち去った。

なじみ客の死が、弔いとはまた別の行動へ人々を駆り立てるきっかけとなっていることに、口のなかがざらつくような感覚をおぼえる。

自転車置場へ向かう途中、携帯電話がジーンズのポケットのなかで震えた。聞き覚えのない声が、明日からアジツケ再開だと、島崎の言葉を伝える。ついては今夜、出前がてら、島崎に挨拶に行くように言われた。ただし、場所がこれまでとは違っていた。新しい出前先は、福健の店を中心にして、以前の場所と、ほぼ百八十度反対側となる、好景気時代に建てられたマンションだった。造りは古いものの、壁や柱に厚みがある。

マンションの玄関でインターホンを押す。

はーい、と間延びした印象の女の声が返ってきた。ヒロミではない。教えられた階までエレベーターでのぼり、非常階段に近い、奥の部屋の前に立つ。かつて『John』だった表札は、『Sid』に変わっていた。

ドアの斜め上に、防犯用のカメラが取り付けてあり、チャイムを押す前にドアが開いた。面長の、頬がぽってりふくらみ、まつ毛が長いせいもあるのか、眠そうに見える目をした女が立っていた。背が高く、黒い髪を薄い胸もとまで伸ばし、白地のワンピースを着て、香水も淡く、比較的とはいえ清純そうな雰囲気は、ヒロミとは対照的だった。

「いつもお世話になってますぅ。どうぞお上がりくださぁい。スリッパ、どうぞぉ」

甘ったるく語尾を伸ばして言うのが、客商売の接待を思わせた。料理の入ったオカモチをさげ、フワフワと毛のついたスリッパをはいて上がる。

室内の造りは、以前の部屋と似ており、上がって右手にトイレと風呂がある様子で、左手に居室があるのだろう、女が先に歩き、仕切りのドアを開けた。ジェット機の爆音に似た、強烈な音の連なりが押し寄せてきた。

超大型のテレビに向かって、ガラステーブルを前に革製の座椅子に座った島崎が、おう、と手を上げる。ダイニングでは、島崎の運転手と、以前高平の下にいた角刈りが、椅子に掛けてテーブルに花札を広げていた。

黒を基調とした家具の多くは、前の部屋から移したようだ。モノトーンの空間で場違いなほど派手に跳ね回っているのは、中学時代に友人とDVDで見た、セックスピストルズだった。島崎がニュースに切り替え、音量もしぼる。

「優しく平和の歌なんて歌ってちゃあ、生き残れないご時世だよ。あっちで食うから」

島崎の指示を受け、運転手たちが花札を片づけたあとのテーブルに、料理を並べる。

おい、と島崎が、台所でコーヒーをいれている女を呼んだ。誠の前に立たせ、

「モエコだ。まだ何もわかってないんで、誠からもいろいろ教えてやってくれ」

お願いしますね、と女は眠そうな目でほほえみ、客商売で慣れた感じの頭の下げ方をす

る。少しのあいだ席を外すように島崎が言い、女は素直にリビングを出た。

「ああ見えて、嫉妬深くてな。前の女の話なんてしようもんなら、脚をぴったり閉じて、てこでも開かない。おまえ、ヒロミのこと、何か知ってるか」

え、と誠はしぜんな反応を返した。

島崎はダイニングテーブルのほうへ移って椅子に掛け、角刈りがラップを外した焼きそばに、運転手が渡した割箸を使って口をつける。

「あいつと、高平ができてたのは、どうだ。知ってたか」

どう答えても不自然になりそうで黙っていた。

島崎は幸い、焼きそばに目を向けている。

「あの女、急にいなくなってな。取るものも取りあえず逃げだした感じさ。部屋を調べさせたら、クソどもが、高平と二人で撮った動画が出てきた。ふざけやがって……」

島崎がテーブルの脚を蹴る。運転手と角刈りが慌てて皿が落ちないように押さえた。

「二人で逃げてんのか知らないが、見つけたらただじゃおかない。とにかくあの部屋は見たくもないから引越した。誠に早く仕事を再開してもらいたかったが、拠点がないとな」

島崎は箸を投げ、立っている誠の正面に立ち、彼の頬をぴたぴたと叩いた。

「腫れは引いたな。斉木は今日のところは遠慮させた。まだ話しづらいだろ」

島崎は座椅子に戻り、角刈りに合図をした。角刈りが用意していたらしい書類をガラステーブルの上に広げる。待つあいだ、島崎はテレビのニュースに目を向けていた。

「またかよ、いい加減にしろ。全然知らない国なのに、巡り巡って、株が値下がりだ」

誠は画面に目を向けた。どこかの外国の都市で、軍隊が催涙弾、あるいは実弾まで発砲して、大勢の市民が集まったデモを押さえ込んでいるニュースのようだった。

「ほら、誠、座れ。これが、おまえが見せろと言った数字さ。おれは、おまえのことを想って見せなかったんだ。だが見せないと働かない、ってんじゃ困る。もうおまえだけの問題じゃない。多くの人間が関わり、おまえの働きを基に計算が立ってるんだ」

誠は、書類の上の数字を目で追いかけ、島崎の指差す先を見た。予想以上の金額だ。

「親父もお袋も拇印《ぼいん》を押してる。言っとくが、利子は法律を守ってるぜ、上限だがな」

島崎が書類を繰って、数字を指差しながら、経理に慣れた感じの早口で説明する。

「これがパケ一個の報酬。こっちはアジツケ用の電子秤、スプーン、シーラーのレンタル料に、マスクと手袋の実費、携帯の料金。生活費は、市場の働きでまかなってんだよな。『ふくけん』での働きは、返済に繰り込まれるが、店のものは何一つ福健に権利はない。自転車のレンタル料、白衣のクリーニング代、家族が夕飯を食べてる分も差し引く。都合、毎月これだけのパケを作って、数字が釣り合う。ノルマを上げたから、少しずつ借金も減ってるが、全額返済は当分先だ。おまえの親父には、三十五年ローンの家を買ったと思えと言ったが、同じことを言うのは酷だから、言葉を濁して引っ張ってきた。あと三十五年だと、おまえは五十二歳。成人したきょうだいが月々入れてくれるとして、二十年。日本はますます不況になるから、まあ二十五年。おまえは四十二だ。自分の子どもが小学生や中坊になっても、パケ作りか。おれの世話にならないと、粋なタンカを切ったが、どうできる？　何年かしたら盃《さかずき》を交わして、どこかの子どもに交代でアジツケをやらせるほうが現実的だろう。同じような子どもは山ほどいる。みんなでそういう世の中にしてんだ」

あと二十五年？　四十歳を過ぎてもパケ作り？　組員になって、おれたちみたいな子どもを見つけて、代わりにアジツケさせろ？

誠は、いつ島崎のマンションをあとにしたかも覚えていなかった。気がつくと、夜の町のなかを自転車で走っていた。

いっそ警察に駆け込むか。年少に行っても、二十歳前には出られるだろ。

だが、連中がどんなかたちの落とし前を、家族にまでつけてくるか……。子どもを食い物にする変態は溢れ、寝たきりの母親の今後まで警察が考えてくれるはずもない。

ったく、ったく。自転車のペダルを蹴りつけ、あてもなく突っ走っていく。

汗が目に入る。砂も一緒に流れ込み、しみるように痛んだ。まばたきを繰り返し、やっと涙が一滴こぼれ、砂を流し去る。

隣から、肩に手を置かれた。妻を亡くした見知らぬ男だ。リートは、自分の涙が死者のためではないことが恥ずかしく、シャベルを握り直して、土に突きさした。

かつては黄金色の穂が一面美しく実る麦畑だった。爆撃で、麦も持ち主も吹き飛ばされ、荒れ野にかえっていた土地を、人々が爆弾の残骸を除き、宗教者が祈りを捧げて、墓地にした。古くからの墓地も、新たに土地をひらいて作られた墓地も、埋葬の余地がなくなったためだ。ここもサッカーができる広さだったのに、すでに半分が死者で埋まっている。

今日は、空爆で亡くなった者たちの合同葬儀がおこなわれていた。

墓掘り職人は、爆撃と過労で激減し、志願した住民が穴を掘った。リートも志願した。棺桶が足らず、死者は遺族が工面した鮮やかな布で巻かれて、穴の底に下ろされ、遺族や友人、知人が土を掛けてゆく。墓標は石に刻むが、やはり数が多くて間に合わず、板に記したものを代用していた。

早朝から穴を掘ったが、固く乾いた土に苦労して、全員の埋葬の時間には間に合わず、順番に埋葬が始まる隣で、なお掘りつづけている状態だった。

それでも、日が高く上がる前には、亡くなった全員のための穴を掘り終えた。

家族の穴は自分で掘りたいと志願した遺族もおり、リートの肩に手を置いた男も、掘り終えると、わずかな水で顔と手を洗い、残された幼い子どもたちとともに、妻の上に盛られた土を撫でた。残された子どもたちは、リートの弟や妹と同年で、エルデたちが自主的に学び合っている仮設の教室で、一緒に勉強している。そのためエルデも参列して、墓の前で手を合わせた。

宗教者の焚《た》く香《こう》の薫りが流れる墓地の外まで、参列者は溢れていた。ダコタやソロン、修理工場の面々の姿もある。

男たちは額に青筋を立てて黙し、女たちは声を洟らして泣いている。ひときわ大きい泣き声と、天を呪う声が響き渡った。四歳と二歳の兄妹の墓前だ。墓地を取り巻く参列者から、愛する者の死を、敵に償わせることを誓う声が上がった。

リートは、しびれた足腰を地面に落として見回した。

ソロンも修理工場の面々も、報復を誓う言葉を発している。ダコタは黙って、人々の輪の外を気にしていた。占領軍は住民を刺激することを恐れてか、姿がない。国連の職員二人が、離れた場所で見守っている。

ダコタと目が合った。彼がわずかな首の動きで、合図を寄越す。リートは穴掘りの道具を片づけ、手と顔を洗い、彼が促すほうへ進んだ。

人々の一部は、怒りの声を上げて市街地のほうへ戻りはじめる。墓前でなお祈る者たちと、二手に分かれる様子だった。

ダコタは、墓地からやや離れた道路端に止められた国連の車のそばで、ベテランと若手、二人の国連職員と挨拶を交わしていた。ベテラン職員の顔を、リートは見知っている。

ダコタがリートを手招き、国連職員たちに、例の少年だ、と紹介した。

「政治犯や人権活動家を収容している占領国のリストに、きみの父親の名前があった」

ダコタが唐突に切り出した。

リートは、彼と国連職員を交互に見た。ベテランの職員が、若い職員から書類を受け取り、リートの父親の名前を読み上げる。

「リストの名前を照会している最中でね、確かにきみのお父さんかな」

リートは喉が締めつけられたようになって声が出ず、うなずきだけを返した。

「実は、過激派勢力が捕虜にしている相手国の兵士と、相手国が拘束している政治犯たちとの交換交渉が始まっていてね、お父さんの名前も交換者リストに入っているんだよ」

リートは口を開いたが、やはり声は出ない。

ダコタが補足する調子で言葉をはさんだ。

「きみの父親は、この国の解放のために働いていた。その後行方不明となり、家族と仲間を捨てて逃げたと言う者もいたが、どういう経緯があったか、実はよく知られていない」

「交渉次第で、お父さんや、多くの人たちが、戻ってくるわけだ。そのためには、抗議デモなどは自重したほうがいいんだがね。いま、大規模なデモが計画されてるだろ？」

ベテランの国連職員が、リートに視線を置いたまま、ダコタに尋ねた。

ダコタが首をすくめ、職員の背後の、国連専用車を見る。

「町なかへ戻るなら、乗せてくれないか。きみはバイクで来たのか」

リートは問われて、混雑することがわかっていたから歩いてきた、と答えた。

「国連さんに、もう一つ相談があるんだ。この子のことでね」

運転席に若い職員が座り、ベテラン職員は助手席、ダコタとリートが後部席に腰を下ろした。発車してすぐ、ダコタが鞄から一枚の紙を出し、ベテラン職員に差し出した。

「この子の母親は、爆撃で頭に大怪我をして寝たきりになっている。隣国で手術を受けさせたいと、何ヶ月も前に、占領国政府に申請した。昨日、許可が下りた。その書類だ」

リートは驚いた。絶対通らないと承知しながらも、占領国の連中に、見境のない爆撃で、三人の子をもつ母親に何が起きたかを知らせるだけでもいいと思い、申請したものだった。

「ただし、運搬に関わる手段と安全確保はこちらの責任とする、という回答だ。この町に、寝たきりの女性を乗せて運ぶ車はない。ワゴン車もマイクロバスも緊急時の搬送に必要だ。車を手配できても、国境ゲートは常時閉鎖され、いつ開くか、開いても通れるか、相手次第だ。結局これは、人道面も考慮しているという、対外用の見せかけの紙切れに過ぎない。せめて許可証を持つ者は全員通れるよう、国際機関が交渉してもらいたいんだがね」

ベテラン職員は、書類に目を通し、うんざりした顔でダコタに戻した。

「交渉ならずっとしてる。だが許可証を持った人間が、自爆攻撃をしたのも事実だ」

わかってるだろ、と言いたげな答え方。つまりはあきらめろ、ということか。

「ワイロの相場は、どのくらいに下がったかな？　ゲートによっては、かなり低いだろ」

ダコタが世間話の口調で訊く。

ベテラン職員はため息をつき、大仰に首を横に振った。

「初めからそんな話はない、としかわたしには言えない。リート君、これは私見だが、相手も怖がってる。彼らにも、彼らなりの、この地に暮らす根拠や、これまでの歴史がある。すべてをくつがえして、引き揚げることは難しい。妥協したくても、双方の意見の隔たりが大きい上、国内では、強硬な政策を主張する政治家ほど支持が高い。着地点を見いだせないまま、双方とも、過度の緊張状態がつづいている。きっとおびえと苛立ちが、彼らに圧制のかたちをとらせているんだろう。ただね……」

彼が、リートに一葉の写真を渡した。

品のよいピンクと青の明るい服で着飾った、十歳前後の女の子と男の子が笑っている。

顔立ちは、占領国の兵士たちに似ていた。

「きみたちと敵対している国の子どもだ。お誕生会に招かれてね。この子たちなりに、占領地の子どもたちのことを心配していた。相手も怪物ではないことを知っていてほしい」

車が町の中心に入り、リートとダコタはNGO事務所の前で降りた。

車はそのまま去り、ダコタが占領国政府の発行した、紙切れ同然の書類を差し出す。リートは、ズボンのポケットにそれを押し込み、

「ゲートを通るときの、ワイロの値段が下がってるって、どのくらい？」

と尋ねた。国連の車が残した濃霧のような砂ぼこりを、ダコタが義手で払い、

「きみのいまの稼ぎじゃ、まだ何年もかかる額だな」

「ワイロ分を稼げる、大きい仕事はないの？」

ダコタが眉根を寄せてリートを見つめ、たとえば？　と尋ね返す。

「たとえば……自爆攻撃。志願すれば、遺族に金を残せるって、本当なの」

人を刺しそうな顔だな。

待ち合わせ場所で銀色のハイブリッド車に乗ったとき言われた。

島崎のマンションを出たあと、胸のポケットで携帯電話が震え、斉木の声を久しぶりに聞いた。『ふくけん』の仕事が終わったあと、迎えに現れた彼の格好は、春もののジャケットにジーンズ、ショートブーツをはき、デートへでも出かけそうな軽やかさだった。

斉木は最初のひと言以降何も話さず、車内には長く沈黙がつづいた。やがてフロントガラス越しに見えた標識で、東京を出たのがわかった。道の両側から高いビルが減ってゆく。

斉木がカーステレオのスイッチを入れた。チェロの響きのようだが、誠にはノコギリを弾《ひ》く音と変わらない。その動作をきっかけのようにして、斉木が前を向いたまま、

「バッハの無伴奏、わりとこれは好きなんだ。痛むか、顔?」

返事を期待している口調ではなく、誠は黙っていた。

「素人がいいところを見せようと舞い上がって、おまえを殴ろうとしてた。下手すりゃ骨を折るか、いきがった指輪で目を傷つける。こっちは昔、武道もかじって、急所は外せる。だから代わりに、島崎がこれ以上おまえをどうこうする気にならないくらいにやった」

車の向かう先に見覚えがあった。金本という斉木の友人が昔住んでいた家を、整理しにゆくときに通った道だ。中学の教科書に載っていた、古い炭鉱町の雰囲気を感じさせる木

造民家が密集した地域で、斉木はそこで生まれ育ったらしい。

彼の視線を横顔に感じる。

「おまえ……本当は、もう薄々感づいてるんだろ。話せよ、どこまでわかってる」

声は何げないが冷たく冴えている。それこそ人を刺しそうな声に聞こえた。

「おまえ、さっき島崎に会ったよな。そのとき、感づいたことを話したか？　話さなかったろ？　おまえは話さない奴さ。いま誰より信用できるのはおまえだ。さあ、言えよ」

言葉の裏で響く、声音の強さと深みに、シラを切り通すことは無駄だと感じた。

「わかってるのは……荻野さんをはめたのは、高平さんじゃない、ってことくらいです」

水溜りに靴先を突っ込む感じ。ここまでは無事か、どこからは濡れてしまうか。

「ハッ。荻野をはめたのが高平でないとわかりゃ、その先は難しくない。高平がおまえに島崎を裏切れと話をもちかけた。なのにおまえは裏切らず、堂々と借金返済の交渉に来た。で、おれが散々に痛めつけた。あ、そういうことか、と気づいたんじゃないのか」

とっくに靴はぐしょ濡れだ。誠は力を抜き、シートに体重を預けるように座り直した。

「さっき、おまえを守るために殴ったような言い方をしたが、腹も立ってた。おまえみたいな肝《きも》の据わった奴がいるのに、なんで高平みたいなクズをあいだに入れたのか、とな」

車が、どんどん光量の乏しい方向へ進んでいく。行き交う車も減ってきた。

「おれはな、誠、不安なんだ。この不安はいくら説明しても、おまえには実感できない。ここにいる、そのことにもう不安がある。誰かに信用される、いい仕事を任される。だが、いつ裏切られ、地位を逐《お》われるかびくびくしている。そんな生まれ育ちをした人間もいるのさ。この不安を何かで消していくしかない。島崎に代わっても上はある。縄張りを狙う別の組織もある。不安の種は尽きないが、ひとまずトップになれば幾つかはつぶせる」

見覚えのある川沿いの道に出た。やはり貧しげな家々が密やかに建て込んでいた地域へ向かうようだ。車は舗装道路を外れて、土の道をしばらく進み、不意に止まった。

斉木がライトを上げる。造成途中の工事現場を思わせる、泥っぽい土がむき出しの地面が浮かび上がった。車がゆっくり動いてゆく。建物も植物もない、うつろな空間がつづく。前方に、止まっている青い乗用車が浮かび、斉木はブレーキを踏んだ。彼が首の動きで、降りるように促す。

誠は座席にしがみつきたくなった。だが、降りたほうが逃げられる可能性は高い。ドアを開け、柔らかい感触の地面に足を下ろす。正面からライトを浴びた。

「よお、久しぶりだな。あんとき食べた中華の味が忘れられないぜ」

懐中電灯の持ち主が、自分自身にライトを向ける。金本だった。

斉木も車を降りた。古傷で腰の左右の高さが違うらしく、綱渡りをしているような、左右にかすかに揺れながら平衡を保つ感じの歩き方で、青い車のほうへ進んでいく。

「誠、覚えてるか。みみっちい家が建て込んでたろ。いまじゃすっかりこのザマだ」

もう着いていたのか。辺りを見回す。ライトが当たった範囲だけだが、肩寄せ合うように家が並んでいたことを思い起こさせる何ものも残っていない。

斉木が、金本の青い車に手をつき、

「ここにこいつの家があった。おれのは少し先だ。差別なんて何十年も昔という連中がいる。周りになきゃ、世界中どこにもないと言う輩《やから》さ。ガキの頃はいつ取り壊されるか、毎日びくびくしてた。なくなってせいせいするが、ここでしか生きられなかった人もいた」

雨でも降ったのか、地面がぬかるんでいる。足が泥にからみつかれるように感じる。

「誠、島崎に数字を見せられただろ。盃も勧められたか？　おれも相談を受けたからな」

斉木の目は車のライトから外れている。なのに鋭利に光るのを感じた。

「元を言えば、子どもを使うのは、おれの考えさ。おまえの父親がいなくなったとき、高平たちは、おまえらを売る話を本気でした。古くさい。だったら父親の代わりに、アジツケをやらせたらいい、と進言した。子どものほうがまじめだし正確にやるもんさ。おまえたちはいわばテストケースだった。本当にやれるかどうかな……。答えはイエスだった。おまえ島崎は、違法なものは陰気にやろうとする。おれは正当な仕事としてシステマティックにやりたい。部屋を用意し、シフトを決め、担当の子どもが来て、用意された分量のアジツケをして、帰る。秘密厳守だが、それ以外は理科の実験みたいなもんだ。いまのガキはさほど脅さなくとも何も話さない。人との交渉が苦手で、金さえもらえば、ってやつさ。これはいろいろ考えてるシノギの一つだ。ただ、おれが上に立たなきゃ実行はできない」

誠は、話の途中からある言葉が引っかかり、以降のことはほとんど耳に残らなかった。

「斉木さん……おれがやってるアジツケ、もしかして、初めは親父にやらそうとしてたんですか。島崎さんも、親父に、三十五年ローンの家を買ったと思えと言った、って」

「耳のいい奴だな。歌もきっとうまかったろ。確かに初めはおまえの父親にやらそうとした。いまの状況じゃ三十五年かかる。よそにこもって刑務所に入った気で打ち込めば、十年で完済だって話してな。アパートも用意してた。なのに約束の日、奴は来なかった」

「なんで……どこへ行ったんですか」

「知るもんか。女と逃げたんだろ？　何か向こうから言ってきてないのか」

父親からの手紙のことを話す必要はない。どうせ居場所は書いちゃいないんだ。しかし、斉木の言葉も本当か。父親はこっそりどこかでアジツケをやらされているんじゃないのか。おれたちにやらせ、父親にもやらせて、二重取りしてるのかもしれない。誰も信用はできない。

「おーい、そろそろ本題に入ろうや。ずっと待ってて冷えてきたし、腹も減った」

金本がじれったそうに言う。焦るなよ、と斉木が彼を制し、

「誠、おれと組め。お互いのためだ。方法は、高平を通して、おまえにやらそうとしたことを引き継ぐ。パケを島崎のマンションへ運ぶ直前、電話を一本掛けりゃいい。相手は」

どんと肩に重みがかかった。後ろから金本が分厚い手を置いている。

「麻薬取締りの連中が手を引いたのは、おれには都合がよかった。連中が見過ごした相手を、所轄《しょかつ》が捕まえりゃ鼻高々だ。おれが日本人になったのは大昔だぜ。だから、この職に就けた。だがいまの階級から先は難しい……なぜかは察しがつくだろ」

「電話を受けて、待機した金本たちが動きだす。おまえが島崎の部屋に入ったあと、外にある水道栓をおれが閉める。監視カメラは細工しとく。あとは時間との勝負だ。奴らに水を使わせたくない。おまえはパケを置いたら、すぐトイレを借りて水を流せ。そして水が新たに流れないのを確認して、部屋を出ろ。外で金本たちが手ぐすね引いてるはずだ」

「……トイレとか、水とか、何のためです」

「ガサ入れを受けたら、シャブは流して証拠を消すのが鉄則だ。台所の水は水道栓を閉めれば出ないが、トイレはタンクに一回分入ってる。ヒロミがいれば、彼女の役割だった」

「あの、ヒロミさんたちは、どうしたんですか」

ずっと気になっていたことだった。斉木は青い車の屋根をコンコンと叩いて、

「高平は逃がした。逃げた先には、奴が博奕《ばくち》で穴をあけたままの別の組織の連中が待ってた。もうどこかの危ない現場で働かされてるだろう。ヒロミは金をつかませて一人で逃がした。島崎も本気じゃ追わない。寝取られた女を捜してるなんて、聞こえが悪いからな」

「でも彼女、故郷《いなか》に障がいのある弟がいるって言ってたけど、大丈夫なんですか」

斉木が笑った。金本も背後で笑う。彼女の身の上話はでまかせだったらしい。

「ま、おれが上に立ったと噂ででも聞けば、しれっとした顔で戻ってくるだろうさ」

斉木が青い車のドアを開き、運転席に乗り込んだ。エンジンをかけ、誠をはね飛ばす勢いで突っ込んでくる。視界がライトで白くおおわれる。

経験

手で光をさえぎる。

降り注ぐ木漏れ日《こもび》に、先導者の、汗で濡れた背中も光っている。

狭い道の前方に倒木があり、進路をさまたげていた。右は山側の崖、左は下生えの草が茂る谷に落ちている。倒木はわざと置かれている気がした。

古傷で足を高く上げられないソロンが、倒木に背中を預け、向こうへ転げるかたちで越える。リートもならった。

人けのない森のなかの坂道を、雑草を押しのけるようにしてしばらく登り、ひときわ背の高い樹木の前で、ソロンが足を止めた。この地に生まれた詩人の、古い言葉を使ったバロック風の詩の一節を口にする。代わりに、鳥の声が落ちてきた。

樹の上の太い枝に、リートの弟と同年代の男の子が腰掛けていた。

男の子は無線機を手にして、リートとソロンを見下ろしたまま何やら話している。返事があったらしく、彼がソロンにうなずいた。

さらに先へ登った坂の突き当たりに、人の背丈よりも高い岩が立ちふさがっていた。ソロンが岩の前に立つ。岩は二つ並び、その隙間に低い岩が栓のようにはさまっている。彼が低い岩の一部をつかんで、横に押しやる。岩に偽装した木戸だった。

人の手が入っていることが明らかな、果実の食べられる木々の林のなかを進む。銃声が聞こえ、やがて空間が開けた。

村。正確には村の廃墟だろう。二十数軒ある家屋のすべてが全壊、または半壊の状態だった。家屋はおおむね十軒くらいずつ右と左に分かれ、中央に集会場となりそうな広場がある。数人の人影が左側の廃屋の陰に見られ、反対側の廃屋へ向けて、機関銃やライフルを撃っていた。狙いの先には人形が置かれ、銃弾を受けて揺れたり倒れたりする。硝煙のにおいが、森の薫りをかき消した。

共同の訓練所、とソロンは言った。

占領国に対して抵抗運動をつづける組織は、大きく二つのグループに分かれる。一つは、自国民が占領の初期から抵抗して現在にいたる伝統的な組織。もう一つが、隣国と共闘して現実的な解決を求める比較的新しい組織。両者は当面の目標が同じこともあり、訓練場所を探したり維持したりする労を省くため、交替で訓練所を使用するようになったという。今日は隣国と共闘するグループが訓練中だった。

銃を撃っている男たちとソロンが挨拶を交わす。ソロンはリートを簡単に紹介し、男たちは笑顔で手を上げ、リートも挨拶を返した。

彼らの背後では、軍人らしい男が、数人の男たちにナイフを使った戦闘術を教えている。日陰では、銃の点検や組み立てがおこなわれており、ソロンがそうしたグループにもリートを紹介し、リートはぎごちなく挨拶した。

かつてここはスパイの村だった、とソロンは話した。村の子どもたちが集団で伝染病にかかったおり、占領国は抵抗組織の情報を流すことを条件に、患者を引き受けた。のちにスパイ行為が露見して、村全体に修理がおこなわれたのだという。

ほかに比べて屋根も壁も多く残り、雨露をしのげる廃屋の床に、木箱が並べられ、機関銃やライフルが収まっていた。ソロンが軍用ライフルを取り、リートに渡す。鉄の重みが腕にかかる。試そう、と誘われた。

ソロンはライフルを携え、男たちが射撃をしていた場所に進み、前方で成果を確認している男たちに合図を送る。男たちが場所を空け、彼は無造作と言っていい素早さで引き金を連続して引いた。前方で木の人形が倒れる。銃声は、近くでは大きく響くが、林と岩の壁にさえぎられて、遠くまでこだますることはなかった。

リートは、ソロンからライフルの安全装置の外し方を教わった。武器は幼い頃から見てきた。人が撃たれるのも目撃した。知り合いに拳銃を持たせてもらったこともある。だが、撃ったことはない。

指示通りに銃を構え、前方の人形に目を凝らす。引き金に指を掛ける。好奇心はある。ソロンをはじめ周囲の人々に、臆病者と思われたくもない。

だが、寸前でゆるめた。またにする、と誰へともなく答えた。ソロンは怒りも笑いもせずに、うなずいた。

二人は廃屋へ戻った。居間に大きいテーブルと椅子が数脚、赤茶けた壁にはこの国の地図が貼られていた。

その地図の前で二度、殉教者の最後の映像が撮られた、とソロンが言った。

愛する人を不当に失ったことを情念のたぎる言葉で語り、残される者への愛と、神への忠誠を誓った若者たちの映像は、リートも何度か見たことがある。

「おまえ、誰かに自爆の話をしたのか」

突然の問いに、リートは答えられなかった。ソロンがテーブルを指先で打つ音がする。

「自爆の話はすぐに広まる。次は誰がやれるか、つねに候補者が求められているからな」

「……家族にどのくらい金を残せるのか、世間話のつもりで訊いてみただけだよ」

リートは答えて、隅に血の痕が残る地図上に、自分の家のある辺りを探した。

「おまえが誰かに自爆のことを尋ねる。その誰かは、どこかの組織に、彼がその気らしいが、残される家族は障がいがある、いくら出せる、と訊く。とたんに、本当にやれる奴か、いくら出すのが妥当か、あちこちに打診が入る。おれも、やれる奴かどうか訊かれた」

「……なんて答えたの」

そのとき、床を踏む重い足音がして、体格のよい男が顔を出した。先日、ソロンと一緒にいた隣国の男だ。リートを見て、残忍そうな笑みを浮かべる。

「よお坊主、びびって引き金を引けなかったんだろ。ソロンの買いかぶりじゃないのか」

「占領軍の奴らは、怖さのあまりに子どもに向けてまで引き金を引くんだ。むやみに撃つ奴が度胸があるとは言えない。ときには撃たない勇気ってのもあるだろ」

と、ソロンが答える。

「おれらを出し抜いた賢さで、戦力になってくれりゃあ、文句はない。ほら受け取れ」

隣国の男が、リートに携帯電話を放った。ひと昔前のシンプルで頑丈なタイプだ。

「いまから言う番号を押して、最後に通話ボタンを押せ。おまえの話したい相手が出る」

おれが話したい相手？ 目で問うが、相手はかまわず番号を告げる。

「無線の都合で、窓際に立って掛けるのがいい」

隣国の男が誘うように言い、リートは不審に感じながら窓際に進んだ。外の広場に、来たときにはなかった自転車が止まっている。荷台に、小型の段ボール箱が積まれていた。

「話してみろ、おまえの希望をかなえてくれる相手と」

隣国の男が言う。リートは、ソロンを見た。彼が止めないため、少なくとも大きな危険はないと察し、通話ボタンを押した。

爆発音とともに、広場に置かれた自転車が吹き飛んだ。

煙と砂が舞い上がり、宙を舞った自転車の部品が地面に落ちてくる。爆弾の量が少なかったのか、火は見えず、残骸も広場の外にまで飛散することはなかった。

隣国の男の笑い声で我に返り、リートは周りを見た。ソロンが表情をゆるませている。さっきまで訓練をしていた男たちも、事前に知らされていたのか、物陰に入っている様子だった。

「自爆の必要はない。大人では警戒される場所へ、爆弾を置いて、あとは離れたところからボタンを押せばいい。見返りは、たとえば家族を出国させられるだけの金。どうだ」

隣国の男が手を差し出す。携帯電話を返す手がふるえているのを、リートは自覚した。

「せっつくなよ。何にだって考える時間てものは必要だ」

ソロンがあいだに入り、隣国の男は、悪い話じゃないぜ、と言い残して立ち去った。

頭のなかを爆発の残像が占め、残響で耳鳴りもして、まだ何も考えられない。

後ろから肩を抱かれ、地図の前に連れていかれる。リート、と力強く呼びかけられた。

「一緒にこの国を解放しよう。捕虜交換の話は聞いてるだろ。敵も国内事情があるから、捕虜は交換される。だが今後いっそう弾圧も強めるはずだ。もう悠長なことは言ってられない。住民の決起を促す大きな花火を上げよう。服従か抵抗か、いまだに迷っている多くの住民を、抵抗運動に引き込み、国を挙げて戦わなければ、真の解放は望めない。そのため、どっちつかずで、敵とも取引をしているダコタを、一つの悪しき象徴として叩く」

「……殺すの？」

「殺された者は伝説化される。ＮＧＯの倉庫をやる。物資を溜め込むだけで、人々の生活を助けていないし、自衛に必要な武器を倉庫に埋もれさせ、占領を長引かせている、と人々に訴える。協力してくれ。お袋さんを外国の病院で診せられる程度の金は引っ張ってくる。そのあとおれと隣国に渡ろう。国を出たあとの家族の面倒は、もう頼んである」

「頼むって、誰に……」

ソロンが口にした相手は、エルデの姉だった。ソロンは彼女とつきあっている。

「ところで、おまえ自身は、彼女とどうなんだ」

え、と隣を振り返る。エルデのこと？

「ヤンズさ」


誠は両目をぎゅっと閉じたあと、開いて、運転席の斉木を見た。

「ヤンズの奴、近頃妙におれや姉貴に逆らってな。おまえたち、どうなってる」

「どうって……」

「お膳立《ぜんだ》てしてやったんだ、うまくやれよ。高平とヒロミの場合もそうだが、タイミングよく背中を押せば、しょせんは男と女だ、難しく思えた相手でも意外なほど結びつく」

そういうことか、と腑に落ちた。ヒロミがなぜ高平なんかと、と思ったが、斉木が糸を引いていた。自分とヤンズも、同じように見られていたのかと思うと、いたたまれない。

「おまえの父親が、いなくなる前だけど、子どもたちのことをみてくれ、ことに難しい年頃になるおまえのことを頼むって、言ってたんだ」

「……親父が、ですか？」

「だからってわけじゃないが、おまえとヤンズは似合いだよ、うまくやれ」

車は都内に入り、やがてヤンズの姉の京子が管理する〔女子寮〕の前に着いた。斉木が事前に電話したため、紺のドレスと革のコートで着飾った京子が、玄関先で待っていた。

誠は車を降り、京子が助手席に乗り込むまでドアを開けて待った。窓が下り、以前は冷たく事務的に見えた京子が、驚くほど濃《こま》やかに映《は》える顔を、笑顔でさらに柔らかく彩り、

「ヤンズ、管理人室にいる。一〇一号。わたしでも手を焼く子だけど、がんばって」

と、上品な香水の薫りを残し、窓が上がるより早く、車は穏やかに走り去った。

誰かの仕組んだ舞台に上がる気はない。

だがおれたちは違う、他人の思惑を超えたところでつながり合っているんだ……と自分に言い聞かせてでも、やはり彼女に会いたい。

インターホンを押した。相手が受話器を取った音がする。名乗る前に、ロックが外れる音がした。建物のなかに入り、一階の一番手前の部屋の前に立つ。

何を言えばいいのか、挨拶に迷ううちにドアが開いた。玄関の内側に、ゆるい綿パンツに灰色のトレーナー姿のヤンズが立っていた。午前零時を回っている。

「こんばんは」

彼女が目を伏せ、固い表情で言う。

誠は、同じようなつぶやく口調で挨拶を返し、

「……こないだアパートに来てくれたお礼が、言いたくて」

「上がって」

ヤンズが奥に下がった。

泥だらけのスニーカーを脱ぎ、部屋に上がる。前に一度、斉木に誘われて入った。ダイニングキッチンにつづく居室の壁に沿って十台ほどのモニターが並び、ほかの部屋での売春行為を管理していた。ヤンズはまさかそれを見ているのか。

ダイニングから、明るい居室をのぞく。モニターと向き合う部屋の一方の隅で、ヤンズが椅子に掛け、厚手の赤い布に、黒い糸で刺繍《ししゅう》をしていた。

モニターのうち六台に、以前と同様、盗撮もののＡＶを思わせる映像が流れている。

「椅子、あるでしょ。使って」

彼女が顔を上げずに言う。

誠は、入ってすぐ脇の椅子に、モニターに背を向けて腰掛けた。

「……なんで、こんなことをしてるのかって、ときどき思う」

彼女が独り言のように言った。モニターは声が出ておらず、まだしも救いだった。

「いつ終わるのか、きちんとした数字を出してって、わたしも、斉木さんに言ってみた。即、姉と大喧嘩。借金を返せても、あとの算段が立ってないし、いろいろ裏を知ったからには簡単には抜けられない、よほど上手に立ち回らないと、痛い目にあうって……」

彼女の口調は淡々としていた。誠は、そう……と口のなかで答えた。

「姉はずっと斉木さんとやってくつもり。家出とか中退で世間に出た子は、どうしても援交や風俗に流れがちだし、経済優先の社会じゃ、手っ取り早く稼ごうとする子はますます増えるのに、社会は手を差しのべない、だから自分たちが、生きづらい女の子たちを守るんだって……。ばかげた話に聞こえるけど、ここで現実を見てたら否定もできない。避妊には気をつけるよう、いつも注意してるのに、こないだ、ある子が妊娠して、お金と病院の付き添いを姉に頼んだの。口止めを含んで多めに渡したら、こんなにもらえるならまた妊娠しようかな、だって……」

ヤンズが深く息をついた。集中し切れないのか、赤い布を裏返して、また元に戻す。

「このままでいいのか、すごく焦る。子どもたちをもっと守ってよって、デモでもする？」

意味がないことは、彼女もわかっている。

なのに、むだだよ、と頭のなかで言葉が響く。

彼女が顔を上げた。濃い眉が苛立たしげにゆがんでいる。

彼女は部屋の壁に、爆撃で亡くなった四歳と二歳の兄妹の顔を、赤と黒の顔料で描いているところだった。

むだって何、子どもたちだけでも守ってほしいって、デモをするのが悪いこと？

彼がもし隣国へ出れば、残された家族の面倒は、エルデの姉がみてくれる、とソロンは言った。実際には弟や妹のことは、エルデがみてくれることになるだろう。どう考えているのか、確かめたくて訪ねたが、エルデは、姉からその話は聞いていなかった。

隣国へ出る可能性を伝えると、彼女は背中を向けて絵を描きだし、子どもたちの保護を訴えるデモをしたい、と言った。むだなことは、彼女自身もわかっているはずだった。

「それとも、このままで、ずっと我慢しなきゃいけないの、こんな状態でずっと？」

彼女が悔しそうに唇を結ぶ。絵のほうに向き直り、自分は戦うんでしょ、と言う。

みんなを残して、隣の国へ行っちゃうつもりなんでしょ、勝手よ……。

語尾がふるえる。突き放したものではなく、袖口をつかまれるような感覚をおぼえた。

彼女のほうへ一歩歩み寄る。まだ決めていない、と答える。行ったきりのつもりもない。

「おれたち……大変だ……おれたち、一緒にいるだけでも、すごく大変だ。けど……」

深い意識もなく口にしていた。

どんな約束や言い交わしもしていない。なのに、自分と彼女を、おれたち、と一緒に語ることには、少しの抵抗も感じなかった。

「でも、違える……おれたちなら、ほかの奴らとは、きっと違っていられる」

彼女が驚いた顔で、まっすぐにこちらを見つめる。唇を開く。

「……いろんな鎖が、からみついてるから、どんなことも、簡単じゃないけど」

「ああ、息をするのさえ、簡単じゃないよ……それでも、一緒なら、違っていられる」

引力が人間同士でも働くものかどうかは知らない。ただ気持ちのままに、彼女に歩み寄っていた。

彼女がわずかにうつむく。だが、からだは退《ひ》かない。

淡い桃色の唇の美しさに引き寄せられる。胸の奥で爆発が起きる。からだが内側の振動でびりびりふるえる。爆風に吹き飛ばされそうになるのを、たった一点、彼女とふれている唇でこらえていた。

ドアが激しく叩かれた。管理人さーん、と声がする。彼女が玄関に向かった。

ドアを開ける音がする。悪いけどこれクリーニングに出しといて、二時にまた客が来るから掃除もしといてくれる、ラーメン食ってくんね、と若い女の声がする。

誠は、いま起きたことの不思議を信じられずにいた。

本当に二人のあいだに起きたことなのか。唇にふれるが、どんな痕跡も残っていない。だが鼻先には甘い薫りが残っている。

「ごめん、仕事……」

ヤンズの声がした。応じる声が出ず、無言でドアのほうへ向かう。彼女はスカートを腕に掛け、背中を向けて、ドアを少し開けた状態でいた。隣に立ち、スニーカーをはく。

「明日も、朝早く仕事でしょ。電車はもうないと思うし、タクシー呼ぶから待ってて」

いや、と断る声もしっかりとは出ず、なんとかなるから、とささやくような声でやっと言い、彼女とからだを入れ替えるようにして外へ出た。

だが、何も言わずに行ってしまうことが怖いような気持ちになり、足を止めて、振り返らずに、

「おれたちは、絶対違える。あんなふうにはならない。おれたちは、きっと、違える」

言い置いて、走りだした。根拠は何もない。

若いからそんなふうに思いたいだけさ、と笑い声が聞こえる。きれい事を言っても、モ

ニターに映ってた連中と同じになるのさ……島崎が、高平が、斉木が、ダコタが、ガマが、ソロンが笑う。

いや違う、あんたらにはそう見えても、おれたちは違える、と胸の内で繰り返し、街を走り抜けてゆく。

深夜なのに人も車も多かった。うるさく感じて、裏道に走り込む。がれきが道の両側をおおっていた。永遠に繰り返される報復が、街の底を震わせている。倒壊したビルから砂礫が落ちつづけ、狂おしい悲鳴や怒号が無人の道を引き裂き、痩せたカラスが舞い上がる。

それでも、と心に誓う。おれたちは違える、一緒ならきっと違っていられるはずだ。延々走りつづけ、息は上がっているのに疲れを感じないまま、アパートに近い駅に出た。駅前の数軒の飲屋の暗い灯がぼやけて見える。前方のさびれたスナックのドアが開き、背広姿の男がこちらに背中を向けて歩きだす。

誠は足を止めた。酔っているのかふらふらと、誠のアパートのほうへ歩いてゆく男の後ろ姿に、父親の影を見いだした。

わかれのうたげ

幼稚園の園庭に古い桜の樹がある。

園の玄関から見て、庭の奥まった日当たりのよい場所、職員が寝泊まりする寮の裏手の辺りで、園長の義父母がこの地に幼稚園を開くときに植えたものだった。

太い幹から枝が天地四方に伸び、ソメイヨシノの満開時には、桃色の小山が現れたようだと、近所でも評判で、裏通りなのに園の前を散歩する人が増える。

幼稚園では、満開を迎える時期の土曜日の昼、園児と保護者が桜の下で食事をする花見の会を催すことが恒例となっている。

在園生、卒園生、入園希望者、日頃から寄付で園の運営を助けてくれている人々も参加して、年々増える参加者は、午前中から集まり、昼食時には園庭いっぱいに溢れた。

桜の下から玄関に向かって、色とりどりのシートが園庭とほぼ同じ大きさで広がり、その上で子どもたちは鬼ごっこをしたり、相撲《すもう》をとったり、腹がすけば、自分の親だけでなく、友だちの親、ときには誰とも知らない大人たちのもとでも、何かしらの料理やお菓子をつまみ、また子ども同士の遊びに戻っていく。

参加者には外国出身者が少なくなく、持ち寄った料理と酒、酒が飲めない場合は独自のお茶など、お国自慢の品々が多種多彩に並び、まるで万国博覧会の活気を呈する。

この日だけは、先代からの方針で、飲み過ぎなければ飲酒が許され、酒以外にも会話や雰囲気に酔う者が増すにつれ、人々の頬も姿勢もゆるみ、ラテン系の人々がリードするかたちで歌が起こり、踊りの輪が広がる。

それぞれの民族衣装で着飾った人が、あちらこちらで咲かせるパフォーマンスの華は、近くにいる者だけが堪能《たんのう》するのはもったいなく、慣れている園の教員たちが、先端まで花が咲き誇る大ぶりの枝の下に、子どもたちがふだん使っている頑丈なテーブルを並べて用意してあった、即席のステージを開放する。

「さあ、皆さんお待ちかね」と、芸達者な教員の一人が司会役に立つ。「誰からですか」と尋ねると、園児に戻ったかのようにキラキラと目を輝かせた大人たちが、「はーい、はーい」と手を挙げ、日頃の抑圧的な暮らしを吹き飛ばす勢いの、歌や踊りを披露する演芸会が始まる。

園庭の北側は職員寮、その奥に教会、東は園舎、西は園の菜園、南は道路を隔てて倉庫が並び、多少の騒ぎはふだんから近所も大目に見ている。

カリブの熱気を感じさせるスチールドラム、タイのゆったりとした歌謡、アメリカのカントリー、とつづくステージから最も離れた南側の、道路に面した柵に背中が当たるような場所で、香は園の用意したブルーシートの上に座っていた。

誠は市場の仕事があり、正二が一緒に訪れたが、「謝ってきたい人がいる」と言って、教会のほうへ行き、まだ帰ってきていない。昼食はいつものように、あんパンとジュース、今日は花見だからと、正二がバナナも持たせてくれた。

隣では、ノチェがコンビニ弁当を食べている。彼の母親と新しい父親と赤ん坊は、誰がどんな病気をもっているかわからないからと、ノチェに金を渡し、動物園へ出かけた。

その隣では、リヤがデパートで買った高級なサンドイッチを頰張っている。そばに、長身で、知的な顔立ちをした彼女の父親が立ち、苦々しげにステージを眺めていた。

リヤの父親は花見に来る気はなかった。彼の妻が精神的な病で外出を怖がり、子ども一人での参加は許可できないため、リヤには欠席するように言った。だが「これでお別れなんだから」と、彼女が食事もせずに抗議するので、仕方なく付き添ってきた。

香をはじめ、ノチェ、ボイ、セダーは、近所の公立小学校に上がる。外国出身者の子どもが多い地域であり、当の小学校には多様な受け入れ態勢ができている。両親が難民申請をしているゴルも、支援者の嘆願もあって、同じ学校に通えるはずだった。

ただリヤだけは、父親が、子どもたちだけでフクシマへ行こうとしたことを問題視して、彼女を都心のアメリカンスクールへ入れることにした。リヤは仲間と離れるのをいやがったが、彼女の母が「パパの言うことをきいて」と頼むので、泣く泣くあきらめた。

「かおりー、こっちきてー」

セダーがシートの上を軽やかに渡ってくる。

彼女はノチェを誘い、リヤも誘おうとして、彼女の父親に睨まれて口をつぐみ、香の手を引き、自分の席に戻った。セダーの両親と祖母が、カンボジアの伝統的な料理をシートの上に広げ、近くの人にふるまっている。

彼らの隣に、ゴルと妹と、ふだん外出を嫌う彼女たちの両親が、支援者に誘われ、控え目に腰を下ろしていた。

セダーの祖母が、持参した皿に料理をのせ、ゴルの一家に勧める。ゴルの両親は、手を合わせてから口に運び、おいしいとうなずいた。

ゴルはそれを見て嬉しく、妹に食べさせ、自分も口に運んで、その場に来た香とノチェにほほえみかけた。

「なんだよ、ここにいたのか」

ボイが顔をのぞかせた。香とノチェが、セダーの家の料理を食べているのを見て、

「こっちのほうがうまいよ。パパとママがきてんだ」

と、香とノチェの腕をつかみ、強引に引っ張っていく。

ブラジル出身者が数組集まった一角があり、大人たちはステージに目を向け、小さな太鼓をじれったそうに叩いている。その周りで黄色いサッカーのユニフォームを着た幼児三人が、ゴムまりを蹴っていた。

ボイが皆に、香とノチェを紹介した。ボイの両親が、両手を広げて二人を抱きしめ、頬にキスをする。

両親から説明を受けたほかの大人たちが、フクシマまで子どもたちだけで行った勇者だと、二人をたたえ、料理を紙皿にのせ、ジュースをコップについだ。

ステージ上で、フィリピン出身の小学生たちの愛らしい歌が終わり、拍手が起きる。香の前にいる男たちが、はーい、はーい、と手を挙げ、司会者に指名された。

ボイの両親ら総勢十名ほどのブラジル出身者が、笛を吹き、太鼓を鳴らし、腰を振りながらステージに進んでいく。おれも、とボイがあとを追い、残された香とノチェのところへ、セダーがカンボジア料理をのせた皿を持ってきた。

ゴルもそばに来て、女の子二人が香をはさむようにして座る。

「しょうがっこうでも、なかよくしてね」

ゴルが香に言った。

セダーが、ゴルのほうに笑いかけて、

「だいじょうぶだよ、むれだもん。ね、かおり」

香はうなずいた。

リヤがのっそりと現れ、香とゴルのあいだに割り込むように座る。

「パパ、むかつく。イエデしたい」

むくれた顔でステージのほうを見やる彼女の背中を、香とゴルが撫でた。

サンバの調子がいっそう高まり、ステージの下からも、踊りに加わる者が増えていく。

香は突然、首の後ろを虫に刺された気がした。手を当て、後ろを振り返る。柵の向こうの道路に、タクシーが止まった。香は立って、タクシーを降りてくる小さな影を認めた。

シートの端まで小走りに進み、大勢が脱ぎ放した靴から、自分の靴を探すのももどかしく、手近な靴をつっかけ、玄関に向かう。

両側にチューリップの咲く通路を走り、園舎の玄関前で、香は門を抜けてきた相手とぶつかりそうになった。カデナ、と呼びかける声がとっさに出ない。相手も声はなく、互いに腕を取り、くるりと踊るように回った。

園舎から園長が現れ、香とカデナが抱き合う様子を無言で見つめ、門をこちらへ抜けてくるカデナの祖母の挨拶を受けた。

仲間たちも集まってきた。カデナを囲み、げんき？　どうしてた？　かみきった？　と声をかける。カデナは懐かしそうに、また恥ずかしそうに、仲間たちを順番に見ていき、

「……ボイは」

と尋ねた。

ノチェが、あっち、とステージを指差す。

カデナは、香と手を握ったままステージが見える場所へ移動し、サンバを踊るボイを見て、口を手で押さえて笑った。

「……カデナ、いっちゃうの」

ゴルが後ろから問いかけた。

仲間たちは口を閉ざし、カデナはからだを固くした。

香とカデナが福島刑務所を訪れた日、二人は刑務所内へ入ることはできなかった。カデナが母親に会いにきた事情は理解されたが、子どもたちだけでの面会は許されず、パトカーが二人を迎えに現れた。

警察署へ連れていかれ、大きな部屋に入ると、ボイとノチェがソファで寝ていた。出さ

れたおやつを食べながら、女性警官に何度も同じ話をし、いつしか二人も眠っていた。四人が相前後して起き、テーブルに用意されたパンとおにぎりを食べた。窓の外は暗くなり、ボイとノチェは帰りたいと泣いた。香とカデナは泣かなかった。テレビを見ながら待つうちに、カデナの祖母と、幼稚園の副園長と年長組の担当教員が現れた。

香とボイとノチェは、東京行きの新幹線に間に合うため、副園長と教員とともにタクシーに乗った。カデナは、翌日母親と面会できることになり、祖母と福島に残った。互いに手を振って別れたあと、三人は深夜に幼稚園に着いた。ボイとノチェは親たちが、香は誠が迎えにきていた。

その後、香たちは、熱が出たり咳が出たりして、それぞれ幼稚園を休んだ。香は五日間休み、以降は毎日通ったが、カデナは園に来なかった。

卒園式には、カデナ以外の全員がそろった。式の終わりに、香たちは園長に呼ばれ、カデナが福島に引越すことになった、と聞かされた。いまは近くの親戚の家に身を寄せているらしい。もう会えないの、と香は園長に尋ねた。園長は表情をやわらげ、花見のときに手続きをかねて訪ねてくれます、と答えた。

「おかあさんに、あえた？」

セダーが訊く。カデナはうなずいた。

「ママ、なに、はなした？」

リヤが訊く。カデナは首を傾げた。

「おかあさんと、くらすの？」

ノチェが訊く。カデナは間を置いて、うなずいた。

香は、仲間の質問をさえぎるように、カデナを花見の席へ連れていった。

セダーの家族のもとで、カンボジア料理をごちそうになる。踊り終えたボイが、カデナを見て、こっちにきて、と家族のもとへ引っ張っていった。ボイの両親は、カデナを抱きしめ、ママのいるフクシマにひっこす、とボイの説明を聞いて、頰に熱いキスをした。

おどってくる、とセダーがステージを指差した。彼女の父親が、高く澄んだ音を発する弦楽器を演奏し、祖母と母とセダーの三世代の女性が、優美な大河の流れを体現したような踊りを披露する。

踊り終えたセダーがゴルを呼び、ゴルがステージに立った。司会者が皆に静粛を求め、辺りが静まる。真っ赤な頰をしたゴルが、遠いふるさとの歌を、麗《うるわ》しい声でささやくように歌う。香たちの背後で、ゴルの両親のすすり泣く声が聞こえた。

次に在園の男子たちが、テレビのヒーローものの戦闘場面を演じはじめ、ボイとノチェも加わって暴れ、すぐに教員たちに、ハイハイおしまい、とステージから追い払われた。

マリ出身の兄妹が家族の太鼓に合わせて踊り、リズムにのって園児たちの何人かも踊りだす。リヤもステージに走り、長い手とショートパンツから伸びる脚を巧みに動かして、セクシーな歌手の真似らしい妖《あや》しい振付で踊った。

周囲から拍手と口笛が起こり、リヤの父親が憤然とステージに近づき、やめなさい、と娘に命じた。しかし、リヤは無視して踊りつづけ、周囲の大人たちが、リヤの父親をなだめ、彼はしぶしぶ後ろに戻った。

リヤがまだ踊っている途中で、カデナが香の手を引いた。

さっきまで香が座っていた柵の前で、カデナが香の手を引いた。

「おかあさん、ないてた。わたしもないて、カデナは母親と二度会ったことを話した。

べつのひ、またあって……おばあちゃんが、こどもだけでフクシマにきたこと、はなした。おかあさん、おどろいてた。おわかれのとき、ともだちできたよって、はなした」

「おこってないよ、って、いわなかったの？」

香の問いに、カデナは首を横に振った。

「おわかれのとき、おかあさん、ごめんなさい、っていった。だから、まってるよ、っていったの。おかあさん、おおきなこえで、ないた。だから、まってるって、やくそくしたから、フクシマにすむことになったの。ごめんね」

「……だいじょうぶだよ。どこにいても、むれだもん。なかまだもん」

「ほんと？」

「むれのなかまは、おなじにおいがするから、またあったとき、すぐにわかるよ」

「かおり、におい、わかるの？」

「わかる、きっと……なかまのにおいは、わかるよ」

香は、カデナの髪や首や胸や腕のところに鼻を近づけ、くんくんと匂いを求めた。

「どんな？」

と、カデナが不安そうに訊く。

「くさい……カデナくさい。カデナのにおい。カデナだけのにおい。おぼえてる」

カデナがほほえみ、香を真似て、獣のように鼻を鳴らして香の匂いをかいだ。

香は答えた。

「くさい。かおりくさい。かおりだけのにおい。きっとおぼえてるね」

手続きを終えたカデナの祖母が、園舎の玄関先からカデナを呼んだ。帰りのタクシーが来たという。

ステージを下りたリヤや、ほかの仲間たちも、二人に気づいて集まってきた。カデナを囲んで、仲間たちは門の前まで歩いた。園長と副園長、年長組の教員も、送りに現れる。

祖母はあらためて園長たちに礼を言い、カデナにも礼を言うように求めた。

カデナは教員たちに丁寧に頭を下げた。祖母が香たちにも礼を言って、タクシーに乗り込む。カデナがつづいて、みんなに手を振りながら、タクシーに乗った。運転手がすぐに出そうとする。

まって、とカデナが止め、窓を下ろした。かおり、と呼ぶ。香が顔を近づける。

「わたし、おばけ、みえなくなった。フクシマからもどったら、おばけが、みえなくなってた。バラ子さんのみちもとおったけど、みえなかった。かおり、まだみえるの？」

香はうなずいた。今朝はバラ子さんに歯を置いてきた。ジュースやバナナは問題ないが、パンはジュースで溶かして飲み込んでいる。夕食はおかゆにしてもらおうと思っていた。

「なんで、みえなくなったのかな……ごめんね、って、いってもらえたからかな」

カデナがつぶやく。

焦れたように祖母が声をかけてきた。電車に乗り遅れるという。

「かおり、フクシマにきてね。まってる」

カデナが言うのと同時に、タクシーが走りだした。香を残して、仲間たちが追いかけていく。女の子たちが止まっても、ボイとノチェは車が角を曲がるまでついていった。

「リヤ」

リヤの上着とバッグを手にした彼女の父親が、背後から声をかけてきた。

彼は、険しい表情で園長たちに会釈だけをし、リヤの腕を取って駅のほうへ歩いてゆく。リヤはもうあきらめた顔で父親に従い、仲間たちに手も振らず、悲しそうな目で何度も後ろを振り返りながら歩いていった。

タクシーを見送って戻ってきたボイとノチェが、すれ違うときに手を振ったが、リヤは応えず、無言で角を曲がっていった。

セダーの母親が声をかけてきた。ステージで知り合いが踊るらしい。セダーとゴルが手をつないで会場へ戻る。ボイとノチェも戻った。

香も戻ろうとして、正二と園長が玄関先で話しているのを見た。

ほどなく正二は、園長の前を離れ、香に歩み寄ってきた。

「友だち、行ったのか?」

彼が道路のほうを見て、訊いた。香はうなずいた。

「幼稚園のなかを掃除してた女の人も、行ったんだって。園長先生も知らないうちに、生まれた町で自首するって、手紙残して……。謝りたかったのにな」

「……どうして、あやまるの」

「あの人の、つらいところを、利用したから……。ちゃんと謝っときたかった」

香たちのもとへ南から風が吹いてくる。

どこの桜か、淡い色の花びらが、蝶の群れのように行き過ぎる。遠くで木々が煽《あお》られたようなザザッという音が、香たちの耳に届いた。

と思うと、香と正二は見えない手に突き飛ばされたかっこうとなり、後ろに下がった。花びらが一気に吹きさらわれる。突風だった。園庭に敷かれたシートが、まくり上げられ、料理や酒がひっくり返る。人々は悲鳴を上げ、慌ててシートを押さえにかかった。

桜も激しく揺さぶられ、満開の花がふるえながら枝にしがみつく。飛ばされてきた複数のシートが巻きついて、古木の幹が華やかな色で飾られる。

力及ばずに吹き飛ばされた花びらは、青空を背景に吹雪のように舞い上がり、強い陽射しの彼方に溶けていった。

午後三時、副園長が挨拶に立ち、花見の会の終了を告げた。

桜と陽気と風が招いた人々の興奮は、容易におさまらず、片づけの手を止めて話したり、名残惜しげに盃を交わしたり、各家庭の料理を食べ比べたりする者がおり、そうした大人を横目に遊びに夢中の子どもなど、しばらくはまだ大勢が花の下にたたずむ様子だった。

「みんなとすこしあそんで、くらくならないうちに、かえる」

香も、母の世話がある正二と別れ、幼稚園に残った。

彼女は、セダーとゴルが家族と帰るのを見送ったあと、アパートと反対方向へ歩いた。家に帰りたくないノチェと、後片づけから逃げたいボイが、どこいくの、と追いかけてきた。追い返そうとしても離れない。

十五分くらい歩き、交通量の多い大通り沿いにある交番に着いた。三十代だろう男の制服警官が、交番の前に出て、車の往来を見守っている。

香は、まっすぐ彼に近づいてゆき、

「あやまって」

と言った。え、と車の音も重なって、警官が耳に手を当てて訊き返す。

「あやまって。バラ子さんに、あやまって。えをかくのがすきだった、おんなのひと。バラのふくを、きてるの」

「へえ……で、その女の人に、何を謝りたいんだい」

「ちがう。おまわりさんに、あやまってほしい」

「わたしが？　なぜだろう。その女の人に、わたしが何かをしたってこと？」

前方で、がしゃんと音がした。後部シートに幼児を乗せた女性の自転車が倒れており、そばにライトバンが止まっている。警官が駆け寄り、泣いている幼児を抱き上げ、女性を助け起こした。ライトバンの運転手も出てきて、当たってないっすよ、と言い訳している。

互いの事情を聞く警官の忙しそうな様子を見て、香は次の交番へ向かった。

なにをあやまるの、おまわりさんがなにしたの、と、ノチェとボイが尋ねながらついてくる。

次の交番までは長い距離があり、ノチェとボイは飽きることなく質問をつづけ、ついには香のほうが根負けして、バラ子さんから聞いた、彼女が死んだときの事情を話した。

まじー、すげー、と二人は目を輝かせ、どのおまわりさん、はんにんわかってるの、と問う。香は首を横に振った。

次の交番には誰もいなかった。『パトロール……』と読める札が玄関に下がっている。ほかには駅前商店街の入口にある交番しか、香は知らない。えー、もうやめよーよ、と男の子たちは疲れた声を上げて、その場に座り込んだ。

だが、香が足を止めないので、彼らは仕方なく立って追いかけ、彼女を別の遊びに誘ったり、足が痛い真似をしたりする。それでも無視されたため、

「バラ子さんにあやまって、イヤイヤヨー」

と、ノチェがやけっぱちの調子で歌いはじめた。ボイが面白がり、二人で交替で、

「バラ子さんごめんね」「イヤイヤヨー」「おまわりさんあやまって」「イヤイヤヨー」

と歌いながら、行進のように手を振り、足を上げて、香の後ろを歩いた。

前方から自転車に乗った男の警官二人がやってくるのを彼らは見つけ、香の前に出て、まってー、とまってー、と両手を上げて、警官たちを止めた。

慌ててブレーキをかけた警官たちは、どうしたの、何かあったの、と心配顔で尋ねる。

「あやまって」「ごめんなさいして」

男の子たちは強い調子で迫り、警官たちは困惑した表情で、何のことか訊き返した。

「バラ子さん、ころしたでしょ」と、ノチェが言う。

「バラバラにしたろ」と、ボイが言う。

警官たちは顔を見合わせ、ゲームの話かい、急いでいるからまた今度ね、と言い残し、子どもたちをかわして、自転車を走らせていった。

「バラ子さんないている」「イヤイヤヨー」「バラバラにしないで」「イヤイヤヨー」

男の子たちは勝手な調子で歌いつづけ、ようやく駅前商店街の入口にある交番に着いた。

交番のなかでは、三人の制服警官が集まって、何やら笑顔で話し合っている。

「わたしが、はなす。だまってて」

さっきの失敗の経験から、香は二人に注意して、なかへ入った。

「おや、いらっしゃい」

椅子に掛けた気のよさそうな五十歳くらいの太った男の警官が、気軽に声をかけてきた。そばで彼の話を聞いていた様子の、二十代らしい若い男性警官と、同年代の女性警官も、香と、つづいて入ってきた男の子二人を、柔らかい表情で迎えた。

「ほほぉ、イケメンのナイト二人を従えて、お姫様は、どんな御用でござるかな」

と、年配の警官が訊く。

香は、深呼吸を一つしてから、

「バラ子さんに、あやまって、ください」

と、丁寧に言った。相手は眉を寄せ、え、と訊き返す。

「バラ子さんは、えをかくのがすきな、おんなのひと。でも、しんじゃった」

「ほう、そりゃかわいそうに。なんで、しんじゃったのかな」

「ころされた」

と、ノチェが香の注意を忘れて言った。

「おまわりさんにだぜ」

と、ボイが年配の警官を見る。

警官三人が顔を見合わせた。女性警官が腰を少し屈《かが》めて、子どもたちを見回し、

「テレビのお話？　アニメ？　何かのゲームかしら。犯人を当てるのかな？」

香は、バラ子さんが住んでいたアパートがある町の名前と、二丁目という番地を告げ、

「そこのアパートにすんで、えのがっこう、いってたの。もう、しんでるのに、ゆくえふめーって、いわれてるんだって」

あ、と若い男性警官が声を発した。同僚二人に振り返られ、彼は戸惑い気味に、

「いました……確か美術学校に行ってた、二十歳の、きれいなお姉さん、だよね？」

問われて、香はうなずいた。若い男性警官は、先輩の警官のほうへ、

「捜索願が出てます。家出らしくて、ちょうど一年くらい前ですね」

「ころされたの」

香は言った。警官三人が、胸を突かれたように彼女に視線を戻す。

「バラ子さん、パンツ、とられたの。だから、おまわりさんをよんだの」

あ……と、また若い男性警官が声を発した。年配の警官に険しい目で振り仰がれ、

「自分、行きました、それ。下着泥棒の一一〇番通報で、ここが最寄りの交番だったんで。事情を聞いて、被害届も出してもらって。だから、美大生って覚えてたんですけど」

「そのあと、ちょっとして……また、おまわりさん、えをみせてって、へやにきて、バラ子さんを、うしろからおそったの。やまにはこんで、バラバラにして、うめたの」

交番内に沈黙が落ちた。

年配の警官が、ふたたびゆっくりと若い同僚を振り仰ぐ。

「ありえないですよ。下着泥棒の件で一度訪ねただけで、二度と行ってません」

若い男性警官は語気を強めて答えた。

年配の警官が帽子を取り、短い髪を荒く掻く。

「しかし、なんだか真に迫った話だね……お嬢ちゃん、まさか、実際に見たの？」

「きいたの」

「え、誰に……。目撃者がいて、その人から話を聞いたってこと？」

香はうなずいた。警官たちは、わずかに姿勢をただした。女性警官がメモを出す。

「バラ子さんにきいたの。ころされたバラ子さんが、はなしてくれたの」

「おばけなんだ」

と、ノチェが付け加えた。

「かおり、おばけがみえるんだ」

と、ボイが自慢げに言う。

警官たちが、短い間ののち、つめていた息を吐いた。姿勢が元に戻る。

「そうか、おばけから聞いたか。そりゃすごい。想像力が豊かな、おばけなんだねぇ」

年配の警官がほほえむ。女性警官がメモをたたみ、隣に立っている同僚に尋ねた。

「下着泥棒の件、一人で行かれたんですか」

「いや、マダラメさんと。彼がそのとき、いろいろ指導してくれてたんで」

「マダラメか。苦手だなぁ、何を考えてるかわかんなくて。そういや絵は好きだよな」

年配の警官の言葉を受け、若い男性警官が愛想笑いを返した。

「ええ、あと、若い女の子も」

女性警官が咳払いをして、男の同僚たちに、子どもの前であることを知らせる。

「ああ、いや、失敬……で、何だっけ」

と、年配の警官が香を見る。

「だから、あやまってほしいの。バラ子さんに、あやまって」

「そうかそうか、調べてみようね。別のおまわりさんが、事情を知ってるかもしれないから、話を聞いてみて、何かわかったら、きみたちに知らせるよ」

年配の警官は答えたあと、ふと、おかしそうに後輩たちを振り返った。

「マダラメを呼び出して、季節外れのエイプリルフールでからかってみるか。おい、おまえ、目撃者がいたぞ、見られてたぞ、なんてな」

「山から美大生の骨が出ました、なんてですか……ポカンとしてるでしょうけどね」

後輩の言葉に、年配の警官は苦笑しつつ、お金を拾ってきてくれた子どもにあげるお菓子はある、と訊く。

女性警官が、机の引出しからチョコバーを三本出し、机に置いた。

「では、貴重な報告、ご苦労様でした。これは表彰状代わりのご褒美《ほうび》ですぞ」

年配の警官が香たちに敬礼をして、うやうやしい態度でチョコバーを渡した。

「バラ子さんには、わたしから謝っとこう。ごめんね、行方はちゃんと捜すからね。はい、じゃあこれで、この話はもう忘れなさい。さようなら、気をつけて帰るんだよ」

香たちは交番を出た。あやまってもらってよかったね、と男の子たちがチョコバーにかじりつく。固い菓子が折れる音が、小気味よく響く。

今日は歯がないのを、香は思い出した。バラ子さんが見えなくなっていれば食べられると思い、彼女がいる通りへ向かった。

角を曲がれば、バラ子さんがいるはずの場所に着く。バラ子さんをみにきたの？　きえてる？　と追いついた男の子たちが訊く。

香は、バラ子さんの住んでいたアパートがある通りのほうへ、少しだけ顔を出した。

水色の地に薔薇の花柄のワンピースを着た女性が、電信柱にもたれ、鼻歌を歌いながら、香の供えた白い歯を指先でもてあそんでいる。

どう、きえてた？　と尋ねる二人を残し、香は来た道を引き返した。

男の子たちが、角から首を出して確かめる。いないよ、みえないよ、と顔を戻し、香を追ってゆく。

香は二人をまいて、アパートに帰り着き、隣の空き地のプレハブ小屋の前に進んだ。

薄暮の光を鈍くはね返す小屋の壁にもたれかかる。

しぜんと歌が唇から洩れた。

「……かおりちゃんに、あやまって……イヤイヤヨー」

約束の今日

ごめんなさい、信道さん。父が頑迷で。

彼は多くの偏見もあり、ずっと身勝手な価値観でわたしの行動を縛ってきた。

でも……父に従順に見えていた母のほうが、実は父以上にわたしの生き方を縛ってきたように、いまは思う。

母も狭い箱に入れられて育った。わたしが女子大の家政学科に進んだのは、そんな母の無言の希望をかなえ、嫉妬をかわしたかったからだ、という気がする。

それに対する無意識の反発だったのか、当時のゼミで、家庭内暴力や離婚や教育格差などの問題は、ほとんどの学生が社会に原因があるとする考えでいたのに、わたしは家族個々の責任だと主張しつづけた。

家族を悪者にしたかったわけじゃない。社会に責任を押しつけても、苦しんでいる家族に誰かが手を差しのべてくれるわけでなく、結局は個々でなんとかするしかないのが現実だと思っていた。

実際、大きな話題になった場所や人への一時的な支援は盛んでも、日常的な困難のなかにある人たちを、ふだんから支えようとする世界には見えなかった。

だから、自分が結婚して、もし家族に面倒な問題が生じたときには、自分たちだけで解決しなければいけない、と自覚していた。

信道さんと出会ったのは、友人の結婚式の、二次会のパーティーでだった。二人とも対人関係が苦手なのに、頼まれた受付の仕事を懸命に果たそうとしていて、感性が似ていると思ったわたしは、珍しいことだが自分から話しかけた。

男性と交際する機会のなかったわたしは、おりおり常識外れな行動で、彼を驚かせたかもしれない。彼のほうは、子どもの頃に両親と弟さんを事故で亡くし、家族をもつことに不安を抱いている様子だった。

でも二人なら乗り越えられる、そう信じられた。

信じ込もうとしている、というのが本当かもしれない。何事にも臆病なわたしは、初めて心を開いた異性を失いたくなかった。失えば、次の人、次の家族をもつ機会は、二度と訪れないように感じていた。

今日のわたしの誕生日は、約束の日になるはずだ。

暖かい陽射しの、ふかふかの布団に包まれているような気持ちのよい日だ。

彼はきっとプロポーズをしてくれる。両親に反対されても、わたしは結婚する。絶対に自分が育った家庭とは違ったものにしたい。

夢のなかで、わたしを世話してくれる子どもたちは、いつも悲しげな目をして、つらい痛みに耐えているような表情でいる。

子どもにあんな目や表情をさせてはいけない、と思う。

わたしが親になったら、子どもがしぜんと笑いたくなるような家庭を築きたい。

信道さんも、そう思うでしょ？

家族はできる限り一緒に結びついていないと、子どもは笑顔を失っていく。

だから信道さんと誓おう。

プロポーズを受けるとき……わたしたちは、つねに家族一緒にいます、決して離ればなれにならないようにします、そう、二人で誓おう。

01:55

氷のかけらに似た結晶状の粉、約〇・四五グラムと、アンナカと呼ばれる粉、約〇・〇五グラムを、小さなポリ袋に入れて混ぜ合わせ、シーラーで口を閉じた通称「一万円包《パケ》」を、十包ずつ床に並べて八列、計八十包、正二は眠気をこらえてもう一度数えた。

「ちゃんとあるよ」

兄に報告して、黒いポリ袋に八十包入れる。袋の口を輪ゴムで留め、未使用の紙おむつのあいだにはさみ、十五枚ほど残る紙おむつのストックの中央辺りに押し込んだ。

座卓をはさんだ反対側では、誠が、元は百グラム入っていた結晶状の粉の袋の口を、輪ゴムで留めていた。粉はまだ半分近く残っている。アンナカの入った小瓶とともに黒いポリ袋に収め、輪ゴムで留めて、パンダのぬいぐるみの背中の切れ込みの奥に隠す。大型のぬいぐるみの背中の切れ込みは、縫い目に沿って巧みに隠され、ホックで簡単には開かないよう細工してある。

ぬいぐるみの内部には、未使用の百グラム入りの粉の袋が、まだ二つ入っており、三つ合わせれば五百包余り作れるはずだった。

正二は、粉をすくった計量スプーンを、洗剤を垂らしたスポンジで丹念に洗った。布巾に洗剤を垂らし、粉を量った電子秤と、作業をした座卓を拭き、さらに水拭きをする。少量でも粉が残っていれば、薬物反応が出る可能性があるから、と誠に注意されていた。

誠のほうは、ぬいぐるみを押入の奥にしまってから、雑巾で床を水拭きし、最後に消毒用アルコールを噴霧器で吹きつける。二人の足もとから刺激臭がのぼってくる。

「正二。おまえ、明日、中学の入学式だろ」

流しで雑巾をゆすぎながら、誠が訊いた。

正二は、たたんだ座卓を冷蔵庫の横に立てかけ、

「もう今日だよ」

隣の部屋の鴨居に、中学校の新しい制服を掛けてある。

「仕事で、式、行かれないけど……」

「わかってるよ。香のにだって、行ってないでしょ。急になんで？」

香の小学校の入学式は二日前だった。誠はやはり仕事を休まなかった。正二は行こうと思えば行けたが、目立つからイヤ、と香のほうが参列を拒んだ。

「式のあと、担任と話すんだろ？　二時間目のあとと昼休みに、アパートに戻る許可をもらう件で。大丈夫か。一応、事情を書いた手紙は送ってあるけど」

誠が背中越しに言う。

正二は、居間で寝ている母の世話に移り、

「平気だよ。小学校のときも話してるし、なんとかなるよ。ただ、相手の都合で話がいつ始まって終わるか、決まってないんで、お母さんの昼間の世話、頼みたいんだけど……」

「ああ。今日は、夜に大事な仕事があるから、昼は早く帰る。おまえらも、早めに『ふくけん』に来い。昨日と一昨日《おととい》の分、合わせて二百四十パケ、忘れずに持ってこいよ」

誠が、雑巾と布巾を絞って、流しの縁に掛ける。

正二は、母の布団をめくりかけ、

「パケさ、もうぼくのランドセルもおかしいいし、香のランドセルを使ってもいい？」

香の小学校入学にあわせ、誠はランドセルを買ってきた。光沢のある赤い色、らしい。正二には、中央の留め金の部分が、金色に光っていることだけがわかった。

香はそのおり、アリガトウも言わず、ランドセルにふれもしなかった。妹の喜びを期待した誠が、どうだ、と訊くのに対し、香はひと言、くさいと言った。背負ってみな、と誠が言っても、黙って首を横に振った。

その夜、誠がまだ福健の店で仕事中、妹を寝かせて、正二が仮眠をとっていたとき、ふと目覚めて振り向くと、香が正座をしてランドセルを背負っていた。それを聞いた誠は、素直じゃねーよな、と言いつつも、表情はゆるんでいた。

だから、正二が以前から欲しいと願っていた布団乾燥機を、誠が買ってきたときには、過剰なほどアリガトウと言い、わざとらしいんだよ、と頭を小突かれた。

「香のランドセルに、パケをか……。べつにいいっちゃ、いいけど……」

誠が居間をのぞく。香は、いつものように押入のほうを向いて寝ていた。

彼女の枕元には、一昨日から彼女が背負いはじめたランドセルを置いてある。

「……やっぱ、おまえのランドセルを使え」

なんで、と正二は反発しかけ、言葉で言い返す代わりに、母の布団をめくった。

母の体臭と排泄物のにおいが混じり合って、布団の外に漂い流れる。おむつを替えるときにはいつも玄関のほうへ逃げる誠が、今日は仕切り戸のところにとどまっている。

「今日で、終わるかもしれないんだ。パケを、もう運ばなくてもよくなるかもしれない」

「本当に？　なんで……」

正二は手を止めて尋ねた。

誠が我に返ったように目をしばたき、流しへ戻っていく。

「とにかく今日だ。今日、はっきりするから、今日はまだおまえのランドセルを使え」

話を打ち切る口調で誠が言い、正二は仕方なく母のおむつを替えにかかった。

さっきまで目を閉じていた母が、布団をめくって冷えたのか、目を開けている。

「お母さん、お布団、ふかふかでしょ？　あったかい太陽の下で干したみたいでしょ？」

昨日の午後、誠に手伝ってもらい、母を正二の布団にいったん移し、布団乾燥機で母の布団に熱を送った。布団はいま手を当てても、陽に干したような温かさが残っている。

「正二……聞きたいことがあんだ」

誠の声がした。歯でも磨いているのか、喉に何かからんだような言い方に聞こえる。

「親父だけど……女と駅で待ち合わせて行っちまうとき、そばに誰かいなかったか」

「え、誰もいないよ。女の人だけ。女の人と行っちゃったんだ」

「そうか……親父、どんな顔をしてた」

「どうだったかな。なんとなく悲しそうな、泣きそうな顔に見えたけど。なんで？」

誠の返事はない。見つめられている気がして、顔を上げる。流しの前からやはりこちらを見ていた兄が、何か言いたそうに口を開いたが、すぐに目をそらした。

「いや。いいんだ……ちょっと確かめておきたくてな」

ほどなく、誠は板間に布団を出して横になり、正二も母と香のあいだで寝た。

闇のなかで、正二は兄から聞かされた、今日で終わるかもしれない、という言葉の意味を考えた。パケの仕事が終わったとする……でも、何が終わり、何が始まっても、自分は母を世話しつづけなきゃいけない。

ここで、ここを離れずにずっと。

05:15

装甲車がキャタピラの音を響かせ、夜明け前の町を通ってゆく。

軍用犬が吠えたて、抜き打ちの家宅捜索をする占領軍兵士たちの軍靴《ぐんか》の音が、廊下を伝わってくる。

眠気を払うため、冷蔵庫のモーター音を、装甲車のキャタピラとして聞く。

民家の臆病な飼い犬が新聞配達人に吠える声を、軍用犬の唸りとして聞き、中国人たちが夜勤から帰ってきた足音を、軍靴が踏み鳴らされる音に聞いて、いよいよだ、決着の日だ、と誠は自分に言い聞かせる。

布団を蹴り飛ばし、顔を水で荒く洗い、用を足し、食パンを牛乳で胃に流し込む。

仕切り戸を開き、母の体位を換える。板間の明かりを受け、仰向けの母の瞳が黒く光った。布団が柔らかい。正二の求めに応じて、布団乾燥機を買い、正解だったと思う。

お母さん、あったかいでしょ、ふかふかでしょ、どんな感じ……。

母の瞳をのぞき込む。この瞳に、おれは映っているのか。映っているなら、どんなふうにだろう。

お母さん、聞きたいことがあるんだ。いやな話を耳にした。たぶん嘘だ。でもお母さんに言ってほしい、嘘だ、でたらめだって。お母さん、起きて、話してくれないかな……。

母の表情は変わらず、瞳も動かない。

誠はあきらめて、外出の用意をして、部屋を出た。

ほとんど無心で自転車を飛ばし、いつもより早い時間に市場に着いた。すでに各地から農産物が運び込まれ、天然の鮮やかな色彩が通路の両側に溢れている。

勤めている仲買店の主人が、ちょうど店を開けているところだった。

「おう、早いじゃないか。いつもこうだと助かるんだがな」

誠は、着替えるよりも先に、開店の準備を手伝った。

「すみませんけど、昨日話した通り、今日は早めに上がらせてください」

「ああ、そうか、それで早く来たのか。まあいいや」

と、相手は苦笑した。

ひととおり準備が整い、誠は着替えるため、二階へ上がった。

「おい、関税の自由化反対のデモ、おまえにも参加してほしいような話があっただろ」

主人の声が追いかけてきた。元もと参加する気はなく、黙っていた。

「中止になった。いろんな意見が出て、まとまらなくてな、様子を見ようってことだ」

競売《セリ》に行くから、という主人の声を聞いて、一階《した》に下りる。

市場内は次第に人が増え、活気に満ちてきた。通路の先から、倉庫の屋根に照り返した陽射しと一緒に、酸味や青くささや甘い匂いが流れてくる。

いい日になりそうだな、と誰かの声が市場内に響いた。


母はいつも快活に働いていた。手洗いで洗濯をし、少ない食材で多彩な料理を作り、丹念につくろいものをして、よく笑い、ときおり昔の流行歌を口ずさんでいた。

朝、起きていくと、母は一番に洗った洗濯物を干していて、宇宙が透けて見えるような青空を背に、

「おはよう、いい日になりそうよ」

と言う。まだ眠そうにしている彼にほほえみかけ、

「しっかり起きて、太陽に挨拶なさい。幸せが約束されてる今日の始まりよ」

その母が、いまはコンクリートの床に敷いた敷物の上で、寝たきりになっている。

おむつを洗うのは、弟と妹の仕事だ。水道は爆撃によってたびたび断水し、水量の少ない川まで、妹が弟の手を引いていく。

食事はパンを買えればよいほうで、とうもろこしの粉や芋の粉で団子を作り、薄味のス

ープに浮かべる。スープや温かい飲物を作るための火を起こすガスも不足している。小型のガスボンベを持って行列に並び、高い金を払ってガスを入れてもらうが、ガス屋が来るのも不定期で、一週間、火なしで過ごすこともある。

母がよくなってくれれば、と願わない日はない。

ある朝リートが目覚める。敷物の上に母の姿がない。屋上へ駆け上がる。宇宙が透けて見えるような青空を背に、家族の服を干している母が、リートに気づき、おはようと笑顔で振り返る。幸せが約束されてる今日の始まりよ、リート……。

金さえあれば手術が可能だというなら、なんとかして工面したかった。

リートは、母のおむつを替え、そばで寝ている弟と妹の寝顔を見つつ、岩塩をなめながら固いパンをかじった。汲み置いた水をミルクパンに移し、小型のコンロにかける。

「おはよう」

と、弟が起きる。妹は無言で目をこする。

リートは、沸いた湯に粉末スープを溶かしてゆき、

「おはよう、約束の今日の始まりだ」

と、母の言葉を真似て言う。

だが、幸せが約束されている、とまでは、とても口に出せない。

「にいちゃん、聞いたんだけど、今日、お父さんが戻ってくるかもしれないの？」

弟が言った。妹も知っているのか、こちらを見つめる。二人の目に期待が読み取れる。

「いや……リストには名前があるらしいけど、本当かどうかはわからない」

ごまかしても仕方なく、思っている通りを告げる。

「とにかく今日、はっきりするさ。じゃあ、あと頼むぞ」

廃墟同然の町に出て、コンクリート片や砂礫を足の裏に感じつつ、バイクにまたがる。ダコタのＮＧＯ事務所から二ブロック離れた、かつて公立図書館だった、堅牢そうな建物の前を走る。抵抗運動に関わる物資は、民家の地下室などに分散して隠す一方、この元図書館が占領軍も認める事務所の公式の倉庫だった。

建物は空爆を免れて残ったのに、占領軍にテロリストの隠匿を疑われて捜索を受け、投じられた火で、ほとんどの書籍や資料が焼失した。ＮＧＯ事務所があとを受け継ぎ、海外の援助団体から送られてきた食料や衣類や医薬品、そして住民から回収した武器なども保管している。

リートが爆破するように指定されたのが、ここだった。

この日、複数の場所で爆破が予定されている。同時に、自国の独立を目指す者たちが、日和見《ひよりみ》的な議員や、各地域の有力者の家を急襲し、直談判で、抵抗運動への決起を促すことになっていた。

早朝で閉まっている倉庫を下見したあと、リートは町の西方にあるゲートへ向かった。

占領軍に長く拘束されていた二百六十八人の、政治犯および暴力を用いていない抵抗運動家が、過激派の捕えた占領軍の若い兵士三人と交換に、今日、釈放される。

仲介役の国連軍のトラックに分乗した二百六十八人は、占領軍の収容所を出て、前線基地で再度チェックを受けてから、西方ゲートを通り、町に帰ってくるとの情報があった。

ただし時間は、治安上の理由から発表されていない。たぶん昼食後から薄暮前の、帰還者を迎えた市民の興奮が、まっすぐ抵抗運動へ発展する可能性の低い、けだるい時間帯が選ばれるだろう、と予想されている。

なのに、乾いた砂におおわれた平原上の、鉄パイプと金網のフェンスだけで組み上げられたゲートの前には、すでに多くの市民が集まっていた。家でじっとしていられないという雰囲気が、ことに女性たちの上気した表情から感じられる。

リートはバイクを降りた。ゲートの内側には、若い占領軍兵士数名が見張りに立っているほかは、まだ何も見えない。

背後から肩を叩かれた。ベテランの国連職員がほほえんでいる。

「リスト変更の通知は、いまのところない。このまま事故なく、お互いに大切な人々が、故郷へ無事帰還できることを、我々も願っているよ。デモを中止してくれてよかった」

占領国を支持する大国が、武器輸出のビジネスチャンスを控え、国際世論を考慮するようにと占領国に求め……占領国政府も、選挙が間近に迫り、平和構築が進んでいるイメージを演出したかったらしく、捕虜交換の話を進展させた。

その際の非公式の条件が、反占領デモの中止だった。今回の釈放者リストのなかには、デモを準備していた市民運動家たちの家族や親族の名前も、多く含まれていたらしい。

父親は帰還するだろうか。

もし帰ってきても、何を話せばいいのだろう。話す余裕もあるかどうか、わからない。倉庫の爆破が、人々の帰還で町がにぎわうであろう時間帯に予定されているからだ。

国連職員が、もう一度リートの肩を軽く叩いた。

「今夜は、特別に夜遅くまで外出も許可される。幸せな一日になるといいね」

08：15

真っ赤なランドセルを背負って、薔薇柄のワンピースを着た女の前に立つ。

小学校はどう、慣れた？　新しいお友だち、できた？

電信柱にもたれて座っている女が尋ねる。香は首を横に振った。

女は、香の全身を見回して、今朝はまた左足にしてもらおうかな、と言う。

香は左足を前に出した。女は、香の左足を両手で抱き、膝のあたりに頬を押し当てる。香は長靴を脱ぐように、左足を相手の両手から引き抜く。相手の手のなかにも香の左足は残る。女のもとに残ったのは左足の、いわば魂で、香のからだについているのは、ぬけがらだった。

香は左足を引きずって歩いた。小学校に近づくにつれ、同じ方向へ向かう子どもたちが増えてくる。交差点など、ところどころに保護者らしい大人が見守りに立ち、おはよー、と声をかけてくる。子どもたちは大声で、もしくは小声で、挨拶を返す。

どれが生きている人間で、どれがそうではないのか、香は判断がつかず、見えることがばれないように目を伏せて歩いた。

校門前に数人の教師が立ち、児童を迎えている。香が左足を引いているのを見て、頭のはげた老《ふ》け顔の男性教師が、どうしたの、と尋ねてきた。香は無言で校門をくぐった。

校舎は古く、壁にあちこち染みがあり、各教室の黒板も隅が白く剝げている。教室は四十人前後の児童に対応できる広さがあるものの、少子化と都市のドーナツ化現象の影響か、一年生は各クラス三十人を割り、二十七人か二十八人の、四クラスだった。

香は、ノチェとゴルと同じ二組。セダーは一組、ボイは三組。外国出身の親をもつ子どもは、香たちのクラスに、ほかに三人いた。休み時間には、ボイが二組を訪れ、ノチェと一緒に戦争ごっこを始める。入学して三日だが、もう四人ほどが仲間に加わって、銃を撃ち合っている。一組のセダーも休み時間には、香とゴルのところへ来て話していった。

香のクラスには、何を質問されても返事をせずに座ったきりだったり、急に歩き回ったりする子がいる。教師は各クラスに二人ずついて、そうした児童に対応していた。

昔ばなしを聞いて感想を話し合う時間のあと、教師がオルガンを弾き、子どもたちに童謡を歌うように促した。正しい歌詞で歌える者は半数もなく、香もそうだが、声を出さない者も少なくない。

児童の一人が後方の戸口から出ようとして、教師が連れ戻しにいった。ちょうど前方の戸が開いて、頭のはげた男が顔をのぞかせた。香に今朝声をかけてきた教師だ。

オルガンを弾いていた教師が手を止め、子どもたちに向かって紹介する。

「校長先生です。入学式のとき、ご挨拶してくださいましたね。皆さん覚えてますか」

「皆さん、おはようございます。大事なお話があるので、席に着いてください」

校長が黒板を背に立つ。教師二人が手分けして、児童全員をそれぞれの席に着かせた。

「皆さん、学校にはできるだけ休まずに来てください。みんなと仲よくなれば、学校がどんどん楽しくなってきますからね。さて、今日は特別なお客様がいらっしゃってます」

校長の招きで、開いたままの戸口から三人の制服警官が入ってきた。五十歳くらいの太った男性警官を先頭に、若い男性警官、若い女性警官とつづく。

おまわりさんだー、と子どもたちは歓声を上げた。立ち上がって前に出ようとして、教師に席まで戻される者が何人かいた。

年配の警官が、校長に勧められて中央の場所に立ち、親しみのある笑顔で敬礼をした。

「イケメン君に、カワイコちゃん、おはようございまーす。おまわりさんですよー」

若い二人の警官は、教室前方の両端に立ち、子どもたちに何やら探す視線を向けた。

あ……香は口のなかで小さな声を発した。直後に、

「あのおまわりさんたち、しってる」

香の斜め前の席に座っているノチェが、警官たちを指差し、香を振り返った。

若い警官二人が、声につられ、ノチェと香を見た。二人はうなずき合い、年配の警官へ目配せをする。

年配の警官も、香たちを見つめた。そのあと彼は、全員に向けて朗らかに、

「いいですかー、おまわりさんと約束してください。信号を守る。道路から飛び出さない。知らない人とは話さない。おまわりさんたちの顔をよく覚えて、何か困ったことや、知らせたいことがあったら、すぐに交番に来てください。いつでも大歓迎でござるよぉ〜」

警官三人は敬礼し、教室を出ていった。

休み時間、香とノチェは、担任教師に導かれて校長室へ入った。室内中央に置かれたソファに、校長と年配の警官が座り、その斜め後ろに若い警官二人が立っている。

「やあ、ご苦労さん。おまわりさんを覚えてますかな、お姫様と、忠実なナイト君」

年配の警官が言う。

香とノチェは、向かいのソファに掛けるよう、校長に言われた。つづいてすぐ、教師に伴われてボイが入ってきた。彼も香たちと並んで、ソファに腰掛ける。

「三人に来てもらったのは、このあいだ、わたしたちに話してくれたことを、もう一度聞かせてほしいと思ってね。覚えてるかな、絵の好きだった女の人の話」

「バラ子さんのこと？」と、ノチェが訊く。

「そうそう、バラ子さん。バラ子さんは、どうしたんだったかな」

「ころされたんだよ、おまわりさんに」と、ボイが言う。

小さな咳払いが聞こえた。香から見て右側に、一人掛け用のソファがあり、暗い灰色の背広を着た中年の男が座っていた。ひっそりとした雰囲気のため、いままで気がつかなかった。鼻の左脇に大きなイボがあり、眼鏡がわずかに右下がりになっている。手に小型のマイクのような機械を持っていた。

「どうやって、ころされたんだっけ」

年配の警官が、子どもたちに尋ねた。

ノチェとボイが言葉を探し、困って、香を見た。

「おまわりさん、えをみせてほしいって、へやにきて……バラ子さんに、だきついたの」

香は、右側の男が手にしている小さな機械を見つめながら話した。

「うしろから、やったんだ」と、ノチェが引き取って話す。

「やまにはこんで、バラバラさ」と、ボイが調子を合わせた。

「その話は、誰に聞いたのかな。見ていた人がいるのかな」

「だから、バラ子さんが、じぶんでみてた」と、ノチェが言う。

「そうか。おまわりさん、忘れっぽくてさ。バラ子さんは、いま、どこにいるんだっけ」

警官は、暑くもないのに額の汗を手でぬぐって訊く。男の子たちは笑った。

「オバケだから、いないよ」と、ノチェが足をぶらぶらさせる。

「かおりしかみえない」と、ボイがノチェの足を真似る。

周囲の目が香に集まった。右側の男も、彼女に視線を向ける。

香はそっと自分の左足を撫でた。

「いない……バラ子さんなんていない。ぜんぶ、ゆめで、みただけ」

　香はソファから立ち、ドアへ向かった。すぐにボイとノチェが追いかける。

「待ちなさい。お話は終わってないよ」

　校長が呼び止めた。すると、香の右側に座っていた、鼻の左脇にイボのある男が、

「いや、もう結構です」

　と校長に言い、振り返った香たちに、眼鏡を少し押さえながら笑いかけた。

「話してくれて、ありがとう。バラ子さんのことは、もうこれきり忘れなさい」

　眼鏡の奥の目が笑っていないのを、香は見て取った。彼は機械をポケットにしまい、

「人に尋ねられても、話しちゃいけないよ。テレビの人とか、新聞とか雑誌の人が来ても、相手にしないこと。知らない人とは話さないって、おまわりさんに言われたよね」

「あの、テレビとか、新聞とかの記者が来る可能性が、あるんでしょうか」

　校長が困惑の表情で訊いた。

　男は、いや、と首をわずかに傾け、

「まずないでしょう。ただ、署内の食堂で、冗談のつもりで当人に問いただしたところ……という経緯があり、署内とはいえ情報がいったん外に出ましたので、万一の用心です」

男がちらりと警官たちを見た。三人の警官は居心地悪そうに顔を伏せている。

「あと、この子たちが裁判に呼ばれる可能性は……」

と、校長が心配げに言葉を重ねた。

「自白通りに物証は出てますし、年齢的に証言の信用性の問題もあり、いま伺った話では、かえって混乱を招くでしょう。上との相談ですが、ひとまず、子どもたちは夢の話をしただけで、地域課の者がその話をしたら偶然に……ということで、皆様もご承知ください」

「わかりました。ああ、きみたち、もう教室に戻りなさい。先生方、お願いします」

校長の言葉を受け、それぞれの担任教師が香たちを導き、校長室を出た。

男の子二人が、香に寄り添い、なんでウソ言ったの、とささやき声で尋ねる。

香は左足を引きずって歩きながら、本当に足が痛そうに顔をしかめて答えた。

「めんどくさい」

12:30

正二の前の椅子に掛けた担任教師の、左手の薬指の指輪だけが、金色に浮かび上がる。

三十代の小太りの女性で、下ぶくれの顔に、短い黒髪が、オカメの面を思わせた。

「吉丘君のお宅の事情は、小学校のほうから申し送りがあり、大体は聞いています。お兄さんからも、お手紙をいただいてますし。お父さんは、ラオスでお仕事ですって？」

正二は戸惑った。誠が何を書いたか聞いていなかったので、あいまいにうなずいた。

「お母さんのこと、公的な援助を仰いだらどうなのかしら」

小学校でも似たようなことを勧められたことがあり、対応には慣れていた。

「兄がいろいろ回ってみたけど、福祉の網からは漏れるみたいだ、って言ってました」

教師みずからが、各家庭の問題にわざわざ動くことがないのは、経験上わかっている。

「体位を定期的に換えないと、床擦れで、からだに穴があきます。あいたら手術です。費用も手間も、いまの何倍もかかるし、そうなると学校へも来られなくなるので」

誠の手紙には、往診に訪れる医者に書いてもらった診断書も入っているはずだった。

「そう……先に別の先生方とも話し合って、ほかに方法がなければ、ひとまず容認する方針です。でもできるだけ早く援助の手を見つけてね。お父さんは、いつ帰られるの？」

「半年後に、いったん帰国できると、兄のほうへ先日連絡があったそうです」

半年後には、また半年と答え、その半年後には、一年延びたと答えるつもりだった。

クラスメートの半数は、前の小学校から上がってきた者たちで、正二は早々に、いない者、としての扱いを受けている。それでよかった。子どもっぽい付き合いを求められるほうが息苦しい。学校に身を置くのは仕事の一つだった。仕事をしつつ、ルスランを待つ。

校門を出たところで、リュックを背負った制服姿の少女が待っていた。

彼女は正二を見て、塀から背中を離し、後ろからついてくる。クラスは別だが、入学式の列のなかに姿を見かけていた。

「職員室に入っていくのが、見えたから」

エミカが言う。学校から、彼女の家と正二のアパートは、途中まで同じ道を通る。

「言っておきたいことがあって」

彼女が後ろから言う。正二は少し首を振り向けた。

「並んで歩こうよ」

あ、と彼女が足を速め、正二の横に並んだ。それぞれ前を向いたまま歩く。

「ありがとう。あのとき誘ってくれて。言いそびれてたから、言っておきたくて」

「誘おうって言ったのは、ぼくじゃない」

「うん……でも、窓の外まで来てくれたし、中学に行く話もしてくれた」

あとは黙って歩いた。コンビニの前を通ったとき、店の外に、小学校時代のクラスメートの男女、五、六人ずつが集まり、何やら話していた。彼らが正二とエミカを見て、互いに知らせ合い、くすくす笑い、わざとらしい奇声を上げる。

二人は目もくれずに通り過ぎようとした。その態度がしゃくにさわったのか、無視すんじゃねえよ、と男子の一人が空缶を投げ、当たらなかったが道に転がった。拾えよクズ、と声がかかり、拾わねえと明日ボコボコだ、三年間後悔すっぞ、半年で首を吊るかも、と次々に言い、そろって甲高い声で笑った。

エミカが先に足を止めた。正二も足を止め、彼女を見る。

エミカは長く息を吐き、

「最近、滅入《めい》りそうになると、ルスラン、ルスランて、口のなかで唱えるの」

と、正二に言い置き、元クラスメートたちのほうへ歩いた。正二はその場で待った。

なんだブス、それ以上近づくとクセエよ、と誰かが言い、また笑いがはぜる。

エミカは、笑っている女子の一人を見つめた。成績がよく、人気のある子だ。

「朝、何時起き？　いま四時起きでランニングしてんの。四時半頃、迎えにいくね」

はあ、と相手だけでなく、ほかの者も顔をしかめる。エミカはもう一人、選んで見つめ、

「明日から、かまってくれるんでしょ。だったら友だちだから、朝一緒に走ろう」

何言ってんの、バッカじゃね、と何人かが言う。

彼女は、空缶を投げた男子も見つめ、

「みんなの家がどこかは知ってるから。友だちになってくれる子は、走ろ。健康的だって、大人も賛成するよ。かまってこない子は、友だちじゃないから、起こさない。どう？」

元クラスメートたちは口をつぐんだ。エミカは一人一人の目を見て、

「拡散希望。ラン友《とも》になってくれる気があるなら、ゴミとでも死ネとでも、声をかけて」

エミカは正二の隣に戻り、二人はしばらく並んで歩き、彼女の家のほうへ曲がる角のところで、うなずき合って別れた。

14：30

母におかゆを食べさせ、おむつも替えて横にしたあと、誠は流し台の下を探した。冷蔵庫のなかや、食器棚の奥も丹念に見てゆく。押入や居間はすでに探し、目当てのものは見つけられずにいた。

板間を見回しながら、トイレに入り、トイレットペーパーのストックをしまっておく棚に気がついた。背伸びをして、棚の隅を確かめる。白いものが見えた。


『香へ』

手にした封筒の表に、父の字で書かれていた。

なかを読む。お母さんの言うことをよく守るように、お兄ちゃんたちと仲よくするように、友だちをいっぱい作って、などと、ありきたりなことばかりが書かれている。

香にも、父の手紙は来ていた。正二はそれを隠していた。

正二宛ての手紙は、彼のランドセルのなかにしまわれている。誠に、自分宛ての手紙と、正二への手紙、香への手紙の三通を並べ、文面を見比べた。

　ジーパンの尻のポケットに入れてある携帯電話が震えた。斉木からだ。

「予定通り、八時見当で準備が進んでる。監視カメラの調子は狂わせた。修理は明日になる。だからカメラはいま使えてない。おまえが部屋に入れば、おれが外の水道栓を閉める。おれが非常階段から去るのと入れ代わりに、金本たちがドアの前で待機する手はずだ」

　緊張しているのか、斉木の声に張りつめたものがあった。

「一点変更がある。捜索令状の名目が、シャブで取れなかった。裁判官を説得するネタが足りないらしい。児童への、つまりおまえや弟のことだが、労働の強要で動くらしい」

「……そんなんで問題ないんですか」

「ガサ入れでシャブが見つかりゃいいのさ。見つけた時点で現行犯逮捕だ。だから、おまえはその場で保護される。逃げずに、静かにしてろ。調べは受けるだろうが、被害者で通せ。取締まる側も、おまえは被害者のままがいい。島崎の罪を重くできるからな」

「彼にだけ負わせて、大丈夫ですか。斉木さんやおれが共犯にされないんですか」

「島崎はばかじゃない。入ってるあいだの差入れや、家族の面倒を頼む相手が必要だ。何よりぺらぺらしゃべる奴は、今後この世界で生きていけない。反面、背負えば、誰彼に貸しが作れる。出る頃には地図が変わっていて、前のようにはいかないだろうがな。今日は、島崎の上の娘の誕生日だ。何か買っていくのも、おまえの安全保障になるかもな」

電話を切り、ふたたび三通の手紙を見比べる。

数日前の深夜のことだ。

ヤンズのところからアパートまで走って帰る途中、駅前のスナックから出てくる男の後ろ姿に、父の影を見いだした。肩に手を掛け、振り返った相手は、父の従兄だった。顔の造作は違うが、いとこ同士、骨格や体型、ふとした表情が似ている。幼い頃から一つ屋根の下で過ごした影響もあるのか、ちょっとした仕草にも似通ったところがあった。

誠が何も言えずにいると、相手は酔いの回った目を凝らし、オッと笑った。

「誠君じゃないかぁ、久しぶり。会いたかったよぉ。ずいぶん大人になった感じだね」

「……おたく、なんでこんなとこに。この町で、何してんだよ」

「みんながどうしてるかと思ってね。きみはいま高校三年か。進路はどうするつもり」

「おたくに関係ないだろ」

「関係あるさ。きみたちがつらい目にあうのは、わたしのせいだと思ってるんだろ?」

相手の目が狡猾《こうかつ》そうに光った。誠の人生を、自分の影響下に置こうとするかのようだ。

「べつに思っちゃいない。親父たちがうまく選べなかっただけだ。おたくの話がきっかけかもしれないけど、親父たちがどの道を選んだかで、いまがある。おれもおれで選んでるし、おれの選んだ道が間違ってても、いちいち誰かのせいにするほど暇じゃない」

相手の戸惑いが、過度の目のしばたきから伝わる。彼は電信柱に巻きつくようにもたれ、

「強いね、それが若さかな。おれもそんなふうに、我を張って生きてた頃があったよ」

「強かないし、我も張っちゃいない。おたくとは関係ない、って言ってるだけさ」

相手が傷ついたような目をした。すぐに衝突をかわすような笑みを浮かべ、

「関係、ないか……まあいいや。信道はどこだい。何度か来てみたけど、全然会えない」

「何度か？　じゃあ、前も来たってこと……。もしかして、あれもおたくなのか」

父を見かけたと思って、追いかけたときの時期を告げる。相手は、確かにその頃も訪れたと答えた。電信柱に回した腕を解いて、誠のアパートのほうへ歩きだす。

「おれは信道が好きだ。愛子ちゃんもさ。二人とも善人……いや、善人の面をかぶった真の人間だからさ。けどまさか、愛子ちゃんが寝たきりとはな……。おしゃべりの管理人に聞いたよ。信道のことも尋ねたが、知らないと言う。親父はどこへ行った」

「おたくのほうが、よく知っててんじゃないのか。逃げたのさ、女と逃げたんだ」

従兄が足を止めた。振り向いた顔が奇妙にゆがんでいた。

「信道が、女と……？　本当なら拍手喝采だが、あの善人づらにそんな根性があるのか」

「相手は、おたくがよく知ってる、パチンコ店を何軒ももってる社長の奥さんさ」

「あの女なら、旦那にいま離婚されたら大した慰謝料も取れないって、地元でせっせとい
い女房づらしてる。第一、信道はあの女がもってきた仕事の話を無視したんだ」

「……けど、見た奴がいる。親父とあの女が、駅で待ち合わせて、逃げたって」

「見間違いだろ。大体なんだって信道が、家族を残して、あんなババアと逃げる？」

気がつくと、従兄はどんどん誠のアパートに近づいている。慌てて追いかけ、

「待てよ、どこに行く気だ」

「信道が帰ってるかもしれない。奴の善人ぶりに隠された、本当の欲望を引っ張り出すこ
とで、おれは人間の真実を確認できる。こんな自分が生きてることを、肯定できるんだ」

「ざけんな。来るなよ、うちに近づくな」

従兄が足を止めた。街灯を背に、誠のほうにゆっくりからだをひねって向き直る。

「きみともずっと仲よくしたいと思ってきた。今後、いい関係を築いていきたいね」

「こっちは永遠に関係したくない。勝手に生きるなり、死ぬなりしてくれ」

「いままでいろんな連中に、散々なことを言われてきたが、一番こたえるね。たぶん、き
みに言われるからだろう。関係ない、か……じゃあ言おう。きみが言わせるんだ。きみは、
おれの子かもしれない」

耳を疑い、相手の表情を確かめようとした。逆光に入って、顔が闇に沈んでいる。

「きみのお母さんと、そういうことがあった、ってことさ。信道との結婚前だ。信道も薄々感づいてたんじゃないか。おれと信道は血液型が同じだから、DNA鑑定でもしなきゃ真実はわからないがね」

反論したいのに、言葉が出ない。思考がぐるぐる巡ってまとまらなかった。

「まあいい。今日は酔ってるし、日を改めよう。今度きみが腹の底から求めている、本当の欲望ってやつも聞かせてくれよ」

誠のすぐ脇を風が吹き抜けるように、父の従兄が去ってゆく。

待てよ、と振り向いたとき、相手の姿はなく、駅へとつづく道に落ちた商店街の桜の飾りが、かさかさと風に鳴っていた。

NGO事務所に顔を出す。ダコタは遅番で、副所長から運送指示書を受け取った。ドライバー名と、品番、受け取り先の記号が書いてある運送指示書を、元の公立図書館である管理倉庫へ持っていく。

倉庫の出入口に、警棒しか持たない警備員二人がいた。占領国側が銃器の使用を許さないため、警備員たちは強盗に襲われた場合は、抵抗しないように指示されている。

リートは、ドライバーの許可証を、マニュアル通りに離れた位置で掲げた。

「よお、リート。今日、収容所から帰ってくる人たちのなかに、知り合いはいないのか」

警備員の一人が訊く。質問というより、自分の言葉の前置きのようなもので、

「おれは、叔父さんが帰ってくる。今日は早番だ。迎えにいくよ。夜は街にくり出すぜ」

もう一人の警備員も、知り合いが帰ってくるので迎えにいき、夜は街に出ると言う。

帰還する人々と、迎える住民の喜びの集《つど》いを認めてほしいという、この地域の暫定政府の要望を、占領国政府が聞き入れ、今夜は十一時まで外出が許されている。

おめでとう、と二人に伝えて、なかに入り、鉄柵の向こう側の受付の男に、指示書を渡した。

おはようリート、と男が挨拶する。目が赤い。夜勤でな、じき交替だ、と言う。

交替する警備員と受付の人物も、たぶん顔見知りだろう。倉庫を爆破するとき、彼らにどの時点で知らせて、どこへ逃がすのか……リートはまだ何も聞いていなかった。

運送指示書に従い、受付の男が、約三十センチ四方の箱と、運送先を記したメモを、リートに渡した。

メモの住所へ走り、着いた先でチャイムを鳴らす。扉が開き、笑顔で迎える男を見て、驚いた。立ちつくすリートを、ダコタが招き入れる。彼の家に入るのは初めてだった。

色とりどりの飾りつけがなされたリビングに、十人ほどの子どもが集まり、リートを、というより、リートの運んできた箱を見つめていた。なかに一人、黄色い布をマントのようにはおり、紙で作られた王冠をかぶっている五歳くらいの女の子がいる。

「娘の誕生日なんだ」

ダコタが、リートの運んだ箱を受け取り、王冠をかぶった女の子に差し出す。

彼女は、ありがとうと父親に言って、箱を受け取り、ほかの子どもたちが見つめるなか、テーブルの上で箱の包装を解いた。

「今日は遅番だし、大勢の人が帰還してくるから、早い時間に祝うことにしてね」

ダコタがリートに説明した。彼が妻だと紹介した女性が、リートにお茶を運んでくる。

包装を解いた箱のなかから、世界中でよく知られたキャラクターのオルゴールが出てきた。子どもたちが歓声を上げ、主役の女の子が誇らしげな笑顔でゼンマイを巻く。優しい音色とともに、キャラクター人形と背景の仕掛けが動きだし、歓声はさらに高まった。

「国外の援助団体にいる友人に頼んだんだ。届くかどうか心配だったが……」

ダコタが表情を崩して、子どもたちのはしゃぐ様子を見守る。

リートは胸が苦しくなり、お茶を一気に飲み干し、彼の妻に礼を言って、掛けていた椅子から立った。ダコタが玄関先まで送りに出てくる。

「子どもたちのあの笑顔を守りたい。学校や公園くらいは安心して行かせてやりたい。しかし過激な抵抗運動では、相手を硬化させるだけだ。我慢も必要だ、そう思わないかい」

彼がリートの目をのぞき込む。答えられず、黙って扉を開けた。

待って、と声がして、王冠をかぶった女の子が駆け寄ってきた。リートの前で止まり、

「届けてくれて、ありがとう」

と、頬を赤らめて、ほほえみかけてくる。

リートは笑みを返し、手を伸ばして、ずり落ちそうになっていた彼女の王冠を直した。

今日は午前中で仕事を終えるつもりで、事務所に戻ってゆく。事務所の前の道路で、太った影が彼を待っていた。周囲に気を配りつつ、手招きする。

「そろそろ潮時だ、おれを逃がしてくれ」

崩れかけた建物の陰にリートを引き込み、ガマが言った。

「大勢の市民が戻り、お祭り騒ぎになる。この隙に逃げるのが一番だ。明日からはまた弾圧が強まるだろう。おれは商売人だから、金さえ払うなら過激派の連中だって大事な客だ。それが占領軍には気に入らないらしい。例のごとく棺桶に入るから、運んでくれ」

「このあと、ちょっと用事があって……」

「すぐすむ。ツケは全部ちゃらにしてやるから。いいな、店で待ってるぜ」

ガマが足早に去り、リートは逆に重い足を引くようにして事務所へ入った。

16:00

下校途中に寄り道などせず、まっすぐ家に帰るよう、学校で注意を受けていた。

だが香は、町のあちらこちらを歩き回り、ノチェとボイも面白がってついてきた。

リサイクルショップの鯨屋《いさや》にも入った。ノチェとボイは店の奥にまで入るのは初めてだった。店内は狭いわりに、棚や仕切りが通路を複雑に分け、様ざまな商品や古着や古布の色彩が、目を惑わせる。

奥のカウンターでは、店主のオババが人形を抱いて眠っていた。

「あのにんぎょう、いきてるよ」

香は、ノチェとボイに言った。

二人がウソだろ、と恐る恐るオババの人形に近づく。正面に来たとき、男の子の人形が目を開いた。二人がわっと身をのけぞらせる。

「おおきくなったら、みえなくなるんでしょ。しょうがくせいだよ。なのに、みえるよ」

香はオババに向かって、不満をこめて言った。相手が薄く目を開く。

「見えなくなったら、なったで、寂しいよ。二度と、会えないんだから」

「みえなくなったら……もう、あえないの？」

香は左の足を撫でた。オババはうなずいた。

「だから、見えてるときを大事にしないとね。でも、時機をみて、もうさよならしようって、解放してあげるのも、お互いのために大事よ」

香はわからず、眉を寄せた。オババの腕のなかの人形が、いきなり立ち上がった。

「おや、おいしそうな子どもたちだなぁ」

人形が話した。年取った男の野太い声だった。人形はペロリと舌を出して、

「さあて、誰からいただこうか」

と手を伸ばした。ノチェとボイが悲鳴を上げて、店を出ていく。

香も出ていきかけ、カウンターが見えなくなる手前で振り返った。人形がにやにや笑っている。一方でオババは目を閉じ、力なくうずくまっている。

「え……もしかして、オババのほうが、にんぎょう？」

強く瞼を閉じる。開いて確かめる前に、ノチェとボイに両手を引っ張られた。

三人は、鯨屋を出たあと走りつづけ、カデナが暮らしていた団地内の公園に入り、ブランコをし、滑り台を逆から上がっては滑り、ジャングルジムに登った。

「はやくかえっても、あかちゃん、おきるし、テレビもみられない。さいあくだ」

ノチェがつぶやく。ボイは鼻水をすすり上げ、

「うちはだれもいない。にいちゃんが、パパとけんかして、テレビもこわしてった」

不意の轟音が、男の子たちの嘆きをかき消す。

香は、ジャングルジムの頂上の横棒に頭を預け、狭い空を横切ってゆく戦闘機の影に目をやった。やがて轟音が遠ざかり、

「かおりぃ、げんきだったぁ？」

下から呼びかけてくる声を耳にして、目を落とす。

褐色の肌によく映える白い歯が見えた。リヤが、長い脚を見せる以前と同じファッションで、革のリュックを背負い、ジャングルジムのそばに立っている。

ノチェとボイが歓声に近い声を上げた。どうした、リヤ。なんでここにいるの、リヤ。

「イエデ、してきた」

リヤが、香のほうを見上げたまま答えた。

「うそ、イエデ？」と、ノチェが彼女の右側に立つ。

「かっけぇー。イエデ、かっけぇー」と、ボイは彼女の左側に立つ。

からみつくように寄ってくる男の子たちを相手にせず、リヤは香に言った。

「たすけて、かおり……むれでしょ。わたし、まだ、むれよね」

リヤが泣きだしそうな声で言った。男の子たちも、すがるような目で香を見上げる。

香はジャングルジムを下りてゆき、中段で止まり、三人を見下ろした。

「コヤがある。うちのそばに、コヤ。ソファもあるし、ねられるよ」

「それ、どんなかんじ？」と、リヤが訊く。

香は、ジャングルジムの棒を離し、三人の真ん中に飛び降りた。

「す、だよ。すあな。けだものの、すあな。そこで、くらそう」

香はぴょんぴょん跳ねる勢いで、アパートに向かって駆けだした。

18:10

中学へ入学したとたん、ランドセルがやけに子どもっぽく見えた。背負うのは、恥ずかしいだけでなく、後ろへ無理に引き戻されるような感覚で、胸のあたりがもやもやする。けれど、パケは二重に袋に入れていても、目に見えない毒のようなものがしみ出し、ランドセルの底にこびりつきそうで、妹の新品を使うのは、やはりかわいそうだ。

兄もそう思って、正二の願いを退けたのだろう。あきらめて、使い古したランドセルの底に二百四十包が入ったビニール袋を押し込み、留め金を掛けた。

「行くぞ、香」

窓際に座った妹に声をかける。彼女はじっとガラス越しに、暮れかけた外を眺めていた。妹と並んでプレハブ小屋のほうを見る。彼女は慌てた様子でカーテンを引いた。

「何だよ……さっきからおかしいぞ、おまえ」

正二が四時半にアパートに戻ったとき、誠の自転車はなく、部屋のドアに鍵は掛かっていないのに、香はいなかった。母の世話をするうち、香が戻ってきた。鍵も掛けずに不用心だと叱ると、妹は素直にうなずいた。

そのあとずっと香は妙に落ち着かず、何度も冷蔵庫をのぞいたり、押入から毛布を出そうとしたりした。食べるものがないかと訊くので、小さなクリームパン八個の詰め合わせから、一個渡した。正二がトイレに入って出たあと、香の姿はなく、十分くらいして戻ってきたので、どうしたと訊いても、答えない。クリームパンの詰め合わせが消えており、問いつめてもやはり答えず、代わりに彼女の腹の虫が鳴いた。

毛布と懐中電灯もなくなっており、なんとなく察しがついた。正二は、小学校二年のときに、公園で見つけた仔犬を、パンや古い布を友だちと持ち寄って、こっそり飼おうとしたことがある。香もたぶん同じで、隠し場所は隣の空き地だろう。

ひとまず今夜は放っておくことにして、香をせきたて、母には、すぐ帰ってくるね、と語りかける。戸締まりを確かめてから、ランドセルを窮屈に背負って、部屋を出た。

福健の店で、皿を洗っていた誠と視線を交わし、二階に上がる。

香は部屋に入ると、早速テレビのスイッチを入れた。

正二は部屋の隅にあったオカモチを横に倒し、蓋を取り、仕切り板、奥の背板を外す。ランドセルから出したパケを、二重底に収め、背板、仕切り、蓋を戻した。

作業を終えて、香の見ているテレビに目を向ける。今日は早く来たので、自然や動物を扱ったドキュメンタリーはまだ始まっておらず、ニュースを放送していた。

ほどなく誠が、チャーハンを二皿運んできた。正二が皿を受け取り、ちゃぶ台に移すあいだに、誠がオカモチの内側を点検する。

「誠にいちゃん……いまたべたくないから、もってかえって、たべていい？」

香がテレビのほうを向いたままで訊いた。

「どうした。腹でも痛いのか」

誠が訊き返し、正二のほうに、大丈夫なのか、と目で問う。

正二は鼻で笑い、

「拾った犬か猫が、腹をすかせて、空き地で待ってるみたいだよ」

と、妹にも聞こえる声で告げる。香の後ろ姿に変化はなかった。

誠が苦笑を浮かべ、

「じゃあ、お母さんのと一緒に、持って帰れるようにパックに詰めてやるよ」

と、チャーハンを一つ下げていこうとする。すると香が振り返り、

「おなかは、すごくすいてるの。もっともっと、たべられるとおもう」

と言って、誠を見つめる。

正二は笑って、二匹かな、三匹？　と指を立てる。

「わかったよ。持って帰る分は、別に作ってもらうから、香はここで食ってけ」

理解のある口調で誠が言い、下げかけたチャーハンの皿をちゃぶ台に戻した。

「あ……バラ子さん」

香がテレビに向かって声を上げた。画面に、若い女性の笑顔の写真が映っている。

画面はすぐに切り替わり、犯人逮捕のニュースのときによく見かける、車に向かってフラッシュが次々と焚かれる映像が流れた。後部席に男がいる様子だが、うつむいて顔を隠している。代わりに、画面の隅に男の写真が重ねて映された。

正二は見覚えがあった。駅前商店街の入口にある交番にいた警官で、手配写真を見ていた正二に、仲よく暮らそうって人間の約束を裏切った連中さ、と話しかけてきた。

「あれ……何度か、ここへ食べにきた警官じゃね？」

と、誠がテレビを見てつぶやく。

画面が民家の情景に切り替わった。亡くなった女性の実家らしい。親戚らしい人物が報道陣に囲まれ、悲しいけれど、これで供養をしてあげられます、と話していた。

19：20

誠は、福健に頼み、母のものとは別に、三人前のチャーハンを作ってもらった。持ち帰り用の容器に移し、袋に入れたところで、電話が来た。島崎の新しい女が、間延びした声で、八時に持ってきてほしいと、四人前の料理の注文をする。

遅くなります？ と相手がやや固い声で尋ねる。問題の有無を確かめる言葉だった。

「時間通りにお持ちできます。毎度ありがとうございます」

事前に取り決めてある、問題のないことを伝える言葉を返し、福健にオーダーを通す。

二階から、正二と香が下りてきた。香に、料理の入った袋を渡す。

「チャーハン、かなり多いから、一匹なら、明日に分けろよ」

香は、わかったのかわからないのか、あいまいにうなずき、

「アリガトウ」

と、彼女には珍しいことだが、礼の言葉を口にした。

誠は、二人を送って店の外へ出て、弟の肩に手を置いた。

「正二、今日は帰りが遅くなる。泊まりになる可能性もあるから、心配せずに寝てろ」

わかった、と正二が答え、香と行きかける。正二、と再度呼び止め、

「何かあったら頼むぞ。つまり、帰りが遅くなっても、お母さんのこととか……」

「お母さんのことは心配しなくても、ぼくの責任だから、ちゃんとやるよ」

まだ尋ねたいことがある。だが、いまは時間もなく、二人を見送り、店に戻った。

八時十五分前、二階から持って下りたオカモチに料理を収める。福健を見ないまま、

「行ってきます」

店を出ようとして、咳払いを背後に聞いた。福健が目配せを寄越す。店内に、客は二人。

福健が調理場にある勝手口のドアから外へ出る。誠はオカモチを置き、客の声が聞こえるようドアを半開きにして、勝手口から外へ出た。

店の裏手はビルの狭間《はざま》で、それぞれのビルの空調の熱い空気が流れ込んでくる。ゴミ出しや料理の下ごしらえに使う場所だった。

「おまえ、店に来たときから妙にそわそわして、顔色も悪い。どうした」

福健が訊く。誠は、動揺が顔にあらわれないよう気をつけて、

「……家のことでちょっとあるだけで、心配ないというか、大したことないです」

このあと何がどうなるか、明日ここで働いているかどうかもわからない。せめて福健に、

正二と香のことを頼みたかった。だが、妙に勘繰られそうで、口を閉ざす。めしくらいは食わせてくれるだろう。

「誠、前におれに言ったな。これからどうするか、そういう大事なことを、他人《ひと》が考えていいのか、って。口にした本人だ、この先どうするか、おまえ自身がよく考えろよ」

福健はそれだけ言って、店に戻った。

誠は福健の後ろを通り、オカモチをさげ、店を出た。出勤後に自転車の後部に取り付けておいた台座の上に、オカモチを置き、台座のフックをオカモチの把手に掛けて落ちないようにしてから、自転車にまたがる。

店から離れたところで、細い路地に入り、自転車を止めた。携帯電話を出す。金本の携帯の番号は覚えている。ボタンが、爆弾のスイッチのように感じられた。

押せば……息がつまるようだった仕事も、いつ自由になれるのかと胸をかきむしるようだった苛立ちも、終わる。束縛を解かれた自由な暮らしが、ようやく始まる。

ジーパンの尻の右のポケットに、リボンを結んだ小さな包みが入っていた。

店に出る前に、楽器店で買った音叉《おんさ》。軽く打つと、透き通った糸のような純音が、宇宙の彼方へ伸びてゆき、目に見えない星に当たって、地上にまっすぐ戻ってくる感覚で鼓膜をふるわせる。

島崎の娘への誕生日プレゼントに、失った音楽への憧れを形にしたものだ。

爆弾のスイッチを見つめる。解放のときが訪れても、母の状態がよくなるわけではない。父の問題もある。父……というとき、けど、それは誰だ。

反対側のポケットに、十七歳の誕生日に正二がくれたハーモニカを、お守り代わりに入れてあった。吹かず、強く握りしめる。

正二、おまえが何を知っているのか、おれは知らない。だがきっと、つらい経験を胸の底に沈めて生きてきたんだろう。おまえの嘘が、それを教える。だから、おれがしくじっても、おまえなら切り抜けられる。お母さんと香を頼むぞ。

ハーモニカを戻し、携帯電話のボタンを押す。頭に浮かんだのは、ヤンズだった。

「はい、金本」

緊張した声が返ってくる。ヤンズに会いたい。

「出前、いま出ました。四人前です」

「ああ……そう、わかった……」

歯切れの悪い返事だった。いまから悪者をとっちめにいくヒーローの、高ぶりや興奮は感じられない。言いたくても言えない後ろめたさを抱え込んだ声に聞こえる。

「どうか、しましたか」

「いや……事情は、斉木に聞いてくれ」

言葉にならない不安が喉のあたりを締めつけ、苦しくなり、つめていた息を吐き出す。

「全部、斉木に聞いてくれ」

電話が切れた。足もとが揺れるように感じる。

斉木に電話した。話し中。

島崎のところへ掛けた。もしもし、と島崎の女の間延びした声が返ってくる。切迫感はない。

「すみません、いま出ました。何も、問題ないですか」

「ええ、こちらは何も。お料理、楽しみに待ってまぁす」

電話を切り、斉木にふたたび掛ける。やはり話し中。

高平のときと同じで、今回はまだ様子を見張るだけになったのかもしれない。

いまさら引き返せず、島崎のマンションまで走った。玄関前で、辺りを見回す。離れた場所に、路上駐車の車が二台ある。なかに人がいるかどうかは見えない。インターホンを押す。女の返事。ドアが開く。エレベーター。部屋の前。誰とも会わなかった。

ドアが開く。女の作り笑顔。ふわふわした毛のついたスリッパ。今日はローリングストーンズ。大画面の向こうで男がベロを出す。島崎が、おうと手を上げる。運転手と角刈りのいるテーブルに料理を出す。オカモチの奥からパケの入った袋を出し、島崎の前のガラステーブルに置く。今日は別の仕事で、じき出るんだ、と島崎の声が妙に遠くで響く。

これ、とポケットから包みを出した。お嬢さんに。

島崎が慌てた様子で、女に用事を言いつけた。女が別室に去る。言ったろ、焼きもちがすごいって、娘のことは秘密さ、このあと家で誕生パーティーがあるんだが、上に呼ばれたと言ってある、いや実際呼ばれてもいるんだ、上部団体で跡目問題が起きて、もっと上に取り立ててもらえるかもしれない、ところでこれは何だ。

音叉です。オンサって。軽く叩くと、純音が出ます。ジュンオンって。純粋な音、歌いだす前に使います。ああ、あれな、純粋な音か、娘にぴったりだ、ありがとう、よく誕生日ってわかったな。斉木さんから、と口にする。そうか、斉木は今日は別の仕事だ。あの、トイレを借りてもいいですか。

オカモチをさげ、そのまま帰れる状態でトイレに入った。水の流れるコックに手をかける。裏切る。だが誰を。流さなかったら、やはり裏切る。自由になる道を選ばなかったら、それもまた誰かを裏切る。頭がぐちゃぐちゃだ。もうどうにでもなれ。

いや、待て……。鏡に顔を映す。青ざめて見えた。福健の言葉がよみがえる。

自分で考えろ。考えろ。考えろ。

水道栓が閉まっている、とする。水は、トイレのタンクに一回分しかない。一回で二百四十包全部を流すのは無理だ。たとえ誠が流さずとも、証拠は残る。島崎は捕まる……。斉木がそこまで考えなかったはずはない。ではなぜわざわざトイレを借りて、水を流せ、と命じた？

誠が水を流し、直後に警察が踏み込めば、誰が手引きをしたか、島崎の疑いは……まず誠に向かうだろう。自由になりたいあまりに、警察のガサ入れの手引きをした、島崎をはめた、と、誠に罪をかぶせることも、斉木なら簡単にできるはずだ。

水を流さずにいれば……誠は何もしていないことになる。罪をかぶせようとすれば、その人間こそ怪しまれる。

斉木は、島崎が黙って刑務所へ行くと予想した。だが島崎は上部団体に可愛がられている。娘への愛情も、斉木が考えている以上に深い。島崎が刑務所から誰かに頼んで、斉木をつぶしにかかる可能性は残る。斉木がつぶれれば、京子がつぶれ、ヤンズにも手が伸びる。

自分は彼女のそばにいなきゃだめだ。あえて束縛のなかに身を置いたままでいることで、大切な人を守れる自由を得る方法《みち》だってあるはずだ。

誠は水を流さず、外へ出た。

女が待っていた。どうしたの、と訊く。いや、出そうで出なくて、と答える。ねえ、彼に何を渡したの、今日誰かのお誕生日、と女がすました顔で訊く。いや、頼まれものを渡しただけで何も知りません、と答え、スニーカーをはく。

あなたも嘘つきの一人ね。背後で間延びした声がする。

ドアに手を掛けた。開けたら、嵐のような騒ぎになるのか。

ドアを開ける。誰もいない。何も起こらなかった。


爆撃で壁だけが残った元缶詰工場の奥で、リートはバイクの後ろのボックスを開き、仮の底板を外した。

修理工場のベテラン工員が、長方形の箱を差し出す。受け取り、ボックスの底に収め、底板を戻す。その上に、偽装用の文房具のセットを十組ほど置いた。

ソロンから携帯電話を手渡される。起爆装置が反応する番号は、リートの誕生日だった。

かつてベルトコンベアーで加工された食肉の缶詰が運ばれていた広いフロアに、リートとソロンのほか、修理工場のメンバーが三人、メンバーではないがリートの顔見知りが三人、初対面の者が四人、計十二人いる。

壁にさえぎられて外からは見えない場所で、それぞれの行動に必要な爆発物や武器が渡され、仕事の内容と場所の確認がおこなわれた。別の場所でも、ほぼ同数のメンバーでの抵抗運動の計画が進められているらしい。

「時間を合わせよう」

ソロンが秒針の位置を読み上げ、皆が腕時計の針を調整する。

決められた時間に、それぞれが指示通りの行動をとることで、各所で一斉に爆発や、住居侵入が起きるはずだった。

「繰り返すが、人々の殺傷が目的じゃない」

時計を合わせて顔を上げた皆に、ソロンがあらためて説明した。

「我々の行動は、占領国側寄り、あるいは日和見的な組織が所有する資産や建造物を、象徴として破壊する。また、同様の思想傾向をもつ政治家や、地域の有力者の住居を訪問し、抵抗運動への決起を求める。それによって、占領に慣れきった住民の目を覚まし、蜂起を促す。くどく説明するのは、事にあたって躊躇《ちゅうちょ》してほしくないからだ。考えるのは上層部に任せ、実行に徹してほしい。終わったら、ここで落ち合おう」

メンバーは終始無言のまま別れ、リートも一人で目標地点へバイクを走らせた。遠方で行動するメンバーのことも考慮して決められた時間まで、まだ三時間ほど余裕がある。途中で方向を変え、ガマの店へ走った。

閉まっている彼の店の、裏手へと回る。リヤカーが置かれ、棺桶がのっていた。彼の名前を呼ぶ。棺桶が揺れた。リートが蓋を外す。ガマが横たわっていた。

「遅いぞ。棺桶に入ったまま、干からびて死ぬかと思ったぜ。国境の向こうでおねーちゃんたちが、からだを火照《ほて》らせて待ってんだ。早いところ墓地まで引いてってくれ」

リヤカーのまま？　車じゃないの、と問う。用意できなかった、とガマは答え、

「山道に入れば、おれも外に出て押す。それまでに誰かに止められたら、爆撃で死んだ叔父さんで、はらわたが飛び出し、顔もぐちゃぐちゃだからと言って、絶対開けさせるな」

反論は時間のむだだ。行けるところまで行こう、と腹を決め、バイクを倉庫の陰に回し、リヤカーを引いた。道はのぼり坂となり、がれきにも邪魔をされ、容易に進めない。

「おまえの親父が、占領国から帰される人たちのリストに入っていたって、本当か」

棺桶のなかからガマが訊く。

面倒くさいのをこらえて、名前はあった、と答えた。

「帰ってくると思うか。え、裏切り者と思われてた親父が、無事に帰ってくると思うか」

答える気力も起きない。ガマも、自分の不安を紛らすために話しているようだった。

「大勢が帰ってくると、みんな喜んでるが、占領国の連中はあくどい。おれもその点で負けちゃいないからわかるが、たぶん連中は健康な者は残し、病気もちや怪我をして、まと

もに動けない者から帰すぜ。おまえも、親父が帰ってきても、働けない状態なら、食い扶《ぶ》持《ち》だけが増えて、負担が重くなる。いまは家族や友人が帰ってくると嬉しがってる連中も、介護が必要な人間を抱えりゃ、日々の生活で心もからだもすり減って、抵抗運動なんて、する気も起きなくなる。なのに占領国は、病人や怪我人を帰したことで、人道的な対応をしたと国際的にアピールできるし、収容所の経費も節約できる。リート、物事は裏を考えろ。いまは誰もが考えることに疲れてる。おれが生き延びてこられたのは、相手がなぜそうするか、を考えてきたからだ。エロ雑誌でエロいポーズで笑ってるおねーちゃんが、楽しんでると思うか。金のために、筋肉痛になりそうな姿勢に汗だくで耐えてんだ」

車輪が石にのって落ち、痛みを訴えるガマの声がした。舌でも嚙んだのか、以後は口を閉ざした。

人とはまったく行き交わない。住民のほとんどは、町の西方にあるゲートへ、帰還してくる人たちを迎えにいったのだろう。やがて人家が減り、ここからは山道、墓地へつながる坂の下、という場所まで来た。

いきなり軍用ライフルを突きつけられた。

二人の占領軍兵士が前方に立っている。二人ともリートとさほど変わらない年頃だった。ここから先は通れない、とソバカスの目立つ一人が言った。もう一人は頬のあたりが腫れ、怒りがくすぶっているような表情でいる。上官か先輩にでも殴られた雰囲気だ。

運び屋の仕事のために、彼らの国の言葉を片言ながら覚えたリートは、叔父を埋葬したいと、伝えた。

通行禁止だ、とソバカスが繰り返す。腐る、におう、と訴えたが、誰も通すなという指示だ、と相手は首を横に振る。

リートは仕方なく、リヤカーの先を来た道のほうへ戻した。

おい、棺桶を開けろ。怒りがくすぶっているような表情の少年兵が言った。

はらわたが出ている、とガマに教わった言葉を伝える。

相手は棺桶に向けてライフルを撃った。連射で五発。リートは声も出せなかった。棺桶には大きく裂けた穴が五つあいていた。どんな音も聞こえてこない。

ソバカスも驚き、指示に従えよ、と相棒の肩をいさめるように押した。撃った兵士は冷たい顔で、指示通りさ、怪しきゃ撃てだ、第一死体を撃っても罪にはならない、生きてるクズを撃ってもやっぱり罪にならないだろ、と銃口をリートに向けた。

よせ、とソバカスがさらに相棒の肩を押し、早く行け、とリートに言った。

リートは、リヤカーを引いて駆けだした。

揺らしちゃいけない、けど急がないと手遅れになる。走っては足をゆるめ、ゆるめては走り、人の目の届かない路地へ曲がって、ガマに呼びかけ、棺桶の蓋を取った。

ひやひやしたぜ、と笑う彼を期待する。だが……彼は眠っていた。鼻孔に手を当てる。頸動脈にふれる。心臓の上には手を置けない。濡れているからだ。代わりに額に手を置き、祈った。愛すべき友ではなかったが、やはり身内だったと思う。

棺桶の蓋を戻し、彼の店の裏手につけた。墓用の穴はいまは掘れない。野犬などに食われないよう、蓋を釘で打ちつけ、彼の家からきれいな布を運び、祈って、棺桶に掛けた。

時計を見る。決められた時間が近づいている。またあとで来るよ、と棺桶に向かって告げ、バイクを走らせた。

あと十五分、十分……このままなら定刻の五分前には着く。警備員と受付に声をかけて逃がす間もある、と計算の立ったとき、遠くで破裂音がした。

バイクを止め、音のしたほうを見る。日の残る西空の一点に、白煙が見えた。

パーンと、また破裂音が響き、新たな白煙が浮かんだ。さらに数発、破裂音がして、白煙がたなびく。とらわれていた人々が帰ってきたのか。白煙の下方で、歓声らしい声のかたまりが、地鳴りのように沸き起こる。

父は帰ってきたろうか。帰ってきたら、どうするか、まだ決めかねていた。

時計を見る。時間だった。爆発は起きない。急いで目的地へ向かう。

なぜ爆発しない。いや、考えるな。いや、考えろ。考えることに自分たちが疲れている、というのは本当だ。四六時中緊張しつづけ、将来に対して怒りと無力感をつのらせて、信用の置ける誰かに、ひとまず右に行くべきか、それとも左かだけでも、言ってほしいと願っている。

けれど、ガマの死はどうだ。ガマを撃った連中は、指示に従っただけだと言った。考えないことで、非人間的な行為が可能になるなら、自分も考えないことで、連中と同じになる。

ＮＧＯの倉庫の玄関先を爆破すれば、本当に人々の心が抵抗運動へ傾くだろうか。倉庫の物資が取り放題になれば、我先にと略奪が生じないか。

日和見主義の議員や有力者の家に押し入り、直談判をするという。従わない場合は、誘拐の可能性もあると聞いた。これが契機となり、政治的な信条や信仰が違う相手なら、押込みや誘拐も許される、と錯覚する者が出ないか。

今回の行動は、むしろ地域を混乱に陥れはしないか。あるいは、それこそが計画を立てた者の真の意図だとしたら……。

闇雲に突っ込むことに抵抗をおぼえ、リートはバイクのスピードをゆるめた。

建築資材を積んだ軽トラックが、反対車線にはみ出してリートを追い抜いてゆく。運転手の顔が一瞬見えた。チンピラとして、町で評判の悪い男だ。帰還する人々を迎える騒ぎに乗じ、盗みを働いたのかもしれない。

軽トラックはスピードを上げ、三叉路《さんさろ》をNGOの管理倉庫がある方向へ曲がった。

突然、機銃掃射の音が道の先から聞こえた。リートは急ブレーキをかけた。

辺りに人けはない。やはり動ける者は西方ゲートへ行ったのだろう。音を立てないよう注意して、バイクを三叉路まで押してゆき、建物の陰から、管理倉庫がある道をのぞく。

倉庫の手前で軽トラックが止まり、チンピラが路上にひざまずいていた。離れた位置に、占領軍の装甲車が止まり、防護服を着た兵士たちがその陰から銃を構えている。装甲車の後ろには、爆弾処理に用いられる重機が止まっていた。

情報洩れだ。爆弾が仕掛けられることを占領軍は知っていた。リートが爆弾を仕掛けていたら、捕まるか、射殺されていただろう。

ほかの場所でも、同様のことが生じているのではないか。だから爆発が起きない……。

三叉路を離れた。どこへ行き、爆弾をどう処理するか。行き迷ううちに、西方ゲートにつながる大通りに出ていた。

ゲートの方角から町の中心部へ、人々が流れてくる。どの顔も興奮し、大声で話し、ときに跳ね、踊り、お祭りのパレードのように歩いてくる。人々が取り囲んでいる中心には、頭や顔や手や足に包帯が巻かれた者、両側から支えられる者、背負われた者、担架で運ばれる者たちがいる。ガマの言葉が思い出された。胸がふさがる。

来た道を戻った。日が暮れる。情報が洩れているとしたら、アパートも危ないだろうか。

その場合、自分が帰らなければ、家族が拘束される可能性がある。

バイクをアパートから離れた場所に止めた。ボックスから箱を出し、暴発しても誰も傷
つけないだろう廃ビルの奥に、携帯電話と別々に隠した。

歩いてアパートに帰る。占領軍の姿はない。

部屋の前に、右腕を三角巾で吊った男が立っていた。リートの部屋のドアを、左手首で
ノックする。手首から先がない。背格好は父に似ていた。

誰、とリートは訊いた。相手が振り返り、名乗った。父親の名前だった。

19：30

電信柱が見えてくる。
バラ子さんがいつももたれて座り、人が通るたびに、話を聞いて、と声をかけていた。
その電信柱の、塀をはさんだ向かい側に、二階建てのアパートがあり、バラ子さんの部
屋は、まさに電信柱と向き合う位置にあったという。

いまアパートの入口には人が集まり、アパートの住人や近所の者が、マスコミのインタビューを受けている。

その様子を横目に通り過ぎ、香と正二は電信柱の前で足を止めた。

「バラ子さん、どうした」

と、正二が訊く。

「いない……どこにも、いない……」

香は電信柱を撫で、周囲を見回した。

「家族に祈ってもらって、天国へ行けたのかもしれないな。毎朝のおそなえものは、もうしなくて、いいんだろ？」

香は電信柱をもう一度撫でながら、ぐるりと回ってみた。電信柱の裏側に、ひっそりと香の左足が置かれていた。ふくらはぎに口紅のあとがある。さようならのキスに見えた。

香は、長靴のように左足の魂をはき、引きずっていた左足を動かして歩いた。

ごろごろと、肉食の獣が唸るような音が、空の遠くで響いている。やがてアパートの前に着き、香は隣の空き地をうかがった。

「先に部屋に入ってからにしろ」

正二が訳知り顔で言う。二人してアパートの廊下を進んでいく。

ちら《ちら》ノチェとボイとリヤが、部屋のドアと、その並びの壁にもたれて座っていた。三人がこちらを見て、かおりぃ、やっとかえってきたぁ、もれるよぉ、と、それぞれ声を上げて立ち上がる。

　正二が驚いて、どうしたんだおまえたち、と訊く。

　香は、兄よりも前に出て、

「すからでちゃ、だめって、いったでしょ」

「こや、トイレない、もれる」と、リヤが困った顔で言う。

「さむいしさぁ、はらへったぁ」と、ノチェがまたしゃがみ込む。

「おもちゃもテレビもない、つまんないよ」と、ボイが半泣きの声を出す。

「おまえたちが……向かいの小屋にいるのか？　何をやってんだ」

　正二の問いに、リヤが誇らしげに胸を張って答えた。

「イエデした」

　隣の部屋のドアが開いた。口うるさい女が顔を出し、子どもたちを睨みつけて、

「なんだ、こんな夜中に子どもが集まって。静かにしろっ。うちをのぞくなっ」

　ドアが荒く閉まった。正二がため息をつき、部屋のドアの鍵を開けた。

　トイレの場所を教わったリヤが、真っ先に飛び込んでゆく。つづいて男の子たちが上が

り、許可も得ずに仕切り戸を開け、香たちの母を見て、立ちすくんだ。

「うちのお母さんだ。挨拶しろよ」

正二が、持ち帰った料理を台所に置きながら言う。

男の子たちは素直に、こんにちはー、こんばんはー、と母に言った。

香は、二人を追い越して居間に入り、蛍光灯をつけた。

「もうふ、もういちまい、あげるから」

香は押入を開け、布団のあいだから毛布を引き抜こうとした。

「あ、ロボットだ」「にんぎょうだ。パンダもある」

ノチェとボイが押入に駆け寄り、下の段の、おもちゃをしまってある箱から、正二が使っていたロボットと、香の着せ替え人形、そしてパンダのぬいぐるみを手に取った。

「おまえたち、チャーハンが向こうに置いてあるぞ。食ってけ」

正二が、母の食事を皿に移して運んできた。おもちゃを抱いた男の子たちが、入れ替りに板間に出てゆく。座卓の上の、容器に入ったままの三つのチャーハンを見て、

「すで、たべようか」「すで、たべよう」

ノチェとボイが言って、三つのチャーハンの容器をレジ袋に戻す。

「こらっ、何を持ってんだ。パンダのぬいぐるみは大事なもんだから、置いていけ」

正二の剣幕に押され、ノチェとボイは、パンダのぬいぐるみを板間に置いた。だがロボットと人形は離さず、チャーハンの入った袋をさげて出ていく。

トイレからリヤが出てきた。

「すで、たべるって、チャーハン、ふたりがもってった」

香は彼女に伝えて、交替でトイレに入った。用を済ませ、毛布を持っていこうとして、パンダのぬいぐるみがなくなっているのに気がついた。

「食べ終えたら、みんなを家まで送っていくからな。でもリヤは、電車だよなぁ」

正二が困ったように言いながら、板間に顔を出す。立ったままの香を見て、辺りを見回し、

「パンダは……」

「……リヤかなぁ」

「ばか。あれは大事なもんだぞ。おまえもあれで遊んだらダメって言われてるだろ」

正二は母の世話を途中でやめ、靴をはいて外へ出た。香も毛布を持って、ついてゆく。

二人はアパートの外に出て、ブロック塀が少し崩れて裂け目ができているところから、空き地に入った。

アパートの各部屋の明かりが外に漏れ、草の原は意外に見通しが立つ。

「香……香……こっちだよ」

背後から呼ばれた。ブロック塀が崩れた場所の脇で、父の信道が手招いている。

「約束の日だから、会いにきたけど、小屋に子どもたちがいるね。何かあったのかい」

香は、父を見つめ、小屋のほうを振り向いた。正二がちょうど小屋のなかへ入ってゆくところだった。

「正二も慌てて走っていくのが見えたよ。香、何があったんだい」

香は小屋へ走った。玄関で、パンダのぬいぐるみを抱いた正二と鉢合わせになる。

「正二にいちゃん」

香は呼びかけた。どうした、と兄が彼女を見る。

「おとうさん、しんでるんでしょ。ほんとは、もう、しんでるんだよね」

二十二ヶ月前

しばらく家族が二つに別れよう。夫のその言葉の意味が、愛子は理解できなかった。

「高給で雇ってくれる仕事の話があってね、十年で借金を返済できる。ただ、少し離れた場所に、一人でこもって専念しなきゃいけない。長期の単身赴任と思ってくれないか」

ぼうっと目の前に霞《かすみ》がかかったようになる。寒い。からだの芯に寒けをおぼえる。

「それって、どこ」

自分の声がふるえているのがわかる。信道が不審そうに顔をしかめている。

「言えないんだ。約束でね。家で大きな問題が起きれば、帰ってこられる場所ではある」

ああ、そうか、と思い出した。このあいだ、あいつらが来たときの、あの話だ。

「外国へ行くんでしょ。何かあれば帰ってこられる近さの……」

「ああ、そんな感じに思ってほしい。ときおりは様子を見に、帰ってこられると思う」

寒けが手と足に広がる。しびれる感覚で、手を握ったり開いたりしても感触がない。

「あいつらの考えね。あいつら、いつも狙ってたのよ。信道さんも言ってたじゃない」

「……ああ、確かに、初めからあいつら、こういう状態を想定していたのかもしれない」

「わたしたち家族を壊すのが目的なのよ。行っちゃだめ、二度と帰ってこられない」

「向こうは、もう何もかも用意して待ってる。行かないわけにはいかないよ」

「あなたは病気なのよ。いまから病院に行きましょ」

「いや、顔だけでも出さないと。向こうはその気でいるから……おい、焦げくさいぞ」

夫が顔をしかめ、台所のガスコンロに近づいた。フライパンの上で、子どもたちのおやつにと焼いていたパンケーキが、黒焦げになっている。

夫は火を止め、フライパンの柄にさわって、アツッと手を引っ込めた。鍋つかみを両手にはめ、重いフライパンを、気合いをこめて両手で持ち上げる。

愛子は恐怖を感じた。振り下ろすつもり？　あいつらのところへ行くために、家族を捨てていくために……。

愛子は手を顔の前に上げた。

「どけ」

信道が強い調子で言った。肩で愛子のからだを押しのけるようにして、流しのなかにフライパンを移す。流しの底の水滴が、じゅうと音を立てた。

「ここで冷やしとくといい。ちょっとトイレに入ってくる」

流しにフライパンはすべて収まらず、柄が外に出ていた。

夫はどこへ行くつもりだろう。異臭のする工場跡、アパートもくさく、床下にはネズミ、ほかの部屋には得体の知れない人ばかり。そんななかに、わたしと子どもたちを残して、どこへ行くの。

ねえ、約束を守って。結婚するときの、家族はいつも一緒にいるって約束を守って。

ここに、一緒にいて。


うかつだった。

信道は、ほぞを嚙むという慣用句がぴったりきそうな、やりきれない後悔を感じた。排泄障害を主な症状とした自分の精神状態ばかりを気にして、妻を思いやる余裕がなかった。つらい生活を強《し》いられているのは、彼女も同じだ。

今後の生活や、子どもの将来を案じ、彼女がみずからを精神的に追いつめてしまうことは、当然あり得ることだったのに。甘えていた、と思う。

信道はかつて心療内科で診察を受け、いったん落ち着いたものの、不条理な負債を背負わされて夜逃げしたあと、言動が怪しくなったらしい。病院の精神科で、診察を受けた。いわば精神的な痛みに対する「つらい」という訴えが、表にあらわれやすいのだろう。

愛子も強い人間ではない。繊細で、変化に臆病で、傷つきやすい性格とも言える。ただ精神的な痛みを感じたときに「つらい」という訴えが、内にこもるタイプかもしれない。自分のつらさを無自覚なまま、深い場所に堆積させつづけてきた可能性がある。

思い返せば、彼女の言動の端々には、精神的な痛みを吐露したサインがあった。

二十四歳の誕生日のとき、彼女はみずから信道にからだをまかせてきた。あのおり彼女は悲鳴を発していたのではないか。

信道が彼女の混乱を冷静に受け止めることができていたら、彼女はもちろん、信道自身のその後の心の負担も少なかったかもしれない。

結婚後間もなく彼女は、業務用らしい、一般家庭には大き過ぎるフライパンを買ってきた。男の子二人と女の子一人をもち、五人全員の目玉焼きを一度に作るのが、いわば幸せのシンボルなのだと語った。当時は、強い愛情から発したものととらえていたが、実際は、すでに精神的な病の兆《きざ》しを含んでいたのかもしれない。

誠を産むとき、彼女はかたくなに麻酔を使っての出産にこだわった。「痛みを我慢してまで産みたくない」と、すすり泣くように言った。それは若い母親のわがままな訴えというより、もっと切羽つまった悲しみに満ちたものだったように思い出す。

次の子を積極的にもちたがったことも、背景に、つらい記憶を新しい喜びの出来事でかき消したい想いがあったのではないか。

香のときは、家族立ち会いでの出産を執拗に願い、信道が心配するほど、身重《みおも》で探し回って、離れた町の助産院を見つけてきた。

彼女がつねづね口にしていた、「広い庭のある洋風の家で、家族一緒に仲よく暮らす」という夢の、少なくとも家のことに関しては、もうかなわないだろう。

なのに生活の維持と、子どもたちを守るために、ホテルの掃除とベッドメイクの仕事を、日中と夜と掛け持ちでつづけている。心身に変調をきたさないほうがおかしいくらいだ。

からだが冷える、手は氷水につけたあとのようで指先の感覚がわからない、何かを握っても、ちゃんと握れているかわからず、たとえばフライパンなど、落とさないよう強く握り過ぎて、あとで手の平が真っ赤になっているほどだ、と愛子は訴える。

この異様な冷えに関して、病院では肉体的な異状は見つからず、ストレスからきていると診られた。

広い庭のある洋風の家をもつことはかなわなくても、せめて、家族一緒に仲よく暮らすという、もう一つの夢は、壊さず、かなえてやるべきではないのか。結婚前からずっと家族が一緒にいることにこだわり、家族の絆を保つのに懸命だった彼女の心を、これ以上さいなむことは避けるべきだ。

……やめよう。出ていくのは、やめよう。

斉木が仕事部屋となるアパートで待っているはずだが、謝りの電話を入れよう。高平たちに頭を下げ、家族が離れずにすむ別の方法で、借金を返していきたいと頼んでみよう。

「行かせない」

トイレの外から、妻の声がした。

「ここにいなきゃだめなの。一緒にいなきゃ、だめ。行かせないから」

ああ、わかってる。行かないよ。ここにいる。一緒にいるから。

彼女に答えようと、トイレの戸を開ける。上着の胸ポケットに入れてあった三通の手紙が床に落ちた。

幼稚園の園庭で遊ぶ香を盗み見て、正二の小学校に回ったあと、文房具店に寄り、封筒と便箋とペンを買って、喫茶店で書いた、子どもたち三人への手紙だ。

拾い上げようと身を屈める。妻の足が目に入った。

夏も近いのに、冷えを感じているせいか、靴下をはいている。その靴下の左の親指のところが破れ、白い指の先がのぞいていた。右足の親指の部分も擦り切れて、爪がうっすら見えている。切なさで、胸が痛む。

「行かないで」

声が泣いていた。

わかってるよ。いつまでも一緒だ。死ぬまで一緒だよ。

20:15

おとうさん、しんでるんでしょ。

香の言葉が、正二の耳のなかで繰り返し響く。

おとうさん、おとうさん、という声が、自分のものに変わっていく。

あの日、正二は、学校に提出しなければいけないプリントを忘れ、先生が用事で自習となった二時間目の授業中、こっそりアパートに取りに戻った。

母は二週間に一度の休みの日で、部屋にいるはずだった。ドアには鍵が掛かっておらず、やっぱりいた、と嬉しく、ただいまー、と声を弾ませて、部屋に入った。

母は、流しの前にぺたんと腰を落として座っていた。正二が声をかけても、表情は虚ろで、斜め下に向けられた目は、何かを見ているという感じではない。

母に近づくのをさえぎるように、板間の床にフライパンが落ちていた。

ふと、玄関から死角になっていたトイレの前に、人がうつ伏せで倒れているのに気がついた。父だった。

「お父さん？　お父さん……どうしたの。寝てんの。お父さん？」

父は身じろぎもしなかった。正二はフライパンを踏み越し、父のそばに膝をついた。

「お父さん……こんなところで寝てたら、からだ悪くするんじゃない？　お父さん……」

「女と、出ていく気だった……」

母の低い声がした。正二は顔を上げた。母の視線はなおあらぬほうへ向けられている。

「家族を捨てて、駅で待ち合わせて、出ていくつもりだった……」

「何を言ってんの。お母さん……お母さんったら、どうしたんだよぉ」

正二はわけのわからない恐怖をおぼえ、その場から逃げ出したくなり、逃げる代わりに、父の背中に手を当てて揺すった。

父のからだは力が入っておらず、ぐにゃぐにゃと揺れる感触が伝わってきた。それがまた怖くて、いっそう強く揺さぶる。からだの揺れる向きとは逆に、父の首ががくんがくんと骨がないかのように揺れた。

それまでとはまた別の恐怖をおぼえ、父の顔を横からのぞき込む。目を閉じていた。頬にふれる。あたたかい。

「お母さん、お父さんはどうしたの。何があったの。病気なの、怪我してんの」

とにかく救急車を呼ぼうと思い、電話がないため、部屋の外に出た。

アパートのほかの部屋はドアが閉まり、物音もしない。誰かいたとしても、口うるさい女や、話したこともない人たち、目の見えない老人や、険しい顔の老婆など、とても頼る気にはなれず、路地を抜け、裏通りに出た。

最も近い病院のある大通りへ向かいかけ、胸騒ぎがした。

母をあのままにして大丈夫だろうか……。

病院までは距離があるし、誰かが来てくれるまで時間がかかるだろう。不安がつのり、部屋に戻った。

母が流しに向かって立っていた。手に包丁を持っている。

お母さん、と叫んで、靴のまま上がり、腕にしがみつく。母は包丁を流しに落とし、ずるずると崩れるように床に横になった。目はうっすら開けてはいるが、意識があるのかどうかもはっきりしない。膝の上に抱き、お母さん、と呼ぶ。父を見る。

「お父さん、起きてよぉ。お母さんがおかしいんだよ。寝てないで、起きてよぉ」

父を早く病院に連れていかないといけない。でも、母も心配で身動きがとれない。

「ねえ、お母さん、一緒に行こう。一緒に外へ出よう。お医者さん、呼んでこようよ」

なんとか起こそうとするが、母はからだを正二に預け切っており、立つに立てない。情けなくなって涙がこぼれた。お母さん、と呼ぶ声は、にいちゃん、に変わった。

「早く帰ってきて、にいちゃん……お父さんとお母さんが大変だよ、早く帰ってきてよ」

そのとき母がびくりとからだをふるわせ、目を見開いた。おびえた表情で身を縮める。

「お父さん……どうした……どこにいる」

母がふるえる声で訊いた。

「お母さん、大丈夫？　病院に行ってくるよ。お父さん、なんか変だから」

正二の言葉に、母が首を回し、父を見た。息を深く吸い込み、口を両手で押さえ、父に這い寄り、その肩にふれる。お父さん、と呼ぶ声はかすれ、揺する力が強くなり、父の首が力なく横に倒れた瞬間、全身を裂くような悲鳴を発した。

正二は後ろから母の口を押さえた。自分がつらいだけでなく、その悲鳴によって母の心が壊れてしまう気がした。

父を見ないように、彼女を横から抱き、視線をさえぎった。

「死んじゃった……お父さん、死んじゃった。わたしだ。わたしがやったんだ……」

「違うよ、お父さん、死んでない。寝てるだけさ、大丈夫だよ。お母さん、落ち着いて」

アパート内のどの部屋からか、苦情に違いない、どん、どん、と壁を叩く音が響いた。

母が跳ねるように身を起こす。見開かれた目から、いまにも血が噴き出しそうだった。

「警察が来た……お父さんを殺したから。一生刑務所だ。もう子どもたちに会えない」

「違うよ。何でもない。お母さん、ぼく、ここにいるよ。大丈夫だよ、目を閉じて」

眼球が飛び出しそうな彼女の目を左手でおおい、背中に回した右手に力をこめる。

「悪い夢を見たんだよ。香もあったでしょ、おばけだって、急に飛び起きてさ。お母さん、疲れてんだよ。もう一回寝なよ。目を閉じて、ゆっくり息をして。さあ、ゆっくり……」

母が幼い子どものように深呼吸をする。強張っていた彼女のからだがゆるんでくる。正二の膝に頭をのせ、母はやがて気を失うように眠った。

同じ姿勢のまま、正二は父に目を向けた。お父さん、本当に死んじゃったの……なんでだよ……死んじゃだめじゃんかぁ……。

泣いているうちに、父が起きてくることを期待した。父は起きなかった。

母に目を戻す。左の靴下の親指のところが破れていた。何かで踏ん張った拍子なのか、穴からぴょっこり親指が出ている。奥歯を食いしばる。

だめだ、これ以上お母さんをつらい目にあわせちゃだめだ。お母さんは悪い夢を見た、そういうことにしないとだめだ。お父さんは、生きてる、生きてるけど……出ていった、女の人と出ていっちゃったんだ。

母を膝から下ろし、室内を見回して、ネズミ捕りの罠を仕掛けたときのことを思い出した。押入を開け放す。衣装箱を出し、シートをめくり、床板を外す。現れた床下の土にふれる。柔らかい。手で少し掘ってみた。簡単に掘れそうだった。

窓を開け、工場の跡地に下り、隅に残されていた錆びたシャベルを取り、部屋に戻った。

押入の床下に上半身を入れ、土を掘る。掘った土は横にどける。大きめの石が二、三個出たほかは、楽に掘り進められた。一点を集中して深く掘り、その穴に膝から下りる。

アパートの土台となる柱があちこちにある。いったん穴から出て、懐中電灯を持ってきて、父が横たわれるスペースを探した。

香が寝るときのように、父が身を丸めて、柱の一本を抱きかかえるようにすれば、うまくいきそうな場所がある。

正座の状態で身を屈め、穴を横へ伸ばす。少し寝そべるスペースができ、さらに穴を広げた。広げた穴を深くする。父のからだが収まるくらい掘れたところで、押入から出た。

父の背中が冷たくなっていた。頬に手を当てる。やはり冷たい。お父さん、と言いかけて、やめた。お父さんは出ていったんだ、これは、お父さんのぬけがらだ。

シーツに乗せて、互いを運び合う遊びを思い出した。シーツの上に兄や妹を乗せ、端を引っ張れば、板間でも畳でも、滑って、簡単に運べた。

押入からシーツを出し、父の隣に広げる。シーツの上に彼を移し、端をつかみ、押入まで引きずる。先に床下に入り、シーツの端を引っ張った。ずるずると父が落ちてくる。掘った穴に、父の全身が入るように押して、土台の柱を抱くように、からだを丸めさせる。そのままシーツでくるみ、土を、シャベルでかき寄せるようにして掛けてゆく。

シーツを押し分けて、父の左手が外へ出ていた。何かをつかもうとしているようであり、頼み事をしているようでもある。

その手をシーツの内側に戻し、上に石を集めて、シーツの白が見えなくなるまで土を掛けた。疲れて、体勢も苦しくなり、穴から出た。

押入を元に戻し、シャベルを捨て、土を払い、雑巾で部屋のなかを拭く。トイレの前に、三通の封筒が落ちていた。父の字で、『誠へ』『正二へ』『香へ』と書かれている。

手紙とフライパンをひとまず流しの下に隠し、濡らしたタオルで母の額を冷やして、お母さん、と呼びかける。何度か呼ぶうち、目を覚ました母に、水を飲ませた。

「お母さん……お父さん、出てっちゃった。どうしようか。女の人と出てったよ」

え、と母が正二を見る。瞳がまだ眠りのなかにあるように力なく揺れている。

「とにかく、香を幼稚園に迎えにいこうよ。お父さんのことは、また考えよう」

人形のように言うがままの母の手を引き、幼稚園まで歩いた。

園で母を休ませ、学校へ戻り、母の急病を告げて、そのまま早退した。香と一緒に母を連れ帰り、帰ってきた誠に、父が女と出ていくのを駅前で見た、と話した。

日が暮れ、お父さんを捜しにいかなきゃ、と母がふらりと立った。だが香が急に高熱を発し、母は看病のために部屋にとどまった。

正二は、フライパンが大き過ぎて捨てられないため、鍋や薬缶《やかん》も売っていた鯨屋の店内にそっと置き、別の商品の値札を貼った。翌日見にいくと、売れたのか、なくなっていた。

やがて床下がにおいはじめた。だが、工場跡地の異臭と、下水やアパート内のにおいが元もと強かったし、犬の糞を毎日拾って窓の下に置き、野良犬が来てると訴えた。それでも香が「くさい」と言うので、トイレの芳香剤を押入内に幾つも置いた。

母はずっと生気がなかった。仕事にも出なくなった。取立ての連中が訪ねてきては、父の居場所を問いただした。

そして、梅雨どきのある日、たまたま正二と母だけだった部屋を、取立ての連中がまた訪れ、難癖をつける彼らの前で、誰も隠れてなんかいないと、正二が押入を開けてみせた直後、母は悲鳴を上げ、薄い窓ガラスを割って外へ落ちた。

自分のせいだ、と正二は思った。

父を助けられなかったから。もっとうまい嘘をつけなかったから。母は自分を追いつめ、命まで落としかけた。父のぬけがらが埋まっているので、このアパートは動けない。自分はここで、責任をもって母の世話をすると決めた。

「なんだあれ?」「なにがあった?」

ノチェとボイの声に、正二は現実に引き戻された。

男の子二人が目を向けているアパートの玄関付近に、背広姿の男たちが十人前後集まり、アパートのなかをうかがっている。

「わたしを、さがしにきた?」

リヤが心配そうに言う。おれかな、おれかも、とノチェとボイも言う。

だが、子どもを捜すにしては人が多く、男たちの動きが妙に秘密めいていることに、正二はいやな予感がした。

20:25

島崎のマンションを出たところで、携帯が震えた。

斉木だった。いまどこにいるか尋ねてくる。声が乾いていた。島崎にパケを届け終えて、店に戻る途中だと伝える。

「店には戻るな。アパートにも帰るな。そのまま逃げろ」

誠は、目の端にとらえた無人パーキングに入り、自転車を止めた。

「どういうことです。何があったんですか」

「失敗だ。金本の上司の、もう一つ上が、金本を最終的に信用しなかった。麻取りが見送った相手で、自分たちがヘマったら、いい恥さらしだと、臆病風に吹かれたようだ」

「ガサ入れが中止なのは、誰もいないんでわかりましたけど、なんで逃げるんです」

「ネタ自体は、うまそうに見えたんだろ。全部話せと迫られたらしい。金本はこれを機会に登っていくつもりの梯子を、逆に外されそうになり、びびったのさ。奴には嫁も子もいる。結局おれに聞いたことを話した。つまり、おまえが部屋でアジツケをして、島崎のところへ運んでるってことをさ。アパートへの案内に立つようだ。保護の名目で令状を取り、シャブを押さえて、現行犯、おまえたちに吐かせて、島崎の逮捕……って筋書きだろう。

うまくいけば、金本の手柄には変わりない。あとで礼はすると電話で謝ってたがな」

話の展開を理解するのに、時間が必要だった。いまはこうとして、次はどうなるのか。

「おまえは簡単にゲロする男じゃない。それはわかってる。だがサツは、弟も取り調べるはずだ。妹にも事情を訊くだろう。家族を駆け引きに使われて、ダンマリを通す自信はあるか？　話せば、悪い連中と手を切れる、家族が解放されると言われたら、どうだ」

いっそ警察に駆け込めば、二十歳前には自由になれると思ったことも確かにあった。

「島崎だけをターゲットにした計画とは、もう違ってる。おまえは被害者でなく、共犯者だ。奴らは家族を弱みに握って、とことんおまえを利用するだろう。この機に乗じて、組織をもう一歩追いつめようと、子どもをこんなふうに犯罪に巻き込んでいたと、マスコミと組む可能性もある。そうなりゃ島崎も、上部団体の手前、子どもを使うことにしたのは自分ではなく、斉木って男だと話したくなるだろう。粉は、あとどのくらい残ってた」

「確か……百グラム二袋と、残りが五十グラムほどの袋が一つ」

「それだけ隠し持って、アジツケをしてたんだ、検察官送致、まあ、特別少年院だろう。ゲロしなきゃ、短期処遇は見送られ、退院まで丸二年、そのあいだも取り調べだ。ゲロして、撲滅キャンペーンのシンボルにされりゃ、年少を出ても監視がつくかもしれない」

「逃げたほうがいいのはなんとなくわかりますけど、逃げたら、あと、どうなるんです」

「おまえの部屋からシャブが出れば、おまえが逃げてても、島崎のガサ入れの令状は下りる。島崎は当然、パケはもうどこかへ散らしてるだろう。アパートの管理人に金をつかませて、何か事故があれば、島崎の運転手に電話が入ることになってたからな。だが、借用書や貸借関係の書類も、島崎とおまえをつなぐ十分な状況証拠になる。下手に隠して、あとで出てきてもまずいから、島崎は書類一切を燃やすなりして消すだろう。今後も、おまえとは連絡を絶つ。おれもそう進言する。つまり、おまえは自由の身になるのさ」

自由……本当なのか。願いつづけていた望みが、こんなかたちでかなうのか。でも、

「……でも、家族はどうなるんです」

「弟と妹は、児童相談所に保護されるだろう。児相から施設に移されるだろうから、その頃に人をやって、様子を見させる。母親は福祉のほうに回されるはずだ。おりを見て、例の医者をやって、状況を調べさせる。おまえは、ヤンズと一緒に逃げろ。連絡しとく」

「ヤンズと……」

「だから当分出てくんな。おまえが捕まると、おれも島崎も、その上もいろいろと困る。子どもを使ってたなんて、聞こえが悪いと思う、頭の古い連中が多いからな。十七歳の覚醒剤の不法所持じゃ、指名手配もない。落ち着いたら、連絡を取り合おう。ヤンズと仲よくやれ。それも望みだったろ？　おれの望みは当分お預けだ。島崎をしばらく立てていく。

ヤンズには金を持たすから、二人のあいだでわかるような場所に、もう移動しとけ」

誠は、携帯電話をポケットに戻したあと、なおその場を動けずにいた。


リートは部屋の前で動けずにいた。

いましがた立ち去った男は、父親の友人だと告げた。収容所から帰還したばかりで、知人の車でまっすぐここへ来たという。

「住所は、きみのお父さんから聞いていた。訪ねてくれと言われていたんだ」

父はどうしているのか、帰ってきているのか、リートは尋ねた。

相手は、つらそうに顔を伏せ、息を長く吐いてから、思い切ったように顔を上げた。

「きみのお父さんとは、この国の解放のために、一緒に活動していた。お父さんは、占領下での子どもたちの将来に不安を抱いていた。学校にも安心して通わせられないのでは、子どもたちの成長の芽を摘む。それは我が子だけでなく、人類の可能性の芽を摘むに等しい、と言われた。子どもたちだけでも安全な場所に逃がしたい、だがそれには金が要る。彼は危険な作戦に身を投じた。わたしも家族を外国へ逃がすため、同じ作戦に関わった。だが事前に情報が洩れていたらしく、敵に囲まれた。お父さんが、所持していた爆弾を爆発させ、その隙に我々は脱出し、山中に逃げ切った。だが、途中で撃たれた傷からの出血が止まらず、お父さんは、亡くなった」

いったん言葉が切れた。リートは何も考えられなかった。相手がまた大きく息をつき、

「わたしの名前は、以前からテロリストとして占領国のブラックリストに載っており、死刑もありうる。だから捕まったとき、お父さんの名前を借りた。収容所では、お父さんの名前で通した。それぞれの身に何かあれば、残ったほうが家族に話しにいく約束ができていてね。お父さんは、亡くなる直前、きみたちの幸せを祈り、こう伝えてくれと言われた。人間が決して滅ばないことを、おまえたちが証明してほしい……。お父さんを生きて返してあげられず、申し訳なく思う。そしてお父さんには助けられた。心からお礼を言うよ」

このことを、ほかの誰かに話したかどうか、リートは動揺を抑えて尋ねた。

相手は首を横に振った。礼儀としてお茶を勧めてみたが、相手は礼を言って辞退した。

「真っ先に報告に上がらなければと思ったんだ。人を待たせてる。これで失礼するよ」

男を見送り、動悸がいくらか鎮まった頃、リートは部屋に入った。

ショックなのに、父親の死の実感は湧かない。遺体を見ていないし、父が不在の生活に慣れたせいもあるのかもしれない。

部屋には母が寝ているだけで、弟と妹の姿はなかった。

父親の帰還の可能性を誰かに聞いたらしいが、まさか迎えにいったのだろうか。二人を

捜しに出る前に、まず母の世話をすませた。

「お母さん……お父さんのことがわかったよ。裏切り者じゃなかった。ぼくたちの幸せを願って、命懸けで仕事をしたんだ。家族を、捨ててなんかいなかった」

母は目を閉じて静かに息をしている。痩せて生え際の後退した額に手を置いた。母の顔の神経が、手の平の下で、ぴく、とふるえるのを感じる。

だから言ったでしょ、お父さんは誇れる人だって……。

そう言っている気がして、母の額から頭にかけて優しく撫でた。

20:40

いつから気がついていたんだい。

父の信道が寂しそうに笑った。

「はじめから……。おとうさんが、でてったって、正二にいちゃんがいって……おかあさんが、けがして、びょういんいったあと……おとうさん、こっそりかえってきたでしょ」

ああ、窓の外から手招きしたら、香は外に出てきてくれたね。あのときに、もう？

「うん」

どうしてわかったの。

「そばによっても、においがしなかった。だれでも、においがあるのに。おとうさんも、おとうさんのにおいがあるのに、ぜんぜんにおわなかった。だから……」

そうか。お父さんも何が起きたかわからなかった。香は熱を出して寝てたから、知らないだろうけど、お母さんや誠や正二に、何度も呼びかけた。でも、誰にも見えない、聞こえない。死んだらしいとわかって、ひどいショックだった……。悔やんでも、どうにもならない。みんなを助けたいのに、何もできない。その上、お母さんもあんな状態になって、つらかった……。香が見えることを思い出して、せめて香には、自分が生きているように見せようと思った。正二の嘘を本当にするかたちで、外で働いて、月に一度会いに戻る、ってことにしようとね。少しでも香の寂しさをやわらげられたらと思った。それに……。

「それに、なに」

死んだとわかったら、なんで死んだか、って話になるだろう?

「なんで、しんじゃったの」

……事故だよ。ちょっとした行き違いと、お父さんの甘えからきた事故だ。

「おしいれのしたで、ねてるんでしょ」

なんでわかったんだい。

「くさいもん。正二にいちゃん、ノライヌがきてるとかいってたけど……わたし、ちゃんとしってるよって、いいたくて、くさいよぉ、って、おしいれのしたに、よびかけてた」

そうだったのか……お父さんが死んでること、なぜ、誠や正二に言わなかったの。

「みんなが、バラバラになるかもしれないから。いろ、たいへんになるでしょ?」

ああ、確かに。家族が一緒にいられなくなってしまう可能性があるね。そうか……香があのとき熱を出したのも、偶然じゃなかったのかな。香は、お父さんのことを直感的に理解して、病気になって、みんなを家につなぎとめたのかもしれないね。

「わかんない……。どうして、わたしをつれていこうって、さそってたの」

あれだけの借金を、誠だけで返すのは無理だと思った。お父さんがいれば絶対に守るけど、それもできない。いずれ、取立ての連中にひどい目にあわされるくらいなら、いっそお父さんと一緒に来たほうが、おまえも幸せかもしれない。そう考えたんだ……。

「おにいちゃんたちがいるよ」

ああ、けどな……。

「ともだちもいる。わたしたち、むれだよ。むれでまもるの。むれで、まもっていくの」

アパートの玄関先から、かおりぃー、と呼ぶ声が届いた。

空き地に出入りするブロック塀が崩れた部分の、道路側に香は立ち、空き地のなかに信道はいた。アパートの玄関までは十メートルもない。

玄関先には、先ほど十人以上でやってきた男たちの、ただならない気配や、管理人の立会いでなかへ入ってゆくやりとりに、アパートの住人や周囲の住民が興味を抱き、いつのまにか二十人近くが集まっている。

正二と、ノチェとボイとリヤも、小屋の前から駆け寄って、そばで様子を見ていた。背広姿の若い男が一人、玄関の内側に立ちはだかり、入らないで、と止めている。

「かおりのへやに、はいったよー」と、ノチェが言う。

「いーっぱい、はいったー」と、ボイが教える。

正二も見ていて、気が気ではなかったのだろう、無言でアパートのなかへ入ろうとした。だめだめ、入らないで、と男が押し戻す。ノチェとボイがその隙に、なかへ駆け込んだ。

「わたしも、みてくる」

香は、父に言って、アパートに駆け寄った。

彼女が正二とリヤの後ろまで進んだとき、ノチェとボイが、部屋の入口から追い返される姿が見えた。二人が廊下をこちらへ走ってくる。

「みんなで、どろぼーしてるー」と、ノチェが叫んだ。

「かおりのママ、ころされるー」と、ボイが叫んだ。

人々のあいだで小さなどよめきが起きた。背広姿の男も驚いて振り返る。

正二が男をかわしてなかへ入り、香がつづいた。待ちなさい、と男が止めるが、戻ってきたノチェとボイが邪魔になり、追うに追えない。

隣の部屋のドアが薄く開き、口うるさい女が外をのぞいている。向かいの部屋からは、いつもより大きくお経をよむ声が聞こえてきた。

香たちの部屋のドアは開かれ、身長の高い男が、盲目の管理人と並んで立っている。男は、正二と香を見て、だめだめ、戻りなさいっ、と厳しい声を発した。

正二が言った。

「この家《うち》の者です」

男が眉を寄せる。管理人が声を聞き分けてか、この部屋の子ですよ、と男に答えた。

正二は、二人のあいだからなかへ進み、香も兄の後ろから入った。

この部屋の子どもでーす、と入口にいた男が室内に声をかける。部屋のあちこちにいた男たちが一斉に振り返った。冷蔵庫のなかをのぞいていた者、流しの下に頭を突っ込んでいた者、トイレにいた者、食器棚の引出しを開けていた者、そして居間からも男たちが三人出てきた。

三人の中央にいる、小柄だが精悍《せいかん》そうな一人が、正二と香を見つめたまま、隣に立つ体格のよい切れ長の目をした男に、カネモト、と呼びかけた。呼ばれた男はうなずき、

「確かにこの部屋の子です。次男、正二。長女、香です」

小柄な男は苦笑した。両耳がつぶれて、肉が盛り上がったような形になっている。

「ばーか、呼び捨てはだめだろ。ごめんね、二人とも。吉丘、正二君と、香ちゃんかい」

正二と香は、いつのまにか男たちに詰め寄られるかたちとなっていた。

「ゴリラみたいなのに囲まれたら怖いよね。けど心配しないでね、警察の者だから」

小柄な男は笑みを作って、書類を一枚、胸ポケットから出し、二人の前に広げた。

「令状が出ててね。きみたち、悪い人につらい仕事をさせられてるでしょ。助けにきたんだよ。でさ、悪い人が置いていったものがあると思うんだけど、出してくれるかな」

「母は、どうしてますか」

正二が冷静に訊いた。相手の顔に、気まずさのようなものが浮かぶ。

「ごはん、途中だったんで」

正二は臆することなく、男たちのあいだを抜けて居間に入ってゆく。香もつづいた。

母は仰向けで、目を開いていた。正二が母の枕元に膝をつく。

「お母さん、一人にしてごめんね。この人たち、警察の人だって。すぐに帰るよ」

香は、正二の反対側から、立ったまま母を見下ろした。母と目を合わせる。

「香。お母さん、怖がってるかもしれないから、話しかけてあげなよ」

と、正二が言う。

香は、母の目をのぞき込んだ。ゆっくりしゃがんで、母の頬にふれる。さらにしゃがみ、母の顔を両手で抱え込むようにする。鼻先を、母の額に当てる。目もとに当て、鼻に、頬に、唇に、顎に、首に当て、少し顔を上げて、あらためて母の目を間近でのぞき込んだ。

「おかあ、さん……」

母が倒れて以来、初めて母を呼んだ。

「おかあさん……いいにおいがする。おかあさん……だいすきな、においがするよ」

どうして、この女の子は、わたしに抱きついているの。

どうして、わたしに「いい匂いがする」なんて言うの。

どうして、わたしに「お母さん」なんて呼びかけるの。

なんて柔らかいほっぺだろう。

なんて……愛らしい匂い。

匂い？

わたし、いままでこの夢で、匂いを感じたことがあったろうか。

でも確かにいま、温めた甘いミルクのような匂いが、抱きついてくる女の子からする。

男の子が話しかけてくる。ほほえんでいる。とっても柔らかい笑顔。わたしだけじゃなくて、女の子のことも、ほほえましく見つめているみたいだ。

「お母さん、香に匂いが戻ったよ。お母さんも、きっと戻るよ、ぼくたちがいるからね」

わたしは、この子の、この子たちの、お母さんじゃない……。

そのことを、ずっと気味悪く思ってきた。なんでそんなふうに呼ぶのって、腹立たしくもあった。

でもいまは、この子たちのお母さんでないことを、とても残念に感じる。

子どもたちの周りには、悪魔のような黒い影が、まとわりついている。まさに悪夢だ。

でも、そんななかでも、この子たちの健気《けなげ》さ、強さ、優しさは、少しも翳らない。

むしろ、どんどん内側から発する光が増してきて、影を溶かし、辺りがきらめいて見えてくる。

「お母さん、大丈夫？　怖くないからね。いま、ごはん、あったため直してくるね」

男の子が声をかけてくる。

なんでそんなに優しいの。

子どもなのに。大人のわたしのほうが、大丈夫よって、安心させてあげなきゃいけないのに。怖くないよって、守ってあげなきゃいけないのに。

わたしは、この子たちのお母さんじゃないけれど、もしこの子たちがそう呼びたいなら、
そう思い込みたいなら、

「ええ、ありがとう、とっても嬉しい。お母さんは、平気よ」

と答えたい。

あなたたちがいるから安心ね、とほほえみかけたい。

そして、いつもいつもありがとうね、と感謝したい。

「いつもね、いつだってね、見てたよ。ずっと温かく世話をしてくれたこと、三人が支え

合って生きていたこと、ずっと見てたよ。えらかったね、本当にえらかったね……」
そう言って、強く抱きしめてあげたい。
もし、もしわたしが家庭をもつなら、こんな子どもたちをもちたい。
信道さん、わたしね、わたしはね、こんな子たちが欲しい。
いいえ、わたしは、この子たちがいい。
この子たちの母親になりたい。
神様、いるなら、願いをかなえて。
わたしを、この子たちのお母さんにしてください。
……女の子が、急に離れる。わたしを不思議そうにのぞき込む。
え、なんて言ったの。
「ないてる……正二にいちゃん……おかあさん、なみだ、ながしてる」

21:25

誠は、ヤンズと週に一度会っている公園で、彼女を待った。

公園を囲む道には行き交う人がまだ多かったが、待ち合わせの場所は、濃厚な緑の薫りが満ちた杉木立の奥で、人の気配はない。斉木から念押しの電話があった。

「いま島崎のところへ顔を出した。ガサ入れの話は届いてる。運転手と角刈りがパケを移した。おまえん家《ち》の借用書もシュレッダーされた。おまえが捕まることを、島崎も恐れてる。逃げ切れよ。未成年の不法所持だ、厳しくはない。京子に、ヤンズに金を持たすよう言っといた。家族のことは大丈夫だ、公的な機関が入るんだ、下手な扱いはできないさ」

電話を切ってほどなく、湿った土の上を細い車輪が疾駆する音が聞こえてきた。

杉木立のあいだからヤンズが現れる。誠の前で自転車を降り、木に自転車を立てかけた。

「ガサ入れをくって、逃げなきゃいけないんだって？」

彼女は、ジーンズにトレーナー、ウインドブレーカーという軽装で、キャップをかぶり、リュックを背負っていた。表情は不審で曇っており、ここに来るまでにふくらんでいた疑問の解答を、喉の渇きを潤す水のように、いますぐ求めずにはいられない口調で尋ねる。

「わたしもついていけって。キャッシュカードを持たされたんだけど、どういうこと」

「……来てくれるか？」と訊く。

え、とヤンズが虚をつかれた表情に変わった。頬がほのかに赤らむように見える。

「一緒に逃げてくれるか、おれと」

ヤンズの瞳が揺れる。深いまばたきのあと、瞳はしっかり目の中心に据わっていた。

「いいよ。そうしてほしいなら」

誠は安堵した。不安と緊張で強張っていたからだがゆるむ。

「ありがとう。それを聞いて、もう十分だ」

「落ち着き先に、あとで必要なものは送るから、行くだけ行けって。どこに逃げるの」

「逃げない」

ひときわ大きい杉のそばに止めておいた自分の自転車の前に進んだ。スタンドを外し、

「いまからアパートへ帰るよ」

「え……でも警察が来てんでしょ。逮捕されて、取り調べを受けるんじゃない？」

「弟と妹は、いますごく心細いと思う。うちの親父がいなくなったこと、前に話したろ」

家族を捨てて女と逃げたと、以前思い込んでいたことを、彼女には話していた。

「つまり、お父さんみたいになりたくないってこと？」と、ヤンズが訊く。

「いや、親父は、違う。そのことは……弟が知ってる。親父は、消えた当日、斉木さんと会う約束をしてた。なのに来なかった。女と逃げたと言ったのは弟だ。その女は別の場所

で普通に暮らしてる。それを教えた男はでたらめな奴だけど、斉木さんと同じで、こんなことで嘘をつく必要はない。初めからおかしいと感じてた。親父がなんで女と逃げる？弟が嘘をつく理由はないと信じ込んでいたから、親父なりにわけがあって、いつか戻って、話してくれるだろうと、腹を立てながらも期待してた。そしたら去年の秋、親父から弟に手紙が来て、こないだ、おれ宛てにも来た。初めは、月に一度くらい、こっそり様子を見に帰ってきてんだと思った。けど、手紙をよく読むと文面がおかしい。お母さんが寝たきりなのに、どこにもそれを書いていない。おれがまだ学校で第九を歌うと思ってる。部屋のなかを探したら、弟が来ていない、と言った妹宛ての手紙も見つかった。親父は、お母さんの言うことをよくきくように、と妹に書いていた。てことは……お母さんの状態を知らないってことだ。理屈に合う答えは、手紙はいまじゃなく、ずっと前に書かれたものだってことさ。正二がそれを持っていて、親父がときおり帰ってきてるように見せかけるのに使った。妹への手紙も、時期を見て、郵便受けに入れる気だったのかもしれない……。なぜ、親父が女と逃げたと言い、たびたび帰ってきてるように見せかける？ 逆に考えてみた。女とは逃げてない、ここにいるって。帰ってきてるんじゃない、ずっといる、手紙を書いた時点のままの姿で……」

「それって、つまり……」

「じゃあ、弟はなぜ嘘をつく？　人が懸命に嘘をつき通すとしたら、大切にしているもののためだろう。弟が最も大切にしているのは、ものじゃない……人だよ。その人は、親父がいなくなった日から変だった。親父が女と逃げたせいだと思ってた。けど、長年一緒に暮らしてきた夫が、女と逃げたと言われたら、まず信じないし、調べて、捜し回ると思う。そんときは、おれもショックで頭が働かなかった。つまり、親父とお母さんのあいだで何かあって……弟はそれを知ってる。弟に、何があったか問いただすのは怖かった。けど弟は、お母さんの介護をしながら一人で踏ん張ってる。妹も、きっと何か知ってる。勘だけど、親父がどうなったか、知ってるのかもしれない。だから、二人を置いて、おれ一人、逃げ出すなんてことはできないんだ」

長く胸にわだかまっていたものを外へあらわし、誠は肩で息をついた。

ヤンズを見る。怖いくらいに表情が険しい。互いの張りつめた気持ちをほぐしたくなり、弟からもらったハーモニカをポケットから出し、口に当てた。

軽く息を吹き込む。森のなかを、幼さを含んだ清音が流れてゆく。第九の最も有名な部分を、数小節吹いてみた。ハーモニカを口から離し、

「逃げたくないってだけじゃなく……なんて言うか、笑われるかもしんないけど、おれは、あいつらに、会いたい。正二と、香に、会いたいんだ」

「家族、だから？」

「微妙に違うっていうか、ヤンズ、うちに見舞いにきてくれた夜、言ったろ、三人が本当のきょうだいじゃないみたいって。実際の話、おれの父親は……いや、それはいい。実際なんて関係ない。関係ないことに、やっと気づいた。おれとあいつらは、一緒に働いて、一緒に生きてきた。そんで、これからもきっと一緒に生きていく奴らなんだ。アパートに戻れば捕まるだろう。少年院で、口を割らなきゃ、二年って言われてる。捕まりたかない。ヤンズと逃げたい。けど、おれはあいつらに会って、絶対裏切ったり捨てたりしないって、見せなきゃならない。そういう仲なんだ。少年院に入ればやっぱり離れちまうけど、ここで逃げて離れるのとは、意味が違う。おれは、たとえ撃ち殺されても、おまえたちと一緒にいることを選ぶって、そう伝えたいんだ。だから戻るんだ。会いにいくんだ」

ヤンズが歩み寄ってきて、誠の首に手を回し、抱きしめた。

緑の濃い薫りが一瞬で遠のき、甘くてぬくもりのある薫りに包み込まれる。

「わたしが、あの子たちを守る。離れてても、わたしも一緒だから。そういう仲だから」

誠は、彼女の肩のあたりに額を押しつけた。彼女の匂いを胸いっぱいに吸い込む。その息をしばらく溜めて、ゆるやかに吐きつつ、彼女から離れる。礼など言わず、ただ、

「また」

とだけ告げる。

自転車に乗り、獣の巣穴のように守られている印象の暗い森を出て、無防備なほどに明るい、むなしい光にきらめく街のほうへ走ってゆく。


アパートを出たところで、光が目を射た。

バイクのやや高いエンジン音が近づいてくる。

「リート」

と、呼びかける切迫した声を聞いた。

ソロンは、頭部のどこかを切っているらしく、額の左側あたりに血が見えた。

「無事だったのか。逃げるぞ、一緒に来い」

リートの前にバイクを止めた彼が、怒りのこもった口調で言う。どうしたのか目で問う。

「裏切りだ。隣国の政府が、おれたちを切り捨てにかかった」

「じゃあ、あの、一緒にいた男が……」

「いや、奴も祖国の駒《こま》にされた。占領軍に撃たれて死んだよ。奴がからだを張って戦ってくれたおかげで、こっちは逃げられた。おまえ、よく捕まらなかったな」

簡単に事情を話し、何が起きたのか説明を求めた。

「隣国の政府が、占領国を支援してる大国とつるんだんだろう。噂はあった。隣国の政府が、関税の緩和と、新たな交易との引換えに、占領国との敵対関係を解消することを、大国と話し合っているとな……。だが、軍部が反対していると言われていた。今回のおれたちの行動は、隣国の軍幹部が立案した。おまえに話したような、住民の抵抗運動への蜂起を促すものでなく、この町をいったん混乱に陥れ、隣国の軍隊が進攻する口実を作り、臨国政府の影響力を大きくすることを狙ったものだ」

やはりそうだった。リートは黙って、つづきを聞いた。

「嘘をついて悪かったが、おれは、一時的には隣国の軍隊を入れたほうが、解放に結びつくと考えていた。占領国を交渉の場に着かせて、譲歩を引き出し、占領終結後、隣国の軍隊にもお引き取り願うシナリオさ。隣国の軍部は今回の独自の行動で実績を作り、大国にすり寄ろうとする政府側に圧力をかける腹だと、読んでたんだが……。逆に、軍と政府筋が手を結んで、おれたちをいけにえに差し出す方向に舵を切ることにしたらしい。つまり……ニセの抵抗運動計画を練り上げて、占領の邪魔になる活動家をあぶり出し、一挙に占領国に売り飛ばす。結果として、大国にも占領国にも恩を着せることができ、今後の政治交渉を有利に運べる。隣国も決して経済的に豊かじゃない。生き残るためには何だってする。いまさら仕方がない。反対側の国へ、ひとまず逃げよう」

「おれのことも、ブラックリストにもう載ってるのかな？」

「いや、わからない。隣国のチームで、おまえの素性《すじょう》を知っていたのは、死んだあの男だけだ。ほかへはコードネームで通してた。だが確証はない。逃げたほうが無難だ」

「行けない。弟と妹が部屋にいなくて、言い残さずに消えるわけにはいかないよ」

「いま逃げなきゃ、検問が強化されて、もう出られないぞ」

もう強化されていることを話した。そのせいでガマは死んだ。

「あいつが……。奴のずるさは、生き残るためのものだから、許せたんだがな。とにかく、捕虜交換で人が割《さ》かれてるから、まだ穴はある。明日にはその穴もふさがれる」

「行くのと、ここに残るのと、助かるのは絶対じゃなく、確率だよね？　リスクは分散させたほうがいい。おれは残るよ。生き残ったほうが、家族や大事な人を助けよう」

「……成長したな、坊や。ここにいりゃ、親父も帰ってくるかもしれないしな」

ソロンが頬をゆるめた。父親が死んだことは告げずにいた。

「弟たちがいないって話だが、エルデも帰ってきてないって、さっき会ったエルデの姉貴が言ってた。近所の子が、帰ってくると信じていた父親が帰ってこずに、ショックを受けてて、慰めにいったらしい。一緒にいるかもしれない。じゃあ……死ぬなよ」

ソロンが軽く手を上げ、ライトを消して、南東部の山の連なりへ向かって走り去った。

リートは、ソロンとは逆に、町の中心部へ向かった。

弟と妹を捜すあてが、ともかく一つ見つかった。エルデといる可能性に賭け、先日爆撃を受けた地区へとバイクを走らせる。

21:30

板間に座った正二の肩に、香がもたれていた。

二人の前に座卓が据えられ、上に電子秤と計量スプーンが置かれている。さっきから、両耳の肉が押しつぶされたように見える小柄な男が、執拗に正二に問いかけていた。

「どうして話してくれないのかな？　おじさんたちは味方だよ。きみたちを助けにきたんだ。これで計ってた粉があるでしょう。どこにあるの。お兄さんしか知らないのかな？」

太った男が、横から手袋をした手でスプーンを取り、電球にかざして確かめる。

「丁寧に洗ってるなぁ。たぶん試薬検査をしても、出そうにないね。これ、誰の指示？」

カネモトと呼ばれた大柄な男が、正二の前にしゃがみ、息がかかるほど顔を近づける。

「どうして話してくれないのかな。このままだと、お兄ちゃんを刑務所へ送ることになっちゃうよ。それでもいいの」

あの……と、正二は口を開いた。

あ、何、と相手が表情を明るくする。

「唾、飛んでくるんで、離れてもらえますか」

呆気《あっけ》にとられる相手の背後で、くすくす笑う声が聞こえた。相手はかっと顔を赤くし、

「保護目的で署に連れていって、徹底的に調べましょう」

と、両耳の形が変わっている小柄な男に言う。小柄な男は苦々しくため息をついた。

「できることと、できないことの区別もつかないのか」

笑い声がしたのと同じ、正二の背後で、子どもに当たるなよ、とつぶやく声がする。

「主任……主任、ちょっと、すみません、ちょっと来てくれませんか」

居間の、押入があるほうから、かすれて、ふるえる声が聞こえた。

正二は、香の肩に手を回して抱きしめた。

眠りかけていた香が、顔を起こす。彼を見上げて、なぁに、と目で問いかける。

何でもない、と正二は首を横に振った。

22:10
サイレンの音がさっきからしきりに響いている。背後からまたサイレンの音が近づき、
ワンボックス型の警察車両がスピードを上げ、誠の自転車の横を通り過ぎていった。

まさか自分のところ？

いや、あんな車まで来るだろうか。乱れる想いを抑え、ペダルを一心にこぐ。

駅前を過ぎたとき、前方に見覚えのある男の後ろ姿があった。前に回り込んで、急ブレーキをかける。驚いて身をのけぞらせた相手が、卑屈に顔をほころばせた。

「なんだ誠君かぁ……ずいぶん騒がしいね。アパートのほうだけど、何かあったのかな」

父の従兄が面白がっている口調で言う。

誠は自転車を降り、彼の正面に立ち、警告抜きで、右の拳を相手の腹部に突き上げた。

相手が、声もなくからだを二つに折り、道路に膝をつく。

「あんたはこの世にいない。元もといないんだ。それがおれが思っている本当さ。顔、上げろよ」

相手が苦しげに咳き込みながら顔を上げる。下から思いきり足を振り上げ、相手の顔面をまともに蹴る……寸前で、足を止め、つめていた息を吐いて、地面に下ろした。

「おれの母親は吉丘愛子、父親は吉丘信道だ。血とか戸籍とか関係ない。おれが決めた。おれが決めた仲だ。二度と来るな。この先、いないあんたに、感情を動かすことはない」

自転車に乗る。振り返らず、アパートにつづく路地へ向かって、裏通りを進んでいく。

路地の出入口近くに、警察車両が連なって止まっていた。路地をさえぎるかたちでロープが張られ、制服警官が二人立っている。野次馬が手前から奥をのぞき込んでいる。

ここで通行が制限されたら、路地内のアパートや一軒家に住む住民はどうするのだろう、と思っていると、見覚えのある近所の若い男女が制服警官に近づき、路地の奥を指差した。ロープの内側にいた別の警官二人が現れ、相手に名前や住所を尋ね、書類上で照合したのち、なかへ通す様子だった。

もしここで名乗ったら、アパートの部屋まで戻れるかどうか、誠は危ぶんだ。ガサ入れで覚醒剤が見つかっていれば、たぶんこの場で身柄を押さえられ、正二と香にはもう会えないかもしれない。

路地の前をそのまま通り過ぎ、この一角の反対側へ回っていく。

古い団地と民家のあいだを進み、寺が移転して取り残された狭い墓地の前で、自転車を止めた。墓地と団地のあいだを通る道は、つぶれた工場の表門に突き当たる。門は閉ざされ、鎖が巻かれている。門から高い塀が横に延び、塀の上には鉄条網が巻かれていた。

誠は、墓地を囲む塀にのぼり、工場の残した塀の上に移った。手の甲に痛みが走る。鉄条網で少し切ったようだ。傷口をなめ、空き地をはさんで自分たちのアパートを望む。

玄関前が明るい。照明灯が持ち込まれ、辺りを照らしているらしい。誠は塀から飛び下り、草の原のなかに身を沈めた。

町の中心部を駆け抜ける。占領軍兵士の姿は見当たらない。代わりに、店構えは崩れていても、昔のように飲食店がそこここで店を開き、人々が笑い、歌い、踊っている。

人々の帰還を祝う集いが認められ、十一時まで外出が許されている。いわゆるアメとムチ。一方で、占領軍はいま逃走する反乱者たちを追いかけている。そして、解放された人間の数が不釣合いなことの腹いせに、明日から弾圧を強めるだろうとも言われていた。

中心街を囲む外環道路を時計回りに走り、先日の空爆で被害を受けた南西地区に下りる。破壊された町のなかを進み、エルデや子どもたちが自主的に学び合っている仮設の教室があるビルに近づく。

やがて前方に、ぼうっとした光の列が見え、高い声が聞こえてきた。

お父さんを返せ、お母さんを返せ、きょうだいを返せ、学校を返せ、町を返せ。

二十人近い子どもたちが、火を灯したろうそくを手に、行進していた。十歳前後の子どもが多いが、四、五歳の幼い子どももいる。列の前寄りに弟と妹の姿が見え、後方にエルデの姿があった。リートはスピードをゆるめ、行列の手前でバイクを止めた。

「みんな、何をやってんだ」

「あ、にいちゃん」

弟が声を聞き分けて言う。妹と手をつなぎ、互いに片側の手にろうそくを持っていた。

先頭の、見覚えのある十二、三歳の男の子が、リートを怖いくらいの目で睨む。

「デモだよ。大事なものを取り返すんだ」

ふだんおとなしい彼が、興奮状態にあるのを見て取り、後方のエルデと視線を交わし、

「デモを中止したことで、今回多くの人が戻ってきたんだ。今日は控えとけよ」

と、先頭の男の子や、後ろにつづく子どもたちに言う。

「わたしも、そう話したんだけど……」

エルデが困った表情で答えた。すかさず先頭の男の子が口をはさんだ。

「おれと弟の、父さんは帰ってきてない。こいつらも、大事な誰かが帰ってきてない」

彼は、隣の小さい男の子の肩を抱き、後方の子どもたちを振り向いた。

ろうそくを胸の前に掲げた子どもたちは皆、悲しい怒りの色を目に浮かべ、リートを見つめ返す。

「お父さんも帰ってこないよ。ゲートの前で待ってたのに、妹は姿が見えなかったたって」

弟が言う。妹は無表情でリートを見つめる。父のことは、いまは口にできない。

「こんな時間に外にいるなんて、小さい子の家族は心配するぞ……」と、ようやく言う。

「エルデたちと教室にいると思ってるよ。歓迎会の用意に駆り出された家族もいるし、父さんや兄さんが帰ってこなかったおれたちのことは、二の次なんだ。行こうぜ」

先頭の男の子が促し、子どもたちは行進を再開した。

リートの前を、ろうそくの炎が揺らぎながら過ぎてゆく。弟と妹も、兄を気にしつつ、通り過ぎていった。

エルデが列を外れて、説明した。

「お父さんやお兄さんが帰ってこなくて悲しんでる子たちを、教室で慰めてたの。大切な人が帰ってきたら、歓迎会で合唱するはずだった歌を歌って、無事を祈りましょうって、ろうそくに火を灯したら、誰からともなく、デモをしようって……。止めたんだけど、もう我慢がいやみたいで、落ち着くまで、様子を見るしかないと思ってたところなの」

リートも気持ちはわかった。父の死を嘆き、一緒に、返せ、と叫びたい。だがいまは、エルデ同様、様子を見るしかないと思い、バイクを廃墟の陰に隠し、列の後ろについた。

進む先の小さな店に集まっている大人たちが、こちらに気づき、陽気に声をかけてきた。

どうした、こんな楽しい晩に、何の騒ぎだ、ジュースがあるぞ、飲んでいきな。

子どもたちは、かえって意地になり、大人たちを無視して、声を上げる。

お父さんを返せ、お母さんを返せ、きょうだいを返せ、学校を返せ、町を返せ。

大人たちは、子どもたちの事情を察したらしく、気まずい表情で口を閉ざした。

そのとき、占領軍のジープが走ってきた。武装した兵士四人が、店のほうへ警戒の視線をやって通り過ぎてゆく。そのまま行け、とリートは願ったが、間の悪いことに、兵士たちは子どもたちの列に気づき、ジープを止めた。

子どもたちは一瞬たじろいだが、占領軍への反抗に加え、声をかけてきた大人たちへの反発も重なったのかもしれない。お父さんを返せ、お母さんを返せ、と訴えの声を上げた。

「デモか？　デモをしているのか」

兵士の一人が言葉がわかるらしく、ほかの兵士に説明し、二人がジープを降りてきた。

「デモは禁止だ。子どもでも許されない。解散しろ」

言葉の使える兵士が命じる。

先頭の男の子は、憎しみのこもった目で相手を睨みつけ、

「うるさいっ。ここから出ていけ。お父さんを返せ、何もかも返して、出ていけっ」

と叫び、ほかの子どもたちもそれにならった。

兵士たちは強い不快感を抱いた様子で、残る二人もジープを降り、銃を構えた。

「やめてくれ。何もしやしない。銃なんか構えないでくれ」

リートは相手の国の言葉で言った。

直後に、先頭の男の子が兵士につかみかかった。

リートは慌てて男の子の襟首をつかんで引っ張り、自分の後ろへ下がらせ、銃を構えた兵士たちの前に立った。

「下がれっ、下がるんだっ」

つかみかかられた兵士が、リートの額に銃口を突きつける。

とっさに妹が飛び出し、リートを前から抱き、押し戻した。弟も後ろから手さぐりで、リートのシャツを引っ張る。

店にいた住民たちが、血相を変えて道へ出てきた。兵士たちが彼らへ銃を向ける。

「子どもたちに何をするんだ。何も持っていない子どもの集まりじゃないかっ」

住民の一人が非難の口調で言う。

兵士の一人がいきなり空に向けて三回引き金を引いた。

子どもたちが悲鳴を上げ、うずくまる。住民たちも身を低くし、店に戻る者も出た。

「動くな。誰も動くな。じっとしてろっ。逮捕だ、おまえたち全員、逮捕だっ」

兵士たちが叫び、一人が無線で応援を呼ぶ。

リートは、彼らの目が、苛立ちや怒りより、恐怖におびえているのを見て取った。かえって危うく感じて、後ろから抱きついてきた弟と妹、またそばにいたほかの子どもたちを、できるだけ多く抱き寄せた。

22:30

救急車は、アパートから裏通りに出る路地の途中に止められていた。

車内に運び込まれたストレッチャーの上に、母の愛子が横たえられている。正二は香と並んで、救急車に備え付けの座席に座り、母の様子を見守っていた。

香の隣に女性警官、正二の隣には中年の痩せた男が座り、正二に質問している。その脇で若い男がメモをとり、運転席と助手席には救急隊員がこちらに背中を向けて座っていた。

「押入の床下に、お父さんを埋めたのは、どうしてなの。なぜ人を呼ばなかったの」

「……覚えてないです、ぼうっとしてて」

正二は母を見つめたままで答えた。母はいま目を閉じ、穏やかな息づかいをしている。

「きみはずっと、覚えてない、ばっかりじゃないか。お父さんがどうして死んだか、そんな大事なことも覚えてない。前後で何が起きたかも覚えてない。そんなことがあるかい」

痩せた男は、色の悪い歯ぐきをむき出し、表情にも口調にも苛立ちをにじませて言う。

押入の床下から父の遺体が発見されたのち、室内は騒然とした雰囲気となり、背広姿の男たちだけでなく、制服警官や、紺色の作業着を着た男たちが次々に現れ、押入周辺はシートでおおわれた。

母はいったん管理人室に移され、香と正二も一緒に連れていかれた。管理人の妻がぶつぶつ文句を言うなか、耳の形が少し変わっている男から、正二は遺体について訊かれた。

その後、救急車に母が移されるのにあわせ、香と正二も救急車に乗せられた。

白い手袋をした狐顔の男、丸々と太った狸顔の男と、つづけて質問を受け、さっき痩せた馬に似たこの男に代わったばかりだった。そのつど正二は同じ答えを繰り返している。

「覚えてないものは仕方ないです。学校から帰ったら、お父さんは押入の床下に寝てて、なんでそんなところに寝てるのか不思議でした。ネズミ退治かな、と思ったけど、でもお父さん、頭でも打ったのか、全然起きてこなくて、呼んでも動かなくて、怖くなって目の前が真っ白になりました。そのあと気づいたら……押入は元に戻っていたんです」

「……お父さんを床下に見つけたとき、誰もほかにいなかったというのは、本当かい」

「はい。母は買物で、妹は幼稚園で、兄は学校でした。ぼく一人でした」

相手がため息をつき、深い皺の刻まれた額のあたりがかゆいのか、しきりに掻く。

救急車のスライドドアの窓がノックされた。痩せた男がドアを開ける。背広姿の若い男が、ひそめた声で報告する。正二のもとにも、わずかに声が届いた。

「鑑識が、状態が状態なので、解剖しても死因は特定できないんじゃないかと……」

「ばかな。所轄が先に、シャブの件で踏み込んだんだろ。何か隠してんじゃねえのか」

痩せた男が不満そうに言い、車を降りて、アパートのほうへ戻っていく。メモをとっていた男が、女性警官のほうに、ちょっと頼みますと言い置き、彼らのあとを追った。

「正二にいちゃん……」

香が、正二の耳に両手を当て、そっと言葉を伝えてくる。

「おかあさん、すやすやねてる……かお、きれいだね」

正二は、女性警官を気にしつつ、妹の耳に手を当てて答えた。

「……いい夢、見てるのかもしれないな」

「誠にいちゃん、けーさつがきたから、かえってこない？」

「……帰ってくるよ。お母さんのところへ。おれたちのところへ」

「でも、ここにいて、誠にいちゃん、わかるかな？」

正二は少し考え、聞き耳を立てている様子の女性警官に向き直って、切り出した。

「あの……妹が、おしっこ、って言ってるんですけど」

22：40

プレハブ小屋の窓越しに人影が見え、そっとのぞいて目を疑った。

小屋の玄関に回って、なかに入る。幼稚園で香と一緒だった三人の子どもが、懐中電灯をつけて、ソファの上に座っていた。

「何をしてんだ、こんなところで。真夜中だぞ」

三人は二枚の毛布にくるまって、それぞれ眠そうな顔で、誠を見上げた。

「あ……かおりの、おおきいにいちゃん」

男の子の一人が言う。海兵隊員と日本人女性とのハーフで、確かノチェという名だった。

「へやに、わるいやつ、いっぱいきてるよ」

ブラジル出身の男の子が言う。名前はボイだったと覚えている。

男の子二人は、誠も何度か見かけたことがあり、福島で香が保護され、幼稚園へ迎えにいったときにも会った。

褐色の肌をした女の子は、去年の幼稚園の花見で、踊っている姿を見た。背が高くて目立つので、覚えている。リヤという名前のはずだ。彼女は、パンダのぬいぐるみを胸に抱いている。どことなく誠の家の大切なぬいぐるみに似ていた。

「ママやパパが心配してるぞ。こんなところにいちゃ、だめだろ」

「おおきいにいちゃん、はやく、かえんなきゃ」と、ノチェがあくびをする。

「かおりも、しょうじにいちゃんも、つれてかれたよ」と、ボイにあくびがうつる。

「どこへ連れていかれた？」と尋ねた。

リヤがぬいぐるみを強く抱きしめ、首を横に振る。男の子たちも首を横に振った。

「わかった。とにかく、すぐに家に帰れるようにしてやるから、ここで待ってろ」

誠は小屋の外に出た。

自分の部屋を、窓越しに確かめようとする。シートでおおわれ、何も見えなかった。

ブロック塀の崩れた場所まで進み、アパートとその周囲を視界にとらえる。玄関前から路地へ向けて、両側をロープで仕切った通路のようなものが延びており、人々がロープの外からアパートのなかをのぞいている。

弟と妹を目で捜しながら、塀の外へ出たとき、陰干ししたセーターに顔を押し当てたときのような、懐かしい匂いが鼻先をかすめた。

父の匂い……。思わず振り返る。

誰もいない。息をついて、顔を戻し、集まっている人々の輪の外まで進んだ。

アパートの玄関の内側で、管理人が背広姿の男たちに話しかけている。興奮している様子が見て取れた。突然、アパートの奥から激しい言い争いの声が聞こえ、斜め向かいの部屋で暮らす中国系の男たち二人が、後ろ手に手錠をはめられた姿で現れた。刑事らしい男たち四人に囲まれ、路地の外へ連行されてゆく。

追いかけるように、隣室の女が派手なドレス姿で出てきた。テレビカメラはどこ、と見張りの制服警官に尋ねる。むやみに部屋を出ないでくださいと言われ、さわらないで、と女は路地の外へ小走りに去った。階段のところに、下の様子を見ているインド系の男と、赤ん坊を抱いたその妻の姿がある。警官に注意され、二階に戻ってゆく。

「あ……とうとうきたな」

誠の隣で、チャイナドレス姿の女が空を見上げた。声が太い。誠の部屋の、上の階に住む男のようだ。

誠は、頬に水滴が落ちるのを感じた。まだ傘が必要なほどではないが、集まった人々がそれぞれの住まいに戻っていく。上の階の男は、路地の外へ走っていった。

「にいちゃーん」

入れ代わりのように、路地の先から正二と香が走ってくる。

香が、誠に全身でぶつかるように抱きついてきた。正二がつづき、すぐそばに寄り添う。

「お母さん、向こうの救急車にいるよ。大丈夫、落ち着いてるから」

正二が言う。

そうか、と答えて、腹のあたりに顔を押しつけてくる香の頭に手を置き、

「これは、何の騒ぎだ」

アパートの玄関先を見た。ちょうど奥から出てきた金本と目が合った。

「主任っ」

と、彼がすぐ後ろにいる小柄な男を呼び、誠を指差す。小柄な男も、誠を見て、

「おい、その少年の身柄を確保しろ」

誠たちの近くで見張りに立っている制服警官二人に命じた。警官二人が誠を振り向く。逃げる気はないのに、両側から腕を取られ、後方の民家の壁に押しつけられた。


子どもたちは、道路の端に寄って座り、兵士の一人に見張られていた。道路の反対側の店先では、住民たちが頭上で両手を組んで正座させられ、兵士三人に銃を突きつけられている。

占領軍の装甲車とジープが駆けつけてきた。付近が制圧されているのを認めて、ジープから将校らしい男が降りてくる。

反対方向からも車が走ってきた。装甲車の上の機銃が向けられる。水色の国連専用車だ。まだ少し距離のある場所で停車し、車内から手が振られ、リートも知っているベテランの国連職員が降りてきた。占領軍の無線を聞いたのかもしれない。

将校は、連絡してきた兵士の説明を受けて、子どもたちに自国の言葉で尋ねた。

「デモをしたって？　許可されていないデモをしたのか。リーダーは誰だね」

リートは手を挙げた。

やはり占領国の言葉がわかるエルデも手を挙げる。

行列の先頭にいた男の子が、お父さんを返せ、と訴えた。ほかの子どもたちも、自分の返してほしい家族のことを口にする。

将校が、自分の口に人差指を当てた。

「静かに。全員を収容所へ入れてもいいんだよ。だが小さい子もいるようだ。自分の意志とは信じがたい。親や家族が命じたに違いない。きみたちの家族や親族を取り調べよう」

「まあまあまあ、今日のところは大目に見てもらえませんかね」

ベテランの国連職員が歩み寄ってきた。将校と顔見知りらしく、相手の名を呼び、

「今夜の特別な雰囲気に、つい興奮して羽目を外したんでしょう。子どもたちの心情にも配慮していただきたい。子どもに寛容であることは、決して悪く働かないと思いますが」

国連職員の笑顔を、将校は裏まで見透かすように見つめ、通りの反対側に目を向けた。

「わたしも子どもがいる。言い聞かせてもきかないことが多い。確かに子どもに罪はない。だがこの不祥事の責任を、誰かがとらないとね。三人、収容所で反省してもらおうか」

頭の上で両手を組んでいる住民たちのうち、三人を、彼が指差した。見張りの兵士が、

三人に銃を突きつけ、立つように促す。

抵抗して撃たれる人々をたびたび目撃してきた住民たちは、理不尽とわかっていながらも、口を固く結んで命令に従う。

「いやいや、待ってくれませんかね。今日、大勢を解放してくれたばかりなのに」

「この騒動のあいだに、テロが準備されているかもしれない。我々に手数をかけさせる、そのことがすでにテロの片棒を担いでいるに等しい。見過ごせば、テロを増長させる」

「写真を、見せてよ」

リートは、将校の言葉にかぶせて、国連職員に求めた。国連職員と将校が振り返る。

「誕生日のパーティーに招かれて写した、子どもたちの写真があったでしょ？」

国連職員が不審そうながらうなずき、財布のなかにはさんであった写真を出す。

「その子たちは、おれたちのことを、心配してるって言ったよね。話してよ。今日あったことを、その子たちに話して聞かせてやってよ。何があったのか、どんなふうだったか」

国連職員が、将校に写真を見せた。

あなたの上官の子どもの、お誕生会での写真であり、この二人は優しい子で、占領地の子どもたちのことを気づかっていた、という話を、彼が聞かせた。

将校の表情にかすかな変化が見られた。目をしばたき、不意に顔をそむけ、住民三人を

立たせていた兵士たちに、もういい、と手を振った。とりすました笑顔を作り、

「今夜は、いろいろと大目に見るように言われているのでね。わかってるでしょうね」

彼は国連職員の肩を叩き、ジープに戻った。護衛の兵士も乗り、ジープが走りだす。装甲車もあとを追う。初めの兵士四人が、周囲に銃を向けつつ、ジープへ戻っていく。

列の先頭にいた男の子が、足もとの石を拾い、兵士に投げた。

石は当たらず、道に転がる。ほかの子どもたちがならって石を拾う。

だめ、いけない、とエルデが止めた。

だが子どもたちは暗い興奮状態にあり、かまわず石を投げようとする。

兵士が銃を構えた。

リートは素早く子どもたちの前に、石を受ける壁として立った。

「やめて、やめて、やめてっ」

妹が声を発したのは、母が倒れたとき以来だった。子どもたちが手を下ろした。

リートの背後から足音が近づく。いきなり膝の裏を蹴られた。その場に膝をつく。背中を蹴られ、つんのめる。首の後ろに固いものが突きつけられた。銃口だった。

おまえたちは、この世界にいらない、とっとと滅びろ。兵士の声が落ちてくる。

リートは、立ち上がろうとした手を軍靴で踏まれ、痛みにうめき、がれきに額をつけた。

23:00

雨足が強まった。誠たちは、アパートの玄関の内側に連れていかれた。

誠は、階段の一番下の段に座らされ、柔道で耳が変形したらしい小柄な男に、預かった大事なものはどこか、と問われた。

質問が重ねられるうち、覚醒剤がまだ見つかっていないことを理解した。

「何のことですか。何を言ってるのか、さっぱりわからないんですけど」と答える。

金本が、小柄な男の後ろから、こちらを懇願するような目で見つめている。

ついには島崎の名前も出た。島崎から頼まれただろ、奴からあるものを預かったろ。

「誰のことですか。出前？　ああ、あの人、島崎ってんだ。表札は、外人の名前なんで」

焦った表情の相手に、しらを切り通す。

彼らよりやや態度が大きく見える男たちが近づき、肩を落とした小柄な男に、顔は立てたろ、と交替を求めた。質問者が代わった。

「押入の床下のことは、知ってるよね。詳しくそこのところを、聞かせてよ」

痩せた馬に似た質問者のほか、周りから数人の男が、誠を見つめている。

「人間の、死体が、出てきたんだ。心当たりが、あるよね、当然」

誠は心が動きそうになるのをこらえた。どう答えれば、弟や妹や母が守れるかを考える。考えて、考えて、考えた末……何も考えていない自分でいることに決めた。

「何ですか、それ。死体って、え、大昔のですか、全然意味がわかんないんですけど」

「弟さんが、お父さんの遺体だと、話してくれたよ。いいか、きみのお父さんの遺体だ」

弟を目で捜す。斜め向かいの管理人室のドアの脇に、妹と並んで座っている。

「お父さんがどうして亡くなり、そんな場所に埋められていたか、聞かせてくれるね」

「おとうさん、じこだって、いってる」

香が突然声を発した。誠へ、というより、周囲の大人たちに向かって言う。

「おとうさん、じぶんのせいだって。じぶんで、ころんで、あたま、うったって」

あの、すみません、と玄関先から二人の制服警官が声をかけてきた。

「捜査中、申し訳ありません。放っておけない問題が生じてまして、子どもが三人、行方不明だそうです。もしかしたら、こちらの吉丘家の女の子が、事情を知らないかと、親御さんと幼稚園の先生が見えてまして。以前もこの子たちは、そろって家出をしたらしく」

警官がまだ話している途中で、誠も幼稚園で会ったボイの両親が姿を見せた。傘を傾け、カオリちゃーん、と声をかけてくる。ノチェの母親が現れ、リヤの父親らしい男、幼稚園の教員と園長の姿も見えた。

香と正二がその場で立った。ほとんど同時に、ママー、パパーという声が外で聞こえ、空き地のほうから雨に濡れたノチェ、ボイ、リヤが走ってくる。親たちも子どものほうへ駆け寄り、互いに抱き合った。泣き声が辺りに響いた。

正二と香が雨のなかに出ていき、仲間たちを見つめる。園長と教員が、正二と香に向けて傘を差しかける。リヤの腕から、パンダのぬいぐるみが落ち、地面に転げた。

警察関係者たちは、それぞれ戸惑った様子で、雨のかからない庇《ひさし》の下まで出て、様子を見守っている。

誠の前からも、一時的に人がいなくなった。死角となる廊下の奥で、何か罪に問えそうか、難しいな、児童相談所送りだろ、と、男たちがひそひそと言葉を交わしている。

父の死を知っても、新たな喪失感はまだ湧いてこない。いま思えば、誠も無意識に父の死を感じ取っていた気がするし、長い不在のあいだに、父をおくる心の準備ができていたのかもしれない。

弟たちを追って雨のなかに出る。誰にも止められなかった。

ぬいぐるみを確かめたかったが、捜索の対象になるのを恐れ、手を出せない。園長が拾い上げた。リヤに差し出す。彼女が首を横に振る。母親と抱き合っていたノチェが手を伸ばし、ぬいぐるみを抱え込んだ。

雨に打たれる誠に、園長が傘を差しかける。そのまま園長は、誠に傘を握らせ、自分は教員の傘の下に入った。

誠の傘の下に、正二と香が移ってくる。

「どうなんの、これから」

と、正二が訊く。

「おかあさん、つれていかれる？」

と、香が問う。

「お母さんは、おれたちと一緒にいるよ。いなきゃいけない」

母は中心だ、と思う。

動けなくても、抱きしめてくれなくても、何も言ってくれなくても、母がそこにいるという安心感、ときには悲しみや苛立ちや怒りも含めて、母の存在をあてにして、自分たちはやってきたと思う。母によって支えられ、つながってこられた。

「みんなずっと一緒だ。これまで通りさ。いや、もう誰にも借りはないから、これからは自分たちのことは、自分たちで決めていける。香、お父さん、まだ見えるか」

香が周りを見回して、ブロック塀の崩れ目のところを指差した。

見える見えないを疑う気は、もうない。自分が信頼している者が、見えるというなら、それはそこに存在する。真実かどうかに意味はない。すべては信頼の問題だ。

「お父さんに伝えてくれ。いろいろ大変だったのに、たすけられなくて、ごめんって」

香が黙って耳を澄ましたのち、誠を見上げて答えた。

「こっちこそ、すまなかったって。よくやってくれたな、だって」

急に正二が、すすり泣くような苦しげな息をついた。

「埋めちゃった……ぬけがらだと思って、お父さんを、埋めたんだ……」

つらそうに口にして、正二はその場にしゃがみ込んだ。

誠は、弟のふるえる背中を見つめ、傘を香に渡した。正二と並んでしゃがみ、肩を抱き寄せる。

「ぬけがらさ。おまえが埋めたのは、ぬけがらだ」

「……お父さんは、お父さんだよ。きっと怒ってるよ」

手を離せば崩れてしまいそうに、正二のからだから力が抜けていく。

「おこってない。正二、おれはおこってないよ」

誠と正二は顔を上げた。香が、父が見えるという方向を見つめて口を開く。

「おかあさんを、よくまもってくれたな……ありがとう」

「そうさ……おまえは、みんなを守るために、しなきゃいけないことをしたんだ」

誠は、正二の肩を抱く手に力をこめ、立つように促した。まっすぐ前を向いたままでいる香の手から、傘を受け取る。彼女は我に返ったように、兄二人を振り仰いだ。

正二が、手の平で涙をぬぐい、香が見ていたのと同じほうへ視線を向ける。

「お父さん、ごめんね……ごめんなさい……」

誠に父の姿は見えないが、その辺りの濡れた空気が、かすかに揺れた気がした。

「いま思い出した。正二……おまえの名前、おれがつけたんだ。正しいって字がヒーローの条件だから、気に入って。赤ん坊のおまえに、ヒーローになれって、呼びかけた」

「え？　全然、名前の通りじゃない……だめだよ、ぼく」

「いや、名前の通りさ。おまえが弟で、よかった。ありがとうな」

誠は正二の頭に手をやった。

正二は恥ずかしそうにほほえみ、誠のその右手を見て、

「あ、血だよ」

「塀を越えるとき、鉄条網でやっちまった。おまえ……血、ってわかるのか」

「わかるよ、赤いし……そうか、赤いの、見えるよ。ほかも、見えるよ」

正二が、首をめぐらし、傘の下で抱き合っている人々を見回す。傘の色、服の色、人の姿、ひとつひとつにあらためて驚いた様子で目を見張り、

「黄色に青、紫、ピンク、緑とオレンジ、水色、茶色、黄緑に藍色、銀色も……こんな色、してたんだね。世界はこんな色、してたんだよね……前より、きれいだよ」

「ねえ、わたしのなまえも、誠にいちゃんがつけたの？」と、香が訊く。

「いや、正二がつけた。お母さんが、そうしろって言ってさ」

「香は生まれてすぐ、お母さんに鼻を押しつけて、お母さんのいい香りを一生懸命かいでるように見えたんだ。だから、香にした」と、正二が答える。

「わたし、におい、わかるよ。誠にいちゃんのにおいも、わかるよ」

「へえ、本当か。どんなだ。やっぱりくさいか」

「カッコイイにおい」

誠は照れた。マジかよ、とつぶやく。

香が、ブロック塀の崩れ目のほうに顔を向け、

「おとうさん、わたし、ここにいる。ここで、みんなといるからね」

と、叫ぶように言った。手を上げ、そっと振ってみせる。

「お父さん……どうしてる」

「うなずいて、からだがうすくなっていく。きえていっちゃう」

父は、誠宛ての手紙に書いていた。橋の下で背筋をぴんと伸ばして懸命に歌っている誠

の姿を見て、だから人間は滅びないんだと思った、と……。

誠は、消えゆく父に向けて手を上げてみた。

「おとうさん、わらってる。うすくなる……うすくなるよ……きえ、ちゃった」

正二がむせぶような息をつく。腕を口に当て、声を殺して泣いていた。父の遺体を見たのは、正二だけだ。

つらかったろ、よくがんばったな。誠は弟の首に手を回し、抱き寄せる。

あ、と香が父が見えていたという辺りを指差す。人影が、誠にも見える。ヤンズだ。傘は差さず、黒いキャップの庇から雨の滴が垂れている。

目が合う。うなずきを送ってくる。

誠は歩み寄ろうとして、足もとを見た。うずくまっている少年がいる。手を伸ばす。

立てよ、リート。さあ、立てよ。


顔を上げる。そこに手がある。

さあ、立てよ。励ましに満ちた声が落ちてくる。

その手を握る。軍靴に踏まれた手の痛みが去る。相手の手を支えに、立ち上がる。

周囲を見た。弟がいる、妹がいて、エルデ、子どもたち。手を差しのべたのは誰だろう。

手の主がわからない。

　この子か、この子か……いや誰でもある、この誰でもあると思う。

「おまえたちなんて、滅びろっ」

　男の子が、ジープに乗り込んでゆく兵士たちに叫んだ。

　憎しみをたたえた彼の顔を、リートは胸に抱きしめた。

「ひどいことは言わなくていい。いいんだ。おれたちのことを考えよう。仲間のことを考えていこう。笑ってくれ。笑顔を見せてくれ。おまえの笑顔が、おれは好きなんだ」

　からだを離し、男の子の頰を両手ではさんで、その無垢な瞳にほほえみかける。

　ジープが走り去る。もう誰もそちらを気にしない。リートは周りの子どもたちを見た。おまえも、おまえも、笑顔を見せてくれ、と語りかける。

　エルデを見た。

「きみも、笑って。壁の絵よりも、生きているきみの笑顔が好きだ」

　後ろを振り返る。

　闇の向こうに、雨のなかに立つ少年の姿が見える。

　マコト、そこにいるのか。きっとこれが人間なんだ。人を虐げ、だまし、搾取し、犠牲にする。生き物である人間の、たぶんそれは一つの本性だ。限界なんだ。仕方のないことに、絶望したくない。なくならないものが存在することに、いちいち嘆きたくはない。

行こう、マコト。おれの手はいるかい。必要なときは、手を貸してくれるかい。

背後から歌が聴こえた。

子どもたちが歌っていた。大切な人々が帰ってきたときに歓迎会で合唱するはずだった歌を、いま、子どもたちが、弟が、妹が、エルデが歌っている。

希望に満ちた、励ましの歌。勇気の歌。喜びの歌。

マコト、これが聴こえるか。

警察関係者がアパートのなかへ入るように促すが、皆、外に出たままでいた。

雨の下で、気持ちの通い合う者同士で寄り添っているほうが、気持ちが穏やかでいられる。

誠は、正二と香とともに、ブロック塀の崩れ目のところまで歩いた。

ヤンズに傘を差しかける。

ありがとう、でも平気、とヤンズが遠慮する。

香がヤンズの手を取り、引き寄せる。ぴったり身を寄せれば、四人でも傘の下に入れた。

前方に広がる闇に、誠は目を向ける。

大勢の子どもたちとともに立つ少年が見える。

自分の隣には、ヤンズがいて、正二が、香がいる。

後ろを振り返る。ノチェ、ボイ、リヤがこちらを見ている。その後方に、ルスランの踊っている姿が見えた。カデナという女の子、ほかにも多くの子どもたち。島崎の娘たちも見える。島崎の長女が音叉を打ち、純音を発する。

「おれは、いつか、死ぬだろう」

え、とヤンズがこちらを見る。

「おまえも、いつか死ぬかもしれない」

「……誰に話してるの」

「みんなだ。みんなに話してる。でも、滅びはしない。滅ぶことはないんだ、きっと」

ヤンズに傘を預け、誠は正二と香を抱き寄せ、前方の闇を見つめた。

そこで身を寄せ合っているリートたちに語りかける。

こんな世界じゃ、確かに悪のほうが栄える。悪が勝つのがほとんどさ。悪人は、善人を殺す。善人だった人も、ときに悪をなす。おれたちだってそうさ。人間は、悪をなさないほうが珍しいんだ。けど……こうも思うよ、人間は、悪ではいつづけられない。悪をつづけられない。なぜなら、悪でありつづけるなら、仲間同士でも殺し合わなきゃならない。

悪をなす人がずっと悪のままなら、出会う人間をつねに殺しつづけなきゃならない。悪でいつづけるというのは、そういうことさ。そしたら、人間はとっくに終わってる。けど実際は、大半の人間が、仲間を作る。家族をもつ。子どもを育てる。殺し合うより、平和を求める。穏やかな暮らしを愛する。悪を自称する者たちも、つねに悪はなせない。そんなことは人間にはできないんだ。

人の世で暮らす限り、会ったこともない大勢の誰かを信頼することなしには、食事も薬も、一滴の水さえ口にできない。生存できないんだ。

信頼とは善だろ。人間は結局他者の善を求めざるをえないんだ。悪をなす人たちも、きっと善を求め、善を返し、善を育てている。そして、愛された人たちはもちろん、愛に恵まれなかった人たちも、愛を求め、愛を愛し、愛をはぐくむ者になる……。

わかるだろ、リート。どれほど悪をなそうと、人はまた必ず善きものを生み、善きものを育ててしまうんだ。そのとき、いいかい、そのとき悪は裏切られているんだ。

これが秘密だよ、リート。人間が滅びない秘密なんだ。

だからさリート、誰が、とか、どの国の者が、とか、そんなこと、生命全体の流れや、つながりからすれば、何の問題でもないんだ。大切なのは、おれたちが生きつづけるということなんだ。

おれたちって、言う、その「おれたち」の意味、わかるか。おれもおまえも、いつ死ぬかしれない、殺されるかしれない。でも「おれたち」は生きつづけていく。周りを見回せば、わかるよ。おまえの周りにいるのが、「おれたち」なんだ。目を閉じれば、わかるよ。瞼の裏に広がる世界に存在するのが、その「おれたち」なんだ。おれたちは滅びない。いつだって生まれる。生きようとするおれたちのエネルギーは、時を超え、場所を超えて、つながっていく。

生きようとするおれたちは、きょうだいだ。それこそが、本物のきょうだいなんだ。口を開く。そこから歌が流れた。希望に満ちた、励ましの歌。勇気の歌。喜びの歌。

誠は、肘を引かれるのを感じた。正二が見上げている。

「なんて歌ってるの」

「第九だよ」

「知ってる。意味だよ、歌詞の。なんて歌っているの」

かつて父に訊かれた。答えられなかった。だから調べた。

調べたよ、お父さん、この歌は、お母さんが勧めてくれたんだ。自分勝手な訳だけど、おれはこう思って歌うよ。

「ともに生きよう、きょうだいたち」

「え……」

「ともに生きよう、きょうだいたちよ、ともに歩もう、自分たちの信じる道を……真の悪に勝利した英雄のごとく、生きている喜びを胸に抱いて。そして抱き合おう、わがきょうだいたち……この世界に生きるすべての人々に、祝福のくちづけを贈ろう」

誠は、隣のヤンズを見つめ、正二と香の肩をいっそう抱き寄せた。

「聴けよ、歌うから」

深く息を吸い、雨の降りしきる空を見上げ、暗雲の彼方にはきっと星がまたたいているという信頼を胸に、前方に広がる闇へ目を下ろし、希望の光がまたたく彼方へ、そこで待つ多くのきょうだいたちに向け、背筋を伸ばし、いま高らかに声を放った。

［完］

若い人へ　―謝辞に代えて―

萌芽は十六歳のときです。

高一の冬、映画監督になりたいと突然夢見た私は、本や雑誌を通した先輩諸氏のアドバイスにしたがい、物語のヒントをノートに書き付けるようになりました。たとえば漢文の時間に、始皇帝の暗殺を試みた人物の話が出たときは、漢文の勉強そっちのけで、暗殺者荊軻《けいか》のことを調べてノートに記し、日本でいかに秦の時代の暗殺者をサスペンスフルな映画にしうるか、本気で考えていました。

思い返して文字にすると、相当おかしい奴だったように危ぶみますが、当時は夢を逃げ場のようにして、窒息しそうな現実の日々に耐えていた面があります。

そうしてノートに記した幾つものヒントのなかに、この物語の原形がありました。けれど具体的な形にはできず、別のヒントをシナリオにしてコンクールに送っては、落選するばかりでした。

二十五歳になって間もなく、就職せずにアルバイトをしつつ書いたシナリオが、またコンクールで落選したとき、さすがに将来が不安になり、夢をあきらめる気はなかったけれど、次は何を書くべきか悩み、どんなテーマを選べば入選しそうか、どんな傾向の話なら映画化のチャンスがあるかと、焦りを抱えて、高校時代からのノートを繰っていました。明るくハートフルなテーマ、笑いと愛情に満ちた家族の物語など、流行の映画に合いそうなヒントを探していて、ふと、自分は何をしているのかと疑いが生じました。

オレハ、ホントウハ、ナニヲシタカッタ……ナニヲ、ユメミテイタ？

自分の物語をスクリーンの上に見たかった。多くの人にそれを見てもらい、感動してもらいたかった。自分の表現が、誰かをたすけたり、社会がほんの少しでもよい方向へ向かうきっかけとなるようなことがあれば、この上なく幸せと思っていた……。

なのに、いつしかコンクールで入選することが一番の目的と化し、映画化されるための傾向を探り、自分をそれに合わせようとしていたのです。息苦しさにあえぐ想いでした。

自分の本来の夢に戻ろう。そう思い直したとき、映画界の流れに合わず、難しい題材だからと、シナリオにできずにいた、覚醒剤のパケを作る少年ときょうだいの物語が、混乱する頭のなかにゆらゆらと浮かび上がり、初めて小説を意識しました。シナリオは多くの制約があるけれど、小説なら何を書いても、どう書いても自由じゃないか、と。

自分が小説を書けるとは一度も思ったことはないのですが、たまっていた鬱屈や、夢への憧れ、社会に対する怒り、美しいものへの恋情など、思いの丈を吐き出す感じで、一心に原稿用紙に向かいました。

自分の書く小説が、どんなジャンルに属し、どの新人賞にマッチするかもわからず、書店で雑誌を立ち読みし、ほとんど初めて見る雑誌ばかりのなか、ある雑誌の新人賞が、締切が近い上、中上健次さん、村上龍さんという審査員の方の作品が映画化されていて、その映画が好きだったことから(大変失礼ながら、小説はまだ読んでいませんでした)、ここにしようと決め、百枚の規定にややオーバーしながら、締切ぎりぎりに当の雑誌の新人賞に送りました。数ヶ月後、授賞の知らせが届きました。

以後、薔薇色の作家人生の道が開けたといえば、若い人への夢物語として励みになるのかもしれませんが、すぐ壁にぶつかり、ひと山、行き先に迷い、ふた山、さらに、み山、よ山と越えて、自分なりに道を見いだしたと思えたのは、なお十数年経ってのことです。幾つもの幸運と出会いの重なりで、いまに至っています。

このとき初めて書いた短編小説が、『歓喜の仔』のもととなっています。

百余枚だった作品は、千枚に。枚数はじめ、あらゆる制約を払い、けれどあの頃の初心に還り、ただ一心に、自分のいまのすべてを書き尽くすことに努めました。二十五歳のときに本当に書きたかったものはこれ、とはさすがに言えませんが、二十五歳の、また十六歳の私に、こう言いたい想いもあります。

きみが始めた、きみから始まっている。きみの鬱屈や劣等感や悩みや怒りや迷い、無謀な夢と、願いの強さから始まっている、と。

そして、きみは自分のことばかりでまだ見えていなかったけれど、きみの努力とは無関係な、この国の現代という時間に生まれた縁、爆弾も地雷も身近でない場所で、あんな人、こんな人に囲まれて育った巡り合わせによって、支えられてもきたんだ、と。


野性時代新人賞の審査員だった、高橋三千綱さん、三田誠広さん、残念だけれど直接お礼を言えないままとなった中上健次さん、二十年前に初めて作品を刊行するときに過分の推薦文もくださった村上龍さんに、心から感謝いたします。自分に「もたらされているもの」を知るきっかけをくださったことで、私はいまここにいます。

このデビュー時からの付き合いとなる幻冬舎の石原正康氏には、天童荒太に生まれ変わるきっかけももらい、以来本作まで、長く同じ道を歩いてもらっています。同社の永島賞二氏の助言と導きと勇気づけ、壺井円氏の率直な感想や様ざまな調査・手配がなければ、いまの形まで作品が成長することはなかったでしょう。『パピルス』連載時の編集長日野淳氏は、写真家森山大道氏との誌上でのコラボレーションを叶えてくれた上、寛容に誌面を割き、創作を後押ししてくれました。同誌編集者の三枝美保氏からはたびたび励ましの手紙を頂き、以上五氏とのブレーンストーミングが作品の端々に活きています。

連載時に使わせていただいた森山大道氏の写真から発せられる現実の生々しい魅力、清濁のらせんのなかで息づく生命体および無機物の美しさに、幾度も鼓舞されました。

拙著を包んでくださったカバーは、彫刻家伊津野雄二氏の作品です。紹介してくださったのは『永遠の仔』でもお世話になった、装丁家の多田和博氏です。古代ヨーロッパの彫刻とも通じる神秘的で、グローバルで、深遠な光の感覚を抱かせてくれる伊津野氏の作品に、この物語を包んでもらえて、光栄に思っています。多田氏とともに、伊津野氏のアトリエにお邪魔したおりの令夫人の温かいもてなしも忘れ難いものです。

幻冬舎社長の見城徹氏を初め、同社スタッフのバックアップにも多く助けられました。

校正の方々には、毎回教えられることが多く、お世話になりつづけています。他社の編集者ながら連載のたびに手紙で感想を伝えてくれた方々の信義も嬉しいものでした。

内々のことながら、身内の者の協力も作品の成立には欠かせません。

詳しくは書けませんが、幼い子どもたちとの交流からも多くの力づけをもらいました。六歳の子どもたちだけでどれだけの旅行ができるのか、確信をもって表現できたのは、彼や彼女らの強さと聡明さを間近で見られたことによるものです。

この場に書き尽くせない人々、書くことが妥当でないために挙げられなかった方々、実に多くの人に、書き継ぐ力を与えていただきました。

この作品の執筆に対して与えられたすべての恵みに、深く感謝申し上げます。

二〇一二年十一月　天童荒太

「歓喜の仔」書評集一

あきらめない少年と少女の物語

中辻理夫（文芸評論家）

あきらめない姿勢は美しい。単純に見た目が綺麗、という意味で言っているのではない。心のありかたが美しいのである。東日本大震災が起きた二〇一一年三月十一日以降、被災地の様子が常に何らかのテレビ番組で取り上げられている。深い悲しみを抱えながらも希望を失わない人たちの姿が映し出されることが多い。その姿には人間という生き物のエネルギーが凝縮されている。どうあっても生き続けていくのだ、という強い意志が伝わってくる。強さは美しい。

本作『歓喜の仔』はあきらめない少年と少女の物語だ。十七歳の長男・誠は高校中退で、市場と中華食堂でのアルバイトを日々の中心にしている。次男の正二は小学六年生、末っこの香は幼稚園児だ。彼ら兄妹は明らかに出口の見えない閉塞状況の真っ只中にある。

元々は平穏な毎日を過ごせていた。父・信道が鍼灸師としてそこそこの成功を収めていたのだ。ところが株投資に熱中する従兄の連帯保証人になったために、多額の借金を背負うことになった。一家で夜逃げをして古びた狭いアパートに住まいを移したものの、借金取りは執拗に追いかけてきた。信道は失踪し、残された母・愛子は繰り返される取り立てから逃れようとして頭に大怪我を負った。彼女の脳が正常に戻ることはなく、寝たきりの植物状態になった。誠が借金を返さなければならなくなった。取り立ての男たちは暴力団員で、金融業だけを仕事にしているわけではない。誠は違法行為を命じられた。覚醒剤を小売り商品にするため小さなポリ袋に入れて包みを作る〈アジツケ〉作業だ。アルバイトと別に毎日深夜、正二と一緒に部屋でノルマの数の包みを作り続ける。その作業費が借金返済に充てられるのだ。

悲惨である。しかし三人の兄妹は逃げ出さない。黙々とやるべきことをやりながら生きている。いつか好転するかもしれない、というかすかな希望を持っている。

振り返ればこの作者は、直木賞を受賞した代表作『悼む人』（二〇〇八年刊）ですでに、絶望すれすれの状態から見出し得る希望を徹底的に描いていた。予測していない死は絶望の最たるもののはずだ。当人は無念であり、残された者は喪失の悲しみにさいなまれる。

あるいはこうも言える。死は誰にでも必ず訪れる。煎じ詰めて結論を出してしまうと、どうせいつかは死ぬのだからそれまで生きていること自体無駄ではないか、といった考え方もできる。しかし『悼む人』の主人公はそうではなくて、生きながらほかの人と関わり合う、ただそれだけで充分有意義で素晴らしいと思っている。死という究極的な絶望から目を逸らさずに、希望の光を灯し続ける。

『歓喜の仔』の誠は苦境に耐える術を心得ている。妄想をふくらませるのだ。頭の中で架空の物語を作る。他国からの占領下で戦う日本人ではない少年、というストーリーに自分を投影させ、強さを維持する。この妄想を作者は本筋と同等のボリュームを割いてつづっている。加えて、香の通う幼稚園は各国の子供が集まっているという設定である。そう、誠たちの困難は少しも特殊なものではなく、世界のあちこちであって当然のもの、と読者に感じさせる世界規模のパワーを本作は有しているのだ。テロや暴動が横行する殺伐とした世界でこの先どう生きたらいいのか、その解答らしきものを誠たちが教えてくれているようだ。

初出　「週刊読書人」二〇一三年二月二十二日付

「歓喜の仔」書評集　二

泣いている子どもを内面に抱えた大人に読んでほしい

窪美澄（作家）

　昨年、私のデビュー作『ふがいない僕は空を見た』という作品を幸運なことに映画にしていただいた。原作は五編の短編で構成されているが、映画のほうは、コスプレが趣味の主婦と高校生・卓巳、そして、卓巳の同級生である福田という二人の男の子が主軸となって展開していく。公開後、Twitterなどでつぶやかれている感想を読むと（自分の作品についてエゴサーチしないという書き手と、呼吸をするようにエゴサーチする書き手に大別されると思うが、私は後者である）、福田についてのつぶやきを圧倒的に多く目にする。

　福田がどういう人物なのかをざっくりと説明すると……古ぼけた団地に住み、年老いた祖母と二人で暮らし、父は自殺、借金を重ねる母は、実質上、育児放棄で、たまにしか子どもの顔を見にこない。祖母と二人の生活のためにバイトをして暮らす、という高校生である。

当たり前のことだが、映画の感想はほめているものもあれば、酷評もある。なかでも、この福田に対して、強い言葉を吐く人が多いような印象を受ける。

小説だろうと映画だろうと、世の中に放った作品については何を言っても（言われても）自由だと思っている。けれど、「あんな貧しい団地がどこにあるのか」「あんな子どもが日本のどこにいるのか」という意見には深く考えさせられた。

もちろん、原作となった私の小説に稚拙な部分が多いからなのだと思う。あんな子が日本のどこかにいるかもしれない、と思わせてしまう力がなかったのだろう。けれど、福田のような子どもが今の日本には本当にいないのだろうか。もし、本当に福田のような子どもがいないとしても、それを小説に書くのはいけないことなんだろうか。

小説はフィクションである。書き手の頭のなかの妄想である。

それがたとえ、私小説と呼ばれるものであっても、書き手が事実を選び、編集し、再構築したフィクションだろう、と私は思っている。福田は私の頭のなかでこしらえた架空の人物である。私自身、ほんの少しの貧しさは経験したが、福田ほど過酷な人生を過ごしたわけではない。けれど、私は福田、という男の子をどうしても描きたかった。

白石一文氏の小説『僕のなかの壊れていない部分』にこんな一節がある。

「人間は自分の人生にとって本質的なことからは、何がどうあったって、決して目をそらすことができないんだ。」

書き手にとってもそうなんだろうと思う。

どうしても見逃せない何か。どうしたって視線を向けてしまう出来事、人、風景。たとえそれが、書き手にとって、目を背けてしまいたいものであったとしても、それこそが書き手のテーマになっていくのだろうと思うのだ。

今回ご紹介する天童荒太さんの『歓喜の仔』に登場する子どもたちの日常も、できれば視線を向けたくない、という出来事であふれている。

子どもたちの不幸は、両親の多額の借金から始まる。家族を置いて失踪した父、意識不明の植物状態になってしまった母。

高校生である長男の誠は、学業を中断し、青果市場や中華料理店で働いている。さらに、債権者である暴力団の指示によって、アジツケと呼ばれる覚醒剤《かくせいざい》の袋詰め、という危ない仕事に手を染めながら、母と弟妹を必死で養う。小学生である次男、正二もアパートの一室で母を介護しながら、兄の仕事を手伝う。

過酷な日常のなかで、子どもたちはそれぞれに何かを失う。誠は歌を歌う自由を、正二は色を見る感覚を、そしてこの世にいないものを見てしまう香は、嗅覚を失い、自ら母のぬくもりとの間にも距離をおく。

子どもたちの毎日と並行して描かれるのは、不幸という穴にすとんと落ちてしまった子どもたちの両親の歩んできた道だ。その過程が丹念に描かれている。今の時代の不幸の多くが、連鎖によって起こる事実。親の因果が子に報うという法則は二十一世紀になっても変わることはない。

親の因果を背負わされた子どもの誰もが、昨日より、より良く生きたいと願っていても、やってくる明日は、決して今日よりも幸せな一日ではない。けれど、彼らをこのような状態に追いやったのは、果たして彼らの両親の責任だけだったと言えるだろうか、と、この物語は小さな声で読み手に語りかけている。彼らに同情するのは簡単だ。こんな子どもは、私たちが住んでいる隣の部屋にもいるのかもしれないのだ。彼らの存在に気づいたとき、自分にいったい何ができるのか、読み進めるうちに、匕首《あいくち》をそっと喉元《のどもと》に突きつけられる気分になる。

第一子として、兄妹のなかでいちばん強く生活の責任を感じている誠が夢想するのは、どこか遠い国で生きる少年リートだ。占領軍と戦いながら、誠と同じように過酷な日々を生き抜こうとしている。自分と同じような子どもが世界のどこかにいるかもしれないと想像するほど、誠は追い詰められている。けれど、その存在は「自分は世の中でいちばんつらい毎日を過ごしている子どもである」と思うことに対する誠の恥の感覚、プライドから生まれたものかもしれないとも思う。

弱く、傷ついている者が、より弱く、傷ついた者へ共振していくこうしたシーンの重なりが、この壮大でスピード感あふれる物語の屋台骨を作っていく。

誠が出会う少女、ヤンズ、正二にとって、唯一の友であるルスラン、そして、香にとってのカデナ。それぞれの子どもに添え木のように支える誰かがいる。

「いっしょにいたら、だいじょうぶ。むれで、あつまってたら、やられない」

くり返される香の言葉のように、彼らは互いの悲しみや苦しみに共振しあう。誰かの苦しみを想像すること、誰かの悲しみを抱えてあげること。目の前に横たわった現実が良くなることも、良くなる予感すらなくても、そんな存在がいるだけで、過酷な彼らの人生は、少しずつ光を帯びていく。

物語の終盤に向かって、三人の子どもたちと、誠が夢想するリートの物語、そして、植物状態である母のつぶやきが、花を束ねるようにひとつになっていく。失踪したものと思われていた父の真実が明らかになるにつれ、彼らは失ったものをひとつずつ取り戻し、彼らの人生が違うフェーズに変化していくことを感じさせるところで物語は終わる。

「おれたちは滅びない。いつだって生まれる。生きようとするおれたちのエネルギーは、時を超え、場所を超えて、つながっていく。生きようとするおれたちは、きょうだいだ。それこそが、本物のきょうだいなんだ。」

ひらがなで書かれた「きょうだい」という言葉に、この物語の大きな秘密がある。

悪意に満ちたこの世界を、力のない者たちを谷底に落とすように続いていくこの世界を、一人でサバイブするのではなく、共に手をとっていく誰か。一人でもいい。そんな誰かがいれば、この場所はより良き世界に変わっていくはずだ。

「わたしが、あの子たちを守る。離れてても、わたしも一緒だから。そういう仲だから」

ヤンズが誠の首に手を回し、抱きしめながら言った一言に救われる。そして、この一言は、祈るような気持ちで物語を読み進めてきた読み手の気持ちでもあるだろう。

読み進めるのが苦しくなるほど、暗くて長いトンネルを抜けたところに、目を開けていられないくらいのまぶしいラストシーンが待っている。

どんな状況であれ、子どもたちはいつだって生きていたい。子どもは自ら死には向かわない。それが子どもの本能なんだろうと思う。

誠が、雨の降りしきる空に向かって歌いあげる歌は、この世界のあらゆる場所で、もがき、苦しみ、のたうちまわりながら生きているすべての子どもたちを祝福する歌だ。それはいつか、大声で泣きたかった子どもを内側に抱えながら成長しなくてはならなかった大人をも祝福する。生き続けることに疲れている人にこそ、この本を読んでほしいと思う。

初出　『ＳＴＯＲＹ　ＢＯＸ』二〇一三年三月六日発売号

「歓喜の仔」書評集　三

心と体に傷を負い、差別と闘う三兄妹に奇蹟は起きるのか。生の尊さを訴える待望の新作

小棚治宣（日本大学教授・文芸評論家）

この物語に救いはあるのか。三人の子どもたちは、「歓喜の歌」を口ずさむことが本当に出来るのだろうか。下巻に入ってさらに半分ほど読み進んでも、そうした不安に苛《さいな》まれ続ける。彼らが身を置く現実世界の、その残酷さは決して幻ではない。我々のすぐそばで起きているのかもしれない——とどこかで感ずるからこそ、この子たちに奇蹟が起きて欲しいと願うのだ。その奇蹟は、小説の中でしか起こり得ない、否、起こさせ得ないものだとすれば、そこにこそ本書の存在価値があると言える。

『永遠の仔』（一九九九年）、『悼む人』（二〇〇八年）を経て、四年ぶりの新刊で著者が訴

えたかったのは、悪が勝ち、悪が栄える生き難い世の中で、生き抜くことの尊さである。そのために必要なのは、ケダモノのごとく群れ、互いに支え合って生きること——それを本能として身に付けている存在こそが、著者のイメージする「仔」に他ならない。

では、本書の中味を少し覗いてみよう。父は多額の借金を残したまま突然姿を消し、母は事故で植物状態。残された三兄妹は、病院から見放された母を介護しながら、借金を返済するため、犯罪に手を染めることを強いられていた。心に傷を負った彼らは、夢や希望ばかりか、十七歳の誠が音感を、小学校六年の正二は色彩感覚を、そして五歳の香は臭覚を喪失してしまっていた。そんな三人に、学校でのいじめ、差別、裏切り、裏社会の苛酷な搾取といった様々な悪意が執拗に襲いかかってくる。

そんな中、長男、誠の唯一の救いは、自らの想像の世界の中に作り上げた少年リートの存在だった。彼もまた戦地で寝たきりの母と病気の弟妹を抱え、逃亡した父の帰りを待ちながら必死に生きていた。そのリートの物語と、誠自身の物語とが交互に語られていくのだが、それがある時点から重なり合っていき、どちらが現実なのか混乱する構造を見せ始める。内（心）と外（現実）との境界が見えなくなってくるのだ。そうした境目のない混沌とした世界が訴えかけてくるものをどう受け止めるか——それは読者自身が今置かれている状況に大きく左右されるはずだが、そこにこそ本書の真の読み所があると言える。

また物語の純粋な面白さという点では、死んだ人間の姿が見えてしまう妹の香と、父に関する重大な秘密を胸に秘めている弟の正二の存在も欠かせない。彼らもまた自らの物語を紡ぎ出していく。それに、ところどころに挿入される父と母の過去の物語——これらが一つになったとき、また別の物語の貌《かお》が浮かび上ってくる。

この、底知れない深さをもつ物語を一度で味わい尽くすことは、おそらく不可能であろう。読み終えた瞬間、必ずもう一度読みたくなるはずである。

初出　『週刊現代』二〇一三年一月五日・十二日号

「歓喜の仔」書評集　四

第67回毎日出版文化賞（文学・芸術部門）選評

林真理子（作家）

直木賞受賞作「悼む人」のイメージが強かったせいであろうか、私は天童氏というのは現代人の内側へとひたすら向かっている作家、というイメージがあった。

しかしこの「歓喜の仔」は、すべてのものが奔流となって外側へとはなたれている。人間への肯定、小説の膨大なアイデア、企《たくら》み、筆力がわんわんと音をたてているようである。

小説は暗いモチーフが重なっている。一つのアパートの部屋に3人の兄妹が残されている。失踪した父親に、意識がなく寝たきりの母親。まだ少年の長男は、薬物の製造に手を染め、次男は母親の下の世話をしながら小学校に通う。そこに意識のないはずの母親の独白、国籍不明の少年の悲劇など小説はさまざまのエピソードで充《み》ちていて、読者はつらく混乱させられる。

それでもなお小説を読み続けると、最後は明るい結末が待っているのである。複雑で重苦しい明るさといっていい。が、これこそ現代の世界が得ることができるかもしれない〝歓喜〟なのだということに読者は気づくはずだ。どれほど過酷な現実が待っていようとも生きていく歓喜を、子供たちが教えてくれる。

初出　「毎日新聞」二〇一三年十一月三日付

この作品は二〇一二年十一月小社より刊行された上下巻をまとめたものです。

幻冬舎文庫

●最新刊
見なかった見なかった
内館牧子

著者が、日常生活で覚える《怒り》と《不安》に対し真っ向勝負で挑み、喝破する。ストレスを抱えながらも懸命に生きる現代人へ、熱いエールをおくる、痛快エッセイ五十編。

●最新刊
給食のおにいさん　受験
遠藤彩見

ホテルで働き始めた宗は、なぜか女子校で豪華な給食を作るはめに……。生徒は舌の肥えた我がままなお嬢様ばかり。元給食のお兄さんの名に懸けて、彼女達のお腹と心を満たすことができるのか。

●最新刊
今日の空の色
小川　糸

鎌倉に家を借りて、久し振りの一人暮らし。朝はお寺の座禅会、夜は星を観ながら屋上で宴会。携帯もテレビもない不便な暮らしを楽しみながら、大切なことに気付く日々を綴った日記エッセイ。

●最新刊
あたっくNo.1
樫田正剛

1941年、行き先も目的も知らされないまま、家族に別れも告げられず、11人の男たちは潜水艦に乗艦した。著者の伯父の日記を元に、明日をも知れぬ戦時の男達の真実の姿を描いた感涙の物語。

●最新刊
第五番　無痛Ⅱ
久坂部　羊

薬がまったく効かず数日で死に至る疫病・新型カポジ肉腫が日本で同時多発し人々は恐慌を来す。一方ウィーンでは天才医師・為頼がWHOから陰謀めいた勧誘を受ける。ベストセラー『無痛』続編。

歓喜《かんき》の仔《こ》

天童《てんどう》荒太《あらた》

平成27年8月5日　初版発行

発行人——石原正康
編集人——袖山満一子
発行所——株式会社幻冬舎
〒151-0051東京都渋谷区千駄ヶ谷4-9-7
電話　03(5411)6222(営業)
　　　03(5411)6211(編集)
　　　振替00120-8-767643
印刷・製本—中央精版印刷株式会社
装丁者——高橋雅之

幻冬舎文庫

ISBN978-4-344-42374-9　C0193　　て-1-6

幻冬舎ホームページアドレス　http://www.gentosha.co.jp/
この本に関するご意見・ご感想をメールでお寄せいただく場合は、
comment@gentosha.co.jpまで。